La maja desnuda

Letras Hispánicas

Vicente Blasco Ibáñez

La maja desnuda

Edición de Facundo Tomás

CÁTEDRA

LETRAS HISPÁNICAS

Ediciones Cátedra, S. A., 1998
Juan Ignacio Luca de Tena, 15. 28027 Madrid
Depósito legal: M. 40.030-1998
ISBN: 84-376-1665-4
Printed in Spain
Impreso en Huertas, S. A.
Fuenlabrada (Madrid)

Índice

INTRODUCCIÓN 9
Una mirada a Blasco Ibáñez después de la modernidad... 11
I. Blasco Ibáñez y el *síndrome del 98* 13
II. Blasco Ibáñez y las artes plásticas 52
III. La novela 121
Una carta de Blasco Ibáñez sobre la primera edición de *La maja desnuda* 148

ESTA EDICIÓN 151

BIBLIOGRAFÍA 153

LA MAJA DESNUDA 163
Primera parte 165
I. 167
II. 193
III. 222
IV. 257
V. 274
VI. 289

Segunda parte 303
I. 305
II. 315
III. 336
IV. 351
V. 370

Tercera parte 385
I. 387
II. 405
III. 423
IV. 439
V. 455

Introducción

Para mi madre, Carmen Ferré, que ha debido sufrir las inclemencias de una redacción urgente.

He de agradecer la intensa y útil colaboración de mis compañeros Miguel Corella Lacasa, Felipe Garín Llombart, Vicente Ponce Ferrer y Enrique Tormo Foyos, con quienes participo en el colectivo de investigación *Carpanta*, en el seno del cual se han discutido y perfilado las ideas que informan este trabajo.

Una mirada a Blasco Ibáñez después de la modernidad

> … ese locutor ausente que es el autor de lo escrito…
>
> J. F. Lyotard, *Discours, figure*.

Setenta años después de su muerte, al cumplirse cien de la publicación de *La barraca*, las instituciones de gobierno valencianas han proclamado 1998 «año Blasco Ibáñez». Se han sucedido los congresos y exposiciones, se han llenado las ciudades de carteles, se ha tenido el acierto de promover la reedición de una buena parte de sus novelas, así como una serie televisiva basada en uno de sus relatos de amor…, hasta ha llegado a celebrarse una corrida de toros en homenaje al escritor. Pero, en realidad, el motivo del reencuentro no parece ser, propiamente, el cumpledécadas de su fallecimiento ni el centenario de la publicación de la tragedia de la huerta. La fecha de 1898 significó para el conjunto de España el símbolo de la ruptura sustancial con un pasado imperial, enriquecedor, conformador de identidad y, a la vez, trágico y disolvente, cuyo centenario se ha convertido en motivo de reflexión para los habitantes de una España ya muy distinta. Pero, al igual que ocurrió en los decenios sucesivos a la pérdida de la última colonia americana y la última asiática, las interpretaciones sobre los acontecimientos, sobre la nación misma, su historia, su cultura y sus deseos de porvenir, han sido tantas y tan diferentes entre sí como lo fueron (y siguen siéndolo) los distintos pueblos que componen esta tierra milenaria. O, para ser más exactos, los juicios que sobre aquellos momentos expresaron artistas, escritores, pensadores de todo tipo, definían corrientes enfrentadas en torno a algunos temas básicos; corrientes similares siguen alimentando los debates de hoy. Los escritores llamados «noventaiochistas» plantearon a menudo la «cuestión estética» como un «problema patriótico», es decir, atribuyeron estéticas diferenciadas (generalmente enfrentadas) a los distintos pueblos que habitan la geografía española, logrando imponerse y señalar un rumbo claramente definido que, en lo sustancial, consiguió asentar el pensamiento preponderante en las décadas posteriores[1].

Esa estética, prácticamente dominante desde el fin de la primera década del siglo, ha entrado en crisis al llegar al final de la centuria. ¿Cuál es el sentido general de la crisis? ¿Se circunscriben sus límites a las fronteras del siglo XX o abarcan el conjunto del segundo milenio? No es éste el lugar para dilucidarlo, y ya he tratado ampliamente del asunto en otro sitio *(Escrito, pintado*, Madrid, Visor-La balsa de la Medusa, 1998): baste por el momento constatar que aparece una nueva mirada hacia el pasado que coincide en muy poco con la hasta ahora prevaleciente y, también, que esa nueva mirada obliga a re-situar los distintos fenómenos culturales, estableciendo una valoración histórica y estética distinta a la que ha llegado a convertirse en habitual.

---

[1] «El fet és que un grup ben delimitat d'escriptors "modernistes" s'apoderaren entre 1900 i 1910 de la norma literària, n'expulsaren el realisme/naturalisme i conformaren un nou canon estètic del qual van quedar exclosos des de Galdós fins a Blasco Ibáñez. Potser en aquell moment precís Blasco encarnava massa antinòmies per als *noventayochistas*, la revolució enfront de la regeneració, per exemple, la Mediterrània enfront de la Castella eterna, el Naturalisme enfront del Modernisme, el populisme enfront del sentiment d'elit i de minoria, el materialisme i la sensualitat enfront del misticisme, la passió per la narració enfront del culte del estil...» (Oleza 1998, pág. 56).

I. Blasco Ibáñez y el «síndrome del 98»

1. *La religión, el arte, la vida y la muerte*

En 1912 Miguel de Unamuno se ocupaba de pintura española en un artículo muy conocido, «De arte pictórica», que se publicó en dos partes, el 8 y el 21 de agosto, en *La Nación* de Buenos Aires. Para definir su punto de vista recurría a una división en dos escuelas principales, la vasco-castellana y la valenciano-andaluza, caracterizadas geográficamente «según las divisorias de las aguas de España, según vierten a uno u otro mar los ríos sus caudales»[2]. Al citar representantes de la «escuela vasco-castellana» mencionaba a los hermanos Zubiaurre, Manuel Losada, Larroque, los hermanos Arrúe, Arteta, Iturrino, Juan Echevarría, Elías Salaverría, Darío de Regoyos…, aunque resaltaba por encima de los demás a Ignacio Zuloaga[3]. Para representar a la otra España elegía un solo pintor:

> Y la otra España, la España que podríamos llamar pagana y, tal vez en cierto sentido progresista, la que quiere vivir y no pensar en la muerte, ésta encuentra su otro pintor en Sorolla.

[2] «... las dos tendencias principales en que parece dividirse hoy la pintura española y que recuerdan en cierto modo aquella división que se hace de nuestra poesía del Siglo de Oro en escuela salmantina, representada por fray Luis de León, y escuela sevillana, representada por Herrera. Las dos principales tendencias de la pintura española moderna —y digo principales porque hay otras, y sin que ello implique falta de términos medios y de desviaciones y de procesos independientes— son, de un lado, la que podríamos llamar escuela vasco-castellana, y del otro, la valenciano-andaluza. Divídense según las divisorias de las aguas de España, según vierten a uno u otro mar los ríos sus caudales. Y no hablo de escuela catalana, porque ésta no es, en rigor, española, ni creo que catalana. Los catalanes en general no han logrado todavía sinceridad artística en su pintura».

[3] «Lo austero y grave, lo católico de España, en el más amplio y hondo sentido de la voz catolicidad, halla su expresión en los cuadros de Zuloaga no sólo por la elección de asuntos, ni aun siquiera principalmente por ellos, sino por la manera sobria, fuerte y austera de ejecutarlos, por su severo claroscuro.»

«Vivir y no pensar en la muerte» frente a «la manera sobria, fuerte y austera», ejecutada con «severo claroscuro». Parecía, pues, circunscribir las dos estéticas, que a lo largo del artículo se ven confirmadas en su definición geográfica de «vertiente atlántica» y «vertiente mediterránea» y que, como comprobaremos, no se reducen a la pintura, sino que explícitamente se expanden a la literatura, la religión y a los propios sistemas de vida de los pueblos; designarlas una por su voluntad de vivir y la otra por el pensamiento de la muerte.

La muerte, como es sabido, era un sentimiento medular en Unamuno[4], el eje que presidía sus reflexiones; su visión de España, de la vida, era trágica; en consecuencia, le demandaba también al arte que fuera capaz de expresar tal tragedia, de construir la consciencia de la muerte. Ya no tratando de pintura, sino de escritura, volvía a personalizar esas «dos españas» oponiendo sus propios textos y los de Baroja a los de Blasco Ibáñez, de la misma manera que oponía Zuloaga a Sorolla[5]. Aprovechando el retrato que debía pintarle el valenciano para la Hispanic Society[6], ligaba la pintura de Sorolla con la escritura de Blasco, de quien criticaba *El intruso* en tanto alababa *La barraca* y *Cañas y barro* (o.c.):

---

[4] Fermín de Urmeneta sintetizó muy bien la relación del pensamiento de Unamuno con la muerte («Actualidad de la estética unamuniana», *Revista de ideas estéticas* núm. 84, 1963, págs. 363-365, cita en pág. 364): «"¿De dónde ha venido el arte?", cabe preguntarse con Unamuno, leyendo otro capítulo de su *Amor y pedagogía.* (...) la respuesta a oír no será menos rotunda: "De la sed de inmortalidad." Estas unamunianas hambre y sed de perduración explicarán, en consecuencia, las raíces de todo lo artístico, tan influido a causa de esto por cuanto rodea a la muerte y a la supervivencia, desde la arquitectura funeraria a la música necrológica, pasando, claro está, por la pintura y la escultura de temática obituaria, así como por la literatura que no sin frecuencia ha enlazado cuestiones eróticas y thanatológicas: "el abrazo del amor y la muerte —ha escrito el propio don Miguel— ha sido fuente perenne de poesía"» *(Por tierras de Portugal y de España*, pág. 33).

[5] («De arte pictorica I», o.c.): «... no hay una sola España, hay varias Españas, ni hay siquiera una sola Castilla, sino varias Castillas, y la España vista y sentida por Sorolla, verbigracia, no es la vista y sentida por Zuloaga, como la España que mejor ha visto Blasco Ibáñez no es la de Baroja o la mía».

[6] Joaquín Sorolla, *Miguel de Unamuno*, 1920, óleo sobre lienzo, 142 × 104 cm, Bilbao, Museo de Bellas Artes.

> Espero y confío que saldré de sus habilísimos pinceles mucho mejor librado que salió mi pueblo, Bilbao, y el alma de mi casta vasca, de la pluma de su paisano, Blasco Ibáñez, que probó en su novela *El intruso* que hay almas y pueblos a los que no se les sorprende con una rápida ojeada, como quien toma una instantánea fotográfica. *La barraca* o *Cañas y barro* son novelas admirables porque en ellas Blasco nos ha presentado el alma valenciana, la misma que él lleva dentro, pero en mi país se encontró con algo inconmensurable: con su espíritu. No es de esperar así de lo que Sorolla pinte en mi tierra, pues al cabo no hay que pintar sino lo que se ve, mientras que al escribir...[7].

Sin duda todo texto sintomatiza un pensamiento general, y aquí Unamuno hace importantes referencias que iremos recogiendo a lo largo de esta introducción, como «sorprender con una rápida ojeada» a lo real, «como quien toma una instantánea fotográfica» —crítica *de pasada* no sólo a la escritura de Blasco, sino también a la pintura de Sorolla— y, sobre todo, «lo que se lleva dentro» y «lo que está por fuera», binomio tan caro a Antonio Machado, que servirá a Unamuno para establecer la oposición de los valencianos con los vasco-castellanos. Pero limitémonos por el momento a su esfuerzo por ser ecuánime, queriendo entender que cada modo de ser debía *reflejarse* con un espíritu distinto, admitiendo que las dos españas eran diferentes y complementarias, igual que las dos estéticas que les correspondían. Sin embargo, no negaba su preferencia por Zuloaga, «... el revelador acaso de lo más hondamente específico y diferencial de la España de hoy», explicando que esa honda especificidad y diferencia era una religiosidad que centraba en la muerte sus preocupaciones, una transcendentalidad netamente representada por el graba-

[7] Esta última frase («... al cabo no hay que pintar sino lo que se ve, mientras que al escribir...») se corresponde estrechamente con la muy conocida de San Agustín en *In Joannis evangelicum tractatus*: «Cuando ves la pintura ya está todo visto y alabado. Cuando ves las letras no es eso todo, hay que comprenderlas y leerlas.» Sin embargo, hay matices netamente diferenciales entre las dos. Sobre la importancia de este párrafo hay que recordar las intervenciones de Shapiro y Tatarkiewicz, así como mis propios criterios (cfr. *Escrito, pintado,* o.c., pág. 89).

do que reproducía un famoso cuadro del pintor vasco, *El Cristo de la sangre*[8], uno de esos cristos «lívidos, de largas melenas, de expresión tétrica, exangües y sanguinolentos»[9]. No obstante, en otras ocasiones contrapuso abiertamente una España a la otra[10], como en «La labor patriótica de Zuloaga» (*Hermes*, Bilbao, agosto 1917, núm. 8), que terminaba así:

> Zuloaga no nos ha dado el ligero engaño de un espejismo levantino, de un *mirage* suspendido sobre el mar latino; Zuloaga nos ha dado en sus cuadros, llenos de hombres fuera del tiempo y de la historia, un espejo del alma de la patria.

Frente al espejo cristiano que representaba el alma de la patria, se hallaba Valencia, a la que no negaba religiosidad, pero decía que era una «religiosidad pagana, de explosión de vida y luz a cielo abierto» [11]. Estética y sentimiento religioso

---

[8] Ignacio Zuloaga, *El Cristo de la sangre*, 1911, 248 × 302 cm., Madrid, Museo Nacional Centro de Arte Reina Sofía.

[9] «De arte pictórica II»: «Uno de estos días he estado contemplando un largo rato un grabado que representa un cuadro de Zuloaga, el Cristo de la Sangre. Es uno de esos tan típicos Cristos españoles, lívidos, de largas melenas, de expresión tétrica, exangües y sanguinolentos, Cristos que tienen toda la sangre fuera por haberse vaciado de ella hasta la última gota, para dársela a los hombres... En derredor de él cuatro figuras de austeros castellanos, con sus largas y pesadas capas y sus cirios en las manos, graves y severos. El fondo lo forma una ciudad murada que recuerda algo a Ávila de los Caballeros, a Ávila de los santos, a Ávila de Teresa de Jesús. Y luego un cielo aborrascado.»

[10] Muy débilmente lo deja asomar en el mismo «De arte pictórica»: «Esta España religiosa y trágica, esta España negra que vino a buscar Verhaeren cuando hizo aquel libro en colaboración con Darío de Regoyos, esta España es tan española como cualquier otra, y algunos creemos que más aún. Sin excluir a las otras, claro está.»

[11] «De arte pictórica II»: «Una procesión es una de las cosas más típicas de mi país vasco y no cabe duda de que el cuadro de Elías Salaverría, representativo de la procesión del Santo Cristo de Lezo, sea muy revelador del alma de mi pueblo, donde la preocupación religiosa es acaso más honda que en ninguna otra región de España, y desde luego muchísimo más que en la pagana Valencia, patria de Sorolla, quien por su parte ni ve ni siente el aspecto religioso cristiano de las cosas y los hombres. Y añado a lo de religioso lo de cristiano porque no se me ocurre en absoluto negar religiosidad a su arte, pero es una religiosidad pagana, una explosión de vida y de luz a cielo abierto.»

iban así de la mano para definir una España con dos polos en contradicción, pero cuya verdadera «alma» no era «un *mirage* suspendido sobre el mar latino», sino los «hombres fuera del tiempo y de la historia», no la alegría de la vida, sino la necesidad de pensar en la muerte; las tinieblas de los cristos exangües y sanguinolentos y no una religión de vida y luz a cielo abierto. Como expansión íntima de ese sentimiento del mundo, en un artículo sobre teatro publicado en *La Nación* de Buenos Aires el 23 de abril de 1913, Unamuno[12] trazaba el dibujo de su propio terror ante la luz del sol y el aire libre:

> Es cosa terrible verse al espejo a toda luz del sol y al aire libre, y más si el espejo es sin marco. Verse así, a un espejo sin marco, a todo sol bajo el cielo, sería para volverse loco.

Definía así el rector de Salamanca una bipolaridad con el sentimiento de la muerte como ánodo y la voluntad de vivir como cátodo, y señalaba al primero como eje del pensamiento[13].

Existiendo notables puntos de contacto entre Unamuno y Azorín en los criterios sobre España, hay que hacer notar, no obstante, que el escritor de Monóvar vacilaba a menudo entre su naturalidad valenciana y su vocación castellana[14]; con

---

[12] Unamuno estaba imaginando su comedia o tragedia ideal, aquella en la que prácticamente desapareciera lo que él llamaba «pantomima», es decir, «sin escenografía, ni sastre, ni peluquero, ni tramoya alguna», y criticaba al público burgués que no habría sido capaz de presenciarla, atribuyéndole la sensación que refiere en el párrafo del texto.

[13] Coincido con bastante de la crítica de Ricardo Gullón (1969, «La invención del 98», *La invención del 98 y otros ensayos*, Madrid, Gredos, págs. 7-18) a la propia formulación de «la generación del 98», en particular con su rechazo de la «teoría de las generaciones» y de la segregación entre escritores españoles y americanos; también me parece correcta su visión del peligro de los estudios «temáticos» —entre los que incluía a la muerte, que aquí nos ocupa. Sin embargo, como veremos a lo largo del texto, el tema de la contraposición entre sentimiento de muerte y voluntad de vida tiene especial importancia por relacionarse con la propia retórica formal que está en la base de las estéticas contrapuestas.

[14] Muy sintomática de esa vacilación fue su visita a Torrijos, en particular a la hora de la comida («En Torrijos», *El Globo,* 8-II-1903, incorporado después a *Antonio Azorín*, 3.ª parte, cap. VIII. Para las citas de *Antonio Azorín*

el sentimiento de la muerte le sucedía algo parecido: por remitirnos a tres obras significativas del primer decenio del siglo, en tanto en *La voluntad* (1902) aparecía un pensamiento de la muerte que devenía *leit motiv* de toda la novela[15], o en

---

utilizo el texto de *Obras escogidas*, t. I, págs. 399-547, Madrid, Espasa-Calpe, 1998, edición coordinada por Miguel Ángel Lozano; cita en pág. 518): «Yo como filosóficamente de la carne frita e intento sorber el acedo brebaje. (...) ¿Me voy a comer toda la vianda? No, no; ya estoy harto de pedacitos de carne frita. Espero un poco... Me canso de esperar y llamo a la huéspeda. / —¿No me da usted nada más? —le pregunto. / Y ella se me queda mirando, extrañada, sonriendo por mi exigencia estupenda, y exclama: / —¿Qué más quiere usted? / Es verdad; me olvido de que estoy en la meseta y soy un hombre del litoral; yo no debo, en Torrijos, querer más cosas.» Poco después, en el cap. X de la misma novela (pág. 524): «—¡Qué diferencia —exclamo— entre estos pueblos inactivos de la meseta y los pueblos rientes y vivos de Levante! / Entonces mi compañero, que ha callado, como yo, durante toda la comida, me mira fijamente, como asombrado de que haya quien hable así en Torrijos, y replica con voz lenta y enérgica: / —¡Como que son dos nacionalidades distintas y antagónicas! Levante es una región que se ha desenvuelto y ha progresado por su propia vitalidad interna, mientras que el Centro permanece inmóvil, rutinario, cerrado al progreso, lo mismo ahora que hace cuatro siglos...»

[15] En pág. 237 (para las citas de *La voluntad* utilizo la edición de María Martínez del Portal, Madrid, Cátedra, 1997) hace decir a Yuste algo que podría considerarse el núcleo de la novela: «¡Ah, la inteligencia es el mal!... Comprender es entristecerse; observar es sentirse vivir...Y sentirse vivir es sentir la muerte, es sentir la inexorable marcha de todo nuestro ser y de las cosas que nos rodean hacia el océano misterioso de la Nada...» El mismo pensamiento es repetido en 1904, en *La filosofía de Pío Baroja* (en *Tiempos y cosas*, recopilación de José García Mercadal, Madrid, 1944, cfr. Barcelona, Salvat, 1970, págs. 88-92, cita en pág. 90): «Y veréis entonces con espanto —y esto es lo más doloroso— que la inteligencia está en razón inversa de la dicha, y que a mayor plenitud y penetración mental corresponde una mayor capacidad para el dolor, puesto que más claramente vemos y percibimos el desconcierto universal y su irremediabilidad perdurable. *L'altra cosa che mi fa infelice è il pensiero*, decía, tristemente, Leopardi; y añadía a continuación estas palabras terribles: *E m'uccidirà.*» Y en cuanto a su vacilación entre la vida y la muerte, podemos también encontrarla en *La voluntad* (o.c., pág. 303): «La vida es dolorosa y triste. El desolador pesimismo del pueblo griego, el pueblo que creara la tragedia, resurge en nuestros días. "¡Quién sabe si la vida no es para nosotros una muerte y la muerte no es una vida!", exclama Eurípides. Y Larra, indeciso, irresoluto, escéptico, es la primera encarnación y la primera víctima de estas redivivas y angustiosas perplejidades. El constante e inexpugnable "muro" de que *Fígaro* hablaba, es el misterio eterno de las cosas. ¿Dónde está la vida y dónde está la muerte?»

Las confesiones de un pequeño filósofo (1904) dedicaba un entero capítulo a señalar la idea de la muerte como sustancia de «la psicología de la raza española»[16], en *Antonio Azorín* (1903) surgían frases que afirmaban la voluntad de vivir casi en los términos que veremos después en Blasco Ibáñez[17].

La profunda pugna interior de José Martínez Ruiz se muestra en su sentimiento del erotismo, con una concepción cercana a la que, más próximo a nuestros días, manifestaría George Bataille en *El erotismo (L'Érotisme,* París, Les Éditions de Minuit, 1957) o en *Las lágrimas de Eros (Les Larmes d'Éros,* París, J. J. Pauvert, 1961), una sensualidad que se fundamenta en la superación de la represión, que tiene por base esa misma represión, obteniendo el placer precisamente de la transgresión de lo prohibido, diferente así a la concepción erótica de Blasco, quien, al contrario, pretendía hallar una especie de «naturalidad erótica» sin carga represiva o,

---

[16] El cap. XXXVII, págs. 116-117 (para *Las confesiones de un pequeño filósofo* utilizo la edición de José M.ª Martínez Cachero, Madrid, Austral 1997): «Si yo tuviera que hacer el resumen de mis sensaciones de niño en estos pueblos opacos y sórdidos, no me vería muy apretado. Escribiría sencillamente los siguientes corolarios: / "¡Es ya tarde!" / "¡Qué le vamos a hacer!", y / "¡Ahora se tenía que morir!" / Tal vez estas tres sentencias le parezcan extrañas al lector; no lo son de ningún modo; ellas resumen brevemente la psicología de la raza española; ellas indican la resignación, el dolor, la sumisión, la inercia ante los hechos, la idea abrumadora de la muerte. Yo no quiero hacer vagas filosofías; me repugnan las teorías y las leyes generales, porque sé que circunstancias desconocidas para mí pueden cambiar la faz de las cosas, o que un ingenio más profundo que el mío puede deducir de los pequeños hechos que yo ensamblo leyes y corolarios distintos a los que yo deduzco. Yo no quiero hacer filosofías nebulosas: que vea cada cual en los hechos sus propios pensamientos. Pero creo que nuestra melancolía es un producto —como notaba Baltasar Gracián— de la sequedad de nuestras tierras; y que la idea de la muerte es la que domina con imperio avasallador en los pueblos españoles. Yo, siendo niño, oía contar muchas veces que un vecino o un amigo estaba enfermo; luego, inmediatamente, la persona que contaba o la que oía se quedaba un momento pensativa y agregaba: / —¡Ahora se tenía que morir! / Y éste es uno de los tres apotegmas, uno de los tres cofrecillos misteriosos e irrompibles en que se encierra toda la mentalidad de nuestra raza.»

[17] Por ejemplo, en el cap. XIV: «Y habría que decirles que la vida no es resignación, no es tristeza, no es dolor, sino que es goce fuerte y fecundo; goce espontáneo, de la Naturaleza, del arte, del agua, de los árboles, del cielo azul, de las casas limpias, de los trajes elegantes, de los muebles cómodos...Y para demostrárselo habría que darles estas cosas.»

a lo sumo, considerando tal represión como un obstáculo para el placer[18]. Lo expresa muy bien Azorín en *La voluntad* (pág. 266) hablando de Toledo. Nótese la especie de envidia a los católicos toledanos por esa «doble voluptuosidad» que pueden encontrar:

> «Éste es un pueblo feliz», piensa Azorín; «tienen muchos clérigos, tienen muchos militares, van a misa, creen en el demonio, pagan sus contribuciones, se acuestan a las ocho... ¿Qué más pueden desear? Tienen la felicidad de la Fe, y como son católicos y sienten horror al infierno, encuentran doble voluptuosidad en los pecados que a los demás mortales, escépticos de las chamusquinas eternas, apenas nos enardecen».

Idéntica actitud presenta Azorín respecto a la religiosidad: en *La voluntad* dedica un capítulo a la semana santa en el que coincide con el concepto ya visto en Unamuno, el de un catolicismo trágico y austero, de mortuorios cristos exangües, opuesto a la alegría de la religiosidad «levantina», a la que critica[19]; pero esa reprobación se convierte casi en alegre cele-

---

[18] Puede compararse el párrafo de Azorín que se cita con este otro de Blasco («Noche de bodas», *Cuentos valencianos*, Valencia, Prometeo, s.f., página 151): «¡Maldita idea la de aquella buena señora que quiso hacer un sacerdote del mocetón fornido, que antes que continencias necesitaba esparcimientos y escapes para su plétora de vida!»

[19] O.c., págs. 192-193: «Noche de jueves santo. A las diez Azorín ha ido con Justina a visitar los monumentos. (...) Azorín siente algo como una intensa voluptuosidad estética ante el espectáculo de un catolicismo trágico, practicado por una multitud austera, en un pueblo tétrico... (...) Y un Cristo exangüe, amoratado, yace en el suelo sobre un roído paño negro, entre cuatro blandones. Algo como el espíritu del catolicismo español, tan austero, tan simple, tan sombrío; algo como el alma de nuestros místicos inflexibles; algo como la fe de un pueblo ingenuo y fervoroso, se respira en este ámbito pobre, ante este Cristo que reposa sencillamente en tierra, sin luminarias y sin flores. Y Azorín ha sentido un momento emocionado, silencioso, toda la tremenda belleza de esta religión de hombres sencillos y duros. / Desde San Roque la comitiva ha ido a la iglesia del Colegio, que está a dos pasos. Aquí ya la devoción pseudoelegante ha emperejilado el monumento de ramos colorinescos, bambalinas, velas rizadas. Azorín piensa en el detestable gusto de estas piadosas tramoyas, en el desmaño lamentable con que clérigos y devotos exornan altares y santos. Vienen a su memoria los enormes ramos hieráticos

bración en *La casa vasca, la casa levantina*, de apenas dos años más tarde, donde las «velas rizadas» siguen siendo, sí, símbolo de «paganismo», pero esta vez considerado con alborozo, resumiéndolo en una alegre y simpática frase conclusiva: «¿Cómo queréis que aquí florezca el dogmatismo destructor y creador? Este es el país de la volubilidad y de la ironía»[20].

Azorín citaba a Baroja para acordar con él el «paganismo» de la religiosidad valenciana, y simbolizaba con las «velas rizadas» ese sentimiento de fiesta alegre que acompañaba a la semana santa. En una anécdota que contaba Guillermo Díaz-Plaja *(Las estéticas de Valle-Inclán*, Madrid, Gredos, 1965, pág. 90), Valle-Inclán utilizaba también las velas como metáfora, aunque para simbolizar esta vez su división tripartita de España:

> «Desengáñense ustedes» —le oí decir a Valle-Inclán, siendo yo estudiante, en la «cacharrería» del Ateneo—, «los españoles nos dividimos en tres grandes grupos: los andaluces, que van a la proceción con una velita rizada; los castellanos, que van con un hachón de cera; y nosotros, los del norte, que vamos con un hueso».

Porque, en efecto, si Unamuno estimaba una bipartición de España, Valle la dividía en tres. Una era la «región castellana» (aunque en alguna ocasión parecía dejar fuera a La Mancha), a la que consideraba «muerta, porque Castilla vive mi-

---

de mil colores, las capas en forma de embudo, las manos cuajadas de recios anillos, las enormes coronas de plata que se bambolean en la cabeza de las vírgenes. Y junto a la simplicidad sugestionadora del Cristo de San Roque, todo este aparato estrepitoso y frívolo, le parece así como un nuevo martirio que las buenas devotas y los buenos clérigos —buenos, sí, pero un poco impertinentes— imponen a sus amadas vírgenes, a sus amados santos.»

[20] (en *Tiempos y cosas*, o.c., págs. 83-87, cita en pág. 86): «Y en los espíritus, una discreta indiferencia, un escepticismo jovial y suave, vela las hondas y extremadas ideas. "Esto —me decía en cierta ocasión Pío Baroja, el ilustre novelista vasco, ante una procesión que discurría por las calles de un pueblecillo levantino—, esto no es una procesión católica; esto es una procesión pagana". Lo era, en efecto; habían desfilado ya los viejos, los mozos, los clérigos, y al final, cerrando en cortejo, avanzaban dos largas filas de lindas muchachas que reían, que cuchicheaban, que charlaban en alta voz, con sus velas rizadas en las manos, algunas con el pelo suelto sobre la espalda. ¿Cómo queréis que aquí florezca el dogmatismo destructor y creador? Este es el país de la volubilidad y de la ironía...»

rando atrás, y mirando atrás no se tiene una visión del momento»[21]; la otra abarcaba toda la cornisa cantábrica y, frente al cansancio castellano, era joven, todavía sin desenvolver, «impulsada por el logos espermático»[22]. Finalmente estaba la costa mediterránea, a la que denominaba «región levantina» y convertía en receptáculo de todas sus críticas: «fenicia», «gitana», «falsa», «poseedora de ciencia engañosa»[23]. Rechazaba tajantemente la pintura de Joaquín Sorolla[24], y respecto a

---

21 Cfr. «La pintura vasca», *La pintura vasca 1909-1919. Antología*, Bilbao, Biblioteca de Amigos del País, 1919: «La región castellana tiene una expresión mística, una expresión de acabamiento, una expresión de cansancio. Ha sido, y para volver a ser mira atrás como los hombres que han vivido mucho y que viendo cerrado el porvenir se buscan en su conciencia.»

22 O.c.: «... el pueblo vasco, y con el pueblo vasco todos los que se asoman al Cantábrico, no se ha desenvuelto aún, no pueden mirar atrás... a una época anterior, a unas conquistas y a una historia geográfica... ni tienen tampoco una ciencia aprendida de ajenos; son primitivos, ésos tienen todavía un sentido juvenil, miran adelante y son impulsados por el *logos* espermático, por la razón generadora».

23 *Op. cit.*: «La región levantina ¡triste herencia fenicia!, la región levantina tiene la amargura de la ciencia; ha aprendido la ciencia mediterránea y no la ha aprendido de un modo sincero, la ha aprendido a la manera fenicia, la ha aprendido como un medio para comerciar y para engañar. La región levantina es gitana, es gitana en todo: ¿dónde hay más ciencia que la de un gitano? Ciencia para vender un asno, ciencia para transformarle y para engañar al comprador, pero ciencia al fin; claro está que entre un albéitar y un gitano es posible que el gitano sepa mejor cómo vender el animal y que el albéitar sepa mejor cómo ha de curarlo, pero uno y otro tienen ciencia, bien que uno tiene una ciencia honrada y el otro una ciencia fenicia. Toda España está gobernada por Levante, toda España está gobernada por la falsificación de Levante, por aquella ciencia que ha aprendido de los gitanos: vengan los ministros de Galicia con su gaita, vengan con su tamboril de las Vascongadas o con la sardana de Cataluña, o con la pandereta de Andalucía, al juntarse en Madrid todos son levantinos; todos tienen la misma expresión falsa, todos tienen la misma ausencia de conciencia y todos tienen la misma ciencia para engañar. / Nuestro Mediterráneo no es el Mediterráneo Oriental, no es el que tiene la ciencia griega; es el Mediterráneo africano, el triste Mediterráneo engañoso. Estas son las dos expresiones consagradas hasta ahora del arte español: la castellana de cansancio y la levantina de ciencia engañosa.»

24 Rechazo expresado a las claras en cada ocasión en que hablaba del pintor. Cfr. sus artículos de 1908 en *El Mundo* («Un pintor», 3-V; «Las tres esposas», 6-V; «Divagaciones», 11-V; «Del retrato», 12-VI; «Las hijas del Cid», 30-VI), de 1912 en *Nuevo mundo* («Divagación», 23-V; «Romero de Torres», 30-V; «Santiago Rusiñol», 6-VI; «Notas de la exposición», 20-VI) y el ya citado *La pintura vasca* (1919).

Blasco Ibáñez sólo nos consta su respuesta a una entrevista del diario *Informaciones* (29-I-1928) en el momento de la muerte del escritor valenciano:

> —¿Por qué me preguntan ustedes a mí? Yo no he leído nunca a Blasco Ibáñez.
> —¿Nunca?
> —Nunca. Es decir, cuando *El Liberal* publicó en folletín *La barraca*, yo leí, al pasar, algunos fragmentos. Nada, un poco. Lo bastante para darme cuenta…
> —¿De qué?
> —No hablemos de eso. Es más: yo les diría a ustedes que Blasco no se ha muerto.
> —¿Cómo?
> —Sí, que es un reclamo…Creo que eso sí lo hacía bien…[25].

Pío Baroja tenía también su frontera, entendiendo una España bipartita, aunque a diferencia de Unamuno, no atendía a la divisoria de las aguas, sino que simplemente seccionaba en norte y sur, «los que tenían ideas y los que no, las mentes especulativas y nórdicas y las otras, las mentalidades sarracenas y mediterráneas, partidarias de la horizontal y los fandangos (versión africana) o la *mascletá* (versión levantina)» (cfr. Andrés Trapiello, *Los nietos del Cid*, Barcelona, Planeta, 1997, pág. 140).

Así, Valle partía España en tres y Unamuno y Baroja en dos, división geográfica que en todos los casos se correspondía con otra, de carácter estético: Joaquín Sorolla y Vicente Blasco Ibáñez aparecían como la personalización de ese territorio que era el opuesto al que ellos defendían. En sus textos Valencia se presentaba como una especie de estorbo, una discordancia con su idea de lo que debía ser España. Unamuno llegó a psicosomatizarlo, y en una de las pocas ocasiones en que viajó a la capital mediterránea —por asuntos legales—

[25] En una nota editorial a continuación, *Informaciones* señalaba: «Por respeto a la personalidad del señor Valle-Inclán publicamos sus opiniones sobre el ilustre muerto, aun cuando nos parecen impropias del momento y del prestigio de quien las dicta.»

escribió una carta a Blasco (por entonces residente en Menton, en la Costa Azul francesa) en la que abiertamente le decía que «en este su pueblo no me hallo»[26].

En Vicente Blasco Ibáñez nos encontramos justo con el polo opuesto. Su sentimiento de España fue siempre federalista e intrínsecamente unitario; aspecto que arreció a partir de su amplia proyección internacional. En una de las escasas ocasiones en que se refirió a las regiones españolas, la unidad de ellas dentro de la nación[27] y el trato halagüeño para todas aparece claramente —con independencia del tono que hoy podríamos considerar «tópico». Fue en su séptima conferencia en el teatro Odeón de Buenos Aires, en 1909, precisamente titulada *La madre patria ante el futuro*, en la que dijo:

> Vosotros, los españoles que estáis aquí, sois como la imagen de la España que habéis dejado y que debe seguiros con ojos amorosos, por ser los soldados de una gran campaña nacional en favor de la civilización. Sois los hijos de una España que ha caído, pero como Anteo, como el héroe mitológico que cobraba nuevas fuerzas cuando sus espaldas tocaban

[26] [6-IX-1922; cfr. *Epistolario inédito II] (1915-1936)*, edición de Laureano Robles, Madrid, Austral, 1991, págs. 123-124]:«Le escribo a usted, mi querido amigo, esta carta desde su propio pueblo y se la escribo con el ánimo contristado, o más bien irritado. Vine, cruzando Castilla y La Mancha, en viaje ni corto, ni cómodo, ni barato, a la vista de dos procesos; llego, comparezco y me dicen que se ha suspendido por no comparecencia del letrado defensor que me pusieron en turno de oficio. Esta gente se empeña en acibararle a uno el ánimo más aún de lo que ya lo tiene. *Y luego en este su pueblo no me hallo.*»

[27] En realidad el concepto «nación» se diluye en Blasco dentro del gran concepto de la hispanidad; en la misma conferencia dice: «Nosotros seguimos trabajando en la gran obra nacional de una España nueva. Pensamos que España no es solamente el territorio encerrado por sus fronteras, en donde flamea la bandera roja y gualda, ni la concepción política obediente a la monarquía. Creemos que España es una manifestación del alma humana, que encarna una raza, la raza española, toda la inmensa raza que tiene la misma sangre y el mismo idioma. Creemos que España es una concreción de la humanidad. / Los que alzamos la inteligencia por encima de las divisiones de la patria, vemos como nuestro algo más que la península española; y cuando notamos manifestarse el progreso de una nación de nuestra familia, nos alegramos y queremos que la raza española esparcida por el mundo sea grande, al lado o detrás del Atlántico, porque en todas partes queremos la grandeza de España.»

> la tierra. Sois los representantes de un país que tiene en sí todas las razas históricas y todos los climas conocidos; en la dulce Galicia, con sus verdes praderas, sus altas montañas, sus ribazos melancólicos; en la risueña Asturias, a que se ha llamado por sus bellezas naturales la Suiza española; en la férrea Vasconia y la hermosa Navarra, con las poderosas riquezas minerales de su suelo, que parecen fortificar a sus hijos; en la industriosa Cataluña, que levanta al espacio, como incensarios de progreso, millares de chimeneas; en las moriscas Valencia y Murcia; en la austera y gran Castilla; en la deslumbradora y florida Andalucía, que aún hoy es el museo de Europa, destacando ante el mundo su Alhambra como Partenón de la arábiga cultura. Sois, en fin, vosotros, el resumen de esa gran nación española que ha provocado grandes amores y grandes odios... ¡Odios sí, pero no por ella, sino por la torpeza de sus gobernantes![28].

Religiosamente, es muy conocido su anticlericalismo militante, así como su descreimiento respecto a cualquier verdad ultramundana. A su muerte se conformó una sospecha respecto a la «conversión a última hora» del escritor, pero no hay una sola prueba que resista comprobación. En cuanto a su anticlericalismo, hay que encuadrarlo en el papel político, económico y social que los prelados católicos desempeñaron en la época (de neto signo reaccionario), convirtiéndose en los oponentes naturales del revolucionario Blasco Ibáñez[29].

---

[28] No obstante, en la conferencia *La pintura española*, pronunciada en Buenos Aires en 1909 (cfr. Gascó Contell, 1966, págs. 275-19), Blasco se muestra exclusivista, denunciando como no propiamente española a la pintura que no coincidía con sus preferencias (pág. 276): «Entre estos pintores ocurre que, aunque muchos de ellos son españoles, por haber nacido en mi patria, pocos lo son en lo que a la obra producida se refiere. La pintura de Murillo, por ejemplo, fue puramente religiosa; Zurbarán no hizo sino pintar frailes, ascetas, milagros; Ribera pintaba con temor. En cambio, tres figuras se imponen en plano de primera fila: el Greco, Velázquez y Goya.»

[29] Un lugar común, en varios de sus escritos y en diversos discursos, es el de la defensa de la figura de Cristo, «dios de la pobreza», y su comparación con el lujo de sus prelados. León Roca describe con mucha viveza una interesante enécdota en el mismo sentido (1967, págs. 108-109): Ciriaco Sancha fue nombrado arzobispo de Valencia, organizándose su entrada triunfal en la ciudad en un desfile de alta pompa con batidores, timbales, clarines, en el que el prelado marchaba acompañado por las más altas

Sin embargo, Blasco conocía muy bien la religiosidad valenciana y la trató a menudo en sus relatos: es una religiosidad carnal y alegre, íntimamente conectada con el culto a las imágenes[30], una fe sensorial y exuberante, una práctica cotidiana de la que puede servir como buen ejemplo el siguiente párrafo de Blasco, citado por su biógrafo León Roca (o.c., pág. 42):

> Los altares eran pirámides de luces, flores por todas partes, con la profusión del mayo valenciano, con la exuberancia visual del catolicismo levantino, último refugio de la alegría helénica. Abajo, una masa compacta de público piadoso, compuesto en su mayor parte de mujeres: caras de palidez de camelia encuadradas por la mantilla; ojos negros, grandes, profundos, aureolados de azul; pechos de latentes y apretadas turgencias; susurros misteriosos de batistas interiores al arrodillarse o sentarse las devotas. Un perfume de fiesta pagana subía hasta nosotros en cálidas bocanadas; un olor de pétalos de rosa, de incienso, de jazmín, de cera, de carne firme y blanca, esparciéndose en el ambiente primaveral como los capullos de los jardines.

---

autoridades y tropas diversas con uniformes de gala, así como por masas de clérigos y seminaristas, incluyendo cuatro pajes con el sillón arzobispal al hombro, siendo cerrado el cortejo un piquete del regimiento de Guadalajara. Al llegar bajo el balcón de *La bandera federal,* Blasco y sus compañeros «...colocan un clan lienzo blanco con esta inscripción: / "Jesús iba descalzo, haraposo y hambriento. Comparad" (...) El estruendo de los silbidos, de los aplausos y las corridas, se entremezcla con el de los cascos de los caballos de la policía. Es necesario escalar por una ventana para arrancar el lienzo. Varios agentes de la autoridad... proceden a la detención de todos los que se encuentran en la redacción de *La bandera federal.* El primer detenido es Vicente Blasco Ibáñez».

[30] Por ejemplo, uno de los mejores textos de Blasco es el capítulo V de la primera parte de *Entre naranjos*, donde describe la procesión con las imágenes de San Bernat y sus dos hermanas, intentando detener la riada: entre banda de música, cánticos y truenos de escopeta, los campesinos alcireños entran en una catarsis de fervor que puede compararse, también por ejemplo, a la actual salida de la *Maredeueta* y su paseo entre los fieles cada año, en la plaza de la Virgen. Desde otro ángulo, trata con la misma maestría la religiosidad personal, como en el capítulo III de la primera parte, también de *Entre naranjos*, cuando la mujer enferma acude a la ermita para pedir que canten *albaes*.

Como Unamuno, Azorín o Baroja, igualmente Blasco hallaba «paganismo» en medio de las ceremonias católicas[31], pero lo más definitorio es su frase «... la exuberancia visual del catolicismo levantino, último refugio de la alegría helénica», que sitúa en un lugar completamente diferente ese sentimiento religioso.

Lógicamente, también al considerar la pintura Blasco se distanciaba de las posiciones de Unamuno, de las «visiones tétricas y oscuras» de España. Amigo personal de Sorolla, era ferviente partidario de su estética, de la «explosión de luz a cielo abierto» que su pintura representaba y de la que Unamuno parecía quejarse; respecto al «otro polo», a Ignacio Zuloaga, aunque lo reconocía como un gran pintor, se lamentaba precisamente de su visión tenebrosa *(La pintura española*, 1909, o.c., pág. 291):

> ... es un gran pintor, pero, como el Greco, en sus telas presenta una España que no es la real, una España de chulas, de guapos, de tipos a veces contrahechos y en cierto modo amanerada[32].

---

[31] Ello nos indica la peculiar concepción que se tenía del cristianismo en el entresiglos, que no coincide precisamente con la historia y la ideología predominantes en la iglesia romana, penetradas de sensorialidad, defensoras de las imágenes y con un mensaje central de alegría y resurrección de la carne; más parece que el concepto religioso de los noventaiochistas (que, quizás a la contra, también hallamos en Blasco) se ligue a las tendencias de pesimismo espiritualista procedentes de la reforma protestante, o al gnosticismo, por referirnos a los primeros siglos de elaboración teológica cristiana. He hablado extensamente sobre el tema en otra parte, a la que remito (cfr. parte primera de *Escrito, pintado,* o.c.).

[32] Azorín («La España de un pintor», 1904, *Tiempos y cosas*, o.c., págs. 143-145) presentaba, cinco años antes, la misma valoración que Blasco: «... ¿ha recogido el señor Zuloaga en sus lienzos nuestro ambiente? ¿Ha retratado don Ignacio Zuloaga la verdadera España? A mi entender, el señor Zuloaga es un pintor de carácter literario; pero su *literatura* está inspirada más bien en la visión que los extranjeros han tenido de España que no en la propia visión que nosotros tenemos de nuestras cosas (...) No se necesita más que dar un vistazo por España para comprobar que el país que retrata el señor Zuloaga no es la España real y auténtica en que todos los españoles vivimos. Hay algo en España más hondo y más diferencial que esas características que el señor Zuloaga expone en sus lienzos».

Y en *La maja desnuda* hacía pensar así al pintor-protagonista (primera parte, cap. I, págs. 189-190):

> Los paisajes luminosos eran oscuros y tétricos al pasar al lienzo; el país del sol aparecía bajo el pincel con un cielo gris y la tierra de un verde fúnebre; las cabezas eran de una gravedad monacal. El artista ponía en sus cuadros no lo que le rodeaba, sino lo que llevaba dentro, un pedazo de su alma, y su alma estaba agarrotada por el miedo a los peligros de la vida presente y los tormentos de la futura; era negra, con la negrura de la tristeza, como si se hubiese tiznado en el hollín de las hogueras de la Fe[33].

El sentimiento de la muerte aparece también, necesariamente, en la narrativa de Blasco, pero el punto de vista del escritor da la vuelta ciento ochenta grados al de los noventaiochistas; dos características señalan netamente ese giro: la primera es que la muerte aparece como un mal inevitable, como el fin ineludible de lo que nunca se querría ver terminado; la vida, pues, se sitúa como el centro necesario, el único centro. La segunda está relacionada con la primera: la ceremonia de la muerte es tratada por el novelista valenciano con parecida sensorialidad y voluptuosidad a la que adopta cuando escribe sobre otras situaciones netamente vitales. Observemos como ejemplo un párrafo de *La barraca* (1898), que narra la muerte del hijo pequeño de Batiste (edición de J. Mas y M. T. Mateu, Madrid, Cátedra, 1998, págs. 179 y 181):

[33] La coincidencia de las opiniones de Blasco con las de Sorolla es notable. El pintor, en una entrevista con F. Martín Caballero («Hablando con don Joaquín Sorolla», *La Correspondencia de Valencia*, 11-IX-1913) se expresaba así: «... no es cierta la España inquisitorial, la España negra que nos pintan y nos describen. El pueblo español es un pueblo grande, porque es inteligente y tiene, además, una gran fe... Lo que es defectuoso en mi país es lo que es oficial, no el pueblo. (...) En mis viajes voy percibiendo toda la verdad. Verdad que dista mucho de ser la nota triste que ha invadido nuestro arte y nuestra literatura. Depende esto, según creo, de nuestros artistas. Son ellos los enfermos, no nuestro pueblo. Muestran a las gentes no como las gentes son, sino como ellos las ven a través de su extravío».

Aquello no podía quedar así; ¡el niño en la cama y todo desarreglado! Había que acicalar al *albat* para su último viaje, vestirle de blanco, puro y resplandeciente como el alba, de la que llevaba el nombre (...)

Pepeta comenzó el arreglo de la fúnebre pompa. Colocó en el centro de la entrada la mesita blanca de pino en que comía la familia y la cubrió con una sábana, clavando los extremos con alfileres. Encima colocaron una colcha de almidonadas randas, y sobre ella el pequeño ataúd traído de Valencia, una monada que admiraban las vecinas: un estuche blanco galoneado de oro, mullido en su interior como una cuna.

Pepeta sacó de un envoltorio las últimas galas del muertecito: la mortaja de gasa tejida con hebras de plata, las sandalias, la guirnalda de flores, todo blanco, de rizada nieve, como la luz del alba, cuya pureza simbolizaba el pobrecito *albat*.

En *La voluntad de vivir (Obras completas*, t. IV, Madrid, Aguilar, 1977, págs. 693-914) da una solución mortal al protagonista, el suicidio, y las imágenes de la muerte vienen anunciándolo casi desde el principio de la novela, a comenzar por el desfile incesante de féretros que jalona el paseo de Enrique Valdivia con su discípulo. Pero es imposible no entender ese sentimiento de la muerte a partir de la primera de las características que señalábamos: un mal inevitable que únicamente llega a pretenderse al considerar perdido para siempre el objeto del deseo, el placer supremo que la amada significa en la vida del sabio. Puede servir como ejemplo la primera vez que el enamorado doctor proclama a la mujer la voluntad de morir en caso de perderla (págs. 798-99):

—No te rías, lucha. ¡Morir si te perdiese! Cree que no miento. ¡Morir!... ¡Morir!

Pensaba al decir esto en ciertos sarcófagos antiguos en los cuales ignorados artistas representaban juntos el Amor y la Muerte como inseparable pareja: recordó los saludos melancólicos de la poesía ante estas dos imágenes, cogidas siempre de la mano, como si fuese imposible llamar a la una sin presentarse la otra.

Y el sabio Valdivia, el adorador de la existencia, el de la voluntad de vivir, el miedoso de la muerte, repitió con voz sombría el tétrico deseo que por primera vez subía a sus labios.

Puede observarse que la centralidad de la vida es, también aquí, la marca principal. Otro discurso de Valdivia al discípulo simboliza a la perfección el sentimiento central que alimenta las páginas de la narrativa blasquiana (pág. 714):

> La vida es triste, Juanito —dijo el doctor—. Dolores, desilusiones, y la nada al final, como resultado de tanta inquietud. Pero los hombres pasan junto a la muerte sin fijarse en ella, y aunque no sabemos por qué estamos aquí ni a qué conduce nuestra vida, la humanidad grita rabiosamente: «¡Quiero vivir!», y este deseo la engaña y la sostiene. La vida a toda costa, sea como sea; por el placer de vivirla, por el gusto de existir, por la satisfacción de haber nacido.

2. *El «intelectual» noventaiochista y el público de masas*

Se ha señalado en el entresiglos un fenómeno lingüístico que es síntoma de cambios importantes en la mentalidad de los escritores. En su trabajo «El año 1898 y el origen de los "intelectuales"», (en J. C. Mainer, *Modernismo y 98*, Barcelona, Grijalbo, 1980, págs. 31-36), Inman Fox desveló que el término «intelectual», utilizado así, como sustantivo que denomina una clase particular de individuos, fue introducido en francés hacia finales del siglo XIX —empezando a ser adoptado con asiduidad a partir del asunto Dreyfus— e inmediatamente en español, precisamente de la mano de los noventaiochistas. Su uso se generalizó durante los primeros años del siglo XX y, desde entonces, el sustantivo «intelectual» ha ido definiendo un tipo plenamente caracterizado. *Nomen dictum quasi notamen*, dicho el nombre, casi llegamos a la esencia; el apotegma de Isidoro de Sevilla se nos presenta aquí con toda su fuerza: los «intelectuales», con plena conciencia de clase distinguida del resto de la sociedad, tal y como identificamos en la actualidad el concepto, son un producto que nació con el siglo que ahora está muriendo.

Como característica primordial, Inman Fox señala en su artículo la «oposición al orden político establecido»; probablemente fuera cierto en el momento en que se acuñó el sustantivo, aunque no es posible dejar de considerar dos notables excepciones que implicarán sendos caminos divergentes. La primera es Azorín quien, como es sabido, aun encarnando plenamente el tipo de intelectual, sostendría militantemente al orden establecido, tanto desde su escaño de diputado conservador como con sus artículos periodísticos (algunos destinados a sustentar la política de Maura; otros a apoyar indirectamente la postura gubernativa española cuando fue fusilado Ferrer Guardia...); eso por referirnos a los comienzos del siglo y no hablar de sus posteriores artículos en *¡Arriba!*, respaldando la figura y la política del general Franco. El ejemplo de Azorín se ha demostrado muy frecuente a lo largo de la vigésima centuria, por lo que, aun siendo relativamente comprobable en el momento del surgimiento de la palabra, no parece pertinente distinguir el tipo «intelectual» por su relación con los poderes dominantes. La otra excepción es precisamente Blasco Ibáñez. En su caso existió siempre el enfrentamiento con el estado de cosas reinante (al que solía referirse como «lo existente») y, sin embargo, el punto de vista que mantendré es que no se lo debe encasillar dentro del género «intelectuales».

Porque lo que reputo consustancial al nuevo sustantivo, la consecuencia más importante de su penetración en nuestro idioma, es el establecimiento de una *separación* (real y de consciencia) de la «clase de los intelectuales» respecto al resto de la sociedad[34]. Cierto que esa separación es un proceso

[34] Es interesante constatar que todas las referencias a la «generación del 98», explícitas o implícitas, señalan esta distancia con el público. Guillermo Díaz-Plaja, en su detallado estudio sobre la génesis del propio concepto de «generación del 98» *(Modernismo frente a Noventa y Ocho*, Madrid, Espasa-Calpe, 1951), citaba el importante libro de Andrés González Blanco *Historia de la novela en España desde el romanticismo hasta nuestros días*, publicado en 1909, como uno de los primeros que tomaban nota de la existencia de una nueva generación, a la que llamaba *generación del desastre*, y caracterizaba, además de por «un anhelo de estudio y penetración, nada parecido al decadentismo», por *un retraimiento del gran público* (Díaz-Plaja, 1951, pág. 93).

histórico cuyos orígenes habría que buscarlos en el protohumanismo del siglo XIII y que no se empieza a enunciar abiertamente hasta los siglos XVI-XVIII, adquiriendo nuevas dimensiones con el romanticismo y prolongándose durante el XIX[35] con una manifestación específica en el subgénero de las «novelas de artista»[36]; pero con la «generación del 98» da un notable salto adelante, llegando a adquirir un estatus que podemos denominar «vanguardista».

El siglo XX es la centuria de las vanguardias, que impondrán su punto de vista, hegemonizando al conjunto de la cultura. Nunca en la historia como en el siglo XX ciertos artistas y escritores llegaron a separarse tanto del resto de la sociedad, constituyendo un grupo aparte no sólo por su consciencia, sino también porque sus obras prescindieron del «gusto popular» desplazándose del «relato» hacia el «metarre-

---

[35] Evidentemente, mi consideración del «intelectual» es distinta a la de José Luis Abellán, tal como la expresa en un reciente artículo («El intelectual de hoy a la luz del 98», *El País*, 18-VIII-98, pág. 11): «... la figura del intelectual —si bien no el nombre— ha existido a lo largo de toda la historia occidental, aunque se la haya conocido con denominaciones muy diversas; en un libro reciente dedicado al tema se contabilizan las siguientes: sofistas, cínicos, estoicos, herejes, místicos, gnósticos, cismáticos, milenaristas, goliardos, protestantes, melancólicos, utópicos, iluminados, anarquistas, socialistas... En un sentido más preciso, cabe decir que la figura del intelectual como conciencia libre e independiente se remonta al Renacimiento, cuando aparece el "humanista", que puede vivir del apoyo de uno o varios mecenas, adquiriendo el carácter "flotante" típico del intelectual en Occidente». El intelectual para Abellán es, pues, todo hombre que ejerce públicamente su pensamiento, incluyendo en el concepto tanto a los «tribunos de la plebe» como a los que se separan del pueblo, condición esta última que es una componente sustancial en la caracterización que hago, lo que excluye a los «tribunos de la plebe» a la manera de Blasco Ibáñez. Creo que era así también para los del 98 y, sobre todo, para Ortega y Gasset.

[36] Tres importantes trabajos introducen bien la problemática de la «novela de artista»: *Modernismo. Supuestos históricos y culturales* (México, FCE, 1983) de Rafael Gutiérrez Girardot, y *La novela del artista* (Madrid, Mondadori, 1990) y «El desvarío artístico de la modernidad» (*Claves de razón práctica* número 70, marzo 1997, págs. 28-35) de Francisco Calvo Serraller, situando como centro, el primero, el choque del artista con la sociedad y, el segundo, los problemas íntimos en la creación de la obra de arte de los personajes de las novelas.

lato»[37], segregándose así del sentir cotidiano. La sustancia de radicalidad de las vanguardias las marginará absolutamente del gusto del gran público, como bien constató Ortega. El «intelectual» noventaiochista tiende a situarse en esa línea, pero adopta una especie de «postura intermedia» que evita la total separación y, al contrario, le hace concebir un ideario jerárquico por el que a «los intelectuales» les corresponde «dirigir» a las masas e ir progresivamente «educándolas». También será Ortega quien con mayor claridad sintetice esta posición, que se encuentra diluida, aquí y allá —aunque no «en germen»: plenamente desarrollada— en los escritos de Unamuno, Maeztu, Azorín, Baroja o Valle *(La deshumanización..., op. cit.,* págs. 355-56):

> Durante siglo y medio el «pueblo», la masa, ha pretendido ser toda la sociedad. La música de Strawinsky o el drama de Pirandello tienen la eficacia sociológica de obligarle a re-

---

[37] Ortega y Gasset tomó buena cuenta de ello en *La deshumanización del arte* (1925, *Obras completas*, t. III, Madrid, Revista de Occidente, 1957 —4.ª edición—, pág. 354): «Se dirá que todo estilo recién llegado sufre una etapa de lazareto y se recordará la batalla de *Hernani* y los demás combates acaecidos en el advenimiento del romanticismo. Sin embargo, la impopularidad del arte nuevo es de muy distinta fisonomía. Conviene distinguir entre lo que no es popular y lo que es impopular. El estilo que innova tarda algún tiempo en conquistar la popularidad; no es popular, pero tampoco impopular. El ejemplo de la irrupción romántica que suele aducirse fue, como fenómeno sociológico, perfectamente inverso del que ahora ofrece el arte. El romanticismo conquistó muy pronto al «pueblo», para el cual el viejo arte clásico no había sido nunca cosa entrañable. El enemigo con quien el romanticismo tuvo que pelear fue precisamente una minoría selecta que se había quedado anquilosada en las formas arcaicas del «antiguo régimen» poético. Las obras románticas son las primeras —desde la invención de la imprenta— que han gozado de grandes tiradas. El romanticismo ha sido por excelencia el estilo popular. Primogénito de la democracia, fue tratado con el mayor mimo por la masa. / En cambio el arte nuevo tiene a la masa en contra suya, y la tendrá siempre. Es impopular por esencia: más aún: es antipopular. Una obra cualquiera por él engendrada produce en el público automáticamente un curioso efecto sociológico. Lo divide en dos porciones, una, mínima, formada por reducido número de personas que le son favorables; otra, mayoritaria, innumerable, que le es hostil... Actúa, pues, la obra de arte como un poder social que crea dos grupos antagónicos, que separa y selecciona en el montón informe de la muchedumbre dos castas diferentes de hombres.»

conocerse como lo que es, como «sólo pueblo», mero ingrediente, entre otros, de la estructura social, inerte materia del proceso histórico, factor secundario del cosmos espiritual. Por otra parte, el arte joven contribuye también a que los «mejores» se conozcan y reconozcan entre el gris de la muchedumbre y aprendan su misión, que consiste en ser pocos y tener que combatir contra los muchos.

Se acerca el tiempo en que la sociedad, desde la política al arte, volverá a organizarse, según es debido, en dos órdenes o rangos: el de los hombres egregios y el de los hombres vulgares. Todo el malestar de Europa vendrá a desembocar y curarse en esa nueva y salvadora escisión. La unidad indiferenciada, caótica, informe, sin arquitectura anatómica, sin disciplina regente en que se ha vivido por espacio de ciento cincuenta años, no puede continuar. Bajo toda la vida contemporánea late una injusticia profunda e irritante: el falso supuesto de la igualdad real entre los hombres. Cada paso que damos entre ellos nos muestra tan evidentemente lo contrario que cada paso es un tropezón doloroso. (...) Decía el evangelista: *Nolite fieri sicut equus et mulus quibus non est intellectus*. No seáis como el caballo y el mulo, que carecen de entendimiento. La masa cocea y no entiende. Intentemos nosotros hacer lo inverso.

Los intelectuales se despegan del resto de la sociedad para constituirse en clase separada con aspiraciones regentes[38]; los términos «vulgar», «vulgaridad», «cotidianidad» se prodigan en los escritos, habitualmente como señal de rechazo y desprecio aunque, en otras ocasiones, designarán un «objeto de laboratorio» digno del estudio del intelectual —es notoriamente el patrón de buena parte de la literatura de Azorín, así como de la «intrahistoria» de Unamuno. En las propias citas que Inman Fox señala como las primeras que ha encontrado en que se utiliza el sustantivo, éste aparecía con un sentido claro de oposición, o al menos separación, con las masas,

[38] «Así vemos que no sólo debemos a los jóvenes de 1898 la penetración en la lengua castellana del término "intelectual", sino también que fue la primera generación española que tenía una conciencia clara de su papel rector en la vanguardia política y social. El que se consideraran como pertenecientes a una "clase" nueva se infiere de todas las citas en que hemos visto el nacimiento del término "intelectual" (Inman Fox, cit., pág. 35).

con la gente. Así Ramiro de Maeztu en «El socialismo bilbaíno» *(Germinal*, 16-VII-1897):

> Y repróchesele [al socialismo marxista bilbaíno] también el tacto de codos contra los intelectuales que aparta de sus filas a multitud de corazones generosos...

Y en «Ideal nuevo» *(El Progreso*, 6-II-1898):

> Y entonces, cuando las masas se fatiguen de arrastrarse ante los sables y ante las sotanas, y vuelvan a impetrar su redención de los intelectuales...

En cuanto a Unamuno, además de denominar a los que no son intelectuales por oposición a los que sí lo son, los colocaba abiertamente por debajo («De patriotismo», *Las Noticias*, 10-IX-1899):

> Por encima de las patrias que luchan el triste combate, álzase la solidaridad de los «intelectuales», y por debajo de ellos, la de los «cordiales» de los pueblos todos. Lo que de ordinario llamamos patriotismo, el exclusivista, es cosa de la clase media en cultura[39].

Los «intelectuales», que utilizan la razón, de los que Ortega dirá que hacen oficio de inteligencia, y los «cordiales» (de *cor, cordis*: corazón), que ponen en su vida la pasión por delante. A menudo encontramos en Unamuno rechazos de la cotidianidad[40], aunque otras veces la reivindicaba, pero en

[39] En 1934, en el prólogo a la 2.ª edición de *Amor y pedagogía* (he utilizado la edición de Anna Caballé, Madrid, Austral, 1996), reconocería haber asumido una labor educativa «del pueblo-niño», llamándola *demagogía* por equiparación con *pedagogía* (pág. 54): «Ha sido después cuando el Hado de la Providencia me llevó a una actividad pública y de publicista para el público, para la masa de los lectores y de los oyentes, y con ello a un menester de demagogía —acentúese en la í, como en *pedagogía*— de conducción o educación del pueblo niño.»

[40] Pueden ser ejemplificados por el siguiente («El Cristo de San Juan de Barbalos», *El Heraldo de Cuba*, La Habana, 6-VII-1914): «Me invitan a ir al teatro a ver la representación de tipos vulgares y cotidianos, de aquellos con quienes rozamos a diario, y para persuadirme me dicen que están fielmente

estos últimos casos caía de lleno en la categoría de «objeto de laboratorio» a que me he referido. Yendo a los límites, como le era propio, en *En el museo del Prado*, artículo publicado el 17 de enero de 1919 en *Los lunes del Imparcial*, meditaba sobre un personaje de Velázquez con el que tipificaba al «tonto del pueblo»; ese texto puede servir como ejemplo perfecto del tipo de reclamo que Unamuno hacía al pensamiento cotidiano: objeto de investigación para el intelectual, del cual recibe, al mismo tiempo, su arrogante desprecio. Cotejando el bobo de Coria retratado por Velázquez[41] con el retrato de Carlos II de Carreño[42], alababa al tonto precisamente porque extremaba lo más característico del pensamiento popular, diluyendo la existencia en un todo unitario, en una balsa en la que se yuxtaponen los distintos elementos de la vida sin solución de continuidad, comparando esa actitud con la de Calderón de la Barca para, a renglón seguido, señalar que ese tipo de inteligencia, propia del pueblo, «es incompatible con el Trono», con el poder[43]. El comentario sobre

tomados del natural y muy bien observados. Y contesto: Yo no voy al teatro a ver y oír lo que a diario puedo ver y oír en la calle, en la plaza o en el café, y los que en la vida no me interesan, menos me interesan en el tablado. Si me dijeran que habían resucitado y andaban por el mundo Hamlet o el rey Lear o lady Macbeth o Segismundo o Sancho o Don Lucas del Cigarral o siquiera Don Juan Tenorio, iría a verlos y conocerlos; ¿pero Perico el de los palotes o Ambrosio el de la carabina? De ninguna manera.»

[41] Unamuno se refería sin duda al retrato del bufón don Juan de Calabazas que se halla en el Museo del Prado —ól./lz., 106 × 83— (otro retrato velazqueño del mismo bufón hay en el Cleveland Museum of Art, ól./lz., 175 × 107). Julián Gállego explica la confusión del nombre («Catálogo», *Velázquez*, Madrid, Museo del Prado, enero-marzo 1990, págs. 58-454, cita en pág. 322): «El remoquete de *Bobo de Coria* se debe a un error que aparece escrito, por vez primera, en el inventario de 1764 del Palacio Nuevo de Madrid. Su nombre oficial era D. Juan de Calabazas, aunque es dudoso que llevara ese apellido realmente, como los suyos Morra o Acedo.»

[42] Juan Carreño de Miranda, *Carlos II*, 1673, óleo sobre lienzo, 75 × 60 cm, Madrid, Museo del Prado. Carreño retrató numerosas veces a Carlos II. En el Prado hay dos réplicas del monarca en pie (ól/lz., 201 × 141 cm.); el prototipo parece ser el del Museo de Asturias, de 1671; el del Museo de Berlín es de 1673.

[43] «Pasad a la sala de Velázquez, el padre espiritual de Carreño, y deteneos ante el retrato del Bobo de Coria. Este es el tonto del pueblo, el tradicional e inevitable tonto del pueblo: un hombre feliz. Su idiotez popular irradia ale-

«el bobo de Coria» es una alusión indirecta a esa contradicción entre los pensamientos «vulgar» e «intelectual»; las cualificaciones que definen el pensamiento cotidiano le sirven a Unamuno para distinguir el del tonto: «Su idiotez popular irradia alegría de vivir, descuido y contento»; «como no comprende nada, se ríe de todo». El escritor vasco destaca el tipo de sabiduría del tonto como desestructuradora de la imagen de lo real aceptada por la racionalidad, explica su concepción del mundo como una suma de agregados en la que las ideas y las cosas, los sueños y las demás experiencias, no se articulan ni establecen jerarquía («porque para él todo era uno»). Es sin duda una caricatura, una exageración de las tendencias del pensamiento cotidiano; pero se trata exactamente de ellas: una visión que tiende a sintetizar, a escapar del permanente análisis, que huye de la división de lo real en partes y partes de partes. La «filosofía ingenua e inmediata, intuitiva» la situaba Unamuno en oposición a la «filosofía reflexiva o mediata, especulativa». Precisamente porque esa filosofía suya «no pasa de ser ingenua e inmediata»... «es bobo»[44].

gría de vivir, descuido y contento. Este enorme filósofo que es el Bobo de Coria nada dice ni comprende nada; pero justamente por eso de no comprender nada se ríe de todo. Si su filosofía ingenua o inmediata, intuitiva, pudiese transformarse en filosofía reflexiva o mediata, especulativa, nos diría con Santa Teresa: "¡Sólo Dios basta! Entendiendo por Dios, ¡claro está!, la vida plena y entera. Pero la filosofía del Bobo de Coria no pasa de ser ingenua e inmediata. Y por eso es bobo. Para él filosofar es estar riéndose. Ante él recuerdo la profunda sentencia de Zuloaga ante el Botero de Segovia: "¡Qué filósofo! ¡No dice nada!". / Pero llevad la idiotez desde el arroyo de la calle al Trono, hacedla, de popular que era, regia. Y desaparece la alegría al estallar la tragedia. (...) Al Bobo de Coria se le ocurría pensar que la vida es sueño, porque para él todo era uno, y el que dice que la vida es sueño distingue entre una y otro. Para el Bobo de Coria todo era uno y lo mismo, y todo lo real, ideal, y todo lo ideal, real. Era, no me cabe duda de ello, un prehegeliano inconciente, ingenuo, inmediato.»

[44] No deja de ser curioso cómo en el prólogo de 1902 a *Amor y pedagogía*, en el que hace que su supuesto autor parezca criticar al autor de la novela, es decir, organiza una especie de broma consigo mismo, con un tono que antecede al que usará en el prólogo de *Niebla*, dice socarronamente de sí mismo (o. c., págs. 48-49): «Antójasenos que por debajo de todas las bufonadas y chocarrerías, no siempre del mejor gusto, se delata el culto que, mal que le pese, rinde a la ciencia y a la pedagogía el autor de esta obra. Si de tal modo se revuelve contra el intelectualismo es porque lo padece como pocos españoles puedan padecerlo. Llegamos a sospechar que, empeñado en corregirse, se burla de sí mismo.»

José Martínez Ruiz encarna como nadie el prototipo de intelectual. Sin embargo, su intrínseca vacilación lo lleva no sólo a tratar muy a menudo de la vida cotidiana —que entra también aquí, como en Unamuno, en la categoría de «objeto de laboratorio»—, sino incluso a reivindicar el valor de esta cotidianidad y hasta quejarse de la propia condición de intelectual[45]. Existe en Azorín una tensión dentro mismo de su escritura, por un lado clara y concisa, de fácil comprensión, pero por otro lado poseedora de la tranquilidad de la meditación de fondo, intentando evitar la redundancia, manifestando un gusto escogido y exquisito, constantemente preocupado por el vocabulario y el fraseo, lo que establece una distancia implícita entre su prosa y los «gustos vulgares». Y, como si se lamentara del alejamiento del vulgo, le invade

[45] Así, por ejemplo, en «Confesiones de un Autor» (1904, *Tiempos y cosas*, o.c., págs. 75-78): «"La vida merece siempre ser vivida, y todo consiste en tener la sensibilidad correspondiente —dice William James en su maravilloso libro *Los ideales de la vida*—; muchos de nosotros, pertenecientes a las clases que a sí mismas se llaman cultas, nos hemos alejado demasiado de la Naturaleza. Nos hemos dedicado a buscar exclusivamente lo raro, lo escogido, lo exquisito, y desdeñar lo ordinario. Estamos llenos de concepciones abstractas y nos perdemos entre las frases y la palabrería; y así es que mientras cultivamos esas funciones más elevadas, la peculiar fuente de la alegría, que se halla en nuestras funciones más simples, muy a menudo se seca, de modo que quedamos ciegos e insensibles en presencia de los bienes más elementales y de las venturas más generales de la vida". ¿Por qué tratáis vosotros, hombres superiores, con un desvío benévolo, compasivo, a don Pedro, a don Juan, a don Fernando, a don Rafael, a todos los que viven en estos pequeños pueblos? ¿Por qué escucháis sonriendo, con una sonrisa interior, mayestática, lo que os dicen doña Isabel, doña Juana, doña Margarita, doña Asunción y doña Amalia? Todo tiene su valor estético y psicológico; los conciertos diminutos de las cosas son tan interesantes para el psicólogo y para el artista como las grandes síntesis universales. Hay ya una nueva belleza, un nuevo arte en lo pequeño, en los detalles insignificantes, en lo ordinario, en lo prosaico; los tópicos abstractos y épicos que hasta ahora los poetas han llevado y traído ya no nos dicen nada; ya no se puede hablar con enfáticas generalidades del campo, de la Naturaleza, del amor, de los hombres; necesitamos hechos microscópicos que sean reveladores de la vida y que, ensamblados armónicamente, con simplicidad, con claridad, nos muestren la fuerza misteriosa del Universo, esta fuerza eterna, profunda, que se halla lo mismo en las populosas ciudades y en las Asambleas donde se deciden los destinos de los pueblos que en las ciudades oscuras y en las tertulias de un Casino modesto, donde don Joaquín nos cuenta su prosaico paseo de esta tarde.»

una extrema afición a hallar la belleza en la misma cotidianidad. En uno de sus artículos, «Curso abreviado de pequeña filosofía» (en *Tiempos y cosas*, o.c., págs. 13-17), de 1904, todo él penetrado de una profunda ironía en cada frase, en el mismo hilvanado ligero de los diminutos acontecimientos narrados, hasta en el propio título y el eslogan del «pequeño filósofo» («Yo soy un hombre que dice: "¡Viva la bagatela!"»), con el que el artículo, simétricamente, empieza y termina; artículo en cuyo centro abandona el tono de ligereza para abordar una de sus reivindicaciones predilectas, la necesidad de organizar regadíos para salvar a España; en medio de ese delicioso escrito, introduce el siguiente párrafo, verdadera metáfora de la dicotomía «intelectual *versus* vulgar» en la que al lector le resulta difícil darse cuenta de a favor de quién se inclina la balanza:

> ... yo almuerzo prosaicamente; mi bistec es el mismo que acaso devora mi vecino —que no es filósofo—, y el agradable rioja que bebo es el mismo que puede beber cualquier hombre vulgar. ¿Para qué esforzarnos en sacar hondas filosofías de estas cosas insignificantes, que no la tienen?[46].

Tanto por cuestiones literarias y estéticas como por su adscripción política —llegó a ser diputado conservador, en el extremo opuesto al republicano Blasco—, Azorín protagonizó un enfrentamiento, tan sólo relativamente soterrado, con Blasco Ibáñez. De él hallamos numerosas huellas en los textos de Martínez Ruiz escritos en el primer decenio del siglo[47],

---

[46] Sin duda hay que anotar que ésta parece ser la peculiar interpretación de Azorín de la posición manifestada por Taine en su *Philosophie de l'art*: «l'état des moeurs, de l'esprit est le même pour le public que pour les artistes».

[47] Probablemente el momento en que sus ideologías políticas se enfrentaron más fue a propósito del fusilamiento de Ferrer Guardia en Barcelona. Mientras el diario de Blasco, *El Pueblo*, transformó sus páginas en un lugar de agitación permanente antigubernativa, Azorín defendió la postura del gobierno con artículos que justificaban *todos* sus actos, aunque sin llegar a nombrar la muerte de Ferrer, artículos elaborados de una manera muy «velazqueña», es decir, situando el asunto principal en un rincón apartado —o simplemente dejándolo intuir— y dando el protagonismo de primer plano a otra cues-

y podríamos comprobar cuántas relaciones parece guardar *La voluntad* con *Entre naranjos* y *La voluntad de vivir*. Observemos ahora el ejemplo de un párrafo en el que Azorín menciona despectivamente a Blasco (y a su diputado correligionario, el doctor Menéndez Pallarés), precisamente conectando la literatura de éste con esa cotidianidad a la que veladamente califica de inculta («Una vida», *Diario de Barcelona*, 26-I-1909):

> En el pueblo existe un Casino para los señores, que se llama Casino Primitivo, y dos o tres cafés para los artesanos. Se vive en Nebreda de la agricultura; algunos telares de mano que trabajaban antaño, hace años que se cerraron. La vida es monótona, uniforme. De tarde en tarde, cada seis u ocho años, unos estudiantes publican un periodiquito semanal, con un título raro; en las tertulias se leen y comentan los cuatro o seis números que se publican, luego el periódico desaparece. La sociedad de Nebreda lee poco; son pocas las novedades literarias que allí llegan. En Nebreda una persona culta es una persona que ha leído algunas novelas de Galdós, que tiene algunas traducciones del francés y que os habla con entusiasmo de Blasco Ibáñez y de los discursos forenses de Menéndez Pallarés.

---

tión, imbricada con el tema, pero que tenía en él un papel muy secundario: como en *La cena de Emaús* (también llamado *La mulata*, 1617-18, ól./lz., 56 × 118 cm., Dublín, National Gallery of Ireland) o *Cristo en casa de Marta* (1618-20, ól./lz., 60 × 103,5 cm., Londres, National Gallery), o *Las hilanderas* (1657, ól./lz., 220 × 289 cm., Madrid, Prado), cuadros en los que, para relatar (respectivamente) los episodios neotestamentarios en los que Cristo comía, o el mito clásico de Aracne y Atenea, Velázquez situaba en primer plano a la cocinera preparando la comida o a la hilandera tejiendo, en tanto el tema del título era apenas una diminuta mención en un rincón, Azorín escribió, por ejemplo, el artículo *Colección de farsantes* (*ABC*, 12-IX-1909), en el que atacaba la campaña internacional contra el fusilamiento de Ferrer sin nombrar este acontecimiento, sino reclamándose al orgullo nacional contra «el desdén y la altanería» con que los españoles éramos tratados desde el extranjero. Refiriéndose posteriormente a esos momentos de enfrentamiento con Blasco (*Valencia*, 1941, edición de Riopérez y Milá, Madrid, Biblioteca Nueva, 1995, pág. 95), diría: «Nuestras estéticas se oponían. Como manifestara yo, años adelante, esta discrepancia, las relaciones cordiales que nos ligaban se enfriaron. Volvieron a ser cálidas y sinceras años después.»

No dejó de sumarse Pío Baroja a ese elenco y, en sus múltiples críticas hacia Blasco Ibáñez, la «vulgaridad» de su prosa era el elemento central, quejándose de que el valenciano tuviese «las opiniones de todo el mundo, los gustos de todo el mundo»[48]. Y, por lo demás, también es sencillo comprobar cómo Valle-Inclán participaba plenamente de esos criterios que hacían del gran público un motivo de desprecio[49].

Así pues, los escritores noventaiochistas inauguraron una actitud estética que se convirtió en dominante a partir de la primera década de este siglo y se constituyó en pensamiento rector de la cultura española. Uno de sus principales fundamentos era esa división entre los «intelectuales» y el resto de la sociedad, por lo que «lo vulgar», «las opiniones de todo el mundo», tantas veces reclamadas por Azorín, materia básica de las novelas de Baroja, objeto de laboratorio para Unamuno, se convirtieron sin embargo en uno de los más importantes motivos de crítica. Ortega y Gasset se encargó de sistematizar esas ideas en el interior de un conjunto de razonamientos relativamente estructurados, argumentándolas con coherencia interna.

---

[48] *Desde la última vuelta del camino I. Memorias* (edición de José Carlos Mainer, Barcelona, Círculo de Lectores, 1997, pág. 800): «Blasco Ibáñez, evidentemente, es un buen novelista; sabe componer, escribe claro; pero, para mí, es aburrido; es un conjunto de perfecciones vulgares y mostrencas, que a mí me ahoga. Tiene las opiniones de todo el mundo, los gustos de todo el mundo. Yo, a la larga, no le puedo soportar.»

[49] Puede observarse su sarcasmo, por ejemplo, cuando personaliza en las costureras ese gusto popular al que despreciaba, mencionado aquí con objeto de criticar al pintor Cecilio Plá («Las hijas del Cid», *El Mundo*, 30-VI-1908): «... cada vez nos cuentan un cuento distinto: ayer era todavía: —Hay que pegarse al natural, nada como el natural. —Hoy ha cambiado la vieja monserga y nos cecean esta otra tendencia: —La pintura no es un remedo muerto de la realidad; la pintura, como todo arte, debe hacer sentir. —Y aquí cabe preguntar: ¿sentir a quién? Porque es cosa indudable que a todas las costureras les hacen derramar lágrimas los cuadros de Cecilio Pla. Yo sé de muchos corazones que se estremecen delicadamente ante esas vagas y poéticas exclamaciones: ¡Lazo de unión! ¡Vendrá!... ¡Entre rosas! ¡El canario de la guardilla!... ¡El gato de la abuelita!... Y tantas y tan delicadas frases, que en otro tiempo hubiesen merecido todas las alabanzas de la difunta mamá política del Sr. Luca de Tena. Estas estampas de novela por entregas, con la letra al pie, tienen tantos admiradores como la ciencia de cierto pobre tontiloco que anda por el mundo tocando el parche para que los niños se fijen en su sabiduría arlequinesca y le aclamen como polígrafo».

Hizo también otra cosa: definir con bastante claridad ese gusto popular para oponerlo al de los «hombres egregios». Ya no le resultó tan sencillo aclarar cuál era el de estos últimos, aunque en sus escritos deja aparecer una oposición que podría dar la pista: prácticamente vindicaba una especie de «goce racional», una relación intelectual y no sensorial ante los fenómenos estéticos. Así, escribió en *La deshumanización del arte* (o.c., págs. 356-57):

> ¿A qué llama la mayoría de la gente goce estético? ¿Qué acontece en su ánimo cuando una obra de arte, por ejemplo, una producción teatral, le «gusta»? La respuesta no ofrece duda; a la gente le gusta un drama cuando ha conseguido interesarse en los destinos humanos que le son propuestos. Los amores, los odios, penas, alegrías de los personajes conmueven su corazón: toma parte en ellos como si fuesen casos reales de la vida. Y dice que es «buena» la obra cuando ésta consigue producir la cantidad de ilusión necesaria para que los personajes imaginarios valgan como personas vivientes. En la lírica buscará amores y dolores del hombre que palpita bajo el poeta. En pintura sólo le atraerán los cuadros donde encuentre figuras de varones y hembras con quienes, en algún sentido, fuera interesante vivir. Un cuadro de paisaje le parecerá «bonito» cuando el paisaje real que representa merezca por su amenidad o patetismo ser visitado en una excursión.

«La gente toma parte en el arte como si fuesen casos reales de la vida.» Señala con claridad la no existencia de «distancia psíquica»; el lector o espectador medio debe, para conseguir disfrutar un producto artístico, eliminar esa distancia. Lo que hasta hoy, en términos de teoría cinematográfica, se ha denominado «identificación secundaria del espectador», es decir, la compenetración con uno o varios de los personajes de la «historia» que permiten al espectador «introducirse» de lleno, siendo atrapado por la «ilusión fílmica». O lo que es lo mismo, aceptar las propias reglas del ilusionismo de una novela, un drama teatral, una pintura o una película de cine y dejarse apresar por ellas como condición de goce de la obra. Afina más este pensamiento, situándolo exactamente en su lugar general, en una concepción del arte que no segrega los productos de éste del resto de la vida cotidiana, que incorpora —podríamos decir hoy— las metáforas artísticas como microdiscursos reales en la inmensa metonimia que es el gran relato del mundo *(ibídem):*

> Esto quiere decir que para la mayoría de la gente el goce estético no es una actitud espiritual diversa en esencia de la que habitualmente adopta en el resto de su vida. Sólo se distingue de ésta en calidades adjetivas: es, tal vez, menos utilitaria, más densa y sin consecuencias penosas. Pero, en definitiva, el objeto de que en el arte se ocupa, lo que sirve de término a su atención, y con ella a las demás potencias, es el mismo que en la existencia cotidiana: figuras y pasiones humanas. Y llamará arte al conjunto de medios por los cuales le es proporcionado ese contacto con cosas humanas interesantes.

Para evitar pensar en la posible ambigüedad de este párrafo —dadas las profundas incomprensiones que hacia la vanguardia manifestó Ortega a lo largo de toda su obra, en particular en la propia *Deshumanización...*—, hemos de relacionarlo con otros escritos anteriores, que permitirán anclar netamente su significado, negativo sin posibilidad de dudas hacia esa «actitud estética del pueblo» que tiende a asumir el arte en el seno de la vida cotidiana. Podemos ver, por ejemplo —y puesto que cita la consideración popular de un «paisaje bonito»—, los siguientes fragmentos de su artículo *¿Una exposición Zuloaga?*, publicado en *El Imparcial* el 29 de abril de 1910; en él establecía una limpia diferencia entre la vida y el arte (pág. 141):

> ... ¿qué es un hombre que sabe pintar al lado de un artista? El pintor copia una realidad que, poco más o menos, estaba ahí sin necesidad de su intervención: el sol sobre una playa admirablemente pintado, ¿qué me importa, si ahí tengo el sol sobre una playa admirablemente real, y además, para ir a verlo tomo el tren y protejo de esta manera la industria ferroviaria?
>
> ¿Dónde acaba la copia y empieza la verdadera pintura? ¿No pondremos sobre quien nos pinte cosas a aquel que nos pinte un cuadro?

Nótese bien la intrínseca contradicción de Ortega[50]: por una parte, yuxtaponía la naturaleza y el arte sin solución de continuidad, creyendo consustanciales el cuadro que un pintor ha «copiado»[51] y el sol sobre una playa en la naturaleza misma[52]. Por otra parte, Ortega segregaba cierto tipo de objetos, a los que denominaba «verdadera pintura», «cuadros», objetos que, en exclusiva, constituían para él «el arte», de otro tipo de objetos, «copias de lo real», «cosas pintadas», que, al contrario de los anteriores, forman parte de la vida cotidiana. Parece oportuno hacer notar aquí que este concepto de copia mediante el que se supone una verdadera apropia-

---

[50] Blasco Ibáñez introduce el tema en *La maja desnuda* (cap. III, pág. 245), utilizando las mismas opiniones que defiende Ortega precisamente para ridiculizar a la pintura de historia y alabar la pintura del natural: «Reconocían que Renovales era un pintor, pero sin imaginación, sin inventiva, sin otro mérito que el de trasladar al lienzo aquello que contemplaban sus ojos.»

[51] Un amplio debate ha acompañado en la historia de la teoría del arte a la palabra «copia», tendiéndose falsamente a pensar, en la mayoría de los casos, en una especie de identidad entre lo real y su copia; éste es aquí el criterio de Ortega, el mismo que, recientemente, ha llevado al conocido Grupo µ *(Traité du signe visuel. Pour une rhétorique de l'image*, París, Seuil, 1992 —trad. esp. Talens, Manuel, *Tratado del signo visual*, Madrid, Cátedra, 1993-1992, pág. 115), en su permanente voluntad de rizar el rizo, a rechazar el propio concepto «copia» («... la idea de una "copia de lo real" es ingenua porque también lo es la idea misma de lo "real"»); proponiendo en su lugar el concepto «reconstrucción» (pág. 111). En otro lugar *(Escrito, pintado,* o.c., pág. 160) he respondido de esta manera al Grupo de Lieja, contestación que sirve también para Ortega y Gasset: «¿Reconstrucción de qué? ¿Podrían seriamente explicarnos la diferencia entre "copia" y "reconstrucción"?: toda copia es necesariamente una reconstrucción y toda reconstrucción una copia. El error consiste en otorgar a la palabra "copia" un valor de identidad con el referente, pensar que "copiar", "reproducir", es presentar otra vez lo mismo que antes, no darse cuenta de que toda copia implica una nueva producción o, lo que es lo mismo, una producción desde las estructuras propias del que copia.»

[52] En otros lugares, Ortega insistía en el mismo criterio, por ejemplo, en «Del realismo en pintura» (*El Imparcial*, 21-VI-1912, *Obras completas*, t. I, páginas 565-569, Madrid, Revista de Occidente, 1946 —5.ª ed.: 1961— página 566): «Hay una estética gobernante: se llama a sí misma realismo. Es una estética cómoda. No hay que inventar nada. Ahí están las cosas; aquí está el lienzo, paleta y pinceles. Se trata de hacer pasar las cosas que están ahí al lienzo que está aquí. Es una estética según la manera de los que parlan en la Plaza Mayor: "Respetable público: aquí está el huevo *e* aquí está el pañuelo".»

ción de lo real por la obra, de manera que no hay distancia alguna entre lo real y lo copiado, concepto que no considera que cualquier «copia», por fiel que pueda parecer dentro de un sistema de comprensión históricamente determinado, no es sino una *imagen*, una construcción plenamente humana, este concepto de «copia» que defiende Ortega, está en la base de las apreciaciones que han venido ininterrumpidamente haciéndose sobre las famosas frases de Zola «La obra de arte es un rincón de la creación visto a través de un temperamento» y de Stendhal, «Una novela es un espejo que paseamos a lo largo del camino» y en las cuales han tendido a fundamentarse las distintas teorías sobre el «reflejo». Esa visión le lleva, consecuentemente, a diferenciar al «hombre que sabe pintar» del «artista».

En estos textos, Ortega deviene un verdadero portaestandarte de los criterios que los noventaiochistas tenían al respecto. La pretendida escisión de la sociedad en dos clases generales de individuos lo conduce a sintetizar con extraordinaria exactitud la característica principal de lo que él denomina «estética popular»: precisamente la carencia de división entre la vida y el arte, entre los «hechos vitales» y los «hechos artísticos», considerados ambos como conformadores del mismo entramado vital.

De nuevo la estética de Blasco Ibáñez se nos coloca en el polo opuesto. Se ha dicho muchas veces: Vicente Blasco fue un escritor de masas, sus novelas estaban destinadas al gran público[53]. El escritor valenciano buscaba la forma de conectar con ese público amplio, organizando los relatos en fun-

---

[53] Una de las últimas manifestaciones a este propósito la ha hecho Paul Smith en una entrevista (1998, págs. 28-30): «—*¿En qué medida podemos disociar la obra del Blasco político del Blasco literato o periodista?* / —Es muy difícil separarlos. En Blasco, el periodismo es fundamental. Blasco siempre escribía para un público grande, su estilo no buscaba el halago de las minorías, y en ese sentido el periodismo es clave para entender las características de su obra literaria. Su estilo es muy atractivo, no para el intelectual, aunque sí para el lector medio. El periodismo le ayudó a ser buen escritor, le enseñó a organizar su discurso, a plasmar una claridad para el lector. Blasco quiere comunicar, ofrece la información con entusiasmo.»

ción suya[54]. En el que puede considerarse su texto teórico más importante, la carta a Julio Cejador[55], criticaba a Zola precisamente por pretender «irritar al público»:

> ... Zola, por querer ser jefe de escuela, fue un exagerado, que buscó, muchas veces, a sabiendas, irritar al público, acariciándolo a contrapelo.

La propia utilización del término «público»[56] para designar a sus lectores indica ya una concepción de la novela que se aproxima al espectáculo. Frente al exacerbado individualismo de los noventaiochistas, que despreciaba el término «masas» y cuanto con él se relacionase, Blasco se sentía parte de ese conjunto sin ningún remordimiento; las oposiciones entre «interior» y «exterior», entre «esencia» y «apariencia», tan caras a los intelectuales del 98, prácticamente se confunden en Blasco en un entramado único.

Ello era consecuencia lógica de la actitud general de su vida, en la que las masas populares fueron —desde el principio— el receptáculo deseado de cualquier tipo de actividad: más que decir que ejerció como político profesional, habría

---

[54] Rafael Ventura Meliá me cuenta que se ha encontrado y restaurado una película que dirigió Blasco, *Sangre y arena*, de 1916, que se proyectará próximamente. Entre la correspondencia con Sempere y Llorca (de la cual se han hallado más de 45 cartas relativas al rodaje) destaca una carta, en la cual Blasco cuenta que inicialmente había pensado comenzar la película *in medias res*, con el torero en la plaza, para dar a continuación «un salto atrás» que narrase la vida del torero desde su infancia; a continuación explicaba que, sin embargo, le parece que eso sería *de difícil comprensión para el público* (estamos hablando de 1916), por lo que su decisión era presentarla con temporalidad lineal, es decir, comenzando desde la propia infancia del personaje.

[55] Julio Cejador la publicó en su *Historia de la lengua y literatura castellanas*, tomo IX, Madrid, Tipografía de la Revista de archivos, bibliotecas y museos, 1918, págs. 471-480.

[56] Compárese ello con la dedicatoria de *Amor y pedagogía* (1902), que Unamuno explicaba en el prólogo de 1934: «Al frente de la primera edición de esta obra, la de 1902, aparecía esto, que se reproduce ahora: "Al lector, dedica esta obra, *El autor*". Al lector y no a los lectores, a cada uno de éstos y no a la masa —público— que forman. Y en ello mostré mi propósito de dirigirme a la íntima individualidad y personal intimidad del lector de ella, a su realidad, no a su apariencialidad.»

que definirlo como «líder de masas»; cuando se dedicó al periodismo creó *El Pueblo*, que no fue un diario de información en el sentido de supuesta «asepsia» noticiera, sino un verdadero organizador y agitador colectivo, con el estricto significado que Lenin daría a esas palabras[57], que asumió la función de «educador público», de difusor cultural en el empeño de aumentar la cultura media de los lectores, familiarizando entre la gente valenciana nombres de escritores cuyas novelas eran publicadas, a manera de folletín, en el mismo diario[58]. Blasco no podía concebir la literatura como algo destinado a una minoría selecta *(Carta a Cejador*, o.c.):

> Yo me enorgullezco de ser un escritor lo menos *literato* posible; quiero decir lo menos profesional. Aborrezco a los que hablan a todas horas de su profesión y se juntan siempre con colegas, y no pueden vivir sin ellos, tal vez porque sustentan su vida mordiéndoles.

Tampoco era dado al discurso teórico, considerándolo fuera de su ámbito profesional y, en particular, negándose a especulación ninguna sobre su propia obra. Existen, sin duda, las notables excepciones de sus conferencias en Buenos Aires, los *Estudios literarios*, o los discursos de respuesta a distinciones de entidades diversas, como cuando lo hicieron doctor *honoris causa* en la universidad George Washington, o bien la propia carta a Cejador, en la que, no obstante, declaraba:

> Usted, que conoce mi obra, querido Cejador, habrá notado que nunca quise conversar con el público, como hacen

---

[57] «... la bel.ligerància ideològica d'*El pueblo*, veritable organitzador col.lectiu —en el sentit que Lenin va donar al periòdic de partit— de la petita burgesia valenciana progressista...» (Oleza, 1998, pág. 54). Sobre el periodismo de Blasco Ibáñez puede consultarse el interesante trabajo de Antonio Laguna «Vicente Blasco Ibáñez, periodista del pueblo» (Laguna, 1997).

[58] Es muy conocida la anécdota —que en sus memorias recordaba Pío Baroja— de que a Zola —tras haber leído las mil y una noticias a su propósito en *El Pueblo*, haber conocido sus novelas, haber participado en la recogida de firmas para apoyar su postura en el «affaire Dreyfus»— se lo conocía en los ambientes republicanos valencianos como «don Emilio».

otros, por medio de prólogos, manifiestos literarios y libros de estética, para decir cuál es mi pensamiento sobre la novela, cuáles son mis innovaciones, etc., etc. No, ilustre amigo; siempre tuve horror a esto, y si le escribo las presentes líneas al correr de la pluma, es como si sostuviese una conversación con usted.

Presumió siempre del gran número de sus lectores, concibiendo la escritura estrictamente en función suya. Si consideramos la separación que hacía Unamuno entre «intelectuales» y «cordiales», Blasco se colocaba decididamente en el segundo grupo *(Carta a Cejador*, o.c.):

> Yo, querido Cejador, no creo que las novelas se hacen con la razón, con la inteligencia. La razón y la inteligencia intervienen en la obra artística como directores y ordenadores. Tal vez ni siquiera dirigen ni ordenan, manteniéndose al margen del trabajo como simples consejeros. El constructor verdadero y único es el instinto, el subconsciente, las fuerzas misteriosas e invisibles que el vulgo rotula con el título de «inspiración». Un artista verdadero hace las mejores cosas *porque sí,* porque no puede hacerlas de otra manera.

Y al igual que escribía «con el corazón», situaba en el mismo lugar el sentimiento del lector, reclamando precisamente aquello con que Ortega lo diferenciaría de «los hombres egregios» *(ibídem):*

> La crítica ya se encargará de desentrañar sus intenciones, y si la crítica es ciega y torpe, el público, el gran público, con su instinto de muchedumbre, sabrá *sentir* (aunque no lo vea) lo que existe dentro de su obra.

Con una concepción que podemos considerar muy actual, su punto de vista respecto al goce del lector era el contrario a esa especie de «actitud racional» ante la obra de arte con que Ortega y Gasset diferenciaba a los intelectuales *(ibídem):*

> La crítica habla a la razón y la obra de arte habla al sentimiento, a todo lo que en nosotros forma el mundo de lo in-

consciente, el mundo de la sensibilidad, el mundo más extenso y misterioso que llevamos en nosotros, pues nadie conoce sus límites ni remotamente, mientras que la razón es limitada.

En el discurso que pronunció al recibir el grado de doctor *honoris causa* de la universidad George Washington (febrero de 1920) situaba precisamente a la novela en el interior de esa vida cotidiana, igualándola «con las más vulgares necesidades materiales». Le atribuía, además, el cometido de «hermosear la vida y auyentar el tedio»[59], e identificaba el lugar del novelista con el del narrador oral, con la madre que cuenta un cuento al niño para que se duerma:

> La novela representa para todos los humanos una necesidad intelectual, tan inevitable e imperiosa como las más vulgares necesidades materiales.
>
> Recordad todo vuestro pasado; remontaos a través de los años hasta llegar a los primeros de vuestra infancia. Cuando érais niños y, sintiendo satisfechas vuestras necesidades materiales, sentíais el deseo de un deleite intelectual, ¿qué es lo que pedíais a vuestra madre o a la vieja criada encargada de vuestro cuidado? «Cuéntame un cuento —decíais—, un cuento que sea muy largo, que dure toda la noche.»
>
> Y luego, al ser mayores, todos sentimos la misma necesidad de que nos cuenten cuentos para hermosear nuestra vida y ahuyentar el tedio que acompaña las más de las horas. Pero nuestra madre ha muerto ya o, aunque viviera, somos tan maliciosos, que su pobre cuento nos parecería aburrido e inocente. Y por esto nos dirigimos a nuestra biblioteca y, sacando un libro, le decimos al novelista:
>
> «Cuéntame un cuento que me haga olvidar la realidad; un cuento que me permita vivir por unas horas en un mundo extraordinario o que embellezca el mundo presente.»

[59] Coincide aquí Blasco Ibáñez con la preciosa definición que Stendhal dio de la belleza, cuando la llamó *Une promesse de bonheur*, idea que retomó Rémy de Gourmont, para decir que «L'idée de beauté n'est pas une idée pure; elle est intimement unie a l'idée de plaisir charnel». (*Culture des idées*, pág. 202).

En la carta a Cejador describe con plena claridad, al hablar de sí mismo, su concepción de la escritura como una emanación de la vida general del escritor, rechazando la profesionalización y situándose absolutamente en el polo opuesto al del «intelectual» noventaiochista y orteguiano:

> Yo soy un hombre que *vive* y, además, cuando le queda tiempo para ello, escribe, por una necesidad imperiosa de su cerebro. Siendo así, creo proseguir la tradición española, noble y varonil. Los mejores genios literarios de nuestra raza fueron hombres, hombres verdaderos, en el más amplio sentido de la palabra; fueron soldados, grandes viajeros, corrieron aventuras fuera de España, sufrieron cautividades y miserias... y, además, escribieron. Cuando tuvieron que reñir a brazo partido con la vida, abandonaron la pluma, considerando incompatible la producción literaria con las exigencias de la acción. Acuérdese que nuestro don Miguel [Cervantes] estuvo una vez ocho años sin escribir. Así se conoce la vida, creo yo, mejor que pasando la existencia en los cafés, viéndolo todo a través de los libros o de las conversaciones, encontrándose siempre los mismos interlocutores, momificando el pensamiento con idénticas afirmaciones, nutriéndose de los propios jugos, sin ver otros horizontes, sin moverse de la orilla junto a la cual se desliza la corriente de la humanidad activa.

La crítica al tipo de «intelectual» es evidente: «nutriéndose de los propios jugos, sin ver otros horizontes», colocándose «en la orilla», marginándose del cauce por el que «se desliza la corriente de la humanidad activa». En *La voluntad de vivir*, dentro de ese esquema dialógico tan cervantino que ocupa una parte sustancial del relato, hace a Enrique Valdivia responder con sorna a su discípulo Noreña cuando éste reduce la voluptuosidad de la vida a leer e investigar, reprochando la segregación entre el intelectual y el hombre vulgar (pág. 705):

> Noreña, marchando al lado del maestro, aprobaba sus palabras, ansioso de demostrar que penetraba en su pensamiento y adivinaba sus ideas antes de que acabase de formularlas. ¡La vida!... Una gran cosa: especialmente para los que la dedicaban al estudio, para los que la ponían al servicio de la

ciencia. ¡Qué voluptuosidad ensanchar cada día, cada hora, el límite de los conocimientos, leer y leer, estudiar, inventar, dando nuevos pasos para que el hombre se convirtiese en un dios!...

Pero Valdivia atajó a su acompañante con gesto brusco, al mismo tiempo que sonreía, como apiadándose de él:

—Juanito, no seas tonto: la vida es hermosa por sí misma, y tanto o más que nosotros la aman los que no estudian ni jamás inventarán nada.

*

Nos encontramos así con una oposición básica, una diferencia estética fundamental que separa a Vicente Blasco Ibáñez de los escritores que constituyeron lo que viene conociéndose como «generación del 98». Hemos visto también cómo esa estética noventaiochista coincide en bastantes aspectos con lo que estamos denominando «el punto de vista de la vanguardia». En ambas aparece la muerte como centro de las reflexiones: un sentido tanático de «conciencia de la finalidad», de «previsión del fin», de busca de un camino cuya meta está situada mucho más allá de los problemas definidos en el presente, una meta que se cualifica como esperanza en un futuro a la vez indeterminado y trastornador de la actualidad, un futuro que impone en el hoy etéreas voluntades de cambio que alteran por sí mismas la capacidad de gozar de lo inmediato. Una neta y hegeliana consideración teleológica de la historia y del tiempo. Una conciencia del mundo como negación radical del presente que necesariamente deriva en la orteguiana separación del intelectual y las masas, en la sistematización de «dos gustos» abiertamente opuestos entre sí, caracterizados uno como «racional», capacitado para establecer la suficiente distancia respecto a la obra de arte como para permitir juzgarla desde fuera; el otro como «cordial», «sensorial», «ingenuo», gozador inmediato del presente absoluto en el que la conciencia del fin se diluye sin posibilidad de memoria histórica ni sentimiento de futuro, ineludiblemente concibiendo la obra de arte como servicio a la vida, único posible núcleo de reflexiones, incapacitado por definición —como el Sigfrido de Wagner, como el superhombre de Nietzsche— para dar la vuelta a la ecuación, poniendo la vida al servicio del arte, de la «idea», de la previsión de un cambio en función de un tipo de meta que no puede concebirse más que como negación de lo conocido.

Es el gusto popular, «cordial», «ingenuo», declaradamente vitalista, el único que puede informar hoy —a las puertas del tercer milenio— toda estética, todo pensamiento con posibilidades de firmeza y expansión renovada. Ahí se coloca Blasco Ibáñez, como su amigo Sorolla, cosa que explica la negación que conocieron después de muertos, el rechazo por la conciencia de un siglo XX impregnado del sentimiento de futuro de la vanguardia, un siglo que afortunadamente termina en Europa abriendo las puertas del goce del presente para —entre muchas otras cosas— que podamos volver a complacernos sin ningún complejo de inferioridad con Blasco, con Sorolla y con todas las negaciones que llegaron a amargarnos la existencia. Leamos, pues, otra vez *La maja desnuda*, ahora sin necesidad de escondernos en el cuarto oscuro.

II. Blasco Ibáñez y las artes plásticas

1. *Los criterios sobre arte de Blasco Ibáñez*

Sería vano que intentáramos encontrar un refinado y concienzudo crítico de arte en Blasco Ibáñez. En plena coherencia con sus posiciones generales, su actitud podría definirse como la de un hombre culto que no se preocupó en exceso de los problemas teóricos que la pintura planteaba. No pretendió más. Son contadas las ocasiones en las que escribió o habló de pintura y, sin duda, *La maja desnuda* sintetiza los pareceres que tuvo. Junto a la novela hay que mencionar la conferencia que dictó en 1909 en el teatro Odeón de Buenos Aires, titulada *La pintura española* (ese es el título que le atribuyó Emilio Gascó Contell en su edición de los *Discursos literarios* —1966. En la edición de las *Obras completas* —tomo IV, págs. 1299-1310— aparece la misma conferencia con el título «Zuloaga y Sorolla») y algunos pocos artículos, generalmente dedicados a Sorolla; en otros lugares se refirió a la pintura en segundo término, relacionándola con otros temas que eran los centrales en su disertación: destacaré aquí las conferencias *El misticismo batallador de los españoles*, *La revolución de septiembre* y *La novela y su influencia social* (cfr. Gascó 1966, o.c., págs. —respectivamente— 271-273, 231-249 y 293-347) así como la ya mencionada *carta* a Julio Cejador. Pocas cosas más. *La maja desnuda* se nos presenta, pues, como el momento de máxima penetración del escritor en el mundo de la pintura. Si además tenemos en cuenta que la mayoría de las opiniones expresadas con posterioridad se encontraban ya en *La maja*, podremos entender la novela como el resumen general de los criterios pictóricos de Blasco.

Esos criterios son presentados de dos maneras: como actitudes y acontecimientos de Mariano Renovales frente a su actividad profesional y como pensamientos del pintor-protagonista a propósito de otros pintores o de cuadros concretos. Los primeros se desparraman aquí y allá a lo largo de toda la novela; los segundos se concentran en el primer capítulo: ese arranque de la novela *in media res*, relatando un paseo de Renovales por algunas salas del museo del Prado, le sirve a Blasco para exponer sus propias opiniones sobre los cuadros que el protagonista contempla, clásicos de la pintura española, al mismo tiempo que esos pensamientos determinan y cualifican las actitudes del personaje ante su profesión.

El punto de vista de Blasco Ibáñez respecto a la pintura es relativamente ingenuo, completa y voluntariamente alejado de esa especialización intelectual que tajantemente rechazaba. Una referencia de Anatole France (y de su secretario en 1909, Jean-Jacques Brousson, que acompañó al escritor francés en el viaje que hizo a Buenos Aires para coincidir con Blasco como conferenciante en el teatro Odeón) puede servir bien para definir la actitud del valenciano ante la cultura en general (concebida precisamente así, como cultura-general, puesta al servicio inmediato de la existencia y los pensamientos cotidianos, íntimamente relacionada con la vida y conectada con los problemas diarios), a la par que expone el inmenso éxito de masas que tal actitud le procuraba entre las gentes (Brousson, J.-J., *Itinéraire de Paris à Buenos Ayres*, París, 1928; cfr. Gascó 1966, pág. 17):

> Competencia: ha llegado a Buenos Aires otro conferenciante: Blasco Ibáñez. De llegada ya nos da jaque mate. Una multitud inmensa y delirante ha ido a esperarle, llevándole en triunfo hasta su hotel. Desde el balcón el célebre novelista ha improvisado una furiosa arenga que ha precipitado, bajo él, como oleadas, la turba convulsionaria. Con sus potentes manos modelaba el hierro de la barandilla. Le echaba a la multitud el corazón, el pañuelo, los puños de la camisa. Había en él algo del matador que brinda en la arena, del tenor que «bisa» un aria, del capuchino que se agita en el púlpito, del rey de los «camelots», del poeta que improvisa, del sacamuelas...El pueblo ha permanecido largo tiempo bajo el balcón vacío. Hasta hubo sus conatos de motín. Y para apaciguarlos, el escritor español ha tenido que recomenzar cinco o seis veces su calurosa arenga. El programa de Blasco Ibáñez nos hace mucho daño. Hay que confesar que su minuta es más copiosa y variada que la nuestra. Nosotros no tenemos más que un solo plato: «Rabelais», bastante duro de roer. Blasco Ibáñez hablará sucesivamente de Napoleón, de Wagner, de los pintores del Renacimiento, de la Revolución Francesa, de Cervantes, de cocina, de Filosofía, del teatro contemporáneo, de la cuestión social, de la ciencia, de la Argentina...
>
> Es el hombre-orquesta, ha murmurado Anatole France... No me pueden exigir, a mi edad, que yo haga lo mismo.

«Es el hombre-orquesta»: cada uno de los elementos de la historia de la cultura no era sino un instrumento más que colaboraba en la gran sinfonía de la vida, y, uno tras otro, eran tratados por Blasco desde ese único y sustancial punto de vista: el de los problemas concretos de la existencia diaria, las cuestiones que afectaban a las mayorías a cada paso que daban. Ello precisamente señalaba su grandeza y sus límites: como auténtico «tribuno de la plebe», a la cabeza del pueblo llano, pero sin dejar de formar parte de él, Blasco manejaba los hechos de cultura desde el ángulo de su uso inmediato, tal y como en las arengas de su época de líder político, de parlamentario radical, había manejado las consignas y los análisis de las situaciones: servían «aquí y ahora» y con un objetivo extremadamente concreto y constatable. Ciertamente, no podemos demandar a semejante actitud ni verificación de las pruebas, ni exactitud filológica, ni profundidad en los análisis, ni ninguno de esos elementos que se le exigen al saber científico o teórico: porque su valor no estaba ahí, sino en la inmensa capacidad de relacionarlo todo a través del eje único de la existencia. El propio Blasco, con plena conciencia de su papel, definiría netamente la cuestión en otra de sus conferencias bonaerenses, dedicada a Víctor Hugo (cfr. Gascó 1966, pág. 119):

> Las obras de Víctor Hugo fueron obras de las circunstancias y de cada momento. Hay quien cree que el arte debe ser como un punto en la guitarra, olvidando que si el arte tiene su razón de ser es porque el arte es eminentemente social, y debe ir unido a todas y cada una de las aspiraciones de la humanidad. La humanidad es la que más tarde, dando su juicio, las inmortaliza o no.

La humanidad como lugar geométrico de todo arte, la naturaleza necesitada de ser complementada con las obras de los hombres para hacer la vida más vivible: por mucho que percibamos en Vicente Blasco un fuerte resabio naturalista de «el arte como *reflejo* de lo real», siempre, por debajo de él, aparece esa consciencia de construcción nueva que se constituye en la sustancia de toda obra, esa atribución al arte de un papel básico de colaboración con la naturaleza en la generación de la existencia, de competencia con Dios en el acto de la creación del mundo. Cuando, en otra de las conferencias argentinas, *El misticismo batallador de los españoles*, elevó sobre un pedestal a Teresa de Jesús, lo hizo precisamente negando el artificio de la profesión de escritora y el deseo de renombre e identificándola con la vegetación de las montañas, el canto del ruiseñor y el aroma de la flor «que lo esparce sin advertir que encanta a quien lo aspira» (cfr. Gascó 1966, págs. 272-73):

> Grandes literatas ha habido, pero las supera esta escritora por no tener, como ellas, ni el artificio de la profesión ni el deseo de renombre. En la inteligencia de esta mujer, quizás la más grande inteligencia de mujer, todo es tan suyo como la vegetación de las montañas. Es inmortal Santa Teresa y se

ha difundido su obra, inmortal también, pero que fue tan del momento, tan de la Naturaleza, como el canto del ruiseñor, que no sabe siquiera si le oyen; como el aroma de la flor, que lo esparce sin advertir que encanta a quien lo aspira.

«Soy un hombre que vive, y porque vive, escribe», le diría en 1918 a Julio Cejador, y miraba la pintura para introducirla de lleno en esa impetuosa corriente de vida, sin detenerse demasiado a pensar en los valores intrínsecos que ella misma debía poseer.

Realismo frente a idealismo

Planteaba una polaridad básica a la cual procuraba someter sus juicios, aunque a menudo, quizás inconscientemente, quizás como ineludible necesidad, acababa violándola para sostener posiciones que la contradecían abiertamente. Los polos eran «realismo» frente a «idealismo». En *La maja desnuda* utiliza el aprendizaje de Mariano en el taller de don Rafael, en el capítulo II de la primera parte, para ironizar sobre el idealismo del «maestro», identificándolo aquí con la pintura religiosa (pág. 193):

> La pintura debía ser religiosa. Los primeros cuadros del mundo habían sido inspirados por la religión; fuera de ella, la vida sólo ofrecía vil materialismo, repugnantes pecados. La pintura debía ser ideal, hermosa; representar siempre imágenes bonitas; reproducir las cosas como debían ser y no como eran, y sobre todo, mirar a lo alto, al cielo, pues allí está la verdadera vida, no en esta tierra, valle de lágrimas. Mariano debía modificar sus instintos, se lo aconsejaba él, que era su maestro; debía perder su afición a dibujar cosas groseras, las gentes tal como las veía, los animales en toda su brutal materialidad, los paisajes en la misma forma que los contemplaban sus ojos.
>
> Había que tener idealismo. Muchos pintores fueron casi santos; así únicamente les era posible reflejar la celeste belleza en los rostros de sus *Madonnas.*

La única definición, pues, del «idealismo» es su falta de adecuación a los hechos tal cual son, la falta de «realismo»[60]. A menudo en la literatura de Blasco la ironía llega a rozar los límites del esperpento, construyendo escenas o definiendo personajes que podrían parecer críticas propias de una falla; así sucede en el relato del taller de don Rafael —donde el joven Mariano realiza sus primeros aprendizajes— cuando la «pintura idealizada» del preceptor se estanca ante una caída de ropajes para pintar una inmaculada y requiere la presencia de un modelo (pág. 195); como el pintor quería huir de la imitación de la carne, se negaba a aceptar modelos femeninos, por lo que, para pintar a la Purísima Concepción, utilizaba a Rodríguez, «guardia municipal, pisando fuerte, con la colilla bajo el recio bigote de púas salientes y una mano en la empuñadura del sable», al que vestía con los hábitos marianos:

> Y Rodríguez, erguido dentro de su bata de paño, con el andrajo azul pendiente de los hombros, juntaba las manos y elevaba su mirada feroz al techo, sin dejar de chupar la colilla que le chamuscaba el bigote. (...)
>
> El modelo seguía en su mística actitud, con el cuerpo perdido en los innumerables pliegues de su vestidura azul y blanca, asomando por debajo de ésta las puntas romas de sus botas de ordenanza, irguiendo su cabeza grotesca y chata rematada por una pelambrera hirsuta, tosiendo y carraspeando con el humo de su cigarro, sin dejar de mirar a lo alto ni separar sus manazas juntas en ademán de adoración.

---

[60] Blasco se acerca al tema del idealismo en las artes con la ironía y la simplicidad de un chiste: las anécdotas del joven Mariano con su maestro don Rafael y con el municipal Rodríguez, que le sirve de modelo, pueden servir para extrapolar las ideas estéticas de Blasco. Así vemos que la sentencia de don Rafael «hay que tener idealismo» no sería más que la máxima para una pintura religiosa que sólo sabría acercarse a lo trascendental desde la negación o la demonización de lo terrenal; que sólo podría «mirar a lo alto» si despreciaba la realidad material, siempre vil, repugnante o pecaminosa. Para el idealista don Rafael no se trataría sólo, pues, de que una cosa fuera lo que es y otra lo que debería ser, sino que lo que es se convierte en lo radicalmente opuesto al deber ser, se transforma en lo que no debería ser, en lo absolutamente malo. El idealismo sería, pues, desprecio del mundo, de la materia y de la vida; y el idealista no otra cosa que el perfecto inadaptado, el incapaz de encontrar mediación concreta y efectiva entre la realidad y el deseo, entre el yo y el mundo, entre el ser y el deber ser.

> Algunas veces, fatigado del mutismo laborioso del maestro y del discípulo, Rodríguez lanzaba algunos mugidos que poco a poco tomaban forma de palabras, y acababa por enfrascarse en el relato de las hazañas de su época heroica, cuando era guardia civil y «podía darle un mal golpe a cualquiera, pagando después con un papel». La Purísima se enardecía con estos recuerdos.

Frente al satirizado idealismo de don Rafael, está el casi inconsciente realismo de Marianito, que no puede evitar pintar «tal como ve» (págs. 193-196):

> Y el pobre Mariano esforzábase por ser «ideal», por atrapar un pequeño andrajo de aquella serenidad beatífica y dulce que rodeaba a su maestro. (...) desesperábase ante su lienzo. Jamás podría imitar a su ilustre maestro. Era incapaz de pintar otra cosa que aquello que veía, y su pincel, después de reproducir la vestidura blanca y azul, deteníase vacilante en la cabeza, llamando en vano el auxilio de la imaginación. Era la carátula grotesca de Rodríguez la que surgía del lienzo, después de vanos esfuerzos.
>
> Y el discípulo admiraba sinceramente la habilidad de don Rafael, aquella cabeza pálida velada por la luz de su nimbo, un rostro bonito e inexpresivo de belleza infantil que sustituía en el cuadro a la feroz testa del municipal.

No aparecen muchas más reflexiones sobre el «realismo» de Renovales. Algunas puntualizaciones dispersas que matizan las características generales de los cuadros, siempre en la línea de una pintura de colores claros y luminosos:

> ... le alababan sus obras por la exactitud con que cautivaba el natural, por el brillo de la luz, el color indefinible del aire y el exterior de las cosas... (primera parte, cap. I, pág. 192).

Son generalmente referencias a la pintura de Joaquín Sorolla o, más específicamente, a los tópicos con que en 1906 se hablaba de la pintura del maestro valenciano: «naturalismo», «luminismo», «pintura fuera del taller, al aire libre»:

> Mariano apenas trabajaba en su casa: pintaba al aire libre; aborrecía la luz convencional del estudio, la estrechez de su

> ambiente. Recorría los alrededores de Madrid y las provincias cercanas, buscando los tipos toscos e ingenuos, cuyas caras parecían transpirar la antigua alma española. Subía al Guadarrama en pleno invierno, permaneciendo como un explorador único en los campos de nieve, para trasladar al lienzo los pinos seculares, retorcidos y negros bajo sus gorros de heladas vedijas (primera parte, cap. III, págs. 244-245).

El primer gran escándalo pictórico de Renovales (el único, de hecho, que se relata), plantea la oposición entre la pintura de historia, de uso académico habitual en las últimas décadas del XIX, cuadros de grandes dimensiones con argumentos tomados por lo común de la historia de España, y la pintura del protagonista, «lienzos pequeños, estudios confiados al azar de un buen encuentro, pedazos de Naturaleza, hombres y paisajes, reproducidos con una verdad asombrosa y brutal» (primera parte, cap. III, pág. 245).

Sólo introduce tres excepciones a esta definición sumaria de la pintura de Renovales. La primera es cuando, necesitando hacer dinero para sostener dignamente a su mujer en Ro-ma, firma un contrato en exclusiva con un marchante judío para pintar cuadros de género, obra de venta fácil, instalada en las tradiciones más vulgares y rápidamente acomodada en salones burgueses de todo el mundo (primera parte, cap. III, pág. 222).

No obstante el desprecio con que Blasco trata estos géneros, apunta el rápido éxito de Renovales en ellos, la demanda de sus cuadros en ese mercado y el buen trato que el marchante le procura. La segunda excepción es el retrato. No deja el escritor entender bien dónde se sitúa la crítica a este género pictórico, si en la ligera modificación de los rasgos de las personas retratadas para que aparecieran mejor en el lienzo, violando así los principios de «realismo» y «verdad», o en el género en sí mismo[61]. Lo cierto es que el propio Blasco

[61] En cierto sentido, Blasco no hace aquí sino recrear los dos principales argumentos platónicos contra la mímesis que pasaron a ser patrimonio de la tradición idealista de la teoría del arte. Erwin Panofsky (*Idea*, 1924, trad. esp. M.ª Teresa Pumarega, Madrid, Cátedra, 1989) resumía esos dos argumentos, que aparecían en el libro X de la *República* y en el *Sofista*: «... o el artista crea copias exactas que, en el sentido de la *mimesis eikástika*, reproducen el conte-

Ibáñez posó para que Sorolla lo retratase en 1906, el mismo año en que publicó *La maja desnuda*[62], e igualmente lo hizo doña Elena Ortúzar de Elguín[63], que se convirtió en su amante y posteriormente en su segunda esposa y de la cual es trasunto novelesco la condesa de Alberca. En cualquier caso, Blasco parece cimentar la crítica en que se trataba del método más rápido y seguro de ganar dinero (cosa indudablemente cierta)[64]:

> El cuadro estaba condenado a desaparecer, según decía el maestro. Las habitaciones modernas, pequeñas y de sobrio decorado, no permiten los grandes lienzos de los salones de otras épocas, cuyos muros desnudos había que adornar. Además, los gabinetes de ahora, semejantes a piezas de muñecas, sólo podían resistir cuadros bonitos, de amanerada hermosu-

---

nido de la realidad sensible, siguiendo lo verdadero, y por lo tanto se contenta con una inútil duplicación del mundo fenoménico que sólo imita las Ideas, o bien crea simulacros inexactos y engañosos que, en el sentido de la *mimesis fantástica*, empequeñecen lo grande y agrandan lo pequeño, para engañar a nuestra vista imperfecta y entonces su obra aumenta la confusión de nuestra alma, y está, en honor a la verdad, en un nivel inferior al del mundo sensible, como algo que está a tres puestos de distancia de la verdad (*República*, X, 602 c)».

[62] Joaquín Sorolla, *Vicente Blasco Ibáñez*, 129 × 91 cm., ól./lz., Nueva York, The Hispanic Society of America. León Roca refiere varios retratos del escritor hechos por Sorolla, y cuenta una graciosa anécdota a propósito del de 1906 (1998, págs. 316-317): «De los retratos que le pintó Sorolla ninguno fue a poder de Blasco Ibáñez. El primero, de reducidas dimensiones, fue adquirido por un desconocido. El segundo, obra terminada, perfecta de técnica y color, lo vendió Sorolla con el título de "Caballero español" a Archer Milton Huntington para el museo de "The Hispanic Society of America" de Nueva York. (...) Blasco Ibáñez reclamó repetidas veces aquellos retratos. Sorolla terminó confesándole el destino que les había dado. Y como el novelista no reprimiese su contrariedad, el pintor replicó, cachazudo: / —*Vine y t'en faré un altre*. / Pero Blasco Ibáñez, cansado de posar sin resultado, ya no volvió.»

[63] Joaquín Sorolla, *Elena Ortúzar de Elguín*, 231 × 126 cm., ól./lz., 1906, Santiago de Chile, Museo Nacional de Bellas Artes. Elena Ortúzar, chilena de nacimiento, pagó 10.000 pesetas por el cuadro, que, después de su muerte, fue donado por sus herederos al museo chileno.

[64] En la tercera parte habla de los múltiples retratos hechos por Renovales a Josefina, lógicamente sin ánimo de lucro, tratados por Blasco como cualquier otro cuadro del pintor, por lo que el tono crítico parece concentrarse en el embellecimiento de los rasgos de los retratados.

Doña Elena Ortúzar de Elguín por Joaquín Sorolla.

ra. Las escenas arrancadas a la verdad se despegaban de este fondo. Sólo quedaba, pues, el retrato para ganar dinero, y Renovales olvidó sus glorias de innovador para conquistar por todos los medios un renombre de retratista entre la gente elevada. Pintó a los individuos de sangre regia en toda suerte de actitudes; sin perdonar ninguna de sus ocupaciones importantes: de pie y a caballo; con plumas de general o manta parda de cazador; matando pichones o corriendo en automóvil. Trasladó al lienzo las más linajudas bellezas, modificando insensiblemente, con hábil malicia, las ajaduras del tiempo; endureciendo con el pincel las flácidas carnes; sosteniendo la pesadez de párpados y mejillas, desplomados por el cansancio y el envenenamiento de los afeites. Después de estos éxitos cortesanos, los ricos consideraron un retrato de Renovales como imprescindible adorno de su salón. Iban en busca de él porque su firma costaba miles de duros; poseer un lienzo suyo era un testimonio de opulencia, tan preciso cual un automóvil de la mejor marca (primera parte, cap. III, págs. 246-247).

La tercera de las excepciones parece señalar un verdadero cambio de rumbo respecto a la tónica general. Cuando Renovales, a partir del capítulo III de la tercera parte, empieza a pintar el cuadro de su mujer muerta, se desliza desde el «realismo» a una especie de «expresionismo», que hace desvalorar el lienzo a su amigo el pintor Cotoner. En primer lugar, el protagonista rechaza la «visión exterior», la inspiración ante el modelo o la naturaleza, en pro de una «visión interior»:

—Antes sólo podía pintar lo que veía... Ahora soy otro. Me ha costado mucho, ¡mucho! (...) Me ha costado mucho. Ninguna obra me hizo sufrir tanto (...) Ya ves, ¡sin modelo!, ¡sin la realidad delante! —continuó el maestro—. No he tenido más guía que esos; pero es el mejor, el definitivo.

«Esos» eran todos los retratos de la muerta, descolgados de las paredes, colocados en caballetes o en sillas, formando un apretado círculo en torno del lienzo empezado (págs. 437-438).

El sufrimiento como aspecto ineludible de la creación artística es el segundo de los elementos que contrastan con la gozosa energía de toda su etapa anterior. Como veremos en el apartado siguiente, devienen aquí intensas las relaciones de *La maja desnuda* con *L'Oeuvre* de Zola y con *Le Chef-d'Oeuvre Inconnu* de Balzac, novelas de artista en las que la angustia es una componente prácticamente intrínseca a la creación. También relacionado con ellas está el resultado, casi incomprensible para quien mira, en *La maja* ligado a la «irrealidad», a la inverosimilitud, a la exageración:

> El amigo miró. Frente a la luz había un lienzo en un caballete; un lienzo gris en su mayor parte, sin otro color que el del preparado, y sobre éste rayas confusas y entrelazadas delatando cierta indecisión ante los diversos contornos de un mismo cuerpo. A un lado, una mancha de colores, que era lo que el maestro señalaba con su mano: una cabeza de mujer, que se destacaba vigorosa sobre el crudo fondo de la tela[65].
>
> Cotoner quedó absorto. ¿Aquello lo había pintado realmente el gran artista? No veía la mano del maestro. Aunque él fuese un pintor insignificante, tenía buen ojo y adivinaba la indecisión, el miedo, la torpeza, la lucha con algo irreal que se escapa, negándose a entrar en el molde de la forma. Saltaba a la vista la inverosimilitud de los rasgos, la rebuscada exageración: los ojos enormes, monstruosos en su grandeza; la boca diminuta como un punto; la piel de una palidez luminosa, sobrenatural. Solamente en sus pupilas había algo notable: una mirada que venía de muy lejos, una luz extraordinaria que parecía traspasar el lienzo.

Blasco insiste en la idealidad, en la «luz interior», todos ellos rasgos de las distintas corrientes expresionistas que se habían abierto camino en el entresiglos y que parecían oponerse al «naturalismo», por lo demás defendido en toda la novela y en el resto de sus escritos sobre arte:

> Éste volvió a contemplar la cabeza. Sí, era ella, con una belleza que parecía de otro mundo; extremada, espiritualizada, como si perteneciese a una humanidad nueva, libre de groseras necesidades, en la que se hubiesen extinguido los últimos restos de la animalidad ancestral. Contemplaba los nu-

[65] Hay una obvia relación entre esta descripción de la tela final de Renovales y la que, en *Le Chef-d'Oeuvre Inconnu*, hace Balzac del cuadro definitivo de Frenhofer. Véase el apartado siguiente.

merosos retratos de otros tiempos, y reconocía sus rasgos en la nueva obra, pero animados por una luz que venía de dentro[66] y cambiaba el valor de los colores, dando al rostro una novedad extraña. (...) Renovales la llevaba en su interior; la contemplaba sólo con recogerse en su pensamiento. Nadie podía conocerla mejor que él. Los demás la tenían olvidada. Así la veía... y así había sido.

Importa resaltar la extinción de «los últimos restos de la animalidad ancestral», íntimamente conectada al hecho de la colocación de este expresionismo del maestro Renovales al final de la tercera parte de la novela, espacio del relato que es el reino de la muerte. Josefina ha muerto ya y, lo que es más importante, Mariano está a punto de concluir la novela al encontrarse con la muerte en vida, con la profunda desilusión de todas las cosas de la existencia, con la espera paciente y resignada de quien ya no desea hacer gran cosa en este mundo. Podríamos encontrar este tema como recurrente en toda su literatura, desde los *Cuentos valencianos* hasta *El fantasma de las alas de oro*: la muerte es una presencia, pero principalmente es una ausencia; es la presencia de la razón, pero es la ausencia del deseo. Y el deseo, para Blasco, jamás admite paliativos: es el deseo carnal, esa «animalidad ancestral» que habita al ser humano y le hace ligarse intensamente a la vida, a la voluntad de vivir. Con esa ecuación, animalidad igual a vida, espiritualidad igual a muerte, con esa neta y concisa síntesis de la cultura europea[67], esa tan actual, tan moderna actitud ante la relación de Eros y Tánatos, Blasco da un salto por encima de su época para afirmar la permanente actualidad de su pensamiento. Extremadamente interesante es también, desde el punto de vista de la pintura, que conectara el «naturalismo», la «visión exterior» con la vida y situara en cambio

[66] Esta caracterización de la última pintura de Renovales coincide con los criterios que el propio Blasco manifestará sobre los personajes de El Greco en su conferencia *La pintura española* (cfr. Gascó 1966, pág. 281; *vid.* más adelante) «... en los ojos reflejan una luz interior, parece que tuvieran alma, que quisieran animar el mundo externo...».

[67] Sobre el tema de la vida y la muerte en la cultura europea, remito al ya citado *Escrito, pintado* (1998), en el que trato el tema por extenso.

el expresionismo, la «visión interior», en el seno del reino de la muerte. Renovales llega hasta el umbral de la muerte, al final de la novela, porque ya ha cubierto todas las etapas de la vida y no puede continuar por ese camino, y cuando intenta crear desde la muerte, le resulta imposible, cae en la misma desesperación —o en la misma locura— del Claude Lantier de *L'Oeuvre* de Zola o del Frenhofer de *Le Chef-d'Oeuvre Inconnu* de Balzac.

La España blanca contra la España negra

Al principio de esta introducción hemos tratado del debate entre una visión tanática (identificada en términos generales con la «generación del 98») y otra erótica (netamente caracterizada en Blasco Ibáñez y en Joaquín Sorolla), porque es el sustrato en el que se desenvolvieron las opiniones de nuestro escritor sobre la pintura. Veíamos allí cómo la polarización prácticamente se encarnaba en las figuras de Ignacio Zuloaga y de Joaquín Sorolla. Vicente Blasco era abierta y decididamente partidario de la pintura del valenciano y, aunque le reconocía saber pictórico, criticaba la obra de Zuloaga. En *La pintura española*, una de las conferencias del ciclo bonaerense, se refirió a ambos. Antes de ocuparnos de ello, es preciso señalar la actitud general de reivindicación patriótica que inspiró el conjunto de estas conferencias: Blasco iba a Buenos Aires con la clara conciencia de «defender a España» frente a la leyenda negra que en torno de ella se había tejido. Su tono patriótico, pues, informaba y dulcificaba cada una de sus apreciaciones. De Joaquín Sorolla apenas dijo lo siguiente:

> Sobre Sorolla diré poco. Me ligan con él lazos de fraternidad y mis elogios se creerían dictados por el sentimiento y no por la razón. Antes de ser novelista estudié un tiempo música, luego pintura, sin lograr, por distintas causas, perfeccionarme ni en uno ni en otro arte; no pasé de los comienzos. En el taller que frecuentaba, un chico débil, de voz atiplada, merecía que todos le diéramos sin regateos nuestra amistad. Lo llamábamos Sorollita.

> Pasaron los años. Un día, mientras me paseaba por las playas de Valencia, recogiendo datos para lo que después fue mi novela *Flor de mayo*, haciendo caso omiso de las murmuraciones de los pescadores, que me creían un empleado del fisco que tomaba notas para aumentar los impuestos, llamóme la atención el «retratero», como le decían aquellas gentes, un pintor que en pleno sol llenaba sus telas de colores y de luz. Nos reconocimos. Era Sorolla, que acababa de fracasar ruidosamente en Madrid con un cuadro místico, extraño, *El entierro de Cristo*. Era Sorolla, que a su retorno de Italia y después de una breve permanencia en Asís, prosiguió con su primera manera de pintar, tal vez sentida en la tierra de San Francisco, y definitivamente iba a reflejar la vida y coronarse de gloria.
>
> Su nombre arranca hoy los mejores juicios a la crítica. Muchas veces nos confiábamos nuestros sueños para el futuro. ¿Esos sueños se realizaron? Creo que no, señores; la ambición humana es como el tonel de las Danaides: no tiene fondo, nunca se satisface, siempre pretendemos más. Es la vida que sueña ascender hasta lo infinito (cfr. Gascó 1966, págs. 291-92)[68].

No deja de resultar significativa esa ligazón de Joaquín Sorolla con la vida («que sueña ascender hasta lo infinito») y con la ambición humana, así como la identificación del escritor con el pintor en sus sueños de futuro. De alguna forma, esta referencia a Sorolla se asemeja a *La maja desnuda* en

[68] Poco después de la muerte de Sorolla, en el prólogo de 1923 para la reedición de *Flor de mayo*, Blasco retomaría esta anécdota (Obras Completas, t. I, pág. 396): «Muchas veces, al vagar por la playa, encontré a un pintor joven —sólo tenía cinco años más que yo— que laboraba a pleno sol, reproduciendo mágicamente sobre sus lienzos el oro de la luz, el color invisible del aire, el azul palpitante del Mediterráneo, la blancura transparente y sólida al mismo tiempo de las velas, la mole rubia y carnal de los grandes bueyes cortando la ola majestuosamente al tirar de las barcas. / Este pintor y yo nos habíamos conocido de niños, perdiéndonos luego de vista. Venía de Italia y acababa de obtener sus primeros triunfos. Convertido al realismo en el arte y abominando de la pintura aprendida en las escuelas, tenía por único maestro al mar valenciano, admirando fervorosamente su luminoso esplendor. Trabajamos juntos, él en sus lienzos, yo en mi novela, teniendo enfrente el mismo modelo. Así se reanudó nuestra amistad, y fuimos hermanos, hasta que hace poco nos separó la muerte. / Era Joaquín Sorolla.»

la prioridad absoluta de las cuestiones vitales sobre los problemas artísticos. Cabe también hacer notar que, si bien unos años más tarde, en un conocido artículo, remontaría la ascendencia de Sorolla hasta Goya y Velázquez («Nieto de Velázquez, hijo de Goya»), en *La pintura española* lo hacía descender del Veronese (o.c., pág. 276): «... el Veronés, que puede decirse, sin exagerar, que es el abuelo de Sorolla...»

Por último, en otra de las conferencias argentinas, *La revolución de septiembre*, estableció una especie de línea evolutiva de nuestra pintura en el siglo XIX, arrancando con Rosales y desembocando en Sorolla (Gascó 1966, pág. 249):

> La pintura, que toma vuelos con Rosales, el autor de *La muerte de Lucrecia* y *El testamento de Isabel la Católica*; que con Fortuny, ese mago del color, encarna el alto romanticismo de nuestra patria, es seguida por Pradilla y tiene hoy una cumbre en ese pintor de la luz que vosotros conocéis, Joaquín Sorolla. La escultura cuenta con hombres gloriosos: Benlliure, Blay, Querol y otros.

Cuando habló de Ignacio Zuloaga, sus posiciones cambiaron *(ibídem,* págs. 291-92):

> En la actualidad tenemos —la hora me obliga a concentrarme a dos hombres— un Zuloaga y un Sorolla.
>
> El primero es un gran pintor, pero, como el Greco, en sus telas presenta una España que no es la real, una España de chulas, de guapos, de tipos a veces contrahechos y en cierto modo amanerada.

Tomaba pues, así, partido en el debate contemporáneo a favor del «blanco»[69], con argumentos no del todo diferentes

[69] Sobre el debate entre el «blanco» y el «negro» en la España de comienzos de siglo pueden consultarse los trabajos de Joaquín de la Puente, «Unamuno: su cotejo Sorolla-Zuloaga (dos Españas)» (Madrid, *Ínsula,* febrero 1965); los de Francisco Calvo Serraller «La hora de iluminar lo negro: tientos sobre Julio Romero de Torres» [*Julio Romero de Torres (1874-1930)*, Madrid, Fundación Mapfre, 1993, págs. 19-75] y «Sorolla y Zuloaga: luz y sombra del drama moderno de España» (*Sorolla & Zuloaga. Dos visiones para un cambio de siglo*, Bilbao, Museo de Bellas Artes, diciembre 1997-febrero 1998, págs. 18-49);

a los que usaban sus oponentes (encabezados por Unamuno), es decir, basados en «la imagen de España» que cada pintor presentaba, aunque vinculándose a la luminosidad y alegría de la opción sorollista y rechazando la oscuridad zuloaguesca.

Lógicamente, relacionaba a Zuloaga con El Greco. El pintor vasco sentía verdadera adoración por la obra del cretense y se inspiraba voluntariamente en él (cfr. E. Lafuente Ferrari, *La vida y el arte de Ignacio Zuloaga*, Madrid, Revista de Occidente, 1972), recogiendo la corriente de revalorización del Greco e impulsándola con verdadero sentimiento «de apostolado», difundiéndose abundantemente la anécdota de un repentino viaje desde París a Toledo con el único fin de contemplar *El entierro del conde de Orgaz*, cosa que, dada su impaciencia y por llegar de noche, tuvo que hacer a la luz de una antorcha[70]. Álvarez Lopera (*De Ceán a Cossío: la fortuna crítica del Greco en el siglo XIX. Volumen II*, Madrid, F.U.E., 1987, pág. 73) refiere, además, como

> ... hacia 1892-93 [Zuloaga] vivió durante una temporada en un piso de la Ile-Saint-Louis junto con Rusiñol, Jordá y Uranga, Zuloaga (que debía poner tal pasión en su defensa del pintor que en los estudios parisinos era apodado «Le Greco») contagió a sus compañeros de su entusiasmo por Theotocópuli.

El Greco venía siendo utilizado para apoyar la idea noventaiochista de la sustancial esencia castellana del alma española. Así pues, Blasco habló de esta manera sobre el cretense en *La pintura española* (o.c., pág. 281):

---

el mío «¡Blanco que te quiero blanco!» (*Pintores valencianos en el museo de La Habana*, Valencia, sala de exposiciones del puerto de Valencia, febrero-marzo 1997, págs. 49-146); el de Lola Caparrós «Una polémica en la pintura española de fin de siglo: lo blanco, naturalista, luminoso, sensual, mediterráneo; *versus* negro, idealista, brumoso, espiritual, nordicista» *(El Mediterráneo y el arte español. Actas del XI congreso del CEHA*, Valencia, septiembre, págs. 226-231) y el de Felipe Garín y mío «Joaquín Sorolla y la generación de 1898: el debate después de la modernidad» (*Sorolla y la Hispanic Society*, Madrid, Museo von Thyssen, 1998).

[70] Santiago Rusiñol contó el episodio en *Impresiones de arte*, y Pío Baroja lo utilizó en *Camino de perfección*, haciéndolo repetir a sus personajes.

El Greco, señores, es modernísimo; casi podría decirse que lo hemos visto todos nacer a pesar de que viviera hace siglos. Hace veinte años era un desconocido; la crítica moderna lo ha impuesto. Se le ha considerado por muchos como un loco. Abundan en Toledo las leyendas que así nos lo pintan y hasta en el Hospital Tavera se enseña un cuarto donde se afirma que este pintor pasó en él recluido durante cuatro años, víctima de la locura y pintando cuadros extraños. Yo, por mi parte, no creo muchas de esas leyendas; pero debo confesar que admito sin esfuerzos que el Greco no era un espíritu normal.

Como decía, el Greco fue olvidado durante tres siglos. El clasicismo y el neoclasicismo nada vieron en aquellas telas de figuras extrañas, colores vivos y rabiosos, de miembros retorcidos, en actitudes extravagantes. Vino el romanticismo, y ya no se desdeñó a aquel artista raro. Llega el neorromanticismo —los modernistas— y, como por encantamiento, el Greco se discute en revistas y libros, el Greco se convierte en un maestro, en un genio precursor[71].

Blasco expuso su reconocimiento de la maestría del Greco, pero manifestó con claridad sus reservas, que venían a coincidir con las que tenía respecto a Zuloaga *(ibídem):*

---

[71] Junto a Ignacio Zuloaga, Santiago Rusiñol protagonizó también una interesante escena de reivindicación del Greco, relatada así por Álvarez Lopera (o.c., pág. 73): «... la compra por Rusiñol de los dos cuadros —una *Magdalena penitente* y un *San Pedro arrepentido* que habían pertenecido al banquero catalán Pablo Bosch y acababan de salir de España— cobró para el grupo un valor emblemático, convirtiéndose en el primero de los actos de una sostenida reivindicación. A tal fin, corrieron la voz por los talleres y cenáculos de vanguardia, recibieron a artistas, críticos e incluso a algún conservador del Louvre llegados para examinar los cuadros e iniciaron una labor de propaganda que cara a España tuvo su primera traducción práctica en el relato que hizo Rusiñol del acontecimiento dentro de una serie de crónicas enviadas al diario barcelonés *La Vanguardia* y recogidas después en el volumen *Impresiones de arte*». Álvarez Lopera continúa hablando de Zuloaga: «... pronto —disfrutando ya de fama y honores— pudo disponer del suficiente dinero para hacerse con una colección de cuadros del cretense. Su veneración por él no parece haber disminuido desde entonces ("El Greco", llegó a escribir en uno de sus carnet de notas, "es el dios de la pintura"), y si bien en lo sucesivo su papel de adelantado quedó oscurecido en España por la resonancia de los actos organizados por los modernistas catalanes, la realidad es que su labor de difusión cara a la vanguardia europea continuó siendo impagable».

Personalmente, señores, debo manifestar que no gusto mucho de ese pintor, pero soy el primero en afirmar la originalidad intensa —factor indispensable para ser artista— y la fuerza que se traducen de sus telas. En verdad, me desconciertan sus procedimientos y algunas de sus modalidades. Por los cánones del arte, la grandeza de una figura debe ser siete veces la de la cabeza; el Greco rompe con ese canon: sus figuras son doce y unas veces más grandes, parecen interminables, no concluyen nunca. El Greco tenía en poca estima el dibujo; el color, las tintas, era lo principal. El colorido de las telas es vigoroso. Sus retratos, que son muchos, nos reproducen algunos caballeros de su época; las cabezas tienen la forma... de una pera invertida; las manos son finas, exangües; las barbas, ralas; los ojos reflejan una luz interior, parece que tuvieran alma, que quisieran animar el mundo externo. El Greco tiene un defecto. Se «amaneró», se habituó a esos rostros ascéticos, y todas sus telas parecen repetir un mismo tipo, un personaje semejante[72].

Hay, pues, que entender las posiciones de Blasco Ibáñez respecto a los clásicos de la pintura española en relación con las batallas que estaban librándose en el terreno ideológico-pictórico; y comprenderlas también desde esa perspectiva de utilización inmediata que referíamos al principio. La crítica principal al Greco coincide con la que hace a Zuloaga: sus imágenes sirven para calumniar a España en el extranjero, alimentando la leyenda negra (o.c., pág. 281):

---

[72] Puede resultar interesante comparar el texto de Blasco con este otro de Benito Pérez Galdós («Las generaciones artísticas en la ciudad de Toledo», *Revista de España*, Madrid, vols. XIV y XV, 1870, págs. 62-93): «... el Greco fue un artista de genio, en quien los terribles efectos de una enajenación mental oscurecieron las prendas de un Ticiano o un Rubens. Una inventiva inagotable, gran facilidad para componer, mano segura para el dibujo, y a veces empleo exacto y justo del color y los tonos, son las cualidades que se observan en sus primeras obras, pero después, padeciendo la más lamentable aberración, el Greco se dio a pintar con un falso color y una expresión imaginaria que marca sus obras con un sello indeleble. Todos han visto sus figuras escuálidas, terroríficas, sin sangre, flacas y amarillas, con las cabezas sepultadas en enormes gorgueras de encaje rizado: él percibió un extraño ideal, y sin duda, extraviado por una obsesión, esclavo de una monomanía, llegó a ese período lamentable, en que es tan original». Las opiniones de Blasco fueron también probablemente influenciadas por las de Théophile Gautier (véase nota 5 al pie de la pág. 171 en el capítulo I de la primera parte).

> Él generalizó casos particulares, y de ahí que con su pincel haya calumniado a su época. Hoy está de moda; y cuando en París, por ejemplo, se hace una exposición con sus telas, los escritores franceses, que están dominados por el maldito empeño de atribuir gratuitamente a España una serie infinita de horrores, frente a esos cuadros, se complacen en decir que esos ojos visionarios concentran todo el horror de una época de torturas y barbarie, época que, entre paréntesis, no existió nunca, que fue como todas, con los mismos vicios y las mismas virtudes de las que se ofrecen en la historia de cualquier nación europea...

En la misma conferencia había hablado ya del cretense situándolo en el comienzo del desarrollo de la pintura española (o.c., pág. 276):

> Antes de la aparición del Greco, la pintura tenía en España el carácter rudimentario que constituye la característica de todo arte que empieza a desarrollarse.

Finalmente se refiere a él laudatoriamente por haber influido en el colorido velazqueño (o.c., pág. 283): «El Greco... influyó en Velázquez, no de un modo decisivo ni como un maestro... influyó en el colorido.»

En el primer capítulo de *La maja desnuda* El Greco es objeto del saludo mental que Renovales dirige «a los grandes maestros», limitándose a dedicarle una línea a sus figuras santas, «de un espiritualismo verdoso o azulado, esbeltas y ondulantes» (págs. 171-172).

Tres son los grandes maestros «de primera fila» para Blasco: El Greco, Velázquez y Goya. Extrañamente —este es el único lugar donde hace una mención semejante— llega a insinuar cierta falta de «españolidad» en los tres que no coloca en primera fila (o.c., pág. 276).

El valenciano José de Ribera es el segundo gran maestro al que saluda Renovales. Apenas le dedica unas palabras: «más allá, las cabezas negruzcas y rugosas de Ribera, con gestos feroces de tortura y dolor». Permaneciendo en el tópico del «atormentado» Ribera, en *La pintura española* diría (o.c., página 276): «Allí está... Ribera, atormentado siempre.» En otra de las conferencias bonaerenses, *El misticismo batallador de los españoles*, señalaba dos tipos de actitudes místicas, una trágica y otra tierna, poniendo como representantes a Ignacio de Loyola y Teresa de Jesús; a ambas corrientes ligaba los pintores clásicos (cfr. Gascó 1966, pág. 254):

> La pintura religiosa, alta manifestación del misticismo, presenta un doble carácter: de un lado están Zurbarán, El Greco, Ribera, sombríos, lúgubres, trágicos. En vano les pediríais risueños colores y celestes perspectivas. Son de hierro, sienten la inspiración artística con enérgica fiereza. En sus cuadros, de fondo negro como de tinieblas, veréis figuras pálidas de santos y de mártires, con los músculos ensangrentados y los tendones y nervios rotos y sanguinolentos. Son pintores de pesadilla los pintores de este misticismo trágico en que culminó como representante heroico San Ignacio de Loyola. Y en contraste con este misticismo, está el dulce Murillo, el pintor de los azules cielos, de la Virgen envuelta en manto cerúleo, de los ángeles niños con ramos de flores, de la ternura y la inocencia cristianas, ese otro misticismo en que culminó como ardiente propagandista Santa Teresa de Jesús.

En ambos misticismos, «el espíritu español pone un sello de realismo», lo que lo diferencia de otras culturas (o.c., página 254):

> Y es de advertir que, tanto en el misticismo trágico como en el cándido, el espíritu español pone un sello de realismo que está ausente en el misticismo de otros pueblos, como lo veréis comparando, para no citar más, a Rafael con Murillo. Este realismo es típico hasta en el amor mismo de Santa Teresa de Jesús, que al derramar sus ideas sobre el papel, vehemente, apasionada, nos traza sus visiones celestiales con una corporización tal de las imágenes y en deliquios acompañados de espasmos a que no falta sino un acto para ser materiales en medio de su fogoso idealismo.

La comparación de Murillo con Rafael, señalando el mayor «realismo» del primero, coincide con la valoración que en 1835 había hecho el francés Louis Viardot (*Études sur l'histoire des institutions de la littérature, du théatre et des beaux-arts en*

Espagne, París, Paulin, 1835, pág. 425): «Las vírgenes de Murillo no son rafaélicas, permanecen más cerca de la naturaleza, y puede encontrarse su tipo en toda joven madre, bella, dulce y tierna». Blasco Ibáñez, al hablar o escribir sobre Murillo, está afectado por la consideración de que gozaba el pintor en 1906, y parece tratarlo como un maestro importante, pero no de primera fila, apto sobre todo para suscitar sentimientos religiosos en las mujeres de fe enfervorecida; de hecho, en la novela parece contraponerlo a *La maja* de Goya; aunque no deja de reconocer en él al gran artista, colocándolo en línea con Santa Teresa, a la que admiraba. En *La pintura española* (o.c., pág. 276) diría: «Allí está… Murillo, con su idealidad y con su romanticismo real.»

La idealidad de Murillo nos pone precisamente sobre la pista de otra de las transgresiones de Vicente Blasco respecto a su supuesta oposición central «realismo *versus* idealismo». En efecto, en *El misticismo batallador de los españoles* (o.c., páginas 271-72), casi de pasada, hablando sobre Teresa de Jesús, afirmó que «las bellas artes deben siempre ser hermosas»:

> El padre Gracián, su confesor, añade que no fue fea y que el único retrato que se conserva de ella lo hizo, a los sesenta años y por orden suya, un fraile pintor muy malo que había en un convento de Sevilla y que le llamaban fray Juan de la Miseria.
>
> Y aquí una anécdota que demuestra bien a la mujer, aunque sea santa. Cuando Santa Teresa vio su retrato terminado, dijo a fray Juan: «Dios te perdone, hermano, lo que me has hecho sufrir para pintarme fea y legañosa.» Y es que la mujer, como las bellas artes, deben siempre ser hermosas.

Contradicción evidente con la aspiración de «realismo» afirmada en todas las conferencias, y particularmente en *La maja desnuda*, en el aprendizaje de Renovales y en todas las demás menciones a su arte, hecha naturalmente excepción de ese retrato póstumo de Josefina que lo coloca en la órbita expresionista y lo envuelve en el ámbito de la muerte. De alguna manera se liga también a esa doble meditación en estilo indirecto libre que, en el capítulo I de la tercera parte, hace pensar conjuntamente a Vicente Blasco y a Mariano Renovales: «La pintura, lo mismo que todas las artes, era una mentira bonita, por cuyos progresos se agitaban los hombres como locos, hasta odiarse con impulsos de muerte». Y, sin duda, se conecta también con uno de los más interesantes párrafos de la *carta* a Julio Cejador, en el que Blasco toma una posición muy específica en relación con las definiciones de realismo de Stendhal y Zola, poniendo el acento en el temperamento del artista, por encima del «reflejo de lo real» (pág. 14):

> Vamos a charlar un poco de novela, ya que usted me lo pide. Yo acepto la conocida definición de que «la novela es la realidad vista a través de un temperamento». También creo, como Stendhal, que «una novela es un espejo paseado a lo largo de un camino»[73]. Pero claro está que el temperamento modifica la realidad y que el espejo no reproduce exactamente las cosas con su dureza material, pues da a la imagen esa fluidez ligera y azulada que parece nadar en el fondo de los cristales venecianos. El novelista reproduce la realidad a su modo, conforme a su temperamento, escogiendo en esa realidad lo que es saliente, y despreciando, por inútil, lo mediocre y lo monótono. Lo mismo hace el pintor, por realista que sea. Velázquez reproduce como nadie la vida. Sus personajes viven. Pero si estos personajes hubiesen sido fotografiados directamente, tal vez serían más exactos y «vivirían mucho menos». Entre la realidad y la obra que reproduce esta realidad existe un prisma luminoso que desfigura las cosas, concentrando su esencia, su alma y agrandándolas: el temperamento del autor. Para mí, lo importante en un novelista es su temperamento, su personalidad, su modo especial y propio de ver la vida. Esto es verdaderamente el estilo de un novelista, aunque escriba con desaliño. Y como los temperamentos son variadísimos (afortunadamente para el arte, que no gusta de monotonías y repeticiones), de aquí que yo no crea gran cosa en las clasificaciones, escuelas y encasillados de cierta crítica.

---

[73] Como es sabido, en el capítulo XIII de *Le Rouge et le Noir*, Stendhal colocó un epígrafe que atribuía a Saint-Real (aunque la frase no ha sido hallada en ese escritor): «Una novela es un espejo que paseamos a lo largo del camino.» Zola, por su parte, en un artículo, «Proud'hon et Courbet», publicado en la revista de Lyon *Salut Public* (julio-agosto 1865), escribía que «La obra de arte es un rincón de la creación visto a través de un temperamento».

«Los personajes viven» en Velázquez: de nuevo la vida como metro, esta vez usando a quien consideraba, junto a Goya, el más excelso de los pintores. Así siente Renovales en *La maja*:

> Al verse en la sala de Velázquez sintióse asaltado por un respeto religioso. Allí estaba un pintor: el pintor por antonomasia. Todas sus teorías irreverentes de odio a los muertos se quedaron más allá de la puerta. El encanto de estos lienzos, que no había visto en algunos años, surgía de nuevo, fresco, poderoso, irresistible; le avasallaba, despertando sus remordimientos. Permaneció largo rato inmóvil, pasando sus ojos de un lado a otro, queriendo abarcar de golpe toda la obra del inmortal…

Y como primer pintor del mundo lo trató Blasco en *La pintura española* (o.c., pág. 283): «Si el arte es la más alta interpretación de la Naturaleza, Velázquez es el primer pintor del mundo.»

Desde Édouard Manet y Théophile Gautier la figura de Velázquez era incontestada (véase nota 11 en pág. 175) y los escritores españoles, todos sin excepción, glorificaban al maestro del XVII. A pesar de la conocida exclamación de Gautier ante *Las meninas* («¿Dónde está el cuadro?»), Diego Velázquez se convirtió en una especie de paradigma del realismo, en un punto de referencia obligado para la pintura. Blasco participó plenamente de esa admiración, e incluso en *La maja desnuda* le perdonaba a Velázquez lo que en *La pintura española* no le admitía al Greco, comprendiendo y explicando sus «bufones, locos y contrahechos» porque «había pintado lo que había visto» (primera parte, cap. I, pág. 182).

La admiración por Velázquez no le impidió, sin embargo, dirigirle una no muy comprensible crítica, sólo explicable desde una comparación inmediata y sin consideración de la distancia histórica entre el «paisaje», tal como se entendía desde el último cuarto del siglo XIX —y muy en particular: tal como Sorolla lo trataba— y el paisaje en la pintura europea del XVII. En efecto, en *La novela y su influencia social*, conferencia pronunciada en el teatro de la Exposición de Valencia el 19 de febrero de 1911, afirmó que el maestro sevillano era «ciego para el paisaje» (cfr. Gascó 1966, págs. 324-25):

Nosotros tenemos el más grande, el más excelso de los pintores naturalistas, a Velázquez; bien, este gran artista, para el cual el cuerpo humano no tenía secretos, pues que supo inmortalizar en el lienzo la vida de los seres animados, de modo logrado por muy pocos artistas y por ninguno superado, este excelso, este gran pintor era, sin embargo, ciego para el paisaje. Los más de los paisajes de sus obras no son sino simple fondo; recuerdos del Pardo y de algún otro lugar, pintados en el estudio, de memoria, servían únicamente para matar la crudeza del lienzo, para dar un fondo sobre el que se destacan las figuras de regia estirpe. Velázquez sabía interpretar las figuras como nadie. Era el pintor más naturalista que se conoce. Los ojos de sus personajes tienen luz, ven; por la epidermis de sus figuras parece que transpira la vida. Más aún: hay en sus cuadros muchas princesas, muchas señoras linajudas cuyas mejillas aparecen coloreadas. Y es tal el arte de aquel pintor, tal la realidad de sus tonos, que a menudo podemos apreciar que aquellos colores son postizos, como los de las damas retratadas, que ya entonces usaban de aceites y pinturas, como dicen que se pintan ahora.

Y este pintor que veía de tal manera la vida, no veía el paisaje, no le encontraba alma al paisaje, no le daba otra importancia que la de un simple fondo decorativo[74].

Francisco de Goya era el segundo clásico incontestado por Blasco[75]. En el paseo de Renovales nos ofrece tres descripcio-

---

[74] No es este el lugar para recordar que precisamente don Diego sintió el paisaje como ningún otro pintor en su siglo, cosa señalada en repetidas ocasiones y, en particular, llegó incluso a convertirlo en el protagonista del cuadro en sus dos vistas de la Villa Medici, modelo de observación y diálogo directo del pintor con la naturaleza. La opinión de Blasco Ibáñez estaba sin duda inspirada por sus deseos de paisaje al aire libre, con colores luminosos, tal y como éste se había ido desarrollando desde Claude Monet hasta Joaquín Sorolla.

[75] En *La pintura española* (o.c., págs. 287-88) dirá de él: «A mediados de esta centuria [siglo XVIII] nace en Aragón un hombre destinado a la gloria: don Francisco de Goya y Lucientes. / Enemigo de las academias y de los maestros, a los que imputaba el delito de deformar las mentes juveniles, embruteciéndolas en copiar líneas y más líneas, en reproducir ojos en forma de almendras y narices moldeadas dentro de un tipo siempre idéntico. Revolucionario de fondo, solía decir: "Cuando veo una persona y contemplo su cabellera, no me dedico a contar cuántos cabellos sombrean su frente y considero ridículo exigir del pincel lo que mi vista no percibe ni le preocupa percibir."

nes de cuadros suyos (*El 2 de mayo*, *Los fusilamientos de la Moncloa* y el de la propia *Maja desnuda*) que son buena muestra del exquisito y refinado sentimiento del escritor ante la pintura. Pero Velázquez y Goya cumplen un objetivo narrativo que va más allá de los análisis plásticos. *La venus del espejo* y *La maja desnuda* se convierten en los únicos precedentes del deseo de Renovales de pintar un desnudo, situándose así como sustentos del *leit motiv* de la novela. La ambición del protagonista es emular los dos grandes desnudos de la pintura española. Además de ello, Blasco utiliza a los dos maestros para entablar una comparación —que tenía sin duda mucho de autobiográfica, de íntima vacilación vital del propio escritor en momentos de gran crisis— entre dos maneras opuestas de encarar la existencia. Hay que decir que las caracterizaciones blasquianas son evidentemente exageradas: ni la vida de Velázquez fue tan regular y tranquila, ni la de Goya tan aventurera y romántica. Pero con independencia de la posible veracidad histórica, las oposiciones de Blasco entre las existencias de uno y otro cumplen una función muy clara en el relato y nos ofrecen una visión suficientemente perfilada de los problemas íntimos del escritor[76]. En síntesis, la vida de

---

Y agregaba: "En la Naturaleza no existen líneas; existen, sí, cuerpos planos que se adelantan y se mueven. En la Naturaleza no existen colores; existen luces y sombras; me basta el blanco y el negro para hacer mis cuadros".»

[76] El estado de ánimo de Blasco está reflejado en los problemas y vacilaciones de Mariano Renovales, en particular la que planteaba entre la «vida ordenada» que atribuía a Velázquez y la «aventurera» que atribuía a Goya. Debe recordarse, a este propósito, la tajante afirmación que hacía a Julio Cejador reafirmando su propia vida de acción (o.c., pág. 17): «... yo soy un hombre de acción, que he hecho en mi vida algo más que libros, y no gusto de permanecer inmóvil durante tres meses en un sillón, con el pecho contra una mesa, escribiendo diez horas por día. Yo he sido agitador político, ha pasado una parte de mi juventud en la cárcel (unas treinta veces), he sido presidiario; me han herido mortalmente en duelos feroces; conozco todas las privaciones físicas que un hombre puede sufrir, incluso la de una absoluta pobreza; y, al mismo tiempo, he sido diputado hasta que me cansé de serlo (siete veces); he sido amigo íntimo de jefes de Estado; conocí personalmente al viejo sultán de Turquía; he habitado palacios; durante unos años de mi vida he sido hombre de negocios y manejado millones; en América he fundado pueblos...Quiero manifestar con esto que las más de las veces, por mi gusto, haría novelas en realidad mejor que escribirlas sobre el papel».

Velázquez había sido ordenada, hogareña, tranquila, con sueldo fijo en la corte, obedeciendo las órdenes del rey, sin sobresaltos ni convulsiones, sin otra pasión amorosa que su esposa legítima: «Era la razón sólida, equilibrada, ajena a los entusiasmos y los desmayos, sin apresuramientos ni fiebres»[77], «La vida de don Diego cabía en dos líneas: "Había pintado": esta era toda su biografía.»

En el polo opuesto, Goya poseyó una existencia agitada y llena de sobresaltos, «era la imaginación en la carrera desenfrenada, con altos jadeantes y nuevos escapes, la frente en lo infinito y los pies sin separarse de la tierra»[78]. «Goya "había vivido". Su existencia era la del artista gran señor: una agitada novela llena de misterios amorosos.»

Renovales vacila, considerando que le gustaría llevar una vida como la que le supone a Goya, pero que la que tiene, en realidad, se parece a la que le supone a Velázquez (primera parte, cap. I, págs. 185-186).

He aquí, en suma, una síntesis bastante ajustada de las opiniones de Vicente Blasco Ibáñez sobre la pintura, de alguna forma concentradas en el primer capítulo de *La maja desnuda*, y expandidas a lo largo de toda la novela como comportamientos y reflexiones de Renovales frente a su profesión. Al cotejar la novela con el resto de conferencias y textos del escritor, no se observan más que algunas matizaciones y, por lo general, coincidencias y repeticiones que reafirman el mismo tipo de planteamientos y soluciones.

---

[77] En *La pintura española* (o.c., págs. 283-84) diría: «Si el arte es la más alta interpretación de la Naturaleza, Velázquez es el primer pintor del mundo. Su vida es una vida tranquila, sin aventuras. Cuando pintaba era el maestro sin igual; cuando dejaba el pincel era el burgués que sólo se dedica al cuidado de los hijos. Los estudiantes alemanes dicen que el burgués —el filisteo, como ellos lo llaman— es un hombre que nace, se casa, tiene hijos y muere; agregadle a Velázquez: pintó, y tenéis al hombre.»

[78] En *La pintura española* (o.c., pág. 288) hace la siguiente metáfora sobre Velázquez y Goya: «Este teorizador atrevido tuvo una vida accidentada, novelesca. Si se le compara con Velázquez, éste semeja un maravilloso palacio del más puro Renacimiento; Goya, una montaña llena de accidentes, pero majestuosa e inmensa.»

2. *«La maja desnuda», novela de artista*

Desde finales del siglo XVIII y muy intensamente en el XIX y el XX, se abrió paso en la narrativa la adopción de un «artista» como protagonista del relato. Rafael Gutiérrez Girardot (1983, o.c., págs. 32 y ss.) sitúa el comienzo en *Ardinghello y las islas bienaventuradas* (1787) de Wilhelm Heinse (1749-1803) y *Lucinde* (1799) de Friedrich Schlegel (1772-1829), las cuales «trazaron los perfiles del artista como genio», así como determina en *Lucía Jerez* (1885) de José Martí (1853-1895) el arranque de la novela de artista en castellano. El fenómeno es altamente significativo, por cuanto, en primer lugar, sanciona la separación del artista (sea éste escritor, pintor, músico o profesional de cualesquiera otras artes) respecto al resto de la sociedad, identificándolo como un individuo especial, dotado de percepciones que los demás no poseen y, consiguientemente, obligado por ellas a llevar un tipo de vida netamente diferenciado del resto[79]. La cuestión sintomatiza lo que podríamos denominar el «síndrome del individuo», es decir, el conjunto de características que han ido definiendo el individualismo como ideología desde el protohumanismo escolástico del siglo XIII hasta el vanguardismo del siglo XX: en síntesis, la consideración de que el «individuo» es una entidad real y autosuficiente, que más o menos voluntariamente se junta con todos los demás de su especie para constituir la sociedad. No es este el lugar para entrar en profundidad en el tema del individuo como síntoma de una ideología global, aunque resultan imprescindibles unas pocas anotaciones que permitan encuadrar adecuadamente una obra como *La maja desnuda* en el contexto de las novelas de artista.

[79] Esta diferencia en el estilo de vida la anota Blasco como limpia conciencia de Renovales; así, por ejemplo, el pintor dice a su mujer (primera parte, cap. III): «Los artistas formaban una familia aparte; la moral y los prejuicios vulgares eran para los otros. Ellos vivían acogidos al fuero de la belleza, teniendo por natural lo que las gentes miraban como pecado...»

La primera pregunta es a propósito de la veracidad respecto a la diferenciación del artista de las demás personas. Ciertamente, no es posible negar que la especialización profesional conduzca a un desarrollo superior de las facultades vinculadas a tal especialización: en efecto, el artista es «más sensible» que el resto para las cuestiones artísticas. Pero por la misma razón lo son también el científico para la ciencia, el ingeniero para las construcciones, el torero para la lidia, el médico para las enfermedades, el atleta para los movimientos del cuerpo, el meteorólogo para los cambios climáticos, el agricultor para las oportunidades de la tierra, el carpintero para el diseño de muebles, el taxista para los flujos del tránsito. Tampoco es falso que los «sabios» y los «artistas» hayan conocido en la historia humana un sometimiento peculiar al poder, distinto del resto, probablemente en relación con un papel reconocido como especial por el conjunto de la sociedad[80]. Karl Marx parece que se refirió a ello en uno de sus más interesantes estudios, *Formaciones económicas precapitalistas* (1857-58, trad. esp. de Gregorio Ortiz, Madrid, Ciencia Nueva, 1967, cap. II, pág. 157):

> ... donde el tipo particular de trabajo (o sea, su dominio del oficio y consiguiente propiedad del instrumento de trabajo) equivale a la propiedad de las condiciones de producción, hay que admitir que ello excluye tanto la esclavitud como la servidumbre. Sin embargo, puede darse un desarrollo negativo semejante en forma de sistema de castas.

[80] Cabe, no obstante, hacer la importante salvedad de la Edad Media. No es perceptible en ella la marginación del artista de las habituales estructuras de producción, al menos hasta que empieza a imponerse el humanismo a partir del siglo XIII. La inteligencia medieval tenía conciencia clara de esa integración de todos los oficios manuales; la siguiente afirmación de los *Libros carolinos* puede servir como ejemplo para todos los siglos medievales (Migne, PL 98, col. 1012): «... dicen que el arte (ars: técnica) de los pintores es piadoso, como si no participara de la piedad o impiedad igual que las demás artes mundanas. ¿Por qué el arte de los pintores tiene más piedad que el de los carpinteros, escultores, fundidores, cinceladores, picapedreros, leñadores, campesinos o de los demás artesanos? ... todas las artes mencionadas, que no pueden realizarse sino después de un aprendizaje, pueden ser hechas piadosa o impíamente por quienes las realizan, y la piedad o impiedad no recae sobre ellas, sino sobre los hombres que las practican que, o bien son víctimas de grandes vicios o bien poseedores de grandes virtudes».

Fue muy oportuno el comentario que al párrafo anterior de Marx hicieron Abbà, Ferri, Lazzaretto, Medi y Motta (*La coscienza di sfruttata*, Milano, Mazzotta, 1976 —trad. esp. de Consuelo Torres y Facundo Tomás, *Conciencia de explotada*, Valencia, Fernando Torres, 1977, págs. 145-46):

> En tal caso la discriminación es realizada a partir de una capacidad productiva típica y circunscrita. Al contrario de cuanto sucede en la división en clases (en la que la discriminación se basa simplemente en la posibilidad de disponer de la genérica fuerza de trabajo ajena) se domina a estos estratos a causa de una *habilidad indispensable suya*: para hacer funcional su producción al orden establecido de la sociedad. Hay siempre una falsa conciencia en la base de la castalización: no se quiere reconocer la libre subjetividad y, por consiguiente, la humanidad de quien es indispensable.

Como en el caso específico que describía Marx, el artista «posee el dominio de su oficio y la propiedad de su instrumento de trabajo» es el único propietario posible de las condiciones de su producción, que residen en su peculiar e inalienable saber, esa *habilidad indispensable* sin la cual ninguna sociedad podría funcionar[81].

El contexto de la afirmación marxiana se ha modificado notablemente en los albores del siglo XXI, pero es innegable que (aunque se refiriese a la antigua Roma) respondía con bastante exactitud a las condiciones de cierta clase de individuos en la Europa de los siglos XIX y XX: aquellos que poseían un saber difícilmente integrable en los incipientes esquemas de producción y comercio establecidos; los científicos «puros» y los «artistas» en particular. La sociedad capitalista en su primer desarrollo necesitaba, evidentemente, de ellos, pero todavía no se había expandido lo suficiente

[81] Esa habilidad indispensable para la creación de cierto tipo de mercancías aparece exactamente en *La maja desnuda* (primera parte, cap. III, pág. 247): «Después de estos éxitos cortesanos, los ricos consideraron un retrato de Renovales como imprescindible adorno de su salón. Iban en busca de él porque su firma costaba miles de duros; poseer un lienzo suyo era un testimonio de opulencia, tan preciso cual un automóvil de la mejor marca.»

como para poder integrar ese saber en las nuevas estructuras que, poco a poco, iba poniendo en marcha. Ello empezó a hacerse obvio precisamente en los momentos de explosión revolucionaria, los finales del XVIII, y conoció un crecimiento considerable en esa centuria de profundas convulsiones que fue el siglo XIX. El problema siguió profundizándose y agudizándose a lo largo de todo el siglo XX, hasta el punto de que las soluciones empezaron a surgir desde las propias estructuras, sobre todo a partir de la segunda mitad de la centuria. Así, el siglo XXI va a ser recibido con una relativa institucionalización —con lugares pre-determinados para su inserción social— del saber científico y el saber artístico (universidades; empresas editoriales, periodísticas, cinematográficas y televisivas; institutos públicos de investigación; protección estatal a determinados sectores; todo ello acompañado de una cada vez mayor elasticidad del mercado de la cultura), lo que, por lo demás, coincide con la sistemática profundización del conjunto de saberes particulares. Ello señala una tendencia hacia el igualitarismo y la progresiva supresión de las «clases» sociales, que tiene como consecuencia ineludible la extracción de todo saber del terreno de la marginalidad.

Pero durante el siglo XIX y primera mitad del XX, «el margen» era precisamente el lugar destinado a la ciencia y las artes: transformado en «margen superior» para quienes triunfaban (los menos), consiguiendo que su saber y su producción fueran reconocidos como «extraordinarios» por el orden y, consiguientemente, su propia persona considerada «excelsa», situada por encima del común. La categoría de «genio» está relacionada con esta superioridad marginal, abriéndosele al triunfador las puertas de una relativa riqueza material, así como una alta consideración por parte de cualesquiera clases sociales. Pero era «margen inferior» para todos los que empezaban y para quienes transcurrían su existencia sin conseguir saltar a la otra orilla. Hecha excepción de quienes alcanzaban a integrarse en las escasas instituciones existentes, se constata que junto a la categoría de «genio» no existía otra que la de «fracasado», con sus inevitables rémoras de absoluta pobreza, rechazo social, sentimientos interiores de radical equivocación de rumbo, profunda ansiedad en la busca del salto de un margen al otro. Quizá sea útil agregar que la situación en cualquiera de los dos lugares no estaba necesariamente ligada al valor intrínseco de la producción que se realizaba: baste pensar en el caso de Vincent van Gogh, toda su vida situado en el sector más externo del margen inferior, hasta el punto de que llegó a reivindicarlo como situación idónea para la creación artística (precisamente afirmando que el artista debía ser «como un zapatero»: reclamando así el «oficio», la profesionalización institucionalizada; saltando de esa manera por encima de su época y anunciando lo que ahora, ciento diez años más tarde, ha tomado carta de ciudadanía), o en el de Alexandre Cabanel, que consiguió el éxito más absoluto con un *Nacimiento de Venus* en el Salón parisino de 1863 (el mismo Salón que conoció el fracaso y las primeras risas inmensas del público ante *Le Déjeuner sur l'Herbe* de Manet) y que si saltó por encima de su época fue estrictamente para anunciar la importancia que la pornografía iba a adquirir en nuestros años.

El síndrome del individuo estaba servido en esa duplicidad de márgenes: el salto del fracaso a la genialidad (en su consideración social) escapaba siempre a cualquier proyecto, a toda programación y sistema que el artista pudiera establecer en su estrategia profesional. La más absoluta inseguridad en la propia obra se convertía así en inevitable constante psíquica para cualquiera que no hubiera sido tocado por el ala de la fortuna[82]. Y, cuando el éxito llegaba a inundar a alguno,

---

[82] En el capítulo VI de la primera parte de *La maja*, Blasco hace decir a Renovales (pág. 290): «¡La gloria! ¡Una lotería sin más probabilidades de suerte que los gustos de las gentes que aún estaban por nacer! ¿Quién conocía las aficiones artísticas del porvenir? Tal vez apreciase como bueno lo que él producía ahora a disgusto; tal vez reiría con desprecio de lo que él deseaba pintar.» Antes, en el capítulo II de la primera parte (pág. 210), había descrito el primer gran éxito de Renovales como una azarosa conjunción de elementos varios: «Y como en aquellos días el gobierno se mantenía firme, y las Cortes estaban cerradas, y no había cogida de importancia en ninguna plaza de toros, los diarios, a falta de más viva actualidad, lanzáronse en ruda competencia a reproducir el cuadro, a hablar de él, publicando retratos del autor, lo mismo de frente que de perfil, grandes y pequeños, detallando su vida en

caía casi como la lluvia de oro sobre el seno de Dánae: producía una felicidad inesperada —no del todo explicable—, pero no se sabía bien qué hacer con Perseo, aunque se tuviese la convicción de que estaba destinado a matar a la Medusa. La intranquilidad del margen —por muy superior que fuera— afectaba igualmente a quien había alcanzado la gloria, quizás porque en el fondo de su alma sospechase que el factor suerte había desempeñado un papel principal[83].

Devenía así el artista (y también el científico) la expresión más acabada de la ideología «individualista», precisamente de esa ideología que era el sustento de la sociedad que lo rechazaba o lo elevaba por encima de ella: era el individuo aislado *frente* a la sociedad, el valor que la colectividad necesitaba pero que su egoísmo o su ineficacia le impedían reconocer en aquel que arriesgaba su estabilidad personal por el conocimiento secreto de que poseía algo que los demás ansiaban pero ni siquiera vislumbraban. No es difícil entender que la burguesía descubriese sus más puras esencias en ese combate individual que tanto se parecía al del comerciante

Roma y sus originalidades, recordando con una lágrima de emoción al pobre anciano que, allá en su aldea, machacaba el hierro sin conocer apenas la gloria de su hijo.»

[83] En una de las conferencias bonaerenses, la dedicada a *Emilio Zola*, Blasco se refirió a los problemas de quienes ya habían triunfado, incluyendo sus propios temores (cfr. Gascó Contell, 1966, pág. 145): «Yo tengo... una novela, *Sangre y arena*, en la que aparece un matador de toros, un alma ruda, pero ambiciosa de halagos populares. Alguien una vez le pregunta si le causan miedo los toros, y contesta: / —No; los toros no. Los que me infunden miedo son los toreros jóvenes, los que se inician, los que tienen necesidad de asegurarse su carrera. / En literatura ocurre lo mismo. No es la crítica la que nos atemoriza. Una vez que el público, siempre justo en el fondo, lee nuestras obras, los que nos dan cuidados son los principiantes, los que tienen el empuje de la juventud. En literatura ocurre como si fuéramos ya en una barca propia, navegando seguros, y otros sin poseer aún una embarcación se agitan en las aguas. Son los "tiburones", los que nos amenazan y al mismo tiempo nos impulsan. Pasó mi juventud, sin ser viejo todavía. Fui "tiburón" también. Cuando somos desconocidos parece que afirmamos nuestras fuerzas atacando a los maestros, deseándoles un mal rato. Complace el combatir contra los que se hallan en las alturas. Éste fue el acto de Zola. Atacó al dios de las letras de una época [Víctor Hugo]. Un acto natural, lógico. Y creedlo —no soy un maestro— cuando nos ataca un "tiburón" en el fondo sentimos simpatías, porque nos indica que quien lo hace nos quiere bien.»

que empezaba con poco dinero, al del empresario que solicitaba un arriesgado préstamo, al del político que tenía que soportar las mil y una disciplinas antes de poder dar órdenes, al del burócrata que debía procurar comportarse como el terciopelo con los de arriba para poder ser de acero con los de abajo. Paradójicamente, la sociedad burguesa en construcción alcanzaba su máximo ideal en los márgenes que había creado como desechos innecesarios. El camino del siglo XX no sería otro que el de la recuperación de esos márgenes, el de la auto-compenetración con ese campo de batalla de la individualidad, finalmente concebido como la única seña de identidad posible.

No es extraño que la novela de artista multiplicase su población relativa en el último cuarto del siglo XIX, y tampoco que hubiera una deriva desde el protagonista-poeta hacia el protagonista-pintor. Hay también en esto último un signo de la individualidad, por cuanto, a diferencia del poeta, el músico, compositor o instrumentista, el actor, el cantante o el bailarín, al revés de todos ellos, el artista plástico *enajena* su obra. La cuestión no es baladí, y señala un lugar especial de las «bellas artes» en el seno de la historia de la cultura europea. Se trata del único caso en que el resultado de la imaginación es, exactamente, un *objeto* material. Ni el poeta ni el compositor «venden» el producto de su trabajo: se limitan a permitir su uso mediante una reproducción de la idea que ellos han creado, sin por ello disminuir la entidad de la obra que siguen poseyendo. El pintor o el escultor, por contra, alienan la obra misma, desposeyéndose absolutamente de ella, no teniendo su propiedad, pero tampoco su uso, a partir del momento en que el comprador la adquiere. La *unicidad* es condición intrínseca de la *materialidad* del arte plástico. Como consecuencia, la *originalidad* deviene uno de sus valores fundamentales[84]. En los momentos, pues, de máxima necesidad de cambio de la sociedad burguesa, de mayor exigencia de

[84] Es siempre interesante recordar las fructíferas meditaciones que en torno a la unicidad y la originalidad hizo Walter Benjamin en su opúsculo de 1936 *La obra de arte en la época de su reproductibilidad técnica* (trad. esp. de Javier Aguirre en *Discursos interrumpidos I*, Madrid, Taurus,1982, págs. 15-60).

evolución de unas estructuras que apenas seguían respondiendo a la profunda necesidad de *colectivización del individualismo*, es decir, de extensión masiva de los valores de unicidad, materialismo, originalidad, enajenación de los productos del trabajo, multiplicación de los objetos de vida... la novela de artista se expandió como expresión particularmente oportuna de los anhelos comunes de los individuos, y privilegió al artista plástico como representante especial de esa individualidad colectiva que se reclamaba.

Llama hoy poderosamente la atención un —más que novela— cuento de artista como *El rey burgués* de Rubén Darío. Tras su lectura atenta no se sabe bien si identificarse con los anhelos de reconocimiento de la individualidad del poeta o con el pragmatismo objetual del divertido rey: se piensa, en el fondo, que ambos coinciden en sus apreciaciones sobre el mundo, que los versos del poeta son muy parecidos estéticamente al bello jardín del rey, y que, por tanto, habría sido bueno que hubieran logrado entenderse, en lugar de enfrentarse como si se tratara de polos opuestos. La reacción de la poesía contra el dinero no tiene más razón de ser, hasta los tiempos presentes, que la mutua extrañeza: una ha carecido del otro y viceversa, por lo que convendría que recompusieran ese matrimonio hasta el momento desavenido. Sin embargo, el mismo problema encaja mal con la materialidad de la escultura y la pintura: ellas, como las jóvenes esposas de hombres maduros y ricos, nunca habrían podido sobrevivir sin su «bacán», a menos de prostituirse por las esquinas más arrabaleras del margen de los pobres[85].

No existe ningún indicio de que Vicente Blasco Ibáñez conociese las novelas de Heinse y Schlegel, y en sus múltiples conferencias, artículos y novelas, de la cultura alemana ape-

[85] En *La maja*, Blasco pone una muy interesante meditación en Renovales a propósito de la riqueza del pintor como expresión pública de su éxito profesional (primera parte, cap. IV, pág. 270): «¡Maldita pintura! En el escritor era mérito la pobreza; representaba virtud e integridad. Pero el pintor había de ser rico: su talento se juzgaba por las ganancias. El renombre de sus cuadros iba unido a la idea de miles de duros. Al hablar de su trabajo, se decía siempre: "Gana tanto"; y para sostener esta riqueza, compañera indispensable de la gloria, había que pintar a destajo, halagando a la vulgaridad que paga.»

nas cita a Nietzsche, Goethe, Beethoven y Wagner. Sin embargo, era buen conocedor de la literatura francesa. Victor Hugo, Balzac y Zola fueron objeto específico de sus conferencias en Buenos Aires, ocupándose de cada uno de los tres en muchas otras ocasiones. Y si hubiera que resaltar tres novelas de artista del XIX francés, éstas serían precisamente, además de *À rebours* de Joris-Karl Huysmans, *Le Chef-d'Oeuvre Inconnu* de Balzac y *L'Oeuvre* de Zola. Ninguna relación de *La maja desnuda* con *À rebours*, pero sí muchos contactos con las otras dos. No quiero hablar de «influencias», concepto cuya excesiva utilización en la historiografía de la cultura ha venido prácticamente siempre acompañada de un inaceptable sentido de «búsqueda del origen de la idea», concediendo así a la «originalidad» un valor que se aproxima a lo absoluto, sin comprender la total inutilidad de ese tipo de filiaciones. Estoy plenamente de acuerdo con Gutiérrez Girardot (1983, pág. 14) cuando habla de «... un complejo de inferioridad que... sólo concibe las relaciones entre las letras europeas y las de lengua española de una manera secretamente colonial: como "influencias"», y cuando argumenta (págs. 15-18):

> La comprobación de «influencias» no basta para situar las letras de lengua española en su contexto cultural e histórico, pues aparte de que esa fijación es frecuentemente aventurada, constituye lo más difícil de definir, según F. R. Leavis, quien asegura que «lo que un gran artista original aprende de otro, cuyo espíritu y problemas son necesariamente muy diferentes, constituye el tipo de influencia que es más difícil de definir, precisamente porque sabemos que le corresponde la mayor significación» (F. R. Leavis, *The Great Tradition*, Londres, Peregrine Books, 1962), (...) así también ha ocurrido lo mismo con el concepto de «influencias»: son como diques que funcionan automáticamente y que han impedido que se tome en serio el rasgo «cosmopolita» que se asigna al Modernismo, esto es, no sólo en el sentido de material cosmopolita que utilizaron los modernistas, sino en el más cercano al concepto de «literatura universal» o, si se quiere, al de «universalización» de la literatura, que va pareja a la unificación del mundo.

Prefiero afirmar que Blasco dialoga, mediante *La maja desnuda*, no sólo con lo real, con los «hechos del mundo» —si es que ese extraño concepto puede ser extraído de la balsa metafísica en la que frecuentemente se lo coloca—, sino también con la propia tradición literaria en la que se instala. Al escribir *La maja* tiene sin duda en cuenta *La obra maestra desconocida*, que Balzac había publicado por primera vez en 1832 (como iremos comprobando, hay también distintas concomitancias con otras novelas de Balzac), y recoge ciertos temas para recomponerlos y organizarlos según sus propias ideas y maneras; idéntica operación efectúa con *La obra* que su admirado Émile Zola había publicado veinte años antes (1886), e incluso, en algunos pasajes, las referencias se dirigen a otras obras, como *L'Assommoir*: todo ello no hace sino enriquecer la novela de Blasco, situándola en la ancha corriente de la «novela de artista» en debate con varias otras, con ciertas tradiciones establecidas a las que Blasco da su muy personal respuesta[86].

---

[86] Rechazo así, sin duda, la hipótesis —hilvanada con alfileres— que Anne-Marie Reboul presentó al coloquio internacional *Zola y España* (Reboul, 1996) con el título «De Zola à Blasco Ibáñez en passant par Goya», en la cual, partiendo de algunas acertadas anotaciones sobre ciertas similitudes de vocabulario entre *La maja* y *L'Oeuvre* (para toda la novela, de todas formas, son ¡apenas cuatro! las coincidencias que Reboul anota: están recogidas en notas al pie del texto de la novela), se basa en los lugares comunes de —como veremos— la mayoría de las novelas de artista que, lógicamente, recorre Zola y también Blasco, para insinuar que el escritor valenciano prácticamente «copió» el esquema de la novela del francés: sorprende, en todo caso, que con idénticos argumentos no hable de que Zola «copiara» los esquemas que, como también veremos, había utilizado previamente Balzac en varias de sus novelas de artista y en el conjunto de ellas. Y lo que llega a causar una sorpresa mayúscula en esta ponencia es que para inspirar el deseo de Renovales hacia la propia *Maja desnuda*, que se convierte en *leit motiv* de la novela, no coloque el cuadro de Goya, sino la descripción de Christine desnuda en posición similar, que Zola hace al principio de *L'Oeuvre*; para ello la autora de la ponencia de Lyon debe forzar una doble operación —auténtico malabarismo de investigación literaria: primero relacionar la descripción zolesca con *La maja* de Goya (aunque, al menos, no se atreve a plantear un parentesco directo), ¡para decir después que Blasco Ibáñez, al leerla, probablemente pensara en *La maja* y desde ahí ideara su propia novela!: «Peut-on être espagnol, fervent admirateur de l'oeuvre de Goya —comme l'était Blasco Ibáñez— et ne pas penser, en lisant ces lignes initiales du roman français, à son tableau *La maja desnuda*? Tout, dans la position de la jeune fille, la tête renversée, le bras droit passé sous la nuque, puis les cheveux noirs tout autour du visage et

Porque las tres novelas son diferentes: una cierta voluntad de «realismo» parece unificarlas, pero muy por encima de ella hay planteamientos completamente distintos acerca del artista, del arte, de la vida y, sobre todo, una estrategia narrativa que las distancia abiertamente. Abordaré a continuación, pues, el análisis de *La maja desnuda* como novela de artista en permanente diálogo con *Le Chef d'Oeuvre Inconnu* y, principalmente, con *L'Oeuvre*: ello nos ofrecerá un valor añadido, puesto que en las dos novelas francesas aparece la «quintaesencia» de la vanguardia, en Balzac como una extraña premonición de lo que iba a venir y en Zola como una constatación pormenorizada y altamente analítica de lo que ya había empezado a pasar, presentando en embrión lo que no tardaría en desarrollarse y explotar en términos muy parecidos a los que, simbólicamente, *La obra* relata. Frente a ambos, Blasco Ibáñez resbala sobre la piel de las cuestiones pictóricas para concentrarse en los problemas vitales del protagonista.

He aquí, pues, la primera gran distancia: mientras que, en las dos novelas francesas, la propia obra de arte, los problemas de su construcción, las implicaciones vitales del artista con la necesidad de su creación, ocupan un papel central, en tanto los aspectos puramente vitales del personaje-artista giran prácticamente siempre en torno a la creación plástica, en *La maja desnuda* ocurre lo contrario: la vida del protagonista es el centro, en tanto la obra de arte, la profesionalidad, por muy importante que sea, aparece como aspecto de esa vida central. Hay que volver a citar aquí la afirmación teórica quizá más lúcida que hizo Blasco, en la *carta* a Cejador: «Yo soy un hombre que vive y, además, cuando le queda tiempo para ello, escribe». La escritura, el arte, están siempre para Blasco al servicio de la vida, nunca al contrario, y ese sentimiento inspira la dimensión fundamental del relato de *La maja*: Ma-

---

cette nudité sur un drap blanc, la forme et la couleur des seins, tout, dans cette description, évoque pour un lecteur espagnol l'image de *La maja desnuda*. Et sans doute Blasco Ibáñez dut-il y penser en lisant le roman français.» La ligereza con que es tratado el problema puede servir para mostrar cómo, a menudo, la búsqueda de «influencias» (esa operación que lleva en la piel la marca a fuego del espíritu de las vanguardias) no termina más que en una serpiente que se muerde la cola, sin lograr ofrecer ningún saber interesante.

riano Renovales es un hombre que se desenvuelve por el mundo profesionalizándose en lo único que sabe hacer: pintar. Tiene los problemas de cualquier profesional que ha alcanzado gran éxito: en ello es muy similar al sabio Enrique Valdivia de *La voluntad de vivir*, al diputado Rafael Brull de *Entre naranjos*, al torero Juan Gallardo de *Sangre y arena*... es un hombre especial que tiene problemas que no son exactamente como los de todo el mundo, pero se parecen mucho. Son los problemas que tendría cualquier hombre del pueblo llano si hubiese alcanzado un gran éxito en su profesión. Fue perfectamente lógica la crítica que a Blasco hizo Pío Baroja en sus memorias (véase nota 48, pág. 41), donde se quejaba de que Blasco «tenía las opiniones de todo el mundo, los gustos de todo el mundo». Claro que el espíritu pro-germánico de Baroja le impedía también soportar a Emilio Zola, y probablemente opinaba lo mismo de Balzac. Y, sin embargo, en las novelas de ambos, a diferencia de Blasco Ibáñez, los problemas inherentes a la creación ocupan toda la atención: su actitud es completamente distinta en la medida en que anuncian (Balzac) o directamente abren (Zola) la puerta de la vereda de la vanguardia, en tanto Blasco permanece por completo alejado de ella, sosteniendo (formalmente) posiciones de goce del inmediato presente frente al sofocante anhelo de futuro que inspirará el vanguardismo.

Le Chef-d'Oeuvre Inconnu es muy corta (sólo dos capítulos; 29 páginas en la traducción española que publicó la editorial Lorenzana[87]). Únicamente cuatro personajes: tres pintores (Frenhofer, Porbus y Poussin) y una mujer (Gillette). La trama es simple, directa y rápida: El joven pintor Poussin llega a París para aprender del maestro consagrado Porbus; al entrar por primera vez en el taller de éste, comprueba cómo el cuadro que ha pintado (que él admira como obra maestra) es criticado y corregido magistralmente ante sus ojos por un anciano que desconocía, Frenhofer, a quien Porbus respeta y de quien procura aprender. Frenhofer comenta que está realizando su mejor obra y que no quiere que nadie la vea; dice

[87] Para citar las obras de Balzac he utilizado la edición que hizo Augusto Escarpizo de *La comedia humana* (Barcelona, Lorenzana, 1966).

también que su tormento para terminarla es encontrar una modelo lo suficientemente bella para que sea capaz de inspirarle. Poussin tiene una amante (Gillette) que es descrita como la mujer más bella, la de cuerpo más perfecto y armonioso. Viene un nudo dramático: Balzac plantea como una necesidad absoluta para el desarrollo pictórico de Poussin ver la obra de Frenhofer. Una escena rápida sugiere la contradicción del joven Poussin entre el amor (que tanto aquí como en *L'Oeuvre,* como en *La maja* es el símbolo de la vida; de toda la vida, de la vida frente a las necesidades de la profesión) y la pintura: propone a Gillette que pose desnuda para Frenhofer a cambio de que éste le permita contemplar su obra maestra. La muchacha le responde que eso sería como entregarla a otro hombre, significaría degradar su amor. Finalmente, Poussin la convence y ella decide sacrificarse por la carrera del amado. Frenhofer tampoco quiere, inicialmente, enseñar su mujer pintada, la cortesana *Catherine Lescault*, pero acepta cuando conoce a Gillette. Tras una sesión de pose de la muchacha, considera terminada su *Catherine* y la enseña a sus dos amigos. Ellos miran el lienzo sin ver absolutamente nada más que una serie de capas superpuestas de color, al extremo de las cuales aparece la punta de un pie desnudo: eso sí, ambos coinciden en que es un pie magistral, como nunca habían visto. Pero la obra no es nada: una serie de manchones sin sentido, sobre los cuales, no obstante, Frenhofer les va indicando cómo ha resuelto cada una de las partes del cuerpo de la mujer. Cuando le hacen saber al viejo pintor que no ven nada allí, la reacción de éste es triple: primero le dice a Poussin que nada entiende; después, cuando pregunta a su amigo Porbus y comprueba que tampoco ve nada, se desanima y se da cuenta de que, efectivamente, había ido progresivamente deshaciendo lo que pintaba hasta dejar el cuadro sin nada; comprende que se ha vuelto loco:

—¡Nada!, ¡nada! ¡Y pensar que he estado trabajando siete años en ella...!

Se sentó y lloró.

—Así pues, no soy más que un imbécil, un loco. Así, pues, carezco de talento y de capacidad.

Tras decir estas palabras, vuelve a su locura, sosteniendo que sus amigos son un par de envidiosos que quieren engañarlo para robarle la obra maestra, despidiéndolos de su casa. Al día siguiente, Poussin y Porbus se enteran de que Frenhofer ha prendido fuego a sus obras y ha perecido él mismo en el incendio, con lo que acaba la novela.

Probablemente Balzac no pretendiera más que describir un caso de locura producida por la fiebre de la creación; sin embargo, su profunda intuición en la mirada a esa fiebre le hizo predecir con mucha exactitud el camino que la pintura seguiría en los sucesivos ciento cincuenta años: la senda de la vanguardia, que, efectivamente, conduciría a la negación de la representación, de la belleza misma, y al rechazo permanente de la obra en su propia materialidad; que llegaría a dar la primacía al concepto y al proceso de creación por encima —e incluso en contra— de toda construcción objetual.

L'Oeuvre de Émile Zola es una novela muy diferente. De extensión regular (12 capítulos de tamaño similar entre sí, en total 375 páginas en la edición francesa de Flammarion[88]), sustituye la rápida síntesis de Balzac por un detenido y pormenorizado análisis de la vida de un pintor a lo largo de una decena de años. Los acontecimientos —haciendo completa abstracción de que relatasen auténticos momentos vividos por Zola alrededor de 1866, en torno a los pintores «impresionistas»— tratan de las distintas relaciones de Claude Lantier (que se ha querido acertadamente ver como trasunto de Manet y de Cézanne, aunque en ocasiones recoge ciertos aspectos de Claude Monet y, probablemente, de otros). Relaciones con Christine, muchacha que conoce por casualidad en una noche de tormenta veraniega, prendándose inmediatamente de la capacidad de su belleza para servirle de modelo y, posterior y progresivamente, enamorándose de ella hasta convivir juntos —primero—, teniendo un hijo —a continuación— y casándose —después. Relaciones con los amigos pintores, de un grupo de los cuales es prácticamente conside-

---

[88] Todas las referencias a *L'Oeuvre* lo son a la edición de Antoinette Ehrard (París, Garnier-Flammarion, 1974). He preferido presentar los textos en español, siendo las traducciones mías y remitiendo a la página del texto francés.

rado «jefe de escuela»; con el escritor Sandoz (trasunto del propio Zola). Y, principalmente, relaciones con su pintura. Obsesionado por construir una obra maestra en la que desempeñase un papel principal el desnudo de Christine, transcurre la existencia entre la precaria solución de las necesidades materiales —que se agudizan con el nacimiento del niño— y la soberana exigencia de avanzar siempre más en la «apropiación de lo real», en la búsqueda de una verdad a cada paso multiplicada por sí misma, en la construcción de un cuadro que fuera la suma pictórica. Las consecuencias de su fiebre profesional no se hacen esperar: crisis progresiva de las relaciones con Christine, muerte del niño, desesperación cotidiana de la pareja ante la falta de medios. En el último capítulo, Zola provoca una escena prácticamente final de intensa contradicción entre el amor por la mujer y la pasión por la pintura. Lantier vacila entre la felicidad carnal de la hembra y la perturbación espiritual de la obra; finalmente, tras un extático y apasionado acto de amor sexual con Christine, oye la voz de la pintura que lo llama: un rato después, Christine despierta y no lo encuentra a su lado en el lecho; va hasta la habitación contigua y comprueba cómo Claude se ha ahorcado justo delante de la gran pintura inacabada. El entierro de Lantier es aprovechado por Zola para que esa especie de *alter ego* suyo que es Sandoz, en conversación con Bongrand, vieja gloria de la pintura revolucionaria, alabe a Lantier al tiempo que se lamenta del fracaso de su generación, pues, demasiado contagiada de romanticismo[89], no ha sabido exponer la Verdad (cap. XII, pág. 415):

---

[89] Gyorgy Lukács tomó nota de la cuestión: «Zola que... criticaba tan vehementemente el pretendido romanticismo de Balzac y Stendhal, para librarse al menos en parte de las consecuencias antiartísticas del propio naturalismo, se veía obligado a recurrir al genuino romanticismo de Víctor Hugo. / A veces hasta el propio Zola intuía este desacuerdo. La artificiosidad romántica, oratoria, pintoresca del estilo, que la victoria del naturalismo francés llevaba consigo, turbaba el sincero amor por la verdad de Zola. Y como hombre de bien y honesto escritor se daba cuenta de cuán culpable era también él de esto: "Soy demasiado hijo de mi propia época, estoy demasiado profundamente empantanado en el romanticismo para poder siquiera soñar librarme de ciertas prevenciones oratorias... Menos artificiosidad, más solidez... quisiera que fuésemos menos brillantes y, así, tendríamos un contenido más real." Pero este dilema no era para él una salida. Por el contrario, cuan-

—Un cementerio que él habría comprendido, con su rabiosa modernidad... Sin duda sufría en su carne, estragado por esa lesión demasiado fuerte del genio, tres gramos de menos o tres gramos de más, como él le llamaba cuando acusaba a sus padres de haberlo hecho tan estrambótico. Pero su mal no estaba sólo en él, ha sido la víctima de la época... Sí, nuestra generación se ha bañado hasta el vientre en el romanticismo y nosotros hemos quedado cuanto menos impregnados, habiéndonos costado bastante lavarnos, tomar baños de realidad violenta, la mancha se obstina, todas los lavados del mundo no quitarán el olor.

Bongrand sonreía.

—¡Oh!, yo también he estado metido hasta el cuello. Mi arte se ha nutrido de él, soy hasta impenitente. Si es verdad que mi parálisis definitiva viene de allí, ¡qué importa! No puedo renegar de la religión de toda mi vida de artista...Pero su observación es muy justa: ustedes son los hijos rebeldes. Él también, con su gran Mujer desnuda por el medio de los muelles, ese símbolo extravagante...

—¡Ah! esa Mujer —interrumpió Sandoz—, ella es quien lo ha estrangulado. ¡Si usted supiera cómo la estimaba! Nunca me fue posible apartarla de él... Así, ¿cómo quiere usted que se tenga clara la vista, el cerebro equilibrado y sólido, cuando semejantes fantasmagorías reposan en el cráneo?... Incluso superada la suya, nuestra generación está demasiado impregnada de lirismo para dejar obras sanas. Hará falta una generación, puede que dos, antes de que se pinte y se escriba lógicamente con la alta y pura simplicidad de lo verdadero... La verdad, la naturaleza, es la única base posible, la policía necesaria, fuera de la cual la locura comienza; y que no se tema aplanar la obra, el temperamento está allí, el que arrastrará siempre al creador. ¡Nadie sueña en negar la personalidad, ese toque involuntario que deforma y constituye nuestra modesta creación!

Desde 1860 Édouard Manet había quitado el tapón de la botella de la vanguardia, dando a luz el embrión que había estado gestándose desde hacía tiempo. Los valores mutaron

---

to más enérgicamente tomaba parte en la lucha de partidos, tanto más retórico se hacía su modo de escribir» (*Ensayos sobre realismo*, Buenos Aires, Siglo XX, 1965, pág. 121).

de golpe y para siempre en la pintura, sin posible vuelta atrás. Un deseo de permanente variación —de cambio por el cambio mismo, de envejecimiento inmediato de lo que apenas acababa de mostrarse, en una especie de síndrome de Matusalén que obligaba a evolucionar en permanencia, eternamente buscando un nuevo tipo de meta, aun a sabiendas de que empezaría a verse caduca una vez alcanzada— inundó a la pintura, haciendo aparecer ingenuas las propias apreciaciones de Sandoz-Zola a propósito de «la verdad» en el entierro de Lantier: ninguna nueva generación alcanzaría una verdad «sola» de la que ni siquiera era posible pensar su existencia. Por lo cual la conversación con Bongrand resta como un innecesario epílogo a la más importante constatación hecha en *L'Oeuvre*: la propia angustia de Claude Lantier ante la imposibilidad misma de *construcción*, de *terminación* de la obra maestra, a partir de ahora en sí misma definida como nunca acabable, susceptible de ser repintada cada día, que sólo podía escapar a la voracidad investigadora del pintor al ser vendida a un «coleccionista», incapaz de hacer otra cosa con ella que no fuese contemplarla. La obra, pues, como sufrimiento, como enfrentamiento con la posibilidad de seguir viviendo una existencia normal, como contradicción irresoluble con el amor, con la capacidad de gozar el presente, del que ella, en sí misma, representa su negación. La locura de Claude Lantier es idéntica a la de Frenhofer, y si el viejo protagonista de Balzac todavía podía creer que poseía a la mujer-pintura, Lantier es consciente desde el principio de que es plenamente poseído por ella, sometiéndose voluntariamente a esa esclavitud de la que no puede escapar (cap. XII, pág. 403):

> [Christine]: No hay más que el arte, es el Todopoderoso, el Dios salvaje que nos destruye y que tú honoras. Podría aniquilarnos, él es el señor, y tú dirías gracias.
>
> [Claude]: Sí, yo le pertenezco, que haga de mí lo que quiera... Moriría si no pintara, prefiero pintar y morir... Y además, mi voluntad no interviene en ello. Es así, nada existe fuera de él, ¡que el mundo reviente!

Aislemos, pues, los elementos nucleares que definen estas dos novelas de artista: engarzando en ellos algunos componentes de *La maja desnuda* lograremos entender el tipo de posición de Blasco Ibáñez, netamente diferente de las de los dos franceses; como decíamos, alejada del punto de vista de la vanguardia, negadora del futuro como valor tanático y afirmadora del goce erótico del presente, invirtiendo la relación de la vida sometida al arte, para hacer aparecer a éste como un aspecto más de la existencia.

La mujer desnuda pintada

El primer elemento a considerar es el desnudo femenino como descripción principal de la obra ideal. La mujer desnuda ha constituido uno de los hitos de la pintura moderna y contemporánea europea: desde las sibilas de Miguel Ángel y las venus del Tiziano, desde las evas de Durero a las gracias de Rubens, desde las odaliscas de Ingres hasta las mujeres picassianas, pasando por la Olympia de Manet, la mujer desnuda pintada constituía en sí misma un reto a los hábitos represivos de la cultura cristiana: la respetablemente guardada ansiedad de erotismo constituye el trasfondo sobre el que los pintores, amparándose en la excusa de los criterios abstractos de belleza, construían y exponían sus desnudos[90]. Pero, si considerásemos estructuralmente el erotismo, caeríamos en la cuenta de que resulta imprescindible apuntar un poco más lejos, definir un ámbito más vasto, porque el deseo erótico no es sino un impulso fundamental de vida frente a la consciencia de la muerte. Así pues, la obra maestra ideal (y en esto no hay la menor vacilación en Balzac, ni en Zola, ni en Blasco) es aquella capaz de *apropiarse* de la vida misma. Hay

[90] Calvo Serraller interviene muy acertadamente sobre la cuestión en un reciente artículo («Al acecho del desnudo», *Claves de razón práctica*, núm. 84, julio-agosto 1998, págs. 50-53), en el que dice (pág. 51): «¿Cómo se erotiza el desnudo femenino en la pintura occidental moderna? No ciertamente como cifra abstracta de armonía, sino como dramática encarnación, como objeto erótico. En este sentido a pesar del ejercicio académico de la copia de desnudos del natural, aquí la pintura se hace transpictórica y perversa: paradójica representación de la excitante ansiedad que provoca ver cómo se mira lo prohibido.»

que notar que ello indica, cuanto menos, un ansia de *reproducción* (¿producción?) de la vida mediante la obra: anhelo de ruptura del marco y de integración en la existencia cotidiana, despedazando las barreras que históricamente las han separado[91]. En *Le Chef-d'Oeuvre Inconnu* Frenhofer rechaza enseñar a su mujer pintada porque la considera de carne y hueso y, en un momento determinado, afirma que no es un lienzo, sino una verdadera mujer (pág. 2273):

> ¡Ah, ah —exclamó—, seguramente no esperábais semejante perfección! Os halláis delante de una mujer, y buscáis un cuadro.

Algo parecido sucede en *L'Oeuvre* de Zola; en el capítulo XII, cuando Christine descubre que Claude está trabajando de nuevo su cuadro, dirige los celos a la mujer pintada como si fuera exactamente real (pág. 401):

> Desde hacía meses no daba una pincelada; y eso era lo que tranquilizaba a Christine, lo que la volvía tolerante y tierna, en su rencor celoso: en tanto él no volviera a esa amante deseada y temida, ella se creería menos traicionada.
>
> Con los pies helados por la baldosa, hacía un movimiento para alcanzar el lecho cuando una sacudida la hizo volver atrás. No había comprendido al principio, pero por fin veía. Con su brocha empapada de color, silueteaba con pinceladas grandes formas anchas, con el gesto enajenado en una caricia; y no sentía la cera ardiente de la vela que le resbalaba sobre los dedos; entre tanto, silencioso, el vaivén apasionado de su brazo se movía sólo contra la muralla: una confusión enorme y negra, un abrazo entremezclado de miembros en un apareamiento brutal... Estaba trabajando en la Mujer desnuda.

---

91 Resulta inevitable citar aquí la importancia simbólica tanto de *La pintura de Dorian Gray*, de Oscar Wilde, como del *Frankenstein* de Mary Shelley, o, especialmente, de *El retrato oval* de E. A. Poe: en los tres un relato fantástico liga la creación humana a la vida, conectándolas sin solución de continuidad. ¿No es acaso una respuesta diversa —que necesita situarse en un terreno «fantástico» para cobrar verosimilitud— a la misma pregunta que está haciéndose Balzac —y que, como veremos, se harán también Zola y Blasco Ibáñez?

> Entonces, Christine abrió la puerta y avanzó. Una indignación invencible, la cólera de una esposa abofeteada en su propia casa, engañada durante su sueño, en la habitación de al lado, la empujaba. Sí, él estaba con la otra, pintaba el vientre y los muslos como un loco visionario al que el tormento de lo verdadero arrojaba a la exaltación de lo irreal (...) Ella había sufrido demasiado, no quería tolerar ya esta traición.

La mujer desnuda pintada, pues, como expresión del deseo erótico, como la voluntad de dotar de vida a la ilusión del cuadro. Blasco-Renovales plantea en *La maja* una curiosa doble inversión: del cuadro pintado a la mujer real, de la mujer real de nuevo al cuadro. Explica cómo la represión erótica ha sido en España superior a la del resto de Europa, relacionando directamente el desnudo con «la alegría de la vida»:

> La presión religiosa había entenebrecido el arte durante siglos. La humana belleza asustaba a los grandes artistas, que pintaban con la cruz en el pecho y el rosario en la espalda. Los cuerpos ocultábanse bajo el sayal de pesados y rígidos pliegues o el grotesco miriñaque palaciego, sin que el pintor osara adivinar lo que existía debajo de ellos mirando al modelo como el devoto contempla el manto hueco de la Virgen, no sabiendo si encierra un cuerpo o tres barrotes sostenes de la cabeza. La alegría de la vida era un pecado; la desnudez, obra de Dios, una abominación. En vano brillaba sobre la tierra española un sol más hermoso que el de Venecia; inútilmente se quebraba la luz sobre la tierra con mayor brillo que en Flandes; el arte español era oscuro, era seco, era sobrio, aun después de haber conocido las obras de Ticiano. El Renacimiento, que en el resto del mundo adoraba el desnudo como la obra definitiva de la Naturaleza, cubríase aquí con la capucha del fraile o los harapos del mendigo.

La *maja* de Goya provoca una descripción que podría ser de una mujer real («como si en su interior ardiese la llama de la vida»):

> El pintor contempló con delectación aquel cuerpo desnudo, graciosamente frágil, luminoso, como si en su interior ardiese la llama de la vida, transparentada por las carnes de ná-

car. Los pechos firmes, audazmente abiertos en ángulo, puntiagudos como magnolias de amor, marcaban en sus vértices los cerrados botones de un rosa pálido. Una musgosa sombra apenas perceptible entenebrecía el misterio sexual; la luz trazaba una mancha brillante en las rodillas de pulida redondez, y de nuevo volvía a extenderse el discreto sombreado hasta los pies diminutos, de finos dedos, sonrosados e infantiles.

> Era la mujer pequeña, graciosa y picante; la Venus española, sin más carne que la precisa para cubrir de suaves redondeces su armazón ágil y esbelto. Los ojos ambarinos, su malicioso fuego, desconcertaban con su fijo mirar; la boca tenía en sus graciosas alillas el revuelo de una sonrisa eterna; en las mejillas, los codos y los pies, el tono de rosa mostraba la transparencia y el fulgor húmedo de esas conchas que abren los colores de sus entrañas en el profundo misterio del mar.

El mismo tipo de sentimientos le producirá la contemplación del cuerpo desnudo de su mujer: como un espejo de la sensación anterior, si la pintura le hace desear la carne, ahora es la carne la que le hace desear la pintura:

> La cara de Josefina no era gran cosa; pero ¡el cuerpo...! ¡Si él, venciendo sus escrúpulos, pudiese pintarlo algún día!...
>
> Con los ojos siempre cerrados, como si la fatigase esta muda exhibición, la mujercita dobló los brazos, colocándolos bajo su cabeza, y arqueó el torso, elevando las blancas amenidades que hinchaban su pecho.
>
> Renovales se arrodilló junto a la cama, en un transporte de admiración, con toda la vehemencia de su entusiasmo, besando aquella carne sin que la suya se estremeciese.
>
> —Te adoro, Josefina. Eres hermosa como Venus. No; Venus no. Es fría y reposada como una diosa, y tú eres una mujer. Pareces..., ¿qué es lo que pareces?... Sí; te veo igual. Eres la majita de Goya, con su gracia delicada, con su seductora pequeñez... ¡Eres la maja desnuda!

¡Es una sensación tan parecida a la de Claude Lantier, cuando descubre, por primera vez desnuda, mientras duerme, a Christine! La voluntad de apropiación pictórica aparece en ambos personajes como profundo deseo de creación de la vida; en los dos casos el deseo carnal queda anulado, sustituido por la necesidad de pintar: Renovales «besando aquella carne sin que la suya se estremeciese», Lantier haciendo desembocar «toda su turbación, su curiosidad carnal, su deseo combatido» «en ese extasiamiento de artista, en ese entusiasmo por los bellos tonos...» *(L'Oeuvre,* cap. I, pág. 75):

> Era eso, exactamente eso, la figura que inútilmente había buscado para su cuadro, y casi en la misma pose. Un poco ingenua *(nince),* con una esbeltez infantil ¡tan flexible, de una juventud tan fresca! Y, no obstante, los senos ya maduros. ¿Dónde diablos lo escondía ella, anoche, ese pecho que él no había adivinado? ¡Un verdadero hallazgo!
>
> Ligeramente, Claude corrió a coger su caja de pastel y una hoja grande de papel. Después, acurrucado sobre el borde de una silla baja, colocó en sus rodillas un cartón y se puso a dibujar con un aire profundamente feliz. Toda su turbación, su curiosidad carnal, su deseo combatido, desembocaban en este arrebato de artista, en ese entusiasmo por los bellos tonos y los músculos bien engarzados. Ya había olvidado a la joven, estaba sumergido en el encanto de la nieve de los senos, aclarando el ámbar delicado de los hombros. Una modestia inquieta lo empequeñecía ante la naturaleza, cerraba los codos, volvía a ser un muchacho, muy listo, atento y respetuoso. Esto duró cerca de un cuarto de hora; se paraba a veces, guiñaba los ojos. Pero tenía miedo de que ella se moviera, volviendo rápido al trabajo, reteniendo su respiración por temor de despertarla.

Lantier teme despertar a Christine, intentando aprovechar al máximo los momentos de pose que involuntariamente está ofreciéndole. A lo largo de toda la primera parte del relato, en el que ambos desarrollan una intensa amistad, el pintor buscará la manera de pedirle que pose desnuda para él, sin llegar a atreverse[92], hasta que es ella misma la que, com-

---

[92] Cap. IV, pág. 169: «Desde el fondo de él, ahora, un único pensamiento surgía: obtener de ella que consintiera posar su figura entera. Había germinado lentamente, al principio un simple deseo rápidamente descartado por absurdo, después una discusión muda repetida sin cesar, finalmente el deseo neto, agudo, bajo el látigo de la necesidad. Ese pecho que había entrevisto algunos minutos, le perseguía con un recuerdo obsesivo. Volvía a verla en su

prendiendo la fiebre del amigo, se desnuda sin que éste llegue a pedírselo. Renovales se lo pide a Josefina abiertamente en el capítulo III de la primera parte, cuando se retiran en verano a la soledad de la villa de Castelgandolfo. La conexión entre el deseo carnal por la mujer de carne y hueso y la voluntad de desnudo pintado se plantea en el relato de Blasco a través de la coquetería de Josefina que, al conocer el anhelo de su marido, lo excita cada vez más, paseándose a menudo desnuda delante de él (págs. 231-232):

> Su vida de mayor intimidad con Josefina excitaba en él misteriosos anhelos que apenas se atrevía a formular. Por las mañanas, cuando su mujer, fresca y sonrosada por una ablución general, mostrábase ante él casi desnuda, la contemplaba con ojos avidos.
>
> —¡Ay! ¡Si tú quisieras!... ¡Si no tuvieses esas manías!...
>
> (...)
>
> Josefina protestaba con una indignación cómica de los deseos de su marido, pero se dejaba admirar. Cada vez eran mayores sus abandonos. Por las mañanas, al levantarse, permanecía más tiempo desnuda, prolongando las operaciones de su aseo, mientras el artista rondaba en torno de ella elogiando las diversas bellezas de su cuerpo. (...) Y ella se prestaba a sus manejos con graciosos mohines, como si paladease el gesto de adoración y contrariedad que ponía su esposo al poseerla como hembra y no poseerla como modelo.

Este problema se plantea justo al contrario en *L'Oeuvre* (Claude Lantier posee a Christine como modelo antes de fornicar con ella) e, indirectamente, en *Le Chef-d'Oeuvre Inconnu*, donde es también la ya amante de Poussin (aunque en este caso la pose no es para su hombre) quien se niega a desnudarse para ser pintada (cap. I, pág. 2266):

---

frescor de juventud, radiante, indispensable. Si no la conseguía, valía la pena renunciar al cuadro, porque ninguna otra lo contentaría. Cuando, durante horas, caído en una silla, se devoraba de impotencia por no saber dónde dar una pincelada, tomaba resoluciones heroicas: desde el momento en que ella entrase le diría su tormento, con palabras tan emotivas que quizás la hicieran ceder. Pero llegaba ella, con su reír de camarada, su ropa casta que no liberaba nada de su cuerpo, y él perdía todo su valor, desviaba los ojos por miedo a que lo sorprendiera buscando, bajo el corsé, la suave línea del torso. No se podía exigir de una amiga semejante servicio, nunca sería tan audaz.»

—Pues bien —continuó Poussin en tono serio—, si para mi gloria futura, si para convertirme en un gran pintor tuvieras que posar para otro, ¿lo harías?

—No es necesario que me pongas a prueba, sabes perfectamente que no iría.

Poussin inclinó la cabeza sobre su pecho, como hombre que sucumbe a una alegría o a un dolor demasiado intenso para su alma.

—Escucha —dijo ella tirando de la manga de su raída chaqueta—, ya te he dicho, Nichk, que daría mi vida por ti; pero jamás te he prometido, mientras viva, renunciar a tu amor.

—¿Renunciar? —preguntó el joven artista.

—Si me mostrara de la forma que dices a otro hombre, no me amarías más; y, yo misma, me consideraría indigna de ti. Obedecer a tus deseos es algo natural y sencillo. A pesar mío, me siento feliz, e incluso orgullosa, de cumplir tu voluntad. Pero para otro, no, ¡eso no!

El «¡eso no!» que, de una u otra forma, exclaman las tres protagonistas de las novelas, aunque, finalmente, todas se dejen pintar, implica precisamente la comprensión de que su mayor tesoro escondido (ellas mismas como hembras desnudas susceptibles de entregarse a alguien) es exactamente el que está en juego; que, de alguna forma, lo que tienen lo pierden si permiten que alguien se apropie de ello en un lienzo[93], una peculiar versión de la anécdota que se cuenta de Lewis Morgan para ejemplificar el pensamiento mágico de las tribus primitivas[94]. Gillette llora tras acabar de posar para Frenhofer, consciente de haberse entregado a otro por voluntad de su amado (cap. II, pág. 2276):

---

[93] Así reacciona Christine en *L'Oeuvre*, (cap. IV, pág. 150) al contemplarse en el lienzo: «Christine, en seguida, se reconoció. Era ella esa chica revolcada en la hierba, con un brazo bajo la nuca, sonriendo sin mirada, con los párpados cerrados. Esa joven desnuda tenía su rostro, y una conmoción la rebeló, como si ella hubiera capturado su cuerpo, como si, brutalmente, se la hubiera despojado de toda su desnudez de virgen. La hería sobre todo la vehemencia de la pintura, tan ruda que se encontraba violentada, con la carne magullada. No comprendía esta pintura, la juzgaba execrable, sentía contra ella odio, el odio instintivo de una enemiga.»

[94] La anécdota refiere que Morgan dibujaba bisontes en su bloc. Cuando la caza escaseó, el jefe indio le dijo: no tenemos bisontes porque tú te los has llevado en tu libreta.

En aquel momento Poussin oyó el llanto de Gillette, olvidada en un rincón.

—¿Qué tienes, ángel mío? —le preguntó el pintor, vuelto súbitamente amoroso.

—¡Mátame! —le dijo ella—. Sería una infame si siguiera amándote, ya que te desprecio… ¡Te admiro y me causas horror! ¡Te amo y estoy empezando a creer que te odio!

Tras exponer y pasear por las calles de París los desnudos de Christine, los amigos de Claude Lantier bromean acerca del conocimiento público de la mujer del pintor, de cómo todo el mundo ha visto sus intimidades. En *La maja*, la reacción de Josefina es violenta cuando se da cuenta de que Mariano ha pintado su cuerpo, pero ha puesto una cabeza diferente a la suya, ¿quizás consciente de que le admira el cuerpo, pero no encuentra especialmente hermosa la cara? Él se excusa diciendo que lo ha hecho para que no la reconozcan, pero de nada le vale. Aparece así, en las tres novelas, ese sentimiento general de que el cuadro captura la realidad, de que el desnudo pintado es una mujer nueva que compite con la real. Cuando Josefina se admira en el lienzo, lo hace igual que cuando se mira al espejo:

Cuando la obra estuvo terminada, Josefina no pudo menos de admirarla. «¡Qué talento tienes! Pero realmente ¿soy yo así... tan bonita?» Mariano mostrábase satisfecho. Era su mejor obra, la definitiva. Tal vez en toda su existencia no hallaría otro momento como este, de prodigiosa intensidad mental, lo que llamaban vulgarmente inspiración. Ella seguía admirándose en el lienzo, lo mismo que ciertas mañanas se contemplaba en el gran espejo de su dormitorio. Ensalzaba con tranquila inmodestia las diversas partes de su hermosura, fijándose especialmente en el vientre recogido, de curva suave, en las audaces y duras puntas de sus pechos, orgullosa de estos blasones de la juventud. Deslumbrada por la belleza de su cuerpo, no se fijaba en la cara, que parecía sin valor, perdida en suaves veladuras. Cuando sus ojos se posaron en ella, mostró cierta decepción.

—¡Se me parece muy poco! ¡No es mi cara!…

El artista sonreía. No era ella; había procurado desfigurar su rostro, su rostro nada más. Era una máscara, una concesión a las conveniencias sociales. Así nadie la reconocería, y su obra, su grande obra, podría salir a la luz, reclamando la admiración del mundo.

Esta presencia del desnudo femenino como desencadenante de la acción, que viene a definir el arte como un duplicado de la vida, se complementa necesariamente con el segundo elemento característico de las novelas de artista.

La protagonista femenina

Precisamente el símbolo de la vida: la mujer real. La presencia de la amante es el necesario contrapunto dialéctico del cuadro. Suscita justo la cuestión central, el núcleo dramático sobre el que se desenvuelve cualquier trama o, mejor dicho, la única trama posible: la oposición entre la vida y el arte. En un magnífico estudio de la novela de artista, en el que analiza a fondo la obra de Balzac, Francisco Calvo Serraller (1990, págs. 154-55) sitúa precisamente ahí la clave:

> … esta pugna apasionante que divide al creador contemporáneo entre la Vida y el Arte, una división ciertamente desgarradora y fatalmente trágica. Esta división es la que se manifiesta en lo que creo que puede denominarse como el conflicto entre la Obra y la Mujer, un conflicto particularmente virulento en el siglo XIX y, desde luego, absolutamente central en la mayor parte de las mejores novelas que, teniendo a artistas plásticos como protagonistas, se escribieron entonces.

Esa mujer símbolo de la vida entra necesariamente en contradicción con la «fiebre pictórica» del artista, y éste debe tomar una decisión entre ambas. En el momento en que Gillette se niega, inicialmente, a posar ante Frenhofer, Poussin parece renunciar a su profesión a favor del amor (cap. I, pág. 2266):

> —Perdóname, mi querida Gillette —exclamó el pintor poniéndose de rodillas—. Prefiero ser amado que glorioso. Para mí, tú eres más bella que la fortuna y los honores. Vamos, tira ya mis pinceles, quema estos bocetos. Me he equivocado. Mi vocación es la de quererte. Yo no soy un pintor, soy un enamorado. ¡Perezcan el arte y todos sus secretos!

> Ella le miraba feliz, encantada. Ella reinaba, sentía instintivamente que el arte quedaba relegado ante ella y tirado a sus pies como un grano de incienso.

La vida se opone a la «voluntad artística» y pretende triunfar sobre ella. La felicidad de la mujer consiste en que el pintor renuncie a las exigencias de su profesión para ocuparse de ella como reina única de su pensamiento («el arte quedaba relegado ante ella y tirado a sus pies»). En la novela de Balzac, no obstante, Gillette se deja convencer después por Poussin. Hay que notar que en este tipo de escena repetida existe un aspecto —por muy inconsciente que sea— de identificación del escritor con el artista-protagonista, una cierta dosis autobiográfica cuyo síntoma más evidente es la habitual ostentación que hace la mujer de su poder sobre el hombre y su profesión. En *L'Oeuvre* de Zola, también la mujer parece reconquistar posiciones en un momento determinado frente a su oponente plástico, haciendo a Lantier abominar de la pintura (cap. XII, pág. 408):

> Él mismo gritaba, lejos de su miseria, olvidando, renaciendo a una vida de felicidad. Ella le hizo blasfemar en seguida, provocativa, dominadora, con un reír de orgullo sensual. «Di que la pintura es imbécil. —La pintura es imbécil. —Di que no trabajarás más, que te burlas de ello, que quemarás tus cuadros para darme gusto. —Quemaré mis cuadros, no trabajaré más. —Y di que no hay otra cosa más que yo, que tenerme, como tú me tienes, es la única felicidad, que le escupes a la otra, esa pordiosera que has pintado. ¡Escupe, escupe pues, que yo te oiga! —¡Mira! escupo, ¡no hay nada más que tú!»

Los celos de la mujer ante la pintura, frente al imperioso afán de construcción de la belleza que inunda a su amante, simbolizan en todos los casos la demanda de la vida cotidiana contra la excepcionalidad de la obsesión por el trabajo, un reclamo de goce del presente inmediato ante el anhelo de futuro que absorbe al creador[95]. Zola es especialmente prolijo

---

[95] Calvo Serraller, en *La novela del artista* (1990, o.c., págs. 36 y 39) fija un precedente (probablemente el primero) para el enfrentamiento entre la mujer

en escenas de estos celos; arranca con ellos en el capítulo VI, cuando los novios deciden abandonar todo e irse a vivir a una casa en el campo; Claude practicamente ha dejado de pintar, entregándose por completo a su amada (pág. 206):

> Ella se entregaba entera; él la cogía desde la nuca hasta los pies, la apretaba con un abrazo que la hiciera suya, que la metiera en el fondo de su propia carne. Y ella, habiendo matado a la pintura, feliz de estar sin rival, prolongaba las alegrías del amor.

Pero, tras la vuelta a París y al arte, aceptado ya por Christine su papel de modelo, los celos se desatan en silencio, mientras comprueba el cambio de dirección de la atención y el deseo de Claude; a lo largo de todo el capítulo IX Christine posa para el desnudo del gran cuadro (grande por las dimensiones y también por la voluntad de síntesis final que en él deposita su autor), y Zola va describiendo el progresivo abandono por Claude del deseo hacia su mujer, para ir amando exclusivamente a la mujer pintada (págs. 296-98)[96]:

---

y la obra en uno de los casos de las *Memorias biográficas de pintores extrordinarios*, de William Beckford (1760?-1844), Aldovrando Magno, más que probable trasunto de Joshua Reynolds: «Empezando por lo más trivial, Aldovrando, en primer lugar, logra alcanzar la fama y ser alguien en pintura al superar la prueba de la Mujer —curioso adelantamiento del dilema trágico del romanticismo que enfrentará Obra y Mujer—, pero, continuando con lo más profundo, no logrará superar el drama de un mundo que no puede ser totalmente pintado». (...) «Discípulo y continuador de Aldovrando, Og de Bassan cae en los extremos opuestos de su maestro. / Así, en lo que se refiere a la dialéctica entre la Obra y la Mujer, mientras uno, Aldovrando, al ser arrebatado de las trampas del amor con el señuelo de un futuro éxito profesional, no ofrece resistencia, el otro, Og de Bassan, que huye del éxito en función de la Obra, sacrifica también el amor en aras de ésta, pero al precio de un remordimiento irreparable. Todo cobra en este último caso tintes trágicos: no es un devaneo erótico circunstancial y la ruptura del lazo amoroso se salda con la muerte de la amada, que se suicida, cual nueva Ofelia, y con la del propio pintor, que desaparece en las fauces del Etna, abrumado por la culpabilidad.»

[96] En otra de las novelas de artista de Balzac, *Gambara* (*La comedia humana*, t. V, págs. 2279-2345) cuyo protagonista, Paolo Gambara, es esta vez un músico, aparece igualmente la contradicción de la mujer con la profesión del hombre. En el cap. II (pág. 2307), Andrea dice a Mariana: «Se decía: "Paolo será mi genio; yo seré su razón, y ambos constituiremos ese ser casi divino

¡Ah! esa pintura, ¡con qué odio celoso la execraba! Ya no era su antigua revuelta de pequeña burguesa que pintaba a la acuarela contra este arte libre, hermoso y brutal. No, ella había ido comprendiéndolo poco a poco, aproximada al principio por su ternura hacia el pintor, ganada a continuación por el placer de la luz, por el encanto original de las notas doradas. Hoy aceptaba ya todo, los campos lilas, los árboles azules. Incluso un respeto comenzaba a hacerla temblar ante esas obras que antes le habían parecido tan abominables. Las veía poderosas, las trataba como rivales de las que no podía reírse ya. Y su rencor se agrandaba junto a su admiración, se indignaba al asistir a esta disminución de sí misma, al observar este otro amor que la abofeteaba en su propia casa (...).

¡Celosa! sí, lo estaba, y hasta a agonizar de sufrimiento. Pero se reía de las demás mujeres, ¡todas las modelos de París podían quitarse allí sus ropas! No tenía más que una rival, esa pintura preferida, que le robaba a su amante.

En el arranque del capítulo XII, la lucha celosa de la mujer contra el cuadro se desata en un furibundo combate que terminará en el final trágico de Claude. Las increpaciones a la pintura alcanzan aquí los grados más extremos en boca de Christine (pág. 402):

---

que se llama un ángel, esa sublime criatura que goza y comprende, sin que la sapiencia ahogue al amor." Luego, en el primer impulso de la juventud, ha oído usted esas mil voces de la naturaleza que el poeta quería reproducir. El entusiasmo os prendía cuando Paolo desplegaba ante usted esos tesoros de poesía buscando su fórmula en el lenguaje sublime, pero limitado, de la música, y lo admiraba mientras que una delirante exaltación le arrastraba lejos de usted, pues le placía creer que toda esa energía desviada sería, en fin, vuelta al amor. Usted ignoraba el imperio tiránico y celoso que el pensamiento ejerce sobre los cerebros que se prendan de amor por él. Gambara se había entregado, antes de conocerla, a la orgullosa y vengativa amante a la que hasta hoy le ha disputado en vano. Un solo instante ha entrevisto la felicidad. Vuelto a caer de las alturas donde su espíritu planeaba sin cesar, Paolo se asombró al hallar la realidad tan dulce, y así usted ha podido creer que su locura se adormecía en los brazos del amor. Mas la música no tardó en recuperar su presa. El deslumbrante espejismo que la había de pronto transportado en medio de las delicias de una pasión compartida, tornó más melancólica y árida la solitaria vida en la que se ha empeñado usted.» Francisco Calvo Serraller, en *La novela de artista* (o.c.), analiza pormenorizadamente el tema en Balzac, resultando su libro extraordinariamente útil como guía para moverse entre los vericuetos narrativos de *La comedia humana*.

> ¡Ah! esa pintura, ¡sí! tu pintura, es ella la asesina, que ha envenenado mi vida. Lo había presentido el primer día; tuve miedo de ella como de un monstruo, la encontré abominable, execrable; y, después, no se es valiente, te amaba demasiado para no amarla, acabé por acostumbrarme a esta criminal... Pero, más tarde, ¡cuánto he sufrido!, cómo me ha torturado! En diez años no me acuerdo de haber vivido un día sin lágrimas... No, déjame, así me alivio, es preciso que hable, ya que he encontrado suficiente fuerza... Diez años de abandono, de aplastamiento cotidiano; no ser ya nada para ti, sentirme cada vez más descartada, llegando a ser una criada; y la otra, la ladrona, ver cómo se instalaba entre tú y yo, poseyéndote, y triunfar, insultarme... ¡Te atreves a decir que no te ha invadido miembro a miembro, el cerebro, el corazón, la carne, ¡todo! Ella te posee como un vicio, te come. En fin, ella es tu mujer, ¿no es así? Ya no soy yo, es ella la que se acuesta contigo... ¡Ah, maldita!, ¡ah, vil!

«Asesina que ha envenenado mi vida»; «tenía miedo de ella como de un monstruo»; «abominable, execrable»; «criminal»; «cómo me ha torturado»; pero sobre todo la contradicción se muestra cuando le llama «la otra, la ladrona» porque le ha quitado a su amante, poseyéndolo como un vicio, comiéndoselo, hasta llegar a espetarle a Claude: «Ella es tu mujer, ¿no es así? Ya no soy yo, es ella la que se acuesta contigo.» Tras esta arenga, intenta recuperar al amado y, para hacerlo, recurre a la vida como oposición a la pintura (página 403):

> Veamos, existe la vida... Rompe tu pesadilla y vivamos, vivamos juntos... ¿No es suficiente con ser sólo dos, con envejecer ya, con torturarnos, con no saber darnos felicidad?

En *La maja desnuda* los ítems típicos de la novela de artista aparecen uno tras otro. Blasco conocía el género, y su profundo individualismo de la más pura estampa burguesa revolucionaria no podía dejar de percibir en él la expresión de un ideal de vida que se ahogaba en un mar de contradicciones. Su propia existencia era muestra de ese ideal, y el aspecto autobiográfico de *La maja* es especialmente significativo en un momento de crisis profunda del escritor. La contradicción entre la mujer y la obra constituye, también aquí, un eje principal sobre el que la narración gira. Pero *La maja* presenta diferencias sustanciales respecto a las dos novelas francesas que están sirviéndonos como punto de referencia. La mayor concreción de todas ellas es el absoluto triunfo de la mujer sobre la obra, de la vida sobre la profesión. En efecto, Mariano Renovales encuentra su esposa a partir de un impulso carnal (inevitablemente entremezclado con intereses de ascenso social) y sólo es después de la contemplación del cuerpo de la esposa, tras el coito, cuando le acude la inspiración de pintarla. La derrota de la mujer está prácticamente implícita en el primer encuentro de Claude Lantier con Christine, pues el impulso inicial del artista al verla desnuda es pintarla; al contrario, Renovales llega al deseo de posesión plástica a través de la satisfacción corporal de la hembra. Simplemente considerando ese arranque podemos observar ya un divergente concepto del arte: el arte como continuación y complemento de la vida (Blasco), el arte como sustitución de la experiencia vital (Zola). En lógico desarrollo, Renovales empleará su profesión en primer lugar para mantener a su esposa (y después a su hija) en unas condiciones de existencia lo más dignas posibles, sacrificando incluso —aunque intente escaparse en cada ocasión que se le presente— las necesidades de la pintura. La contradicción dramática entre obra y mujer se produce, por extenso, en el capítulo III de la primera parte, cuando el pintor consigue que Josefina acceda a posar y la pinta; tras verse en el lienzo, surge el conocido retintín (págs. 234-235):

> —¡No quiero!... ¡No quiero!
>
> Era la misma voz ronca, nerviosa, despótica, que le había espeluznado de inquietud y miedo la noche de su primer disgusto en Roma. La mujercita miraba con odio aquel cuerpo desnudo que irradiaba su luz de nácar desde el fondo del lienzo. Parecía sentir el espanto de la sonámbula que despierta de repente en medio de una plaza, rodeada de mil ojos curiosos y ávidos de su desnudez, y en su terror no sabe qué hacer ni por dónde huir. ¿Cómo había podido prestarse ella a tal escándalo?
>
> —¡No quiero!... —gritaba iracunda—. ¡Rómpelo, Mariano, rómpelo!

> Pero Mariano también parecía próximo a llorar. ¡Romperlo! ¿Quién podía exigirle tal disparate? Aquella figura no era ella; nadie la reconocería. ¿Por qué privarle de un triunfo estruendoso?... Pero su mujer no le escuchó. Se revolcaba en el suelo con las mismas contorsiones y gemidos de aquella noche tormentosa; crispaba sus manos hasta contraerlas en forma de gancho; agitaba sus pies con el temblor de una oveja moribunda, y su boca, torcida por doloroso mohín, seguía gritando entre ronquidos:
>
> —¡No quiero!... ¡No quiero!... ¡Rómpelo!

Importante señal de la principal preocupación de Renovales: «¿Por qué privarle de un triunfo estruendoso?...» El triunfo no suele estar planteado en Blasco como opuesto a la seriedad profesional, como tampoco la obtención de dinero; es más bien una consecuencia oportuna y deseable, estrechamente ligada en su mismo planteamiento al propio deseo pictórico. Es cierto que aparecen excepciones, en *La maja* referidas al retrato (casi concebido como un abandono de la verdadera vocación) y a cierta «dulcificación» en la voluntad de realismo del pintor. Pero el conjunto del relato parece pasar por encima de estas excepciones para reconstruir la unidad entre éxito profesional y calidad pictórica: justo lo contrario que en *L'Oeuvre*, donde Zola hace incluso aparecer a otro pintor, Fagerolles, que, a diferencia del Lantier obsesionado y despreciado por el público, obtiene grandes éxitos y riquezas precisamente a partir de introducir una «dulcificación» en la brusquedad y extremismo de la pintura del protagonista.

Retornando al enfrentamiento de Josefina con el cuadro, Blasco inserta una escena fuerte de destrucción del lienzo a manos de la mujer:

> De pronto quedó inmóvil, clavado en el suelo por el espanto y la sorpresa. Josefina, desnuda aún, había saltado sobre el cuadro con una agilidad de gata rabiosa. Del primer golpe de sus uñas rayó de arriba abajo el lienzo, mezclando los colores todavía tiernos; arrancando la cascarilla de las partes secas. Después cogió el cuchillete de la caja de colores, y raaás... el lienzo exhaló un larguísimo quejido, se partió bajo el impulso de aquel brazo blanco, que parecía azulear con el espeluznamiento de la cólera.

> Él no se movió. Tuvo un momento de indignación, quiso avanzar sobre ella, pero cayó en infantil anonadamiento, deseando llorar, refugiarse en un rincón, esconder su cabeza débil y quejumbrosa.
>
> Ella, ciega por la cólera, seguía ensañándose en el cuadro, enredando los pies en la madera del bastidor; arrancando tiras del lienzo yendo de un lado a otro con su presa como una bestia furiosa.

Simbólicamente vuelve a ser importante, por cuanto implica el total dominio de la vida cotidiana sobre la fiebre creadora, la eliminación del impulso pictórico del genio a manos de su propio amor por la existencia. Ni Gillette ni Christine, por mucho odio que almacenaran contra la pintura, se atreven siquiera a poner una mano encima de ella; en *Le Chef-d'Oeuvre Inconnu* será el propio pintor quien prenda fuego a su *Catherine Lescault* y en *L'Oeuvre* Sandoz se deshará del gran proyecto de Lantier a la muerte de éste, pero las mujeres permanecen al margen de la destrucción. Cuando Josefina ha terminado de romper el cuadro, Renovales acepta la derrota resignándose y sencillamente lamentándose de la vida que le espera (pág. 235):

> El artista había apoyado la frente en la pared, agitado su pecho atlético por cobardes gemidos. Al dolor paternal por la obra perdida uníase la amargura de la decepción. Por primera vez adivinaba lo que iba a ser de su existencia.

La descripción de la resignación de Mariano, la renuncia a sus aspiraciones pictóricas en aras de la buena marcha conyugal, está planteada de manera muy significativa por Blasco; trata al pintor como «el esclavo que ama la cadena porque le asegura la paz y la vida» (pág. 236):

> Transcurrieron tres días, sin que el pintor y su mujer se hablasen apenas. Mirábanse a hurtadillas, anonadados y vencidos por la tormenta doméstica. Pero la soledad en que vivían, la necesidad de permanecer juntos, les hizo buscarse. Ella fue la primera que habló como si la infundiesen miedo la tristeza y el desaliento de aquel gigantón que iba por los rincones enfurruñado como un enfermo. Le envolvió en sus

> brazos, besó su frente, hizo mil gestos graciosos para arrancarle una débil sonrisa. ¿Quién le quería a él?... Su Josefina. Su «maja... desnuda». Pero lo de desnuda había acabado para siempre. Jamás debía acordarse de estas proposiciones repugnantes. Un pintor decente no piensa en tales cosas. ¿Qué dirían sus numerosos amigos? En el mundo existían muchas cosas bonitas que pintar. A vivir los dos queriéndose mucho, sin que él la diese disgustos con sus manías inconvenientes. Lo del desnudo era una afición vergonzosa de sus tiempos de bohemio. Y Renovales, vencido por los mimos de su mujer, hizo las paces, se esforzó por olvidar su obra y sonrió con la resignación del esclavo que ama la cadena porque le asegura la paz y la vida.

Su renuncia no implicará en ningún momento la tranquilidad de Josefina quien, una vez desatados los celos, ya no los perderá en el resto de su vida, volviendo a aparecer como una coda para recordar que le siguen amargando la existencia y que, a pesar de la victoria frente al desnudo, la ambición posesiva respecto a su hombre no puede tener fin. Así en el capítulo sexto de la primera parte (págs. 295-296):

> Y en el temblor de su voz irritada revelábase la ira, la amarga decepción de presenciar a todas horas este culto de la belleza, este elogio continuo a la hermosura. (...) Y volvía a insultar a la pintura, arrepintiéndose de haber unido su suerte a la de un artista.

Y en el capítulo cuarto de la segunda parte, cuando ya sabe de la atracción de su marido por la condesa de Alberca:

> No odiaba a Concha. Si su marido no iba a ella, iría a otra; la enemiga terrible, la verdadera, estaba dentro de él.

La angustia como condición de la creación. La muerte.

En *Le Chef-d'Oeuvre Inconnu*, Porbus visita a Frenhofer tres meses después del encuentro en su estudio. Balzac describe aquí un estado profundamente depresivo del maestro, desesperado ante la imposibilidad de terminar su cuadro (cap. II, pág. 2267):

> El anciano se encontraba entonces presa de uno de aquellos descorazonamientos profundos y espontáneos (...) el buen hombre estaba pura y simplemente fatigado de intentar terminar ese misterioso cuadro. (...) ¡Ay! —exclamó el anciano—, he creído durante un momento que mi obra estaba consumada; pero me había equivocado en varios detalles, y no me sentiré tranquilo mientras no haya desvelado mis dudas. Estoy decidido a emprender un viaje, ir a Turquía, a Grecia, a Asia, en busca de una modelo, y poder comparar mi cuadro a distintas naturalezas... Tal vez tenga arriba —prosiguió dejando escapar una sonrisa de satisfacción—, la verdadera naturaleza. A veces tengo incluso miedo de que un hálito de inspiración me ponga delante de una tal mujer y que inmediatamente desaparezca.

El sufrimiento del artista ante su obra no es como el padecimiento normal, fruto del trabajo intenso, que se ve recompensado cuando el producto está terminado. Es un dolor agudo y permanente, una angustia existencial que surge como consecuencia de la comprensión de que la obra no podrá ser acabada nunca, de que una vez dada por concluida, resulte como quiera, será vista de nuevo como algo inmaduro, necesitado de ulteriores intervenciones que permitan seguir avanzando por una línea interminable que conduce al infinito del tiempo por venir. En el párrafo anterior, Balzac expone el tema con claridad, definiéndolo con apenas unas pocas frases, y si, tras la pose de Gillette, Frenhofer da por finalizado el cuadro, éste se halla en realidad en las condiciones que hemos visto, una superposición de líneas y manchas de colores que no permiten ver nada; el pintor reconoce el propio fracaso en los breves momentos de lucidez que recupera, y tan sólo al volver a la locura consigue reconsiderarlo como éxito, aunque acaba por quemarlo, incluyéndose él en la hoguera.

Esa angustia de la creación, esa incesante búsqueda de lo infinito imposible, será precisamente una de las principales marcas de la vanguardia, señalando el rumbo de la pintura en el siglo XX y su crisis final. Zola —que vivió intensamente las que podemos considerar primeras experiencias vanguardistas, las de Manet y las del grupo impresionista— creó genialmente al personaje de *L'Oeuvre*, Claude Lantier, cuyas personalidad y actitudes ante la pintura y la vida pueden ser consideradas como «la quintaesencia» de la vanguardia: angustiado sin cesar ante la imposibilidad de una creación definitiva y, no obstante, con la permanente embriaguez de la búsqueda de la gran obra final. Desde el comienzo de la novela, cada vez que Claude entra en la fiebre de pintar una obra, ello se convierte en fuente de un sufrimiento enorme, debiendo incluso intervenir sus amigos para sacarlo, hondamente preocupados. La angustia renace cuando la gente ríe a carcajadas ante su cuadro en el salón de los rechazados: importa señalar que aquí lo que verdaderamente le produce angustia a Claude no es la risa del público en sí —consigue pasar por encima de los gustos de ese público—, sino la constatación, ante el fracaso, de que efectivamente sigue habiendo errores importantes en sus pinturas «terminadas». En el capítulo IX Zola pone en Christine una meditación que sintetiza el tema (pág. 303):

> Sin embargo, ella no sentía cólera contra él, lo adoraba con una ternura de llanto, de tanto verlo devorarse a sí mismo (...).
>
> ¡Ah! ¡ese esfuerzo de creación de la obra de arte, ese esfuerzo de sangre y de lágrimas del que él agonizaba, para crear la carne, insuflar la vida! ¡Siempre en batalla con lo real, y siempre vencido, la lucha contra el Ángel! Él se quebrantaba en esa tarea imposible de querer colocar toda la naturaleza en una tela, agotado a la larga en perpetuos dolores que tensaban sus músculos, sin conseguir nunca que su genio diera a luz.

La bíblica lucha contra el ángel, en la que el destino del hombre es siempre ser vencido: ésa es la «locura heroica del arte», la irrefrenable voluntad de avanzar siempre *plus ultra* hacia un objetivo prefijado cuya sustancia principal es que no puede cumplirse. El escritor Sandoz siente toda su «fraternidad de artista» hacia Lantier cuando lo observa caer en ese fondo insondable (pág. 315):

> Y, sobre todo, su fraternidad de artista aumentaba, desde que veía a Claude perder pie, zozobrar en el fondo de la locura heroica del arte.

El fondo de la locura heroica del arte provoca en el artista la angustia vital más extremada. Balzac extrajo la conclusión de que un artista tenía por fuerza que ser desgraciado:

> Hemos intentado demostrar, considerando al artista alternativamente como creador y como criatura, que él mismo era un obstáculo para su integración social. Todo repele a un hombre cuyo paso rápido por el mundo lastima a seres, cosas e ideas. La moraleja de estas observaciones puede compendiarse en esta frase: Un gran hombre tiene por fuerza que ser desdichado[97].

El suicidio es el final necesario para Frenhofer y para Claude Lantier como expresión más acabada de la imposibilidad de su pintura. La constatación de la verdadera muerte de Claude Lantier es muy significativa; en su entierro, en la conversación que Sandoz mantiene con el único pintor que ha acudido a despedirlo, Bongrand, tras contar que en venganza, por ser ella quien lo ha conducido a la muerte, ha quemado la gran tela de Claude, dice (cap. XII, pág. 414):

> —Un trabajador heroico, un observador apasionado cuyo cráneo se había henchido de ciencia, un temperamento de gran pintor admirablemente dotado...Y no ha dejado nada.

Y Bongrand le contesta con un magnífico epitafio:

> —Absolutamente nada, ni siquiera una tela —declaró Bongrand—. No conozco de él más que esbozos, croquis, notas sueltas, todo ese bagaje del artista que no puede ir a parar al público... ¡Sí, es exactamente un muerto, un muerto entero al que se va a meter bajo tierra!

Calvo Serraller caracteriza el suicidio en el artista moderno como «un acto de rebeldía supremo» (o.c., pág. 40):

---

[97] *De los artistas*, Obras Completas, págs. 778-79; citado por Calvo Serraller en *La novela del artista* (o.c., pág. 55), donde saca la siguiente conclusión: «Diferente y socialmente incomprendido, el artista está fatalmente predestinado a la desdicha.»

> No queda, pues, nada, salvo, quizá, un acto de rebeldía supremo, que muy pronto se convertirá en el gesto moral de la conciencia moderna: el suicidio. Tratándose de artistas como protagonistas de novela no tardaremos en comprender que ninguno, sea cual sea su suerte y condición, querrá privarse de este gesto libertador.

Muy otro, sin embargo, es el sentimiento de Renovales. Ni siquiera pasa el suicidio por su mente; al contrario, cuando constata la vida imposible que le crea Josefina, lo que duda es si matarla, a ella, aunque pronto aparta de sí ese pensamiento. Detengámonos brevemente en las notables diferencias del Renovales de Blasco con Frenhofer y Lantier.

Ya hemos comprobado la aceptación por el pintor de la derrota en lo que a pintar un desnudo se refiere. Esa actitud no es, en realidad, sino lógica consecuencia de su posición general ante la pintura y ante la vida: al contrario que en los dos héroes franceses, no hay para Renovales contradicción entre ambas, sino mutuo complemento. De tal manera la pintura es un aspecto de la vida y la sirve: si surge un conflicto entre ambas, la vida sale ganando. El objetivo de la pintura es mejorar la existencia del protagonista; así Blasco no duda en dulcificar y adaptar el personaje a los gustos del público, haciendo que se amolde a él una vez que éste ha aceptado las innovaciones provocadas por su primer y único escándalo (cap. III, pág. 246):

> El público acabó por aceptar como indiscutible un nombre que a diario saltaba ante sus ojos; los enemigos, quebrantados por el esfuerzo inconsciente de la opinión, mostráronse cansados, y el maestro, como todos los innovadores, una vez pasado el primer éxito del escándalo, comenzó a limitar su audacia, recortando y dulcificando su primitiva brutalidad. El temido pintor púsose de moda. El éxito fácil e instantáneo conseguido al principio de su carrera volvió a reproducirse, pero ahora más sólido y definitivo, como una conquista realizada por caminos ásperos y difíciles, riñendo un combate a cada paso.

Podría pensarse que hay un tono crítico en el escritor hacia esta actitud del personaje si no fuera porque coincide con su propia estrategia narrativa e, incluso, con una posición teórica que adoptaría con firmeza en la *carta* enviada en 1918 a Julio Cejador, criticando precisamente a Zola por no amoldarse al público, en oposición a lo que Blasco entendía que había que hacer (o.c., pág. 15, véase más atrás, págs. 45 y ss.)[98].

De nuevo a diferencia de las dos novelas francesas, la oposición entre la mujer y la obra no se salda con la muerte del artista, sino precisamente con la de la mujer. Entendido el ejercicio de la profesión artística como un estadio superior en la lucha por la vida, con un resultado de mayores éxitos sociales y económicos, pero por la misma razón con redobla das exigencias de fortaleza y combate, Josefina muere porque es demasiado débil para seguir soportando los embates, las consecuencias ineludibles de la posición alcanzada (primera parte, cap. III, pág. 251):

> Renovales había vencido, pero dejando a sus espaldas a la mujer amada, caída en la lucha por ser más débil[99].

Y aquí viene una curiosísima y muy personal inversión del relato, en la que sin duda hay una importante componente autobiográfica, pero que, independientemente de ello, implica una posición concreta respecto a las relaciones entre la

---

[98] En *L'Oeuvre*, el propio Zola hará a sus personajes despreciar al público (cap. II, pág. 104): «—¡Y bien! ¿qué? ¿Eso no te va? Preguntó Sandoz, que lo acechaba / —Sí, sí, ¡oh! muy bien pintado... Solamente... / —Vamos, dispara. ¿Qué es lo que te molesta? / —Solamente, es ese señor, totalmente vestido, allí, en el medio de esas mujeres desnudas... Nunca se ha visto eso. / De golpe, los otros dos explotaron. ¿Es que no había en el Louvre cien cuadros compuestos de esa manera? Y, además, si nunca se había visto eso, se vería ahora. ¡No les importaba el público! *(On s'en fichait bien, du public!)* / Sin turbarse por la furia de sus respuestas, Dubuche repetía tranquilamente: / —El público no comprenderá... El público lo encontrará cochino... Sí, es cochino. / —¡Sucio burgués! —gritó Claude exasperado—. ¡Ah!, ellos te cretinizan en la Escuela, ¡tú no eras tan bruto!»

[99] De alguna forma puede hallarse un precedente en otra novela de Balzac, *La Maison du Chat-qui-Pelote (La comedia humana*, t. I, págs. 65-125) en la que el protagonista, el pintor De Sommervieux —aquí de familia aristocrática y rica— se casa con una joven bella e ignorante, Augustine, que acaba también muriendo (cfr. los comentarios de Calvo en *La novela del artista*, o.c., pág. 81).

vida y el arte, que distancia radicalmente a Blasco Ibáñez de Balzac, de Zola y de lo que hemos venido denominando «el punto de vista de la vanguardia». En efecto, tal punto de vista conlleva —como también hemos ido comprobando— la consideración de todo presente en función de un futuro programado y deseado: no otra es la causa de la radical separación entre el arte —concebido siempre como visión de futuro— y la vida cotidiana —que es, por definición, goce del presente inmediato, sensorialidad desatada que busca la mejor satisfacción de los instintos en aquello que pueda encontrarse al alcance. Blasco inspiró el anhelo pictórico de Renovales en el deseo carnal surgido de la contemplación de su esposa desnuda; de alguna forma su iluminación —sólo tras la muerte de Josefina hace saber a los lectores que la casa estaba inundada de retratos suyos[100]— venía sustentada por ese deseo carnal[101] —ya perdido tras la enfermedad de su mujer y ocasionalmente depositado en la condesa de Alberca. Al desaparecer la mujer, la inspiración se esfuma a la vez que la amante y caprichosa Concha. O, mejor dicho, se transforma en una búsqueda enloquecida que, ahora sí, prescinde de cualquier éxito y cualquier presente para identificarse con el absoluto recuerdo de la muerta(-e), con un *futuro* de reencuentro imposible con el pasado. La busca del futuro-pasado identifica no sólo la actitud, sino igualmente el cuadro que Renovales construye. Es ahora muy parecido al de Frenhofer: Cotoner no descubre gran cosa en él y, desde luego, no le place en lo más mínimo[102]; Concha sólo es capaz de iden-

---

[100] Lo que viene a perfilar y, en cierto modo, a contradecir las renuencias respecto al retrato como género que habíamos observado antes, situándolas así en la «idealidad» con que arreglaba el aspecto de los retratados.

[101] También en *La Vendetta* (*La comedia humana*, t. I, págs. 973-1045) de Balzac la protagonista-artista, Ginevra del Piombo, ve enriquecer su inspiración a partir del amor y será el matrimonio el que acabará con su genio, al obligarla a ejercer como copista para lograr sobrevivir (cfr. de nuevo los comentarios de Calvo Serraller, o.c., pág. 84).

[102] Ante la incomprensión de Cotoner, Renovales reacciona de manera muy parecida a la de Frenhofer ante Poussin (tercera parte, cap. III, pág. 439): «—¡La reconoces por fin! —dijo el maestro, que seguía ansiosamente la impresión de su obra en los ojos del amigo—. ¿Es ella? Di, ¿no te parece igual? /

tificarlo por el contexto de retratos de Josefina que lo rodean; únicamente Milita, la hija del pintor, entiende a primera vista que es un retrato de su madre, pero apenas hace caso. Como en el gran lienzo de Lantier, el desnudo de Josefina aparece extraño y descentrado. Todos los elementos definen la actitud de Renovales —así como su cuadro— muy similarmente a cómo han definido a sus protagonistas Balzac o Zola: pintores poseídos por el frenesí, por la fiebre de la vanguardia.

Pero Blasco sitúa esta actitud del pintor restringidamente en la tercera parte, en ese segmento que ha sido reservado para la muerte frente a la profunda voluntad de vivir que inunda los dos primeros. La muerte de Josefina, su entierro, la búsqueda de los restos de la mujer amada en el cementerio, la aparición de un deseo de futuro como reencuentro con el pasado junto a la muerta: es exclusivamente en ese lugar donde surge cierta «locura» del pintor que se traslada a su tela. Y es necesario resaltar que la muerte en Blasco sólo aparece como ausencia de la vida, como sentimiento negativo, de carencia de lo que se deseaba. El pintor ya no puede pintar[103]. En paralelo a la construcción de su última obra, de ese

---

Cotoner mintió con cierta conmiseración. Sí, era ella; por fin la veía bien... Ella, pero más hermosa que en vida... Josefina nunca había sido así. / Ahora era Renovales el que miró con extrañeza y lástima. ¡Pobre Cotoner! ¡Infeliz fracasado, paria del arte, que no había podido salir de la muchedumbre anónima y carecía de otra sensibilidad que la del estómágo!... ¡Qué sabía él de aquellas cosas! ¡Por qué consultarle!»

[103] Calvo Serraller (o.c., pág. 124), hablando de otra de las novelas de Balzac, *Sarrasine* (*La comedia humana*, t. IV, págs. 89-125) que fue objeto de un pormenorizado análisis de Roland Barthes (*S / Z*, París, Du Seuil, 1970), cita una situación de muerte en vida del protagonista que puede perfectamente equipararse con la de Renovales: «No obstante, como apunta Olivier Bonard, sobre esa base común de identificación de todos, que nos revela cómo cualquiera de ellos con la simple visión de una belleza es capaz de proyectar su imaginación a lo más alto, subsiste una diferencia esencial entre Sarrasine y los demás; la diferencia que separa un drama de costumbres de una tragedia artística. En este sentido, De Sommervieux, Ginevra y Schinner logran, en cierta manera, materializar sus sueños, ya que no sólo entran en relación con sus respectivos modelos, sino que llegan a contraer matrimonio con ellos. Frente a éstos, el problema de Sarrasine no es tanto que circunstancialmente no logre su objetivo, sino que es imposible, sellándose con esta impo-

lienzo que no puede más que quedar inacabado, que es imposible terminar, Renovales se topa con la muerte como una presencia indeseada y fatal. No la quiere, pero está acabado como hombre y como pintor, sintiéndose sin remedio muerto en vida, vegetando hasta llegar al final de la ruta, a «la negra garganta sin fondo a la que conducían todos los caminos» (tercera parte, cap. IV, págs. 435-454):

> Próximo a la vejez, contemplaba una luz cruda y rojiza que parecía irritar sus ojos, el camino de desolación, yermo y monótono, que le aguardaba... y a su final, la muerte. ¡La muerte! Nadie la ignoraba; era la única certeza; y sin embargo, transcurría la mayor parte de la vida sin pensar nunca en ella, sin verla.
>
> Era como una de esas epidemias, en países lejanos, que devoran las existencias a millones. Se habla de ella como de un hecho cierto, pero sin estremecimientos de horror, sin temblores de miedo. «Está demasiado lejos; tardará mucho en llegar.»
>
> Había nombrado muchas veces a la muerte, pero con los labios, sin que su pensamiento abarcase la significación de la palabra, sintiéndose vivir al mismo tiempo, aferrado a la existencia por las ilusiones y los deseos.
>
> La muerte estaba al final de la ruta; nadie podía evitar su encuentro, pero todos tardaban en verla. Las ambiciones, los deseos, los amores, las crueles necesidades animales, distraían al hombre en su marcha hacia ella; eran como los bosques, los valles, el cielo azul y los ríos de tortuoso espejo, que entretenían al caminante, ocultándole el término del paisaje, el límite fatal, la negra garganta sin fondo a la que conducían todos los caminos.

---

sibilidad su destino artístico, del que queda irremisiblemente clausurado. Antes de caer muerto a manos de los sicarios del cardenal Cicognara, Sarrasine ya está y se reconoce como muerto en tanto que artista, y de ahí viene el que sus últimas palabras sean de agradecimiento a sus verdugos. "La fábula —escribe Bonard refiriéndose al trágico final de Sarrasine— deviene aquí el símbolo mismo de la tragedia del artista, incapaz de incorporarse a la vida y de realizarse"» (Olivier Bonard, *La peinture dans la création balzacienne. Invention et vision picturales de «La Maison du Chat-qui-Pelote» au «Père Goriot»*, Ginebra, Librairie Droz, 1969, pág. 72).

III. La novela

De lo escrito sobre la narrativa de Blasco Ibáñez, unos párrafos sobresalen muy por encima de los otros. Apuntan exactamente al único lugar que puede permitir hoy reconocerlo como un gran escritor y un magnífico intérprete de los sentimientos humanos. La intención con que fueron escritos estaba poseída por un profundo sentido crítico: efectivamente, los puntos de vista que informaban al estudioso cuentan entre los muchos que se han derrumbado con el espíritu del siglo XX, con ese espectro altamente impregnado de vanguardismo que llegó a considerar a la literatura como instrumento en sí mismo transformador de la vida, precisamente mediante el establecimiento de una *distancia* con esa misma vida, un alejamiento, al que se consideraba configurador —y no al revés— de esa clase de individuos a los que hemos llamado «intelectuales» en la primera parte de esta introducción y cuyo cometido y situación tan bien definió Ortega y Gasset. Me refiero a un artículo de César Barja dedicado a nuestro escritor (Barja 1933). El primero de los párrafos alude al inmenso éxito de masas de que gozaron las novelas de Blasco:

> Fue, ciertamente, un novelista de *record*; no recibió premios literarios, pero puede decirse que ganó el campeonato literario del mundo (...) También con la crítica en torno a la figura y obra de Blasco Ibáñez habría material bastante y bastante curioso para escribir poco menos que toda otra novela. En ella tendríamos, de un lado y a un extremo, las críticas del autor como el mejor y más grande novelista de su tiempo, y aun de los pasados y futuros. De otro lado y al otro extremo, las críticas de Blasco como el más vulgar y más grande ramplón que jamás emborronó cuartillas.

Es preciso hacer notar la profunda convicción con que Barja hablaba del «más vulgar y más grande ramplón que jamás emborronó cuartillas», así como de esa metonimia conjuntiva —con la copulativa abusivamente colocada tras una coma— que cualificaba grotescamente, por contacto, lo de «mejor y más grande novelista de su tiempo», haciéndolo parecer ridículo mediante la introducción de un pasado y un futuro que pretendían anular el tiempo presente. Dejando todo ello en un margen, recojamos estrictamente la afirmación «ganó el campeonato literario del mundo». En el contexto en que se movía Barja casi parecía un insulto. Como ya se ha apuntado antes, el sistema que promovió el punto de vista de la vanguardia constituía un ambiente en el que ser minoritario era prácticamente condición ineludible para considerarse «de calidad»; una perfecta muestra fue la crítica que Ramón Pérez de Ayala hizo en 1920 de *Los cuatro jinetes del Apocalipsis*, artículo al que precisamente tituló «El estilo de tercera clase» (recogido en *Pequeños ensayos*, Madrid, Biblioteca nueva, 1963, págs. 176-177). Arrancaba justamente pretendiendo dar razón del «sinnúmero de lectores» de Blasco:

> Hay una razón de forma para que «Los cuatro jinetes del Apocalipsis» y otras novelas anteriores del señor Blasco Ibáñez hayan capturado sinnúmero de lectores. El señor Blasco Ibáñez ha escrito todas sus obras en un estilo diluido y profuso. Jamás presenta un personaje, un acto, una cosa por medio de una expresión concisa, plástica y sugestiva. Jamás persigue el máximo efecto mediante la máxima sobriedad de medios. Lo describe todo con muchas y muchas pinceladas. Produce una sensación de abundancia, de fuerza, indisciplinado, de irreflexiva impaciencia. Sus libros, por tal causa, son voluminosísimos.

Fue agudo por parte de Pérez de Ayala buscar una razón formal al éxito de público. Ello avala una tesis largamente perseguida: en cualquier tipo de arte, los problemas «sociológicos» no son tales si no se traducen formalmente; dicho en otros términos, toda sociología del arte debe resumirse en resultados de oposiciones formales, de cambios en la misma estructura del texto que permitan entender las modificaciones ideológicas reales que se operan en cada momento. No deja de resultar curioso —hoy que la prensa diaria y la necesariamente escueta publicidad televisiva han llegado a constituirse en paradigma de la expresión, hasta el punto de que la afasia metafórica que Jakobson señalaba casi ha dejado de parecer enfermedad para erigirse en norma habitual— que Pérez de Ayala reivindicara un estilo «conciso, plástico y sugestivo»[104] como norma de calidad literaria. Ahora que el epigrama publicitario inunda la vida cotidiana no estaríamos tan seguros de reclamarlo como condición obligada de los textos escritos. Quizás —entre otras cosas— porque, frente a la consideración de la escritura como «comunicación», como «vehículo» que «transporta» ideas que existen con independencia de él, esperamos del texto que se comporte como auténtico mecanismo de placer, objeto erótico cuya piel se constituya en el motivo predilecto de nuestra excitación. Pero también Blasco Ibáñez consideraba algo parecido:

> El robo de la idea o de la invención no es nada; sólo es digno de reproche el robo de la expresión. De lo que resulta la paradoja literaria de que la idea vale menos que la forma y la expresión, o sea la palabra es lo único esencial y digno de respeto[105].

---

104 Hay cierta contradicción en el artículo de Pérez de Ayala, pues, al mismo tiempo que demanda concisión, parece quejarse del «estilo epigramático» (página 176): «Se acostumbra a decir que, puesto que la vida moderna es atropellada, versátil y discontinua, el estilo literario moderno debe ser asimismo rápido, recortado, epigramático, aforístico, que no exija perseverancia de atención; y los libros, sobremanera enjutos, de suerte que se puedan tomar y dejar de la mano según el humor, pues de lo contrario no habría lugar ni espacio para leerlos. Este criterio me parece palmariamente equivocado. Precisamente el estilo breve y concentrado es el que exige más perseverante atención». El artículo continúa en el párrafo expuesto en el texto. Hay, pues, que pensar que se quejaba «del excesivo número de pinceladas» que Blasco utilizaba, es decir, de la *redundancia* («abundancia, fuerza, indisciplina, irreflexiva impaciencia») de nuestro escritor: de nuevo un aspecto que hace coincidir a Blasco con los más modernos criterios, con la estética de la redundancia (sobre la estética de la repetición puede consultarse Omar Calabrese, *L'età neobarocca*, Bari, Laterza, 1987, trad. esp. de Anna Giordano, *La era neobarroca*, Madrid, Cátedra, 1989; y sobre todo las actas del congreso celebrado en Urbino en 1983 con el título *Serialità e ripetizione nel cinema e nella televisione*, Francesco Casetti, ed., Venezia, Marsilio, 1984).

105 Camille Pitollet «Vicente Blasco Ibáñez, *Estudios literarios*, Valencia, Prometeo, 1934», en *Bulletin Hispanique*, XXXVII, 2 (1935), págs. 241-44, que reproducía fragmentos de artículos de Blasco publicados en *ABC*, 16, 17-II-1923, sobre *Le Livre des Plagiats* de G. Maurevert. A esa tan radical idea, Blasco añadía una reserva: «Esta opinión, no la tengo por más cierta que otras muchas opiniones que pueden oponerse a ella.»

El escritor asturiano justificaba su postura, no por casualidad, en una neta oposición a lo que ya entonces era considerado «vida moderna»:

> La característica de la vida moderna es la impaciencia irreflexiva; luego los libros escritos en un estilo abundante e impaciente, y, por tanto, voluminosos, son los que más fácilmente se dejan leer y los que mejor consienten que se les tome y se les deje de la mano. Cuando mayor es el *capeau* de un automóvil, mayor fuerza se le presume y más de prisa se lee, o, por lo menos, es a propósito para leer cuando se está de prisa.

Finalmente presentaba una versión *sui generis* de la tesis que Ortega y Gasset sistematizaría cuatro años más tarde y que hemos visto al principio de esta introducción:

> ... la morosidad distraída es lo que agrada a la mayoría de los lectores, los cuales son como viajeros de tercera en tren mixto, que por el mismo dinero prefieren estar el mayor tiempo posible en el ferrocarril. En España y fuera de España, la generalidad de los lectores son de tercera clase. Cuando a un escritor se le antoja situarse en primera clase ya sabe de antemano lo que le va a suceder, que viajará solo o casi solo a través de la vida, porque los lectores de primera escasean y suelen viajar con billete de favor.

Efectivamente, Blasco Ibáñez escribía para lectores «que viajaban en tercera clase», los cuales «preferían estar el mayor tiempo posible en el ferrocarril». Es necesario constatar que es ése un efecto natural producido por «el placer del texto»: no se persigue la estación de llegada, sino que se deposita el goce en el viaje mismo. Como diría Kavafis: «Cuando emprendas el viaje a Ítaca, has de rogar que el camino sea largo.»

Sucede, no obstante, que prácticamente se han suprimido las clases en los ferrocarriles o, mejor dicho, que la «tercera clase en tren mixto» ha terminado por poseer el mundo de la cultura. Somos, ya, todos, esa «tercera clase» que viaja en el único tren capaz de circular. Y para amenizar el trayecto sigue resultando muy grata la lectura de las novelas de Blasco.

¿Cuáles son los valores que permiten que, cien años más tarde, continúe siendo extremadamente interesante un novelista? Viene aquí el segundo de los párrafos del artículo de César Barja:

> Blasco Ibáñez, hombre de acción, es también hombre de poca filosofía, y la que posee la posee así, como instinto, como sentido directo e inmediato de la realidad del vivir. (...) Para esta clase de hombre es la vida misma, naturalmente, como tal fenómeno biológico, lo primero y fundamental. Y la vida es esencialmente eso: acción, lucha por vivir y lucha por conquistar y disfrutar las ventajas materiales de la civilización. Al frente de esa filosofía de instintos vitales, dos estímulos, como dos apremiantes necesidades, se destacan en primero y preferente lugar: la necesidad material de subsistir, el hambre; y la necesidad también material de sobrevivir, el sexo. Hambre y sexo: por ahí empieza la filosofía de Blasco Ibáñez. Y por ahí viene también a acabar: por el hambre convertida en voluntad de adquisición y disfrute de posesión, y por el sexo convertido en lujo de atracción, de goce, de placer. Es un dominante sentido materialista de la vida; el mundo de Blasco Ibáñez carece de dimensiones trascendentales, de fantasías y de ensueños; carece de poesía. En un mundo de tejas abajo, un mundo donde se nace para vivir y se vive para gozar, todo ello entendido y sentido de un modo, más que material, materialista.

No otra cosa estamos viendo desde el principio. Cuando el derrumbe afecta desde los formalismos y estructuralismos hasta las fenomenologías de última hora, cuando la propia de-construcción no hace sino resbalar permanentemente sobre el precipicio de la difer*n*cia, cuando todo pensamiento no puede concebirse sino como fragmentario, apenas continúan como principios los más básicos instintos (¿pulsiones?): la sed de vivir (el hambre como instinto; la lucha por la vida, la «adquisición y disfrute de posesión» como pulsión) y el deseo carnal («el sexo convertido en lujo de atracción, de goce, de placer»). Los umbrales del tercer milenio no admiten por héroes más que a Sigfrido y a Ninon de Lenclos; todos los demás han ido cayendo a la sima insondable de los deseos de un tiempo que ya, para siempre, pasó. Pero no es cierto que «el mundo de Blasco Ibáñez carezca de fantasías y de ensueños», que no tenga nada «de poesía»; al contrario: posee la única poesía que sigue siendo hoy posible, la de la superviviente fantasía y del solitario ensueño, la del hombre que se enfrenta a la existencia con el ansia de triunfar y duda de sus propósitos exclusivamente cuando otra fuerza igualmente instintiva se opone a ellos, el amor, como reencuentro con un pasado que ha devenido el único futuro[106].

En eso mismo está definido Mariano Renovales. Es un pintor, pero podía haber sido un científico (Enrique Valdivia en *La voluntad de vivir*) o un torero (Juan Gallardo en *Sangre y arena*). Es un hombre que se ha enfrentado con la vida para ponerla a su favor y ha vencido. Es el propio Blasco Ibáñez, salido de la nada para ser el más famoso, el más deseado.

---

[106] El tono de la crítica de Barja halla un eco expansivo en Gonzalo Torrente Ballester (1961, págs. 129-131): «Pasó por la vida como un luchador dispuesto a triunfar, y lo consiguió, manejando con inteligencia armas de absoluta eficacia en medios donde campeaban la vulgaridad y la mentecatez (...) Careció... de cualquier virtud espiritual o intelectual. Su ideario (si tuvo alguno) es deleznable. El espíritu de Vicente Blasco Ibáñez es de una enorme vulgaridad. Su extraordinaria vitalidad —su única virtud auténtica— rechazó toda norma, desde la corbata a la fe religiosa. Los últimos años de su vida le revelaron como persona a quien sólo importa enriquecerse. Pocos escritores populares alcanzaron como Blasco Ibáñez cimas más elevadas de menosprecio entre sus contemporáneos notables (...) *La maja desnuda* quiere ser un estudio psicológico de la creación artística, con los modelos de Zola y de Gauguin muy próximos (...) Buscar en la obra de Blasco Ibáñez valores literarios, como en sus grandes contemporáneos, es tarea inútil, como lo es buscar una ideología que en modo alguno empareje con la del 98. Perteneciendo cronológicamente al período, las preocupaciones, los temas de otros escritores e ideólogos no aparecen en el escritor valenciano, cuyo espíritu, en lo que al estilo y al pensamiento atañe, pertenece de lleno al siglo XIX. Su naturalismo, sin embargo, es más impulsivo que metódico: toma de Zola los principios, mas no los procedimientos, con lo que llega, sin embargo, a resultados, si más brillantes, tan inconsistentes como los del pontífice de Médan. Su prosa, como su vida, es arrebatada y vulgar. Su sensibilidad no recoge más que lo impetuoso, lo ordinario: huele a sudor y a sexo, con apetitosas vaharadas de paella valenciana. Su retina deslumbrada de meridional sólo se abre a la luz solar, a las grandes masas de color, sin captar las delicadezas ni los matices; del mismo modo, sólo advierte del hombre acciones externas que describe a grandes rasgos, sin profundizar en los motivos; y cuando pretende hacerlo, la psicología de sus personajes resulta pobre y convencional.»

¿Cómo plantearnos hoy si el «estilo indirecto libre» es menos avanzado que el «monólogo interior»? Las líneas que han parecido definir la historia como continuidad y avance se entrecruzan y disuelven en una superficie infinita de la que, finalmente, nos apercibimos que forma parte seriada de un inmenso e inabarcable volumen.

No se trata de negar necesidad o interés a los estudios sobre la forma y la estructura; al contrario, los reputo imprescindibles para penetrar el sentido de cualquier texto, de toda obra. Igualmente creo útil comprobar cómo esas diferentes arquitecturas del relato fueron cambiando y sustituyéndose unas a otras a lo largo de la historia. No es eso lo que está en duda, sino la concepción teleológica que alumbra el punto de vista de la vanguardia, esa creencia en un fin predeterminado hacia el que la humanidad avanzaba imparable. De acuerdo con tal criterio lineal, unas formas sucedían a otras por necesidad imperiosa, prácticamente anulando a las anteriores y proclamándolas inservibles para continuar adelantando: ése parece ser aún el fundamento de la mayoría de las historias de la literatura, de los ensayos sobre arte, de manera que los distintos autores son juzgados según el lugar que se supone ocupen en esa línea sin fin, siendo así considerados más o menos «avanzados» de acuerdo con las propias aspiraciones de «renovación» que sus contemporáneos manifestaban. Así, ciertamente, es posible pensar que Blasco Ibáñez estaba «rezagado» en comparación con sus colegas noventaiochistas, admitido aunque no concedido que existía un proyecto de innovación perpetua al que todos debían amoldarse. Hoy ya no es posible seguir creyendo en semejante «proyecto» y, consiguientemente, las distintas opciones que han aparecido en el tiempo pasado se nos presentan juntas, yuxtapuestas y sin posibilidad de otorgarles un valor añadido de mayor o menor «modernidad». Los juicios que sobre ellas emitamos no pueden responder, pues, a los viejos proyectos en su momento triunfantes, sino estrictamente a unas necesidades definidas en el hoy que, dadas las sustanciales variaciones que se han producido en el público, en todas las artes, en la industria y las comunicaciones, en resumen, en las relaciones de los hombres con «el mundo», subvierten radicalmente los criterios heredados.

Se puede, pues, decir que no es, quizá, lo que más interesa dilucidar si en el mismo Blasco se produce un «cambio desde el modelo objetivista del naturalismo —que caracteriza el ciclo valenciano— hacia otro modo de novelar fuertemente impregnado de subjetivismo en uno de los novelistas que más tardíamente —y con mayor fidelidad hacia el patrón de origen— habían incorporado la escuela naturalista a las letras en lengua castellana», como tampoco es el objetivo considerar ese «momento clave en la transición de los modelos realistas y naturalistas del XIX hacia las nuevas formas de concebir la novela que caracterizará el nuevo siglo», señalado, entre otras cosas, «por el repudio de la omnisciencia del narrador y la adopción de un punto de vista focalizado en uno de los personajes»[107], con el recurso masivo y sistemático al estilo indirecto libre, que permite al narrador esconderse tras las vivencias del personaje.

Interesa sobremanera, sin embargo y por ejemplo, cómo ese estilo indirecto libre le consiente a Blasco Ibáñez transparentarse por medio de Mariano Renovales, o bien ocultarse a medias e incluso criticar las actitudes de su pintor mediante las opiniones de otros personajes que también intervienen para dejar ver al autor, estableciendo un «dialogismo» relativo (pues en *La maja* la figura de Renovales predomina siempre) e incluso exponiendo en público sus propias dudas vitales. Y haciéndolo de la manera que mejor respondía a los anhelos intelectuales del público al que estaba dirigido, un público siempre definido como masivo y que, precisamente

[107] Cfr. Santiago Renard Álvarez, *La modalización narrativa en las novelas sociales de Blasco Ibáñez*, tesis doctoral sin publicar, Universidad de Valencia, 1993, págs. 5 y 443, respectivamente. El profesor Renard me ha permitido amablemente leer su tesis, que estimo uno de los más interesantes y concienzudos estudios sobre Blasco, de imprescindible consulta y extraordinario servicio para cualquier interesado por el escritor. Dada, además, la amistad personal que nos une con él, debe entenderse cualquier tono polémico como un amigable comentario de tertulia, a partir de las modificaciones que se han operado en el pensamiento en los cinco años que han transcurrido desde que la tesis fue brillantemente defendida y que de ninguna manera pretenden invalidar uno solo de sus asertos, sino, en todo caso, relativizar algunos valores que, entonces, todavía todos compartíamos.

a partir de *La maja desnuda*, continuándose como el «bis» del aplaudido tenor en *La voluntad de vivir*, y no siendo una interrupción, sino todo lo contrario, *Sangre y arena*, Blasco empezaba a proyectar como público mundial, sentando las bases para convertirse en el primer gran creador de *best-sellers* del siglo XX. Coincido plenamente con Santiago Renard cuando, hablando de las cuatro novelas «sociales» inmediatamente anteriores a *La maja*, dice (o.c., págs. 448-49):

> Blasco busca una vía fácil y directa para llegar a un objetivo preciso: la transmisión de determinados mensajes a un público amplio y con la mayor claridad posible, como su mentalidad de político en activo le impone. (...) Su obra va dirigida a las masas, no a la élite cultivada, y su propia sensibilidad se mostró siempre más cerca de aquéllas que de ésta. Pero sabe construir un tipo de novela que se ajusta como un guante a su propósito y, al mismo tiempo, por lo que respecta a estas cuatro que acabamos de estudiar, evoluciona con el arte de su tiempo y ofrece una interesante muestra de alguna de las tendencias que más tarde se consolidarán como más representativas de la literatura del siglo XX[108].

Dedicaremos estas últimas páginas, pues, a estudiar cómo autobiografismo y relato de ficción se entrelazan apretadamente en *La maja desnuda* para componer una de las novelas más singulares e interesantes de la historia de la literatura española.

La maja, novela de amor

En 1977 se publicó por primera vez, íntegra, *La voluntad de vivir*[109]. Escrita en 1907 (inmediatamente a continuación de *La maja desnuda*) y ya estampada por Francisco Sempere una

---

[108] Juan Oleza (o.c., pág. 54) tiene un acertado comentario a este propósito: «El tan reiterat populisme de Blasco no és sols un carisma ideològic, ho és també, i en bona mesura, literari i de classe, i condicionà tota la seua producció novel.lesca, des dels fulletons repudiats del primer moment, com *El conde Garci-Fernández* o *La araña negra*, fins a les novel.les històriques de maduresa, com *El papa del mar* o *A los pies de Venus*.»

[109] En el tomo IV de las *Obras completas* (Madrid, Aguilar, págs. 691-909).

edición de 12.000 ejemplares, Blasco ordenó destruirlos para que la novela no viese la luz pública; en el prólogo a la edición del 77, Libertad Blasco-Ibáñez explicaba cómo el escritor dejó instrucciones para que no se difundiera la novela hasta diez años después de su muerte («... así nadie se verá reflejado en ella, porque ya nadie existirá»). En ese prólogo hay una referencia a *La maja desnuda* (pág. 694):

> El protagonista de *La maja desnuda*, el pintor «Renovales», es en realidad una mezcla de las vidas de dos grandes y fraternales amigos de Blasco: el pintor Joaquín Sorolla y el escultor Mariano Benlliure. Y, sin embargo, no es exactamente ninguno de los dos. Se inspiró en ellos, pero nada más lejos de sus verdaderas vidas; tanto es así que ninguno de los dos se sintió molesto ni se ofendió.

Efectivamente, Mariano Renovales reproduce muchos rasgos de la vida y la pintura de Joaquín Sorolla, y algunos de Benlliure; sin duda Blasco los tomó por modelos (sustancialmente al primero) para elaborar su personaje, pero hay otra cosa que, en mi opinión, posee mayor importancia: la trama entera de la novela, los principales sentimientos del protagonista, no son sino un trasunto imaginario del propio Vicente Blasco. Ese autobiografismo no nos interesa para conocer mejor al escritor, por entender más su carácter y sus problemas —aunque sin duda ayuda a ello—, sino precisamente por erigirse en planteamiento estético, por ser abierta manifestación de uno de los principios básicos que informan la poética de Blasco Ibáñez: la profunda intersección entre el arte y la vida, la consideración de la escritura como un aspecto más de los que constituyen la existencia, eliminando las distancias entre ambas, yuxtaponiéndolas sin solución de continuidad, suprimiendo el alejamiento de la manera más inmediata, diluyendo la diferencia entre ficción y realidad para casi conformar un entramado único en el que lo imaginario se liga con lo real erigiendo un espacio simbólico unitario. En ello Blasco se manifiesta como representante de primer orden de esa actitud propia de su época que conocemos como «modernismo» (alternativa y geográficamente denominado *Art nouveau*, *Jugendstil*, *Liberty*, *Sezession*...) y que se opone tajantemente al «punto de vista de la vanguardia» precisamente por su abierta vocación de masas, o lo que es retóricamente lo mismo, por su voluntad de inmersión en la vida cotidiana como derivado de ella y sirviéndola sin intermediaciones.

Importa detenerse, siquiera brevemente, en esta afirmación. A lo largo del presente escrito he venido delimitando el que he denominado «punto de vista de la vanguardia» a través de una serie de *ítems* como separación del intelectual y las masas, búsqueda del cambio por el cambio mismo, prioridad de los «significados» y la «razón», teleología y linealidad en el pensamiento de la historia, público restringido y de élite… En el siglo XX han aparecido situaciones o «movimientos» que se han definido justo por lo contrario, y que hallarán su prolongación y triunfo definitivo en este último cuarto de siglo precisamente de la mano de los modernos medios de masas, verdaderos organizadores de esa estética que se impone sin apenas resquicios para definir al siglo XXI. Dos de esos «movimientos», abiertamente no-vanguardistas, cualificaron el primer tercio de la centuria, mereciendo hasta hace muy poco tiempo las condenas y el desdén de la mayoría de los estudiosos: el «modernismo» en el entresiglos y el «art déco» a partir de 1925. Evidentemente hay muchos más casos y situaciones intermedias, pero resulta indudable que esos dos movimientos conforman retóricas que se sitúan en el polo opuesto a las vanguardias: integración plena del arte en la sociedad, aceptación de los cambios únicamente si sirven al inmediato presente, prioridad absoluta de los «significantes», afirmación erótica de las superficies, una concepción del tiempo no hipotecada por el futuro, goce de la existencia, búsqueda de un público de masas… Con independencia de las peculiares soluciones formales que adoptó Blasco Ibáñez, ligándose históricamente al romanticismo de Victor Hugo y al naturalismo zolesco, obviamente distanciándose de los estilemas que venían prolongándose en la escritura hispánica desde José Martí y Rubén Darío, lo cierto es que su posición coincide con esos *ítems* retóricos no-vanguardistas que nos han servido para definir esa gran marea denominada «modernismo». En particular en lo que se refiere a la vinculación de la «vida cotidiana» y el «arte». Rafael Gutiérrez Girardot define muy acertadamente la unitariedad modernista, esa concepción no escindida del arte y la existencia (1983, o.c., pág. 63):

> La triple verdad que buscaban los finiseculares era la de una nueva totalidad, era la superación de las escisiones de la vida moderna. Pero la nueva totalidad que buscaban, la que abarcara el cuerpo, el sentimiento y el pensamiento, la naturaleza y el espíritu, la interioridad y el mundo exterior, era una totalidad inmanente, sin más allá, y captable y expresable con símbolos nítidos y el lenguaje de la ciencia.

Resulta muy sintomático el párrafo que el biógrafo de Blasco, José Luis León Roca, utiliza para referirse a *La maja desnuda* (o.c., pág. 313):

> ... es... un testimonio veraz por cuanto aporta, si no la realidad total y exacta de una aventura vivida por Blasco Ibáñez, cuanto menos, la base anecdótica para tejer una fábula que tiene algunos contactos con la realidad.
>
> *La maja desnuda* es una aportación voluntaria de Blasco Ibáñez al conocimiento de su intimidad doméstica[110].

La búsqueda de un público masivo se imbrica pues, en Blasco, con cierta transparencia en las novelas de la vida privada del escritor. Citaré un precedente importante de esta actitud en uno de los *Cuentos valencianos*, «La apuesta del esparrelló», precioso cuento narrado en primera persona que acaba con moraleja, en el que el autobiografismo, la transparencia de un sentimiento de sí mismo no necesariamente halagüeño, hace a Blasco adoptar un tono de burla hacia su propio carácter, que él mismo había definido mediante el tópico de «la tozudez del aragonés» (Valencia, Prometeo, s/f, página 47):

---

[110] Resulta muy interesante, al propósito de lo que estamos exponiendo, la consulta de otra obra de León Roca: *Los amores de Blasco Ibáñez* (1982). Puede consultarse también el libro de Pilar Tortosa *Tres mujeres en la vida y obra de Vicente Blasco Ibáñez* (1972).

Y el viejo pescador, terminado su cuento, sonreía y guiñaba los ojos maliciosamente.

Aquello era de los tiempos en que los pececillos hablaban; pero tenía intríngulis.

¿Que no lo adivinaba? Pues era sencillo: que en este mundo puede más el listo y el astuto que el fuerte, que todo lo fía al corazón y a la acometividad. Que vale más ser *esparrelló* pequeño y malicioso que *reig* enorme y sencillote. Que acometiendo de frente y arrollándolo todo sólo se consigue ser vehículo del listo, que se esconde en la agalla para salir a tiempo.

Y el vejete me miraba con tal expresión de malicia y lástima, que me ruboricé, murmurando para adentro: «Este tío me conoce.»

La maja desnuda es la segunda de una trilogía de novelas de amor en la primera década del siglo. La primera fue *Entre naranjos* (1900). La tercera *La voluntad de vivir* (1907). Una cuarta novela, *Sangre y arena* (1908), incluye como componente importante un amor similar a las dos anteriores, pero el tema ya no ocupa el lugar principal, pasando a un segundo plano en relación con la profesión del protagonista, el torero Juan Gallardo. En las cuatro, un esquema parecido: Un hombre de éxito (aproximadamente de la misma edad que Blasco tenía cuando escribió las tres primeras novelas), con una profesión que puede identificarse a la del escritor (Brull es diputado a cortes, Renovales un «artista» de fama mundial, Valdivia un científico, también muy conocido internacionalmente, Gallardo un torero, el de más prestigio), se enamora de una mujer que lo enloquece; aparecen aquí diferencias notables, estrechamente relacionadas con los propios amores de don Vicente: Brull es soltero, aunque le buscan una esposa «conveniente»; Valdivia no conoce otra mujer que la que le provoca el amor enloquecido; Mariano Renovales, en cambio, se enamora intensamente de la que va a ser su esposa, se casa con ella, después pierde el amor y surge la otra. Finalmente hay un fracaso del proyecto amoroso, en Brull porque él mismo renuncia, en Renovales porque comprende, cuando ella ya ha muerto, que sólo ha amado a su mujer, y despide a la amante; en Valdivia porque la amante lo deja y el científico se suicida.

Entre naranjos estuvo relacionada con los amores de Blasco y una soprano rusa[111]; *La maja desnuda* está fechada en Madrid, febrero-abril de 1906, es decir, ocho años más tarde de la burla de *El regional*. Sigue siendo diputado, pero ese año va a conocer una crisis profunda. Evidentemente, un cierto hastío de la política parlamentaria, de la inutilidad de los discursos en el hemiciclo en una época no revolucionaria, plena de tedio, sin las emociones del combate de masas, del arriesgado movimiento callejero que tan bien había conocido, influye negativamente en su ánimo; cuando, en marzo, renuncie al acta de diputado, dará cuenta de ello en una brillante carta a sus electores:

> Los que me conocen de antiguo, de la época en que comenzamos la magna obra de resucitar y agrandar el republicanismo valenciano… saben que yo no tengo nada de político… Soy un propagandista; un modesto sembrador de rebeldías contra lo existente, un enamorado de la revolución, no de la que se ha de detener en la República, sino la que ha de ir más allá, indefinidamente, hasta conseguir que el hombre sea libre de veras y posea el bienestar a que tiene derecho. (…) Lo que no puede permitirse es ser diputado para limitar la acción propia y la fuerza que dan los electores a discursos sonoros e indignados, que hacen concebir falsas esperanzas a los sinceros correligionarios, mientras el orador se codea amigablemente con los enemigos en ese ambiente de escepticismo y camaradería que reina en los pasillos del Congreso; lo que no puede aceptarse es levantar falsas tormentas (verdaderas tempestades en un vaso de agua) dentro del Congreso, con el firme propósito de no intentarlas a la parte de fuera; lo que resulta ridículo es gritar ¡viva la República! agitando el sombrero, cuando hace tanto tiempo que estamos prome-

---

[111] Que le procuraron alguna burla en período electoral. León Roca (o.c., págs. 190-91) lo refiere así: «*El Regional*, en el mes de marzo [1898], en plena campaña electoral, se burla de Blasco Ibáñez y termina diciendo: "También se publicará en este número la preciosa novelita histórica titulada 'La tiple rusa o los amores de Blasco con la Bulliciof." / Es ésta la primera vez que aparece una alusión concreta a los amores de Blasco Ibáñez. Cronológicamente queda situada su pasión amorosa inmediatamente después de su regreso de Madrid y antes de ser elegido diputado a cortes.»

tiendo al país, de un momento a otro, lanzar este grito con algo más convincente en las manos. / Llevo ocho años de diputado y tengo la ruda franqueza de declarar que en este período he hecho menos de positivo y práctico por la revolución que hice en mis tiempos de muchacho, entusiasta y desconocido, cuando no tenía un acta (...) De aquí mi retraimiento, mi escasa intervención en esa vida parlamentaria, que podría ser buena para una preparación revolucionaria, pero se convierte en triste farsa cuando se prolonga meses y meses, años y más años sin que al trueno oratorio siga la acción, que podrá resultar más o menos afortunada, pero siempre es reveladora de verdadera vida. Por esto mi abstención del Congreso hasta el punto de que en la presente legislatura no he ido a él ni una sola vez. ¿Para qué? (...) cuando se tiene la certeza de... que la revolución sólo se tiene en los labios y no está preparada a la parte de fuera, representa esto un sacrificio demasiado penoso para todo carácter enemigo de la mentira y de la pompa teatral / He formulado mi renuncia modestamente, procurando librarla de comentarios, evitando declaraciones que pudieran parecer molestas. Si escribo estas líneas violentando mi deseo de pasar inadvertido es por la necesidad ineludible de dar cuenta de mis actos a los electores, y a Valencia que es mi madre[112].

Pero esta crisis de conciencia se entrelaza con otra amorosa: conoce a Elena Ortúzar, esposa de un diplomático chileno, y se enamora locamente. La presencia de la Ortúzar será ya permanente en su vida; sin duda los amores se iniciaron en Madrid en los comienzos de ese 1906 y debieron tener un carácter altamente turbulento y contradictorio, a juzgar por las tres novelas en las que aparece una protagonista femenina de rasgos similares en lo que al enamorado se refiere (*La maja*, *La voluntad de vivir* y *Sangre y arena*). El amor entre el escritor y la chilena no terminará nunca: a la muerte de María, la primera esposa de Blasco, contrajeron inmediatamente matrimonio quienes ya hacía mucho tiempo que vivían juntos. Elena quedó como viuda de Blasco a la muerte del escritor.

---

[112] Carta reproducida por extenso en León Roca (o.c., págs. 310-312).

Hasta ahí lo que podemos rastrear de los «hechos». Queda lo más importante a los efectos de ese «autobiografismo», de esa intersección entre la vida real y la ficción novelística a que me refería, que reputo teóricamente relevante: cómo las novelas muestran una muy definida imagen del amor y de la mujer en la mente del escritor, un auténtico «modelo», un patrón al que se someten los distintos casos particulares. Ése es, a mi entender, el mayor rasgo de autobiografismo, de intersección absoluta entre lo real y lo imaginario para conformar un único aparato simbólico en la mente del escritor (entendido éste a la vez como *autor implícito* y como individuo real). El modelo es prácticamente invariable (apenas algunos matices diferenciales) en las cuatro novelas, las cuales, recordémoslo, afectarían a *dos* amantes diferentes de Blasco y de épocas muy distintas. Por ello aparece con fuerza la tentación de ver *prefigurada* la crisis de 1906 ya en 1900, en ese fragmento de *Entre naranjos* en que el parlamentario Rafael Brull asiste a la sesión del congreso con el pensamiento situado en la romanza que canta Leonora y que él oía a través de las ventanas de la casa azul (edición de J. Mas y M. T. Mateu, Madrid, Cátedra, 1997, págs. 103-104):

> ¡Cuántas veces la había visto en los últimos meses con los ojos de la imaginación!...
>
> Muchas tardes, en el Congreso, oyendo al jefe, que desde el banco azul contestaba con voz incisiva a los cargos de las oposiciones, su cerebro, como abrumado por el incesante martilleo de palabras, comenzaba a dormirse. Ante sus ojos entornados desarrollábase una neblina parda, como si espesara la penumbra húmeda de bodega en que está siempre el salón de Sesiones, y sobre este telón destacábanse como visión cinematográfica las filas de naranjos, la casa azul con sus ventanas abiertas, y por una de ellas salía un chorro de notas, una voz velada y dulcísima cantando *lieders* y romanzas que servían de acompañamiento a los duros y sonoros párrafos del jefe del gobierno. De repente, Rafael despertaba con los aplausos y el barullo. Había llegado el momento de votar, y el diputado, viendo todavía los últimos contornos de la casa azul que se desvanecían, preguntaba a su vecino de banco:
>
> —¿Qué votamos? ¿Sí o no?

Elena Ortúzar.

Para que no volviera a sucederle lo que escribió en 1900, Blasco, sencillamente, decidió, en 1906, no acudir al congreso, sin duda alimentado también por la falta de interés que estas sesiones le procuraban.

En las cuatro novelas, la mujer que provoca locura de amor en el hombre de éxito (nótese bien: en todos los casos personaje masculino sin rival profesional conocido ni posible) es admirada por éste, vista *desde más abajo de ella*, considerada como un ser excepcional. Accediendo a su amor se asciende de golpe en la escala de *valor erótico masculino*, situando así tal puntuación sexual a la par que la puntuación profesional ya alcanzada. En *La maja desnuda* es muy reveladora la indignación de Renovales cuando es rechazado por Concha (segunda parte, cap. II, pág. 335):

> Renovales se revolvió con los últimos ardores de su protesta.
>
> —¿Y por qué no he de ser yo tan feliz como ese chico? ¿No tengo derecho a ello?... Concha, usted no sabe quién soy; usted lo olvida; acostumbrada como está a tratarme como un chiquillo. Soy Renovales el pintor, el célebre maestro: me conocen en todo el mundo.
>
> Y hablaba de su gloria con brutal inmodestia, irritado cada vez más por la frialdad de aquella mujer, exhibiendo su renombre como un manto de luz que debía cegar a las hembras, haciéndolas caer a sus pies. ¿Y un hombre como él tenía que verse pospuesto por aquel doctorcillo ridículo?
>
> La condesa sonreía con expresión de lástima. Sus ojos mostraban también cierta conmiseración. ¡Tonto! ¡Niño! ¡Qué simplezas tenían los hombres de talento!
>
> —Sí; usted es grande, maestro. Por eso me enorgullezco con su amistad. Hasta reconozco que me da cierta importancia... Le quiero; siento por usted admiración.
>
> —Admiración, no, Concha: ¡amor!... ¡Ser uno de otro!... Amor completo...[113].

---

[113] Algo similar sucede en *Sangre y arena* (edición de 1998, Madrid, Alianza, cap. 8, pág. 336) cuando Gallardo va a encontrar por última vez a doña Sol: «Tal vez su deseo de verla fuese una corazonada feliz, igual a la que tantas veces le habían salvado en el redondel. ¿Por qué no?...Él tenía en su persona una gran confianza. Los fáciles triunfos con mujeres deslumbradas por

Hallamos aquí una manifestación particular de esa contradicción entre «el arte» —la vocación profesional del hombre— y «la vida», que Blasco plantea con fuerza en el primer capítulo de *La maja* al contraponer a Velázquez («había pintado») y a Goya («había vivido»). El anhelo de Blasco es transparente: un hombre que consigue gran éxito profesional no puede considerarse completo más que si también lo obtiene en la vida diaria; la mujer es el símbolo por excelencia de esa vida, consiguientemente, si él es «el número 1» en la profesión, debe, lógicamente, obtener también a la mujer número 1; cuando ella empieza por rechazarlo, el sentimiento de fracaso inunda al protagonista y el relato se concentra en la necesidad de obtener los favores de la hembra de sus sueños.

La caracterización de esa mujer tiene siempre, también, un elemento común: es *independiente* de los hombres, su vida se desenvuelve, bien con absoluta autonomía (profesional y económica: son los casos de Leonora y de Sol), bien con «autarquía moral», es decir, usando un marido —a quien no hace el menor caso— para que la mantenga, un marido, cornudo *avant la lettre*, presentado exclusivamente como retaguardia de fortuna, como garantía segura de la existencia lujosa de la mujer (los casos de Concha y Lucha). El marido provoca un efecto similar a la profesionalización o riqueza personal de las dos primeras: ninguna dependencia posible de la mujer (más allá del amor) respecto al protagonista. Blasco, que en *La maja desnuda* hace abierta profesión de fe antifeminista[114], no puede más que seleccionar a un prototipo de

---

el éxito le hacían creer en el encanto irresistible de su persona. Podría ser que doña Sol, al verle tras larga ausencia... ¡quién sabe!... La primera vez que se encontraron a solas así fue. / Y Gallardo, seguro de su buena estrella, con la tranquilidad arrogante de un hombre de fortuna que forzosamente ha de despertar el deseo allí donde fije sus ojos, marchó al Hotel de París, situado a corta distancia del suyo.» En la misma línea podemos interpretar el primer encuentro que en *Entre naranjos* tiene Rafael Brull con Leonora, cuando al presentarse le dice con orgullo «soy el hijo del alcalde».

114 En el capítulo V de la primera parte (págs. 281-292) Blasco hace una divertida burla del feminismo naciente utilizando un diálogo entre el pintor y la condesa: «El pintor le oyó el relato de sus trabajos como presidenta de la

mujer independiente para fascinar al hombre, contraponiéndolo a la esposa tradicional, capaz de despertar el deseo al comienzo, pero anulada como objeto erótico precisamente a partir de su asunción del papel de esposa.

Para cualificar a esa mujer independiente recoge las tradiciones más arraigadas en la cultura europea: sintetiza en sus protagonistas a Ninon de Lenclos, a Margarita Gautier, a Olympia, a Violeta Valéry, a Nana, a Sarah Bernhardt, es decir, a la gran *cocotte* —profesional de su amor— o a la artista que ha sobresalido en los lugares vedados a los hombres (actriz o soprano)[115].

Liga Feminista, de las grandes cosas que se proponía hacer en la santa empresa de la emancipación de su sexo. Y de paso, arrastrada por su afán de ridiculizar a todas las mujeres, burlábase donosamente de sus colaboradoras en la grande obra: literatas desconocidas, maestras amargadas por su fealdad, pintoras de flores y palomas; una turba de pobres mujeres con sombreros extravagantes y faldas que parecían colgadas de una percha; bohemia femenil, rebelde y rabiosa contra su suerte, que se enorgullecía de tenerla por directora y a cada dos palabras la soltaban todas ellas un tratamiento sonoro de «condesa», para halagarse a sí mismas con el honor de esta amistad. A la de Alberca la divertía mucho su séquito de admiradoras; reía de sus intransigencias y propósitos. / —Sí, ya se lo que es eso —dijo Renovales rompiendo su largo mutismo—. Quieren ustedes anularnos; reinar sobre el hombre, al que odian. / La condesa recordaba entre risas el feminismo feroz de algunas de sus acólitas. Como las más de ellas eran feas, abominaban de la hermosura femenil como un signo de debilidad. Querían la mujer del porvenir sin caderas, sin pechos, lisa, huesuda, musculosa, apta para todos los trabajos de fuerza, libre de la esclavitud del amor y de la reproducción. ¡Guerra a la grasa femenil!... / —¡Qué horror! ¿No le parece a usted, Mariano? —continuaba ella—. ¡La mujer lisa y escueta por delante y por detrás, con el pelo cortado y las manos duras, en competencia con el hombre para toda clase de luchas! ¡Y a esto llaman emancipación!... ¡Buenos son ustedes! A los pocos días de vernos en esa facha, nos dirigirían a bofetadas. / No; ella no era de éstas. Deseaba el triunfo de la mujer, pero aumentando aún mas sus encantos y seducciones. Si le quitaban la hermosura, ¿qué quedaría de ella? La quería igual al hombre en inteligencia, pero superior a él por la magia de su belleza. / —Yo no aborrezco al hombre, Mariano. Yo soy muy mujer, y me gusta... ¿por qué he de negarlo?»

115 En el último capítulo de *Entre naranjos* (o.c., pág. 349) hace que Leonora se identifique con Ninon de Lenclos, la *cocotte* de lujo de finales del siglo XVII: «¡Qué hermosa estás!... —murmuró con arrobamiento—. La misma que entonces. Parece imposible que hayan transcurrido ocho años. / —Sí; reconozco que no estoy del todo mal. El tiempo no me muerde. Un poco más de tocador, he ahí todo. Yo soy de las que mueren de pie, sin sacrificar a la edad nada de su exterior. Antes que entregarme, me mataría. Quiero eclipsar a Ninon de Lenclos.»

Sólo esa mujer es susceptible de arrebatar las pasiones, únicamente ella puede humillar al hombre de éxito, haciéndole recorrer el calvario de un cortejo largo, inundado de rechazos, que provocaría las risas de sus amigos y admiradores si vinieran a saber de él (segunda parte, cap. II, págs. 335-336):

> Viéndose solo volvía a renacer su cólera, e insultaba mentalmente a la condesa, libre ya de la supeditación amorosa que sufría en su presencia. ¡Cómo se divertía con él! ¡Cómo reirían sus enemigos al verle sometido y sin voluntad, en manos de aquella mujer que había sido de tantos!

«Había sido de tantos»: sin duda Blasco, igualmente en sus amores con la tiple rusa que en los que tuvo con la Ortúzar, debió romper los prejuicios de la sociedad de su tiempo —sus propios prejuicios—, lo que le hizo reflejarlo en las cuatro novelas, insistiendo en la preocupación del protagonista porque la mujer había pertenecido a muchos hombres antes que a él[116].

La esposa es siempre colocada en el polo opuesto a la amante. Salvo en el caso de *La voluntad de vivir*, novela en la que el protagonista es soltero, la mujer aparece como la compañera fiel y resignada, sin otros amores posibles que el ma-

---

[116] En *Entre naranjos* (o.c., cap. VI, pág. 208) hace pensar a Brull a propósito de Leonora: «¡Qué aventuras debían ocultarse en el pasado de aquella mujer! ¡Qué novelas dormirían ocultas en el tejido de su vida!...»; en *La voluntad de vivir* (o.c., primera parte, cap. V, pág. 750): «Valdivia sintióse dominado por repentina frialdad. La quería, la deseaba, era una mujer irresistible, pero sus palabras despertaban antiguas sospechas, que ahora le herían cruelmente... ¡Lo que aquella mujer habría corrido! ¡Las cosas que guardaría su pasado!...»; en *Sangre y arena* (o.c., cap. 3, pág. 126): «—¡Lo que se ha divertido esa niña, Juan! —decía el apoderado—. ¡Las cabezas que ha vuelto locas en diez años de una punta a otra de Europa! Figúrate que es un libro de geografía con notas secretas al pie de cada hoja. De seguro que no puede mirar el mapa sin hacer una crucecita de recuerdo junto a las capitales grandes... ¡Y el pobre embajador! Se murió, sin duda, de aburrido, poque ya no le quedaba adónde ir. La niña picaba alto. Iba el buen señor destinado a representarnos en una corte, y antes del año ya estaba la reina o la emperatriz de aquella tierra escribiendo a España para que relevasen al embajador con su temible cónyuge, a la cual llamaban los periódicos «la irresistible española». ¡Las testas coronadas que ha trastornado esa gachí!... Las reinas temblaban al verla llegar, como si fuera el cólera morbo.»

rido, a quien se dedica y por quien vive. A Rafael Brull, soltero al comienzo de la novela, la familia se encarga de procurarle una esposa adecuada, definida en una muy breve frase, a través del deseo del protagonista (o.c., 2.ª parte, cap. IV, pág. 271):

> Remedios le parecía uno de esos frutos sin sazonar, sanos, con la película de la virginidad, limpios de picaduras y manchas, pero sin el sabor que deleita ni el perfume que embriaga.

En *La maja*, Mariano se enamora perdidamente de Josefina en cuanto la conoce; tras el matrimonio, el amor se desboca en pasión y deseo firme de hacerla vivir con riqueza; la contradicción surge cuando ella se niega a ser pintada desnuda y extiende sus celos hacia el anhelo de belleza pictórica de Renovales, en los términos descritos en el apartado anterior. Tras esta situación, el papel de la esposa es hacerle al marido la vida imposible, amargarle la existencia[117] al contraponerse velada pero sistemáticamente a su profesión, hasta hacernos creer la novela que, de alguna manera, el amor hacia Conchita casi viene provocado por tal actitud de la esposa. Hay un momento en el que resulta difícil no entrever en la novela el desgarro vital que Blasco debió sentir al tener que elegir entre su esposa y la Ortúzar[118]: precisamente cuando hace morir a Josefina y, tras una de las escenas más conmovedoras y

---

[117] En *Sangre y arena* (o.c., cap. 6, pág. 243), Gallardo llega a desear la muerte a su esposa, de la misma forma que lo hace Renovales: «—¡Mardita sea! ¡Así acabe una enfermeá con ella, contigo y con mí mesmo! Esto no es viví. ¡Premita Dio que el domingo me agarre un toro, y ya hemos concluío! ¡Pa lo que vale la vía!...»

[118] Los amores con la soprano rusa acabaron permitiendo a Vicente Blasco continuar tranquilamente su vida matrimonial. Una escena de *Entre naranjos* parece aludir directamente a esa voluntad de no romper el matrimonio existente, quizás actuando como autojustificación del escritor por haber abandonado a su enamorada; cuando Leonora decide marcharse él insiste en acompañarla, y le argumenta (o.c., 2.ª parte, cap. VI, pág. 303): «Si fuese casado, si dejara tras su fuga una mujer que llorase su traición, hijos que le llamasen en vano, aún comprendería aquella resistencia, la repugnancia de un corazón bueno que no quiere que su amor deje tras sí la maldición de una familia dispersa.»

Blasco Ibáñez y Elena Ortúzar.

logradas de la novela (en el primer capítulo de la tercera parte, cuando, al abrir el armario, le vienen de golpe todos los recuerdos de amor de la esposa muerta), el interés por la amante viva desaparece prácticamente de súbito.

Hay muchos más aspectos que vendrían a reafirmar el entrecruzamiento entre novela y vida del escritor, haciendo entender el relato como un discurso íntimo en el que la distancia psíquica entre la actividad cotidiana y el producto artístico ha sido casi suprimida, en plena coherencia con esa actitud de Blasco Ibáñez que estamos observando desde el principio, según la cual la escritura no sería sino un derivado de la vida y estaría siempre a su servicio. Pero creo que bastan estas notas para ponernos sobre la pista. Como ya se ha indicado, interesa hoy especialmente ese aspecto del relato por cuanto, como posición estética, engarza directamente con los postulados de la actualidad, haciéndole dar un salto por encima de la fragmentación y el distanciamiento que las vanguardias llegarían a imponer como intocable norma.

Por lo demás, *La maja desnuda* está estructurada de manera relativamente tradicional, con una entrada *in media res* que nos ofrece el primer capítulo casi como un cinematográfico «plano de situación», definiendo un eje de acción que no se traspasa, precisamente esa contraposición que el artista halla entre Velázquez y Goya como reflejo de sus propios problemas, esa dicotomía entre «vivir» o simplemente «pintar». Tres brochazos rápidos —y en ello podríamos encontrar similitud con la pintura de Sorolla— sirven a Blasco para, de inmediato, situar profesionalmente al personaje (llamarle «famoso pintor»; rechazar en él la inspiración museística para afirmar su voluntad de pintar «del natural»; ligarlo a la corriente naturalista al afirmar que «no quería ver la realidad a través de otros temperamentos»). Es un procedimiento muy propio del escritor, hallándolo a menudo en todas sus novelas, y pudiendo ser plenamente ejemplificado por otra «pincelada» que, en la segunda página, muestra, con una gran economía semántica, la evolución profesional del pintor:

> asomaban los mechones de una melena, escandalosa en su juventud, que había ido disminuyéndose con prudentes re-

cortes conforme ascendía el maestro, adquiriendo fama y dinero.

Este primer capítulo es aprovechado por Blasco para exponer sus opiniones sobre arte, cosa que apenas repetirá en el resto de la novela; esas opiniones le sirven para introducir todos los temas centrales del relato: el desnudo (la maja), el miedo al desnudo (las señoras «bien»), vivir o no vivir... dejando asentado una especie de esquema de lo que se desarrollará a continuación.

Una restrospección[119] que afecta a los dos capítulos siguientes informa sobre la vida del pintor desde su más tierna infancia, a base de relatos sumarios intercalados con algunas escenas, aunque con pocas pausas descriptivas, situándose estas descripciones, por regla general, como sentimientos del protagonista que mira. La descripción de la niñez de Renovales muestra cómo Blasco se instala voluntariamente en el interior de los tópicos: con una especie de vocación innata, ya el niño dibujaba por las paredes causando admiración en cuantos miraban. Es una de las más largas tradiciones, que se ancla en las mismas «biografías de artistas», pudiendo tomar a Vasari como modelo y a Giotto como prototipo: los pintores, según ella, poseen una «virtud especial» desde su misma infancia[120].

---

[119] Prefiero continuar utilizando esta denominación todoroviana y no la de «analepsis» propuesta por Genette, precisamente por la razón que da este último para sustituirla: la carga psicológica que connota, cosa que se entenderá bien simplemente considerando la voluntad de no segregación entre el «discurso» y el «relato», tal como la he planteado al tratar del autobiografismo.

[120] Al respecto puede consultarse el interesante estudio de Ernst Kris y Otto Kurz, *Legend, Myth, and Magic in the Image of the Atists. A historical experiment* (trad. esp. de Pilar Vila, *La leyenda del artista*, Madrid, Cátedra, 1979). También, sobre la especificidad del carácter del artista, es útil consultar el trabajo de Rudolf y Margot Wittkower, *Born under Saturn. The Character and Conduct of Artists: a documented History from Antiquity to the French Revolution* (trad. esp. de Deborah Dietrick, *Nacidos bajo el signo de Saturno. Genio y temperamento de los artistas desde la antigüedad hasta la revolución francesa*, Madrid, Cátedra, 1982).

Se recupera el presente del primer capítulo al llegar al cuarto, en el que un relato rápido pone al día sobre la evolución de la situación desde los dos capítulos retrospectivos para, en el capítulo V, introducir a Concha, la condesa de Alberca, que inmediatamente despertará el deseo de Mariano, restando a esta primera parte solamente el capítulo VI, dedicado a exponer los celos de Josefina, que provocan en el marido los deseos de su muerte.

La segunda parte se ocupa del coqueteo de Concha con Mariano, que va paso a paso perdiendo por ella los estribos, hasta que ella se le entrega al final del capítulo IV; paralelamente, los celos de Josefina aumentan y se refinan, a la par que arrecia su enfermedad, que la lleva a la muerte en el capítulo V y último de esta parte, cerrándose con un significativo párrafo:

> Había muerto y quedaba libre. Seguiría su camino, ligero, dueño de sí mismo, sin fatigosa impedimenta. ¡A él la vida con todos sus goces; el amor sin miedos ni escrúpulos; la gloria con sus dulces réditos!...
>
> Iba a comenzar una segunda existencia.

Y la tercera parte arranca con un relato sumario de los amores de Renovales con Concha; apenas unas pocas páginas del primer capítulo, para terminarlo con la escena del armario y el recuerdo de Josefina. A partir de ahí, la búsqueda de la muerta ocupa la novela: escenas en el cementerio, indagación sobre una modelo que se le pareciese... el maestro prácticamente abandona su profesión pública para concentrarse en la elaboración del gran cuadro que represente a su mujer ausente. En el último capítulo, cuando parece que ya ha encontrado a la modelo adecuada, constata la imposibilidad de terminar la obra y se topa con la muerte en vida, al comprobar que no puede existir ni vida ni pintura estando ausente la única mujer realmente amada.

La maja desnuda, en definitiva, es rica en descripciones paisajísticas y, sobre todo, en la creación de situaciones dramáticas para definir esa histórica paradoja del pintor que se ve frenado en su arte precisamente por la obstrucción de quien ha sido su mayor fuente de inspiración, casi como un ejemplo perfecto del famoso apotegma de Nietzsche[121]: «La paloma piensa que si no existiese el aire volaría más deprisa».

*

A lo largo de esta introducción se ha ido desgranando una red de hipótesis que conduce a afirmar que *La maja desnuda* es un texto fértil, por completo ajeno a esa desidia valorativa que lo condenaba a ser un episodio marginal, un ejemplo de relato liviano. No se trata, pues, de una novela menor, sino que constituye una parte sustancial del núcleo narrativo fuerte de Vicente Blasco Ibáñez. Es también, paralelamente, una novela amena, de lectura rápida e intensa, en la que el lector de hoy puede seguir encontrando, además de una prosa bella y ágil, una conjunción de problemas que todavía nos atañen en este descreído, desconcertado y errático fin de siglo.

Valencia, playa de la Malvarrosa, terraza del restaurante *Luz de luna*
La Habana, Miramar, terraza de la calle 26, número 3501 (altos)

[121] Gonzalo Sobejano, en su conocido trabajo sobre la influencia de Nietzsche en la literatura española (*Nietzsche en España*, Madrid, Gredos, 1967) dedica un extenso capítulo a Blasco Ibáñez, en el que trata del reflejo de las ideas del filósofo alemán en la escritura del valenciano. Su conclusión es que Blasco lo conocía poco y mal (pág. 430): «Se nota siempre el carácter adventicio y gruesamente enciclopédico del material ideológico en su obra.» Probablemente fuera cierto en lo que respecta a la elaboración de pensamientos a la manera nietzscheana; pero no estaría igualmente de acuerdo en lo referente a lo más nietzscheano de nuestro escritor: su propia vida y la de muchos de sus personajes. El modelo del superhombre se hace siempre presente en esa voluntad de vivir y triunfar, en esa lucha por la existencia que no admite mayores matizaciones que las relativas al mismo éxito: Renovales, Valdivia y Gallardo asumen en su propia esencia al Sigfrido de la tetralogía wagneriana, y sólo desde ese exclusivo punto de vista es posible juzgarlos, exactamente igual que a su autor.

Una carta de Blasco Ibáñez sobre la primera edición de *La maja desnuda*

El 28 de marzo de 1906 Vicente Blasco escribía al editor Francisco Sempere la siguiente carta:

> [Membrete, con el escudo de España, en la parte superior izquierda del primer folio, que dice: «El Diputado á Córtes por Valencia»]
>
> Querido Paco: Dentro de unos quince días habré acabado *La maja desnuda.*
>
> Tenga preparado el papel que la cosa va enseguida.
>
> La obra la compondrán aquí y la estereotiparán unas (tachado, y encima:) en paginas dobles. Unas paginas quedarán aquí para cuando aparezcan en el periodico: otras saldrán para ahí enseguida que estén, de 16 en 16, ó sea de pliego en pliego.
>
> Para tirar puede Vd encargar al carpintero un piso de madera para cada pagina y pueden Vds clavarlas. Nada importa que al desclavarlas queden inutiles pues hay que devolverlas aquí, para echarlas á la caldera y utilizar el metal pues asi resultan mas baratas.
>
> Contesteme diciendo si está ya todo á punto: papel, etc. El papel puede ser satinado como el de las novelas anteriores á *La Horda.*
>
> Tambien (por lo que á mi me convenga en lo de *La Ciencia)* dígame cuantos kilos tiene el papel que usamos en la biblioteca nuestra de á peseta, el tamaño del pliego y el precio, asi como igualmente el nombre del fabricante.

Esto lo necesito cuanto antes y apreciaré me conteste.

¿Cómo va la *Historia Socialista*?

Yo estoy agua al cuello pues en este mes han venido los giros gordos y llevo pagados cerca de 4000 duros de papel en solo este mes. Papel del diario, papel de rehechos y todo el papel de *La Ciencia.* ¡El diluvio! Hoy tengo 30 centimos en casa, en el momento que escribo.

Espero su contestacion para disponer todo lo de la *Maja.* Un abrazo. Suyo.

B.

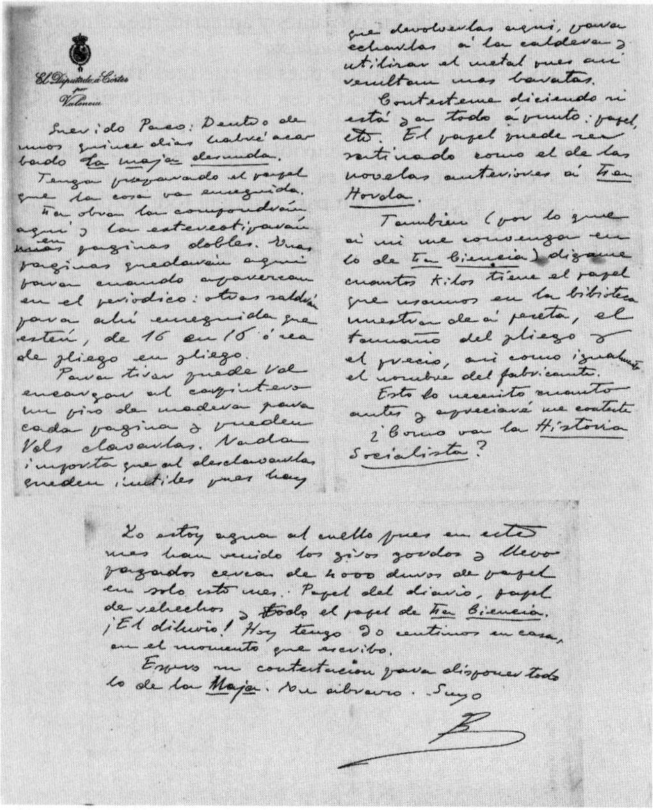

El Diputado á Cortes por Valencia

Querido Paco: Dentro de unos quince días habré acabado La maja desnuda.

Tenga preparado el papel que la cosa va enseguida.

La obra la compondrán aquí y la estereotiparán en páginas dobles. Las páginas quedarán aquí para cuando aparezcan en el periódico: otras saldrán para ahí enseguida que estén, de 16 en 16 ó sea de pliego en pliego.

Para tirar puede Vd encargar al carpintero un piso de madera para cada página y pueden Vds clavarlas. Nada importa que al desclavarlas queden inútiles pues hay que devolverlas aquí, para echarlas á la caldera y utilizar el metal pues así resultan mas baratas.

Contésteme diciendo si está ya todo á punto: papel, etc. El papel puede ser satinado como el de las novelas anteriores á La Horda.

También (por lo que si mi me convenga en lo de La Ciencia) dígame cuantos kilos tiene el papel que usamos en la biblioteca nuestra de á peseta, el tamaño del pliego y el precio, así como igualmente el nombre del fabricante.

Esto lo necesito cuanto antes y apreciaré me conteste.

¿Cómo va la Historia Socialista?

Yo estoy agua al cuello pues en este mes han venido los giros gordos y llevo pagados cerca de 4000 duros de papel en solo este mes. Papel del diario, papel de [illegible] y todo el papel de La Ciencia. ¡El diluvio! Hoy tengo 30 céntimos en casa, en el momento que escribo.

Espero su contestación para disponer todo lo de La Maja. Un abrazo. Suyo

Carta enviada por Blasco Ibáñez a Francisco Sempere.

Esta edición

La primera edición de *La maja desnuda* se puso a la venta el 7 de mayo de 1906, publicada por la editorial Sempere. Posteriormente, la editorial Prometeo la volvió a editar, con numerosas correcciones en la puntuación y con la modificación de algunos términos y algunas frases, efectuadas por el propio Vicente Blasco Ibáñez. Para esta edición he utilizado, pues, el texto de la editorial Prometeo, anotando al pie los términos de la primera edición modificados por Blasco. Se ha actualizado la acentuación.

Bibliografía

I. Obras de Vicente Blasco Ibáñez

1. La editorial Aguilar procedió a la publicación de las *Obras completas* de Vicente Blasco Ibáñez, apareciendo en primer lugar los tres primeros tomos (durante los años de la dictadura) y, en una etapa posterior, los tres últimos (en la democracia). Esta recopilación de la obra del escritor es bastante completa, faltando tan sólo los artículos periodísticos y la *Carta* a Julio Cejador (de la que, no obstante, se reproduce un fragmento en la «Nota biobibliográfica» introductoria). Para las novelas de los tres primeros tomos toma los textos de la editorial Prometeo, corregidos por la mano del autor, y no de las primeras ediciones. Vicente Blasco Ibáñez, *Obras completas*, tomos I, II y III, 6.ª edición, Madrid, Aguilar, 1966; tomo IV, Madrid, Aguilar, 1977; tomos V y VI, Madrid, Aguilar, 1978.

2. La *Carta a Julio Cejador* la publicó éste en su *Historia de la lengua y la literatura castellanas*, Madrid, tipografía de la Revista de archivos, bibliotecas y museos, vol. IX, 1918, págs. 467-80.

3. Cabe mencionar la edición de los *Discursos literarios* por Emilio Gascó Contell (Valencia, Prometeo, 1966), que recogía las conferencias pronunciadas en la Argentina en 1909, así como en el teatro de la Exposición de Valencia el 19-II-1911, el discurso del 16-V-1921 en Valencia, al ser nombrado director *honoris causa* del Centro de cultura valenciana, y el discurso al ser nombrado doctor *honoris causa* por la universidad George Washington, pronunciado en febrero de 1920, además de una recolección de escritos de contemporáneos sobre Blasco Ibáñez. Las conferencias y discursos de Blasco fueron posteriormente recogidas en las *Obras completas* (tomo IV, o.c. páginas 1178-1358).

4. A lo largo del presente año 1998, la editorial Cátedra ha publicado ediciones críticas (de José Mas y M.ª Teresa Mateu) de las no-

velas *Entre naranjos* y *La barraca*, en tanto Alianza Editorial ha lanzado la «Biblioteca Blasco Ibáñez», en la que han aparecido los textos de *Arroz y tartana*, *Cañas y barro*, *Sangre y arena* y *Los cuatro jinetes del Apocalipsis*.

II. Bibliografía general sobre Blasco Ibáñez

(He efectuado una selección de los textos que tratan de Blasco, con criterios de calidad, pero también de valor histórico, y excluido las críticas o estudios de las novelas que no sean *La maja desnuda*, así como los estudios sobre el Blasco Ibáñez político.)

Alcina Navarrete, José, *Vicente Blasco Ibáñez: oración a su vida y a su muerte*, Alcoy, La fraternidad, 1928.

Andrenio (Gómez de Baquero, Eduardo), «Zola en España», *La gaceta literaria*, 1-XI-1927.

Anónimo, «Ante el escaparate. "La maja desnuda"», *El Pueblo*, 23-V-1906.

Armiñán, Luis de, «La maja desnuda», *El Heraldo de Madrid* (reproducido en *El Pueblo*, 29-VII-1906), 1906.

Ballester Soto, V., «Impresiones literarias. La maja desnuda», *El Pueblo*, 18-V-1906.

Balseiro, José A., «Vicente Blasco Ibáñez», *Blasco Ibáñez, Unamuno, Valle-Inclán, Baroja: cuatro individualistas de España*, Chapel Hill, University of North Carolina Press, 1949.

Barga, Corpus, «Blasco Ibáñez y Unamuno en París. O el Mediterráneo y el Atlántico salidos de madre», *Ínsula*, 250-251 (septiembre-octubre), 1967.

Barja, César, «Vicente Blasco Ibáñez», *Libros y autores modernos*, Nueva York, Las Américas, 1933, 1964, págs. 291-314.

Bas Carbonell, Manuel, «Bibliografía de primeras ediciones de Vicente Blasco Ibáñez», *Vicente Blasco Ibáñez y el novelista universal*, Valencia, Diputación, 1998, págs. 61-80.

— «Aproximación al catálogo de la editorial Prometeo», *Vicente Blasco Ibáñez: y el periodismo se hizo combativo*, Valencia, Diputación, 1998b, págs. 95-103.

Bellveser, Ricardo, «Vicente Blasco Ibáñez y el novelista universal», *Vicente Blasco Ibáñez y el novelista universal*, Valencia, Diputación, 1998, págs. 11-49.

Betoret-París, Eduardo, *El costumbrismo regional en la obra de Blasco Ibáñez*, Valencia, Fomento de cultura, 1958.

— «El caso Blasco Ibáñez», *Hispania*, LII, 1969, págs. 97-102.

BLANCO AGUINAGA, Carlos, «Una historia de la revolución española y la novela de una revuelta andaluza», *Juventud del 98*, Madrid, Siglo XXI, 1970, págs. 189-228.

BLASCO-IBÁÑEZ TORTOSA, Vicente, «Imagen de mi abuelo», *El mono-gráfico,* núm. 7-8, Valencia, s. f., págs. 40-42.

BOSCH, Rafael, «Sociología y estética de Blasco Ibáñez», *Libros y autores modernos*, Nueva York, Las Américas, 1970, págs. 291-314.

BUCETA, Erasmo, «El origen de un cuento de Blasco Ibáñez», *Boletín de la Academia Española,* XX, 1931.

CABALLERO AUDAZ, El (CARRETERO, J. M.), *El novelista que vendió a su patria*, Madrid, 1924.

CAMPOY, Antonio Manuel, «Vicente Blasco Ibáñez, 1867-1967», *La estafeta literaria,* núm. 363, 1967, págs. 10-11.

CARRETERO, Enrique, *Paralelismo entre el escritor Vicente Blasco Ibáñez y un lacayo de la monarquía española apodado «El caballero audaz»*, La Habana, Imprenta Alemana, 1925.

CARSI, Alberto, «Vicente Blasco Ibáñez», *Temas* V, 27, Nueva York, 1953.

COMPANY RAMÓN, Juan Miguel; MARZAL, Javier, y RUBIO, Salvador, «Blasco Ibáñez y el cine», en Lahoz Rodrigo (ed.), *Historia del cine valenciano*, Valencia, Prensa valenciana-Levante, 1991, tomo 3, págs. 41-53

CONDE GARGOLLO, Enrique, *Blasco Ibáñez y el Madrid novecentista*, Madrid, El arte, 1967.

CONTE, Rafael, «Vicente Blasco Ibáñez: lecciones de un centenario», *Cuadernos hispanoamericanos,* IV, 1967, págs. 507-520.

CORBETT, Elizabeth, «Un reformador utópico», *The New York Times Book Review*, 5-II (trad. esp. de Eusebio Moreno en *Vicente Blasco Ibáñez, la aventura del triunfo, 1867-1928*, Valencia, Diputación, 1928, págs. 153-155).

CORTINA GÓMEZ, Rodolfo, *Blasco Ibáñez y la novela evocativa*, Madrid, Maisal, 1973.

CUCÓ GINER, Alfons (ed.), *Vicente Blasco Ibáñez. Narracions valencianes*, Valencia, El Garbí, 1971b.

CHAMBERLAIN, Vernon A., «Las imágenes animalistas y el color rojo en *La barraca*», *Duquesne Hispanic Review,* VI, 2, 1967, páginas 23-36.

DALBOR, T. B., *Blasco Ibáñez: Theory of the Novel*, Pennsylvania, 1953.

DEL RÍO, Ángel, «Blasco Ibáñez», *Historia de la literatura española*, Nueva York, Holt, Rheinhart & Winston, 1948.

DENDLE, Brian J., «Vicente Blasco Ibáñez», *The Spanish Novel of Religious Thesis, 1876-1936*, 1968 (versión española en *Anales de filología hispánica* 4 [1988]).

DEVLIN, John, «Vicente Blasco Ibáñez», *Spanish Anticlericalism. A Study on modern Alienation*, Nueva York, Las Américas, 1966.
DOMINGO, José, «Blasco Ibáñez, balance de un centenario», *Ínsula*, XXIII, 254 (enero), 1968, págs. 5-6.
DOS PASSOS, John, «An Inverted Midas», *Rocinante to the Road Again*, Nueva York, Doran, 1922, págs. 120-132.
FABBRI, Maurizio, «Per una rilettura dell'opera di Blasco Ibáñez», *Spicilegio moderno*, n. 7, Bologna, 1977, págs. 85-104.
FERNÁNDEZ-ARIAS, Adelardo, «Impresiones literarias. *La maja desnuda*», *La correspondencia militar*, 1906 (reproducido en *El Pueblo*, 2-VI-1906).
FERRÁNDIZ, José, «La maja desnuda», *El Pueblo*, 12-VI-1906.
FERRER RODA, Julio, «El ciclo valenciano en la novela de Vicente Blasco Ibáñez», *Reseña*, IV, 20, Madrid, 1967, págs. 323-340.
FERRERAS, Juan Ignacio, «Blasco Ibáñez, Vicente», *La novela por entregas 1840-1900*, Madrid, Taurus, 1972.
FOJAZ DE SAMPAIO, Albino, «Blasco Ibáñez, su arte, su obra y su vida», *La lectura*, I, 1906, págs. 223-224.
FORGUES, Roland, «El universo narrativo en las novelas sociales de Vicente Blasco Ibáñez», *Letras de Deusto*, vol. 8, núm. 15, 1978, págs. 69-137.
FRANCÉS, José, «*La maja desnuda* por Vicente Blasco Ibáñez», *La lectura*, II, 1906, págs. 195-199.
FUSTER, Joan, «Recuerdo y juicio de Vicente Blasco Ibáñez en su centenario» (I, II y III), *Destino*, 11, 18 y 25 de febrero, 1967, págs. 16-19, 32-37 y 32-35.
GALÁN VICEDO, Concepción, «Valencia en la obra y la vida de Vicente Blasco Ibáñez», *La Valencia de Vicente Blasco Ibáñez*, Valencia, Diputación, 1998, págs. 9-28.
GARÍN LLOMBART, Felipe, y TOMÁS FERRÉ, Facundo, «Joaquín Sorolla y la generación del 98: el debate después de la modernidad», Madrid, Museo Thyssen, 1998.
GASCÓ CONTELL, Emilio, *Vicente Blasco Ibáñez: agitador, aventurero y novelista*, Madrid, Afrodisio Aguado, 1957.
— *Genio y figura de Blasco Ibáñez*, Madrid, Afrodisio Aguado, 1967.
— «Polifacético Blasco Ibáñez», *La estafeta literaria*, núm. 363, 1967b, págs. 11-12.
GASCÓN, A., «Blasco Ibáñez y el cine», *La pantalla*, 2-II-1928.
GERLI, E. M., «Blasco Ibáñez's *Flor de mayo*, Sorolla and Impresionism», *Iberorromania*, New Series, I, 1, 1974, págs. 121-129 (recogido en *Vicente Blasco Ibáñez, la aventura del triunfo, 1867-1928*, Valencia, Diputación, 1986, págs. 157-166).

Gómez de la Serna, Ramón, «Vicente Blasco Ibáñez», *Nuevos retratos contemporáneos*, Buenos Aires, Sudamericana, 1945.

Gómez Martí, Pedro, *Psicología del pueblo valenciano según las novelas de Blasco Ibáñez*, Valencia, Prometeo, 1931.

Herráez, Miguel, «Nueve cartas con Valencia como trasfondo», *La Valencia de Vicente Blasco Ibáñez*, Valencia, Diputación, 1998, págs. 29-43.

— «Trece cartas de un novelista», *Vicente Blasco Ibáñez y el novelista universal*, Valencia, Diputación, 1998b, págs. 81-116.

— «Epistolario de un periodista versátil», *Vicente Blasco Ibáñez: y el periodismo se hizo combativo*, Valencia, Diputación, 1998c, páginas 81-93

Iglesias, Concepción, *Blasco Ibáñez, un novelista para el mundo*, Barcelona, Seix Barral, 1985.

Jover, José M.ª, «De la literatura a la historia: la Valencia de la restauración en la retina de Blasco Ibáñez», *Hispania*, XXVI, 104, 1966, págs. 599-605.

Just Gimeno, Juli, *Blasco Ibáñez i València*, Valencia, L'estel, 1929.

Laguna Platero, Antonio, «Vicente Blasco Ibáñez, periodista del pueblo», *Libro homenaje a José Altabella*, Madrid, Facultad de Ciencias de la Información, 1997, págs. 323-340.

— «Vicente Blasco Ibáñez: y el periodismo se hizo combativo», *Vicente Blasco Ibáñez: y el periodismo se hizo combativo*, Valencia, Diputación, 1998, págs. 9-80.

León Roca, José Luis, *Biografía de Vicente Blasco Ibáñez*, Valencia, Prometeo, 1967 (reed. *Vicente Blasco Ibáñez*, Valencia, Ayuntamiento, 1998).

— *Blasco Ibáñez y la Valencia de su tiempo*, Valencia, Ayuntamiento, 1978b.

— *Los amores de Blasco Ibáñez*, Valencia, Mare Nostrum, 1982.

— «Los enemigos de Blasco Ibáñez», *El mono-gráfico*, núms. 7-8, Valencia, s. f., págs. 43-50.

— «La Valencia de Blasco Ibáñez. A modo de epílogo», *La Valencia de Vicente Blasco Ibáñez*, Valencia, Diputación, 1998, páginas 111-114.

Lloris, Manuel, «Vicente Blasco Ibáñez o la formación de un escritor de masas», *Ínsula* (octubre), Madrid, 1980.

Maeztu, Ramiro de, «Blasco Ibáñez», *El Pueblo vasco*, 21-IV-1932.

Maravall, José María, «Todas las dimensiones de Blasco Ibáñez», *El País*, Madrid, 21-VII, 1986.

Mas, José, «La ciudad de Valencia en la obra de Blasco Ibáñez», *El mono-gráfico*, núm. 7-8, Valencia, s. f., págs. 51-59.

MELIÁ, J. A., «Bibliografía *La maja desnuda*», *Revista socialista,* 1906 (reproducido en *El Pueblo*, 17-VIII-1906).
MÉRIMÉE, Henri, «Le romancière Blasco Ibáñez et la cité de Valence», *Bulletin Hispanique,* XXIV, 1922 (reproducido en *Vicente Blasco Ibáñez, la aventura del triunfo, 1867-1928*, Valencia, Diputación, 1986, págs. 37-50).
MIRANDA, Wenceslao, *Posición filosófica, religiosa y social en las novelas de tesis de Vicente Blasco Ibáñez*, Lugo, Celta, 1969.
MODAVE, Jeanine, «Blasco Ibáñez et le naturalisme français», *Les Lettres Romanes,* XII, 1958, págs. 287-301.
MONTES HUIDOBRO, Matías, «Vicente Blasco Ibáñez: visión y ceguera en el estilo», *XIX: superficie y fondo del estilo*, Madrid, Castalia, 1971.
MOROTE, Luis, «El libro del día. *La maja desnuda*», *El Pueblo*, 20-V-1906.
MOROTE MAGÁN, Pascuala, «La cultura tradicional del Valencia en Blasco Ibáñez», *La Valencia de Vicente Blasco Ibáñez*, Valencia, Diputación, 1998, págs. 45-55.
MUÑOZ SUAY, Ricardo, «Penúltimas notas sobre Blasco Ibáñez y el cinematógrafo», *Vicente Blasco Ibáñez, la aventura del triunfo, 1867-1928*, Valencia, Diputación, 1986, págs. 145-152.
OLEZA, Joan, «Blasco Ibáñez: horitzó 98», *El temps,* 11-V, Valencia, 1998, págs. 53-57.
OTERO, José C., *«La maja desnuda», El progreso de Asturias,* 1906 (reproducido en *El Pueblo* 4-VII-1906).
PADÍN, José, *Vicente Blasco Ibáñez*, San Juan, Universidad de Puerto Rico, 1934.
PAMPLONA, Clemente, «Blasco Ibáñez y Portugal», *La estafeta literaria,* núm. 364, 1967, págs. 38 y ss.
PÉREZ DE AYALA, Ramón, «El estilo de tercera clase», *Pequeños ensayos*, Madrid, Biblioteca nueva, 1920, 1963, págs. 176-177.
PIGMALIÓN (MELIÁ BERNABEU, José), *Blasco Ibáñez novelista*, Valencia, Pastor, 1933.
— «Blasco Ibáñez, Costa y la cultura popular», *El Liberal*, Madrid, 27-X-1933b.
PITOLLET, Camille, *Vicente Blasco Ibáñez. Ses romans et le roman de sa vie*, París, Calmann-Lévi, 1921 (traducción española: *Blasco Ibáñez: sus novelas y la novela de su vida*, Valencia, Prometeo, 1921).
— «Juli Just i Gimeno: *Blasco Ibáñez i València*», *Bulletin Hispanique,* XXXI, 1929, págs. 373-382.
— «Blasco Ibáñez, sujet d'une thèse doctorale», *Bulletin Hispanique,* XXXIII, 2, 1931, págs. 157-162.
— «Vicente Blasco Ibáñez, *Estudios literarios*», en *Bulletin Hispanique,* XXXVII, 2, 1935, págs. 241-244.

PLA, Josep, «Blasco Ibáñez a Montecarlo», *Obra completa*, vol. 21, Barcelona, 1972, págs. 127-153 (reproducido en *Vicente Blasco Ibáñez, la aventura del triunfo, 1867-1928*, Valencia, Diputación, 1986, págs. 128-144).

PUCCINI, Mario, *Vincenzo Blasco Ibáñez*, Roma, Formiggin, 1926.

REBOUL, Anne-Marie, «De Zola à Blasco Ibáñez en passant par Goya», *Zola y España* (actas del coloquio internacional, Lyon, septiembre, 1996), 1996, págs. 205-212.

REDING, Katherine, «Blasco Ibáñez and Zola», *Hispania*, VI, 6, Nueva York, 1923, págs. 365-371.

REIG, Ramiro, *Blasquistas y clericales*, Valencia, Alfonso el Magnánimo, 1982.

RENARD ÁLVAREZ, Santiago, *La modalización narrativa en las novelas sociales de Vicente Blasco Ibáñez*, tesis doctoral sin publicar, Universidad de Valencia, 1993.

— «El discurso del otro en Blasco Ibáñez. Adaptación y crisis del naturalismo», *Zola y España* (actas del coloquio internacional, Lyon, septiembre, 1996), 1996, págs. 139-145.

— «Más allá de *La barraca*», *El mono-gráfico*, núm. 7-8, Valencia, s.f., págs. 60-73.

— «Vicente Blasco Ibáñez, un novelista actual», *Vicente Blasco Ibáñez y el novelista universal*, Valencia, Diputación, 1998, págs. 51-60.

RIBELLES PÉREZ, Vicente, *Vicente Blasco Ibáñez*, Madrid, Publicaciones españolas, 1967.

RUBIO, Rodrigo, «En el centenario de Blasco Ibáñez», *La estafeta literaria*, núm. 363, 1967, pág. 36.

RUEDA Y MAESTRO, Emilio de, *Vicente Blasco Ibáñez visto a través de su obra (impresiones de un lector)*, Madrid, Unión poligráfica, 1935.

SACKETT, Theodore A., «Day, A. C. and Knowlton, E. C., *Blasco Ibáñez*», *Hispania*, LVII, 4, 1974, pág. 1013.

SAN ROMÁN, José, *La muerte del águila: vida y recuerdos de Blasco Ibáñez*, Madrid, Pueyo, 1928.

SANZ MARCO, Carlos, «Las lecturas literarias en la Valencia de Blasco Ibáñez», *La Valencia de Vicente Blasco Ibáñez*, Valencia, Diputación, 1998, págs. 57-66.

SEBASTIÁ DOMINGO, Enric, *València en les novel.les de Blasco Ibáñez. Proletariat i burgesia*, Valencia, L'estel, 1966.

— «El mundo rural de Blasco Ibáñez. En ferrocarril y a caballo», en Mainer, J. C. (ed.), *Modernismo y 98*, Barcelona, Grijalbo, 1980, págs. 204-211.

— «El mercado urbano y su intérprete», *Vicente Blasco Ibáñez, la aventura del triunfo, 1867-1928*, Valencia, Diputación, 1986, págs. 15-36.

— «El fielato: taller sociológico de la Valencia de la restauración», *La Valencia de Vicente Blasco Ibáñez*, Valencia, Diputación, 1998, págs. 67-71.

SMITH, Paul C., *Vicente Blasco Ibáñez: una nueva introducción a su vida y a su obra*, Santiago de Chile, Andrés Bello, 1972.

— «Blasco Ibáñez and the Theme of the Jews», *Hispania,* LVI, 1973, págs. 282-294.

— *Los mejores artículos de Blasco Ibáñez*, Valencia, Prometeo, 1982.

— «América en la obra de Blasco Ibáñez», *Vicente Blasco Ibáñez, la aventura del triunfo, 1867-1928*, Valencia, Diputación, 1986, págs. 113-127.

— «Paul C. Smith entrevistado por Miguel Herráez», *El mono-gráfico,* núm. 10, Valencia, s. f., págs. 28-30.

SOBEJANO, Gonzalo, «Vicente Blasco Ibáñez», *Nietzsche en España*, Madrid, Gredos, 1967, págs. 430-438.

TAILHADE, Laurent, «Vicente Blasco Ibáñez», *Hispania* (París), I, 1, 1918, págs. 8-16.

TARANCÓN, Manuel, «L'any Blasco Ibáñez», *El País*, 29-I, 1998.

TORRENTE BALLESTER, Gonzalo, «Blasco Ibáñez», *Panorama de la literatura española contemporánea*, vol. I, Madrid, Guadarrama, 1961, págs. 129-131.

TORTOSA, Pilar, *Tres mujeres en la vida y obra de Vicente Blasco Ibáñez*, Valencia, Prometeo, 1972.

— *La mejor novela de Vicente Blasco Ibáñez: su vida*, Valencia, Prometeo, 1977.

TRAPIELLO, Andrés, «Capítulo quinto. Breve y de transición para tratar de un escritor que fue el más rico de su tiempo, pero no el mejor, y del que era difícil hablar en otro lugar de esta obra ni relacionarlo con nadie», *Los nietos del Cid*, Barcelona, Planeta, 1997, págs. 158-168.

VALERO CUENCA, Aurora, «Blasco Ibáñez y la pintura valenciana: Pinazo y Sorolla», *La Valencia de Vicente Blasco Ibáñez*, Valencia, Diputación, 1998, págs. 91-102.

VÁZQUEZ CEY, Arturo, «*La barraca*, novela mediterránea», *Humanidades,* XXIV, Universidad de La Plata, 1934, págs. 281-312.

VERGARA, V., y LLORENS A. (eds.), *Blasco Ibáñez y el cine*, Valencia, Filmoteca, 1985.

VÉZINET, F., «Les personnages d'Ibáñez», *Les Maîtres du Roman Espagnol Contemporain*, París, Hachette, 1907.

— «*La maja desnuda* (*La femme nue*)», *Les Maîtres du Roman Espagnol Contemporain*, París, Hachette, 1907b.

VICKERS, P., «Vicente Blasco Ibáñez: literatura e ideología (1880-1905)», en J. M. Cuenca (ed.), *Siete temas sobre historia contempo-*

ránea del País Valenciano, Universidad de Valencia, 1974, páginas 175-203.
— «Naturalismo y protesta social en Blasco Ibáñez», en J. C. Mainer (ed.), *Modernismo y 98*, Barcelona, Grijalbo, 1980, págs. 198-203.
— «El romanticismo ¿revolucionario? de un jacobino tardío», *Vicente Blasco Ibáñez, la aventura del triunfo, 1867-1928*, Valencia, 1986, Diputación, págs. 95-111.
ZAMACOIS, Eduardo, *Vicente Blasco Ibáñez*, Madrid, Novela Mundial, 1928.
ZARAGOZA PÉREZ, Marina, «La albufera en *Cañas y barro* de Blasco Ibáñez», *La Valencia de Vicente Blasco Ibáñez*, Valencia, Diputación, 1998, págs. 73-89
ZOZAYA, Antonio, «Crónica. "La maja desnuda"», *El Pueblo*, 20-VI, 1906.

Vicente Blasco Ibáñez.

La maja desnuda

Primera parte

I

Eran las once de la mañana cuando Mariano Renovales llegó al Museo del Prado. Algunos años iban transcurridos sin que el famoso pintor entrase en él. No le atraían los muertos: muy interesantes, muy dignos de respeto bajo la gloriosa mortaja de los siglos, pero el arte marchaba por nuevos caminos, y no era allí donde él podía estudiar, a la falsa luz de las claraboyas, viendo la realidad a través de otros temperamentos[1]. Un pedazo de mar, una ladera de monte, un grupo de gente desarrapada[(1)], una cabeza «expresiva», le atraían más que aquel palacio de amplias escalinatas, blancas columnas y estatuas de bronce y alabastro, solemne panteón del arte[2] donde titubeaban los neófitos, en la más estéril de las confusiones, sin saber qué camino seguir.

(1) «desharrapada».

[1] La adscripción de Mariano Renovales a la corriente «naturalista» comienza exactamente en este primer párrafo, al situar Blasco Ibáñez como pensamiento del protagonista —en una de sus típicas «rápidas pinceladas»— el conocido apotegma de Émile Zola «El arte es un rincón de la creación visto a través de un temperamento», que se había convertido en una especie de seña de identidad de la «escuela». Véase introducción, pág. 74.

[2] Buena parte de las ideas manifestadas en este primer capítulo serán posteriormente utilizadas por Blasco para elaborar discursos sobre arte. Así en *La pintura española*, una de las conferencias de la serie que pronunciaría en Buenos Aires en 1909, se referiría también al museo del Prado como «panteón del arte» (o.c., pág. 275): «... al extremo del paseo del Prado existe un palacio enorme, de colosal edificación, dentro de cuya atmósfera, entibiada por la calefacción artificial, vive algo más que las figuras de un pueblo: las figuras de la humanidad. Es aquel edificio el Museo del Prado, panteón enorme en el que reside la vida, porque las figuras que allí hay viven la vida de la inmortalidad».

El maestro Renovales detúvose unos instantes al pie de la escalinata. Contemplaba con cierta emoción —como se contemplan después de larga ausencia los lugares de la juventud— la hondonada que da acceso al palacio, con sus declives de cesped fresco adornados a trechos por débiles arbolillos. En lo alto de estos desmontes, la antigua iglesia de los Jerónimos(2), de gótica mampostería, marcaba sobre el espacio azul sus torres gemelas y sus arcadas ruinosas. El invernal ramaje del Retiro servía de fondo a la blanca masa del casón. Renovales pensó en los frescos de Giordano que adornaban sus techos interiores[3]. Después se fijó en un edificio de muros rojos y portada de piedra que cerraba el espacio pretenciosamente, en primer término, al borde de la pendiente verdosa. ¡Puah! ¡La Academia! Y el gesto despreciativo(3) del artista encerró en una misma repugnancia la Academia de la Lengua y las demás Academias; la pintura, la literatura, todas las manifestaciones del pensamiento, amojamadas y agarrotadas, con una inmortalidad de momia, en los vendajes de la tradición, las reglas y el respeto a los precedentes.

Una ráfaga de viento helado agitó las haldas de su gabán, sus barbas luengas y algo canosas y el ancho fieltro, bajo cuyos bordes asomaban los mechones de una melena, escandalosa en su juventud, que había ido disminuyéndose con prudentes recortes conforme ascendía el maestro, adquiriendo fama y dinero.

Renovales sintió frío en la hondonada húmeda. Era un día claro y glacial, de los que tanto abundan en el invierno de Madrid. Lucía el sol; el cielo estaba azul; pero de la sierra, cubierta de nieve, llegaba un viento helado que endurecía la tierra, dándola una fragilidad de cristal. En los rincones, adonde no llegaba el fuego solar, brillaba todavía la escarcha del amanecer como una capa de azúcar. En las alfombras de

(2) «la antigua iglesia de Atocha».
(3) «despectivo».

[3] Luca Giordano (Nápoles, 1634-1705). Residió en Madrid entre 1692 y 1700, trabajando para Carlos II. Hacia 1699 pintó en el techo de uno de los salones del Casón del Buen Retiro una *Historia del toisón de oro*, alegoría de la monarquía, que es el fresco al que Blasco se refiere.

musgo, los gorriones, enflaquecidos por las privaciones invernales, iban y venían con un trotecito infantil, agitando su mustio plumaje.

La escalinata del museo recordaba al maestro su adolescencia. Aquellos peldaños los había subido muchas veces, a los diez y seis años, con el estómago desfallecido por la ruin comida de la casa de huéspedes. ¡Cuántas mañanas pasadas en aquel caserón copiando a Velázquez! Estos lugares traían a su memoria las esperanzas muertas, un cúmulo de ilusiones que ahora le hacían sonreír; recuerdos de hambre y de humillantes regateos al ganar su primer dinero con la venta de copias. Su faz adusta de gigante, su entrecejo que intimidaba a discípulos y admiradores, se aclararon con una sonrisa alegre. Recordaba sus entradas en el museo con paso tardo, su miedo a separarse del caballete para que no reparasen en las suelas despegadas de sus botas, que se doblaban, dejando al descubierto los pies.

Pasó el vestíbulo y abrió la primera cancela de cristales. Cesaron instantáneamente los ruidos del mundo exterior: el rodar de los carruajes por el Prado, el campaneo de los tranvías, el sordo arrastre de las carretas, la chillería de los grupos infantiles que correteaban por los desmontes. Abrió la segunda cancela, y su cara, entumecida por el frío, sintió la caricia de una atmósfera tibia, cargada del inexplicable zumbido del silencio. Los pasos de los visitantes adquirían esa sonoridad de los grandes edificios inhabitados. El golpe de la cancela al cerrarse retumbaba como un cañonazo, pasando de sala en sala al través de los recios cortinajes. Las bocas de calefacción humeaban su invisible hálito tamizado por las rejillas. Las gentes, al entrar, hablaban en tono bajo instintivamente, cual si estuvieran en una catedral; ponían un gesto compungido de recogimiento, como si les intimidasen los miles de lienzos alineados en las paredes, los bustos enormes que adornaban el círculo de la rotonda y el promedio del salón central.

Al ver a Renovales, los dos porteros de largo levitón hicieron un movimiento para ponerse de pie. No sabían quién era; pero ciertamente era «alguien». Aquella cara la habían visto muchas veces, tal vez en los papeles públicos, tal vez en las cajas de cerillas; se asociaba en su mente a las glorias de la popularidad, a los altos honores reservados a los personajes. De pronto, le reconocieron. ¡Hacía tantos años que no le veían por allí! Y los dos empleados, con la gorra de galón de oro en la mano y la sonrisa obsequiosa, avanzaron hacia el gran artista. «Buenos días, don Mariano». ¿Deseaba algo de ellos el señor de Renovales? ¿Quería que llamasen al señor director?... Era una obsequiosidad pegajosa, un azoramiento de cortesanos que ven entrar de pronto en su palacio a un soberano extranjero, reconociéndole al través de su incógnito.

Renovales se libró de ellos con gesto brusco y paseó una rápida mirada por los lienzos grandes y decorativos de la rotonda, que recordaban las guerras del siglo XVII: generales de erizados bigotes y chambergo plumeado dirigiendo la batalla con un bastón corto, como si dirigiesen una orquesta; tropas de arcabuceros desapareciendo cuesta abajo con banderas al frente, de aspas rojas o azules; bosques de picas surgiendo del humo; verdes praderas de Flandes en el fondo; combates sonoros e infructuosos, que fueron como las últimas boqueadas de una España de influencia europea[4]. Levantó un pesado cortinaje y entró en el enorme salón central, viendo, a la luz mate y discreta de las claraboyas, las personas que estaban en último término como diminutas figurillas.

El artista siguió adelante en línea recta. Apenas se fijaba en los cuadros, antiguos conocidos que nada nuevo podían decirle. Sus ojos buscaban a las personas, sin encontrar tampoco en ellas mayor novedad. Parecía que formaban parte de la casa y no se habían movido de allí en muchos años: padres bondadosos, con un grupo de niños ante las rodillas, explicándoles el «argumento» de los cuadros; una profesora con varias alumnas modositas y silenciosas, que, obedeciendo a una orden superior, pasaban sin detenerse ante los santos ligeros de ropa; un señor que acompañaba a dos curas, y hablaba a gritos para demostrar que era inteligente y se hallaba

---

[4] Sin duda se refiere aquí Blasco al cuadro de Vicente Carducho *La victoria de Fleurus* (1634, ól/lz., 297 × 365 cm., Madrid, Prado). El lienzo trata de una batalla de la guerra de los treinta años, acontecida cerca de Fleurus el 29 de agosto de 1622, ganada por las tropas españolas, a cuyo mando estaba D. Gonzalo de Córdoba; el cuadro está firmado por el pintor en 1634.

allí como en su casa; varias extranjeras, con el velo recogido sobre el sombrero de paja y el gabancito al brazo, consultando el catálogo, todas con cierto aire de familia, con idénticos gestos de admiración y curiosidad, hasta el punto de hacer pensar a Renovales si serían las mismas que había visto antes, la última vez que estuvo en el museo.

Al pasar, saludaba mentalmente a los grandes maestros. A un lado, las figuras santas del Greco[5], de un espiritualismo

---

[5] Dominico Theotokopuli, El Greco (Candía, Creta, 1541-Toledo, 1614). La mención al Greco se corresponde exactamente con la opinión que el pintor merecía a Blasco y que, además de en la novela que nos ocupa, la hizo conocer principalmente en sus conferencias bonaerenses de 1909 *La pintura española* y *El misticismo batallador de los españoles* (o.c.; véase la introducción, págs. 68 y ss.). En la primera de ellas daba constancia de que la alta valoración del pintor era reciente, desconocida unas décadas antes (o.c., pág. 281): «El Greco... es modernísimo; casi podría decirse que lo hemos visto todos nacer a pesar de que viviera hace siglos. Hace veinte años era un desconocido; la crítica moderna lo ha impuesto...» Efectivamente, a lo largo del siglo XIX varió notablemente la consideración del pintor de Toledo; partiendo de la opinión tradicional (cuyo ejemplo paradigmático fue la de Antonio Palomino en su *El museo pictórico y escala óptica*, de 1724: «Dominico Greco... fue gran pintor y discípulo de Ticiano, a quien imitó de suerte que sus pinturas las equivocaban con las de su maestro... Pero él, viendo que sus pinturas se equivocaban con las de Ticiano, trató de mudar de manera, con tal extravagancia, que llegó a hacer despreciable y ridícula su pintura, así en lo descoyuntado del dibujo como en lo desabrido del color»), hubo un salto en su reconocimiento a partir de la apertura en París, en 1838, de la galería española de Luis Felipe, así como con los escritos de los románticos que hablaron de pintura española: «... el Greco comenzó a pasar de la categoría de pintor malogrado a la de genio incomprendido» (Álvarez Lopera, o.c., pág. 20). En las opiniones de Blasco pesaron sin duda las de Théophile Gautier, quien no consideraba al Greco entre los grandes pintores españoles, que para él eran cuatro, Velázquez, Murillo, Ribera y Zurbarán (los mismos que cita Blasco, además del cretense y de Goya): «Velázquez représente la côté aristocratique et chevaleresque; Murillo, la dévotion amoureuse et tendre, l'ascetisme voluptueux, les Vierges roses et blanches; Ribera, le côté sanguinaire et farouche, le côté de l'Inquisition, des combats de taureaux et de bandits; Zurbarán, les mortifications du cloître, l'aspect cadavéreux et monacal, le stoïcisme effroyable des martyrs» (*Le Musée Espagnol*, 1850), tratando a Theotokopuli como jefe de la escuela toledana, a la vez loco y genial. La revalorización del pintor fue aumentando a lo largo del XIX y, en España, particularmente en las décadas de los setenta y ochenta. Finalmente, a partir de 1900, su consideración como gran maestro estaba ya aceptada, y los noventaiochistas lo tomaron como «la imagen misma del alma castellana». Véase la «introducción»,

verdoso o azulado, esbeltas y ondulantes; más allá, las cabezas rugosas y negruzcas de Ribera[6], con gestos feroces de tortura y dolor: portentosos artistas que admiraba Renovales, proponiéndose no imitarlos en nada[7]. Después, entre la barandilla que guarda los cuadros y la fila de vitrinas, bustos y mesas de mármol sostenidas por leones dorados, tropezó con los caballetes de varios copistas. Eran muchachos de la Escuela de Bellas Artes o señoritas de pobre aspecto, con tacones gastados y sombrero[(4)] de reblandecido contorno, que copiaban cuadros de Murillo[8]. Iban marcándose sobre el

---

(4) «sombreros».

---

donde se refiere el contexto en el que Blasco Ibáñez escribe sobre El Greco: sus opiniones hay que encuadrarlas en cierta actitud militante del novelista dentro de polémicas pictóricas que le eran contemporáneas, adoptando posiciones que él consideraba «realistas» o «naturalistas» y que venía a identificar con la pintura de Joaquín Sorolla, a quien situaba en línea con Goya y Velázquez, en tanto veía en El Greco un precedente de otras poéticas, como la de Ignacio Zuloaga (1870-1966), con las que manifestaba su desacuerdo.

6 José de Ribera (Xàtiva, 1591-Nápoles, 1652). Entre los reclamos de Blasco Ibáñez a la pintura está el de la belleza (cosa que parece contradecirse con otras actitudes que apuntan hacia la «reproducción» de la realidad tal cual es) y la alegría de vivir : «Y es que la mujer, como las bellas artes, debe siempre ser hermosas» (*El misticismo batallador de los españoles*, o.c., pág. 272). Ello le hace colocar a Ribera y a Zurbarán en el lugar que él no defiende, llegando a insinuar en ellos cierta falta de españolidad (cfr. *La pintura española*, o.c., página 276). Así podemos encuadrar también el siguiente comentario sobre Ribera (*ibídem*): «Allí está... Ribera, atormentado siempre».

7 Como se verá, Blasco caracteriza la pintura de Renovales como clara y luminosa, alegre y realista, proponiéndose el modelo de los cuadros de Sorolla. La voluntad de Renovales de no imitar al Greco y a Ribera coincide con la opinión que el escritor tenía sobre estos pintores, la cual, además de lo que hace pensar a Renovales en el texto, la expresaría bien en *El misticismo batallador de los españoles* (o.c., pág. 254; véase la introducción, pág. 73).

8 Bartolomé Esteban Murillo (Sevilla, 1617-1682). Murillo gozó de extraordinario éxito profesional en vida y, tras su muerte, el éxito de su pintura no hizo sino continuar creciendo. Durante el siglo XVIII los aficionados y coleccionistas buscaban sus obras con tanta avidez que en 1799 el conde de Floridablanca, ministro de Carlos III, tuvo que prohibir que sus cuadros se exportaran de España. El saqueo de obras de arte por los ocupantes franceses se cebó especialmente en los cuadros de Murillo durante la guerra de la independencia. Para el público francés de la primera mitad del XIX, Murillo se había convertido en el representante más genuino del genio español. El comercio internacional posterior hizo alcanzar a sus obras precios exorbitantes: bas-

lienzo el azul del manto virginal o las carnes con mantecosos bullones de los niños rizados que juguetean con el Divino Cordero[9]. Eran encargos de personas piadosas; «géneros» de fácil salida para conventos y oratorios. El humo de los cirios, la pátina de los años, la discreta penumbra de la devoción, apagaría los colores, y algún día los ojos llorosos por la súplica verían moverse con vida misteriosa las celestiales figuras sobre su fondo negruzco, implorando de ellas prodigios sobrenaturales[10].

---

te mencionar que en 1852 una de sus inmaculadas batió todos los records en una subasta en la que, entre los principales postores, contaban los representantes de Napoleón III, el zar de Rusia, la National Gallery de Londres e Isabel II de España. Desde esos momentos su fama fue declinando, hasta alcanzar casi una consideración de figura secundaria durante el siglo XX, de la mano del punto de vista de las vanguardias, que tendió a considerar a Murillo como un pintor relamido de vírgenes, poco acorde con sus ínfulas de renovación permanente. Casi podríamos decir que el infortunio crítico de Murillo pareció coincidir con el ascenso fulgurante de la consideración de El Greco. Las últimas décadas han vuelto a colocar las cosas en su sitio, y Murillo está cada vez más revalorizado, siendo considerado, ya sin la menor duda, como uno de los grandes maestros del XVII. Blasco Ibáñez, al hablar de Murillo, está precisamente afectado por ese contexto: en sus escritos parece tratarlo como un pintor importante, pero de segunda fila; principalmente apto para suscitar sentimientos religiosos en las mujeres de fe enfervorecida; de hecho, en el texto parece contraponerlo a *La maja* de Goya. Sin embargo, no deja de reconocer en él al gran maestro que era, colocándolo en línea con Santa Teresa de Jesús, a quien admiraba (véase introducción, págs. 73 y ss.).

9 Se refiere aquí Blasco, probablemente, a *La Inmaculada Concepción de los Venerables* (1678, ól./lz., 274 × 179 cm) y a *Los niños de la concha*, pintado h. 1670 (ól./lz., 104 × 124 cm), que muestra al niño Jesús y a San Juanito bebiendo agua de una concha mientras son contemplados por un corderito y tres angelitos les sirven de fondo-aureola.

10 Sin duda puede ponerse en relación este paseo de Renovales por el museo del Prado con el paseo por el Louvre que Zola había descrito en *L'Assommoir* (1876, edición y traducción de F. Caudet, Madrid, Cátedra, 1986, página 129), en el que una comitiva de boda va atravesando también las salas del edificio, pasando ante estatuas y cuadros, de salón en salón, deteniéndose ante algunos pintores famosos: «Más cuadros, siempre más cuadros, santos, hombres y mujeres de caras incomprensibles, paisajes totalmente oscuros, animales pintados de amarillo, y un apiñamiento de gentes y de cosas cuya llamativa confusión de colores empezaba a darles un fuerte dolor de cabeza. El señor Madinier había dejado de hablar, guiaba lentamente a la comitiva que le seguía en orden... Siglos de arte pasaron delante de su asombrada ignorancia, la fina aridez de los primitivos, los esplendores de los venecianos,

El maestro se dirigió a la sala de Velázquez. Allí trabajaba su amigo Tekli. Su visita al museo no tenía otro objeto que ver la copia que el pintor húngaro estaba haciendo del cuadro de *Las meninas*.

El día anterior, al anunciarle en su lujoso estudio la visita de este extranjero, quedó por largo rato indeciso, contemplando el nombre impreso en la tarjeta. ¡Tekli!... Y de pronto recordó a un amigo de veinte años antes, cuando él vivía en Roma: un húngaro bonachón, que le admiraba sinceramente y suplía su falta de genio con una tenacidad taciturna para el trabajo, semejante a la de la bestia de labor.

Renovales vio con gusto sus ojillos azules hundidos bajo unas cejas ralas y sedosas; su mandíbula saliente en forma de pala, que le daba gran semejanza con los monarcas austriacos; su alto cuerpo encorvado a impulsos de la emoción, extendiendo unos brazos huesosos, largos como tentáculos, al mismo tiempo que le saludaba en italiano.

—*¡Oh, maestro! ¡Caro maestro!*

Se había refugiado en el profesorado, como todos los pintores faltos de fuerzas para seguir cuesta arriba, que se tienden en el surco. Renovales vio al artista oficial en su traje obscuro y correcto, sin una mota; en la mirada digna que fijaba de vez en cuando en sus botas brillantes, que parecían reflejar todo el estudio. Hasta lucía en una solapa el botón multicolor de una condecoración misteriosa. El fieltro que tenía en la mano, de una blancura de merengue, era lo único que desentonaba en este aspecto de funcionario público. Renovales le cogió las manos con sincero entusiasmo. ¡El famoso Tekli! ¡Cuánto se alegraba de verle! ¡Qué tiempos los de Roma!... Y con una sonrisa de bondadosa superioridad escu-

---

la vida opulenta y deslumbradora de los holandeses. Pero lo que no paraba de llamarles la atención eran los copistas, con sus caballetes instalados entre el gentío, pintando despreocupadamente; una señora mayor, subida a una gran escalera, que deslizaba un pincel de encalar sobre el suave cielo de una inmensa tela, les impresionó particularmente. (...) Y la comitiva, cansada ya, iba perdiendo el respeto, arrastraba los zapatos claveteados y hacía ruido con los tacones en el sonoro entarimado, pataleando como un rebaño desbandado, suelto en medio de la pulcritud desnuda y recogida de las salas.»

chaba el relato de sus triunfos. Era profesor en Budapest[(5)]; hacía ahorros todos los años para ir a estudiar a algún museo célebre de Europa. Por fin, había podido venir a España, cumpliendo sus deseos de muchos años.

—*¡Oh, Velasqués! ¡Quel maestrone, caro Mariano!*

Y echando atrás la cabeza, ponía los ojos en blanco, agitaba con expresión voluptuosa su mandíbula saliente cubierta de pelos rubios, como si estuviera paladeando un vaso del dulce *tokay* de su país.

Hacía un mes que estaba en Madrid, trabajando todas las mañanas en el museo. Casi tenía terminada su copia de *Las meninas.* No había ido antes a ver a su *caro Mariano* porque deseaba enseñarle este trabajo. ¿Vendría a verle una mañana en el Prado? ¿Le daría esta prueba de amistad?... Renovales intentó resistirse. ¿Qué le importaba a él una copia? Pero había tal expresión de humilde súplica en los ojillos del húngaro, le envolvía en tantos elogios por sus grandes triunfos, detallando el gran éxito que había alcanzado su cuadro *¡Hombre al agua!* en la última Exposición de Budapest, que el maestro prometió ir al museo.

Y a los pocos días, una mañana en que excusó su asistencia un señor al que estaba pintando el retrato, Renovales se acordó de la promesa a Tekli, y fue al Museo del Prado, sintiendo, al entrar, la misma impresión de empequeñecimiento y nostalgia que sufre un personaje al volver a la universidad donde pasó su juventud.

Al verse en la sala de Velázquez[11] sintióse asaltado por un

---

(5) «Buda-Pest».

---

[11] Diego Velázquez (1599-1660) es para Blasco Ibáñez, junto a Goya, el paradigma del realismo, considerándolo el más grande pintor de la historia. En 1906, año de publicación de *La maja*, se está en el momento final de la recuperación de Velázquez en su consideración de gran maestro; todos hablan de su realismo, todos, sin excepción, reconocen en Velázquez el punto más alto de la pintura. Relativamente desconocido durante el XVIII, quizá como consecuencia directa de permanecer sus cuadros en los palacios reales, no se expone públicamente el grueso de su pintura hasta la inauguración del museo del Prado en 1819. Hasta la segunda mitad del XIX su consideración europea es, por ejemplo, inferior a la de Murillo; el gran impulso se produce a partir de 1860, con los criterios de Théophile Gautier y, especialmente, con

respeto religioso. Allí estaba un pintor: el pintor por antonomasia. Todas sus teorías irreverentes de odio a los muertos se quedaron más allá de la puerta. El encanto de estos lienzos, que no había visto en algunos años, surgía de nuevo, fresco, poderoso, irresistible; le avasallaba, despertando sus remordimientos. Permaneció largo rato inmóvil, pasando sus ojos de un lado a otro, queriendo abarcar de golpe toda la obra del inmortal, mientras en torno de él comenzaba a sonar un zumbido de curiosidad.

—¡Renovales!... ¡Está aquí Renovales!

La noticia había partido de la puerta, extendiéndose por todo el museo, llegando a la sala de Velázquez detrás de sus pasos. Los grupos de curiosos dejaban de contemplar los cuadros para mirar a aquel hombretón ensimismado, que no parecía darse cuenta de la curiosidad que le rodeaba. Las señoras, yendo de un lienzo a otro, seguían con el rabillo del ojo al artista célebre, cuyo retrato habían visto tantas veces. Le encontraban más feo, más «ordinario» que en los grabados de los periódicos. Parecía imposible que aquel mozo de cordel tuviese talento y pintase tan bien a las mujeres. Algunos jovencillos aproximábanse para mirarle de cerca, fingiendo contemplar los mismos cuadros que el maestro[12]. Le detalla-

---

la importancia que le concede Manet: la nueva sensibilidad que va abriéndose paso, tendente a valorar cada vez más los aspectos puramente pictóricos, hace subir a Velázquez a primer plano; Francisco Calvo Serraller *(Las meninas de Velázquez,* Madrid, TF, 1995, págs. 65 y ss.) sitúa la culminación de esta recuperación precisamente en la primera década de nuestro siglo: «Hizo, pues, falta que, tras las oleadas de románticos y realistas europeos, que protagonizaron la moda inicial del arte español, emergiese, ya pasado el ecuador del XIX, un naturalismo preimpresionista, más centrado en los valores puramente plásticos, para que se produjese el desvío de atención hacia Velázquez y su consiguiente elevación a la categoría de, según la célebre expresión de Manet, "pintor de pintores". De esta manera, el momento paroxístico del reconocimiento internacional de Velázquez hay que encuadrarlo, desde el punto de vista cronológico... entre 1860 y 1910, o, si se quiere, más estilísticamente, durante lo que se ha llamado el arte europeo del fin de siglo.»

[12] En el segmento de *L'Assommoir* de Zola, ya citado (pág. 129): «Poco a poco debió correr la voz de que una boda visitaba el Louvre; unos pintores acudieron, partiéndose de risa, unos curiosos se sentaron, tomando la delantera, en las banquetas para presenciar cómodamente el desfile; mientras que los guardias, apretando los labios, reprimían comentarios graciosos.»

ban con la vista, fijándose en sus particularidades exteriores, con ese deseo de imitación entusiasta de los aprendices. Uno se proponía copiar su lazo de corbata y sus greñas alborotadas, con la quimérica esperanza de que esto le diese nueva inteligencia para la pintura. Otros se plañían mentalmente de ser imberbes, por no poder ostentar las *barbas* canas y ensortijadas del famoso maestro.

Éste, con su sensibilidad para percibir el elogio, no tardó en darse cuenta del ambiente de curiosidad que le rodeaba. Los jóvenes copistas parecían pegarse más a sus caballetes, frunciendo los ojos, dilatando la nariz, moviendo el pincel con lentitud y titubeos, sabiendo que él estaba a sus espaldas, estremeciéndose a cada paso que sonaba sobre el entarimado, con el temor y el deseo de que se dignase pasar su mirada por encima de sus hombros. Adivinaba con cierto orgullo lo que murmuraban todas las bocas al cuchichear, lo que se decían los ojos al fijarse distraídos en los lienzos para después mirarle a él.

—Es Renovales... El pintor Renovales...

El maestro miró un buen rato al más antiguo de los copistas: un viejo decrépito y casi ciego, con anteojos gruesos y cóncavos, que le daban el aspecto de un monstruo marino, y temblándole las manos con estremecimiento senil. Renovales le conocía. Veinticinco años antes, cuando él estudiaba en el museo, le había visto en el mismo sitio, copiando siempre *Los borrachos*[13]. Aunque cegase por completo, aunque el

[13] *El triunfo de Baco (Los borrachos)*, 1624-28, óleo sobre lienzo, 165 × 225 cm. En este cuadro se realiza una operación típicamente velazqueña: un personaje mitológico pasa a formar parte de una escena cotidiana; de alguna forma es una continuación, transmutada, de los «bodegones a lo divino» de su etapa sevillana (como en *Cristo en casa de Marta*, o.c., o *La mulata*, o.c.,: cuadros en los que presenta en segundo plano una escena evangélica, pero concediendo el protagonismo principal a otra escena cotidiana relacionada con el asunto), sólo que aquí la religión es sustituida por la mitología: la adoración de Baco es presentada como una reunión de seis borrachines y de tres personajes mitológicos coronados con pámpanos. El dios Baco, cuyo torso desnudo es de una deslumbrante claridad en relación con el resto del cuadro, está coronando a uno de los participantes en la bacanal, conectando así esa realidad mitológica de la izquierda con la ebriedad cotidiana y vulgar de la derecha: el mundo espiritual que los dioses representan se hace patente y vivo en la co-

cuadro se perdiese, podría él rehacerlo a tientas. En aquellos tiempos se habían hablado muchas veces, pero ni remotamente podía imaginarse el pobre hombre que aquel Renovales del que tanto se decía era el mismo muchachuelo que en más de una ocasión le había pedido prestado un pincel, y cuyo recuerdo apenas si se conservaba en su pensamiento, momificado por la eterna imitación. Renovales pensó en la bondad del rollizo Baco y la turba de rufianes de su corte, personajes que durante medio siglo estaban alimentando la casa del copista, y creyó ver a la vieja compañera, a los hijos casados, los nietos, toda una familia sostenida por la mano trémula del anciano.

Alguien deslizó en su oído la noticia que agitaba el museo, y el copista, levantando los hombros con cierto desprecio, separó la moribunda vista de su trabajo.

¡Conque estaba allí Renovales, el famoso Renovales! ¡Iba por fin a conocer el prodigio!...

El maestro vio fijos en él sus ojos grotescos de pescado monstruoso, con un fulgor irónico tras los gruesos cristales. ¡Farsantuelo! Ya había oído él hablar de aquel estudio con honores de palacio que tenía detrás del Retiro. Lo que a Renovales le sobraba lo había quitado a muchos como él, que, faltos de protección, se habían quedado en el camino. Se hacía pagar por un lienzo miles de duros, y Velázquez trabajaba por tres pesetas al día[14], y Goya pintaba sus retratos por

---

tidianidad de la España del siglo XVII. La interpretación que Blasco Ibáñez hizo del cuadro goza de la ingenuidad y la frescura de una época de estudios todavía poco desarrollados y, en cualquier caso, extraordinariamente sugerente, por cuanto hace vivir en la propia época de Blasco a los personajes del cuadro; así en *La pintura española* (o.c., pág. 285) dice: «Uno de sus cuadros, el de *Los borrachos*, ridiculiza a Baco, pintándolo no con la forma de la mitología, sino encarnado en un muchacho lleno de carne y de salud, sin otro simbolismo que una corona de pámpanos en torno a su frente. Está en compañía de unos borrachos alegres y contentos, en los que se adivina que, cuando llegue el momento de la embriaguez completa, no han de reñir. Cuanto más, se darán besos y abrazos.»

[14] Blasco Ibáñez hace aquí una operación inmediata: sobre el dato de que la paga de Velázquez era de doce reales, no comparables en realidad con lo que se denominaba «real» en 1906, que equivalía a un cuarto de la moderna peseta, convertía directamente los reales del siglo XVII a pesetas de 1906: así

un par de onzas. Todo mentira, «modernismos», audacias de una juventud falta de escrúpulos, ignorancia de los bobos que creen a los periódicos. Lo único bueno estaba allí. Y levantando otra vez los hombros con desprecio, se apagó en su mirada la irónica protesta y volvió a su milésima copia de *Los borrachos*.

Renovales, viendo amortiguarse la curiosidad en torno de él, entró en la pequeña sala que guarda el cuadro de *Las meninas*[15]. Allí estaba Tekli, junto al lienzo famoso, que ocupa

---

pues, 12 reales = 3 pesetas. En 1909, en *La pintura española* (o.c., pág. 284) repetirá la ingenua conversión, aunque esta vez a pesos argentinos: «Felipe IV... le concede que figure entre sus criados, con un sueldo de doce reales diarios. Un peso y medio, más o menos, de nuestra moneda». El criterio de Blasco es aquí ingenuo incluso respecto a su época. En efecto, ya en 1903 Karl Justi había publicado su trabajo *Diego Velasquez und sein Jahrhundert*, en el que explicaba que la situación social y económica de Velázquez era inmejorable, habiendo sido tratado en la corte de manera muy superior a la de sus antecesores, cosa que incluía un estudio en palacio y una vivienda en Madrid valorada en torno a los doscientos ducados, gozando además de servicios médicos y de farmacia gratuitos. En cuanto a su sueldo, fue inicialmente muy elevado, doscientos cuarenta ducados anuales, aumentándosele pronto a trescientos y recibiendo, además, una pensión especial de otros trescientos ducados al año. Los distintos cargos de «criado del rey» a los que fue ascendiendo con posterioridad, eran en realidad una regalía que lo situaba en los escalafones más altos de la corte, a la par que aumentaba su sueldo.

[15] *Las meninas*, 1656, óleo sobre lienzo, 318 cm. × 276 cm. Es mundialmente celebrado como la gran obra maestra de Velázquez. La escena se presenta a primera vista como si se tratara de algo casual: Velázquez está pintando un lienzo enorme en uno de los salones de palacio y allí irrumpe la infanta Margarita, acompañada por sus dos meninas (damas de compañía), dos enanos, un perro y otros dos personajes. Al fondo se abre una puerta, por la que un funcionario palaciego, José Nieto, contempla la escena. Esa inmediatez de lo que se ve esconde, sin embargo, una cadena de enigmas, el primero de los cuales es la indiferenciación absoluta entre el espacio del cuadro y el del espectador, introduciendo a éste tan de lleno en la ilusión que se comprende perfectamente la afirmación de Gautier que Blasco Ibáñez refería. El cuadro entero es un prodigio pictórico (Lucas Jordán le llamó «teología de la pintura») en el que desde cada detalle, en los que Velázquez se complace creando maravillosos efectos de color, hasta la elaboración de la luz ambiente y la concepción compositiva global, pasando por todos los enigmas intelectuales que suscita, lo convierten en una de las obras maestras más grandes de todos los tiempos. No es extraño que se convirtiese, para los hombres de 1906, en una especie de paradigma del «realismo». En *La pintura española* (o.c., pág. 287), Blasco Ibáñez, aquí con gran perspicacia, se refirió así a *Las*

todo el fondo de la habitación, sentado ante su caballete, con el sombrerito blanco echado atrás para dejar en libertad los latidos de su frente, contraída por el tenaz empeño de la exactitud.

Al ver a Renovales se levantó con apresuramiento, dejando su paleta sobre el pedazo de hule que defendía el entarimado de las manchas de pintura. ¡Amable maestro! ¡Cómo agradecía esta visita! Y le mostraba su copia, de una minuciosa exactitud, sin el prodigioso ambiente, sin la milagrosa realidad del original. Renovales asentía con la cabeza, admiraba la paciente labor de aquel buey manso del arte, que abría sus surcos siempre iguales, con una rigidez geométrica, sin el más leve descuido, sin el menor intento de originalidad.

—*¿Ti piace?* —preguntaba ansioso, mirándole a los ojos para adivinar su pensamiento—. *¿E vero? ¿e vero?* —repetía, con la incertidumbre del niño que presiente un engaño.

Y súbitamente tranquilizado por las muestras de aprobación de Renovales, cada vez más extremadas para disfrazar su indiferencia, el húngaro le cogió ambas manos, llevándoselas al pecho.

—*Sono contento, maestro... Sono contento.*

No quería soltar a Renovales. Ya que había tenido la magnanimidad de venir a conocer su obra, no podía dejarle marchar. Almorzarían juntos en el hotel donde él vivía. Destaparían un frasco de *chianti* para recordar su vida de Roma; hablarían de la alegre bohemia de la juventud, de aquellos compañeros de diversas nacionalidades que se reunían en el Café del Greco: unos, muertos ya; los más, esparcidos por

---

meninas: «... indiscutiblemente la tela que lleva por título *Las meninas* es el más notable. / Cuando a Teófilo Gautier se lo enseñaron, preguntó: / —Y bien, ¿dónde está el cuadro? / Porque, efectivamente, allí no hay cuadro. El marco parece ser el de una ventana, y todo lo demás, un pedazo de vida que se ve a través de esa ventana. Es que en aquel cuadro se ve hasta el aire, porque Velázquez pintaba hasta el aire». Utilizaría idéntico argumento, con ligeras variantes, en una conferencia, *La novela y su influencia social*, (o.c., página 314), y en el discurso de recepción del doctorado *honoris causa* por la universidad George Washington, en febrero de 1920, diría (o.c., pág. 384): «el cuadro de *Las meninas* de Velázquez no es pintura, es algo más que pintura, es la vida hecha color y línea».

Europa y América; los menos, llegados a la celebridad; la mayoría, vegetando en las escuelas de su país, soñando con un cuadro definitivo y triunfador, antes del cual llegaría la muerte.

Renovales sintióse vencido por la insistencia del húngaro, el cual le cogía las manos con expresión dramática, como si fuese a morir por su negativa. ¡Vaya por el *chianti!* Almorzarían juntos, y mientras Tekli daba unos retoques a su obra, él le aguardaría paseando por el museo, renovando sus recuerdos.

Al volver a la sala de Velázquez había disminuido la concurrencia, quedando solos los copistas inclinados ante sus lienzos. El pintor sintió de nuevo la influencia del gran maestro. Admiró su prodigioso arte, sintiendo al mismo tiempo la intensa tristeza histórica que parecía emanar de toda su obra. ¡Infeliz don Diego! Había nacido en el período más melancólico de nuestra historia. Su sano realismo era para haber inmortalizado la forma humana en toda su bella desnudez[16], y

[16] Esta es la primera referencia directa al tema del desnudo, el *leit motiv* de toda la novela. Parece importante señalar, en primer lugar, que el desnudo es uno de los géneros pictóricos que, históricamente, han caracterizado a la pintura, distinguiendo unas épocas de otras y convirtiéndose en seña de identidad diferencial de cada una de ellas. La pacatería del siglo XIX español, y en particular de la restauración, suscitaron todo tipo de problemas para que los pintores pudieran lanzarse por esta senda. La elección por Blasco Ibáñez del desnudo como preocupación central del pintor-protagonista de su novela se incardina así en un auténtico problema que existía en la época en que Renovales había dado sus primeros pasos como pintor. Se sitúa igualmente en la tradición de la «novela de artista», en la que el desnudo femenino es un tema central desde Balzac (Frenhofer-*Le Chef-d'Oeuvre Inconnu*) hasta Zola (Claude Lantier-*L'Oeuvre*). Siendo Mariano Renovales —como iremos viendo— un trasunto novelesco del propio Blasco Ibáñez, y de sus dos amigos Mariano Benlliure y Joaquín Sorolla, parece muy oportuno citar aquí, como ejemplo de esa aversión a publicar las formas desnudas de la mujer, el comentario realizado por los académicos en su informe sobre el cuadro de Sorolla *Desnudo de mujer*, de 1886, enviado a Valencia como trabajo desde su pensión en Roma (cfr. Gracia, 1992, pág. 157): «el otro estudio de *Una mujer desnuda* no lo puede aprobar la academia porque no se revelan en esta obra las dotes que ha tenido la satisfacción de alabar en las demás y de que tan repetidas pruebas ha dado su autor, y porque se nota en él bien patente la tendencia a un grosero realismo que aumenta los reparos opuestos por la decencia a la completa desnudez de la figura humana, sobre todo en el sexo, en que son más

el Destino le deparó un período en el que las mujeres parecían tortugas, asomando el busto entre la doble concha de su hueca faldamenta, y los hombres tenían una rigidez sacerdotal, irguiendo las morenas y mal lavadas cabezas sobre tétricas ropillas. Había pintado lo que había visto: el miedo y la hipocresía reflejábanse en los ojos de aquel mundo. La alegría forzada de una nación moribunda, que necesitaba, para distraerse, de lo monstruoso y disparatado, revelábase en los bufones, los locos y los contrahechos inmortalizados por el pincel de don Diego. El humor hipocondríaco de una monarquía enferma de cuerpo y con el alma agarrotada por el terror del infierno vivía en todas aquellas obras maestras, que inspiraban admiración y tristeza al mismo tiempo. ¡Lástima de tesoros artísticos derrochados en inmortalizar un período que, sin Velázquez, hubiera caído en el olvido más profundo!

Renovales pensaba también en el hombre, comparando con cierto remordimiento la vida de aquel gran pintor con la existencia principesca de los maestros modernos. ¡Oh, la munificencia de los reyes, su protección a los artistas, de la que hablaban algunos con entusiasmo volviendo la vista atrás!... Pensaba en el cachazudo don Diego y su sueldo de tres pesetas como pintor del rey, que sólo cobraba muy de tarde en tarde; en su nombre glorioso figurando entre los de bufones y barberos en la lista del personal cortesano; en su calidad de doméstico regio, que le obligaba a aceptar el cargo de perito

imperiosos el recato y el pudor. No parece oportuno a la Academia entrar aquí en el terreno de las consideraciones a que le daría origen la torcida marcha del arte en nuestros días; pero sí cree deber suyo el indicar la conveniencia de que se le haga entender, por quien deba, al pensionado en Roma, que, para alcanzar un verdadero nombre y una reputación sólida, hay que cimentarlos en el constante y beneficioso estudio, a tenor de lo dispuesto en el reglamento de pensiones aprobado por la Comisión Provincial en 7 de junio de 1884. También se cree la Academia en el deber de recomendar la conveniencia de que los estudios del desnudo que imitan los pensionados tengan la necesaria honestidad para que puedan ser exhibidos sin menoscabo del pudor en las galerías y estudios de esta Escuela de Bellas Artes, a cuyo servicio deben destinarse, de conformidad con lo establecido, en la base séptima del citado reglamento de pensiones».

de materiales de albañilería para mejorar un tanto su situación; en las bajezas y humillaciones de sus últimos años para alcanzar la cruz de Santiago, negando como un delito ante el tribunal de las Órdenes que cobrase dinero por sus cuadros, afirmando con orgullo servil su calidad de criado del rey, como si este título fuese superior a la gloria del artista...[17]. ¡Dichosos tiempos del presente, bendita revolución de la vida moderna, que dignifica al artista, colocándolo bajo la protección del público, soberano impersonal que deja en libertad al creador de belleza y acaba por seguirle en sus nuevos caminos!...

Renovales salió a la galería central, buscando otra de sus admiraciones. Las obras de Goya[18] llenaban un gran espacio

---

[17] De nuevo las valoraciones de Blasco se alejan relativamente del ambiente real en que vivió Velázquez. Cuando pintó *Las meninas* todavía no era caballero de la orden de Santiago, por lo que la cruz roja que lleva en el pecho fue añadida posteriormente, quizá después de su muerte. Para obtener rango de nobleza tuvo que demostrar dos cosas que no eran ciertas. La primera es que no corría sangre judía por sus arterias. La segunda que no era pintor de oficio, es decir, que no vivía de «trabajar con las manos»: el oficio de pintor estaba estrictamente reglamentado, como cualquier otro oficio manual, vinculado a normas gremiales rígidas de origen medieval y sometido a un impuesto, la *alcabala*, que lo igualaba al resto de trabajadores manuales y lo diferenciaba de las clases nobles, cuya definición principal era «que no trabajaban con las manos», así como también de los poetas y escritores, considerados igualmente «libres del denigrante trabajo manual». Velázquez tuvo que jurar ante el tribunal que no era pintor de oficio, sino criado del rey, y que solamente pintaba para complacer al monarca. En 1659, poco antes de morir, obtuvo el anhelado nombramiento de caballero de Santiago.

[18] Francisco de Goya y Lucientes (1746-1828), el otro pintor absolutamente admirado por Blasco. La significación de Goya para el pensamiento europeo ha estado ligada a la imagen romántica y excéntrica de España, como perfectamente explica Calvo Serraller en su estudio *Del futuro al pasado. Vanguardia y tradición en el arte español contemporáneo* (Madrid, Alianza, 1988); en págs. 24-25 dice: «Mas la decisiva importancia que para determinada crítica romántica cobró la obra de Goya no fue simplemente el resultado del reconocimiento de la indudable genialidad pictórica de éste, ni tampoco, exclusivamente, el que encarnase los mejores valores de la tradición artística española. Todo ello lógicamente contribuyó a forjar su mítica aureola, pero a buen seguro que ésta no habría alcanzado las proporciones legendarias que tuvo y sigue teniendo de no haberse creído ver en la obra del pintor español la representación más profunda y compleja de una identidad conflictiva, cuyas raíces se remontaban a un pasado lejano, pero que seguía aún sin resolver las

de ambos muros. A un lado los retratos de los reyes de la decadencia borbónica, cabezas de monarcas o de príncipes abrumadas por la blanca peluca; ojos punzantes de mujer, rostros exangües con los cabellos peinados en forma de torre. Los dos grandes pintores habían coincidido en su existencia con la ruina moral de dos dinastías. En el salón del gran don Diego, los reyes delgados, huesosos, rubios, de elegancia monacal y blancura linfática, con la mandíbula saliente y una expresión en los ojos de duda y temor por la salvación de sus almas. Aquí, los monarcas obesos, entorpecidos por la grasa; la nariz enorme y pesada, con un fatal estiramiento, como si tirase del cerebro por misteriosa relación, paralizando sus funciones; el labio inferior grueso y caído con inercia sensual; los ojos de una calma bovina, reflejando en su tranquila luz la indiferencia para todo lo que no tocase directamente a su egoísmo. Los Austrias, nerviosos, inquietos por una fiebre de locura, sin saber adónde ir, cabalgando sobre teatrales corceles, en obscuros paisajes cerrados por las nevadas crestas del Guadarrama, tristes, frías y cristalizadas como el alma nacional; los Borbones, reposados, adiposos, descansando ahítos sobre sus enormes pantorrillas, sin otro pensamiento que la cacería del día siguiente o la intriga doméstica que trae revuelta a la familia, ciegos para las tormentas que truenan más allá de los Pirineos. Los unos rodeados de un mundo de imbéciles con cara brutal, de leguleyos sombríos, de infantas de rostro aniñado y faldas huecas de virgen de altar; los otros llevando como comparsería alegre y desenfadada un populacho vestido de alegres colores, envuelto en la capa de grana o la mantilla de blonda coronada por la peineta o la masculina redecilla, raza que en las meriendas del Canal o en grotescas diversiones incubaba, sin saberlo, su he-

más graves cuestiones de fondo en los albores de la época contemporánea para asombro de los románticos europeos. De hecho, lo más relevante entre lo mucho escrito por éstos sobre la cuestión sigue siendo su penetrante capacidad para discriminar la significación emblemática de la obra goyesca... en relación... a la situación histórica, pasado y presente, de España, pero, asimismo, como lo supo ejemplarmente apreciar Baudelaire, en relación al destino global de la entonces naciente era contemporánea.»

roísmo. El latigazo de la invasión la sacaba de su infancia de siglos. El mismo gran artista que había retratado durante muchos años la inocente inconsciencia de este pueblo de majos y majas, vistoso y alegre como un coro de opereta, lo pintaba después atacando navaja en mano, con simiesca agilidad, a los mamelucos, haciendo caer bajo sus tajos a estos centauros del Egipto ahumados en cien batallas[19], o muriendo con teatral fiereza a la luz de un fanal, en las tétricas soledades de la Moncla, fusilados por los invasores[20].

Renovales admiraba el ambiente trágico de este lienzo que tenía ante sus ojos. Los verdugos ocultaban sus rostros apoyándolos en los fusiles: eran ciegos ejecutores del Destino, una fuerza anónima; y frente a ellos elevábase el montón de carne palpitante y sangrienta: los muertos con los jirones de carne arrancados por las balas, mostrando rojizos agujeros; los vivos con los brazos en cruz, retando a los matadores en una lengua que no podían entender, o cubriéndose el rostro con las manos, como si este movimiento instintivo pudiera preservarlos del plomo. Era todo un pueblo que moría para renacer. Y junto a este cuadro de horror y heroísmo veíase cabalgar, en otro cercano, al Leónidas de Zaragoza, a Palafox, con sus patillas elegantes y una arrogancia de chispero dentro del uniforme de capitán general, teniendo en su apostura cierto aspecto de caudillo de la plebe, sosteniendo en una mano enguantada de ante el corvo sable y en la otra las riendas de su caballejo corto y panzudo[21].

---

19 *El dos de mayo en Madrid* (también llamado *La carga de los mamelucos*), 1814, ól./lz., 266 × 345 cm.

20 *El tres de mayo en Madrid* (también llamado *Los fusilamientos en la montaña del Príncipe Pío*, 1814, ól./lz., 266 × 345 cm). Quizás sea oportuno anotar ciertas coincidencias entre la descripción que hace Blasco de *Los fusilamientos* y el análisis que del mismo cuadro incluyó Giulio Carlo Argan en *El arte moderno (L'arte moderna 1770-1970*, 1970, trad. esp. de Joaquín Espinosa, Valencia, Fernando Torres, 1977, t. I, pág. 36): «Los soldados no tienen rostro, son marionetas de uniforme, símbolos de un orden que es en cambio violencia y muerte... La historia como carnicería, como desastre... La matanza se realiza a la luz amarilla de un enorme farol cúbico; es "la luz de la historia" mientras en derredor está la oscuridad de la noche».

21 *El general Palafox a caballo*, 1814, ól./lz., 248 × 224 cm.

Renovales pensó que el arte es como la luz, que toma el color y el brillo de los objetos que toca. Goya había pasado por un período tempestuoso, había asistido a la resurrección del alma popular, y su pintura encerraba la vida tumultuosa, la furia heroica, que en vano se buscaba en los lienzos de aquel otro genio amarrado a la monotonía de una existencia palaciega, sin otros incidentes que las noticias de guerras lejanas, faltas de entusiasmo, y cuyas victorias tardías e inútiles tenían la frialdad de la duda.

Volvió el pintor la espalda a las damas goyescas, de boca recogida como un capullo de rosa, vestidas de blanca batista y con la cabellera peinada en forma de turbante, para concentrar su atención en una figura desnuda que parecía dejar en la sombra los lienzos cercanos con el esplendor luminoso de sus carnes. La contempló de cerca largo rato, inclinado sobre la barandilla, tocando casi el lienzo con el ala de su sombrero. Después fue alejándose lentamente, sin dejar de mirarla, hasta que, al fin, acabó por sentarse en una banqueta, siempre frente al cuadro, con los ojos fijos en él.

—¡La maja de Goya!... ¡La maja desnuda![22]...

Hablaba en voz alta, sin percatarse de ello, como si sus palabras fuesen una explosión inevitable de los pensamientos que se agolpaban en su frente y parecían pasar y repasar tras el cristal de sus ojos. Sus expresiones admirativas eran en diversos tonos, marcando una escala descendente de recuerdos.

El pintor contempló con delectación aquel cuerpo desnudo, graciosamente frágil, luminoso, como si en su interior ardiese la llama de la vida, transparentada por las carnes de ná-

---

[22] Goya pintó *La maja desnuda* (ól./lz., 97 × 190 cm) hacia 1800, cuando había alcanzado ya reconocimiento de su arte y fuerte respaldo social. Efectivamente, puede considerarse que *La maja* es el primer desnudo en la historia del arte español que no venía avalado por ningún trasunto mitológico o narrativo; la mujer desnuda es arrogante y retadora; la mirada, todos los gestos, la disposición entera del cuerpo, indican una actitud voluptuosa, encierran un deseo contenido a punto de estallar: es una amante ansiosa y, además de una apertura hacia el desnudo romántico, representa un evidente reto a las costumbres de su tiempo, y también a las de más de un siglo después, cuando Blasco publica esta novela.

car. Los pechos firmes, audazmente abiertos en ángulo, puntiagudos como magnolias de amor, marcaban en sus vértices los cerrados botones de un rosa pálido. Una musgosa sombra apenas perceptible entenebrecía el misterio sexual; la luz trazaba una mancha brillante en las rodillas de pulida redondez, y de nuevo volvía a extenderse el discreto sombreado hasta los pies diminutos, de finos dedos, sonrosados e infantiles.

Era la mujer pequeña, graciosa y picante; la Venus española, sin más carne que la precisa para cubrir de suaves redondeces su armazón ágil y esbelto. Los ojos ambarinos, de malicioso fuego, desconcertaban con su fijo mirar; la boca tenía en sus graciosas alillas el revuelo de una sonrisa eterna; en las mejillas, los codos y los pies, el tono de rosa mostraba la transparencia y el fulgor húmedo de esas conchas que abren los colores de sus entrañas en el profundo misterio del mar.

—¡La maja de Goya!... ¡La maja desnuda!...

Ya no decía estas palabras en voz alta, pero las repetían su pensamiento y su mirada: su sonrisa era como un eco de ellas.

Renovales no estaba solo. De vez en cuando se interponían entre sus ojos y el cuadro grupos de curiosos que pasaban y repasaban hablando a gritos. Un trote de pesados pies conmovía el pavimento de madera. Era mediodía, y los albañiles de las obras cercanas aprovechaban la hora del descanso para explorar aquellos salones, como si fuesen un mundo nuevo, aspirando satisfechos el tibio aire de la calefacción. Dejaban, al andar, huellas de yeso en el entarimado; se llamaban unos a otros para participarse su admiración ante un cuadro; mostraban impaciencia por abarcarlo todo de un golpe; se extasiaban contemplando los guerreros de luminosa armadura o los uniformes complicados de otras épocas. Los más listos servían de guía a sus compañeros, arreándolos con impaciencia. Ya habían estado allí el día anterior. ¡Adentro! ¡Aún les quedaba mucho que ver! Y corrían hacia las salas interiores, con la anhelante curiosidad del que pisa tierra nueva y aguarda que lo asombroso surja ante sus pasos.

Entre este galope de la admiración sencilla pasaban también algunos grupos de señoras españolas. Todas hacían lo mismo ante la obra de Goya, como si estuvieran aleccionadas previamente. Iban de un cuadro a otro, comentando las modas de los tiempos pasados, sintiendo cierta nostalgia por las faldas de madroños y las amplias mantillas con alta peineta. De pronto poníanse serias, apretaban los labios, y emprendían un paso vivo hacia el fondo de la galería. Las avisaba el instinto. Sus inquietos ojos sentíanse heridos en el rabillo por la lejana desnudez: parecían husmear a la famosa maja antes de verla; y seguían adelante, erguidas, con el gesto severo, lo mismo que cuando las molestaba en la calle un requiebro audaz, pasando frente al cuadro sin volver la cara, sin querer ver los lienzos inmediatos, no deteniéndose hasta la vecina sala de Murillo[23].

Era el odio al desnudo, la cristiana y secular abominación de la Naturaleza y la verdad, que se ponía en pie instintivamente, protestando de que se tolerasen tales horrores en un edificio público poblado de santos, reyes y ascetas.

Renovales adoraba aquel lienzo con entusiasmo devoto, colocándolo aparte de las demás obras. Era la primera manifestación del arte libre de escrúpulos, limpio de preocupaciones, que existía en nuestra historia. ¡Tres siglos de pintura, varias generaciones de nombres gloriosos sucediéndose con portentosa fecundidad, y hasta Goya no había osado el pincel español trazar las formas del cuerpo femenil, la divina desnudez, que en todos los pueblos había sido la primera inspiración del arte naciente! Renovales recordaba otro desnudo, la *Venus* de Velázquez, guardada en extrañas tierras[24]. Pero aquella obra no había sido espontánea: era un encargo del monarca, que, al mismo tiempo que pagaba espléndida-

[23] En el fragmento de *L'Assommoir* de Zola, ya citado (pág. 130): «El señor Madinier callaba para conseguir un golpe de efecto. Fue directamente a la Kermesse de Rubens. Seguía sin decir nada, limitándose a señalar la tela con un guiño alusivo. Cuando las señoras tuvieron el cuadro delante de sus narices, lanzaron unos pequeños gritos; luego se dieron la vuelta, ruborizadas. Los hombres las retuvieron, riendo, buscando los detalles sucios.»

[24] *La pintura española* (o.c., pág. 277): «En tres siglos, en España no se produjo otro desnudo que el de Venus, pintado para el dormitorio de un monarca. Fue el único desnudo hasta que Goya hizo su *Maja desnuda.*»

mente a los extranjeros sus cuadros de desnudo, quiso tener un lienzo semejante de su pintor de cámara[25].

La presión religiosa había entenebrecido el arte durante siglos. La humana belleza asustaba a los grandes artistas, que pintaban con la cruz en el pecho y el rosario en la espalda. Los cuerpos ocultábanse bajo el sayal de pesados y rígidos pliegues o el grotesco miriñaque palaciego, sin que el pintor osara adivinar lo que existía debajo de ellos, mirando al modelo como el devoto contempla el manto hueco de la Virgen, no sabiendo si encierra un cuerpo o tres barrotes sostenes de la cabeza[26]. La alegría de la vida era un pecado; la desnudez, obra de Dios, una abominación. En vano brillaba sobre la tierra española un sol más hermoso que el de Venecia; inútilmente se quebraba la luz sobre la tierra con mayor brillo que en Flandes; el arte español era obscuro, era seco, era «sobrio», aun después de haber conocido las obras del Ticiano. El Renacimiento, que en el resto del mundo adoraba el desnudo como la obra definitiva de la Naturaleza, cubríase aquí con la capucha del fraile o los harapos del mendigo. Los paisajes luminosos eran obscuros y tétricos al pasar al lienzo; el país del sol aparecía bajo el pincel con un cielo gris y la tierra de un verde fúnebre; las cabezas eran de una grave-

---

[25] Tampoco aquí parece corresponderse con los hechos la opinión de Blasco, pues *La venus del espejo* (ól/lz., 122,5 × 120 cm, Londres, National Gallery) la pintó Velázquez en su segundo viaje a Italia (1648-51), lejos de Felipe IV, quizás a solicitud del marqués de Carpio y de Eliche, en cuyo inventario figuraba el 1 de junio de 1651. De su colección pasó a la del duque de Alba (los Alba la poseyeron de 1688 a 1802), a la de Manuel Godoy y, de allí, fue vendida a un coleccionista inglés después de 1808. Abundando en el criterio del desnudo como transgresión erótica que apuntábamos en la introducción, Jonathan Brown (*Velázquez. Painter and Courtier*, Yale U.P., Londres, 1986; trad. esp. de F. Villaverde, *Velázquez, pintor y cortesano*, Madrid, Alianza, 1986, pág. 183), tras mencionar que López Rey (*Velázquez. The Artist as Maker*, Lausana-París, 1979, pág. 452) indicaba que el cuadro estaba instalado en la casa de Gaspar de Haro, marqués de Eliche, en el techo de una habitación no identificada, dice: «Tan poco ortodoxo emplazamiento confirma en cierto modo su significación estrictamente erótica.»

[26] Blasco había utilizado ya esta misma imagen en *Arroz y tartana*, de 1894 (edición de Alianza, 1998, cap. 7, pág. 216): «Tonica era para él como esas vírgenes de cabeza hermosísima, que bajo la deslumbrante vestidura sólo tienen para sostenerse tres feos palitroques.»

dad monacal. El artista ponía en sus cuadros no lo que le rodeaba, sino lo que llevaba dentro, un pedazo de su alma, y su alma estaba agarrotada por el miedo a los peligros de la vida presente y los tormentos de la futura; era negra, con la negrura de la tristeza, como si se hubiese tiznado en el hollín de las hogueras de la Fe.

Aquella mujer desnuda, con la cabeza rizosa sobre sus brazos cruzados, mostrando en tranquilo abandono la leve vegetación de sus axilas, era el despertar de un arte que había vivido aislado. El cuerpo ligero, que apenas descansaba sobre el verde diván y las almohadas de finos encajes, parecía próximo a elevarse en el aire con el potente impulso de la resurrección.

Renovales pensaba en los dos maestros, igualmente grandes, y sin embargo tan distintos. El uno tenía la imponente majestad de los monumentos famosos, reposado, correcto, frío, llenando el horizonte de la Historia con su mole colosal, envejeciendo gloriosamente, sin que los siglos abriesen la menor grieta en sus muros de mármol. Por todos lados la misma fachada noble, ordenada, tranquila, sin fantasía de capricho. Era la razón sólida, equilibrada, ajena a los entusiasmos y los desmayos, sin apresuramientos ni fiebres. El otro era grande como una montaña, con el desorden bizarro de la Naturaleza, cubierto de tortuosas desigualdades. Por un lado, el peñascal bravío y árido; más allá, la cañada cubierta de matorrales floridos; abajo, el jardín con perfumes y pájaros; en la cumbre, la corona de nubarrones que truenan y relampaguean. Era la imaginación en la carrera desenfrenada, con altos jadeantes y nuevos escapes, la frente en lo infinito y los pies sin separarse de la tierra.

La vida de don Diego cabía en dos líneas: «Había pintado»[27]. Esta era toda su biografía. Jamás en sus viajes por Espa-

---

[27] La dedicación completa a la profesión artística, literaria o científica, oponiéndola a la relación del artista con la vida, es una de las preocupaciones permanentes de Blasco Ibáñez. En *La maja desnuda* la hace propia de Mariano Renovales, introduciéndola a partir de la comparación entre Velázquez y Goya. En su conferencia sobre *La pintura española* (o.c., págs. 283-84) repetirá esta comparación (véase introducción, pág. 78). En *La voluntad de vivir*,

ña e Italia sintió otra curiosidad que la de ver nuevos cuadros[28]. En la corte del rey-poeta había vegetado entre galanteos y mascaradas, tranquilo como un monje de la pintura, siempre de pie ante el lienzo y el modelo, hoy un bufón, mañana una infantita, sin otras aspiraciones que las de ascender de categoría entre los domésticos reales y coserse una cruz de paño rojo en el negro justillo. Era un alma excelsa encerrada en un cuerpo flemático que jamás le atormentó con deseos nerviosos ni alteró la calma de su trabajo con pasionales vehemencias. Al morir él, moría también, a la semana siguiente, la buena doña Juana, su esposa, buscándose los dos, como si no pudiesen permanecer separados después de su luenga peregrinación por el mundo, plácida y sin incidentes.

Goya «había vivido». Su existencia era la del artista gran señor: una agitada novela llena de misterios amorosos. Los discípulos, al entreabrir las cortinas de su estudio, veían la seda de unas faldas regias sobre las rodillas del maestro. Las lindas duquesas de la época acudían a que las pintarrajease las mejillas aquel aragonés fuerte, de áspera y varonil galantería, riendo como locas de estos retoques íntimos. Al contemplar sobre revuelta cama una divina desnudez, trasladaba al lienzo sus formas, por impulso irresistible, por imperiosa necesidad de reproducir la belleza, y la leyenda que flotaba en torno del pintor español iba colgando un nombre ilustre a todas las beldades que inmortalizaba su pincel.

---

de 1907, pág. 699, situará de nuevo el problema como propio del protagonista, Enrique Valdivia: «El discípulo conocía su vida, admirando esta existencia regular, monótona, sin incidentes ni sucesos dramáticos, que Valdivia llamaba "carencia completa de biografía". Otros hombres célebres habían vivido, habían triunfado paladeando todos los goces de la existencia: el maestro simplemente "había estudiado". Y en esto se condensaba toda su historia, aparte de algunas aventuras vulgares de juventud.»

[28] No era cierta la restricción biográfica a que Velázquez se ve sometido por Blasco. Recientes investigaciones (cfr. Jennifer Montagu, «Velázquez Marginalia: his slave Juan de Pareja and his illegitimate son Antonio», *Burlington Magazine,* CXXV, 1983, II, págs. 683-85) han descubierto una amante del pintor en su segundo viaje a Italia, de la que tuvo un hijo, cuya pista se pierde. Felipe IV tiene que insistirle para que regrese de Italia, cosa que Velázquez retrasa hasta 1651.

Pintar sin miedo y sin preocupaciones, extasiarse reproduciendo sobre el lienzo la jugosa desnudez, el húmedo ámbar de la carne femenil con sus pálidos rosa de caracola marina, era el deseo y la envidia de Renovales; vivir como el famoso don Francisco, cual pájaro libre, de plumaje inquieto y luminoso, en medio de la monotonía del humano corral; ser, por las pasiones, por el desenfado y por los gustos, distinto de la mayoría de los hombres, ya que se diferenciaba de ellos por su modo de apreciar la vida.

Pero ¡ay! su existencia era igual a la de don Diego; llana, monótona, tirada a cordel. Pintaba, pero no vivía; le alababan sus obras por la exactitud con que cautivaba el natural, por el brillo de la luz, el color indefinible del aire y el exterior de las cosas; pero algo le faltaba, algo que se revolvía en su interior y en vano pugnaba por saltar las bardas vulgares de la existencia diaria.

El recuerdo de la novelesca vida de Goya le hacía pensar en su propia vida. Le llamaban maestro; comprábanle a buen precio todo lo que pintaba, especialmente si era con arreglo al gusto ajeno y contra su voluntad de artista; gozaba una existencia tranquila, llena de comodidades; tenía allá en su estudio con honores de palacio, cuya fachada reproducían los periódicos ilustrados, una esposa que creía en su genio y una hija que casi era una mujer, y hacía tartamudear de emoción a la tropa de discípulos íntimos. De su pasada bohemia sólo restaban en él los fieltros abollados, las barbas luengas, de alborotada cabellera y cierto descuido en el vestir; pero cuando lo exigía su posición de «gloria nacional», sacaba del ropero un frac con la solapa cubierta de condecoraciones y hacía su figura en las fiestas oficiales. Tenía miles de duros en el Banco. En el estudio, paleta en mano, conferenciaba con su agente, discutiendo la clase de papel que debía adquirir con sus ganancias del año. Su nombre no despertaba extrañeza ni repulsión en la alta sociedad, donde era de moda que las señoras fuesen retratadas por él.

Había provocado en otro tiempo escándalos y protestas por sus audacias de color y su modo revolucionario de ver la Naturaleza, pero no llevaba sobre su nombre el menor atentado a las conveniencias que hay que guardar con el público.

Sus mujeres eran hembras del pueblo, pintorescas y repugnantes; no había mostrado en sus lienzos otras carnes que la sudorosa del labriego o la mantecosa del niño. Era el maestro honrado que cultiva su prodigiosa habilidad con la misma calma con que otros cuidan sus negocios.

¿Qué faltaba en su existencia?... ¡Ah!... Renovales sonreía irónicamente. Acudía de golpe a su memoria toda su vida en tumultuoso agolpamiento de recuerdos. Fijaba una vez más su mirada en aquella mujer de luminosa blancura, semejante a un ánfora de nácar, con los brazos en torno de la cabeza, los pechos enhiestos y triunfadores, los ojos puestos en él, como si le conociera muchos años, y repetía mentalmente, con expresión de amargura y desaliento:

—¡La maja de Goya!... ¡La maja desnuda!...

II

Al recordar Mariano Renovales los primeros años de su vida, su sensibilidad, siempre exquisita para las impresiones exteriores, evocaba un incesante choque de martillos. Desde que asomaba el sol hasta que la tierra comenzaba a entenebrecerse con la penumbra del crepúsculo, cantaba el hierro o gemía en el suplicio del yunque, haciendo temblar las paredes de la casa y el piso del alto cuartucho donde Mariano jugueteaba, tendido en el suelo, junto a los pies de una mujer pálida, enfermiza, de ojos graves y profundos, la cual dejaba con frecuencia su costura para besar al pequeño con repentina vehemencia, como si temiese no verle más.

Aquellos martillos incansables, que habían acompañado el nacimiento de Mariano, le hacían saltar de la cama apenas apuntaba el día y bajar a la fragua para calentarse junto al incandescente fogón. Su padre, un cíclope bondadoso, velludo, tiznado de negro, iba de un lado a otro revolviendo hierros, manejando limas, dando órdenes a sus ayudantes con fuertes gritos para que pudiesen oírle en el estrépito del martilleo. Dos mocetones despechugados braceaban jadeantes sobre el yunque, y el hierro, unas veces rojo y otras dorado, saltaba en chorros luminosos, se esparcía en ramilletes crepitantes, poblaba el negro ambiente de la fragua de un enjambre de moscas de fuego, que iban a morir, apagadas y negras, en el hollín de los rincones.

—¡Cuidado, pequeño! —decía el padre abarcando su cabeza tierna, de pelos finos y ensortijados, con una de sus manazas.

El chiquitín sentíase atraído por los colores del hierro ardiente, hasta el punto de que, con la inconsciencia de la niñez, intentaba algunas veces apoderarse de aquellos fragmentos que brillaban en el suelo como estrellas caídas.

Su padre lo empujaba fuera de la fragua, y más allá de la puerta negra de hollín veía Mariano extenderse cuesta abajo, en el torrente de luz solar, los campos de tierra roja cortados en figuras geométricas por lindes y ribazos de piedra; en el fondo, el valle, con grupos de álamos orlando[6] el tortuoso cristal de un río, y enfrente las montañas, cubiertas hasta sus cimas de obscuros pinares. La fragua estaba en las afueras de un pueblo, y de éste y de las aldeas del valle llegaban los encargos que mantenían la herrería[7]: ejes nuevos de carro, rejas de arado, hoces, palas y horquillas necesitadas de compostura.

El incesante golpear de los martillos parecía conmover al pequeño, infundiéndole una fiebre de actividad, arrancándolo de sus juegos infantiles. A los ocho años agarrábase a la cuerda del fuelle y tiraba de ella, extasiándose en la contemplación del chorro de chispas que arrancaba la corriente de aire a los encendidos carbones. El buen cíclope mostrábase satisfecho del vigor de su hijo, robusto y fuerte como todos los de su familia, con unos puños que imponían respeto a los chicuelos del lugar. Era de su sangre. De la pobre madre, débil y enferma, sólo tenía su predisposición al silencio y al aislamiento, permaneciendo horas enteras, cuando se amortiguaba en él la fiebre de actividad, en muda contemplación de los campos, del cielo o de los arroyos que bajaban saltan-

[6] «orleando».
[7] «ferrería».

do sobre guijas para confundirse con el río en lo más hondo del valle.

El pequeño aborrecía la escuela, mostrando un santo horror a las letras. Sus manos fuertes temblaban indecisas al intentar escribir una palabra. En cambio, su padre y las demás gentes de la fragua admirábanse de la facilidad con que sabía reproducir los objetos por medio de un dibujo sencillo, ingenuo, en el que no se escapaba detalle alguno del natural. Llevaba siempre los bolsillos llenos de carbones, y no veía una pared o una piedra de cierta blancura sin que al momento dejase de trazar en ella una copia de los objetos que herían sus ojos por alguna particularidad saliente. Los muros exteriores de la herrería estaban ennegrecidos por los dibujos de Marianillo. Trotaban a lo largo de las paredes, con el hocico contraído y la cola enroscada, los cerdos de San Antón que vagaban por el pueblo mantenidos por la caridad pública para ser rifados en la fiesta del santo, y en medio de esta procesión panzuda destacábanse los perfiles del herrero y de[(8)] todos los obreros de la fragua, con una inscripción al pie para que no surgiesen dudas sobre su identidad.

—Ven, mujer —gritaba el herrero a su enfermiza cónyuge al descubrir un nuevo dibujo—. Ven a ver lo que ha hecho nuestro hijo. ¡Demonio de muchacho!...[29].

---

(8) «... del herrero y todos...».

---

29 Se sitúa aquí Blasco Ibáñez dentro de uno de los tópicos más característicos de la consideración «marginal» de la pintura en la cultura europea: el don casi innato del artista. Gombrich, en el prefacio a *La leyenda del artista* de Ernst Kris y Otto Kurz, escribió (o.c., pág. 13): «A Ernst Kris se debe, por tanto, la profunda intuición de que las historias que se cuentan sobre los artistas en todos los tiempos y latitudes reflejan una respuesta humana y universal a la magia misteriosa de la creación de una imagen.» En efecto, en su investigación, los dos autores descubren recurrencias típicas en las biografías de los artistas desde la antigüedad clásica; entre ellas (pág. 26): «Algunas biografías narran cómo el maestro evidenció por primera vez sus dotes al dibujar los animales que guardaba como pastor. Entonces acertó a pasar por allí un experto, reconoció el extraordinario talento de estos primeros intentos y vigiló la enseñanza apropiada del joven pastor, el cual fue más tarde tal o cual famosísimo genio. Este relato tiene muchas variantes: en algunas aparecen todos los episodios, o algunos modificados, mientras que en otras sólo aparece el tema central (que las dotes del artista ya eran evidentes en su niñez)»; se

Y a impulsos de este entusiasmo, no se lamentaba ya de que Marianillo abandonase la escuela y huyera del fuelle de la fragua, dedicando todo el día a corretear por el valle o por el pueblo, con el carbón en la mano, cubriendo de líneas negras las peñas del monte y las paredes de las casas, con gran desesperación de las vecinas. En la taberna de la plaza Mayor había trazado las cabezas de los más asiduos parroquianos, y el tabernero las enseñaba con orgullo, no permitiendo que tocasen a la pared por miedo a que desaparecieran. Esta obra era un motivo de vanidad para el herrero cuando, en los domingos, después de la misa, entraba a beber un vaso con los amigos. En la pared de la rectoría había trazado una Virgen, ante la cual deteníanse con hondos suspiros las devotas más viejas del pueblo.

El herrero, con un rubor de satisfacción, admitía todos los elogios que le[9] tributaban al pequeño, como si le correspondiesen a él en su mayor parte. ¿De dónde había salido aquel prodigio, siendo tan bárbaros todos los de la familia? Y movía la cabeza afirmativamente cuando los notables del pueblo le hablaban de hacer algo por el chico. Ciertamente, él no sabía qué hacer, pero tenían razón; su Marianillo no estaba destinado a golpear el hierro lo mismo que su padre. Podía ser un personaje tan grande como don Rafael, un señor que pintaba santos y santas en la capital de la provincia y era maestro de los pintores en un gran caserón lleno de cuadros allá en la ciudad. Durante el verano venía con su familia a vivir en una quinta del valle.

Este don Rafael era un varón imponente por su gravedad; un santo cargado de hijos, que llevaba la levita como si fue-

---

[9] «... que tributaban...».

---

toma así como modelo el relato biográfico de Giotto que hizo Vasari (1, 370): «Giotto, hijo de un simple campesino, cuidaba del ganado de su padre y pintaba los animales en piedras y en la arena. Cimabue, que acertó a pasar por allí, se dio cuenta del gran talento del pastor, al que llevó consigo, y cuidó de la educación del niño predestinado a convertirse en uno de los artistas más grandes de Italia.» La cómoda instalación de Blasco dentro de este tópico nos habla de su facilidad para manejar los lugares comunes e integrarlos en una narración nueva (véase introducción, pág. 145).

se un hábito y hablaba con melifluidad de fraile a través de las barbas canas que invadían su rostro enjuto y sonrosado. En la iglesia del pueblo guardaban un cuadro portentoso pintado por él: una Purísima, cuyos colores dulces, de un brillo acaramelado, hacían temblar de emoción las piernas de los devotos. Además, los ojos de la imagen tenían la milagrosa particularidad de mirar de frente a los que la contemplaban, siguiéndoles aunque cambiasen de lugar. Un verdadero prodigio. Parecía imposible que esta obra sobrenatural la hubiese hecho aquel buen señor que durante el verano subía todas las mañanas a oír su misa en el pueblo. Un inglés había querido comprar el cuadro por lo que pesase de oro. Nadie había visto al inglés, pero todos sonreían sarcásticamente al comentar la proposición. ¡En seguida soltaban ellos el cuadro! ¡Que rabiasen los herejes con todos sus millones! La Purísima seguiría en su capilla, para envidia del mundo entero, y especialmente de los pueblecillos cercanos.

Cuando el párroco fue a visitar a don Rafael para hablarle del hijo del herrero, el grande hombre estaba ya enterado de sus habilidades. Había visto en el pueblo sus dibujos; el muchacho tenía cierta disposición, y era lástima no guiarle por buen camino. Después fueron las visitas del herrero y su hijo, temblorosos los dos al verse en el granero de la quinta, que el gran pintor había convertido en estudio, al contemplar de cerca los botes de color, la paleta aceitosa, los pinceles y aquellos lienzos de un suave azul sobre el que comenzaban a marcarse los rosados mofletes de los querubines y la cara en éxtasis de la madre de Dios.

Al terminar el verano, el buen herrero se decidió a seguir los consejos de don Rafael. Ya que éste era tan bueno que quería ayudar al chico, por él no iba a malograrse su buena fortuna. La herrería daba para vivir. Todo consistía en trabajar unos años más, en sostenerse hasta el fin de su existencia junto al yunque, sin ayuda ni sucesor. Su hijo había nacido para personaje, y era grave pecado cortarle el camino despreciando la ayuda del buen protector.

Lloró la madre, cada vez más débil y enfermiza, como si el viaje a la capital de la provincia fuese al otro extremo del mundo.

—Adiós, hijo. Ya no te veré más.

Y efectivamente, Mariano vió por última vez aquel rostro exangüe, de grandes ojos sin expresión, casi borrado ahora de su memoria, como una mancha blanquecina, en la cual no lograba, a pesar de todos sus esfuerzos, restablecer el contorno de las facciones.

En la ciudad cambió radicalmente su vida. Entonces comprendió qué era lo que buscaban sus manos al mover el carbón sobre las paredes enjalbegadas. El arte se reveló por primera vez a sus ojos en las tardes silenciosas pasadas en un antiguo convento, donde estaba el museo provincial, mientras su maestro don Rafael discutía con otros caballeros en la sala de profesores o firmaba papelotes en la secretaría.

Mariano vivió en casa de su protector, siendo a la vez su criado y su discípulo. Llevaba cartas al señor deán y a algunos canónigos amigos del maestro que le acompañaban en sus paseos o hacían tertulia en su estudio. Más de una vez visitó los locutorios de algunos conventos dando recados de don Rafael, al través de las tupidas rejas, a ciertas sombras blancas y negras, que, atraídas por su juventud rolliza de muchacho del campo y enteradas de que pretendía ser pintor, le abrumaban con las preguntas de una curiosidad excitada por el encierro. Acababan por regalarle, al través del torno, rosquillas, limoncitos confitados o alguna otra muestra de la repostería monjil, y le despedían con sanos consejos de sus voces tenues y suaves tamizadas por el hierro de las rejas.

—¡Que seas bueno, Marianito! Estudia, reza. Sé buen cristiano; el Señor te protegerá y tal vez llegues a pintar como don Rafael, que es de los primeros del mundo.

¡Cómo reía el artista recordando aquella sencillez infantil, que le hacía ver en su maestro el pintor más asombroso de la tierra!... Por las mañanas al asistir a las clases de la Escuela de Bellas Artes, se indignaba contra sus compañeros, chiquillería irrespetuosa, educada en la calle, hijos de menestrales, que, apenas volvía la espalda el profesor, se bombardeaban con las migas del pan destinado a borrar los dibujos y execraban a don Rafael, llamándole «beato» y «jesuita».

Las tardes las pasaba Mariano en el estudio, al lado del maestro. ¡Qué emoción la primera vez que éste le puso la paleta en la mano y le permitió copiar, en un lienzo viejo, un San Juan infante que había terminado para una comunidad!... Mientras el muchacho, con el rostro contraído por enérgica mueca, se esforzaba en imitar la obra del maestro, oía los buenos consejos que le daba éste, sin apartarse del lienzo sobre el que hacía correr su seráfico pincel.

La pintura debía ser religiosa. Los primeros cuadros del mundo habían sido inspirados por la religión; fuera de ella, la vida sólo ofrecía vil materialismo, repugnantes pecados. La pintura debía ser ideal, hermosa; representar siempre imágenes bonitas; reproducir las cosas como debían ser y no como eran, y sobre todo, mirar a lo alto, al cielo, pues allí está la verdadera vida, no en esta tierra, valle de lágrimas. Mariano debía modificar sus instintos, se lo aconsejaba él, que era su maestro; debía perder su afición a dibujar cosas groseras, las gentes tal como las veía, los animales en toda su brutal materialidad, los paisajes en la misma forma que los contemplaban sus ojos.

Había que tener idealismo. Muchos pintores fueron casi santos; así únicamente les era posible reflejar la celeste belleza en los rostros de sus *Madonnas.* Y el pobre Mariano esforzábase por ser «ideal», por atrapar un pequeño andrajo de aquella serenidad beatífica y dulce que rodeaba a su maestro.

Poco a poco fue conociendo los procedimientos de que se valía don Rafael para realizar aquellas obras maestras que arrancaban gritos de admiración a su tertulia de canónigos y a las señoras ricas que le encargaban imágenes. Cuando pensaba comenzar alguna de sus Purísimas, que lentamente invadían las iglesias y conventos de la provincia, levantábase temprano y volvía al estudio después de confesar y comulgar. Sentía con esto una fuerza interior, un sereno entusiasmo; y si en mitad de la obra llegaba al desaliento, volvía a acudir a esta medicina de su inspiración.

El artista, además, debe ser puro. Él había hecho voto de castidad pasados los cincuenta años; con algún retraso, ciertamente, pero no era por no haber conocido antes este medio seguro de llegar a un perfecto idealismo de pintor celestial. Su esposa, una señora envejecida por innumerables partos, agotada por la fidelidad y la virtud abrumadoras del maestro, no era ya más que la compañera que le daba la respuesta al rezar por la noche rosarios y trisagios. Tenía varias hijas, que pesaban sobre su conciencia como un bochornoso recuerdo de vergonzosos materialismos; pero unas eran monjas profesas y otras iban camino de serlo, agrandándose la idealidad del artista conforme desaparecían de la casa estos testimonios de su impureza e iban a ocultarse en los conventos, donde sostenían el prestigio artístico del padre.

Algunas veces el gran pintor vacilaba ante una Purísima, que era siempre la misma, como si la pintase con trepa. Entonces hablaba misteriosamente a su discípulo.

—Marianito, avisa mañana a los «señores» que no vengan. Tenemos modelo.

Y cerrado el estudio a los sacerdotes y demás amigos respetables, llegaba Rodríguez, un guardia municipal, pisando fuerte, con la colilla bajo el recio bigote de púas salientes y una mano en la empuñadura del sable. Expulsado de la Guardia civil por borracho y cruel, al verse sin ocupación, no se sabe por qué extraña iniciativa se dedicó a modelo de pintor. El devoto artista, que le tenía cierto miedo, acosado por sus continuas peticiones, le había alcanzado este empleo de guardia municipal, y Rodríguez aprovechaba todas las ocasiones para manifestar su agradecimiento de mastín golpeando los hombros del maestro con sus manazas y echándole a la cara su resuello de nicotina y alcohol.

—¡Don Rafael! ¡Usted es mi padre! Al que le toque a usted le corto esto, aquello y lo de más allá.

Y el místico artista, satisfecho interiormente de esta protección, ruborizábase y agitaba las manos protestando de la franqueza de aquel bruto, que llamaba por sus nombres a las cosas ocultas que deseaba cortar.

Arrojaba su kepis[30] en el suelo, entregaba a Mariano el pesado chafarote, y como hombre que sabe su obligación, sacaba del fondo de una[(10)] arca una túnica de lana blanca y un

---

(10) «... de un arca...».

---

30 Respetamos la ortografía original de Blasco, probablemente un galicismo. Actualmente, el DRAE sólo lo reconoce como «quepis».

guiñapo azul en forma de manto, colocando ambas prendas sobre su cuerpo con la maestría de costumbre.

Mariano le miraba con ojos de asombro, pero sin ninguna tentación de reír. Eran misterios del arte; sorpresas que sólo estaban reservadas a los que, como él, tenían la suerte de vivir en la intimidad de un gran maestro.

—¿Estamos, Rodríguez? —preguntaba impaciente don Rafael.

Y Rodríguez, erguido dentro de su bata de paño[11], con el andrajo azul pendiente de los hombros, juntaba las manos y elevaba su mirada feroz al techo, sin dejar de chupar la colilla que le chamuscaba el bigote. El maestro sólo necesitaba el modelo para los paños de la imagen, para estudiar el plegado del celeste vestido, el cual no debía revelar el más leve indicio de humanas redondeces. Jamás había pasado por su imaginación la posibilidad de copiar a una mujer. Era caer en el materialismo, glorificar la carne, llamar a la tentación. Con Rodríguez bastaba: había que ser idealistas.

El modelo seguía en su mística actitud, con el cuerpo perdido en los innumerables pliegues de su vestidura azul y blanca, asomando por debajo de ésta las puntas romas de sus botas de ordenanza, irguiendo su cabeza grotesca y chata rematada por una pelambrera hirsuta, tosiendo y carraspeando con el humo de su cigarro, sin dejar de mirar a lo alto ni separar sus manazas juntas en ademán de adoración.

Algunas veces, fatigado del mutismo laborioso del maestro y del discípulo, Rodríguez lanzaba algunos mugidos que poco a poco tomaban forma de palabras, y acababa por enfrascarse en el relato de las hazañas de su época heroica, cuando era guardia civil y «podía darle un mal golpe a cualquiera, pagando después con un papel». La Purísima se enardecía con estos recuerdos. Se separaban sus manazas con un temblor de voluptuosidad homicida; se descomponían los rebuscados pliegues; sus ojos veteados de sangre ya no miraban a lo alto, y hablaba con voz bronca de tremendas palizas, de hombres agarrados por su parte más sensible, que

[11] «baño».

caían al suelo enroscándose de dolor, de fusilamientos de presos, que después se presentaban como fugas; y para dar mayor relieve a esta autobiografía, declamaba con bestial orgullo, salpicaba sus palabras de interjecciones que tan pronto aludían a las partes más íntimas del organismo humano, como faltaban a todo respeto a los primeros personajes de la corte celestial.

—¡Rodríguez! ¡Rodríguez! —exclamaba horrorizado el maestro.

—¡A la orden, don Rafael!

Y la Purísima, después de pasarse la colilla de un lado a otro de la boca, juntaba otra vez las manos, se estiraba, haciendo asomar por debajo de la túnica los pantalones con franja roja, y perdía su mirada en lo alto, sonriendo con éxtasis, como si contemplase en el techo todas sus heroicidades, de las que se sentía orgulloso.

Mariano desesperábase ante su lienzo[12]. Era incapaz de pintar otra cosa que aquello que veía, y su pincel, después de reproducir la vestidura blanca y azul, deteníase vacilante en la cabeza, llamando en vano el auxilio de la imaginación. Era la carátula grotesca de Rodríguez la que surgía del lienzo, después de vanos esfuerzos.

Y el discípulo admiraba sinceramente la habilidad de don Rafael, aquella cabeza pálida velada por la luz de su nimbo, un rostro bonito e inexpresivo de belleza infantil que sustituía en el cuadro a la feroz testa del municipal.

Este escamoteo le parecía al joven la muestra más asombrosa del arte. ¡Cuándo llegaría él a la fácil prestidigitación de su maestro!

Con el tiempo fue marcándose aún más esta diferencia entre don Rafael y su discípulo. En la escuela le rodeaban los compañeros, reconociendo su superioridad y elogiando sus dibujos. Algunos profesores enemigos del maestro lamentaban que tan buenas disposiciones pudieran perderse al lado de aquel «pintasantos». Don Rafael miraba con asombro lo que hacía Mariano fuera de su estudio: figuras y paisajes di-

---

(12) Blasco suprimió una frase en la corrección; en Sempere consta, tras el punto y seguido: «Jamás podría imitar a su ilustre maestro».

rectamente observados, que, según él, respiraban la brutalidad de la vida.

Su tertulia de graves señores comenzaba a reconocer cierto mérito en el discípulo.

—No llegará nunca a la altura de usted, don Rafael —decían—. Carece de unción, no tiene idealismo, no pintará una buena imagen, pero como pintor mundano irá lejos.

El maestro, que amaba al muchacho por su carácter subordinado y su pureza de costumbres, intentaba en vano hacerle seguir el buen camino. Con sólo imitarle, tenía la fortuna hecha. Él moriría sin sucesor, y su estudio y su fama serían para él. No tenía mas que ver cómo poco a poco, cual una buena hormiga del Señor, había ido creándose con el pincel una fortunita. A fuerza de idealismo, tenía su quinta allá en el pueblo y un sinnúmero de campos, cuyos arrendatarios venían a visitarle en el estudio, entablando ante las poéticas imágenes interminables discusiones sobre el pago y cuantía de los arrendamientos. La Iglesia era pobre por culpa de la impiedad de la época; no podía pagar tan generosamente como en otros siglos; pero los encargos menudeaban, y una Virgen con toda su pureza era asunto de tres días... Mas el joven Renovales torcía el gesto dolorosamente, como si le exigiera un sacrificio doloroso.

—No puedo, maestro. Soy un imbécil; no sé inventar. Sólo pinto lo que veo.

Y cuando comenzó a ver cuerpos desnudos en la clase llamada del natural, se entregó con furia a este estudio, como si la carne le produjese la más fuerte de las embriagueces. Don Rafael se aterró sorprendiendo en los rincones de su casa bocetos que reproducían vergonzosas desnudeces con toda su realidad. Además, producíanle cierto malestar los adelantos del discípulo; veía en su pintura un vigor que él no había tenido nunca. Hasta notaba cierta defección en su tertulia de admiradores. Los buenos canónicos[13] admiraban, como siempre, sus Vírgenes; pero algunos de ellos se hacían retratar por Mariano, elogiando el acierto de su pincel.

(13) Sin duda se trata de una errata en la edición de Prometeo; en la de Sempere: «canónigos».

Un día abordó a su discípulo con resolución.

—Ya sabes que te quiero como a un hijo, Marianito; pero a mi lado pierdes el tiempo. Nada te puedo enseñar. Tu sitio está en otra parte. He pensado que podías irte a Madrid. Allí están los de tu cuerda.

Su madre había muerto; su padre seguía en la fragua; y al verle llegar con unos cuantos duros, producto de los retratos que había hecho, apreció esta cantidad como una fortuna. Parecíale imposible que hubiera quien diese dinero a cambio de colorines. Una carta de don Rafael le convenció. Ya que aquel señor tan sabio aconsejaba que su hijo fuese a Madrid, él debía conformarse.

—A Madrid, hijo, y procura ganar dinero pronto, que el padre está viejo y no siempre podrá ayudarte.

A los diez y seis años cayó Renovales en Madrid, y viéndose solo, sin más guía que su voluntad, se entregó con furia al trabajo. Pasó las mañanas en el Museo del Prado, copiando todas las cabezas de los cuadros de Velázquez. Creyó que hasta entonces había vivido ciego[31]. Además, trabajaba en un estudio abuhardillado, con otros compañeros, y por la noche pintaba acuarelas. Con la venta de éstas y de algunas copias iba rellenando los vacíos que dejaba en su subsistencia la corta pensión enviada por el padre.

Recordaba con nostalgia estos años de estrechez, de verdadera miseria: las noches de frío en el mísero camastro; las comidas irritantes, de misteriosos ingredientes, en una taberna cercana al Teatro Real; las discusiones en un rincón de un café, bajo las miradas hostiles de los camareros, escandalizados de que una docena de melenudos ocupasen varias mesas para tomar en junto tres cafés y muchas botellas de agua...

La alegre juventud soportaba sin esfuerzo estas miserias, y en cambio, ¡qué hartazgo de ilusiones, qué banquete esplendoroso de esperanzas! Cada día un nuevo descubrimiento. Renovales corría como un potro salvaje por los dominios del

[31] La copia de Velázquez en la juventud, como elemento básico en la formación del pintor, es otro de los elementos que identifican a Renovales con Sorolla. En efecto, fue importante para el aprendizaje del pintor valenciano las copias que realizó de Velázquez en El Prado en su viaje a Madrid de 1883.

arte, viendo abrirse ante él nuevos horizontes, y su galope levantaba un estruendo de escándalo que equivalía a prematura celebridad. Los viejos decían de él que era el único muchacho «que se traía algo»; sus compañeros afirmaban que era un «pintorazo», y en su afán iconoclasta, comparaban sus obras inexpertas con las de los maestros consagrados y antiguos, «miserables burgueses del arte», sobre cuyas calvas creían necesario escupir su bilis, afirmando de este modo la superioridad de la nueva generación[32].

Las oposiciones de Renovales para alcanzar la pensión en Roma equivalieron a una revolución[33]. La juventud, que sólo juraba por él y le tenía por glorioso capitán, se agitó amenazante, con el temor de que los «viejos» sacrificasen a su ídolo.

Cuando al fin su manifiesta superioridad le hizo alcanzar la pensión, hubo banquetes en su honor, sueltos en los periódicos, se publicó su retrato en las revistas ilustradas, y hasta

---

[32] Encontramos aquí una de las grandes diferencias de *La maja desnuda* con *L'Oeuvre* de Zola (véase introducción, págs. 87 y ss.): en tanto el novelista francés dedica un amplio número de páginas al mérito de las discusiones entre los jóvenes pintores, es decir, a sus opiniones sobre pintura, Blasco apenas menciona el hecho de que discuten del tema, prácticamente desinteresándose de sus criterios concretos sobre arte.

[33] Las pensiones a pintores para residir una temporada en Roma habían tomado como modelo el *Grand Prix* que la Academia de Bellas Artes de París dotaba desde 1767. La Academia de San Jorge, de Barcelona, destinó pensionados a Madrid, París y Roma a partir de 1789. La Academia de San Fernando, de Madrid, creó en 1873 la Academia de Roma, donde impartían enseñanzas a sus pensionados. Desde 1863, la Diputación valenciana empezó a enviar pensionados a Roma, siendo el primero Bernardo Ferrándiz (1863) y el segundo Francisco Domingo (1867). Joaquín Sorolla ganó la pensión, por unanimidad del jurado, en 1884, y comenzó a disfrutarla el 1 de enero de 1885; para ello tuvo que competir, participando en tres ejercicios programados; en el 1.º presentó una *Academia del natural* (ól./lz., 97 × 74 cm); en el 2.º un *Isaac bendiciendo a Jacob* (ól./lz., 32 × 40 cm) y en el 3.º *El Palleter declarando la guerra a Napoleón* (ól./lz., 154 × 205 cm); los tres pertenecen a la Diputación de Valencia, estando los dos primeros depositados en el Museo de Bellas Artes de la ciudad. Tal como relata Blasco, el ambiente que rodeaba al fallo del jurado fue a menudo conflictivo, existiendo verdaderas tomas de partido y ambientes de protesta entre los grupos de partidarios de cada participante (puede consultarse el trabajo de Carmen Gracia, *Las pensiones de la Diputación de Valencia*, tomo I, Valencia, Alfonso el Magnánimo, 1987).

el viejo herrero hizo un viaje a Madrid para respirar, conmovido y lloroso, una parte del incienso que tributaban a su hijo.

En Roma esperaba a Renovales una cruel decepción. Sus compatriotas le recibieron con cierta frialdad. Los jóvenes le miraban como a un rival, aguardando sus próximas obras con la esperanza de una caída; los antiguos que vivían lejos de la patria le examinaron con malévola curiosidad. «¡Conque[14] aquel mocetón era el hijo del herrero, que tanto ruido metía entre los ignorantes de allá!... Madrid no era Roma. Ahora verían ellos lo que aquel "genio" sabía hacer».

Renovales no hizo nada en los primeros meses de su estancia en Roma. Contestaba encogiéndose de hombros a los que con aviesa intención le preguntaban por sus cuadros. Él había ido allí, no a pintar, sino a estudiar: para esto le mantenía el Estado. Y pasó más de medio año dibujando, siempre dibujando, en los museos famosos, donde estudiaba, carbón en mano, las obras célebres. Las cajas de colores permanecían sin abrir en un rincón de su estudio.

Al poco tiempo abominó de la gran ciudad, por la vida que en ella llevaban los artistas. ¿Para qué las pensiones? Se estudiaba allí menos que en otra parte. Roma no era una escuela: era un mercado. Los comerciantes de pintura establecían allí su negocio, atraídos por la gran aglomeración de artistas. Todos, viejos y principiantes, ilustres y desconocidos, sentían la tentación del dinero, se dejaban envolver en las dulzuras de la vida cómoda, produciendo obras para la venta, pintando cuadros con arreglo a las indicaciones de unos judíos alemanes que recorrían los estudios marcando los géneros y tamaños que eran de moda, para esparcirlos por Europa y América.

Renovales, al visitar los estudios, sólo veía cuadros «de género»; unas veces señores de casacón, otras moros andrajosos o campesinos de Calabria.

Eran pinturas bonitas y acabadísimas, para las cuales empleaban como modelos un maniquí o las familias de *chocha-*

---

[14] «¡Con que...!».

ros[34] que se alquilaban todas las mañanas en la plaza de España, junto a la escalinata de la Trinidad: la eterna aldeana, morena, de negros ojos y grandes aros en las orejas, con falda verde, corpiño negro y la toca blanca arrollada sobre el pelo con grandes agujas; el viejo de siempre, con abarcas, pellico de lanas y un sombrero apuntado, con espiral de cintas, sobre su nevada cabeza de Padre Eterno. Los artistas apreciaban entre ellos sus méritos por los miles de liras recolectadas durante el año; hablaban con respeto de los maestros ilustres que cobraban una fortuna a los millonarios de París o de Chicago por cuadritos de caballete que nadie veía. Renovales mostrábase indignado. Este arte era casi igual al de su primitivo maestro, aunque «mundano», como hubiese dicho don Rafael. ¡Y para esto los enviaban a Roma!...

Mal mirado por los compatriotas a causa de su carácter brusco, de su lenguaje rudo y de la probidad, que le hacía negarse a todo encargo de los mercaderes de pintura, buscó el trato de los artistas de otros países. En la juventud cosmopolita de pintores acuartelada en Roma, pronto fue popular Renovales.

Su energía, su exceso de vida, hacían de él un simpático y alegre compañero cuando se presentaba en los estudios de la vía Babbuino o en las chocolaterías y cafés del Corso, donde se reunían, por afinidades amistosas, los artistas de diversas nacionalidades.

Mariano, a los veinte años, era un mocetón atlético, digno retoño de aquel hombre que batía el hierro desde el amanecer hasta la noche en un rincón de España. Un día, un joven

---

34 *Ciocciaro* en grafía correcta italiana. Es utilizado equivalentemente a «campesino». El nombre procede de la *Ciocciaria*, región del Lazio meridional, situada entre el valle del Sacco y el del Liri; es también relativo a las *ciocie*, calzado que llevaban sus habitantes. En varias ocasiones a lo largo de la novela, Blasco castellaniza las pronunciaciones italianas, p. e., en el capítulo 1.º de la 1.ª parte, cuando Tekli, refiriéndose a Velázquez, le llama «Quel maestrone», que, leído en castellano, equivale a la pronunciación italiana. A menudo los pintores españoles residentes en Roma tomaron *ciocciari* y *ciocciare* como modelos para sus cuadros, desde Fortuny a los Benlliure, pasando por Sorolla; de este último podemos considerar un típico ejemplo: *Niña ciocciara* (1887-89, ól./lz., 84 × 67 cm, Madrid, museo Sorolla).

inglés amigo suyo leyó en su honor una página de Ruskin. «Las artes plásticas son esencialmente atléticas.» Un enfermo, un semiparalítico, podía ser un gran poeta, un célebre músico; pero para ser Miguel Ángel o el Ticiano se necesitaba no sólo un alma privilegiada, sino un cuerpo vigoroso. Leonardo de Vinci partía una herradura entre sus manos; los escultores del Renacimiento labraban inmensos bloques de mármol a impulsos de sus brazos de titán o mordían con sus buriles el duro bronce; los grandes pintores eran muchas veces arquitectos, y cubiertos de polvo hacían moverse enormes masas... Renovales escuchó pensativo las palabras del gran esteticista inglés. Él también era un alma fuerte en un cuerpo de atleta.

Los apetitos de su juventud no iban más allá de la varonil embriaguez de la fuerza y el movimiento. Atraído por la abundancia de modelos que ofrecía Roma, desnudaba en su estudio a una *chochara,* dibujando con delectación las formas de su cuerpo. Reía con su carcajada ruidosa de gigante, la hablaba con la misma libertad que si fuese una de las mujerzuelas que le salían al paso por la noche al volver solo a la Academia de España; pero una vez terminado el trabajo y vestida... ¡a la calle! Tenía la castidad de los fuertes[35]. Adoraba la carne pero sólo para copiar sus líneas. Le producía vergüenza el roce animal, el encuentro al azar, sin amor, sin atrac-

[35] Anne-Marie Reboul, en su ya citado trabajo «De Zola à Blasco Ibañez en passant per Goya», págs. 205-212), relaciona el concepto «castidad de los fuertes» con un criterio firmemente mantenido por Zola: «Parler encore, dans le roman espagnol, de "la castidad de los fuertes", —en se référant à l'artiste-créateur, c'est une nouvelle dette idéologique. Il est bien connu de tout lecteur d'Émile Zola que le créateur, l'homme de génie doit réserver toute sa virilité pour la donner à l'oeuvre future et pour créer "des oeuvres de chair"; c'est là une de ses idées les plus personnelles. Sa critique d'art, ainsi que le roman, regorgent des mots et d'expressions semblables pour dire le désir toujours combattu de l'artiste. Avec Zola, pas de créateurs sans cette idée de chasteté qui lui est consubstantielle: dans son vocabulaire, dans son oeuvre, ces termes en deviennent presque synonymes». En efecto, en *L'Oeuvre* Zola pone el tema en boca de Christine como una teoría cien veces repetida por Claude (cap. XII, pág. 405): «Au fond, elle retrouvait la théorie répétée cent fois devant elle: le génie devait être chaste, il fallait ne coucher qu'avec son oeuvre.»

ción, con la interna reserva de dos seres que no se conocen y se examinan recelosos. Lo que él deseaba era estudiar, y las mujeres sólo sirven de estorbo en las grandes empresas. El sobrante de su energía consumíalo en ejercicios atléticos. Después de una de sus hazañas de forzudo que entusiasmaban a los compañeros, mostrábase fresco, sereno, insensible, como si saliera de un baño. Hacía esgrima con los pintores franceses de la Villa Médicis[36]; aprendía a boxear con ingleses y americanos; organizaba con los artistas alemanes ciertas excursiones a un bosque cercano a Roma, de las que se hablaba durante varios días en los cafés del Corso. Bebía un sinnúmero de vasos con sus compañeros en honor del kaiser, al que no conocía ni maldito lo que le importaba su salud; entonaba con vozarrón estruendoso el tradicional *Gaudeamus igitur,* y acababa por coger del talle dos modelos de la partida, y con los brazos en cruz las paseaba por la selva hasta dejarlas sobre el césped como si fuesen plumas. Después sonreía, satisfecho de la admiración de aquellos buenos germanos, muchos de ellos enclenques o[(15)] miopes, que le comparaban con Sigfrido y demás héroes de recios músculos de su mitología belicosa.

En Carnaval, al organizar los españoles una cabalgata del *Quijote,* se encargó de representar al caballero Pentapolín «el del arremangado brazo»[37], y en el Corso hubo aplausos y gritos de admiración para el enorme y duro bíceps que mostraba el andante paladín erguido sobre su caballo. Al llegar las noches de primavera, marchaban los artistas en procesión al través de la ciudad, hasta el barrio de los judíos, para comer las primeras alcachofas, el plato popular de Roma, en cuya preparación era famosa una vieja israelita. Renovales iba al frente de la *carciofalatta* llevando el estandarte, iniciando los

(15) «... enclenques y miopes».

36 En Villa Medici está —todavía en la actualidad— la Academia de Francia en Roma.

37 «... este otro que a mis espaldas marcha, es el de su enemigo el rey de los garamantas, Pentapolín del Arremangado Brazo, porque siempre entra en las batallas con el brazo derecho desnudo» *(Quijote,* cap. XVIII).

cánticos alternados con gritos de toda clase de animales, y sus compañeros marchaban tras él, audaces y provocadores bajo la protección de tan fuerte caudillo. Con Mariano no había miedo. Contaban de él que, en las callejuelas del Trastevere, había dado una paliza de muerte a dos matones del barrio después de quitarles sus puñales.

De pronto, el atleta se encerró en la Academia y no bajó a la ciudad. Durante algunos días se habló de él en las reuniones de artistas. Estaba pintando; aproximábase una Exposición que iba a verificarse en Madrid y quería llevar a ella un cuadro que justificase su pensión. Tenía cerrada para todos la puerta de su estudio; no admitía comentarios ni consejos; el lienzo iría tal como él lo concibiese. Los compañeros le olvidaron pronto, y Renovales acabó su obra en la soledad, saliendo con ella para su patria.

Fue un triunfo completo; el primer paso fuerte en el camino que había de conducirle a la celebridad. Se acordaba ahora con vergüenza, con remordimiento, del estrépito glorioso que levantó su cuadro *La victoria de Pavía*[38]. La gente se agolpaba ante el lienzo enorme, olvidando el resto de la Exposición. Y como en aquellos días el gobierno se mantenía firme, y las Cortes estaban cerradas, y no había cogida de importancia en ninguna plaza de toros, los diarios, a falta de más viva actualidad, lanzáronse en ruda competencia a reproducir el cuadro, a hablar de él, publicando retratos del autor, lo mismo de frente que de perfil, grandes y pequeños, detallando su vida en Roma y sus originalidades, recordando con una lágrima de emoción al pobre anciano que, allá en su aldea, machacaba el hierro sin conocer apenas la gloria de su hijo.

De un salto pasó Renovales de la obscuridad a una luz de apoteosis. Los «viejos» encargados de juzgarle mostrábanse

---

[38] Blasco hace alusión a la obligada pintura de historia que los pensionados debían enviar a España como justificación. Se ha citado ya, de Joaquín Sorolla, *El Palleter declarando la guerra a Napoleón*, presentado en el tercer ejercicio para obtener la pensión. Desde Roma envió también un cuadro memorable, *El padre Jofré protegiendo a un loco* (ól./lz., 202 × 150 cm, Diputación de Valencia); a pesar de tratarse de cuadros de historia con grandes medidas y temas de escenario histórico, llamaban la atención por los tonos claros de color y la libertad de la pincelada.

benévolos, con cierta conmiseración bondadosa. La fierecilla se amansaba. Renovales había visto mundo y volvía a las buenas tradiciones, siendo un pintor como los demás. Su cuadro tenía trozos que parecían de Velázquez, fragmentos dignos de Goya, rincones que recordaban al Greco: de todo había en él menos de Renovales; y esta amalgama de reminiscencias era su principal mérito, lo que atraía el general aplauso y le conquistó una primera medalla.

Magnífico *début*. Una duquesa viuda, gran protectora de las artes, que no compraba jamás un cuadro ni una estatua, pero sentaba a su mesa a los pintores y los escultores de renombre, encontrando en esto un placer barato y cierta distinción de dama ilustre, quiso conocer a Renovales. Éste venció la adustez de su carácter, que le tenía alejado del trato social. ¿Por qué no había de conocer el gran mundo? Él iba adonde fuese otro hombre. Y se hizo el primer frac, y tras los banquetes de la duquesa, donde provocaba alegres carcajadas su modo de discutir con los académicos, visitó otros salones, y fue durante algunas semanas objeto de la atención de este mundo un tanto escandalizado por sus «salidas de tono», pero satisfecho de la timidez que le sobrecogía después de sus audacias. Los jóvenes le apreciaban porque tiraba a la espada como un San Jorge. Aunque pintor e hijo de un herrero, era toda una persona decente. Las damas le atraían con sus más amables sonrisas, esperando que el artista de moda las obsequiase con un retrato gratuito, como ya lo había hecho con la duquesa.

En esta época de gran vida, siempre de frac a partir de las siete de la tarde, y sin hacer otra pintura que la de mujeres que deseaban aparecer bonitas y discutían con el artista gravemente el traje que debían ponerse para servir de modelo, fue cuando Renovales conoció a su esposa Josefina.

La primera vez que la vio entre tantas damas de arrogante apostura y estrepitosa presencia, sintióse atraído hacia ella por la fuerza del contraste. Le impresionó el encogimiento, la modestia, la insignificancia de la jovencita. Era pequeña, su rostro no ofrecía otra hermosura que la de la juventud, su cuerpo tenía la gracia de la fragilidad. Aquella criatura estaba allí, lo mismo que él, por cierta condescendencia de los demás; parecía ocupar un sitio prestado, y se encogía en él, como temerosa de llamar la atención. Siempre la veía Renovales con el mismo traje de *soirée* algo envejecido, con ese aspecto de cansancio de las prendas incesantemente reformadas para seguir el curso de las modas. Los guantes, las flores, los lazos, tenían cierta tristeza en su frescura, como si delatasen las economías, los esfuerzos caseros que había exigido su adquisición. Se tuteaba con todas las jóvenes que hacían en los salones una entrada triunfal, levantando elogios y envidias con sus nuevas *toilettes;* la mamá, una señora majestuosa, de abultada nariz y lentes de oro, trataba con llaneza a las damas más linajudas; pero a pesar de esta intimidad, notábase en torno de la madre y la hija el vacío de un afecto algo desdeñoso, en el que entraba por mucho la conmiseración. Eran pobres. El padre había sido un diplomático de cierto nombre, que al morir no dejó a su esposa otros recursos que la pensión de su viudedad. Dos hijos estaban en el extranjero como agregados de Embajada, luchando con la escasez de sus sueldos y las exigencias de su posición. La madre y la hija vivían en Madrid, aferradas a la sociedad en que habían nacido, temblando de abandonarla, como si esto equivaliese a una degradación, permaneciendo de día en un tercer piso amueblado con los restos de su pasada opulencia, haciendo inauditas economías para poder codearse por la noche dignamente con los que habían sido sus iguales.

Ciertos parientes de doña Emilia, que era la mamá, contribuían a su sostenimiento, no con dinero —eso nunca— sino prestándola el sobrante de su lujo para que ella y la hija mantuviesen una pálida apariencia de bienestar.

Unos les cedían su coche en ciertos días para que diesen una vuelta por la Castellana y el Retiro, saludando a las amigas al cruzarse los carruajes; otros les[39] enviaban su palco del

[39] Son relativamente habituales los laísmos y leísmos en Blasco. Es muy significativo que se intercalen con una utilización correcta, y que otros sean suprimidos en algunas correcciones para ediciones posteriores de sus novelas. Hay que hablar de influencias castellanas, llegadas a través de lecturas y a través de sus estancias en Madrid, puesto que no existen en el habla cotidiana del castellano en Valencia. Aquí efectuó Blasco la corrección de uno de los numerosos laísmos; en la edición original de Sempere (1906) decía: «... las enviaban su palco...».

Real las noches que no eran de turno brillante. Su conmiseración tampoco se olvidaba de ellas al extender las invitaciones para comidas de fiesta onomástica, tés de la tarde, etc. «No hay que olvidar a las de Torrealta, ¡pobrecitas!...» Y al día siguiente los cronistas de salones escribían en la lista de los asistentes a la fiesta a «la bella señorita de Torrealta y su distinguida madre, la viuda del ilustre diplomático de imperecedero recuerdo»; y doña Emilia, olvidando su situación, creyéndose en los mejores tiempos, entraba en todas partes con un eterno traje negro, acosando con su tuteo y sus confidencias a las grandes señoras, cuyas doncellas eran más ricas y comían mejor que ella y su hija. Si algún señor viejo se refugiaba a su lado, la diplomática intentaba anonadarlo con la majestad de sus recuerdos. «Cuando estábamos de embajadores en Estocolmo...» «Cuando mi amiga Eugenia era emperatriz...».

La hija, con cierto instinto de muchacha tímida, parecía darse cuenta mejor de la situación. Permanecía sentada entre las señoras mayores, osando sólo de tarde en tarde aproximarse a las otras jóvenes, que habían sido sus compañeras de colegio y ahora la trataban con superioridad, viendo en ella algo así como una señorita de compañía elevada hasta ellas por los recuerdos del pasado. La madre se irritaba por su timidez. Debía bailar mucho, ser vivaracha y atrevida, como las otras; decir chistes, aunque fuesen crudos, para que los hombres los repitiesen, haciéndola una fama de ingeniosa. Parecía imposible que con su educación fuese tan insignificante. ¡La hija de un grande hombre que apenas entraba en los primeros salones de Europa formaban círculo en torno de él! ¡Una muchacha educada en el Sagrado Corazón, de París, que hablaba el inglés, su poquito de alemán, y se pasaba el día leyendo cuando no tenía que limpiar unos guantes o reformar un vestido!... ¿Era que no deseaba casarse?... ¿Tan bien se encontraba en aquel piso tercero, miserable calabozo de la dignidad de su apellido?...

Josefina sonreía tristemente. ¡Casarse! Jamás lo lograría en este mundo que frecuentaban. Todos conocían su pobreza. Los jóvenes corrían en los salones detrás de las fortunas al seguir a las mujeres. Si alguno se acercaba a ella, atraído por su pálida belleza, era para deslizarla en el oído vergonzosas sugestiones, para proponerle, mientras bailaban, noviazgos sin compromiso, relaciones íntimas, con una prudencia traducida del inglés, *flirts* que no dejaban lastre[16], corrupciones gratas a las vírgenes que quieren seguir siéndolo después de conocer todas las aberraciones del roce carnal.

Renovales no se dio cuenta de cómo se inició su amistad con Josefina. Tal vez fue el contraste entre él y aquella mujercita que apenas le llegaba al hombro y parecía tener quince años cuando había cumplido los veinte. Su voz dulce, con un ceceo débil, le acariciaba los oídos. Reía pensando en la posibilidad de dar un abrazo a aquel cuerpo gracioso y frágil: la haría añicos entre sus manos de luchador, como si fuese una muñeca de cera. Buscábala Mariano en los salones que solían frecuentar la madre y la hija, y pasaba todo el tiempo sentado junto a ésta, sintiéndose invadido por una fraternal confianza, un deseo de comunicárselo todo, su pasado, sus trabajos presentes, sus esperanzas, como si fuese un compañero de estudio. Ella le oía, mirándole con sus ojos pardos, que parecían sonreírle, moviendo la cabeza con asentimiento sin entenderle muchas veces, sintiéndose acariciada por la exuberancia de aquel carácter que parecía desbordarse en olas de fuego. Era un hombre distinto de todos los que ella había conocido.

Al verles en esta intimidad, no se sabe quién, tal vez alguna amiga de Josefina, por burlarse de ella, lanzó la noticia. El pintor y la de Torrealta[17] eran novios. Entonces fue cuando los interesados se dieron cuenta de que se amaban, sin habérselo dicho. Por algo más que por amistad pasaba Renovales ciertas mañanas por la calle de Josefina, mirando los altos balcones con la esperanza de ver tras los cristales su fina silueta. Una noche, en casa de la duquesa, al verse solos en un corredor, Renovales la cogió una mano y se la llevó a la boca con tanto temor, que apenas tocaron sus labios la piel del guante. Tenía miedo a su rudeza, sentíase avergonzado de su vigor, creía que iba a hacer daño a aquella criatura tan fina,

---

[16] «... no dejaban rastro...».
[17] «Torralba».

tan débil. Ella podía haberse librado de esta audacia con el más leve movimiento; pero abandonó su mano, al mismo tiempo que inclinaba la cabeza y rompía a llorar:

—¡Qué bueno es usted, Mariano!...

Sentía un intenso agradecimiento al verse amada por primera vez, amada de veras por un hombre de cierta celebridad, que huía de las mujeres felices para buscarla a ella, la humilde, la olvidada. Todos los tesoros de cariño que habían ido amontonándose en el aislamiento de su vida de humillación desbordábanse. ¡Ay, cómo se sentía capaz de amar al que la amase, sacándola de esta existencia de parasitismo, elevándola, por su fuerza y su cariño, al nivel de las que la despreciaban!...

La noble viuda de Torrealta[18], al conocer el noviazgo del pintor con su hija, tuvo un movimiento de indignación. «¡El hijo del herrero!» «¡El ilustre diplomático de imperecedera memoria!»... Pero como si esta protesta de su orgullo le abriese los ojos, pensó en los años que llevaba paseando su hija de salón en salón, sin que nadie se aproximase a ella. ¡Buenos estaban los hombres! Pensó también en que un pintor célebre era un personaje; recordó los artículos que habían dedicado a Renovales por su último cuadro; y sobre todo, lo más conmovedor para ella fue el conocer de oídas las grandes fortunas que amasaban los artistas en el extranjero, los centenares de miles de francos pagados por un lienzo que podía llevarse debajo del brazo. ¿Por qué no había de ser Renovales de estos afortunados?

Comenzó a importunar con sus consultas a los innumerables parientes. La niña no tenía padre[19], y ellos debían hacer sus veces. Unos la contestaban[20] con indiferencia. «¡El pintor!... ¡pchs! no está mal», dando a entender con su desvío que lo mismo les parecería si se casaba con un guardia de Consumos. Otros la insultaban involuntariamente al dar su aprobación. «¿Renovales? Un artista de gran porvenir. ¡Qué más podéis desear! Debes agradecer que se haya fijado en tu

---

(18) «Torrealba».

(19) «padres».

(20) «contentaban».

hija.» Pero el consejo que más la decidió fue el de su ilustre primo el marqués de Tarfe, un personaje al que veneraba como si fuese el primer hombre del país, sin duda por su carácter de jefe eterno de la diplomacia, ya que[21] cada dos años ocupaba la cartera de Estado.

—Me parece muy bien —dijo el prócer a toda prisa, pues le esperaban en el Senado—. Es una moda[22] moderna, y hay que vivir con los tiempos modernos. Yo soy conservador, pero liberal, muy liberal y muy moderno. Protegeré a esos chicos: me gusta la boda. ¡El arte uniendo su prestigio al de los apellidos históricos! ¡La sangre popular que asciende por sus méritos a confundirse con la de la antigua nobleza!...

Y el marqués de Tarfe, cuyo marquesado no contaba medio siglo de vida, decidió con estas imágenes de orador senatorial y con las promesas de su protección el ánimo de la altiva viuda. Ella fue la que habló a Renovales, excusando una penosa explicación a la timidez que sentía el artista en este mundo que no era el suyo.

—Lo sé todo, Marianito, y me parece bien.

Pero ella no gustaba de noviazgos largos. ¿Cuándo pensaba casarse? Renovales lo deseaba con más vehemencia aún que la madre. Josefina era para él una mujer distinta de las demás hembras, que apenas si conmovían su deseo. Su castidad de fiero trabajador disolvíase en una fiebre, en un anhelo de hacer suya cuanto antes aquella muñeca encantadora. Además, sentía halagado su orgullo por esta unión. Su novia era pobre, no llevaba al matrimonio mas que unos cuantos trapos, pero pertenecía a una familia de próceres, ministros unos, generales otros, linajudos todos. Podían pesarse por toneladas las coronas y escudos de aquellos parientes innumerables, que no hacían gran caso de Josefina y su madre, pero iban a ser su familia dentro de poco. ¡Qué pensaría el señor Antón machacando el hierro allá en las afueras de su pueblo! ¡Qué dirían los envidiosos camaradas de Roma, cuya suerte estribaba en amancebarse con las *chocharas* que les servían de modelo, para después casarse con ellas, por miedo a la daga

---

[21] «... ya cada dos años...».
[22] «boda».

del venerable calabrés, empeñado en dar a su nieto un padre legítimo!

Los diarios hablaron mucho de la boda, repitiendo, con ligeras variantes, las mismas frases del marqués de Tarfe: «El arte uniéndose con la nobleza». Renovales, apenas se efectuase su casamiento, deseaba partir con Josefina para Roma. Tenía hechos allá todos los preparativos para la nueva vida, invirtiendo en ello los miles de pesetas que le había dado el Estado por su cuadro y el producto de varios retratos para el Senado, hechos por encargo del que iba a ser su ilustre pariente.

Un amigo de Roma —el famoso[40] Cotoner— le había alquilado una habitación en la vía Margutta, amueblándola con arreglo a sus indicaciones de artista. Doña Emilia se quedaba en Madrid con uno de sus hijos, que pasaba a prestar servicio en el Ministerio de Estado. A los novios les estorba todo, hasta la madre. Y doña Emilia se limpiaba una lágrima invisible con la punta del guante. Además, no le gustaba volver a los países donde había sido «alguien»; prefería quedarse en Madrid; aquí, al menos, la conocían.

La boda fue un acontecimiento. No faltó ningún individuo de la inmensa familia; todos temieron los requerimientos pegajosos de la ilustre viuda, que llevaba la lista de los parientes hasta el sexto grado[41].

El señor Antón llegó dos días antes, vestido de nuevo, con calzón corto y ancho sombrero de felpa, mirando azorado a aquellas gentes que le contemplaban sonriendo, como un tipo original. Cabizbajo y tembloroso en presencia de las dos

---

40 En dos ocasiones utiliza Blasco en *La maja desnuda* el termino «famoso» atribuyéndole la tercera acepción del diccionario («Aplícase a personas, hechos o dichos que llaman la atención por ser muy singulares y extravagantes») y no la primera («Que tiene fama y renombre»): con Cotoner, varias veces, y en el capítulo I, al referirse al «famoso Tekli».

41 En la caracterización de la imagen de doña Emilia hay notables similitudes con doña Manuela, de *Arroz y tartana* (1894; cap. 9, págs. 261 y ss.). Es relativamente habitual hallar en las novelas de Blasco un personaje femenino maduro de características negativas, bien por sus deseos de apariencia social, bien por sus malas voluntades, como doña Bernarda de *Entre naranjos* (o.c., 1900) o la madre del doctor Valdivia en *La voluntad de vivir* (o.c., 1907).

mujeres, llamaba a su nuera «señorita», con respeto de campesino.

—No, papá; llámeme usted hija. Hábleme de tú.

Pero a pesar de la sencillez de Josefina y del tierno agradecimiento que sentía él viéndola mirar a su hijo con amorosa expresión, no osaba permitirse el tuteo y hacía los mayores esfuerzos para evitar ese(23) peligro, hablándola siempre en tercera persona.

Doña Emilia, con sus lentes de oro y su majestuosa altivez, aún le causaba mayor emoción. Llamábala siempre «señora marquesa», pues, en su sencillez, no podía admitir que aquella señora no fuese marquesa cuando menos. La viuda, un tanto desarmada por el homenaje de aquel hombre(24), reconocía que era un palurdo de cierto talento natural, lo que le hacía tolerar la nota ridícula de su calzón corto.

En la capilla del palacio del marqués de Tarfe, después de mirar con azoramiento desde la puerta todo aquel señorío que se reunía para la boda de su hijo, el viejo rompió a llorar.

—¡Ya puedo morirme, rediez! ¡Ya puedo morirme!

Y repetía su triste deseo, sin fijarse en las risas de los criados, como si la felicidad, después de una vida de trabajo, fuese en él precursora inevitable de la muerte.

Los novios emprendieron su viaje el mismo día. El señor Antón besó en la frente por primera vez a su nuera, mojándola de lágrimas, y regresó al pueblo, repitiendo su deseo de morir, como si no le quedase en el mundo nada que esperar[42].

---

(23) «este».

(24) «... aquel buen hombre...,».

---

[42] Al contrario de lo que sucede con el tratamiento de los personajes femeninos maduros —a menudo la madre del protagonista—, Blasco manifiesta un profundo respeto por las figuras de los padres. Pondremos el ejemplo —además de esta amorosa escena del padre de Renovales— de *Noche de bodas*, uno de los *Cuentos valencianos*, en el que incluye a la madre en una escena similar a esta de *La maja* (o.c., pág. 54): «El nuevo cura, a pesar de su estado, no pudo reprimir un sentimiento de orgullo y cerró los ojos, como si le desvaneciera el primer homenaje. / Algo áspero y burdo oprimió sus manos. Eran las pobres zarpas del tío *Bollo*, cubiertas de escamas por el trabajo y la

Renovales y su mujer llegaron a Roma después de varios altos en el camino. Su corta estancia en varias ciudades de la Costa Azul, los días pasados en Pisa y Florencia, con ser dulces y guardar el recuerdo de las primeras intimidades, les pa-

---

vejez. El cura vio inundadas en lágrimas, contraídas por conmovedoras muecas, las cabezas arrugadas y cocidas al sol de sus pobres padres, que le contemplaban con la expresión del escultor devoto que, terminada la obra, se prosterna ante ella creyéndola de origen superior.» León Roca establece una acertada relación de esta característica de la narrativa de Blasco y un hecho que ocurriría a finales del mismo año 1906: Tras serle concedida a Blasco la Legión de Honor francesa, en Valencia se organizó una extraordinaria manifestación popular de homenaje al escritor: «los telegramas felicitando a Blasco Ibáñez parten de todos los rincones de España y cruzan la Península... Los casinos organizan veladas literarias. En los círculos de todos los pueblos de la provincia de Valencia se leen públicamente capítulos de las novelas valencianas. La editorial Sempere publica un folleto que reparte profusamente y que contiene artículos de Azzati, Morote, Lerroux, Demófilo y opiniones y críticas de escritores y personalidades de las letras. Un industrial entusiasta, M. Prades, imprime a millares una fotografía, de gran tamaño, de Blasco Ibáñez, que vende al precio de cinco céntimos. Y el ayuntamiento, sumándose al regocijo popular, acuerda declarar hijo predilecto de la ciudad a Vicente Blasco Ibáñez. / Hay que admirar una vez más el clima de "blasquismo" que se desparrama por Valencia. Es la reacción que solamente se ha dado en una época determinada y al conjuro de un solo nombre. Es la pasión popular por el ídolo, no por el convencimiento que se tiene de la grandeza de Blasco Ibáñez como literato, sino por esa mezcla de hombría, de político, de artista, que se resumen en un nombre que electriza y subyuga. / La manifestación que se organiza es una imponente masa que se aplasta por las calles de Valencia. Ya no es la presencia de Blasco Ibáñez la que arrastra a la multitud. Ahora es tan sólo su nombre. Forman la cabeza de la comitiva el entonces alcalde, doctor Sanchis Bergón. Cumplimentado el cónsul de Francia en Valencia, señor conde de Valincourt, sólo resta tributar al padre del novelista el testimonio de la gratitud valenciana. / Don Gaspar se halla en *El Pueblo*. Y ha de salir al balcón para que Azzati le abrace simbólicamente ante la multitud entusiasta. / ¿Ha pensado Blasco Ibáñez alguna vez en su padre mientras escribía aquel párrafo de *La maja desnuda*, cuando Antón, el herrero, padre de Renovales, asiste a la boda de su hijo? ¿Y no puede decir don Gaspar lo mismo que dice aquél: "Ya puedo morir tranquilo"? Ha vivido la grandeza de su hijo. Pero en la ficción novelesca de *La maja desnuda*, la grandeza está en la boda que hace Renovales, mientras que en la realidad la grandeza de Blasco está rubricada por el estallido de toda una ciudad que exterioriza en la calle, ante los balcones, entre banderas y guirnaldas, el júbilo por el triunfo del novelista.»

recieron de una insoportable vulgaridad al verse en su casita de Roma. Allí comenzaba su verdadera luna de miel, en el hogar propio, aislado de toda indiscreción, lejos de la promiscuidad de los hoteles.

Josefina, habituada a una existencia de ocultas privaciones, a la miseria de aquel tercer piso, en el que vivían como acampadas ella y su madre, guardando todas las ostentaciones para la calle, admiró la coquetona gracia, la elegante pequeñez de aquella habitación de la vía Margutta. El amigo de Mariano encargado del arreglo de la casa, un tal Pepe Cotoner, pintor que apenas cogía los pinceles y dedicaba todos sus entusiasmos artísticos a la admiración de Renovales, había hecho bien las cosas.

Palmoteó Josefina[25] con alegría infantil al ver el cuarto de dormir, admirando sus muebles venecianos, suntuosos, con maravillosas incrustaciones de nácar y ébano; un lujo de príncipe, que el pintor acabaría de pagar a plazos.

¡Ah, la primera noche de su estancia en Roma! ¡Cómo la recordaba Mariano!... Josefina, tendida en su cama monumental de dogaresa, estremecíase con la voluptuosidad del descanso, estirando sus miembros antes de ocultarlos bajo las finas sábanas, mostrándose con el abandono de la hembra que ya no tiene secretos que guardar. Sus pies menudos y carnosos movían los dedos de carmín como si llamasen a Renovales.

Éste, de pie junto al lecho, contemplábala grave, con las cejas fruncidas, dominado por un deseo que dudaba de formular[26]. Quería verla, admirarla; aún no la conocía después de aquellas noches pasadas en los hoteles, oyendo voces extrañas al otro lado de los tabiques.

No era un capricho amoroso: era un deseo de pintor, una exigencia de artista. Sus ojos sentían hambre de su belleza.

Ella resistíase, con el rostro coloreado de rubor, un tanto

---

(25) «Josefina palmoteó...».

(26) «... dudaba en formular».

indignada por esta exigencia que la hería en sus preocupaciones más íntimas.

—No seas loco, Marianito. Acuéstate; no digas tonterías.

Pero él, cada vez más aferrado a su deseo, insistía tenazmente. Debía despreciar sus escrúpulos de burguesa; el arte se reía de tales pudores; la belleza humana era para mostrarse en su radiante majestad, no para vivir oculta, despreciada y maldita.

Él no quería pintarla, no se atrevía a pedir tanto; pero verla, sí, verla y admirarla, sin deseos groseros, con religiosa adoración.

Y sus manazas, contenidas por el miedo a hacerla daño, tiraban suavemente de los débiles brazos, que se cruzaban sobre el pecho, intentando oponerse a estos avances. Ella reía. «Loco extravagante, que me haces cosquillas... que me haces daño.» Pero poco a poco, vencida por la tenacidad, satisfecho su orgullo femenil de esta adoración de su cuerpo, acabó por entregarse, por dejarse manejar como una niña, con suaves quejidos, como si la impusieran un tormento, sin oponer ya resistencia.

El cuerpo, libre de velos, mostró su blancura nacarada. Josefina cerró los ojos, como si quisiera huir de la vergüenza de su desnudez. Sobre la nitida sábana destacábanse, ligeramente sonrosadas, las armoniosas redondeces, embriagando los ojos del artista.

La cara de Josefina no era gran cosa; ¡pero el cuerpo!... ¡Si él, venciendo sus escrúpulos, pudiese pintarlo algún día!...

Con los ojos siempre cerrados, como si la fatigase esta muda exhibición, la mujercita dobló los brazos, colocándolos bajo su cabeza, y arqueó el torso, elevando las blancas amenidades que hinchaban su pecho.

Renovales se arrodilló junto a la cama, en un transporte de admiración, con toda la vehemencia de su entusiasmo, besando aquella carne sin que la suya se estremeciese.

—Te adoro, Josefina. Eres hermosa como Venus. No; Venus, no. Es fría y reposada como una diosa, y tú eres una mujer. Pareces... ¿qué es lo que pareces?... Sí; te veo igual. Eres la majita de Goya, con su gracia delicada, con su seductora pequeñez... ¡Eres la maja desnuda!

III

La vida de Renovales fue otra. Enamorado de su mujer, temiendo que ésta notase alguna falta en su bienestar y pensando con cierta inquietud en aquella viuda de Torrealta(27), que podía quejarse de que la hija del «ilustre diplomatico de imperecedero recuerdo» no era feliz por haber descendido a unirse con un pintor, trabajaba tenazmente para mantener con el pincel las comodidades de que había rodeado a Josefina.

Él, que tanto había despreciado el arte «industrial», la pintura por dinero, a que se entregaban sus camaradas, imitó a éstos, pero con la vehemencia que ponía en todas sus empresas. En ciertos estudios levantó gritos de protesta este competidor incansable, que abarataba escandalosamente los precios. Había vendido su pincel por un año a uno de aquellos mercaderes judíos que exportaban pintura al extranjero, a tanto la pieza y con prohibición absoluta de pintar para otro comerciante. Renovales trabajaba de la mañana a la noche, cambiando de asuntos cuando así lo exigía aquel que llamaban su empresario. «Basta de *chocharos;* ahora, moros.» Después los moros perdían su valor en el mercado, y entraban en tanda los mosqueteros en gallardo duelo, los pastorcillos sonrosados, a lo Watteau[43], o las damas de cabello empolvado embarcándose en una góndola de oro al son de cítaras. Para refrescar el surtido, intercalaba

(27) «Torrealba».

[43] Jean-Antoine Watteau (1684-1721), uno de los principales pintores rococós. Sus cuadros poseían una gran sensualidad y un nuevo lirismo, así como nuevas concepciones en el tratamiento de la luz y el color. El neoclasicismo tendió a desdeñarlo, aunque fue recuperado a partir del romanticismo, siendo tomado como modelo en el último tercio del XIX por muchos pintores de género, tanto intentando imitar algunas de sus formas así como ciertos temas (fiestas galantes, tipos de la *commedia dell'arte*...), hecho al que hace aquí referencia Blasco.

una escena de sacristía, con gran alarde de casullas bordadas e incensarios dorados, o alguna bacanal, imitando de memoria y sin modelo las voluptuosas redondeces y las carnes de ámbar del Ticiano. Cuando se acababa el catálogo, los *chocharos* volvían a estar de moda, y otra vez a empezar. El pintor, con su extraordinaria facilidad de ejecución[44], producía dos o tres cuadritos por semana. El empresario, para animarle en su trabajo, le visitaba muchas tardes, siguiendo la marcha de su pincel con el entusiasmo del que cuenta el arte a tanto el palmo y la hora. Sus noticias eran para infundir nuevos ánimos.

La última *Bacanal* pintada por Renovales estaba en un bar elegante de Nueva York. Su *Procesión de los Abruzos* la tenían en uno de los castillos más nobles de Rusia. Otro cuadro representando una danza de marquesas disfrazadas de pastorcillas sobre una pradera de violetas lo guardaba en Francfort un barón judío y banquero... El mercader se frotaba las manos, hablando al artista con aire protector. Su nombre iba creciendo gracias a él, que no pararía hasta crearle una reputación universal. Ya le escribían sus corresponsales pidiendo que sólo enviase obras del *signore Renovalés*, pues eran las que se movían mejor en el mercado. Pero Mariano le contestaba con un estallido brusco de su amargura de artista. Todos aquellos lienzos eran porquerías. Si el arte fuera esto, preferiría picar piedra en una carretera.

Pero sus rebeliones contra este envilecimiento del pincel desaparecían al ver a su Josefina en aquella casa, cuyo adorno mejoraba, convirtiéndola en un estuche digno de su amor. Ella sentíase dichosa en su vivienda, con carruaje de lujo todas las tardes y completa libertad para vestirse y adornarse. Nada faltaba a la esposa de Renovales; hasta tenía a sus órdenes, como consultor y fiel mandadero, al buen Cotoner, que pasaba la noche en el cuartucho que le servía de estudio en un barrio popular y el resto del día junto al joven

---

44 Es este otro de los tópicos acerca de Joaquín Sorolla: su facilidad de ejecución, motivo generalizado de la admiración de sus contemporáneos, a la par que de ciertas críticas de sus detractores.

matrimonio. Ella era la dueña del dinero[45]; nunca había visto tantos billetes juntos. Cuando Renovales le entregaba el mazo de liras que le había dado su empresario, ella decía alegremente: «¡Dinero, dinerito!» Y corría a ocultarlo, con un mohín gracioso de dueña de casa hacendosa y económica... para sacarlo al día siguiente y desparramarlo con infantil inconsciencia. ¡Qué gran cosa era la pintura! Su ilustre padre —a pesar de cuanto dijese mamá— no había ganado nunca tanto dinero yendo por el mundo, de cotillón en cotillón, representando a sus reyes.

Mientras Renovales estaba en el estudio, ella había paseado por el Pincio, saludando desde su landó a las innumerables embajadoras residentes en Roma, a ciertas viajeras aristocráticas de paso en la gran ciudad que le habían sido presentadas en algún salón, y a toda la nube de agregados diplomáticos que vivían en torno de una corte doble: la del Vaticano y la del Quirinal.

El pintor veíase introducido por su mujer en un mundo protocolario de la más estirada elegancia. La sobrina del marqués de Tarfe, eterno ministro de Estado, era recibida con los brazos abiertos por la alta sociedad romana, la más diplomática de Europa. No había fiesta en las dos Embajadas de España a la que no concurriese «el ilustre pintor Renovales con su elegante esposa», y por irradiación, estas invitaciones habíanse extendido a las Embajadas de otros países. Pocas eran las noches sin fiesta. Al ser dobles los centros diplomáticos, unos acreditados cerca del rey de Italia y otros afectos al Vaticano, menudeaban las recepciones y saraos en este mundo aparte, que se encontraba todas las noches, bastándose a sí propio para su solaz.

Cuando Renovales llegaba a su casa al anochecer cansado del trabajo, ya le esperaba Josefina a medio vestir, y el famoso Cotoner le ayudaba a ponerse el traje de ceremonia.

---

[45] Encontramos aquí una nueva referencia a Sorolla; quizás incluso pudiésemos hablar de cierta broma encubierta de Blasco a su amigo el pintor: es sabido que las cuentas de la familia las llevaba estrictamente Clotilde García, su esposa y férrea administradora, aunque no es cierto que nunca, como Josefina, lo «desparramara con infantil inconsciencia».

—¡La cruz! —exclamaba Josefina al verle con el frac puesto—. Pero hombre, ¿cómo te olvidas de la cruz? Ya sabes que allí todos llevan algo.

Cotoner iba en busca de las insignias de una gran cruz que el gobierno español había dado a Renovales por su cuadro; y el artista, con la pechera cortada por la banda y un redondel brillante en el frac, partía con su mujer para pasar la noche entre diplomáticos, ilustres viajeros y sobrinos de cardenales.

Los otros pintores rabiaban de envidia al enterarse de la frecuencia con que visitaban su estudio los embajadores de España, el cónsul y ciertos personajes allegados al Vaticano. Negaban su talento atribuyendo estas distinciones a la posición de Josefina. Le llamaban cortesano y adulador, suponiendo que se había casado para hacer carrera. Uno de los visitantes más asiduos era el padre Recovero, procurador de cierta orden frailuna poderosa en España; una especie de embajador con capucha, que gozaba de grandes influencias cerca del Papa. Cuando no iba por el estudio de Renovales, éste tenía la certeza de que se hallaba en su casa cumpliendo algún encargo de Josefina, la cual mostrábase orgullosa de su amistad con este fraile influyente, jovial y de pretenciosa elegancia bajo su hábito burdo. La esposa de Renovales siempre tenía asuntos que encargarle; las amigas de Madrid no la dejaban parar con sus incesantes peticiones.

La viuda de Torrealta[28] contribuía a esto hablando a sus conocimientos de la alta posición que ocupaba su niña en Roma. Marianito, según ella, ganaba millones; Josefina pasaba por gran amiga del Papa; su casa estaba llena de cardenales, y si el Sumo Pontífice no iba a visitarla, era porque el pobrecito vivía en el Vaticano[29]. Y la esposa del pintor siempre tenía que enviar a Madrid algún rosario pasado por la tumba de San Pedro, o reliquias extraídas de las Catacumbas. Daba prisa al padre Recovero para que solucionase difíciles dispensas de casamiento, y se interesaba por otras peticiones de ciertas señoras devotas amigas de su madre. Las grandes fies-

(28) «Torrealba».

(29) «... vivía preso en el Vaticano.»

tas de la Iglesia romana la entusiasmaban por su interés teatral, y agradecía mucho al campechano fraile que se acordase de ella reservándole[30] una buena localidad. No había recepción de peregrinos en San Pedro, con marcha triunfal del Papa, llevado en andas entre abanicos de plumas, a la que no asistiese Josefina. Otras veces, el buen padre la anunciaba con misterio que al día siguiente cantaba Pallestri, el famoso castrado de la capilla papal, y la española madrugaba, dejando acostado a su marido, para oír la voz dulcísima del eunuco pontificio, cuyo rostro imberbe figuraba en los escaparates de las tiendas entre los retratos de las bailarinas y los tenores de moda.

Renovales reía con bondad de las innumerables ocupaciones y fútiles entretenimientos de su esposa. ¡Pobrecilla! Debía pasar la vida alegremente; para eso trabajaba él. Bastante sentía no poder acompañarla más que en sus diversiones nocturnas.

Durante el día confiábala a su fiel Cotoner, que iba con ella como un rodrigón, llevándola los paquetes cuando salía a compras, llenando las funciones de administrador de la casa y en ciertas ocasiones de cocinero.

Renovales lo había conocido al llegar a Roma. Era su mejor amigo. Mayor que él en diez años, mostraba Cotoner por el joven artista una adoración de discípulo y un afecto de hermano mayor. Toda Roma le conocía, riendo de sus pinturas —cuando pintaba de tarde en tarde— y apreciando su carácter servicial, que dignificaba en cierto modo una existencia de parásito. Pequeño, regordete, calvo, con las orejas algo despegadas y una fealdad de fauno alegre y bondadoso, el *signore* Cotoner, al llegar el verano, encontraba siempre un refugio en el castillo de algún cardenal en la campiña romana. Durante el invierno veíasele en el Corso, como una figura popular, envuelto en su macferlán verdoso, que agitaba las mangas con aleteo de murciélago. Había comenzado en su país como paisajista, pero quiso pintar figuras, igualarse a los maestros, y cayó en Roma acompañando al obispo de su tie-

(30) «... reservándola...».

rra, que le consideraba una gloria de campanario. Ya no se movió de la gran ciudad. Sus progresos fueron notables. Conocía los nombres y las historias de todos los artistas; nadie podía medirse con él en punto a saber el modo de vivir en Roma con economía y dónde se encontraban las cosas más baratas. No pasaba un español por la gran ciudad que él no lo visitase. Los hijos de los pintores célebres le miraban como una especie de ama seca, pues a todos los había adormecido en sus brazos. El gran triunfo de su vida era haber figurado de Sancho Panza en la cabalgata del *Quijote*. Siempre pintaba el mismo cuadro, retratos del Papa en tres diversos tamaños, amontonándolos en el cuartucho que le servía de estudio y dormitorio. Los cardenales amigos, a los que visitaba con frecuencia, compadecíanse del *povero signore*[31] Cotoner, y le compraban por unas cuantas liras un retrato del Pontífice, de horrible fealdad, regalándolo a una[32] iglesia de aldea, donde la obra producía admiración por venir de Roma y ser nada menos que de un pintor amigo de Su Eminencia.

Estas compras eran un rayo de alegría para Cotoner, que llegaba al estudio de Renovales con la frente alta y una sonrisa de falsa modestia.

—He hecho una venta, chiquillo. Un Papa... el grande: el de dos metros.

Y con súbita confianza en su talento, hablaba del porvenir. Otros deseaban medallas, triunfos en las Exposiciones; él era más modesto. Se daba por contento con adivinar quién sería Papa cuando muriese el actual, para ir pintando retratos suyos, por docenas, con alguna anticipación. ¡Qué triunfo lanzar la mercancía al día siguiente del cónclave! ¡Una verdadera fortuna! Y conocedor de todos los cardenales, pasaba revista en su memoria al Sacro Colegio, con una tenacidad de jugador de lotería, dudando entre la media docena que aspiraban a la tiara.

Vivía como un parásito entre los altos personajes de la Iglesia, pero era indiferente en religión, cual si el trato con aquéllos le hubiese arrebatado toda creencia. El anciano ves-

(31) En Sempere, cada vez que aparece la palabra en italiano, pone «*signor*».
(32) «... a alguna iglesia...».

tido de blanco y los otros señores rojos le infundían respeto porque eran ricos y servían indirectamente a su mísera industria de retratos. Toda su admiración era para Renovales. En los estudios de los otros artistas acogía las bromas mortificantes con su sonrisa plácida de eterno agradador; pero que no hablasen mal de Mariano, que no discutiesen su talento. Para él, Renovales sólo podía producir obras maestras, y en su ciega admiración, llegaba a extasiarse ingenuamente ante los cuadros de caballete que pintaba para su empresario.

Algunas veces Josefina presentábase de improviso en el estudio de su marido, charlando con él mientras pintaba, alabando los lienzos que eran de asunto bonito. Prefería en estas visitas encontrarle solo, pintando de fantasía, sin otra ayuda que unas ropas puestas sobre un maniquí. Sentía cierta repugnancia por los modelos, y en vano intentaba Renovales convencerla de su necesidad. Él tenía talento para pintar cosas hermosas sin apelar al auxilio de aquellos tíos ordinarios, y sobre todo de las mujeres, unas hembras mal peinadas, de ojos de brasa y dientes de loba, que le parecían temibles en la soledad y el silencio del estudio. Renovales reía. ¡Qué disparate! ¡Celosilla! Como si él, con la paleta en la mano, fuese capaz de otros pensamientos que los de su arte!...

Una tarde, Josefina, al entrar de pronto en el estudio, vio sobre la tarima del modelo una mujer desnuda, tendida en unas pieles, mostrando las redondeces de su dorso, de un color amarillento. La esposa apretó los labios y fingió no verla, oyendo con aire distraído a Renovales, que explicaba esta innovación. Estaba pintando una bacanal, y le era imposible pasar adelante sin modelo. Era una necesidad: la carne no podía hacerse «de memoria». La modelo, tranquila ante el pintor, sintióse avergonzada de su desnudez en presencia de aquella dama elegante, y luego de arrebujarse en las pieles se ocultó tras un biombo, vistiéndose con apresuramiento.

Renovales se serenó al volver a su casa, viendo que su mujer le recibía con la efusión de siempre, como si hubiera olvidado su disgusto de la tarde. Rió oyendo al famoso Cotoner; fueron después de la comida a un teatro, y al llegar la hora de dormir, el pintor ya no se acordaba de la sorpresa en el estudio. Comenzaba a dormirse, cuando le alarmó un suspiro doloroso, prolongado, como si alguien se asfixiase junto a él. Al dar luz vio a Josefina con los puños en los ojos, derramando lágrimas, agitado su pecho por estremecimientos de angustia, moviendo los pies con una rabieta de niña, que apelotonaba las ropas de la cama, echando abajo el rico edredón.

—¡No quiero!, ¡no quiero! —gemía con acento de protesta.

El pintor había saltado de la cama, lleno de inquietud, yendo de un lado a otro sin saber qué hacer, intentando apartar sus manos de sus ojos, cediendo, a pesar de su fuerza, a los movimientos de Josefina para desasirse.

—Pero ¿qué tienes? ¿Qué es lo que no quieres?... ¿Qué te pasa?

Y ella seguía gimoteando, revolviéndose en el lecho agitando sus pies con furia nerviosa.

—¡Déjame! No te quiero... No me toques... no lo consiento, no señor; no lo consiento. Me iré... me iré con mi madre.

Renovales, asustado por esta furia de la mujercita siempre dulce, no sabía qué hacer para calmarla. Corría en camisa por el dormitorio y la inmediata pieza del tocador, mostrando sus músculos de atleta; le[33] ofrecía agua, llegando, en su aturdimiento, a echar mano de los frascos de esencias, como si pudieran servirle de calmantes, y acabó por arrodillarse, intentando besar las manecitas crispadas que le rechazaban, enredándose en su barba y su cabellera.

—¡Déjame!... Te digo que me dejes. Veo que no me quieres. Me iré...

El pintor sintió asombro y miedo por esta nerviosidad de su muñequita adorada: no se atrevía a tocarla, por el temor a hacerla daño... ¡Apenas saliese el sol abandonaría aquella casa para siempre! Su marido no la quería; ella no tenía otro cariño que el de mamá. El pintor la ponía en ridículo... Y todas estas quejas incoherentes, sin explicar el motivo de su enfado, se prolongaron mucho tiempo, hasta que el artista columbró la causa. ¿Era la modelo?, ¿la mujer desnuda? Sí, esto

---

[33] «... la ofrecía agua...».

era; ella no consentía que[34] en un estudio que era como su casa se[35] mostrasen las mujerzuelas impúdicamente a los ojos de su marido. Y al protestar contra tales abominaciones, sus dedos crispados rasgaban el pecho de la camisa, enseñando los ocultos encantos que tanto entusiasmaban a Renovales.

El pintor, fatigado por esta escena, enervado por los gritos y lloros de su esposa, no pudo resistir su risa al conocer el motivo del disgusto.

—¡Ah! ¿Conque todo es por la modelo?... Descansa, hija: no entrará ninguna mujer en el estudio.

Y prometió cuanto quiso Josefina, para acabar pronto. Al caer de nuevo en la obscuridad, todavía suspiró ella; pero ahora lo hacía entre los fuertes brazos del marido, con la cabeza apoyada en su pecho, hablando con un ceceo de niña afligida que justifica su pasada rabieta. Nada le costaba a Mariano darle ese gusto. Ella le quería mucho, ¡mucho!, y aún le querría más si respetaba sus preocupaciones. Podía llamarla burguesa, alma vulgar; pero así quería ser, como había sido siempre. Además, ¿qué necesidad tenía de pintar hembras desnudas? ¿No sabía hacer otras cosas? Le aconsejaba que pintase niños con pellico y abarcas, tocando la gaita, rizados y mofletudos como el niño Jesús; viejas campesinas de rostro arrugado y cobrizo; ancianos calvos de luenga barba; figuras de «carácter»; pero nada de mujeres jóvenes, ¿eh?, nada de bellezas desnudas. Renovales decía que sí a todo, apretando aquel cuerpo adorable, todavía estremecido y vibrante por la pasada furia. Los dos se buscaban con cierta ansiedad, ganosos de olvidar lo ocurrido, y la noche acabó dulcemente para Renovales en las efusiones de la reconciliación.

Al llegar el verano, alquilaron en Castelgandolfo un *villino*. Cotoner había marchado a Tívoli a la cola del cortejo de un cardenal, y el matrimonio vivió en el campo, sin otra compañía que la de un par de domésticas y un criado que cuidaba de los trebejos artísticos del señor.

Josefina vivió contenta en este aislamiento, lejos de Roma,

---

(34) «... no consentía en un estudio...».

(35) «... como su casa que se mostrasen...».

hablando con su marido a todas horas, libre de aquella inquietud que la acometía cuando él trabajaba en su estudio. Durante un mes permaneció Renovales en plácida vagancia. Parecía olvidado de su arte; las cajas de colores, los caballetes, todo el bagaje artístico traído de Roma, estaba empaquetado y olvidado en un cobertizo del jardín. Emprendía por las tardes largos paseos con Josefina, volviendo al cerrar la noche lentamente hacia su casa cogidos del talle, contemplando la faja de oro mortecino del crepúsculo, animando el silencio de la campiña con el canturreo de las romanzas[36] apasionadas y dulzonas que llegaban de Nápoles. Al verse solos, en la intimidad de una vida sin ocupaciones ni amistades, renacía el entusiasmo amoroso de los primeros días de su casamiento. Pero el «demonio de la pintura» no tardó en batir sobre él sus alas invisibles, de las que parecía desprenderse un irresistible encantamiento. Se aburría en las horas de fuerte sol; bostezaba en su silla de junco, fumando pipa tras pipa, sin saber de qué hablar. Josefina, por su parte, combatía el tedio leyendo alguna de las novelas inglesas, de abrumadora moralidad y costumbres aristocráticas, a las que había tomado gran afición en sus tiempos de colegiala.

Renovales volvió a trabajar. Su criado sacó a luz los trastos artísticos, y el pintor cogió la paleta con un entusiasmo de principiante. Pintaba para él, con un fervor religioso, como si pretendiera purificarse de aquel año de vil sumisión a los encargos de un mercader.

Estudió directamente la Naturaleza; pintó rincones adorables del paisaje, cabezas tostadas y antipáticas que respiraban la brutalidad egoísta del campesino. Pero esta labor artística no parecía satisfacerle. Su vida de mayor intimidad con Josefina excitaba en él misteriosos anhelos que apenas se atrevía a formular. Por las mañanas, cuando su mujer, fresca y sonrosada por una ablución general, mostrábase ante él casi desnuda, la contemplaba con ojos ávidos.

—¡Ay! ¡Si tú quisieras!... ¡Si no tuvieses esas manías!...

Y sus exclamaciones la hacían sonreír, halagada su vanidad femenil por esta adoración. Renovales se lamentaba de

---

(36) «... el canturreo de alguna de las romanzas...».

que su talento de artista tuviera que ir en busca de cosas bellas, cuando la obra suprema y definitiva estaba junto a él. La hablaba de Rubens[46], el maestro gran señor, que rodeaba a Elena Fourment[(37)] de un lujo de princesa, y de ésta, que no sentía reparo en despojar de velos su fresca belleza mitológica para servir de modelo al marido. Renovales elogiaba a la dama flamenca. Los artistas formaban una familia aparte; la moral y los prejuicios vulgares eran para los otros. Ellos vivían acogidos al fuero de la belleza, teniendo por natural lo que las gentes miraban como pecado...

Josefina protestaba con una indignación cómica de los deseos de su marido, pero se dejaba admirar. Cada vez eran mayores sus abandonos. Por las mañanas, al levantarse, permanecía más tiempo desnuda, prolongando las operaciones de su aseo, mientras el artista rondaba en torno de ella elogiando las diversas bellezas de su cuerpo. «Esto es Rubens puro; esto es el color del Ticiano...[47]. A ver, nena, levanta los brazos... así. ¡Ay! ¡eres la maja, la majita de Goya!...» Y ella se prestaba a sus manejos con graciosos mohines, como si paladease el gesto de adoración y contrariedad que ponía su esposo al poseerla como hembra y no poseerla como modelo.

[(37)] : «Froment».

---

[46] Petrus Paulus Rubens (1577-1640), pintor flamenco de entre los principales del XVII, representante por antonomasia de la exuberancia y la sensualidad barrocas, cuya pintura combinaba el colorido veneciano con la fuerza y el dinamismo miguelangelesco. En 1630 se casó en segundas nupcias con Elena Fourment, viviendo con ella en Amberes, en el castillo de Steen, su residencia campestre. Elena le sirvió a menudo de modelo, incluyendo sus exuberantes desnudos, como en uno de sus últimos y más brillantes cuadros, *El juicio de Paris* (1639, Museo del Prado), encarnando a una de las tres voluptuosas diosas desnudas.

[47] Tiziano Vecellio (h. 1477-1576), figura principal de la escuela veneciana del siglo XVI, creador de su tradición colorista. A lo largo de la novela, Blasco va mencionando distintos pintores cuyos desnudos cuentan entre los más conocidos de la pintura europea. En el caso del Tiziano, pueden recordarse su *Venus de Urbino* (1538, ól./lz., 119 × 165 cm, Florencia, Uffizi), su *Dánae fecundada por la lluvia de oro* (1553-54, ól./lz., 128 × 178 cm, Viena, Kunsthistorisches Museum) o bien su *Venus con el amor y la música* (1548, ól./lz., 148 × 217 cm, Madrid, Prado). Resulta curiosa la corrección de Blasco para castellanizar el nombre; en Sempere: «Tiziano».

Una tarde de viento abrasador, que esparcía en un(38) soplo la asfixia de la campiña romana, Josefina cedió. Estaban en su habitación, con las vidrieras cerradas, buscando en la clausura y la ligereza de las ropas un remedio al terrible siroco. No quería ver a su marido con aquella cara triste ni escuchar sus lamentaciones. Ya que estaba loco y se había aferrado a aquel capricho, no osaba contrariarle. Podía pintarla, pero sólo un estudio, nada de cuadro. Cuando se cansase de reproducir carne(39) sobre el lienzo, rompería éste... y como si nada hubiese hecho.

El pintor dijo a todo que sí, deseando verse cuanto antes, pincel en mano, ante la codiciada desnudez. Tres días trabajó con una fiebre loca, los ojos desmesuradamente abiertos, cual si pretendiera devorar con su retina aquellas formas armoniosas. Josefina, acostumbrada ya a su desnudez, permanecía tendida, olvidando su situación, con ese impudor femenil que sólo siente vacilaciones al dar el primer paso. Agobiada por el calor, dormíase, mientras su marido seguía pintando.

Cuando la obra estuvo terminada, Josefina no pudo menos de admirarla. «¡Qué talento tienes! Pero realmente ¿soy yo así... tan bonita?» Mariano mostrábase satisfecho. Era su mejor obra, la definitiva. Tal vez en toda su existencia no hallaría otro momento como este, de prodigiosa intensidad mental, lo que llamaban vulgarmente inspiración[48]. Ella seguía admirándose en el lienzo, lo mismo que ciertas mañanas se contemplaba en el gran espejo de su dormitorio. Ensalzaba con tranquila inmodestia las diversas partes de su hermosura, fijándose especialmente en el vientre recogido, de curva suave, en las audaces y duras puntas de sus pechos, orgullosa de estos blasones de la juventud. Deslumbrada por la belleza de su cuerpo, no se fijaba en la cara, que parecía sin

(38) «... en su soplo...».
(39) «... reproducir su carne...».

48 Este pensamiento vuelve a reproducirlo Blasco en 1918 en la carta a Julio Cejador (o.c.): «El constructor verdadero y único es el instinto, el subconsciente, las fuerzas misteriosas e invisibles que el vulgo rotula con el título de "inspiración".»

valor, perdida en suaves veladuras. Cuando sus ojos se posaron en ella, mostró cierta decepción.

—¡Se me parece muy poco! ¡No es mi cara!...

El artista sonreía. No era ella; había procurado desfigurar su rostro, su rostro nada más. Era una máscara, una concesión a las conveniencias sociales. Así nadie la reconocería, y su obra, su grande obra, podría salir a la luz, reclamando la admiración del mundo.

—Porque esto no vamos a romperlo —continuó Renovales con cierto temblor en la voz—. Sería un crimen. En mi vida volveré a hacer nada igual. No lo romperemos, ¿verdad, nena?

La nena permaneció silenciosa un buen rato, con la vista fija en el cuadro. Los ávidos ojos de Renovales vieron poco a poco subir una nube por su rostro, como se remonta una sombra en un muro blanco. El pintor creyó que le faltaba el suelo bajo los pies; se aproximaba la tempestad. Josefina palidecía: dos lágrimas resbalaban suavemente junto a su naricita, dilatada por la opresión del pecho; otras dos ocupaban el lugar de aquéllas, para caer también, después otras y otras.

—¡No quiero!... ¡No quiero!

Era la misma voz ronca, nerviosa, despótica, que le había espeluznado de inquietud y miedo la noche de su primer disgusto en Roma. La mujercita miraba con odio aquel cuerpo desnudo que irradiaba su luz de nácar desde el fondo del lienzo. Parecía sentir el espanto de la sonámbula que despierta de repente en medio de una plaza, rodeada de mil ojos curiosos y ávidos de su desnudez, y en su terror no sabe qué hacer ni por dónde huir. ¿Cómo había podido prestarse ella a tal escándalo?

—¡No quiero!.. —gritaba iracunda—. ¡Rómpelo, Mariano, rómpelo!

Pero Mariano también parecía próximo a llorar. ¡Romperlo! ¿Quién podía exigirle tal disparate? Aquella figura no era ella; nadie la reconocería. ¿Por qué privarle de un triunfo estruendoso?... Pero su mujer no le escuchó. Se revolcaba en el suelo con las mismas contorsiones y gemidos de aquella noche tormentosa; crispaba sus manos hasta contraerlas en forma de gancho; agitaba sus pies con el temblor de una oveja moribunda, y su boca, torcida por doloroso mohín, seguía gritando entre ronquidos:

—¡No quiero!... ¡No quiero!... ¡Rómpelo!

Se quejaba de su suerte con una furia que hería a Renovales. ¡Ella, una señorita, sometida a este envilecimiento, como si fuese una mujerzuela nocturna! ¡Si lo hubiese sabido!... ¡Cómo iba a figurarse que su esposo la propondría cosas tan abominables!...

Renovales, ofendido por estos insultos, por los latigazos que descargaba aquella voz aguda y silbante sobre su talento de artista, abandonaba a su mujer, la dejaba rodar por el suelo, y con los puños cerrados iba de un extremo a otro de la habitación, mirando al techo, mascullando todos los juramentos, tanto españoles como italianos, que eran de uso corriente en su estudio.

De pronto quedó inmóvil, clavado en el suelo por el espanto y la sorpresa. Josefina, desnuda aún, había saltado sobre el cuadro con una agilidad de gata rabiosa. Del primer golpe de sus uñas rayó de arriba abajo[40] el lienzo, mezclando los colores todavía tiernos; arrancando la cascarilla de las partes secas. Después cogió el cuchillete de la caja de colores, y raaás..., el lienzo exhaló un larguísimo quejido, se partió bajo el impulso de aquel brazo blanco, que parecía azulear con el espeluznamiento de la cólera.

Él no se movió. Tuvo un momento de indignación, quiso avanzar sobre ella, pero cayó en infantil anonadamiento, deseando llorar, refugiarse en un rincón, esconder su cabeza débil y quejumbrosa. Ella, ciega por la cólera, seguía ensañándose en el cuadro, enredando los pies en la madera del bastidor; arrancando tiras del lienzo yendo de un lado a otro con su presa como una bestia furiosa. El artista había apoyado la frente en la pared, agitado su pecho atlético por cobardes gemidos. Al dolor paternal por la obra perdida uníase la amargura de la decepción. Por primera vez adivinaba lo que iba a ser de[41] su existencia. ¡Qué error el suyo al casarse con aquella señorita que admiraba su arte como una carrera,

---

(40) «... de arriba a abajo...».

(41) «... iba a ser su existencia...».

como un medio de ganar dinero, y pretendía moldearle a él en las preocupaciones y escrúpulos del mundo en que había nacido! La amaba a pesar de esto, y estaba seguro de que ella no le quería menos; pero ¡ay! tal vez hubiera sido mejor permanecer solo, libre para su arte, y en el caso de serle necesaria una compañera, buscar una maritornes hermosa, con todo el esplendor y la humildad intelectual de la bella bestia, que admirase y obedeciese ciegamente al maestro.

Transcurrieron tres días, sin que el pintor y su mujer se hablasen apenas. Mirábanse a hurtadillas, anonadados y vencidos por la tormenta doméstica. Pero la soledad en que vivían, la necesidad de permanecer juntos, les hizo buscarse. Ella fue la primera que habló como si la infundiesen miedo la tristeza y el desaliento de aquel gigantón que iba por los rincones enfurruñado como un enfermo. Le envolvió en sus brazos, besó su frente, hizo mil gestos graciosos para arrancarle una débil sonrisa. ¿Quién le quería a él?... Su Josefina. Su «maja... desnuda». Pero lo de desnuda había acabado para siempre. Jamás debía acordarse de estas proposiciones repugnantes. Un pintor decente no piensa en tales cosas. ¿Qué dirían sus numerosos amigos? En el mundo existían muchas cosas bonitas que pintar. A vivir los dos queriéndose mucho, sin que él la diese disgustos con sus manías inconvenientes. Lo del desnudo era una afición vergonzosa de sus tiempos de bohemio. Y Renovales, vencido por los mimos de su mujer, hizo las paces, se esforzó por olvidar su obra y sonrió con la resignación del esclavo que ama la cadena porque le asegura la paz y la vida.

Al llegar el otoño volvieron a Roma. Renovales reanudó los trabajos para su contratista, pero éste, a los pocos meses, parecía descontento. No era que el *signore* Mariano decayese, eso no; pero sus corresponsales se quejaban de cierta monotonía en los sujetos de sus obras. El mercader le aconsejaba que viajase; podía vivir una temporada en la Umbría, pintando campesinos en paisajes ascéticos y viejas iglesias. Podía, y esto era lo mejor, trasladarse a Venecia. ¡Qué grandes cosas haría el *signore* Mariano en aquellos canales! Y así nació en el artista el propósito de abandonar Roma.

Josefina no opuso resistencia. Aquella vida de recepciones a diario en las innumerables Embajadas y Legaciones comenzaba a aburrirla. Desvanecido el encanto de la primera impresión, Josefina notó que las grandes señoras la trataban con una condescendencia penosa, como si hubiese descendido de su rango al unirse con un artista. Además, la gente joven de las Embajadas, los «agregados» de diversas razas, rubios unos, morenos otros, que buscaban consuelo a su celibato sin salir del mundo de la diplomacia, tenían con ella atrevimientos lamentables al dar las vueltas de un vals o seguir la figura de un cotillón, como si la considerasen conquista fácil viéndola casada con un artista que no podía lucir en los salones un mal uniforme. La hacían en inglés o en alemán cínicas declaraciones, y ella tenía que contenerse, sonriendo y mordiéndose los labios, a corta distancia de Renovales, que no entendía una palabra y se mostraba satisfecho de las atenciones de que era objeto su mujer por parte de una juventud elegante cuyas maneras él intentaba copiar.

El viaje quedó resuelto... ¡A Venecia! El amigo Cotoner se despidió de ellos: sentía abandonarles, pero su puesto estaba en Roma, justamente el Papa andaba malucho en aquellos días, y el pintor, con la esperanza de la muerte pontifical, preparaba lienzos de todos tamaños, esforzándose por adivinar quién sería el sucesor.

Al remontarse en sus recuerdos, Renovales pensaba siempre con dulce nostalgia en su vida veneciana. Fue el período mejor de su existencia. La ciudad encantadora de las lagunas, envuelta en una luz de oro, temblona con el cabrilleo de las aguas, le subyugó desde el primer momento, haciéndole olvidar su amor apasionado a la forma humana. Se calmó durante algún tiempo su entusiasmo por el desnudo. Adoró los viejos palacios, los canales solitarios, la laguna de aguas verdes inmóviles, el alma de un pasado majestuoso que parecía respirar en la solemne vetustez de la ciudad muerta y eternamente sonriente.

Vivieron en el palacio Foscarini, un caserón de paredes rojas y ventanales de blanca piedra que daba a una callejuela acuática inmediata al Gran Canal. Era una antigua mansión de mercaderes, navegantes y conquistadores de las islas de

Oriente, que en ciertas épocas habían ostentado en su cabeza el cuerno dorado de los Dogos. El espíritu moderno, utilitario e irreverente, había convertido el palacio en casa de vecindad, partiendo los dorados salones con feos tabiques, estableciendo cocinas en las arcadas afiligranadas del patio señorial, llenando de ropas puestas a secar las galerías de mármol, al que daban los siglos la transparencia ambarina del viejo marfil, y reemplazando con baldosines los desgarrones del rico mosaico.

Renovales y su mujer ocupaban la habitación más inmediata al Gran Canal. Por las mañanas, Josefina veía desde un mirador la rápida y silenciosa llegada de la góndola de su marido. El gondolero, habituado al servicio de los artistas, llamaba a gritos al *signore pittore,* y Renovales bajaba con su caja de acuarela, partiendo inmediatamente la embarcación por los tortuosos y estrechos canales, moviendo a un lado y otro el peine plateado de su proa, como si husmease el camino. ¡Las mañanas de plácido silencio en las dormidas aguas de una callejuela, entre dos altos palacios de audaces aleros que conservaban la superficie del canalillo en perpetua sombra!... El gondolero dormitaba tendido en uno de los encorvados extremos de su embarcación, y Renovales, sentado junto a la negra litera, pintaba sus acuarelas venecianas, un nuevo género que su empresario de Roma acogía con grandes extremos de entusiasmo. Su ligereza de pincel le hacía producir estas obras con la misma facilidad que si fuesen copias mecánicas. En el dédalo acuático de Venecia tenía un apartado canal al que llamaba su «finca», por el dinero que le producía. Había pintado un sinnúmero de veces sus aguas muertas y silenciosas, que en todo el día no sufrían otro roce ondulatorio que el de su góndola; dos viejos palacios con las persianas rotas, las puertas cubiertas de la costra de los años, las escalinatas roídas por el verdor de la humedad, y en el fondo un pequeño arco de luz, un puente de mármol, y por debajo de él la vida, el movimiento, el sol de un canal ancho y transitado. La ignorada callejuela resucitaba todas las semanas bajo el pincel de Renovales; podía pintarla con los ojos cerrados, y la iniciativa mercantil del judío de Roma la esparcía por todo el mundo.

La tarde la pasaba Mariano con su mujer. Unas veces iban en góndola hasta los paseos del Lido, y sentados en la playa de fina arena, contemplaban el oleaje colérico del Adriático libre, que extendía hasta el horizonte sus saltadoras espumas, como un rebaño de níveos vellones avanzando en el ímpetu del pánico.

Otras tardes paseaban por la plaza de San Marcos, bajo las arcadas de sus tres hileras de palacios, viendo brillar en el fondo, a los últimos rayos del sol, el oro pálido de la basílica, en cuyas paredes y cúpulas parecían haberse cristalizado todas las riquezas de la antigua República.

Renovales, cogido del brazo de su mujer, marchaba con cierta calma, como si lo majestuoso del lugar le impusiera un estiramiento señorial. El augusto silencio no se turbaba con esa batahola que ensordece a las grandes capitales. Ni el rodar de un coche, ni el trote de un caballo, ni gritos de vendedores. La plaza, con su pavimento de mármol blanco, era un inmenso salón por donde circulaban los transeúntes como en una visita. Los músicos de Venecia agrupábanse en el centro, con sus bicornios rematados por negros y ondulantes plumeros. Los rugidos del wagneriano metal galopando en la loca cabalgada de las walkyrias hacían estremecer las columnatas de mármol y parecían dar vida a los cuatro caballos dorados que en la cornisa de San Marcos se encabritaban sobre el vacío con mudo relincho.

Las palomas venecianas, de obscuro plumaje, esparcíanse en juguetonas espirales, levemente asustadas por la música, para posar su lluvia de alas sobre las mesas de un café. Remontábanse luego hasta ennegrecer los aleros de los palacios, y caían a continuación como un manto de metálicos reflejos sobre las bandas de ingleses[42], de velos verdes y redondos sombreros, que las llamaban ofreciéndolas trigo.

Josefina, con anhelos de niña, separábase de su marido para comprar un cucurucho de grano, y derramándolo sobre sus enguantadas manecitas, se dejaba rodear por los pupilos de San Marcos. Posábanse aleteantes, como cimeras fantásticas, sobre las flores de su sombrero; saltaban a sus hombros,

---

(42) Probable errata; en Sempere: «inglesas».

alineándose en los tendidos brazos, agárrabanse desesperados a sus breves caderas, intentando seguir el contorno del talle, y otros más audaces, como si estuvieran poseídos de humana malicia, arañaban su pecho, tendían el pico, pugnando por acariciar, al través del velo, su fresca boca entreabierta. Ella reía, estremecida por el cosquilleo de la animada nube que rozaba su cuerpo. El marido la contemplaba riendo también, y con la seguridad de no ser entendido más que por ella, le gritaba en español:

—Pero ¡qué hermosa estás!... ¡Te pintaría!... ¡Si no fuese por la gente, te daba un beso!...

Venecia fue el escenario de sus mejores tiempos. Ella vivía tranquila, mientras su esposo trabajaba, tomando por modelos los rincones de la ciudad. Le veía ausentarse, sin que ningún pensamiento penoso turbara su plácida calma. Esto era pintura, y no los encierros de Roma con mujeres desvergonzadas que no temían quedarse en cueros. Queríale con nueva pasión, le mecía en una perpetua caricia. Entonces fue cuando nació su hija, único fruto de su matrimonio.

La majestuosa doña Emilia, al enterarse de que iba a ser abuela, no pudo permanecer en Madrid. ¡Su pobre Josefina en país extranjero, sin otros cuidados que los de su marido, un buen muchacho que, según decían, tenía talento, sin dejar por esto de parecerle algo ordinario!... A expensas del yerno hizo un[43] viaje a Venecia, y allí permaneció algunos meses, echando pestes contra esta ciudad, a la que no había llegado nunca en sus correrías diplomáticas. La ilustre señora sólo consideraba habitables las capitales que tenían corte. ¡Pchs!... ¡Venecia! Una población cursi, que sólo gustaba a los fabricantes de romanzas y los ilustradores de abanicos, y donde no había más que cónsules! A ella le placía Roma, con el Papa y sus reyes. Además, le[44] mareaba ir en góndola, y se quejaba de incesante reuma, echando la culpa a la humedad de las lagunas.

Renovales, que temblaba por la vida de Josefina, creyendo que su naturaleza endeble y delicada no podría resistir el ac-

---

[43] «... hizo su viaje...».
[44] «... la mareaba ir en góndola...».

cidente de la maternidad, prorrumpió en una alegría ruidosa al recibir en sus brazos a la pequeña y contemplar a la madre, que reclinaba como muerta su cabeza en la almohada. La blancura de ésta se confundía con la de su rostro[49]. Su primera[(45)] mirada fue para ella, para las facciones pálidas y desencajadas por la reciente crisis, que iban serenándose con el descanso. ¡Pobrecita! ¡Cómo había sufrido! Pero al salir de puntillas del dormitorio para no turbar el sueño abrumador que se apoderaba de la enferma después de dos días crueles, entregóse a la admiración del pedazo de carne que, envuelto en finos lienzos, descansaba sobre los enormes y flácidos muslos de la abuela. ¡Ah, el adorable boceto! Contempló su carita amoratada, su abultada cabeza pobre de pelo, buscando algo suyo en este oleaje de carne todavía removida y sin formas determinadas. Él no entendía de esto; era la primer criatura que veía nacer. «Mamá, ¿a quién se parece?»

Doña Emilia se asombraba de su ceguera. ¿A quién había de parecerse? A él, sólo a él. Era grande, enorme; pocas criaturas había visto como aquella. Parecía imposible que viviese su pobre hija después de echar al mundo «aquello». Por falta de salud no había de[(46)] quejarse; tenía los colores de una lugareña.

—Es una Renovales; es tuya y bien tuya, Mariano. Nosotros somos de otra clase.

Y Renovales, sin fijarse en las palabras de mamá, sólo vio que su hija era semejante a él, extasiándose en la contemplación de su robustez, alabando a gritos aquella salud de la que hablaba la abuela con un acento de decepción.

En vano él y doña Emilia quisieron disuadir a Josefina de su propósito de dar el pecho a la pequeña. La mujercita, a pesar de su debilidad, que la mantenía inmóvil en la cama, llo-

---

(45) «Su primer...».
(46) «... había que quejarse...».

---

49 Es alto el parecido de la escena descrita con un cuadro de Sorolla, *Madre*, de 1895 (óleo sobre lienzo, Madrid, museo Sorolla, 125 × 169 cm.), en el que la cabeza de una madre y su recién nacido asoman entre el profuso color blanco de las almohadas y sábanas de la cama.

ró y gritó casi lo mismo que en las crisis que tanto habían asustado a Renovales.

—No quiero —dijo con aquella tenacidad que tan terrible la hacía—. No quiero para mi hija leche extranjera. La criaré yo... su madre.

Y hubo que entregársela, dejar que la pequeña se agarrase con una voracidad de ogro a aquellos pechos hinchados ahora por la maternidad y tantas veces admirados por el pintor en su virginal recogimiento.

Cuando Josefina pareció repuesta, su madre, dando por terminada su misión, regresó a Madrid. Se aburría en aquella ciudad silenciosa: de noche creía estar muerta al no escuchar desde su cama ruido alguno. La daba miedo esta calma de cementerio rasgada de tarde en tarde por el grito de los gondoleros. No tenía amigas, no «brillaba»; no era nadie en aquella charca, ni nadie la conocía. Recordaba a todas horas a sus ilustres amigas de Madrid, donde ella se creía un personaje insustituible. Tenía clavada en el alma la modestia del bautismo de su nieta, a pesar de que a ésta la pusieron su nombre. Un cortejo pobre que cabía en dos góndolas: ella, que era la madrina, con el padrino, un viejo pintor veneciano amigo de Renovales, y además éste y otros[47] dos artistas, uno francés y otro español. No había asistido al bautizo el patriarca de Venecia, ni siquiera un obispo. (¡Ella que conocía tantos en su país!) Un simple cura, con rapidez lamentable, había bastado para cristianizar a la nieta del famoso diplomático en una iglesia pequeña, a la caída de la tarde. Se marchó, repitiendo una vez más que su Josefina se estaba matando, que era una locura, con su salud delicada, dar el pecho a la niña, lamentándose de que no la imitase a ella, que había confiado siempre sus hijos a lactancias extrañas.

Josefina lloró mucho al separarse de mamá, mientras Renovales la despedía con mal disimulado gozo. ¡Buen viaje! A duras penas podía aguantar a aquella señora, que se creía en perpetua postergación viendo cómo trabajaba su yerno por sostener el bienestar de su hija. Únicamente estaba de acuer-

---

(47) «... éste y otros artistas...».

do con ella al regañar dulcemente a Josefina por su tenacidad en dar el pecho a la pequeña. ¡Pobre maja desnuda! La gentileza de su cuerpo de capullo borrábase con el amplio florecimiento de la maternidad. Sus piernas, dilatadas por la hinchazón del embarazo, habían perdido sus antiguas líneas; sus pechos, más fuertes y abultados ahora, ya no tenían su esbeltez de magnolia cerrada.

Parecía más robusta, pero la amplitud de su cuerpo iba acompañada de anémica flacidez. El marido, viendo cómo perdía su gentileza, la amaba más, con tierna compasión. ¡Pobrecita! ¡Cuán buena era! ¡Se estaba sacrificando por su hija!...

Cuando ésta tenía un año, ocurrió la gran crisis de la vida de Renovales. Ganoso de darse «un baño de arte», de saber lo que ocurría fuera de aquella mazmorra en que estaba encerrado, pintando a tanto la pieza, dejó a Josefina en Venecia e hizo un corto viaje a París para ver su famoso Salón. Volvió de allá transfigurado, con nueva fiebre de trabajo y una resolución de transformar su existencia que causó en su mujer asombro y miedo. Iba a romper con su empresario; no se envilecería más en aquella pintura falsa, aunque tuviese que pedir limosna. En el mundo se hacían grandes cosas, y él sentíase con animo para ser un innovador, siguiendo el camino de aquellos pintores modernos que tan profundamente le impresionaban[50].

Aborrecía ahora la vieja Italia, donde[(48)] iban a estudiar los artistas protegidos por gobiernos ignorantes.

En realidad, lo que encontraban en ella era un mercado de seductoras demandas, acostumbrándose al encargo, a la vida muelle y sin iniciativas de la ganancia fácil. Quería trasladarse a París. Pero Josefina, que acogía en silencio las ilusiones

---

(48) «... a donde...».

---

50 Otra coincidencia con la vida de Sorolla: el 1 de enero de 1885 partió para Italia a disfrutar su pensión en Roma; durante la primavera y el verano de ese mismo año se desplazó a París, donde se puso en contacto con la pintura de la capital francesa. Tras casarse con Clotilde García del Castillo en 1888, el matrimonio volvió a Italia, trasladándose de nuevo a París en un breve viaje.

de Renovales, incomprensibles en gran parte para ella, modificó con sus consejos esta resolución. Ella también quería salir de Venecia. La ciudad le parecía triste durante el invierno, con sus interminables lluvias, que dejaban resbaladizos los puentes e intransitables las callejuelas de mármol. Decididos ya a levantar el campo, ¿por qué no regresar a Madrid? Mamá estaba enferma; se lamentaba en todas las cartas de vivir lejos de su hija. Josefina deseaba verla, presintiendo su muerte. Renovales reflexionó; también él deseaba volver a España. Sentía la nostalgia del país; pensó en el gran alboroto que levantaría allá ensayando sus nuevos procedimientos en medio de la general rutina. Le tentaba el deseo de escandalizar a la gente académica que le había aceptado por sus anteriores abdicaciones.

El matrimonio volvió a Madrid con su pequeña Milita, a la que llamaban así familiarmente, abreviando el diminutivo de Emilia. Renovales llevaba por todo capital unos cuantos miles de liras, ahorros de Josefina y producto de la venta de una parte de los muebles que adornaban las salas destartaladas del palacio Foscarini.

Los principios fueron difíciles. A los pocos meses de su permanencia en Madrid murió doña Emilia. Su entierro no correspondió a las ilusiones que siempre se había forjado la ilustre viuda. Apenas si asistieron a él dos docenas de sus innumerables y famosos parientes. ¡Pobre señora, si hubiese presenciado esta póstuma deserción!...[49]. Renovales casi se alegró del suceso. Con él rompíase el único lazo que les unía al gran mundo. Él y Josefina vivieron en un piso cuarto de la calle de Alcalá, cercano a la Plaza de Toros, con una gran terraza que el artista convirtió en estudio. Su existencia fue modesta, recogida, humilde: ni amigos ni fiestas. Ella pasaba los días cuidando de su hija y de la casa, sin otra ayuda que la de una torpe doméstica de exigua retribución. Muchas veces, cuando más activa se mostraba, caía en profundo desaliento, quejándose de extrañas y variables enfermedades.

Mariano apenas trabajaba en su casa: pintaba al aire libre; aborrecía la luz convencional del estudio, la estrechez de su

[49] «... póstuma decepción!».

ambiente. Recorría los alrededores de Madrid y las provincias cercanas, buscando los tipos toscos e ingenuos, cuyas caras parecían transpirar la antigua alma española. Subía al Guadarrama en pleno invierno, permaneciendo como un explorador único(50) en los campos de nieve, para trasladar al lienzo los pinos seculares, retorcidos y negros bajo sus gorros de heladas vedijas.

Al verificarse la Exposición estalló el nombre de Renovales como un cañonazo, esparciendo sus ecos por las cumbres del entusiasmo y las sombrías oquedades de la opinión. No presentó un cuadro enorme y con «argumento», como en su primer triunfo. Eran lienzos pequeños, estudios confiados al azar de un buen encuentro, pedazos de Naturaleza[51], hombres y paisajes, reproducidos con una verdad asombrosa y brutal que escandalizaba al público.

Los padres graves de la pintura retorcíanse, como si recibiesen una bofetada, ante estos lienzos(51) que parecían llamear entre los otros cuadros, apagados y plomizos. Reconocían que Renovales era un pintor, pero sin imaginación, sin inventiva, sin otro mérito que el de trasladar al lienzo aquello que contemplaban sus ojos. Los jóvenes se agrupaban en torno del nuevo maestro; hubo disputas interminables, apasionadas discusiones, odios de muerte, aleteando sobre esta batalla el nombre de Renovales, fijo casi a diario en las columnas de los periódicos, hasta el punto de que le faltaba poco para ser tan célebre como un matador de toros o un orador del Congreso.

Seis años duró esta lucha, levantándose una tormenta de insultos y de aplausos cada vez que Renovales lanzaba al público una obra suya; y mientras tanto, el maestro, tan llevado y traído, vivía en la estrechez, teniendo que pintar a escondidas acuarelas del antiguo estilo para enviarlas con gran

(50) «... explorador ártico...».
(51) Probable errata en Sempere: «hierros».

[51] Anne-Marie Reboul (o.c., pág. 207) señala esta expresión como inspirada por la literatura de Zola: «L'expression espagnole "pedazos de naturaleza", c'est-à-dire des "morceaux de nature" ou des "coins de nature" est aussi l'une des expressions que l'on retrouve souvent sous la plume de Zola.»

secreto a su mercader de Roma. Pero todos los combates tienen término. El público acabó por aceptar como indiscutible un nombre que a diario saltaba ante sus ojos; los enemigos, quebrantados por el esfuerzo[52] inconsciente de la opinión, mostráronse cansados, y el maestro, como todos los innovadores, una vez pasado el primer éxito del escándalo, comenzó a limitar su audacia, recortando y dulcificando su primitiva brutalidad. El temido pintor púsose de moda. El éxito fácil e instantáneo conseguido al principio de su carrera volvió a reproducirse, pero ahora más sólido y definitivo, como una conquista realizada por caminos ásperos y difíciles, riñendo un combate a cada paso.

El dinero, paje veleidoso, volvió a él, sosteniendo el manto de la gloria. Vendió cuadros a precios nunca conocidos en España, y las cifras se hincharon fabulosamente al ser repetidas por sus admiradores. Ciertos millonarios de América, con el asombro de que un pintor español fuese mencionado en el extranjero y reprodujesen sus obras las primeras revistas de Europa, compraron los lienzos de Renovales como objetos de gran lujo.

El maestro, amargado por las estrecheces de su período de lucha, sintió de pronto un ansia de dinero, una codicia dominadora que nunca le habían conocido sus amigos. Su mujer parecía cada vez más enferma; su hija crecía, y él deseaba para su Milita la educación y el lujo de una princesa. Las tenía ahora en un hotel de mediano aspecto, pero deseaba para ellas algo mejor. El instinto práctico que todos le reconocían cuando no le cegaba una preocupación artística se esforzó por hacer del pincel un instrumento de grandes ganancias.

El cuadro estaba condenado a desaparecer, según decía el maestro. Las habitaciones modernas, pequeñas y de sobrio decorado, no permiten los grandes lienzos de los salones de otras épocas, cuyos muros desnudos había que adornar. Además, los gabinetes de ahora, semejantes a piezas de muñecas, sólo podían resistir cuadros bonitos, de amanerada hermosura. Las escenas arrancadas a la verdad se despegaban de este

(52) «... el refuerzo inconsciente...».

fondo. Sólo quedaba, pues, el retrato para ganar dinero, y Renovales olvidó sus glorias de innovador para conquistar por todos los medios un renombre de retratista entre la gente elevada. Pintó a los individuos de sangre regia en toda suerte de actitudes; sin perdonar ninguna de sus ocupaciones importantes: a pie y a caballo; con plumas de general o manta parda de cazador; matando pichones o corriendo en automóvil. Trasladó al lienzo las más linajudas bellezas, modificando insensiblemente, con hábil malicia, las ajaduras del tiempo; endureciendo con el pincel las flácidas carnes; sosteniendo la pesadez de párpados y mejillas, desplomados por el cansancio y el envenenamiento de los afeites. Después de estos éxitos cortesanos, los ricos consideraron un retrato de Renovales como imprescindible adorno de su salón. Iban en busca de él porque su firma costaba miles de duros; poseer un lienzo suyo era un testimonio de opulencia, tan preciso[53] cual un automóvil de la mejor marca.

Renovales fue rico como puede llegar a serlo un pintor. Entonces construyó lo que los envidiosos llamaban «su panteón»: un hotel soberbio tras las verjas del Retiro.

Sintió el deseo vehemente de fabricarse un nido a su gusto e imagen, como esos moluscos que con el jugo de su cuerpo se fabrican el caparazón que les sirve de vivienda y defensa. Despertó en él esa ansia de ostentación, de originalidad aparatosa, fanfarrona y cómica que duerme en el pensamiento de todo artista. Primero soñó con una reproducción del palacio de Rubens en Amberes: *loggias* abiertas que servían de estudios, frondosos jardines cubiertos de flores en todo tiempo, y circulando por sus avenidas gacelas, jirafas, pájaros de plumaje luminoso, cual voladores ramilletes, y otros animales exóticos que servían de modelos al gran pintor, en su afán de copiar la Naturaleza con toda su magnificencia.

Pero el madrileño solar de unos cuantos miles de pies, yermo blancuzco, limitado por una mísera valla y con la sequedad propia de Castilla, le hizo abandonar este ensueño. Ya que no era posible el alarde rubensesco, se refugiaría en el

(53) «... tan precioso...».

clasicismo; y levantó en el fondo de un pequeño jardín una especie de templo griego que había de servir de vivienda y estudio[52]. Sobre el frontón triangular alzábanse tres trípodes a modo de flameros, que daban a la vivienda un aspecto de tumba monumental. Pero el maestro, para evitar toda equivocación a los que se detenían al otro lado de la verja, hizo esculpir en la piedra de la fachada guirnaldas de laurel, paletas rodeadas de coronas, y en medio de este aparato de ingenua modestia, una breve inscripción en letras de oro de regular tamaño: «Renovales». Ni más ni menos que una tienda. Dentro, en dos estudios donde nadie pintaba y que precedían al verdadero estudio de trabajo, exhibíanse los cuadros terminados sobre caballetes cubiertos con telas antiguas, y los visitantes admiraban una teatral balumba de armaduras, tapices, viejos estandartes pendientes del techo, vitrinas cargadas de venerables bagatelas, profundos divanes con sombrajos[(54)] de telas orientales sostenidas por lanzas, cofres centenarios y bargueños abiertos brillando con el oro pálido de su cajonería.

Equivalían estos estudios, donde nadie estudiaba, a los salones de espera lujosos y en fila del doctor que hace pagar cien pesetas por la consulta, a las antesalas de cuero sombrío y venerables[(55)] cuadros del jurisconsulto ilustre y probo que no abre la boca sin llevarse un pedazo de la fortuna del cliente. Los que aguardaban en estos dos estudios, grandes como naves de iglesia, con esa majestad silenciosa que se desprende de la pátina de los siglos, sufrían la preparación necesaria para admitir los enormes precios que les pedía el maestro.

---

(54) «... con sombrajes...».
(55) Errata en Sempere: «... vererables...».

---

52 Vicente Blasco había hecho construir su chalet de la playa de la Malvarrosa, en Valencia, en 1902; el 17 de noviembre de 1905, Joaquín Sorolla compró un solar a la duquesa de Marchena en el paseo del Obelisco, núm. 37, por 34.855 pts., pero no fue hasta 1909 cuando encargó al arquitecto Enrique M.ª de Repollés la construcción de su palacete, ahora convertido en Museo Sorolla; ese mismo arquitecto había dirigido recientemente las obras de la casa de Benlliure, en la esquina entre las calles de José de Abascal y de Zurbano (cfr. Florencio de Santa-Ana, *Museo Sorolla*, Madrid, Ibercaja, 1995).

Renovales «había llegado» y podía descansar tranquilamente, según decían sus admiradores. Y sin embargo, el maestro estaba triste: su carácter, agriado por oculto malestar, estallaba en ruidosas cóleras.

Bastaba para enfurecerle el más leve ataque de un enemigo insignificante. Los discípulos creían que era esto efecto de los años. Las luchas le habían envejecido, hasta el punto de que, con sus grandes barbas y su espalda un poco arqueada, parecía diez años más viejo.

En este templo blanco, sobre cuyo frontón flameaba su nombre con oro de gloria, era menos feliz que en las modestas viviendas de Italia y[(56)] en el buhardillón cercano a la Plaza de Toros. De aquella Josefina de sus primeros tiempos de matrimonio sólo quedaba una lejana sombra. La maja desnuda de las dulces noches de Roma y Venecia no era más que un recuerdo. Al volver a España, se había evaporado la falsa robustez de la[(57)] maternidad.

Adelgazaba como si la consumiese un fuego oculto; derretíase en interna combustión el grasoso almohadillado que rellenaba su cuerpo con graciosas ondulaciones[53]. Comenzaba a marcar el esqueleto sus agudas aristas y obscuras oquedades bajo la piel pálida y flácida. ¡Pobre maja desnuda! El mari-

---

(56) «... de Italia o en el buhardillón...».

(57) «... de su maternidad...».

---

53 Aparece a menudo en sus novelas este gusto de Blasco por las mujeres entradas en carnes; como ejemplos podemos ver la descripción del crecimiento de Marieta en uno de los *Cuentos valencianos*, «El femater» (o.c., página 212): «Redondeábase su cuerpo, aclarábase su tez en extremo morena; las agudas clavículas y la tirantez del cuello iban dulcificándose bajo la almohadilla de carne suave y fresca que parecía acolchar su cuerpo; las zancudas piernas, al engruesarse, poníanse en relación con el busto. Y como si hasta a la ropa se comunicase el milagro, las faldas parecían crecer un dedo cada día, como avergonzadas de que estuvieran por más tiempo al descubierto aquellas medias que amenazaban estallar con la expansión de la robustez juvenil»; y la descripción de Conchita en *Arroz y tartana* (o.c., cap. 3, págs. 66-67): «La mayor, Conchita, veintitrés años, era la más parecida a su madre. Tenía su mismo aire majestuoso, y comenzaba a iniciarse en ella un principio de gordura, lo que la hacía parecer de más edad... Era seductora, con su frescura de carnes a lo Rubens y las arqueadas líneas que a cada movimiento delatábanse bajo la blanca tela.»

do la compadecía, atribuyendo su decadencia a las luchas y preocupaciones que habían sufrido al establecerse en Madrid.

Por ella deseaba vencer y hacerse rico, proporcionándola el soñado bienestar[54]. Su enfermedad tenía un origen moral: era neurastenia, honda tristeza. La pobre sufría, indudablemente, al verse en aquel Madrid, donde había vivido con relativa brillantez, condenada a una existencia de pobreza[(58)], habitando una casa mísera, luchando con la escasez de dinero y teniendo que ocuparse en las más vulgares faenas. Se quejaba de extraños dolores; sus piernas perdían toda fuerza; se desplomaba sobre una silla, permaneciendo inmóvil horas y más horas, llorando sin saber por qué. Digería mal; durante semanas enteras repelía su estómago todo alimento. Por las noches agitábase en la cama sin poder dormir, y apenas apuntaba el día ya estaba en[(59)] pie, corriendo la casa con una actividad de duende, revolviéndolo todo, buscando querella a la criada, al marido, a ella misma, hasta que, de pronto, caía en el anonadamiento desde lo alto de su excitación, e iniciaba el primer llanto.

---

(58) «... existencia de pobre...».
(59) «... ya estaba de pie...».

---

54 El éxito como posibilidad de procurar mejor vida a los familiares es también un lugar bastante concurrido. Esa es una de las cualificaciones con que Zola describe a Dubuche en *L'Oeuvre*. Balzac, en *La Bourse*, permite observar ciertas coincidencias entre la actitud de su protagonista, Hippolyte Schinner, y la de Mariano Renovales *(La comedia humana*, t. I, págs. 419-420): «La celebridad que había alcanzado gracias a su talento lo había convertido en uno de los artistas más cotizados de Francia, permitiéndole salir así de sus antiguas estrecheces y gozar, según él mismo decía con gracejo, de sus últimas miserias. (...) Era el ídolo de una madre pobre, que lo había criado a costa de las más duras privaciones. (...) A los veinticuatro años, Hipólito Schinner, a quien su madre había transmitido su alma de mujer, había comprendido mejor que nunca su situación en el mundo. Queriendo compensar a su madre por los goces de que la sociedad la había privado durante tanto tiempo, vivía para ella y esperaba, a fuerza de gloria y de fortuna, verla un día rica, feliz, considerada, rodeada de hombres célebres.» Véanse los comentarios que a propósito de *La Bourse* hace Calvo Serraller en *La novela del artista* (o.c., pág. 83).

Estas crisis domésticas quebrantaban el ánimo del pintor, pero las acogía con paciencia. A su antiguo amor uníase ahora una dulce conmiseración viéndola tan débil, sin otros restos de su antigua belleza que los ojos hundidos en sus azuladas órbitas, brillantes con el misterioso fuego de la fiebre. ¡Pobrecilla!... La miseria la había puesto así. Su marido consideraba su debilidad con cierto remordimiento. Su suerte era la del soldado que se sacrifica por la gloria de su general. Renovales había vencido, pero dejando a sus espaldas a la mujer amada, caída en la lucha por ser más débil.

Admiraba, además, su abnegación maternal. El vigor que a ella le faltaba lo tenía Milita, aquella criatura que llamaba la atención por su robustez y sus colores. La voracidad de este organismo fuerte y avasallador había absorbido toda la vida de la madre.

Cuando el artista fue rico e instaló su familia en el nuevo hotel, creyó que Josefina iba a resucitar. Los médicos confiaban en un rápido cambio. El primer día que pasearon los dos por los salones y estudios de la nueva casa, inventariando con mirada satisfecha los muebles y los ricos objetos antiguos y modernos, Renovales cogió del talle a la débil muñeca, inclinando la cabeza sobre ella, acariciando su frente con las recias barbas.

Todo era suyo, el hotel y sus lujosas decoraciones; de ella también el dinero que aún le quedaba y el que seguiría ganando. Ella era la señora, la dueña absoluta; podía gastar cuanto quisiera; allí estaba él para hacer frente a todo. Podía distinguirse por su lujo, tener carruajes, dar envidia a sus antiguas amigas, enorgullecerse de ser la mujer de un pintor famoso, mucho más que otras que habían pescado con el matrimonio una corona condal... ¿Estaba contenta?

Ella decía que sí moviendo la cabeza débilmente, y hasta se empinó sobre las puntas de los pies para besar agradecida aquella boca que parecía arrullarla a través de las nubes de pelos; pero su gesto era triste y sus desmayados movimientos de flor marchita, como si no existiese alegría mundanal que pudiera sacarla de este desaliento.

A los pocos días, pasada la primera impresión del cambio de vida, volvieron a repetirse en el lujoso hotel las mismas crisis que tantas veces habían conmovido anteriores viviendas.

Renovales la encontraba en el comedor con la cabeza entre las manos, llorando, sin querer explicarle la causa de sus lágrimas. Cuando intentaba cogerla entre sus brazos, acariciándola como a una niña, la mujercita se encrespaba lo mismo que si recibiese una injuria.

—Déjame —gritaba, fijando en él unos ojos hostiles—. No me toques... Vete.

Otras veces la buscaba por la casa, preguntando en vano a Milita, que, habituada a las crisis de su madre y sostenida por un[60] egoísmo de muchacha fuerte, no hacía gran caso de ella y seguía jugando con sus innumerables muñecas.

—No sé, papaíto; debe estar llorando arriba —contestaba con naturalidad.

Y en algún rincón del piso alto, en el dormitorio, junto a la cama, o entre las ropas del cuarto de vestir, la encontraba el marido sentada en el suelo, la mandíbula apoyada en las manos, los ojos fijos en la pared, como si contemplase algo invisible y misterioso que sólo ella podía ver. Ahora no lloraba; sus ojos estaban secos, agrandados por una expresión de espanto, y era en vano que el esposo intentase atraerla. Permanecía inmóvil, fría, insensible a sus caricias, como si fuese un extraño, como si entre los dos existiera una indiferencia inabordable.

—Quiero morir —decía con voz grave y concentrada—. No hago falta en el mundo: quiero descansar.

Esta resignación fúnebre convertíase poco después en furiosa acometividad. Renovales nunca se daba cuenta de cómo se iniciaba el conflicto. La más insignificante de sus palabras, un gesto, su mismo silencio, bastaban para atraer la tormenta. Josefina comenzaba a hablar con acento agresivo, dando a sus palabras la cortante frialdad de una navaja. Censuraba al pintor por lo que hacía y lo que no hacía, por sus costumbres más insignificantes, por lo que pintaba, y de pronto, extendiendo el radio de sus injurias, queriendo abar-

---

[60] «... por su egoísmo».

car en ellas al mundo entero, prorrumpía en denuestos contra las distinguidas personas que formaban la clientela del marido, proporcionándole enormes ganancias. Podía estar satisfecho de los retratos de aquellas gentes: ellos, unos señores despreciables, malas personas, ladrones casi todos. Su madre, que estaba bien enterada de este mundo, le había contado muchas historias. A ellas aún las conocía mejor, casi todas habían sido sus compañeras de colegio o sus amigas. Se habían casado para poner en ridículo a sus maridos; todas tenían historia; eran perdidas peores que las que montaban la guardia de noche en las aceras. Aquella casa, con toda su fachada de laureles y sus letras de oro, era un burdel. El mejor día se plantaba ella en el estudio y las echaba a la calle, para que las retratasen en otra parte.

—¡Por Dios, Josefina! —murmuraba, angustiado, Renovales—. No digas esas cosas; no pienses esas barbaridades. Parece imposible que hables así. La niña nos oye.

Josefina, agotada ya su ira nerviosa, prorrumpía en llanto, y Renovales tenía que abandonar la mesa para acompañarla a la cama, donde se tendía, gritando por centésima vez su deseo de morir.

Esta vida le era aún más intolerable por su fidelidad conyugal, por aquel amor mezclado de costumbre y rutina que le mantenía sólidamente adherido a su esposa.

Por las tardes, a última hora, se reunían en su estudio varios amigos, entre los cuales figuraba el famoso Cotoner, que había trasladado su residencia a Madrid. Cuando, envueltos en la luz del crepúsculo que iba penetrando por la enorme vidriera, sentíanse inclinados a las confidencias amistosas, Renovales hacía siempre la misma declaración:

—De muchacho me he divertido como cualquiera; pero desde que me casé, no conozco otra mujer que la propia. Lo digo con orgullo.

Y el hombretón erguía su alto cuerpo y se acariciaba hasta[61] arriba las barbas, satisfecho de su fidelidad conyugal, como otros lo estaban de sus buenas fortunas en amor.

---

(61) «... hacia...».

Cuando se hablaba en su presencia de mujeres hermosas o se examinaban retratos de las grandes beldades extranjeras, el maestro no ocultaba su aprobación:

—¡Muy hermosa! ¡Muy bonita... para pintarla!

Sus entusiasmos por la belleza no iban más allá de los límites del arte. Sólo existía una mujer en el mundo, la suya; las demás eran modelos.

Él, que llevaba en su pensamiento una orgía de carne y adoraba la desnudez con unción religiosa, guardaba todos sus homenajes de hombre para la mujer legítima, cada vez más enferma, más triste, esperando con paciencia de enamorado un momento de calma, un rayo de sol entre las incesantes tormentas.

Los médicos, confesándose inhábiles para curar este desarreglo nervioso que consumía el organismo de la esposa, confiaban en un cambio inesperado y recomendaban al marido una extremada dulzura. Esto servía para aumentar su paciente mansedumbre. Atribuían el trastorno de sus nervios al parto y la lactancia, que habían quebrantado su débil salud; sospechaban además la existencia de alguna causa desconocida, que mantenía a la enferma en interminable excitación.

Renovales, que estudiaba a su mujer con el anhelo de recobrar la paz doméstica, adivinó de pronto la verdadera causa de su enfermedad.

Milita iba creciendo; ya era una mujer. Tenía catorce años y vestía de largo, atrayendo las miradas de los hombres con su belleza sana y fuerte.

—Cualquier día se nos la llevan —decía riendo el maestro.

Y su mujer, al oírle hablar de matrimonio, haciendo conjeturas sobre su futuro yerno, cerraba los ojos para decir con voz reconcentrada, reveladora de invencible tenacidad:

—Se casara con quien quiera... menos con un pintor. Antes prefiero verla muerta.

Renovales adivinó entonces la verdadera enfermedad de su mujer. Eran celos, unos celos inmensos, mortales, anonadadores; era la tristeza de verse enferma. Estaba segura de su esposo; conocía sus afirmaciones de fidelidad conyugal. Pero el pintor, al hablar de sus entusiasmos artísticos en presencia de ella, no ocultaba su adoración a la belleza, su culto religioso a la forma. Aunque callase, ella penetraba en su pensamiento; leía en él este fervor, que databa de la juventud y había ido aumentándose con los años. Al contemplar las estatuas de soberana desnudez que adornaban los estudios, al pasar sus ojos por los álbumes[62] y cartones, donde la luz de la carne brillaba con resplandor divino entre las sombras del grabado, ella las comparaba mentalmente con su cuerpo enflaquecido por la enfermedad.

Los ojos de Renovales, que parecían beber con adoración los brazos de armoniosas líneas, los pechos torneados y firmes como copas de alabastro, las caderas de voluptuosa caída, las gargantas de aterciopelada redondez, las piernas de esbelta majestad, eran los mismos que contemplaban por la noche su tronco débil surcado por la saliente escalinata de las costillas; los blasones femeniles, antes firmes y voluptuosos, colgantes como harapos; sus brazos, en los que la debilidad moteaba la piel con manchas amarillas; sus piernas, cuya delgadez esquelética sólo estaba interrumpida por el abultamiento saliente de las rótulas. ¡Mísera de ella!... Aquel hombre no podía amarla. Su fidelidad era compasión, tal vez rutina, virtud inconsciente. Nunca se creería amada. Con otro hombre aún era posible esta ilusión; pero él era un artista: adoraba de día la belleza, para tropezar por la noche con la fealdad del agotamiento, con la miseria física.

La atormentaban incesantemente los celos, amargando su pensamiento, devorando su vida; unos celos inconsolables, por lo mismo que no encontraban nada real en que apoyarse.

Sentía una tristeza inmensa al reconocer su fealdad, una envidia insaciable contra todos, un deseo de morir, pero matando antes al mundo para arrastrarle[63] en su caída.

Las ingenuas caricias de su esposo la irritaban como un insulto. Tal vez creía amarla; tal vez se aproximaba a ella de buena fe; pero leía en su pensamiento, y encontraba en él a

(62) «álbums».
(63) «... arrastrarlo en su caída...».

la irresistible enemiga, a la rival que la anonadaba con su belleza. Y esto no tenía remedio. Estaba unida a un hombre que sería fiel, mientras viviese, a la religión de lo hermoso, sin apostatar jamás de ella. ¡Ay! ¡cómo se acordaba de aquellos días en que defendía del marido su cuerpo primaveral que intentaba pintar! Si ahora volviesen a ella la juventud y la belleza, arrojaría impúdicamente todas las envolturas, se plantaría en medio del estudio con la arrogancia de una bacante, gritando:

—Pinta, hártate de mi carne, y siempre que pienses en tu eterna querida, en esa que llamas la Belleza, procura verla con mi misma cara, que tenga mi mismo cuerpo[55].

Era una inmensa desgracia vivir unida a un artista. Jamás casaría a su hija con un pintor: antes verla muerta. Los que llevaban dentro el demonio de la forma sólo podían vivir tranquilos y felices con una compañera eternamente joven, eternamente bella.

La fidelidad de su marido la desesperaba. Aquel artista casto estaba rumiando siempre en su pensamiento el recuerdo de bellas desnudeces, imaginaba cuadros que no se atrevía a pintar por miedo a ella. Con su penetración de enferma parecía leer estos anhelos en la frente de su esposo. Mejor hubiese preferido una infidelidad cierta: verle enamorado de otra mujer, enloquecido por una pasión sensual[(64)]. De este viaje fuera de los límites del matrimonio podría volver fatigado y humilde, pidiéndola perdón; pero del otro no volvería nunca.

Renovales, al adivinar esta tristeza, emprendió con ternura la curación moral de su mujer. Evitó hablar en presencia de ella de sus adoraciones artísticas; encontró terribles defec-

---

(64) «sexual».

---

55 He aquí un notable ejemplo de la distancia entre los celos de Josefina hacia el arte y los que narra Zola en *L'Oeuvre*: Josefina querría, ahora que ha perdido su belleza, entregarse como modelo a Mariano, manifestando así una envidia de la belleza deseada por éste en la que lo real y lo pintado se continúan. En cambio los celos de Christine, la protagonista de *L'Oeuvre*, lo son de su misma imagen pintada, con lo que la segregación entre pintura y realidad se pone de manifiesto.

tos a las damas hermosas que le buscaban como retratista; ensalzaba la belleza espiritual de Josefina; la pintaba, trasladando al lienzo sus mismas facciones, pero hermoseadas con sutil habilidad.

Ella sonreía, con esa eterna condescendencia que tiene la mujer para las más estupendas y escandalosas mentiras, siempre que la halaguen.

—Eres tú —decía Renovales—: tu misma cara, tu gracia, tu distinción. Aún creo que te he hecho menos hermosa.

Seguía sonriendo, pero de pronto su mirada endurecíase, apretaba los labios, y la sombra se remontaba poco a poco por su rostro.

Clavaba sus ojos en los del pintor, como si registrase su pensamiento.

Todo mentira. Su marido la halagaba, creía amarla, pero sólo su carne permanecía fiel. La enemiga invencible, la eterna amante, era señora de su pensamiento.

Atenazada por esta infidelidad mental y por la rabia que la producía su impotencia, iba formándose en su sistema nervioso una de aquellas tempestades que estallaban en lluvias de lagrimas y truenos de insultos y recriminaciones.

La vida del maestro Renovales era un infierno cuando poseía ya la gloria y la riqueza, con las que había soñado tantos años, cifrando en ellas su felicidad.

IV

Eran las tres de la tarde cuando el ilustre pintor volvió a su casa, después del almuerzo con el húngaro.

Al entrar en el comedor, antes de dirigirse al estudio, vio a dos mujeres que, con el sombrero puesto y el velillo ante el rostro, parecían disponerse a salir. Una de ellas, tan alta como el pintor, se arrojó a su cuello con los brazos abiertos.

—Papá, papaíto, te hemos esperado hasta cerca de las dos. ¿Has almorzado bien?...

Y le acariciaba con ruidosos besos, rozando sus frescas mejillas de rosa en las barbas canas del maestro.

Renovales sonreía bondadosamente bajo este chaparrón de caricias. ¡Ah; su Milita! Era la única alegría de aquella vivienda triste y ostentosa como un panteón. Ella era la que dulcificaba el ambiente de tedio agresivo que la enferma parecía esparcir en torno de él. Contempló a su hija, adoptando un cómico aire de galán.

—Muy bonita, sí señor; está usted muy bonita hoy. Es usted un verdadero Rubens, señorita; un Rubens en moreno. ¿Y adónde vamos a lucir el garbo?...

Paseaba su mirada satisfecha de creador por este cuerpo fuerte y sonrosado, en el cual delatábase la crisis de la juventud con cierta delgadez pasajera, producto de un rápido crecimiento, y un círculo profundo en torno de los ojos. Su mirada húmeda y misteriosa era la de una mujer que empieza a enterarse de su significación en la vida. Vestía con cierta elegancia exótica: su traje tenía un aire varonil; su corbata y su cuello hombrunos armonizaban con la viveza rígida de sus movimientos, con sus botinas inglesas de ancho tacón, con la soltura violenta de sus piernas, que al marchar abrían las faldas como un compás, más atentas a la rapidez y el taconeo fuerte que a la gracia del paso. El maestro admiraba su belleza saludable. ¡Qué magnífico ejemplar!... Con ella no se extinguía la raza. Era él, toda él; de haber nacido hembra, sería semejante a su Milita.

Ésta seguía hablando, sin separar los brazos de los hombros del padre, fijos en el maestro sus ojos, que tenían un temblor de oro líquido.

Iba a su paseo diario con *Miss*; una marcha de dos horas por la Castellana, por el Retiro, sin sentarse, sin detenerse un instante, dando de paso una lección peripatética de inglés. Sólo entonces volvió Renovales la vista para saludar a *Miss*, una mujer obesa, con la cara roja y arrugada, mostrando al sonreír una dentadura que tenía el brillo amarillento de las fichas de un dominó. En el estudio, Renovales y sus amigos reían muchas veces del aspecto de *Miss* y de sus manías; de su peluca roja, puesta sobre el cráneo con el mismo descuido que un sombrero; de su dentadura postiza y escandalosa; de sus capotas, que fabricaba ella misma utilizando los cintajos y harapos que caían en sus manos; de su inapetencia crónica, que la hacía nutrirse con cerveza, teniéndola en perpetua turbación, que se manifestaba en[(65)] exageradas reverencias.

Su gordura fofa de bebedora mostrábase alarmada por la proximidad de este paseo, que era su tormento diario, esforzándose dolorosamente por seguir las zancadas de la señorita. Al ver que el pintor la miraba, púsose aún más roja e hizo tres grandes reverencias.

—¡Oh, mister Renovales! ¡Oh, sir!...

Y no le llamó lord, porque el maestro, después de saludarla con un movimiento de cabeza, so olvidó de ella, volviendo a hablar con su hija.

Milita se interesaba por el almuerzo de su padre con Tekli. ¿Conque había bebido *chianti*? ¡Ah, egoísta! ¡Con tanto que le gustaba a ella!... Había hecho mal en avisar tan tarde. Afortunadamente, estaba Cotoner en casa, y mamá le había obligado a quedarse, para no almorzar solas. El viejo amigo se había metido en la cocina, preparando uno de aquellos platos cuyo guiso había aprendido en sus tiempos de paisajista. Milita observaba que todos los paisajistas eran algo cocineros. Su vida al aire libre, las necesidades de su existencia errante por ventas y cabañas, desafiando la escasez, les aficionaba insensiblemente a esta habilidad.

Habían almorzado muy bien. Mamá había reído con las gracias de Cotoner, que siempre estaba alegre; pero a los postres, cuando llegó Soldevilla, el discípulo predilecto de Renovales, se había sentido mal, desapareciendo para ocultar sus ojos llenos de lágrimas, su pecho angustiado por los sollozos.

—Estará arriba —dijo la joven con cierta indiferencia, habituada ya a estas crisis—. Adiós, papaíto... Un beso. En el estudio tienes a Cotoner y a Soldevilla. Otro beso... Deja que te muerda.

Y después de clavar con suavidad sus dientecitos en una mejilla del maestro, la joven salió seguida de *Miss*, que bufaba prematuramente pensando en el fatigoso paseo.

Renovales quedó inmóvil, como si no quisiera sacudir este

---

(65) «... manifestaba con exageradas...».

ambiente de cariño en que le envolvía su hija. Milita era suya, toda suya. Amaba a su madre, pero su afecto resultaba frío comparado con la pasión vehemente que sentía por él, esa predilección vaga e instintiva que las hijas sienten por los padres, y que es como un esbozo de la adoración que ha de inspirarles después el hombre amado.

Pensó un momento en buscar a Josefina para consolarla; pero, tras corta reflexión, desistió de este propósito. No sería nada; su hija estaba tranquila: un arrechucho como los de costumbre. Subiendo, se exponía a una escena terrible que le amargase la tarde, quitándole los deseos de trabajar, desvaneciendo aquella alegría juvenil que llevaba en el alma después de su almuerzo con Tekli.

Se dirigió al último estudio, el único que merecía este nombre, pues era donde él trabajaba, y vio a Cotoner sentado en un sillón conventual, con el asiento combado por el peso de su abultada persona, los codos apoyados en los brazos de roble, el chaleco desabotonado para dejar en libertad el repleto abdomen, la cabeza hundida en los hombros, la cara roja y sudorosa, los ojos entornados por la suave embriaguez de su digestión en aquel ambiente caldeado por una enorme estufa...

Cotoner estaba viejo; tenía el bigote blanco y la cabeza calva, pero su cara sonrosada y lustrosa era de una frescura infantil. Respiraba la placidez del célibe casto que sólo ama la buena mesa y aprecia la somnolencia digestiva de la boa como la mayor de las felicidades.

Se había cansado de vivir en Roma. Escaseaban los encargos. Los Papas vivían más años que los patriarcas bíblicos; los retratos al cromo del Pontífice le hacían una competencia ruinosa. Además, estaba viejo y los pintores jóvenes que llegaban a Roma no le conocían; eran gentes tristes que le miraban como a un bufón, y sólo abandonaban su seriedad para burlarse de él. Su tiempo había pasado. El eco de los triunfos de Mariano allá en «la tierra» había tirado de él, decidiéndole a trasladarse a Madrid. Lo mismo se vivía en todas partes. También en Madrid tenía amigos. Y había continuado aquí su vida de Roma, sin ningún esfuerzo, sintiendo ciertos anhelos de gloria en su exigua personalidad de jornalero del arte[56], como si sus relaciones con Renovales le impusieran el deber de buscar en la pintura un lugar cercano al suyo.

Había vuelto a los paisajes, sin obtener triunfos mayores que la ingenua admiración de las lavanderas y los ladrilleros que en las cercanías de Madrid formaban semicírculo ante su caballete, diciéndose que aquel señor que llevaba en la solapa el botón multicolor de sus diversas condecoraciones pontificales debía ser un pájaro gordo, alguno de los grandes pintores de que hablaban los periódicos. Renovales le había alcanzado dos menciones honoríficas en la Exposición, y tras esta victoria, compartida con todos los muchachos que empezaban, Cotoner se tendió en el surco[57], descansando para siempre, dando por cumplida la misión de su existencia.

La vida en Madrid no se le presentaba más difícil que en Roma. Dormía en casa de un sacerdote al que había conocido en Italia acompañándole[(66)] en sus correrías por las oficinas pontificales. Este capellán, que estaba empleado en los escritorios de la Rota, tenía a gran honor el hospedar al artista, recordando sus relaciones amistosas con los cardenales y

---

(66) «acompañándolo».

---

56 Blasco refleja aquí esa separación entre «margen superior» y «margen inferior» a que la sociedad de su época sometía a los artistas y científicos, de la cual se ha hablado en la introducción (véanse págs. 82 y ss.): en el arte caben los «genios», habitualmente con gran éxito social y económico, y los «proletarios» o «jornaleros» del arte, inevitablemente situados en los márgenes bajos. El esfuerzo y el riesgo, la «voluntad» del individuo, son determinantes para el escritor. En *La voluntad de vivir* (o.c., pág. 700) relata cómo el protagonista había pasado también por esa etapa: «Enrique Valdivia se hizo médico, y al terminar su carrera siguió todas las etapas tristes del proletariado científico.» En *Sangre y arena* (o.c., cap. 3, pág. 107) pone otro ejemplo parecido a Cotoner, también compañero inseparable del protagonista: «El Nacional renunció a las más altas glorias de la tauromaquia. Banderillero nada más. Se resignaba a ser un jornalero de su arte, sirviendo a otros más jóvenes, para ganar un pobre sueldo de peón con que mantener a la familia y hacer ahorrillos que le permitiesen establecer una pequeña industria.»

57 Es la segunda vez que Blasco utiliza esta metáfora agraria en la novela, siempre referida a la renuncia a la lucha, a la falta de esfuerzo, antes (cap. I, pág. 174) aplicada a Tekli, ahora a Cotoner: es una insistencia en el papel que otorgaba a «la voluntad», véase nota 56.

creyéndole en correspondencia con el mismo Papa. Habían convenido una cantidad por el hospedaje, pero el clérigo no mostraba prisa en cobrarla: ya le encargaría algún cuadro para unas monjas de las que era confesor.

La comida ofrecía aún menos dificultades para Cotoner. Tenía repartidos los días de la semana entre varias familias ricas, de ferviente religiosidad, a las que había conocido en Roma durante las grandes peregrinaciones españolas. Eran mineros opulentos de Bilbao, propietarios agrícolas de Andalucía, viejas marquesas que pensaban mucho en Dios, siguiendo sus costumbres de vida opulenta, a las que daban un tono severo con la pátina de la devoción.

El pintor sentíase bien agarrado a este pequeño mundo grave, religioso y que comía bien. Era para todos el «buen Cotoner». Las señoras sonreían agradecidas cuando las obsequiaba con algún rosario u otro objeto de devoción traído de Roma. Si mostraban deseos de obtener alguna dispensa del Vaticano, las ofrecía escribir a «su amigo el cardenal». Los maridos, contentos de tener un artista en casa a tan poca costa, le consultaban el plano de una capilla nueva, el diseño de un altar, y en sus fiestas onomásticas recibían con gesto protector algún regalo de Cotoner: una «manchita», un paisaje sobre tabla, que exigía muchas veces explicaciones previas para conocer su significación[58]. En las comidas era la alegría de esta gente de sanos principios y mesuradas palabras, relatando originalidades de los «monseñores» y «eminencias» que había conocido en Roma. Estos chistes los aceptaban con cierta unción, por escabrosos que fuesen, viniendo de tan respetables personajes.

---

[58] En la *carta* a Julio Cejador, Blasco recogerá este relato para convertirlo en discurso (o.c., pág. 16): «Yo, ante los prólogos, explicaciones técnicas, manifiestos, etc., que muchas veces han aparecido al frente de los libros de otros o sueltos en artículos, siento la misma tentación de gritar: "Novelista..., ¡a tus novelas!" Sólo Orbaneja necesitaba escribir al pie de su cuadro "Esto es un gallo". El pintor seguro de su mano y de su imaginación no coloca explicaciones al margen de su obra. El público verá claramente lo que quiso expresar en el lienzo, y cómo quiso expresarlo. Y si el público da una docena de versiones diferentes, ¡quien sabe si la definitiva, la que acaba por triunfar, no es superior a la que pensó el artista!...»

Cuando, por enfermedad o viaje, se rompía el orden de las invitaciones y Cotoner carecía de convite se quedaba a comer en casa de Renovales, sin previa invitación. El maestro quiso instalarlo en su hotel, pero él no aceptó. Amaba mucho a toda la familia: Milita jugaba con él como si fuese un perro viejo; Josefina le tenía cierto afecto, porque le recordaba con su presencia los buenos tiempos de Roma. Pero Cotoner, a pesar de esto, mostraba cierto miedo, adivinando las tormentas que ennegrecían la vida del maestro. Prefería su existencia libre, a la que se adaptaba con una ductilidad de parásito. Al final de las comidas escuchaba con movimientos de aprobación las graves pláticas de sobremesa entre doctos sacerdotes y graves devotas, y una hora después bromeaba impíamente en cualquier café con pintores, cómicos y periodistas. Conocía a todo el mundo: le bastaba hablar dos veces con un artista para tutearle y jurar que le quería y admiraba con toda su alma. Al entrar Renovales en el estudio, sacudió su torpeza digestiva y estiró las cortas piernas para tocar el suelo y salir del sillón.

—¿Te han contado, Mariano?... ¡Un plato magnífico! Les he hecho un gazpacho de pastor... ¡Se han chupado los dedos!

Hablaba con entusiasmo de su obra culinaria, como si concentrase en esta habilidad todos sus méritos. Después, mientras Renovales entregaba el sombrero y el gabán al criado que le seguía, Cotoner, con una curiosidad de amigo íntimo deseoso de conocer todos los detalles de la existencia de su ídolo, le hizo preguntas sobre su almuerzo con el extranjero.

Renovales se tendió en un diván profundo como un nicho, entre dos bibliotecas, y flanqueado por montones de cojines. Al hablar de Tekli recordaron a sus amigos de Roma, pintores de diversas nacionalidades que veinte años antes marchaban con la frente alta, siguiendo como hipnotizados la estrella de la esperanza. Renovales, en su orgullo de luchador incapaz de hipócritas modestias, declaraba que él era el único que había llegado. El pobre Tekli era un profesor; su copia de Velázquez resultaba un trabajo paciente de bestia artística.

—¿Tú lo crees? —preguntó Cotoner con gesto de duda—. ¿Tan mal lo hace?...

Procuraba, por egoísmo, no hablar contra nadie; dudaba del mal; creía ciegamente en el elogio, conservando de este modo su reputación de bueno, que le daba acceso en todas partes, facilitando su vida. La imagen del húngaro estaba fija en su memoria, haciéndole pensar en una serie de almuerzos antes de que aquél abandonase Madrid.

—Buenas tardes, maestro.

Era Soldevilla, que, con las manos cruzadas bajo el faldón de la americana, abombando el pecho para lucir mejor el chaleco de terciopelo granate, y la cabeza en alto, atormentado[(67)] por la desmesurada altura del cuello rígido y nítido, salía de detrás de un biombo. Su delgadez y lo exiguo de su estatura estaban compensadas por la longitud de sus bigotes rubios, que se empinaban en torno de la naricilla sonrosada, como si quisieran confundirse con los bandós de su peinado, lacios y desmayados sobre la frente. Este Soldevilla era el discípulo favorito de Renovales, «su debilidad», según decía Cotoner. El maestro había reñido grandes batallas por alcanzarle la pensión en Roma; después le había premiado en varias Exposiciones.

Le miraba como si fuese su hijo, atraído tal vez por el contraste entre su rudeza y la debilidad de aquel dandy de la pintura, siempre correcto, siempre amante[(68)], que consultaba para todo a su maestro aunque después no hiciese gran caso de sus consejos. Cuando hablaba mal de los compañeros de arte, lo hacía con una suavidad venenosa, con una finura mujeril. Renovales reía de su aspecto y de sus costumbres, y Cotoner le hacía coro. Era una porcelana siempre brillante; no se encontraba en él la más leve mota de polvo; debía dormir en una rinconera. ¡Ah, los pintores del día! Los dos artistas viejos recordaban el desarreglo de su juventud; su bohemia descuidada, con grandes barbas y enormes sombreros; todas sus bizarras extravagancias para distinguirse de los demás mortales, formando un mundo aparte. Sentíanse malhu-

(67) «atormentada».
(68) «amable».

morados, como en presencia de una abdicación, ante los pintores de la última hornada, correctos, prudentes, incapaces de locuras, copiando las elegancias de los ociosos, con un aire de funcionarios del Estado, de oficinistas que manejaban el pincel.

Soldevilla, a continuación de su saludo, aturdió al maestro con un desmesurado elogio. Estaba admirando el retrato de la condesa de Alberca.

—Una maravilla, maestro. Lo mejor que ha pintado usted... y eso que está a medio hacer.

Este elogio conmovió a Renovales. Se levantó para apartar de un empujón el biombo, y arrastró un caballete que sostenía un gran lienzo, hasta colocarlo frente a la luz que penetraba por el ventanal de cristales.

Sobre un fondo gris erguíase, con la majestad de la belleza habituada a la admiración, una dama vestida de blanco. El *esprit* de plumas y brillantes parecía temblar sobre sus rizos de un rubio leonado; el pecho marcaba el arranque de las redondeces de sus montículos entre las blondas del escote; las manos, enguantadas hasta más arriba del codo, sostenían, una, el rico abanico, y otra, una capa obscura forrada de raso color de fuego, que se deslizaba de sus hombros desnudos, próxima a caer. La parte baja de la figura estaba indicada solamente por trazos de carbón sobre la blancura del lienzo. La cabeza, casi terminada, parecía mirar a los tres hombres con sus ojos orgullosos, algo fríos, pero de una falsa frialdad, delatando detrás de su pupila apasionamientos ocultos, un volcán muerto que resucitaba a sus horas.

Era una mujer alta, esbelta, de adorables y justas carnosidades, que parecía sostenerse en el esplendor de una segunda juventud con la higiene y las comodidades de su elevada posición. Los extremos de sus ojos estaban achicados por un pliegue de fatiga[59].

[59] Hay que relacionar este retrato de Renovales con el que Sorolla hizo de Elena Ortúzar de Elguín, la amante de Blasco, en la primavera de 1906 (o.c.). El escritor no lo describe exactamente, introduciendo finas diferencias para evitar su identificación; pero los rasgos principales coinciden: la dama se eleva «con la majestad de la belleza habituada a la admiración» y está tam-

Cotoner la contemplaba desde su asiento con una calma de hombre casto, comentando su belleza tranquilamente, sintiéndose a cubierto de toda tentación.

—Es ella; la has clavado, Mariano. Ella misma... ¡Ha sido una gran mujer!

Renovales pareció ofendido por este comentario.

—Lo es —dijo con cierta hostilidad—. Lo es todavía.

Cotoner no era capaz de discutir con su ídolo, y se apresuró a rectificarse:

—Es una buena moza, muy guapa, sí señor, y muy elegante. Dicen también que tiene talento y que es incapaz de dejar sufrir a los que la adoran. ¡Poquito se habrá divertido esta señora!...[60].

Renovales volvió a encresparse, como si le hiriesen estas palabras.

—¡Bah! Mentiras, calumnias —dijo con voz fosca—; invenciones de ciertos señoritos que, al verse despreciados, la cuelgan esas infamias.

Cotoner volvió a deshacerse en explicaciones. Él no sabía nada: lo había oído decir. Las señoras en cuya casa comía hablaban mal de la de Alberca pero tal vez fuesen murmuraciones de mujeres... Se hizo el silencio, y Renovales, como si desease torcer el curso de la conversación, se encaró con Soldevilla.

—¿Y tú, no pintas? Siempre te veo por aquí a la hora de trabajar.

---

bién vestida de blanco; tiene los «rizos de un rubio leonado» y «el pecho marca el arranque de las redondeces de sus montículos»; una mano «sostiene el abanico» y la cabeza mira «con sus ojos orgullosos, algo fríos, pero de una falsa frialdad, delatando detrás de su pupila apasionamientos ocultos, un volcán muerto que resucitaba a sus horas»; es también «una mujer alta, esbelta» y, dado el gusto de Blasco, poseía «adorables y justas carnosidades», pareciendo «sostenerse en el esplendor de una segunda juventud con la higiene y las comodidades de su elevada posición».

[60] Es este uno de los *ítems* repetidos en las cuatro novelas de amor (incluyendo *Sangre y arena*): cierto pesar y remordimiento del enamorado por las aventuras anteriores de la amada, igualmente descrito en *Entre naranjos* y *La voluntad de vivir* (véase introducción, pág. 141).

Sonreía con cierta malicia al decir esto, mientras el joven se excusaba, ruborizándose. Trabajaba mucho, pero todos los días sentía la necesidad de dar una vuelta por el estudio del maestro antes de dirigirse al suyo.

Era una costumbre de sus tiempos de principiante, de aquella época, la mejor de su vida, en que aprendía junto al gran pintor, en otro estudio menos lujoso que éste.

—¿Y Milita? ¿la has visto? —prosiguió Renovales con sonrisa bonachona en la que había una punta de malicia—. ¿No te ha tomado hoy el pelo por esa nueva corbata que quita la vista?

Soldevilla también sonrió. Había estado en el comedor con doña Josefina y Milita, y ésta se había burlado de él, como siempre. Pero era sin malicia; ya sabía el maestro que Milita y él se trataban como hermanos.

Más de una vez, cuando ella era pequeña y él un chicuelo, la había servido de caballo, trotando por el viejo estudio llevando a la espalda aquel gran diablo, que le tiraba del pelo y le abofeteaba con sus manecitas.

—Es muy mona —interrumpía[69] Cotoner—. Es la muchacha más graciosa y más buena que conozco.

—¿Y el sin par López de Sosa? —preguntó el maestro otra vez, con tono de malicia—. ¿No ha venido hoy ese chófer[70] que nos vuelve locos con sus automóviles?

Desapareció la sonrisa de Soldevilla. Púsose pálido y brillaron sus ojos con verdoso fulgor. No; no había visto a ese caballero. Según decían las señoras, andaba muy ocupado en la reparación de un automóvil que se le había roto en el camino de El Pardo[71]. Y como si el recuerdo de ese[72] amigo de la familia fuese penoso para el joven pintor y deseara evitar nuevas alusiones, se despidió del maestro. Iba a trabajar; aún podían aprovecharse dos horas de sol. Pero antes de salir dedicó nuevos elogios al retrato de la condesa.

Quedaron solos los dos amigos, en un largo silencio. Re-

---

(69) «interrumpió».

(70) «*chauffer*».

(71) «... del Pardo».

(72) «este».

novales, sumido en la penumbra de aquel nicho de telas persas en que se empotraba su diván, contemplaba el retrato.

—¿Ha de venir hoy? —preguntó Cotoner señalando al lienzo.

Renovales hizo un gesto de disgusto. Hoy u otro día; con esta mujer era imposible un trabajo serio. La esperaba aquella tarde, pero no le causaría extrañeza que faltase a la sesión. Llevaban cerca de un mes sin poder pintar dos días seguidos. Tenía muchas ocupaciones: presidía sociedades para la enseñanza y la emancipación de la mujer; proyectaba festivales y tómbolas; una actividad de señora aburrida, un aturdimiento de pájaro loco, que la hacía querer estar en todas partes a un mismo tiempo, sin voluntad para marcharse una vez lanzada en la corriente del femenil chismorreo. De pronto, el pintor, con los ojos fijos en el retrato, tuvo un impulso de entusiasmo.

—¡Qué mujer, Pepe! —exclamó—. ¡Qué mujer para pintarla!...

Sus ojos parecían desnudar a la beldad que se erguía en el lienzo con toda su prosopopeya aristocrática, intentaban penetrar el misterio de aquella envoltura de encajes y sedas, ver el color y las líneas de unas formas que apenas se marcaban con suave bulto al través del vestido. A esta reconstrucción mental ayudaban los hombros desnudos y el arranque de los amorosos globos que parecían temblar con dureza elástica en el filo del escote, separados por una línea de suave penumbra.

—Eso mismo le he dicho a tu mujer —afirmó el bohemio con sencillez—. Si tú pintas señoras hermosas como la condesa, es por pintarlas, sin que se te ocurra ver en ellas más que una modelo.

—¡Ah! ¡conque[73] mi mujer te ha hablado de esto!...

Cotoner se apresuró a tranquilizarle, temiendo ver turbada su digestión. Nada; nerviosidades de la pobre Josefina, que, en su enfermedad, todo lo veía negro.

Había aludido durante el almuerzo a la de Alberca y su retrato. No parecía quererla, a pesar de ser su compañera de co-

[73] «¡con que...!».

legio. Le ocurría lo que a las otras mujeres: la condesa era un enemigo que las inspiraba miedo. Pero él la había tranquilizado, acabando por arrancarle(74) una risa débil. No había que hablar más de esto.

Pero Renovales no participaba del optimismo de su amigo. Adivinaba el estado de ánimo de su mujer; comprendía ahora el motivo que la había hecho huir de la mesa, refugiándose arriba para llorar y desearse la muerte. Abominaba de Concha, como de todas las mujeres que entraban en su estudio... Pero esta impresión triste no fue muy duradera en el pintor; estaba habituado a las susceptibilidades de su esposa. Además, se tranquilizó pensando en su fidelidad conyugal. Tenía limpia la conciencia, y Josefina podía creer lo que quisiera. Sería una injusticia más, y él estaba resignado a sufrir su esclavitud sin quejarse.

Para distraerse, comenzó a hablar de pintura. Le animaba el recuerdo de su conversación con Tekli, el cual venía de correr Europa y estaba enterado de lo que pensaban y pintaban los más famosos maestros.

—Yo me hago viejo, Cotoner. ¿Crees que no lo conozco? No, no protestes; ya sé que no soy viejo: cuarenta y tres años[61]. Quiero decir que me he encarrilado y no salgo de mi paso. Hace tiempo que no hago nada nuevo; siempre doy la misma nota. Ya sabes que ciertos sapos envidiosos de mi fama me echan en cara ese defecto, como un salivazo venenoso.

Y el pintor, con el egoísmo de los grandes artistas, que siempre se creen olvidados y que el mundo les regatea la gloria, lamentábase de la servidumbre que le imponía su buena suerte. ¡Ganar dinero! ¡Qué terrible cosa para el arte! Si el mundo fuese gobernado por el sentido común, los artistas de talento estarían mantenidos por el Estado, el cual proveería generosamente a todas sus necesidades y caprichos. No habría que preocuparse de la vida. «Pinte usted lo que quiera y

(74) «arrancarla».

61 Vicente Blasco (1867) tenía treinta y nueve años en 1906; Joaquín Sorolla (1863) precisamente cuarenta y tres.

como le dé la gana.» Entonces se harían grandes cosas y adelantaría el arte con pasos de gigante, no teniendo que envilecerse en una adulación a la vulgaridad pública y a la ignorancia de los ricos. Pero ahora, para ser pintor célebre había que ganar mucho dinero, y éste sólo se conseguía con los retratos, abriendo tienda, pintando al primero que se presenta, sin derecho a escoger. ¡Maldita pintura! En el escritor era mérito la pobreza; representaba virtud e integridad. Pero el pintor había de ser rico: su talento se juzgaba por las ganancias. El renombre de sus cuadros iba unido a la idea de miles de duros. Al hablar de su trabajo, se decía siempre: «Gana tanto»; y para sostener esta riqueza, compañera indispensable de la gloria, había que pintar a destajo, halagando a la vulgaridad que paga[62].

Renovales se movía con nerviosa excitación en torno del retrato. Algunas veces, este trabajo de jornalero glorioso aún era tolerable al pintar mujeres hermosas y hombres cuya frente estaba animada por el interno resplandor de la inteligencia. Pero ¿y los políticos vulgares, los ricos con aspecto de mozos de cordel, las señoras hinchadas y de cara muerta que había tenido que retratar? Cuando se dejaba vencer por su amor a la verdad y copiaba el modelo tal como lo veía, proporcionábase un enemigo más, que pagaba refunfuñando e iba por todas partes diciendo que Renovales no era tan grande como le creían. Para evitar esto, pintaba mintiendo, valiéndose de los procedimientos empleados por otros artistas mediocres, y esta bajeza atormentaba su conciencia como un despojo que hacía sufrir a sus inferiores, dignos de respeto por lo mismo que estaban menos dotados que él para la producción artística[63].

—Además, esto no es la pintura, toda la pintura. Nos creemos artistas porque sabemos reproducir una cara, y la cara no es mas que una parte del cuerpo. Temblamos ante el desnudo; lo hemos olvidado. Hablamos de él con respeto y te-

---

[62] Véase introducción, pág. 86.

[63] En este párrafo está la respuesta a la duda sobre si Blasco criticaba el retrato como tal género o bien sólo ciertos tipos de «retrato» que falseaban la realidad. Véase introducción, págs. 59 y ss.

mor, como de una cosa religiosa digna de adoración, pero que no vemos de cerca. Una gran parte de nuestro talento es talento de hortera. Telas, muchas telas, trajes. Hay que envolver bien el cuerpo, del que huimos como de un peligro...

Cesó en sus paseos agitados, deteniéndose ante el retrato, fijando en él su mirada.

—Figúrate, Pepe —dijo en voz baja, mirando antes instintivamente hacia la puerta con aquel eterno miedo a ser oído por su esposa en estos entusiasmos artísticos—. Figúrate... si esta mujer se desnudase; si yo pudiera pintarla tal como es seguramente...

Cotoner rompió a reír con una expresión de fraile malicioso.

—Una gran cosa, Mariano; una obra maestra. Pero no querrá. Tengo la certeza de que se negaría a desnudarse, y eso que debe haberlo hecho delante de más de uno.

Renovales agitó sus brazos y levantó los ojos con expresión de protesta.

—¿Y por qué no quieren?... ¡Qué rutina! ¡Qué vulgaridad!

En su egoísmo de artista, imaginábase creado el mundo sin otro objeto que el de mantener a los pintores y al resto de la humanidad que debía servirle de modelo, y se escandalizaba de este pudor incomprensible. ¡Ay! ¿Dónde encontrar ahora las beldades griegas, plácidas modelos de los escultores; las damas venecianas, de palidez ambarina, pintadas por el Ticiano[75]; las flamencas graciosas de Rubens y las bellezas picantes y diminutas de Goya? La hermosura se había eclipsado para siempre tras los velos de la hipocresía y el[76] falso pudor. Se dejaban contemplar hoy por un amante, mañana por otro; entregaban a los innumerables galanes algo más que la exhibición de sus formas, y sin embargo enrojecían recordando a las hembras de otros tiempos, menos impuras, que no vacilaban en someter a la pública admiración la obra perfecta de Dios, la castidad del desnudo.

---

[75] «Tiziano».
[76] «... y del falso...».

Renovales volvió a tenderse en el diván, y desde su penumbra habló confidencialmente a Cotoner con voz tenue, mirando algunas veces hacia la puerta como si temiese ser oído.

Hacía tiempo que soñaba con una obra maestra. La tenía completa en su imaginación, hasta en sus menores detalles. Veíala, cerrando los ojos, tal como había de ser, si es que llegaba a pintarla. Era Friné, la famosa beldad de Atenas, mostrándose desnuda a los peregrinos aglomerados en la playa de Delfos. Toda la humanidad doliente de Grecia marchaba por la orilla del mar hacia el famoso templo, buscando la intervención divina para el alivio de sus males: paralíticos de miembros retorcidos; leprosos de repugnante hinchazón; hidrópicos grotescos; pálidas mujeres con las entrañas roídas por las enfermedades del sexo; ancianos trémulos; jóvenes desfigurados por las anomalías de un nacimiento monstruoso; cabezas enormes, caras contraídas por muecas horripilantes, brazos consumidos como huesos escuetos, piernas informes de elefante; todos los esbozos de la Naturaleza despistada, los gestos llorosos y desesperados del humano dolor. Al ver en la orilla a Friné, gloria de la Grecia, cuya belleza era un orgullo nacional, los peregrinos se detienen y la contemplan, volviendo la espalda al templo que, sobre el fondo de las tostadas montañas, destaca sus columnatas de mármol; y la hermosa, conmovida por esta procesión del dolor, quiere alegrar su tristeza, lanzar en sus míseros surcos un puñado de salud y belleza, y se arranca los velos, haciéndoles la regia limosna de su desnudez. El cuerpo blanco, luminoso, destaca la armoniosa curva del vientre y la punta aguda de sus firmes senos sobre el azul obscuro del mar. El viento arremolina sus cabellos como serpientes de oro sobre los hombros de marfil; las ondas, al morir cerca de sus pies, le envían estrellas de espuma que, con su caricia, estremecen su piel desde la nuca de ámbar a los talones sonrosados. La arena mojada, tersa y brillante como un espejo, reproduce invertida y confusa la soberana desnudez en líneas serpenteadas, que adquieren al perderse el temblor del iris. Y los peregrinos, caídos de rodillas, en el éxtasis de la admiración, tienden los brazos hacia la diosa mortal, creyendo que la Belleza y la eterna Salud salen a su encuentro[64].

Renovales se incorporaba, cogiendo un brazo a Cotoner al describir su futuro cuadro, y el amigo asentía gravemente, impresionado por el relato.

—¡Muy hermoso!... ¡Sublime, Marianito!

Pero el maestro volvía a caer en el desaliento después de esta ráfaga de entusiasmo.

Aquella obra era muy difícil. Tendría que ir a instalarse en la orilla del Mediterráneo, en una playa solitaria de Valencia o Cataluña; tendría que levantar un barracón en el mismo límite donde el agua muere en la arena con brillante espejismo, y allí llevar mujeres tras mujeres, cien, si era preciso, para estudiar su blanca desnudez sobre el azul del mar y del cielo, hasta que encontrase el cuerpo divino de la soñada Friné.

—Muy difícil —murmuraba Renovales—. Te digo que es muy difícil. ¡Hay tantos inconvenientes con que luchar!...

Cotoner inclinó su cabeza con expresión confidencial.

—Y además, está la maestra —dijo en voz queda, mirando a la puerta con cierto miedo—. Me parece que Josefina no aceptará con mucho gusto ese cuadro y su gran baraja de modelos.

El maestro bajó la cabeza.

—¡Si supieras, Pepe! ¡Si vieses mi vida diaria!...

—Lo sé todo —se apresuró a decir Cotoner—. Mejor dicho, lo adivino. No me cuentes nada.

Y en su apresuramiento por repeler las tristes confidencias del amigo había mucho de egoísmo, el deseo de no perturbar su plácida calma con dolores ajenos que sólo le inspiraban un lejano interés.

Renovales habló tras un largo silencio. Pensaba frecuentemente en si el artista debía ser soltero o casado. Otros, débiles y de indeciso carácter, necesitaban el apoyo de la compañera, el ambiente de la familia.

---

[64] Es de hacer notar cómo Blasco no hace más que una descripción del tema, sin una sola referencia a la estructura del cuadro o a los procedimientos pictóricos; a ello añade la necesidad de tomarlo del natural, en el Mediterráneo, lo que marca su dificultad.

Recordaba con fruición los primeros meses de su matrimonio; pero éste le había pesado después como una cadena. No renegaba del amor; necesitaba para vivir de la dulce compañía de la mujer, pero con intermitencias, sin la cárcel interminable de la vida común. Los artistas como él debían ser libres; estaba seguro de ello.

—¡Ay, Pepe! Si yo me hubiese conservado como tú, dueño de mi tiempo y de mis obras, sin tener que preocuparme de lo que dirá mi gente al verme pintar esto o aquello, ¡qué grandes cosas llevaría hechas!

El viejo fracasado iba a decir algo, cuando se abrió la puerta del estudio y entró el criado de Renovales, un hombrecillo de grandes mejillas rubicundas y voz atiplada, que, según decía Cotoner, tenía el aire de un mandadero de monjas.

—La señora condesa.

Cotoner abandonó de un salto su sillón. Estas[77] modelos no gustaban de ver gente en el estudio. ¿Por dónde escapaba?... Renovales le ayudó a buscar su sombrero, su abrigo, su bastón, que había dejado, con su habitual abandono, en diversos rincones del estudio.

El maestro le empujó por una puerta que daba al jardín. Después, al quedar solo, corrió a colocarse ante un viejo espejo veneciano, contemplándose un instante en su luna azulada y profunda, alisándose con los dedos la crespa y encanecida cabellera.

V

Entró con gran estrépito de blondas y sedas, acompañado su menudo paso por el fru-fru de las ropas interiores, esparciendo un perfume de variadas esencias semejante a la respiración de exótico jardín.

—Buenas tardes, *mon cher maître.*

Mirándole con sus impertinentes de concha pendientes de una cadena de oro, adquiría el ámbar gris de sus ojos, al tra-

[77] «estos».

vés de los vidrios, una fijeza insolente, un gesto extraño, con algo de caricia y burla al mismo tiempo.

Debía perdonarle su tardanza. Ella lamentaba estas faltas de atención, pero era la mujer mas ocupada de Madrid. ¡Las cosas que había hecho después del almuerzo!... Firma y examen de papeles con la secretaria de la Liga Feminista; conferencia con el carpintero y el maestro de obras (unos tíos ordinarios que se la comían con los ojos) encargados de levantar las tribunas para el gran festival a beneficio de las obreras abandonadas; visita al presidente del Consejo de ministros; un señor algo verde, a pesar de su gravedad, que la recibía con aires de galán rococó, besándole la mano como en un minué[78].

—Hemos perdido la tarde, ¿verdad, *maître*? Apenas queda sol para trabajar. Ademas, no he traído la doncella para que me ayude.

Señalaba con sus impertinentes la puerta de un gabinete que servía de tocador y vestuario a las modelos, y donde ella guardaba el traje de *soirée* y el manto de color de fuego con que la retrataba.

Renovales, después de mirar furtivamente a la entrada del estudio, tomó un aire de arrogancia, de galantería fanfarrona, como en los tiempos de su juventud romana, libre y ruidosa.

—Por eso que no quede, Concha. Si usted lo permite, yo le serviré de doncella.

La condesa prorrumpió en una risa ruidosa, echando el busto atrás, mostrando su blanca garganta, que ondulaba con los estremecimientos de alegría.

—¡Ay, qué gracia! ¡Y qué atrevido se nos hace el maestro!... Usted no entiende de esas cosas, Renovales. Usted sólo sabe pintar: no tiene práctica...

Y en su acento finamente irónico había algo de compasión para el artista alejado de las cosas mundanales y cuya virtud conyugal todos conocían. Esto pareció ofenderle, y habló a la condesa con gran brusquedad, mientras cogía la paleta y preparaba los colores. No era preciso que cambiase de traje; emplearía la poca luz que quedaba trabajando en su cabeza.

---

(78) «minueto».

Concha se quitó el sombrero, y después, ante el mismo espejo veneciano en que se había mirado el pintor, comenzó a retocarse el peinado. Sus brazos arqueábanse en torno de la cabellera rubia, mientras Renovales contemplaba la gentileza de su dorso, viendo al mismo tiempo de frente su cara y su pecho en el fondo del vidrio. Canturreaba arreglándose el pelo, con los ojos fijos en la reproducción de sus ojos, sin que nada la distrajese de esta operación importante.

Aquel rubio luminoso y audaz debía ser teñido. El pintor estaba seguro de ello, pero no por esto le parecía menos hermoso. También iban teñidas de rubio las beldades de Venecia de los pintores antiguos.

La condesa se sentó en un sillón, a corta distancia del caballete. Sentíase fatigada, y ya que sólo había de pintar su rostro, no tendría la crueldad de hacerla permanecer de pie, como en los días de gran sesión. Renovales contestaba con monosílabos y encogimientos de hombros. Bien estaba así: ¡para lo que iban a hacer!... Una tarde perdida. Se limitaría a trabajar en el pelo y la frente; podía descansar, mirando adonde quisiera.

El maestro, por su parte, tampoco sentía deseos de trabajar. Le perturbaba una cólera sorda; estaba irritado por el acento irónico de la condesa, la cual veía en él un hombre aparte, un ser raro, incapaz de hacer lo que aquellos señoritos imbéciles que formaban su corte, y muchos de los cuales, según la pública murmuración, eran sus amantes. ¡Extraña mujer, provocativa y fría! Sentía deseos de caer sobre ella, en su furia de macho ofendido, de golpearla, de tratarla con el mismo desprecio que si fuese una mujerzuela, para hacerla sentir su varonil superioridad.

De todas las señoras que llevaba retratadas, ninguna había turbado como ésta su calma de artista. Sentíase atraído por su gracia loca, por su ligereza casi infantil, y al mismo tiempo le inspiraba odio por el tono compasivo con que le trataba. Era para ella un buen hombre, vulgarísimo, que, por raro capricho de la Naturaleza, poseía el don de pintar bien.

Renovales la devolvía este desprecio insultándola en su pensamiento. Era cualquier cosa la tal condesa de Alberca. Con razón hablaban de ella. Tal vez al presentarse en el estudio, siempre de prisa y sofocada, venía de una entrevista a solas con alguno de aquellos jovenzuelos que rondaban esperanzados en torno de su naciente y provocativa madurez[65].

Pero bastaba que Concha le hablase con dulce abandono, comunicándole las tristezas que decía sentir y permitiéndose ciertas confianzas, como si la[(79)] uniese a él una amistad antigua, para que al instante el maestro cambiase de pensamientos. Era una mujer superior, ideal, condenada a vivir en el vano ambiente aristocrático. Todas las murmuraciones sobre ella eran calumnias, mentiras de envidiosos[66(80)]. Debía ser la compañera de un hombre superior, de un artista[67].

Renovales conocía su historia; se envanecía de las confidencias amistosas que había tenido con él. Era hija única de un gran[(81)] señor, jurisconsulto solemne y moderado rabioso,

---

(79) «le».
(80) «envidiosas».
(81) «grave».

---

65 Los jovenzuelos rondando en torno a la que va a ser la amante es otra de las constantes para la definición de ésta. Así sucede en *La voluntad de vivir*; en *Sangre y arena* escribe lo siguiente (cap. 3, pág. 128): «Cuando "la Embajadora" llegó a vivir en Sevilla, toda la juventud había formado una corte en torno de ella. / —Figúrate, Juanillo. Una mujer elegante, de las que aquí no se usan, trayendo sus ropas y sombreros de París, su perfumería de Londres, y además amiga de reyes... Como si dijéramos marcada con el hierro de las primeras ganaderías de Europa... Andaban como locos tras de sus pasos, y la niña les permitía ciertas libertades, queriendo vivir entre ellos como un hombre. Pero algunos se desmandaron, tomando equivocadamente la familiaridad por otra cosa, y faltos de palabras, fueron largos de manos... Hubo bofetadas, Juanillo, y algo peor.»

66 De nuevo una característica que aparece en las novelas de amor: murmuraciones y calumnias, o bien una vida azarosa, cargada de amantes. En *La voluntad de vivir* (o.c., pág. 750): «Valdivia sintióse dominado por repentina frialdad. La quería, la deseaba, era una mujer irresistible, pero sus palabras despertaban antiguas sospechas, que ahora le herían cruelmente!...» *Sangre y arena* (o.c., cap. 3, pág. 127): «Esto debe ser falso: exageraciones», y (pág. 128): «—En Sevilla —continuaba el apoderado— lleva una vida ejemplar. Por esto pienso si será mentira lo que cuentan del extranjero. ¡Calumnias de ciertos pollos que quieren entrar por uvas y las encuentran verdes!»

67 Vemos aquí una característica que hemos señalado en la introducción: al hombre con gran éxito en su profesión le corresponde también el triunfo máximo en el amor (véanse págs. 138-139); la mujer superior, en este caso, debería ser la compañera de un artista.

ministro en los gabinetes mas retrógrados del reinado de Isabel II. Se había educado en el mismo colegio que Josefina, y a pesar de ser cuatro[(82)] años mayor, guardaba un vivo recuerdo de su bulliciosa compañera. «Para mala y traviesa, Conchita Salazar; era un demonio.» Así oyó su nombre Renovales por primera vez. Luego, al trasladarse de Venecia a Madrid el artista y su mujer, se enteraron de que había cambiado su apellido por el de condesa de Alberca casándose con un señor que podía ser su padre.

Era un antiguo cortesano, que cumplía con gran escrupulosidad las obligaciones de grande de España, celoso de su servidumbre cerca de los reyes. Su ambición era llegar a poseer todas las condecoraciones de Europa; y apenas le agraciaban con alguna, se hacía retratar cubierto de bandas y cruces, vistiendo el uniforme de una de las tradicionales Órdenes militares. Su esposa reía al verle, pequeño, calvo y solemne, con altas botas, sable rastrero y pecho cubierto de baratijas, apoyando en su corto muslo un casco de blancos plumajes[68].

Durante la vida de aislamiento y privaciones que arrastraron[(83)] Renovales y su mujer, los periódicos llevaban hasta la mísera casa del artista los ecos de los triunfos de «la bella condesa de Alberca». No había relato de fiesta aristocrática en que no figurase su nombre en primera línea. Además, la llamaban «ilustrada», haciéndose lenguas de su cultura literaria, de la educación clásica que debía a «su ilustre padre», ya difunto. Y con estas noticias públicas llegaban hasta el artista, en las alas susurrantes de la madrileña murmuración, otras que suponían a la condesa de Alberca consolándose alegremente del error cometido al casarse con un viejo.

---

(82) «... de ser ésta cuatro años...».
(83) «arrostraron».

---

[68] Otra de las invariantes en las novelas relacionadas con Elena Ortúzar (que era esposa de un diplomático chileno) es la descripción ridícula del marido: en *La voluntad de vivir* su caricatura llega a rozar la de un *ninot* de falla; en *Sangre y arena* se trataba de un diplomático evitado por las reinas de las distintas cortes europeas para impedir que Sol sedujese a sus maridos.

En palacio la habían puesto en entredicho por esta fama. El marido figuraba en las solemnidades regias, pues no todos los días se presentaba ocasión de lucir su cargamento de honorable bisutería; pero ella se quedaba en casa abominando de estas ceremonias. Renovales la había oído afirmar muchas veces, vestida lujosamente y con valiosas alhajas en las orejas y el pecho, que ella se reía de su mundo, que estaba en el secreto... ¡que era anarquista! Y oyéndola reía, como reían todos los hombres de lo que llamaban «las cosas» de la de Alberca.

Cuando triunfó Renovales, volviendo como maestro ilustre a aquellos salones por los que había pasado en su primera juventud, sintió la atracción de la condesa, que, en su calidad de gran dama «intelectual»[69], tenía empeño en rodearse de hombres célebres. Josefina no le acompañó en esta vuelta al mundo. Sentíase enferma; la fatigaba el roce con las mismas gentes y en los mismos sitios; carecía de fuerzas hasta para emprender los viajes que le recomendaban los médicos.

La condesa amarró al pintor a su séquito, mostrándose ofendida cuando dejaba de presentarse en su casa las tardes en que recibía a sus amigos. ¡Qué ingratitud con una admiradora tan ferviente! ¡Tanto que le[(84)] placía a ella exhibirlo ante sus amigas, como si fuese una joya nueva! «El pintor Renovales: el famoso maestro».

En una de estas tardes de recepción, el conde abordó al pintor, con su gravedad de personaje abrumado por los honores del mundo.

—Concha desea un retrato hecho por usted, y yo quiero darla gusto en todo. Usted dirá cuándo puede comenzar. Ella teme proponérselo, y me ha dado el encargo. Ya sé lo que usted lleva a otros por su trabajo. Píntela usted bien... que quede contenta...

---

(84) «la».

---

69 Es la única ocasión en toda la novela en que Blasco utiliza el término «intelectual» en singular, y lo hace en el tono sarcástico que vemos. Véase la introducción, págs. 30 y ss.

Y al notar cierto movimiento de Renovales, ofendido por esta llaneza del gran señor, añadió, como si le hiciese una nueva merced:

—Si queda usted bien en lo de Concha, me pintará después a mí. Sólo aguardo el Gran Crisantemo del Japón. En Estado me dicen que llegarán los títulos un día de estos.

Renovales comenzó el retrato de la condesa. Se prolongaba la obra por culpa de aquella aturdida, que siempre llegaba tarde con pretexto de sus ocupaciones. Muchos días, el artista no daba una sola pincelada: pasaban las horas charlando. Otras veces, el maestro escuchaba en silencio, mientras ella, en su incesante verbosidad, burlábase de las amigas y relataba sus defectos secretos, sus costumbres más íntimas, sus amoríos misteriosos, con cierta fruición, como si todas las mujeres fuesen sus enemigas. En mitad de una de estas confidencias deteníase para decir con gesto pudoroso y entonación irónica:

—¡Pero estaré escandalizando a usted, Mariano!... ¡Usted, que es un buen marido, un padre de familia, un varón virtuoso!

Renovales sentía entonces tentaciones de ahogarla. Se burlaba de él; lo consideraba un hombre distinto de los demás, una especie de fraile de la pintura. Deseoso de herirla, de devolverle[85] el golpe, la atacó[86] una vez brutalmente en mitad de sus despiadadas murmuraciones:

—Pues de usted también hablan, Concha. También dicen... cosas poco gratas para el conde.

Esperaba un estallido de indignación, una protesta, y lo que resonó en el silencio del estudio fue una risa alegre, desenfrenada[87], que se prolongó largo rato, cortándose varias veces para volver a comenzar. Después se mostró melancólica, con esa tristeza dulce de las mujeres «no comprendidas». Era muy desgraciada, Mariano. A él se lo podía revelar todo porque era un buen amigo. Se había casado siendo una niña: una terrible equivocación. En el mundo existía algo más que

(85) «devolverla».
(86) «atajó».
(87) «desenfadada».

el deslumbramiento de la fortuna, el esplendor del lujo y aquella corona de conde que había perturbado su cerebro de colegiala.

—Tenemos derecho a un poco de amor; y si no es amor, a un poco de alegría. ¿No lo cree usted, Mariano?

¡Vaya si lo creía!... Y de tal modo lo afirmaba mirando a Concha con ojos alarmantes, que ésta acabó por reír de su ingenuidad, amenazándole con una mano.

—Cuidado, maestro; que Josefina es mi amiga, y si usted se resbala, se lo cuento todo.

Renovales irritábase contra este pensamiento de pájaro siempre inquieto, saltador y caprichoso, que tan pronto se posaba junto a él, comunicándole el calor de la intimidad, como volaba lejos, azorándole con sus aleteos burlones.

Algunas veces presentábase agresiva, molestando al artista desde sus primeras palabras, como acababa de ocurrir en esta tarde.

Permanecieron largo rato silenciosos; pintando él con aire distraído, contemplando ella la marcha del pincel hundida en un sillón, en la dulce calma de la inmovilidad.

Pero la de Alberca era incapaz de permanecer mucho tiempo callada. Poco a poco se enfrascó en su charla habitual, sin hacer caso del mutismo del pintor, hablando por la necesidad de animar con sus palabras y sus risas el conventual silencio del estudio.

El pintor le[(88)] oyó el relato de sus trabajos como presidenta de la Liga Feminista, de las grandes cosas que se proponía hacer en la santa empresa de la emancipación de su sexo. Y de paso, arrastrada por su afán de ridiculizar a todas las mujeres, burlábase donosamente de sus colaboradoras[(89)] en la grande obra: literatas desconocidas, maestras amargadas por su fealdad, pintoras de flores y palomas; una turba de pobres mujeres con sombreros extravagantes y faldas que parecían colgadas de una percha; bohemia femenil, rebelde y rabiosa contra su suerte, que se enorgullecía de te-

(88) «la».
(89) «colaboradores».

nerla por directora y a cada dos palabras la soltaban todas ellas un tratamiento sonoro de «condesa», para halagarse a sí mismas con el honor de esta amistad. A la de Alberca la divertía mucho su séquito de admiradoras; reía de sus intransigencias y propósitos.

—Si; ya se lo que es eso —dijo Renovales rompiendo su largo mutismo—. Quieren ustedes anularnos; reinar sobre el hombre, al que odian.

La condesa recordaba entre risas el feminismo feroz de algunas de sus acólitas. Como las más de ellas eran feas, abominaban de la hermosura femenil como un signo de debilidad. Querían la mujer del porvenir sin caderas, sin pechos, lisa, huesuda, musculosa, apta para todos los trabajos de fuerza, libre de la esclavitud del amor y de la reproducción. ¡Guerra a la grasa femenil!...

—¡Qué horror! ¿No le parece a usted, Mariano? —continuaba ella—. ¡La mujer lisa y escueta por delante y por detrás, con el pelo cortado y las manos duras, en competencia con el hombre para toda clase de luchas! ¡Y a esto llaman emancipación!... ¡Buenos son ustedes! A los pocos días de vernos en esa facha, nos dirigirían a bofetadas.

No; ella no era de éstas. Deseaba el triunfo de la mujer, pero aumentando aún más sus encantos y seducciones. Si le quitaban la hermosura, ¿qué quedaría de ella?[90]. La quería igual al hombre en inteligencia, pero superior a él por la magia de su belleza.

—Yo no aborrezco al hombre, Mariano. Yo soy muy mujer, y me gusta... ¿por qué he de negarlo?

—Lo sé, Concha, lo sé —dijo el pintor con aviesa intención.

—¡Qué ha de saber usted!... Mentiras, murmuraciones que se ensañan en mí porque no soy hipócrita ni tengo[91] a todas horas un gesto grave.

Y arrastrada por ese deseo de ser compadecidas que sienten las mujeres de fama problemática, habló una vez más de

---

(90) «Si las quitaban la hermosura, ¿qué quedaría de ellas?».
(91) «pongo».

su triste situación. Al conde ya lo conocía Renovales: un buen señor, algo maniático, que sólo pensaba en sus baratijas honoríficas. La rodeaba de atenciones, velaba por su bienestar, pero no era nada para ella. Faltábale lo mas importante: el corazón... el amor.

Hablaba elevando los ojos, con un anhelo de idealidad que hubiese[92] hecho sonreír a otro que no fuese Renovales.

—En esta situación —decía con voz lenta y la mirada perdida—, no es extraño que una mujer busque la felicidad donde la encuentre. Pero yo soy muy desgraciada, Mariano; yo no sé lo que es amor; yo no he amado nunca.

¡Ay! Ella hubiese sido dichosa uniéndose a un hombre superior. Ser la compañera de un gran artista, de un sabio, habría hecho su felicidad. Los hombres que la rodeaban en los salones eran más jóvenes, más fuertes que el pobre conde, pero mentalmente aún valían menos que él. No era ninguna virtud, lo reconocía; con un amigo como el pintor no osaba mentir. Había tenido sus distracciones, sus caprichos, como muchas que pasaban por virtudes inexpugnables; pero de estas faltas salía siempre con una impresión de desencanto y disgusto. Sabía que el amor era una realidad para otras, pero ella no lograba encontrarlo.

Renovales había cesado de pintar. Ya no entraba por el ventanal la luz del sol. Los vidrios tenían una opacidad de tono violáceo. El crepúsculo invadía el estudio, y en su penumbra brillaban tenuemente, como chispas mortecinas, aquí una punta de marco; más allá el oro viejo de un estandarte bordado; en los rincones el pomo de una espada, el nácar de una vitrina.

Sentóse el pintor cerca de la condesa, sumiéndose en aquella atmósfera de perfumes que la rodeaba como un nimbo de acre voluptuosidad.

Él también era desgraciado. Lo declaraba sinceramente, creyendo de buena fe en la melancólica desesperación de la dama. Faltaba algo en su vida: se hallaba solo en el mundo. Y como viese en el rostro de Concha un gesto de asombro, se golpeó el pecho enérgicamente.

---

(92) «hubiesen».

Sí, solo. Adivinaba lo que ella iba a decirle. Tenía a su mujer, tenía a su hija... De Milita no quería hablar: la adoraba; era su alegría. Al sentirse cansado del trabajo, experimentaba una sensación de dulce reposo pasando sus brazos en torno de su cuello. Pero él aún era joven para contentarse con estas alegrías del amor paternal. Deseaba algo más, y no podía encontrarlo en la compañera de su vida, siempre enferma, con los nervios en perpetua crisis. Además, no le comprendía; no le comprendería nunca: era una carga que abrumaba su talento.

Su unión sólo estaba basada en la amistad, en la gratitud por las penalidades que habían soportado juntos. También él había sufrido un engaño tomando por amor lo que sólo era un impulso de la afinidad juvenil. Él necesitaba una verdadera pasión; vivir en contacto con un alma gemela de la suya; amar a una mujer superior que le comprendiese y le animase en sus audacias, que supiera sacrificar sus preocupaciones burguesas a las exigencias del arte.

Hablaba con vehemencia, fijos sus ojos en los de Concha, que brillaban al recibir de frente la luz del ventanal.

Pero Renovales se vio cortado por una risa irónica, cruel, al mismo tiempo que la condesa echaba atrás su sillón como huyendo del artista, que lentamente se inclinaba hacia ella.

—¡Que se resbala usted, Mariano! ¡Que le veo venir! Un poco más, y me suelta usted su declaración... ¡Señor, qué hombres! Es imposible hablar con ellos como una buena amiga, concederles cierta confianza, sin que al momento hablen de amor. Si le dejo a usted, antes de un minuto me dice que soy su ideal... que me adora.

Renovales, que se había apartado de ella, recobrando su severidad, sintióse herido por esta risa burlona, y dijo con voz queda.

—¿Y si fuese cierto?... ¿Y si yo la amase?...

Volvió a sonar la risa de la condesa, pero forzada, falsa, con un tono que parecía arañar el pecho del artista.

—¡Lo que yo esperaba! ¡La consabida declaración! Con ésta va la tercera que me hacen hoy. Pero ¿es que no se puede hablar con un hombre mas que de amor?...

Ilustración para una edición francesa de *La maja desnuda.*

Puesta ya de pie, buscaba con la vista el sombrero, no recordando el lugar donde lo había dejado.

—Me voy, *cher maître*... Es peligroso quedarse aquí. Procuraré venir más pronto y que no nos sorprenda el crepúsculo. Es la hora traidora: el momento de las grandes tonterías.

El pintor se opuso a su marcha. Aún no había llegado su coche, podía esperar unos instantes más. La prometió permanecer tranquilo; no hablaría, ya que esto la disgustaba.

La condesa se quedó, pero no quiso sentarse en el sillón. Dio algunos pasos por el estudio, y acabó por abrir la tapa de un armónium colocado cerca del ventanal.

—Vamos a hacer un poco de música; esto nos tranquilizará... Usted, Mariano, quietecito en su silla y sin acercarse. A ver si es usted buen chico.

Posáronse sus dedos en el teclado, movieron sus pies los pedales, y el *Largo religioso* de Haendel, grave, místico, soñador, se extendió dulcemente por el estudio. La melodía esparcíase por la nave, envuelta ya en la penumbra; filtrábase entre los tapices, prolongando su alado susurro por los otros dos estudios, como si fuese el canto de un órgano tocado por invisibles manos en una catedral desierta, a la hora misteriosa del anochecer.

Concha sentíase conmovida, con femenil sentimentalismo, con la superficial y caprichosa sensibilidad que le hacía ser considerada por sus amigos como una gran artista. La música la enternecía; hacía esfuerzos para que no soltasen lágrimas sus ojos[93] sin saber por qué.

De pronto cesó de tocar y volvió la cabeza con inquietud. El pintor estaba detrás de ella; creyó sentir en su nuca el soplo de su respiración. Quiso protestar, colocarle a distancia con una de sus risas crueles, pero no pudo.

—Mariano —murmuró—, a su asiento; a ser buen muchacho y obediente. ¡Mire usted que me enfado!

Pero permaneció inmóvil después de haber dado media vuelta en su taburete, quedando de frente al ventanal, apoyando un codo en el teclado.

---

[93] «... no saltasen lágrimas de sus ojos...».

Estuvieron mucho tiempo silenciosos; ella en esta posición; él de pie, contemplando su rostro, que no era ya mas que una mancha blanca en la creciente penumbra.

La vidriera destacábase ahora con una opacidad azulada. Las ramas del jardín cortábanla como tortuosos y movibles trazos de tinta. En la profunda calma del estudio sonaban los crujidos de los muebles: esa respiración de la madera, del polvo y los objetos en el silencio y la sombra.

Los dos parecían cautivados por el misterio de la hora, como si la muerte del día anestesiase[94] su pensamiento. Sentíanse mecidos en un ensueño vago y dulce.

Ella tuvo un estremecimiento de voluptuosidad.

—Mariano, aléjese usted —dijo con voz lenta, como si le costase un gran esfuerzo—. Esto es muy bonito... parece que me encuentro en un baño... un gran baño que me penetra hasta el alma. Pero esto no está bien. Encienda usted, maestro. ¡Luz, luz! Esto no es correcto.

Mariano no la escuchaba. Se había inclinado sobre ella, cogiéndola una mano, fría, insensible, como si no se diese cuenta de la presión de la suya. Después, en un arranque súbito, la besó, y faltó poco para que la mordiese.

La condesa pareció despertar, y se irguió altiva, ofendida.

—Es una niñería, Mariano. Es un abuso.

Pero en seguida rió con su risa cruel, como si sintiera lástima ante la confusión que mostraba Renovales viendo su enfado.

—Queda usted absuelto, maestro. Un beso en la mano no significa nada. Es un gesto protocolario... Son muchos los que me la besan.

Y esta indiferencia fue un amargo castigo para el artista, que consideraba su beso como una toma de posesión.

La condesa siguió buscando en la obscuridad, repitiendo con vocecilla irritada:

—¡Luz, haga usted luz! ¿Pero dónde está la llave?

Se hizo la luz sin que Mariano se moviese, sin que ella encontrase el tan buscado resorte. Brillaron en lo alto del estudio tres focos eléctricos, y sus coronas de agujas blancas saca-

---

(94) Errata en Sempere: «anastesiase».

ron de la sombra los marcos dorados, los brillantes tapices, las armas relucientes, los muebles vistosos, las pinturas de vivos colores.

Los dos parpadearon, cegados por el repentino resplandor.

—Buenas noches —dijo del lado de la puerta una voz melosa.

—¡Josefina!...

La condesa corrió hacia ella, abrazándola con gran efusión, besando sus mejillas rojizas y descarnadas.

—¡Qué a obscuras estábais! —prosiguió Josefina, con una sonrisa que conocía bien Renovales.

Concha la aturdió con el chaparrón de su palabrería. El ilustre maestro se había negado a encender; le gustaba el crepúsculo; ¡cosas de artista! Habían hablado mucho de su querida Josefina mientras ella aguardaba la llegada del coche. Y decía esto besando a la mujercita, separándose un poco para contemplarla más a su gusto, repitiendo con vehemencia:

—¡Pero qué guapa estás hoy! Te encuentro mejor que hace tres días.

Josefina no cesaba de sonreír. Muchas gracias... El coche esperaba a la puerta. Se lo había dicho el criado cuando ella bajaba, atraída por el eco lejano del armónium.

La condesa mostró prisa por irse. Recordaba de pronto un sinnúmero de cosas que debía hacer; enumeraba las personas que la aguardaban en su casa. Josefina la ayudó a colocarse el sombrero y el velo, y todavía, a través de éste, la dio la condesa varios besos de despedida.

—Adiós, *ma chère*. Adiós, *mignone*. ¿Te acuerdas del colegio? ¡Ay, cuán felices éramos allí!... Adiós, *maître*.

Todavía se detuvo en la puerta para besar una vez más a Josefina.

Y como final, antes de desaparecer, exclamó en un tono quejumbroso de víctima que desea ser compadecida:

—Te envidio, *chère*[95]. Tú, al menos, eres feliz: has encontrado un marido que te adora... Maestro, cuídela usted mucho; mímela, para que se ponga buena y guapa... Cuídela usted, o reñiremos.

---

(95) «*cherie*».

VI

Renovales acabó de leer en la cama, según su costumbre, los periódicos de la noche, y antes de apagar la luz miró a su mujer.

Estaba despierta. Sobre los embozos de la cama vio sus ojos desmesuradamente abiertos, fijos en él con una tenacidad hostil, y los rabitos de su pobre cabellera, que se escapaban lacios y tristes por entre las blondas de su[96] gorra de noche.

—¿No duermes? —preguntó el pintor con una entonación cariñosa en la que había algo de inquietud.

—No.

Y tras este monosílabo duro, dio una vuelta en la cama, volviéndole la espalda.

Quedó Renovales en la obscuridad, con los ojos abiertos, algo inquieto por el temor que le inspiraba aquel cuerpo oculto bajo la misma sábana, tendido a corta distancia de él, y que evitaba todo roce, achicándose con manifiesta repulsión.

¡Pobrecilla!... El bueno de Renovales sentíase atenazado[97] por un doloroso remordimiento. Su conciencia era una bestia feroz que se había despertado iracunda e implacable, destrozándolo con las dentelladas del desprecio. No significaban gran cosa los sucesos de aquella tarde: un momento de abandono, una debilidad. Seguramente que la condesa ya no se acordaba de ello, y él, por su parte, tenía el propósito de no reincidir.

¡Bonita situación para un padre de familia, para un hombre que había ya pasado su juventud, comprometerse en empresas amorosas, ponerse melancólico a la hora del crepúsculo, besando una mano blanca con posturas de trovador apasionado! ¡Vive Dios! ¡Cómo se hubieran reído los amigos al

---

[96] «... de la gorra de noche...».
[97] «atenaceado».

verle en esta actitud!... Había que limpiarse de este «romanticismo» que le dominaba en ciertos momentos. Cada hombre debía seguir su destino, aceptando la vida tal como se presentaba. Él había nacido para virtuoso; debía conformarse con la relativa paz de su vida doméstica, aceptar sus escasas dulzuras como una compensación de los tormentos morales que le hacía sufrir la enfermedad de su compañera. Se contentaría con las fiestas de su pensamiento, con aquellos atracones ilusorios de belleza que se daba en los banquetes servidos por su imaginación. Mantendría su carne en una fidelidad matrimonial que equivalía a perpetua privación. ¡Pobre Josefina! Su remordimiento por un instante de debilidad, que él consideraba como un crimen, impulsábale a aproximarse a su compañera de lecho, cual si buscase en su calor y su contacto un mudo perdón.

El cuerpo ardoroso por una lenta fiebre se alejó al sentir su roce; se apelotonó, como esos moluscos tímidos que se achican y ocultan al más leve tocamiento... Estaba despierta. No se oía su respiración; parecía muerta en la profunda obscuridad; pero el marido adivinaba sus ojos abiertos, su ceño contraído, y sentía el pavor del que presiente un peligro en el misterio de la sombra.

Renovales también permaneció inmóvil, evitando un nuevo encuentro con este cuerpo que le repelía mudamente. La firmeza de su arrepentimiento le proporcionaba cierto consuelo. Jamás volvería a olvidarse de su mujer, de su hija, de su respetabilidad de hombre grave.

Desecharía para siempre estos anhelos de juventud, esta audacia, esta hambre de gozar todas las dulzuras de la vida. Su suerte estaba echada; seguiría siendo el de siempre. Pintaría retratos y todo lo que le encomendasen; daría gusto al público, ganaría más dinero; procuraría amoldar su arte a las exigencias celosas de su mujer para que viviese tranquila; se burlaría de ese fantasma de la ambición humana que llaman gloria. ¡La gloria! ¡Una lotería sin más probabilidades de suerte que los gustos de las gentes que aún estaban por nacer! ¿Quién conocía las aficiones artísticas del porvenir? Tal vez apreciase como bueno lo que él producía ahora a disgusto; tal vez reiría con desprecio de lo que él deseaba pintar. Lo único importante era vivir tranquilo los más años que pudiese, rodeado de dulce paz. Su hija se casaría. Tal vez fuese su marido el amado discípulo, aquel Soldevilla tan modosito, tan cortés, que andaba loco tras la revoltosa Milita. Y si no era éste, sería López de Sosa, un mentecato enamorado de sus automóviles, que gustaba más a Josefina que el discípulo por no haber incurrido en el pecado de mostrar talento y dedicarse a la pintura. Tendría nietos, le blanquearía la barba; ofrecería la majestad de un Padre Eterno, y Josefina, cuidada por él, reanimada por un ambiente de cariño, llegaría también a la vejez, libre de sus nervios, equilibrada por la insensibilidad de los años, que anula los desarreglos del sexo.

El pintor sentíase halagado por este cuadro de felicidad patriarcal. Se iría del mundo sin haber mordido los mejores frutos que ofrece la vida, pero con la paz de un alma que tampoco conoce las grandes vehemencias pasionales.

Mecido por estas ilusiones, el artista fue sumiéndose en el sueño. Veía en la sombra la imagen de su tranquila ancianidad, con arrugas sonrosadas y cabellera de plata; a su lado una viejecita vivaracha, sana y graciosa, peinada con bandós de brillante nieve, y en torno de ellos un corro de niños, muchos niños, unos hurgándose las narices, otros revolcándose en el suelo con la panza al aire, como gatitos revoltosos; los mayores, lápiz en mano, haciendo la caricatura de la valetudinaria pareja, y todos gritando a coro con un llamamiento de ternura: «¡Abuelitos ricos! ¡Abuelitos monos!...».

En su imaginación adormecida se esfumaba y borraba este cuadro. Ya no veía las figuras, pero el grito cariñoso seguía sonando en sus oídos cada vez más lejano.

Después volvía a crecer y se aproximaba lentamente, pero era una queja, un lamento tembloroso, un alarido como el de la bestia que siente en la garganta el cuchillo del sacrificador.

El artista, aterrado por este gemido, creyó que un animal obscuro, un monstruo de la noche, se agitaba junto a él, rozándole[98] con sus antenas, empujándole con las huesosas puntas de sus articulaciones.

---

[98] «rozándolo».

Despertóse, y turbio aún su cerebro por las nieblas del sueño, lo primero que sintió fue un estremecimiento de miedo y sorpresa extendiéndose de su nuca a sus pies. El monstruo invisible estaba junto a él, moribundo, pataleante, hiriéndole con las angulosidades de su cuerpo. El alarido rasgaba la obscuridad con estertor agónico.

Renovales, a impulsos del miedo, despertó por completo. Aquel lamento era de Josefina. Su mujer rodaba en la cama, rugiendo al beber penosamente el aire.

Crujió la llave de la luz, y el resplandor blanco y crudo de la lámpara mostró a la mujercita en el desorden de su crisis nerviosa: los flacos miembros contraídos dolorosamente; los ojos desmesuradamente abiertos; mates y con un estrabismo de agonía; la boca llorosa, goteando por sus comisuras una espumilla de rabia.

El marido, aturdido por este despertar, intentó cogerla en sus brazos, oprimirla dulcemente, como si su calor pudiese devolverle[99] la calma.

—Déja...me —rugía ella con voz entrecortada—. Suelta... te aborrezco...

Y era ella la que, pidiendo que la soltase, se aferraba a él, clavando los dedos en su cuello como si quisiera estrangularle[100]. Renovales, insensible a este apretón, que no hacía gran mella en su cuello atlético, murmuraba con triste bondad:

—¡Aprieta!... No temas hacerme daño. ¡Desahógate!

Sus manos, cansadas de oprimir inútilmente aquella carne musculosa, abandonaron su presa con cierto desaliento. Aún duró un buen rato la crisis, pero sobrevino el llanto, quedando la mujer anonadada, inerte, sin otras manifestaciones de vida que el estertor de su pecho y el incesante gotear del doble hilo lacrimoso.

Renovales había saltado de la cama, yendo por la habitación en su grotesco atavío de dormir, buscando por todos lados sin saber lo que buscaba, murmurando palabras cariñosas para tranquilizar a su esposa.

---

[99] «devolverla».

[100] Errata en Sempere: «extrangularle».

Ésta interrumpía sus gemidos, pugnando por introducir cada sílaba a través del estertor. Hablaba con la cabeza oculta entre los brazos. El pintor se detuvo a oírla, asombrado de las palabras soeces que se deslizaban de los labios de su Josefina, como si el pesar, al remover su alma, sacase a flote las groserías e impurezas oídas en la calle y depositadas en el fondo de su memoria.

—¡La tía... *tal!...* —y aquí soltaba la palabra clásica, con naturalidad, como si toda su vida hubiese hablado así—. ¡La sinvergüenza! ¡La...!

Y seguía lanzando un rosario de interjecciones, que escandalizaban al marido por salir de aquella boca.

—Pero ¿de quién hablas? ¿Qué persona es esa?

Ella, como si sólo aguardase estas preguntas, se incorporó en la cama, púsose de rodillas, mostrando su triste osamenta, mirándole fijamente, moviendo sobre el frágil cuello su cabeza, en torno de la cual se arremolinaban los cortos y lacios mechones de la cabellera.

—¿De quién ha de ser? De la de Alberca... ¡De ese grandísimo plumero! ¡Hazte de nuevas! ¡Tú no sabes nada! ¡Pobrecito!

Renovales esperaba esto; pero al oírlo, tomó una actitud arrogante, fortalecido por sus propósitos de enmienda y por la certeza de que decía verdad. Se llevó la mano al corazón en actitud teatral, echando atrás su melena, sin reparar en lo grotesco de su figura, que se reflejaba en los espejos del dormitorio.

—Josefina, te juro por lo que más amo en el mundo que no es cierto lo que supones. Nada tengo que ver con Concha. ¡Por nuestra hija te lo juro!

La mujercita se irritó aún más.

—No jures, no mientas... no nombres a mi hija. ¡Embustero! ¡Hipócrita! Todos sois iguales.

¿La creía una tonta? Estaba enterada de cuanto ocurría en torno de ella. Él era un libertino, un mal esposo: lo había conocido a los pocos meses de matrimonio; un bohemio, sin otra educación que las perversas tertulias de los de su clase. Y la otra era cualquier cosa; lo peorcito de Madrid; por algo se reían en todas partes del conde... Mariano y Concha se entendían; tal para cual; se burlaban de ella en su propia casa, a obscuras en el estudio.

—Es tu querida —decía con fría cólera—. Vamos, hombre, confiésalo; repite todas esas desvergüenzas del derecho al amor y el derecho a la alegría de que hablas con tus amigotes en el estudio; esas infamias hipócritas para justificar el desprecio a la familia, al matrimonio... a todo. Ten el valor de tus actos.

Pero Renovales, aturdido por esta palabrería feroz que caía sobre él como una lluvia de latigazos, sólo sabía repetir, con la mano en el corazón y el gesto noblemente resignado del que sufre una injusticia:

—Soy inocente. Te lo juro. No hay nada de lo que supones.

Y pasando al otro lado de la cama, intentaba coger de nuevo entre sus brazos a Josefina, creyendo calmarla ahora que parecía menos furiosa y el llanto cortaba sus airadas palabras.

Trabajo inútil. El frágil cuerpo escurríase entre sus manos, repeliéndolas con una sensación de horror y repugnancia.

—Déjame; no me toques. Me das asco.

Se engañaba su marido si creía que ella era enemiga de Concha. ¡Bah! Conocía bien a las mujeres. Hasta aceptaba —ya que tan tenaz era en sus juramentos de inocencia— que no existía nada entre los dos. Pero sería por ella, que estaba harta de adoradores, y a impulsos de una antigua amistad, no quería amargar la existencia de Josefina. Era Concha la que había resistido y no él.

—Te conozco. Ya sabes que adivino tus pensamientos; que leo en tu frente. Eres fiel por cobardía, por falta de ocasión. Pero el pensamiento lo llevas cargado de obscenidades; tu interior me da asco.

Y antes de que pudiese protestar, su mujer le atacaba nuevamente, soltando de una vez todas las observaciones que había hecho, pesando sus actos y palabras con la sutileza de una imaginación enferma.

Echábale en cara la expresión de arrobamiento de sus ojos cuando veía a las damas hermosas colocarse ante su caballete para ser retratadas; los elogios a la garganta de una, a los hombros de otra; la unción casi religiosa con que examinaba las fotografías y los grabados representando beldades desnudas pintadas por otros artistas, a los que él pretendía seguir en sus impulsos de libertinaje.

—¡Si yo te dejase!... ¡Si yo desapareciese!... Tu estudio sería un burdel; no podría entrar en él una persona decente; siempre tendrías al fresco alguna mujer, copiando sus vergüenzas.

Y en el temblor de su voz irritada revelábase la ira, la amarga decepción de presenciar a todas horas este culto de la belleza, este elogio continuo a la hermosura, sin fijarse en que ella estaba presente, envejecida antes de tiempo, enferma, con la fealdad de la miseria física, y que cada uno de estos entusiasmos la hería como un reproche, marcando un abismo entre su triste condición y el ideal que llenaba la mente de su esposo.

—¿Crees que no sé lo que piensas?... Me río de tu fidelidad... ¡Mentira! ¡Hipocresía! Así como te haces viejo, te domina un deseo rabioso. Si pudieses, si tuvieras valor, correrías tras esas bestias de hermosas carnes que tanto elogias... Eres un ordinario. No hay en ti mas que grosería y materialidad. ¡La forma! ¡La carne! ¿Y a esto llaman artista?... Mejor hubiera sido casarme con un zapatero, con uno de esos hombres buenos y simples que los domingos van con su pobre mujercita a comer en los merenderos, y la adoran, no conociendo a otra[70].

Renovales comenzaba a sentirse irritado por este ataque, que ya no se basaba en sus actos, sino en su pensamiento. Aquello era peor que el Santo Oficio. Le había espiado a todas horas, siempre atenta y observadora; recogía sus menores

---

[70] Carmen, la esposa de Juan Gallardo en *Sangre y arena*, reacciona similarmente a Josefina (o.c., cap. 6, pág. 242): «—Será Juaniyo como usté quiera, señá Carmen, pero argo hay que dispensarle... ¡Vamo, que muchas se mueren de envidia viéndola a usté! ¡Ahí es ná: ser la dueña del más valiente de los toreros, con el dinero a puñaos, y una casa que es una maraviya, y dueña arsoluta de too, porque el maestro deja que usté disponga toas las cosas! / Los ojos de Carmen se humedecieron, y se llevó el pañuelo a ellos para contener las lágrimas. / —Mejó quisiera ser la mujé de un zapatero. ¡Cuántas veces lo he pensao! ¡Si Juan hubiese seguío en su ofisio, en vez de coger este mardesío de la torería!... Más felis sería yo con un pobre mantón yendo a llevarle la comía al portal donde trabajase, como trabajaba su pare.»

palabras y gestos; penetraba en su pensamiento, haciendo materia de celos sus preocupaciones y sus entusiasmos.

—Calla, Josefina... Eso es indigno. No podré pensar, no podré producir... Me espías y persigues hasta en mi arte.

Ella levantaba los hombros con desprecio. ¿Su arte? Se burlaba de él.

Y volvía a insultar a la pintura[71], arrepintiéndose de haber unido su suerte a la de un artista. Los hombres como él no debían casarse con mujeres decentes, con las que se llaman mujeres de su casa. Su destino era permanecer solos o agregarse a hembras sin escrúpulo, enamoradas de su cuerpo, capaces de exhibirlo en medio de la calle con el orgullo de su desnudez.

—Yo te he querido, ¿sabes? —decía fríamente—. Te he querido, pero ya no te quiero. ¿Para qué? Sé que aunque me lo jures de rodillas, nunca me serás fiel. Estarás cosido a mis faldas, y tu pensamiento irá lejos, muy lejos, acariciando esas vergüenzas que adoras. Tienes un serrallo en la cabeza. Creo vivir sola contigo, y al mirarte la casa se puebla de mujeres que me rodean, que lo llenan todo y se burlan de mí; todas hermosas, como bestias del demonio; todas desnudas, como tentaciones... Déjame, Mariano; no te acerques, no quiero verte. Apaga la luz.

Y viendo que el artista no obedecía su mandato, ella misma dio vuelta a la llave, oyéndose en la obscuridad el chasquido de sus huesos al arrebujarse en las ropas del lecho.

Renovales quedó en densa sombra, y a tientas buscó la cama, acostándose también. Ya no suplicaba; permanecía mudo, irritado. Habíase desvanecido la tierna compasión que le hacía soportar las agresivas nerviosidades de su mujer.

---

[71] Nótese que Josefina insulta a la pintura por considerarla expresión del amor genérico de su marido por la belleza femenina, sin establecer «distancia psíquica» entre el cuadro pintado y los cuerpos reales. Christine, en *L'Oeuvre* de Zola, a diferencia de Josefina, distingue plenamente lo real de lo ilusionado, cargando sus celos exclusivamente en la propia pintura. Ello —lo hemos visto también anteriormente— señala una diferencia notable entre una concepción del arte como segregado de la vida (Zola) y otra en la que arte y vida se continúan sin solución de continuidad (Blasco). Véase introducción, págs. 87 y ss.

¿Qué más quería de él?... ¿Hasta dónde iba a llegar?... Llevaba una vida de asceta, conteniendo sus apasionamientos de hombre sano, guardando por costumbre y por respeto una casta fidelidad, buscando un alivio en los fogosos extravíos de su imaginación.... ¡y aun esto era un crimen! Con la agudeza de su pensamiento de enferma, penetraba ella en él, adivinando sus ideas, siguiendo su curso, rasgando el velo de misterio tras el cual ocultaba aquellos banquetes de ilusiones en los que entretenía sus horas de soledad. ¡Hasta a su cerebro llegaba esta persecución! No podían sufrirse con paciencia los celos de aquella mujer amargada por la pérdida de su frescura juvenil.

Ella reanudaba su llanto en la obscuridad. Gemía convulsivamente, agitando las ropas con el estertor de su pecho.

La cólera hacía insensible y duro al marido.

«¡Gime, pobrecita! —pensaba con cierta fruición—. Llora hasta deshacerte; no seré yo quien te diga una palabra.»

Josefina, cansada de su mutismo, intercalaba palabras entre los lamentos. ¡Se burlaban de ella! ¡Vivía en perpetuo ridículo!... ¡Los amigos que escuchaban al ilustre maestro, las señoras que visitaban su estudio, cómo reirían al oírle sus arrebatados elogios a la belleza ante su mujer enferma y arruinada! ¿Qué era ella en aquella casa, panteón espantoso, nido de tristezas? Una pobre ama de llaves que cuidaba del bienestar del artista. Y el señor creía cumplir todos los deberes no manteniendo una querida, saliendo poco de casa, pero maltratándola con sus palabras, que la hacían objeto de ludibrio. ¡Si viviese su madre!... ¡Si sus hermanos no fuesen unos egoístas, que rodaban por el mundo de Embajada en Embajada, contentos de la vida, dejando sin contestación sus cartas llenas de quejas y teniéndola por loca al ver que se lamentaba de poseer un esposo ilustre y de ser rica!...

Renovales, en la obscuridad, se llevaba las manos a la frente con gesto de desesperación, enfurecido por el sonsonete de tanta injusticia.

«¡Su madre!... —pensaba—. Bien está la insufrible señora para siempre en su agujero. ¡Sus hermanos! Unos sinvergüenzas que siempre que pueden me piden algo... ¡Señor! ¡Paciencia para sufrir a esta mujer; resignación y calma para conservar mi frialdad, para que no olvide que soy un hombre!».

La despreciaba en su pensamiento, para mantener de este modo su impasibilidad. ¡Bah! ¡Una mujer... una enferma! Todos en el mundo arrastran su cruz, y la suya era Josefina.

Pero ésta, como si adivinase los pensamientos de su compañero de lecho, cesó de llorar y le habló con voz lenta, en la que temblaba una ironía cruel:

—De la de Alberca no esperes nada —dijo de pronto con femenil incoherencia—. Te advierto que tiene los adoradores por docenas: juventud y elegancia, que para las mujeres es algo más que el talento.

—¿Y a mí qué? —rugió en la obscuridad la voz de Renovales con una explosión de cólera.

—Te lo digo para que no te forjes ilusiones... Maestro, va usted a sufrir un fracaso... Estás muy viejo, buen hombre; los años pasan... Tan viejo y tan feo, que si te hubiese conocido así no sería tu mujer, a pesar de toda tu gloria.

Después de este golpe, satisfecha y tranquila, cesó de llorar y pareció dormirse.

El maestro permaneció inmóvil, tendido de espaldas, con la cabeza apoyada en los brazos y los ojos muy abiertos, viendo poblarse la obscuridad de puntos rojos que se ensanchaban en incesante rotación, formando anillos inflamados y flotantes. La cólera había sacudido sus nervios; la puñalada final no le dejaba dormir. Sentíase inquieto, desvelado por este cruel desgarrón en su amor propio. Creía tener en su cama, a corta distancia de él, a su mayor enemigo. Odiaba este cuerpecillo ruin que casi podía tocar con un ligero movimiento, como si encerrase la bilis de todos los adversarios con los que había chocado en su vida.

¡Viejo! ¡Despreciable! ¡Inferior a aquellos señoritos que pululaban en torno de la de Alberca, él, un hombre conocido por toda Europa y en cuya presencia palidecían emocionadas, mirándole con ojos de adoración, todas las señoritas que pintan abanicos y acuarelas de pájaros y flores!...

«Ya te lo diré más adelante, pobre mujer —pensaba, mientras una risa feroz deslizábase invisible en la sombra—. Ya verás si la gloria es algo y si me encuentran tan viejo como tú crees.»

Con una alegría de adolescente, recordaba la escena del crepúsculo, el beso en la mano de la condesa, su dulce abandono, aquella mezcla de resistencia y de agrado que le abría el camino para ir más adelante. Saboreaba estos recuerdos con la fruición de la venganza.

Después, su cuerpo, al moverse tropezó con el de Josefina, que parecía dormir, y experimentó cierta repulsión, como si rozase un animal hostil.

Era su enemigo: había torcido y desorientado su vida de artista y entristecía su vida de hombre. Creíase ahora capaz de haber producido las obras más asombrosas de no conocer a aquella mujercita que gravitaba sobre él con aplastante pesadumbre. Su censura muda, la fiscalización de sus ojos, aquella moralidad estrecha y mezquina de señorita bien educada, cerrábanle el paso, haciéndole salir de su camino. Sus cóleras, sus crisis nerviosas, le desorientaban, achicándolo, robándole fuerza para el trabajo. ¿Y siempre habría de vivir así?... Pensó con horror en los largos años que aún quedaban delante de él, en el camino que le ofrecía la vida, monótono, polvoriento, de agria cuesta, sin una sombra, sin un descanso, marchando trabajosamente, falto de entusiasmos y bríos, tirando de la cadena del deber, a cuyo extremo se arrastraba el enemigo, siempre quejumbroso, siempre injusto, con la egoísta crueldad del enfermo, espiándolo con ojos inquisitoriales a las horas en que se repliega el pensamiento, a las horas en que surge el sueño, violando su descuido, forzando su inmovilidad, robándole sus ideas más íntimas para después pasárselas ante los ojos con insolencia de ladrón triunfante. ¡Y esto habría de ser toda su vida!... ¡Cristo! No; mejor era morir.

Entonces surgió en las negruras de su cerebro... como una chispa azul de lúgubre fulgor, un pensamiento, un deseo, que hizo correr por su cuerpo el escalofrío de la estupefacción y la sorpresa.

—¡Si se muriese!...

¿Por qué no?... Siempre enferma, siempre triste, parecía obscurecer su pensamiento con las alas de su alma, unas alas de cuervo, de tétrica agitación. Él tenía derecho a la libertad, a romper la cadena, porque era el más fuerte. Había pasado la vida deseando la gloria, y la gloria era un engaño si no proporcionaba mas que el frío respeto de las gentes, si no podía cambiarse por algo más positivo.

Aún le quedaban muchos años de existencia intensa; aún podía regodearse con un atracón colosal de placeres; aún podía vivir como ciertos artistas que él admiraba, ebrios de dulzuras mundanales, trabajando con loca libertad.

—¡Ay! ¡Si se muriese!...

Recordaba ciertos libros que había leído, en los cuales otros personajes imaginarios deseaban también la muerte ajena para satisfacer con más amplitud sus apetitos y pasiones.

De pronto creyó despertar, salir de un mal sueño, arrancarse con honda emoción de una pesadilla aterradora. ¡Pobre Josefina!... Le horrorizaba su pensamiento; sentía el fúnebre deseo de abrasar[101] su conciencia como un hierro ardiente que levanta chirridos con su contacto. No era ternura lo que le hacía volver hacia su compañera, eso no; le[102] guardaba rencor. Pero pensaba en sus años de sacrificio; en las privaciones que había sufrido al seguirle en su lucha con la miseria, sin una queja, sin una protesta; en los dolores de su maternidad; en el sustento que había dado a su hija, aquella Milita, que parecía haber robado todo el vigor de su cuerpo y tal vez era causa de su decadencia. ¡Qué horror desear su muerte!.., ¡Que viviera! Él lo sufriría todo con la paciencia del deber. ¿Morir ella? Nunca; antes deseaba morir él.

Pero en vano pugnó el artista por olvidar su pensamiento. El deseo atroz, monstruoso, una vez despertado, se resistía, negándose a retroceder, a ocultarse, a morir en las tortuosidades cerebrales de donde había surgido.

En vano se arrepentía de esta perversidad y se avergonzaba de su idea feroz, queriendo aplastarla para siempre. Parecía que dentro de él había surgido una segunda persona, rebelde a sus mandatos, ajena a su conciencia, insensible y

---

(101) Errata en Sempere: «... deseo abrasar...».
(102) «la».

dura a los escrúpulos compasivos, y esta personalidad, este dominio[103], seguía cantando en su oído[104] con acento alegre, como si le prometiese todas las voluptuosidades de la vida:

—¡Si se muriese!... ¿eh, maestro?... ¡Si se muriese!...

---

(103) «demonio».
(104) «oreja».

Segunda parte

I

Al llegar la primavera, López de Sosa, el «intrépido *sportsman*», según le llamaba Cotoner, presentábase todas las tardes en el hotel de Renovales.

Fuera de la verja quedaba el automóvil de cuarenta caballos, su última adquisición, de la que hablaba con orgullo; un vehículo enorme, charolado de verde, que avanzaba y retrocedía bajo la mano del chófer[105] mientras el dueño cruzaba el jardín de la casa del pintor.

Renovales le veía entrar en el estudio vestido de azul, con una gorra de visera brillante sobre los ojos, afectando el aire resuelto de un marino o de un explorador.

—Buenas tardes, don Mariano... Vengo por las señoras.

Y bajaba Milita, envuelta hasta los pies en un gabán gris, cubriendo su cabellera con una gorra blanca, en torno de la cual se arrollaba el largo velo azul. Tras ella aparecía la madre, vestida del mismo modo, pequeña e insignificante al lado de aquella muchacha que parecía abrumarla con su salud y su gallardía.

Renovales elogiaba mucho estos paseos. Josefina se quejaba de las piernas; una repentina debilidad la hacía algunas veces permanecer en un sillón días enteros. Refractaria a todo movimiento, le gustaba correr inmóvil en aquel carruaje que devoraba las distancias, llegando a puntos lejanos de Madrid sin esfuerzo alguno, como si no se hubiera movido de su casa.

---

(105) «*chauffer*».

—Divertirse mucho —decía el pintor con cierta alegría al quedar solo, completamente solo, sin la inquietud de percibir cerca de él la hostilidad conyugal—. A usted se las confío, Rafaelito; nada de locuras, ¿eh?

Y Rafaelito esbozaba un gesto de protesta, como escandalizado de que alguien pudiese dudar de su pericia. Con él no había cuidado.

—¿Y usted no viene, don Mariano? Deje usted los pinceles. No vamos más que al Pardo.

El pintor se excusaba: tenía mucho que hacer. Estaba enterado de lo que era aquello y no le placía ir tan aprisa. Le disgustaba tragarse el espacio con los ojos casi cerrados, no viendo apenas la campiña, esfumada por la velocidad, entre nubes de polvo y piedra machacada. Prefería contemplar el paisaje tranquilamente, sin prisa, con la calma reflexiva del que estudia. Además, era refractario a lo que no fuese de su tiempo; iba para viejo, y estas novedades estupendas no «le iban».

—Adiós, papá.

Milita, levantándose el velo, avanzaba sus labios rojos y sensuales, mostrando al sonreír su dentadura nítida. Después de este beso venía el otro, ceremonioso, frío, cambiado con la indiferencia de la costumbre, sin más novedad que la de huir su boca Josefina, como si quisiera evitar todo contacto íntimo.

Salían los tres, apoyándose la madre en el brazo de Rafaelito con cierta pereza, como si apenas pudiese arrastrar su flaco cuerpo, y con una palidez que no animaba el mas leve arrebol de la circulación de la sangre.

Al quedar solo en su estudio, experimentaba Renovales la alegría de un muchacho en asueto. Trabajaba con mayor ligereza, cantaba a gritos, complaciéndose en escuchar los ecos que despertaba su voz en las sonoras naves. Muchas veces, al entrar Cotoner le sorprendía entonando con impúdica serenidad alguna de las canciones licenciosas que había aprendido en Roma, y el pintor de los Papas, sonriente como un fauno, le hacía coro, aplaudiendo al final estas picardías de estudio.

Tekli, el húngaro, que algunas tardes les acompañaba, había partido para su país con su copia de *Las meninas,* después de llevarse las manos de Renovales varias veces al corazón con grandes extremos afectuosos, llamándole *maestrone*. El retrato de la condesa de Alberca ya no estaba en el estudio. Rodeado de un marco coruscante, exhibíase en el salón de la ilustre dama, recibiendo la adoración de su tertulia de admiradores.

Algunas tardes, después que las señoras abandonaban el estudio y se alejaba el sordo rodar del automóvil con grandes mugidos de bocina, el maestro y su amigo hablaban de López de Sosa. Un buen muchacho; algo tonto, pero excelente persona. Este era el juicio de Renovales y su viejo amigo. Estaba orgulloso de sus bigotes, que le daban cierto parecido con el emperador alemán, y al sentarse tenía buen cuidado de exhibir sus manos, poniéndolas en evidencia sobre las rodillas, para que apreciasen todos su vigorosa enormidad, sus salientes venas y sus dedos fuertes, con una ingenua satisfacción de cavador. Su conversación giraba siempre en torno de empresas vigorosas, y ante los dos artistas pavoneábase, como si perteneciese a otra raza, hablando de sus hazañas de esgrimidor, de sus triunfos en los asaltos, de los kilos que levantaba sin el más leve esfuerzo, de las sillas que podía saltar sin rozarlas siquiera. Muchas veces interrumpía a los dos pintores cuando elogiaban a los grandes maestros del arte, para comunicarles el último triunfo de cualquier automovilista célebre en la conquista de la disputada copa. Sabía de memoria los nombres de todos los campeones europeos que habían alcanzado el laurel de la inmortalidad corriendo, saltando, matando pichones, dándose patadas o manejando hierros.

Renovales le había visto entrar en su estudio una tarde, trémulo de emoción, con los ojos brillantes, mostrándole un telegrama.

—Don Mariano, ya tengo un *Mercedes*. Me avisan su envío.

El pintor hizo un gesto de ignorancia. ¿Quién era aquel sujeto que llevaba un nombre femenil? Y el elegante Rafaelito sonrió con lástima.

—La mejor marca, *Mercedes;* superior a *Panhard;* eso todo el mundo lo sabe. Fabricación alemana; unos sesenta mil francos. No habrá otro en Madrid.

—Pues que sea enhorabuena.

Y el artista, después de encogerse de hombros, siguió pintando.

López de Sosa era rico. Su padre, un antiguo fabricante de conservas, le había dejado una fortuna, que administraba prudentemente, no jugando —eso jamás—, no manteniendo queridas —le faltaba tiempo para tales superfluidades—, sin otro placer que los *sports*, que fortalecen el cuerpo. Tenía una cochera para él solo, donde albergaba los carruajes de tiro y los automóviles, mostrándolos a los amigos con una satisfacción de artista. Era su museo. Además, poseía varios troncos de caballos, pues las aficiones modernas no le hacían olvidar sus antiguos gustos, y tomaba tan a pecho sus méritos de automovilista como sus pasadas glorias de cochero. De tarde en tarde, en los días de gran corrida de toros, o cuando se celebraban en el Hipódromo carreras sensacionales, alcanzaba un triunfo de pescante guiando seis jacas llenas de borlas y cascabeles, que parecían pregonar con su estrepitosa marcha la gloria y la riqueza de su dueño.

Enorgullecíase de su vida virtuosa, sin una calaverada, sin un amorcillo, dedicada por entero al *sport* y la ostentación. Sus rentas eran inferiores a los gastos. El numeroso personal de la cuadra-*garage*, los caballos, la gasolina y los adornos de su persona, devoraban una parte de su capital. Pero López de Sosa manteníase impávido en este principio de ruina, que no pasaba inadvertido para él, muchacho juicioso y excelente administrador en medio del[106] despilfarro. Era la calaverada de su juventud; ya limitaría sus gastos cuando se casase. Dedicado por las noches a la lectura, no pudiendo dormir tranquilamente si no hojeaba[107] antes sus clásicos —periódicos de *sport*, catálogos de automóviles, etc.—, todos los meses hacía nuevas adquisiciones en el extranjero, girando miles y miles de francos y lamentándose como un hombre serio del alza de los cambios, de los exorbitantes derechos de aduanas, de la torpeza de estos malos gobiernos que ponen trabas

[106] «... en medio de su despilfarro...».

[107] «ojeaba».

al adelantado[108] del país. Cada automóvil aumentaba considerablemente su precio al pasar la frontera. ¡Y después de esto aún pedían los políticos progreso y regeneración!...

Había sido educado por los Padres de la Compañía en la Universidad de Deusto y tenía su título de abogado. Mas no por esto era devoto. Él era liberal; amaba lo moderno. Nada de fanatismos ni hipocresías. Había dicho adiós para siempre a los buenos Padres así que murió el suyo, que era entusiasta de ellos; pero les conservaba cierto respeto por haber sido sus maestros, y reconocía en ellos unos grandes sabios. Pero la vida moderna era otra cosa; él leía con entera libertad; leía mucho, tenía en su casa una biblioteca, compuesta lo menos de un centenar de novelas francesas. Adquiría todos los volúmenes que llegaban de París con una hembra puesta al fresco en la cubierta, y en cuyo interior, so pretexto de relatar las costumbres griegas, romanas o egipcias, se encontraban un sinnúmero de buenas mozas en pelota o efebos al natural, sin otros adornos de civilización que las cintas y gorros que cubrían sus cabezas.

Pedía libertad, mucha libertad; pero los hombres estaban divididos para él en dos castas: las personas decentes y las que no lo son. Entre los primeros figuraban en masa todos los muchachos de la Gran Peña, los viejos del Casino, con algunos de los personajes cuyos nombres figuraban en los periódicos, signo indiscutible de su valer. El resto era la canalla, que lo llenaba todo: despreciable y cursi en las calles de las ciudades; repugnante y antipática en los caminos; la que insultaba con toda la grosería de su mala crianza y lanzaba amenazas de muerte cuando un chicuelo venía a colocarse bajo las ruedas del automóvil con la maligna intención de dejarse aplastar[72], metiendo en un conflicto a una persona

---

(108) «adelanto».

---

[72] No deja de resultar curiosa la animadversión de Blasco hacia los automóviles en los años en que éstos empezaban a aparecer, siendo a menudo objeto de su sarcasmo. Tres años antes de la edición de *La maja desnuda* había publicado en *El Pueblo* (26-V-1903) un divertido artículo, «Montados en la muerte», en el que arremetía contra los vehículos de motor de explosión en términos muy parecidos a los que observamos en el texto. Se estaba esperan-

decente, o cuando alguna blusa blanca, haciéndose la sorda a los llamamientos de la bocina, no quería apartarse y se sentía alcanzada... como si un hombre que gana dos pesetas quisiera ser superior a las máquinas que cuestan muchos miles de francos. ¡Qué hacer de un pueblo tan ignorante y ordinario! ¡Y aún hablaban algunos miserables de derechos y revoluciones!...

Cotoner, que cuidaba su trajecillo con inauditas fatigas, manteniéndolo presentable para sus visitas y comilonas, preguntaba a López de Sosa con cierto asombro sobre los progresos de su vestuario.

—¿Cuantas corbatas tiene usted ahora, Rafael?

Unas setecientas; las había contado recientemente. Y avergonzado de no poseer todavía el ansiado millar, hablaba de surtirse en su próximo viaje a Londres, cuando se disputaran la copa los primeros automovilistas británicos. Sus botas las recibía de París, pero las fabricaba un zapatero de Suecia, el mismo que calzaba a Eduardo de Inglaterra; los pantalones los contaba por docenas, y nunca se ponía uno más allá de

---

do la llegada de los participantes en la gran carrera de automóviles de París a Madrid; entresaco algunos párrafos: «... durante dos días se suspenderá severamente todo tránsito en la citada vía [Irún-Madrid], permaneciendo recluidos los carreteros en pueblos y posadas para que no estorben con sus feos vehículos el *sport* de los automovilistas; y las tropas españolas formarán en las cunetas, impidiendo paternalmente que un peatón sea aplastado por esas máquinas que marchan a razón de más de cien kilómetros por hora. (...) Esa fiesta tan costosa sirve para correr, para que ciertos señores se proporcionen la voluptuosidad del vértigo. ¿Su utilidad? Ninguna. Es decir, sí que hay utilidad; pero es para los médicos que arreglan las piernas y los brazos de algunos millonarios hechos trizas y para los parientes de los opulentos automovilistas, que pueden recoger más pronto su herencia, después de derramar una lágrima ante el testador convertido en papilla en una revuelta de la carretera. (...) Perecen los obreros a cientos en las minas, naufragan los marinos, agotan su vida los labradores en ambos hemisferios, sufren hambre las gentes de las ciudades, todo para que unos cuantos privilegiados sean dueños de la tierra y cansados de sus goces se dediquen a convertir las naciones en campo de carreras, corriendo a razón de 132 kilómetros por hora. Tal vez el automóvil, con esas bromas lúgubres que de vez en cuando se permite, pueda ser el gran auxiliar de la justicia social. Por esto, al pasar junto a una de esas máquinas que devoran las distancias y sólo están al alcance de los millonarios... debían los pobres quitarse la gorra para decir al monstruo de acero: —¡Saludo al vengador!».

ocho o diez veces; la ropa blanca pasaba a poder de su ayuda de cámara apenas usada; sus sombreros eran todos londinenses. Se hacía por año ocho levitas, que envejecían muchas veces sin llegar al estreno; las tenía de varios colores, con arreglo a las circunstancias y a las horas[109] en que debía usarlas. Una especial, de largos faldones y un negro mate sombrío y austero, copiada de las ilustraciones extranjeras que representaban desafíos, era su uniforme de los momentos solemnes, la que vestía cuando algún amigo le buscaba en la Peña para que le asistiese y representase, con su pericia de hombre escrupuloso en asuntos de honor.

Su sastre admiraba su talento, su magistral golpe de vista para escoger las telas y decidir el corte entre los innumerables figurines. Total, que invertía unos cinco mil duros por año en sus trajes, y decía con sencillez a los dos artistas:

—¡Qué menos puede gastar una persona decente para estar presentable!...

López de Sosa visitaba la casa de Renovales como amigo, después de haberle pintado éste su retrato. A pesar de sus automóviles, de sus trajes y de escoger sus relaciones entre las gentes que ostentaban títulos nobiliarios, no conseguía echar raíces en lo que él llamaba gran mundo. Sabía que a sus espaldas le designaban con el apodo de *Bonito en escabeche,* aludiendo a las fabricaciones paternas, y que las señoritas que le tenían por amigo rebelábanse ante la idea de casarse con el *Chico de las conservas,* que era otro de sus falsos nombres. La amistad de Renovales fue para él un motivo de orgullo.

Había solicitado que hiciese su retrato, pagándolo sin regateo, para que figurase en la Exposición; una manera de distinguirse como cualquiera otra, de introducir su insignificancia entre los hombres de alguna celebridad pintados por el artista. Después intimó con el maestro, hablando en todas partes de «su amigo Renovales» con cierta llaneza, como si fuese un camarada que no podía vivir sin él. Esto le realzaba mucho ante sus conocimientos. Además, sentía una admiración ingenua por el maestro desde una tarde en que, algo fa-

[109] «... y las horas...».

tigado por el relato de sus hazañas de esgrimidor, abandonó los pinceles, y descolgando unas espadas viejas, tiró con él varios asaltos. ¡Vaya con don Mariano! ¡Y cómo se traía sus cositas, aprendidas allá en Roma!...

Frecuentando el hotel del artista, acabó por sentirse impulsado hacia Milita; vio en ella la mujer deseada para su matrimonio. A falta de más sonoros títulos, ser yerno de Renovales era algo. Además, el pintor gozaba fama de rico; se hablaba de sus enormes ganancias, y aún le quedaban por delante muchos años de trabajo para acrecentar esta fortuna, que había de ser para su hija.

López de Sosa comenzó a hacer la corte a Milita apelando a sus grandes medios: presentándose cada día con distinto traje, llegando todas las tardes, ya en un carruaje de vistoso tiro, ya en uno de sus automóviles. El elegante muchacho conquistó la tolerancia de la madre, lo que no era poco. Un marido así convenía a su hija. ¡Nada de pintores! Y el pobre Soldevilla en vano arboraba las más vistosas corbatas y exhibía escandalosos chalecos; su rival le aplastaba, y lo que era peor, la señora del maestro, que le tenía antes cierto afecto maternal y le tuteaba, por haberle conocido casi un niño, acogíale ahora fríamente, como si desease intimidarle en sus pretensiones sobre Milita.

Ésta fluctuaba, sonriente y burlona, entre ambos adoradores. Lo mismo parecía importarle uno que otro. Desesperaba al pintor, al compañero de su infancia, maltratándole unas veces con sus bromas, atrayéndolo otras con efusivas intimidades, como en la época que jugaban juntos, y al mismo tiempo elogiaba la elegancia de López de Sosa, reía con él, y hasta recelaba Soldevilla que se escribían cartas como si ya fuesen novios.

Renovales celebraba la gracia con que su hija llevaba anhelantes e indecisos en torno de ella a los dos muchachos. Era temible; un chico con faldas, más varonil que sus admiradores[110].

—La conozco, Pepe —decía a Cotoner—. Hay que dejarla hacer su voluntad. El día que se decida por uno o por otro,

(110) «... sus dos adoradores...».

habrá que casarla en seguida. No es de las que esperan. Si no la casamos pronto y a gusto, es capaz de escaparse con el novio.

El padre justificaba esta impaciencia de Milita. ¡Pobrecilla! ¡Para lo que veía en su casa!... La madre siempre enferma, azorándola con sus llantos, sus gritos y sus crisis nerviosas; el padre trabajando en el estudio, y por toda compañía la antipática *Miss*. Había que dar gracias a López de Sosa porque las sacaba de casa, volviendo Josefina un tanto calmada de estas carreras vertiginosas.

Prefería Renovales a su discípulo. Era casi su hijo, había reñido grandes batallas por darle pensiones y premios. Un tanto disgustadillo le tenía por ciertas menudas infidelidades, pues al verse con cierto nombre alardeaba de independencia, elogiando a espaldas del maestro todo lo que éste creía vituperable. Pero aun así, le agradaba la idea de que pudiese casarse con su hija. El yerno pintor; los nietos pintores; la sangre de Renovales perpetuándose en una dinastía de artistas que llenase la Historia con resplandores gloriosos.

—Pero ¡ay, Pepe! Me temo que la niña se irá con el otro. ¡Al fin, mujer! Las hembras sólo aprecian lo que se ve: la gallardía, la juventud.

Y las palabras del maestro denotaban cierta amargura, como si pensase en algo muy distinto de lo que decía.

Después examinaba los méritos de López de Sosa como si ya se hubiese introducido en la familia.

—Un buen muchacho, ¿verdad, Pepe?... Algo imbécil para nosotros; incapaz de hablar diez minutos sin que bostecemos; excelente persona... pero no es de nuestra promoción.

Renovales hablaba con cierto desprecio de la juventud vigorosa, sana y con el cerebro virgen de todo cultivo, que acababa de asaltar la vida, invadiéndolo todo. ¡Qué gente! Mucha gimnasia, mucha esgrima, patadas a una pelota enorme, mazazos a caballo, carreras locas en automóvil; desde los reyes al último retoño de burgués, todos se lanzaban a esta vida de goces infantiles, como si la misión del hombre sólo consistiera en endurecer los músculos, sudar e interesarse en las peripecias de un juego. La actividad huía del cerebro para localizarse en los tentáculos del cuerpo. Eran fuertes, pero la inteligencia permanecía en barbecho, envuelta en una bruma de credulidad infantil. Los nuevos hombres parecían plantarse para siempre en los catorce años; no iban mas allá, satisfechos con las voluptuosidades del movimiento y la fuerza. Muchos de aquellos mocetones eran vírgenes o casi vírgenes a la edad en que en otros tiempos se estaba de vuelta, con el hastío del amor. Ocupados en correr sin dirección ni objeto, no tenían tiempo ni calma para pensar en la hembra. El amor iba a declararse en huelga, no pudiendo resistir la competencia de los *sports*. Los jóvenes vivían aparte, ellos entre ellos, encontrando en el esfuerzo atlético una satisfacción que les dejaba ahítos y sin curiosidad para los demás placeres de la vida. Eran niños grandes, de puños fuertes; podían luchar con un toro y veían con timidez la aproximación de una mujer. Toda la savia de su vida se escapaba en los ejercicios violentos. La inteligencia parecía haberse aglomerado en sus manos, dejando vacío el cráneo. ¿Adónde(111) iba la gente nueva?... Tal vez a formar otra humanidad más sana, más fuerte, sin amor, sin apasionamientos, sin otras aproximaciones que el ciego impulso de la reproducción. Tal vez este culto a la fuerza, esta vida continua de hombres entre hombres, desnudándose en la promiscuidad de los ejercicios, admirando el músculo hinchado y la vigorosidad saliente, se desviara en repugnante aberración, y todo ello parase en resucitar los tiempos clásicos con sus atletas, que, habituados al desprecio de la mujer, se envilecían imitando sus pasividades.

—Nosotros éramos de otro modo, ¿eh, Pepe? —decía Renovales guiñando un ojo con expresión maliciosa—. De muchachos cuidábamos menos el cuerpo, pero le dábamos mayores satisfacciones. No éramos tan puros, pero nos preocupaba algo más alto que el automóvil o la copa de honor: teníamos «ideales».

Volvía después a hablar de aquel señorito que pretendía introducirse en su familia, y se burlaba de su mentalidad.

—Si Milita se decide por él, yo no me opongo. Lo que importa en estos casos es entenderse. Él es un buen chico; casi

(111) «¿A dónde...?».

podría ir al matrimonio con flores de azahar. Pero no sé si pasada la impresión de la novedad volverá a entregarse a sus aficiones y la pobre Milita sentiría[112] celos de esos artefactos que le comen una parte de la fortuna.

Algunas tardes, antes de que acabase la luz, Renovales despedía al modelo, si es que lo tenía, y abandonaba los pinceles, saliendo del estudio. Al volver, presentábase con sombrero y gabán.

—Pepe, vamos a dar una vuelta.

Cotoner sabía hasta dónde llegaba esta vuelta.

Seguían la verja del Retiro, bajaban la calle de Alcalá, caminando lentamente entre los grupos de paseantes, algunos de los cuales volvíanse a sus espaldas para señalar al maestro. «Ese más alto es Renovales el pintor.» A los pocos minutos aceleraba el paso Mariano con nerviosa impaciencia, dejaba de hablar, y Cotoner le seguía con gesto malhumorado, cantando entre dientes. Al llegar a la Cibeles ya sabía el viejo pintor que se aproximaban al término del paseo.

—Hasta mañana, Pepe; me voy por aquí. Tengo que ver a la condesa.

Un día no se limitó a esta concisa despedida. Después de alejarse algunos pasos, volvió hacia su compañero para hablarle con cierta vacilación:

—Oye: si Josefina te pregunta adónde voy, no digas nada... Ya sé que eres discreto, pero ella es de cuidado. Te digo esto para evitarme explicaciones. Las dos no se llevan bien... ¡Cosas de mujeres!

II

Al principio de la primavera, cuando Madrid creía sinceramente[113] haber entrado en la buena estación y los impacientes sacaban a luz sus sombreros veraniegos, volvió inesperadamente el invierno con un retroceso traidor, entenebrecien-

(112) «sentirá».

(113) «... creía de buena fe haber...».

do el cielo, cubriendo con una sábana de nieve la tierra, resquebrajada por el calor solar, los jardines, en que[114] apuntaban las hojas de la vegetación primaveral y se esparcían las primeras flores.

La chimenea volvió a encenderse en el salón de la de Alberca, buscando su calor todos los señores que formaban su tertulia los días en que la «ilustre condesa» se «quedaba en casa», no teniendo reunión que presidir ni visitas que hacer.

Renovales, al llegar una tarde, habló con entusiasmo del aspecto que ofrecía la Moncloa cubierta de nieve. Venía de allá; un hermoso espectáculo: el bosque sumido en el silencio invernal, sorprendido por el blanco sudario cuando comenzaba a crujir con el primer hervor de la savia. ¡Lástima que la manía fotográfica poblase los bosques de tantos buenos señores que iban de una parte a otra con sus maquinillas, ensuciando la pureza de la nieve!

La condesa mostró una curiosidad infantil. Quería ver aquello: iría al día siguiente. En vano sus amigos quisieron disuadirla[115] hablando del próximo cambio del tiempo. Al otro día saldría el sol, se derretirían las nieves; esas tormentas inesperadas tenían la inestabilidad caprichosa del clima de Madrid.

—No importa —dijo Concha con tenacidad—. Se me ha metido en la cabeza ir a la Moncloa. Hace años que no la veo. ¡Con esta vida tan ocupada!...

Iría a ver el deshielo por la mañana... Por la mañana, no. Se levantaba tarde, y había de recibir a todas aquellas señoras del feminismo que venían a consultarla. Por la tarde: iría después del almuerzo. ¡Lástima que el maestro Renovales trabajase a esa hora y no pudiera acompañarla! ¡Él, que sabía ver el paisaje tan admirablemente con sus ojos de artista, y la había hablado muchas veces de la puesta del sol vista desde el palacete de la Moncloa, un espectáculo casi igual al que se contempla en Roma desde el Pincio a la caída de la tarde!... El pintor sonrió galantemente. Procuraría estar al día siguiente en la Moncloa; ya se encontrarían.

---

[114] «... en los que...».
[115] «... sus amigos la disuadieron hablando...».

La condesa pareció alarmada[116] de pronto por esta promesa, y lanzó una mirada al doctor Monteverde. Pero sufrió una decepción, en el[117] deseo de verse tachada de ligera e infiel, al notar que aquél permanecía indiferente.

¡Dichoso doctor! ¡Y cómo le odiaba el maestro Renovales! Era un jovenzuelo hermoso y frágil como una figulina de porcelana; un conjunto de bellezas extremadas, hasta el punto de dar a su rostro una exageración caricaturesca. El pelo partido en dos bandós sobre la pálida frente, negro, muy negro y brillante, con reflejos azulados; los ojos de una suavidad aterciopelada, mostrando en su dilatado corte la mancha carmesí del lagrimal[118] sobre el nítido marfil de las córneas: unos verdaderos ojos de odalisca; los labios rojos, enseñando su color de sangre por entre la celosía del erizado bigote; la tez de una palidez de camelia, y la dentadura con un brillo temblón semejante al del nácar. Concha le miraba con arrobamiento devoto; hablaba con los ojos puestos en él, consultándole con la mirada, lamentando internamente su falta de despotismo, deseando ser sierva[119], verse corregida por él en todos los caprichos de su carácter veleidoso.

Renovales lo despreciaba, dudando de su virilidad, haciendo los más atroces comentarios con su rudeza de lenguaje.

Era doctor en ciencias, y esperaba que se declarase vacante una cátedra de Madrid para hacer oposiciones a ella. La condesa de Alberca le tenía bajo su alta protección, hablando con entusiasmo de Monteverde a todos los señores graves que ejercían influencia en la vida universitaria. Prorrumpía en los mas desaforados elogios del doctor en presencia de Renovales. Era un sabio, y a ella le entusiasmaba que toda su sabiduría no le privase de vestir con refinada elegancia y ser hermoso como un ángel.

—Para dentadura bonita, la de Monteverde —decía mirándolo en plena tertulia al través de sus impertinentes.

---

(116) «alarmarse».

(117) «... en su deseo».

(118) «lacrimal».

(119) «... deseando ser su sierva...».

Otras veces, siguiendo el curso de sus ideas, interrumpía la conversación, sin fijarse en la incoherencia de sus palabras.

—Pero ¿han reparado ustedes en las manos del doctor? ¡Más finas que las mías! Parecen manos de dama.

El pintor se indignaba ante estas demostraciones de Concha, que muchas veces eran en presencia de su marido.

Le asombraba la calma del hombre de las condecoraciones. ¿Pero aquel señor estaba ciego? Y el conde, con una bondad paternal, decía siempre lo mismo:

—¡Esta Concha!, ¡qué franqueza[120] tiene! No haga usted caso, amigo Monteverde. Son cosas de mi mujer, niñadas.

El doctor sonreía, halagado por este ambiente de adoración de que le rodeaba la condesa.

Había escrito un libro sobre el origen natural de los organismos animales, del que hablaba con entusiasmo la hermosa señora. El pintor contemplaba con asombro y envidia el cambio de sus gustos. Nada de música, ni de versos, ni de artes plásticas, que antes eran la preocupación de su inteligencia de pájaro, atraída por todo lo que brilla y suena. Ahora miraba las artes como lindos e insignificantes juguetes que sólo podían divertir la infancia de la humanidad. Los tiempos cambiaban; había que ser serios. Ciencia, mucha ciencia: ella era la protectora, la buena amiga, la consejera de un sabio. Y Renovales encontraba sobre mesas y sillones libros famosos con la mitad de las hojas sin cortar, manejados febrilmente, abandonados por el tedio y la falta de comprensión, después de una primera acometida de curiosidad.

Sus tertulianos, casi todos señores viejos, atraídos por la hermosura de la condesa y enamorados de ella sin esperanza, sonreían oyéndola hablar de la ciencia con tanta gravedad. Los que tenían un nombre en la política se admiraban ingenuamente. ¡Cuántas cosas sabía aquella mujer! Muchas las ignoraban ellos. Los otros señores, médicos de fama, catedráticos, gentes de estudio que hacía tiempo no estudiaban, aprobaban también con cierta complacencia. Para una mujer, no estaba del todo mal. Y ella, llevándose los lentes a los

---

(120) «franquezas».

ojos de vez en cuando para paladear la belleza de su doctor, hablaba con una lentitud pedantesca del protoplasma, de la reproducción de las células, del canibalismo de los *fagocitos*, de los monos catirrinos[121], antropoides y pitecoides, de los mamíferos *discoplacentarios* y del *pithecanthropus*, tratando los misterios de la vida con amistosa confianza, repitiendo sus extraños nombres científicos como si fueran los de personas de la buena sociedad que hubiesen comido con ella la noche anterior.

El lindo Monteverde estaba, según ella, por encima de todos los sabios de fama universal.

Los libros de éstos, con admirarlos tanto el doctor, la daban jaqueca a ella, que inútilmente quería apoderarse del misterio de sus renglones. En cambio, había leído un sinnúmero de veces el libro de Monteverde, mágica obra cuya adquisición recomendaba a todas sus amigas, las cuales, en materia de lectura, no iban mas allá de las novelas de los periódicos de modas.

—Es un sabio —dijo la condesa una tarde, al hablar a solas con Renovales—. Empieza ahora; pero yo le empujaré, y llegará a ser un genio. Tiene un talento inmenso. ¡Si usted hubiese leído su libro!... ¿Conoce usted a Darwin? ¿Verdad que no? Pues es más que Darwin, mucho más.

—Lo creo —dijo el pintor—. Ese Monteverde es hermoso como un bebé y Darwin era un tío feo.

La condesa dudó entre ponerse seria o reír, y acabó por amenazarle con sus impertinentes.

—Calle usted, mala persona... ¡Al fin, pintor! Usted no puede comprender las amistades tiernas, las relaciones puras, la fraternidad basada en el estudio.

¡Con qué dolor reía el maestro de tanta pureza y fraternidad! Él veía claro, y Concha, por su parte, no era un modelo de prudencia para ocultar sus sentimientos. Monteverde era su amante, como antes lo había sido un músico, durante cierta época en que la condesa no hablaba mas que de Beethoven y de Wagner, como si fuesen visitas de su casa, y mu-

---

(121) «catarinos».

cho antes un duquesito, guapo mozo, que daba becerradas por invitación, matando los inocentes bueyes después de saludar con ojos amorosos a la de Alberca, que echaba fuera del palco su busto envuelto en la mantilla blanca y adornado de claveles. Sus amores con el doctor eran casi públicos. No había más que ver el encarnizamiento con que le despedazaban los señores de la tertulia, afirmando que era un necio y su libro un traje de Arlequín, una serie de retazos ajenos mal hilvanados, con la audacia del ignorante. También a éstos les mordía la envidia, estremecidos en sus amores seniles y silenciosos por el triunfo de aquel jovenzuelo, que les arrebataba el ídolo adorado con una devoción contemplativa que reanimaba su senectud.

Renovales indignábase contra sí mismo. En vano quería vencer a la costumbre que guiaba sus pasos todas las tardes hacia la casa de la condesa.

«Ya no vuelvo más —se decía con rabia al verse en su estudio—. ¡Bonito papel haces, Mariano! Sirves de coro, con todos esos viejos imbéciles, a un dúo de amor... Valiente punto la tal condesa!»

Pero al día siguiente volvía, pensando con cierta esperanza en la pretenciosa superioridad de Monteverde, en el aire desdeñoso con que recibía las adoraciones de su amante. Ya se cansaría Concha de esta muñeca con bigotes, volviendo los ojos hacia él[122], que era un hombre.

El pintor se daba cuenta de la transformación de su carácter. Era otro, y hacía esfuerzos para que no se percatasen en su casa de este cambio. Reconocía mentalmente que estaba enamorado, con la satisfacción del hombre maduro que ve en esto un signo de juventud, el retoñamiento de una segunda vida. Se había sentido impulsado hacia Concha por el deseo de romper el tedio de su existencia, de imitar a los otros, de gustar la acidez de la infidelidad, haciendo una ligera escapada fuera de las murallas severas e imponentes que cerraban el yermo del matrimonio, cada vez mas cubierto de zarzas y malezas. La resistencia de ella le exasperaba, aumentando su deseo. No sabía ciertamente

(122) «... los ojos a él...».

qué era lo que sentía; tal vez una atracción material, y con ella el enconamiento del amor propio, la amargura de verse rechazado al descender de las alturas de la virtud, en las que se había mantenido con orgullo salvaje, creyendo que todos los goces de la tierra le esperaban, deslumbrados por su gloria, y que sólo tendría que extender los brazos para que corrieran a él.

Sentíase humillado por el fracaso; le agitaba sorda rabia al comparar su cabello cano y sus ojos circundados de nacientes arrugas con aquel niño bonito de la ciencia, que parecía enloquecer a la condesa. ¡Ay, las mujeres! ¡Sus entusiasmos intelectuales, sus aspavientos de admiración ante la celebridad!... ¡Todo mentira! Sólo adoran el talento bien presentado, en una envoltura juvenil y hermosa...

A impulsos de su carácter tenaz, Renovales tomó a empeño el vencer esta resistencia. Se acordaba sin remordimiento de la escena con su mujer en la obscuridad del dormitorio; de sus palabras desdeñosas que le anunciaban el fracaso cerca de la condesa. El desprecio de Josefina era un nuevo espolazo que le hacía seguir en este camino.

Concha le alejaba y le atraía al mismo tiempo. Era indudable que el amor del maestro halagaba su vanidad. Reíase de sus declaraciones apasionadas, tomándolas a broma, contestándolas siempre en el mismo tono. «¡Formalidad, maestro! Eso no le está bien a usted. Usted es un grande hombre: un genio. Deje ese aire de estudiante enamorado para los muchachos.» Pero cuando él, enfurruñado por la fina burla, se juraba mentalmente no volver, ella parecía adivinarlo[123] y se mostraba cariñosa, atrayéndolo con un interés que hacía presagiar al pintor la proximidad de su triunfo.

Si él callaba, ofendido, ella era la que hablaba de amor, de pasiones eternas entre seres de gran intelectualidad, basadas en la armonía de los pensamientos; no cesaba en esta peligrosa plática hasta que el maestro, con súbita confianza, avanzaba de nuevo, ofreciendo su amor, para verse acogido por aquella sonrisa bondadosa e irónica a la vez, que parecía tratarle como a un niño grande falto de juicio.

---

(123) «adivinarle».

Y así vivía el maestro, fluctuando entre la esperanza y la desesperación, tan pronto acogido como rechazado, pero siempre incapaz de desasirse de aquella mujer, como si le oprimiera un maleficio. Buscaba, con astucia(124) de colegial, ocasiones para verse a solas con ella, inventando(125) pretextos para ir a su casa en horas extraordinarias, cuando no estaban los de la tertulia, y palidecía de coraje al tropezarse con el lindo doctor y notar en torno de él esa sensación de vacío y malestar que envuelve al importuno en su presentación inesperada.

La vaga esperanza de encontrar a la condesa en la Moncloa, de pasear con ella toda una tarde, libre de aquel círculo de señores insufribles que la rodeaban con su babosa adoración, le tuvo inquieto toda la noche y la mañana siguiente, como si realmente le aguardase una cita de amor. ¿Iría? ¿No sería aquella promesa más que un capricho prontamente olvidado?... Envió una carta a un ex ministro al que estaba retratando, para que aquella tarde no viniese al estudio, y después del almuerzo montó en un coche de alquiler, exigiendo al cochero que arrease al caballo, que le llevara volando, como si temiese llegar tarde.

Sabía que aún faltaban horas para que ella acudiese, si es que acudía; pero una impaciencia loca y sin fundamento agitaba al artista. Creía, sin saber por qué, que llegando con anticipación aceleraba la presencia de la condesa.

Echó pie a tierra en la plazoleta frente al pequeño palacio de la Moncloa. El carruaje se alejó hacia Madrid, cuesta arriba, por una avenida que ocultaba su término tras una bóveda lejana de ramaje seco.

Renovales paseó solo por la plazoleta. Brillaba el sol en un pedazo de cielo azul limitado por oleajes de nubes. En los lugares donde(126) no alcanzaban sus rayos sentíase frío. Corría el agua al pie de los árboles, después de gotear desde sus ramas y escurrirse en hilos por los troncos con la abundante fluidez del deshielo. El bosque parecía llorar de gozo bajo la

(124) «astucias».
(125) «inventaba».
(126) «... lugares a donde no...».

caricia del sol, que deshacía los últimos restos de su blanca mortaja.

El majestuoso silencio de la Naturaleza abandonada a su propio poder rodeaba al artista. Los pinos se movían en largas ráfagas, poblando el espacio de estremecimientos de arpa. La plazoleta permanecía en la sombra glacial de los árboles. Arriba, sobre el frontón del palacete, buscando el sol por encima de las copas de los pinos, revoloteaban en espiral unas cuantas palomas en torno de la vieja asta de bandera y de los bustos clásicos ennegrecidos por la intemperie. Después, cansadas de volar, se abatían sobre los balcones de herraje oxidado, añadiendo un adorno blanco y palpitante, un festón de plumas y susurros, al viejo edificio. En medio de la plazoleta, un cisne de mármol con el cuello violentamente tendido hacia el cielo lanzaba en el espacio un chorro, cuyo murmullo parecía aumentar la impresión de frío glacial que se sentía en la sombra.

Renovales comenzó a pasear, aplastando en los sitios sombríos la escarcha helada, que crujía bajo sus pies. Se asomó al balaustre circular de hierro que cierra una parte de la plazoleta. Por entre la celosía del negro ramaje, en el que comenzaban a apuntar los primeros brotes, vio la cordillera que limita el horizonte: los montes del Guadarrama, fantasmas de nieve[127] que se confundían con las masas de nubes. Más acá, los montes del Pardo marcaban sus obscuras cúspides, negras de pinos, y a la izquierda extendían las lomas de la Casa de Campo sus laderas, en las que comenzaba a verdear, con tonos amarillentos, la vegetación primaveral.

A sus pies esparcíanse los campos de la Moncloa, los jardincillos de arcaica construcción, la arboleda de los Viveros orlando el curso del río. Por los caminos de abajo pasaban coches de lujo, reflejando el sol en su charolada superficie como una bola de fuego. Las praderas, el follaje de los bosques, todo parecía lavado y brillante después de la reciente mojadura. La eterna nota verde de infinitas variaciones, desde el negro al amarillo, sonreía al sentir el contacto del sol

(127) «... fantasmas de la nieve...».

tras el refresco de la nieve. A lo lejos, rasgando el espacio con la enorme sonoridad de las tardes tranquilas, retumbaban continuos disparos de escopeta. Cazaban en la Casa de Campo. Entre las columnatas de los troncos y las verdes sábanas de las praderas brillaba el agua, herida por el sol: trozos de estanque, fragmentos de canal, charcas formadas por el deshielo, como filos temblones y luminosos de espadas gigantescas perdidas en la hierba.

Renovales apenas miró el paisaje; no le decía nada aquella tarde. Otras eran sus preocupaciones. Vio descender por la avenida una berlina elegante, y abandonó el mirador para salir a su encuentro. ¡Ella que llegaba!... Pero la berlina pasó junto a él sin detenerse, con lento y majestuoso rodar, y vio al través de sus vidrios una señora vieja envuelta en pieles, con los ojos hundidos y la boca torcida, moviendo su cabeza temblorosa de senectud al compás de la marcha. Se alejó el carruaje hacia la pequeña iglesia inmediata al palacio, y el pintor volvió a quedar solo.

¡Ay, no vendría! Comenzaba a decirle el corazón que su espera era inútil.

Unas niñas con los zapatos rotos, y flotantes sobre el cuello sus lacias melenillas dadas de aceite, comenzaron a correr por la plazoleta. Renovales no vio de dónde habían salido. Tal vez eran las hijas del guardián del palacete.

Por la avenida avanzaba un guarda con la escopeta pendiente del hombro y la bocina al costado. Más allá se aproximaba un hombre vestido de negro, con aspecto de doméstico, escoltado por dos perros enormes, dos daneses majestuosos, de un gris azulado, que marchaban con cierta dignidad, prudentes y mesurados, pero orgullosos de su estampa, que metía miedo. Carruaje no se veía ninguno. ¡Vive Dios!...

Sentado el maestro en uno de los bancos de piedra, acabó por sacar el pequeño álbum que llevaba siempre con él. Dibujaba las figuras de las niñas en sus correteos alrededor de la fuente. Era un medio para que la espera fuese menos larga. Una tras otra, dibujó todas las niñas; después las sorprendió en varios grupos; pero acabaron por desaparecer detrás del palacio, descendiendo hacia el Caño Gordo. Renovales, falto de distracción, abandonó su banco y dio varios paseos, golpeando el suelo ruidosamente. Tenía los pies helados; el frío y la espera le ponían de un humor terrible. Después fue a colocarse en otro banco, cerca del criado vestido de negro, que tenía a los dos perros junto a sus rodillas. Estaban inmóviles sobre sus patas traseras, descansando con la dignidad de personas mayores, mirando con sus ojos grises, de inteligente parpadeo, a aquel señor que los contemplaba atentamente y después movía su lápiz sobre el cuaderno apoyado en una rodilla. El pintor dibujó los dos perros en diversas posturas, entregándose a este trabajo con tal entusiasmo, que llegó a olvidar el motivo que le había llevado allí. ¡Ah, las adorables bestias! Renovales amaba los animales en los que la hermosura va unida a la fuerza. De vivir solo, entregado a sus gustos, hubiera convertido su hotel en una casa de fieras.

Se fue el criado con sus perros y volvió el artista a quedar solo. Pasaron varias parejas con lento paso, en alarmante intimidad, perdiéndose tras el palacio, hacia los jardincillos de abajo, después un grupo de seminaristas, dejando detrás de ellos, con el revoloteo de las sotanas, ese hedor especial de carne sana, casta y sucia que es el perfume de los cuarteles y los conventos... ¡Y la condesa sin llegar!

El pintor fue de nuevo a acodarse en el balaustre del mirador. Sólo esperaría media hora más. Declinaba la tarde; el sol aún se mantenía alto, pero de vez en cuando se entenebrecía el paisaje. Las nubes contenidas en los rediles del horizonte habían quedado en libertad, y rodaban por el campo del cielo tomando fantásticas formas, trotando ávidas en tumultuosa dispersión, como si quisieran tragarse la bola de fuego que resbalaba lenta sobre el pedazo de raso azul.

De pronto, Renovales sintió en su espalda algo así como un choque en el sitio del corazón. Nadie le había tocado; era un aviso de sus nervios, que parecían más excitados, más fieros, desde hacía algún tiempo. Ella estaba cerca, llegaba, tenía la certeza. Y al volverse, la vio, muy lejos aún, descendiendo por la avenida, vestida de negro, con una chaqueta de piel, las manos en un pequeño manguito y el velillo sobre los ojos. Su alta y elegante silueta marcábase sobre la tierra amarillenta al pasar de un tronco a otro. Un carruaje, el suyo, volvíase cuesta arriba para esperarla tal vez en lo alto, junto a la Escuela de Agricultura.

Al encontrarse en mitad de la plazoleta, ella le tendió su manecita enguantada, tibia por el encierro del manguito, y los dos se dirigieron conversando hacia el mirador.

—Vengo furiosa... un disgusto de muerte. No pensaba venir; no me acordaba de usted: palabra. Pero al salir de casa del presidente pensé en el maestro. Tenía la seguridad de encontrarle aquí, y he venido para que se me quite el mal humor.

Al través del velo vio Renovales sus ojos que brillaban con cierta hostilidad, su linda boca contraída en las comisuras por un pliegue rabioso.

Hablaba con rapidez, deseosa de echar fuera la cólera que hinchaba su pecho, sin fijarse en lo que le[128] rodeaba, como si se hallase en su salón, donde todo le era familiar.

Había ido a ver al presidente para recomendarle «su asunto»: un deseo del conde, de cuya realización pendía su felicidad. El pobre Paco —era su marido— soñaba con el Toisón de Oro. Sólo esto le faltaba para coronar la torre de cruces, llaves y bandas que iba elevando en torno de su persona, desde la barriga al cuello, no dejando un milímetro de su tronco sin este revestimiento glorioso.

¡El Toisón de Oro, y luego morir!... ¿Por qué no habían de dar gusto a Paco, un hombre tan bueno, incapaz de hacer daño a una mosca? ¿Qué les costaba concederle este juguete, haciéndole feliz?...

—Ya no hay amigos, Mariano —decía la condesa con amargura—. Ese presidente es un tonto, que olvida a sus antiguas amistades al verse jefe del gobierno. ¡Yo que le he conocido suspirando cerca de mí como un tenor de zarzuela, haciéndome el amor (sí, a usted se lo digo) y queriendo matarse al ver que le despreciaba por cursi y por tonto!.... Esta tarde, lo de siempre: mucho cogerme la mano, mucho de poner los ojos en blanco, «querida Concha», «hermosa Concha», y otras frases de merengue, lo mismo que cuando can-

[128] «la».

ta en el Congreso como un canario viejo. Total, que no puede ser lo del Toisón; que él lo siente mucho, pero en Palacio no quieren.

Y la condesa, como si viese por vez primera el lugar en que estaba, dirigió sus ojos iracundos a las obscuras lomas de la Casa de Campo, donde seguían sonando disparos.

—¡Después dicen si una piensa de este modo o del otro! Yo soy anarquista, ¿me oye usted, Mariano? Cada vez me siento más revolucionaria. No se ría usted, que no es cosa de broma. El pobre Paco, que es un cordero de Dios, se asusta al oírme. «Mujer, piensa en lo que somos. Debemos estar bien con la casa grande.» Pero yo me sublevo; conozco el personal: un hatajo de indecentes. ¿Por qué no ha de tener mi Paco el Toisón, si el pobrecito lo necesita? Crea usted, maestro, que me da rabia este país tan cobarde y tan mansurrón. Debía repetirse aquí el 93 de Francia. Si yo fuese sola, sin todas las zarandajas del nombre y la posición, haría hoy algo sonado. Echaría una bomba... Una bomba, no; cogería un revólver, y...

—¡Fuego! —dijo el pintor con voz enérgica, al mismo tiempo que rompía a reír.

Concha se hizo atrás con un gesto de enfado.

—Nada de bromas, maestro. ¡Mire usted que me voy! ¡mire usted que le pego!... Esto es mas serio de lo que usted cree. ¡Para bromitas está la tarde!

Pero desmintiendo con su carácter variable la gravedad que pretendía dar a sus palabras, la condesa sonrió levemente, como si le acariciase un buen recuerdo.

—No todo han sido fracasos —dijo tras una larga pausa—. Yo no me voy con las manos vacías. El presidente, que no me quiere tener por[129] enemiga, me ha ofrecido una compensación, ya que lo del «borrego» es imposible. Un acta de diputado en la primera elección parcial que se anuncie.

Los ojos de Renovales abriéronse con asombro.

—¿Y para qué quiere usted eso, criatura? ¿A quién va a darsela?

---

[129] «... que no quiere tenerme por...».

—¡A quién! —remedó Concha con grotesca expresión de asombro—. ¡A quién!... ¿A quién ha de ser, grandísimo tonto?... No va a ser a usted, que no entiende de esto ni de nada, aparte de sus pinceles... Es para Monteverde, para el doctor, que hará grandes cosas.

La carcajada sonora del artista retumbó en el silencio de la plazoleta.

—¡Darwin diputado de la mayoría! ¡Darwin diciendo sí y no!...

Y tras estas exclamaciones, continuó sus risotadas de cómico asombro.

—Ríase usted, feo, abra más esa bocaza, mueva sus barbas de apóstol... ¡Qué gracioso está usted! ¿Y qué tiene eso de particular?... Pero no se ría usted más. ¡Mire usted que me pone nerviosa!, ¡mire usted que me voy si continúa así!...

Quedaron silenciosos largo rato. La condesa no tardó en olvidar sus preocupaciones, con la movilidad y la ligereza que obtenía toda impresión en su cerebro de pájaro. Miró en torno de ella con ojos desdeñosos, deseando mortificar al pintor. ¿Y era aquello lo que tanto entusiasmaba a Renovales? ¿No había mas?...

Lentamente comenzaron su paseo, descendiendo a los viejos jardines escalonados detrás del palacio. Bajaron entre pendientes cubiertas de musgo, por suaves declives rayados del negro pedernal de los peldaños.

El silencio era profundo. Susurraba el agua del deshielo al caer de los troncos, formando arroyuelos que serpenteaban cuesta abajo, casi invisibles bajo la hierba. En algunas umbrías aún quedaban, como vedijas de blanca lana, montones de nieve resistiéndose a la general licuefacción. Sonaba el chillido estridente de los pájaros como el arañazo de un diamante sobre el cristal. En el borde de las escalinatas, los basamentos de piedra roída y negruzca recordaban las invisibles estatuas y los jarrones que habían sostenido. Los pequeños jardines, recortados en formas geométricas, extendían en cada meseta las grecas obscuras de su tapiz de follaje. En las plazoletas cantaba el agua chorreando en estanques de oxidadas barandillas o desplomándose en el triple plato de altas fuentes, que animaban la soledad con su interminable lamento. El agua por todas partes: en el aire, en el suelo, susurrante, glacial, aumentando la fría impresión de aquel paisaje, en el que el sol parecía una pincelada roja sin calor.

Pasaron bajo arcos de verdura entre árboles enormes y moribundos, cubiertos hasta el tope por los serpenteantes anillos de hiedra, rozando los troncos seculares chapados por la humedad con costras verdosas y amarillas. Los senderos estaban limitados a un lado por las cuestas, en cuya cumbre sonaba un invisible cencerreo, viéndose aparecer de vez en cuando sobre el fondo azul del espacio la maciza silueta de una vaca de lento andar. Al lado opuesto, una barandilla rústica de troncos pintados de blanco cerraba el sendero, y tras ella, en lo hondo, extendíanse los obscuros parterres, con su melancólica soledad y sus chorros que lloraban día y noche en un ambiente de vejez y abandono. Las zarzas de apretado tejido esparcíanse de árbol en árbol por las laderas. Los esbeltos cipreses, los pinos rectos y gallardos, de finísimo tronco, formaban una espesa columnata, un enrejado, que filtraba la luz del sol, una luz de apoteosis, falsa, teatral, rayando el suelo de fajas de oro y barras de sombra.

El pintor elogiaba con entusiasmo estos lugares. Era el único rincón para artistas que podía hallarse en Madrid. Allí había trabajado el gran don Francisco. Parecía que tras una revuelta del sendero iban a tropezarse con Goya sentado junto al caballete, frunciendo el ceño malhumorado ante una[130] duquesa gentil que le servía de modelo.

Los trajes modernos parecían desentonar en este fondo. Renovales declaraba de rigor para tal paisaje una casaca brillante, peluca empolvada, medias de seda y marchar junto a una falda escurrida, con el talle bajo los pechos.

La condesa sonrió escuchando al pintor. Miraba en torno de ella con gran curiosidad: no estaba mal aquel paseo; creía verlo por primera vez él. ¡Muy bonito! Pero ella no era mujer de campo.

El mejor paisaje para su gusto eran las sedas de un salón, y en cuanto a árboles, le gustaban más los de las decoraciones del Teatro Real, con acompañamiento de música.

---

[130] «alguna».

—Me fastidia el campo, maestro. Me pone triste. La Naturaleza, si la dejan sola y entregada a sí misma, es muy ordinaria.

Entraron en una plazoleta ocupada por un estanque a ras de tierra, con pilastras que revelaban la antigua existencia de una barandilla. El agua, engrosada por la filtración de las nieves, desbordábase fuera del marco de piedra, extendiéndose en delgada sábana para rodar cuesta abajo. La condesa se detuvo, temiendo mojarse los pies. El pintor abrió la marcha, apoyando sus plantas en los sitios menos húmedos, tomándola una mano para guiarla, y ella le siguió, riendo de este obstáculo y recogiéndose las faldas.

Al continuar su camino por otro sendero, Renovales conservó agarrada aquella manecita suave, percibiendo su dulce calor a(131) través del guante. Ella la abandonaba como si no se diese cuenta de este contacto, pero con una lejana expresión de malicia en sus labios y sus ojos. El maestro parecía indeciso, con cierto embarazo, como si no supiese cómo empezar.

—¿Siempre igual? —preguntó con voz débil—. ¿No hay un poco de caridad?

La condesa prorrumpió en una carcajada sonora.

—Ya salió; me lo esperaba; por eso me resistía a venir. En el carruaje me he dicho varias veces. «Hija mía, haces mal en ir a la Moncloa; te vas a aburrir; te espera la declaración número mil.»

Luego adopto un tono de cómica indignación.

—Pero maestro, ¿es que no puede hablarse con usted de otra cosa? ¿Es que las mujeres estamos condenadas a no poder tratar a un hombre sin que se crea obligado a lanzarnos una declaración?

Renovales protestó. Podía decir esto a cualquier otro, a él no, pues estaba enamorado. Lo juraba; se lo diría de rodillas para que le(132) creyese; ¡enamorado como un loco! Pero ella le remedaba grotescamente, llevándose una mano al pecho y riendo de un modo cruel.

---

(131) «al».

(132) «lo».

—Sí; conozco la canción: es inútil que la repita; me la sé de memoria. «Un volcán en el pecho... Imposible vivir... Si no me amas, me mato...» Lo mismo dicen todos; no he visto una falta mayor de originalidad... Maestro, ¡por Dios! no se ponga usted cursi. ¡Un hombre como usted diciendo esas cosas!...

Renovales quedó aturdido por este remedo burlón. Pero Concha, como si se apiadara de él, se apresuró a añadir en tono cariñoso:

—¿Qué necesidad tiene usted de enamorarme? ¿Se imagina usted que le apreciaré menos si prescinde de esa obligación que creen tener todos los hombres que me rodean?... Yo le quiero a usted, maestro; necesito verle; sentiría mucho que riñésemos. Le quiero como a un amigo, el mejor de todos, el primero. Le quiero porque es usted bueno; un niño grandote, un bebé barbudo que no sabe ni pizca así del mundo, pero tiene mucho talento, ¡mucho!... Tenía ganas de que nos viésemos a solas un buen rato para hablarle con toda libertad, para decirle esto. Le quiero como no quiero a nadie. Siento al lado de usted una confianza como ninguno me la inspira. Buenos amigos; hermanos, si usted quiere... ¡Pero no ponga usted esa carátula triste! ¡Alégrese un poco! ¡Suelte esa carcajada que me alegra el alma, ilustre maestro!

Pero el maestro permanecía hosco, mirando al suelo, enredando con cierta furia los dedos de su diestra en la maraña de sus barbas.

—Todo eso son mentiras, Concha —dijo rudamente—. La verdad es que usted está enamorada, que la tiene loca ese trasto de Monteverde.

La condesa sonrió, como si la halagase la brusquedad de estas palabras.

—Pues bien; sí, Mariano. Nos queremos; yo creo amarle como no he amado a ningún hombre. A nadie se lo he dicho; usted es el primero que lo oye de mí, porque es usted mi amigo, porque con usted no sé lo que me pasa, que se lo digo todo. Nos queremos; mejor dicho, soy yo la que le quiere, mucho más que él a mí. Hay en mi amor algo de agradecimiento. Yo no me forjo ilusiones, Mariano. ¡Treinta y seis años! Sólo a usted me atrevo a confesar la edad. Todavía estoy presentable; me defiendo bien; pero él es mucho más joven. Unos años más, y casi podría ser su madre.

Calló un momento, como asustada por esta diferencia de edad entre su amante y ella; pero luego añadió con repentina confianza:

—Él también me quiere, lo reconozco. Soy para él la consejera, la inspiradora; dice que conmigo se siente con nuevas fuerzas para el trabajo; que será un grande hombre gracias a mí. Pero yo le quiero más, mucho más; hay una desigualdad en nuestro cariño casi tan grande como en nuestras edades.

—¿Y por qué no me ama usted a mí? —dijo el maestro con voz lacrimosa—. Yo la adoro; se trocarían los papeles. Sería yo quien la rodease de una idolatría eterna, y usted se dejaría adorar, se dejaría acariciar como un ídolo, viéndome con la frente junto a sus pies.

Concha rió de nuevo, remedando grotescamente la voz sorda, el ademán apasionado y los ojos vehementes del artista.

—«¿Y por qué no me ama usted?...» ¡Maestro, no sea usted niño! Esas cosas no se preguntan; en el amor no se manda. No le quiero como usted desea, porque no puede ser. Conténtese con ser el primero de mis amigos. Sepa que me permito con usted confianzas que tal vez no tengo con Monteverde. Sí; le digo a usted cosas que nunca le diré a él...

—¡Pero lo otro! —exclamó el pintor con rabia—. Lo que yo necesito: su cuerpo, del que siento hambre; su hermosura, el verdadero amor...

—Maestro, conténgase —dijo ella con afectada pudibundez—. ¡Que le conozco! ¡Que va usted a soltar esas indecencias que se le ocurren siempre que desnuda con los ojos a una mujer!... ¡Que me voy por no oírlo!...

Luego añadió con una gravedad maternal, como si quisiera corregir al vehemente maestro:

—Yo soy menos loca de lo que creen. Pienso prudentemente en las consecuencias de mis actos... Mariano, mírese usted bien, fíjese en lo que le rodea. Una mujer; una hija que el mejor día se le casa; la perspectiva próxima de ser abuelo. ¡Y aún piensa usted en locuras! Yo no podría acceder a lo que usted me propone, aunque le amase... ¡Qué horror! ¡Engañar a Josefina, mi amiga del colegio! La pobrecita, tan dulce, tan buena... siempre enferma. No, Mariano; nunca. Sólo se pueden arrostrar esos compromisos cuando el hombre es libre. Yo no me sentiría con fuerzas para amarle a usted. Amigos, nada mas que amigos...

—Pues no lo seremos —exclamó Renovales con impetuosidad—. Me alejaré para siempre de su casa; no la veré a usted más; haré lo imposible por olvidarla. Es un suplicio insufrible. Viviré más tranquilo no viéndola.

—No se irá usted —dijo Concha dulcemente, con la seguridad de su fuerza—. Se quedará a mi lado, como siempre, si es que me quiere, y yo tendré en usted el mejor de los amigos... No sea usted criatura, maestro; verá usted cómo nuestra amistad es algo dulce que no comprende ahora. Tendré para usted lo que no conocen los demás: intimidad, confianza.

Y al decir esto ponía en el brazo del pintor una de sus manecitas, se apoyaba con cierto abandono, fijando en sus ojos unas pupilas en las que lucía algo enigmático y misterioso.

El sonido de una bocina llegó hasta ellos; un rumor de velocidad rasgaba el aire con sordo voltear de ruedas. Pasó por bajo(133) un automóvil a toda marcha, siguiendo la carretera(134). Renovales intentó reconocer a los muñequillos que montaban este vehículo, empequeñecido como un juguete por la distancia. Tal vez fuese López de Sosa el que guiaba, y su mujer y su hija(135) aquellas dos figurillas envueltas en velos que ocupaban los asientos.

La posibilidad de que Josefina pasase por el fondo del paisaje sin verle, sin advertir que él estaba allí, olvidado de todo, enamorado y suplicante, le paralizó con la emoción del remordimiento.

Permanecieron mucho rato inmóviles, silenciosos, apoyados en la baranda de troncos, mirando al través de la columnata de árboles el sol brillante, de un rojo de cereza, que descendía, inflamando el horizonte con resplandores de incendio. Las nu-

(133) «abajo».
(134) «... siguiendo la carretera entre nubes de polvo».
(135) «... que guiaba, tal vez fuesen su mujer y su hija...».

bes plomizas, viéndolo próximo a morir, le acometían con traidora voracidad.

Concha contemplaba la puesta del sol con el interés que ofrece un espectáculo visto muy de tarde en tarde.

—Mire usted, maestro, aquella nube enorme: ¡qué negra! Parece un dragón... No; es un hipopótamo, fíjese en sus patas redondas como torres. ¡Cómo trota! Se va a comer el sol. ¡Que se lo come!... ¡Ya se lo tragó!

Se ensombrecía el paisaje. El sol había desaparecido en el interior de aquel monstruo que llenaba el horizonte. Su lomo ondulado erizábase de plata, y como si no pudiera contener al ardoroso astro, estallaba su vientre, dejando caer una lluvia de pálidos rayos. Después, abrasado por esta digestión, desvanecíase en humo, rasgábase en negras vedijas, y otra vez aparecía el rojo disco, bañando de oro, cielo[136] y tierra, poblando de inquietos peces de fuego el agua de los estanques.

Renovales, apoyado en la baranda, con un codo junto a la condesa, aspiraba el perfume de ésta, sintiendo el cálido contacto y las durezas salientes de un lado de su cuerpo.

—Volvamos, maestro —dijo ella con cierta inquietud—. Siento frío... Además, con un acompañante como usted es imposible permanecer tranquila.

Y apresuraba el paso, adivinando con su experiencia de los hombres el peligro de permanecer en la soledad al lado de Renovales. Presagiaba en su rostro pálido y emocionado una próxima audacia, el avance brutal e impetuoso.

En la plazoleta del Caño Gordo se cruzaron con una pareja que descendía lentamente, muy pegados los dos, no atreviéndose a enlazar sus brazos todavía, pero dispuestos a cogerse del talle apenas desaparecieran en el próximo sendero. El joven llevaba la capa bajo el brazo, con la arrogancia de un galán de comedia antigua; ella, pequeñita y pálida, sin otra belleza que la de la juventud, se arrebujaba en un pobre mantón y caminaba con los ojos cándidos puestos en los de su compañero.

—Algún estudiante con su modista —dijo Renovales al dejarlos a su espalda—. Estos son más felices que nosotros, Concha; su paseo será más dulce.

---

(136) «cielos».

—Nos hacemos viejos, maestro —dijo ella con una entonación de falsa tristeza, excluyéndose de la vejez, cargando todo el peso de la edad sobre su acompañante.

Renovales se revolvió con los últimos ardores de su protesta.

—¿Y por qué no he de ser yo tan feliz como ese chico? ¿No tengo derecho a ello?... Concha, usted no sabe quién soy; usted lo olvida; acostumbrada como está a tratarme como un chiquillo. Soy Renovales el pintor, el célebre maestro: me conocen en todo el mundo.

Y hablaba de su gloria con brutal inmodestia, irritado cada vez más por la frialdad de aquella mujer, exhibiendo su renombre como un manto de luz que debía cegar a las hembras, haciéndolas caer a sus pies. ¿Y un hombre como él tenía que verse pospuesto por aquel doctorcillo ridículo?

La condesa sonreía con expresión de lástima. Sus ojos mostraban también cierta conmiseración. ¡Tonto! ¡Niño! ¡Qué simplezas tenían los hombres de talento!

—Sí; usted es grande, maestro. Por eso me enorgullezco con su amistad. Hasta reconozco que me da cierta importancia... Le quiero; siento por usted admiración.

—Admiración, no, Concha: ¡amor!... ¡Ser uno de otro!... Amor completo...

Ella seguía riendo.

—¡Ay, hijo! ¡Amor!...

Sus ojos parecían hablarle irónicamente. No conocía a las mujeres. El amor no distingue de talentos, es un ignorante, y por eso se vanagloria de su ceguera. Sólo percibe el aroma de la juventud, de la vida en flor.

—Seremos amigos, Mariano; amigos nada más. Usted se acostumbrará, encontrando dulce nuestro afecto... No sea usted «material»; parece imposible que sea usted un artista. Idealismo, maestro; mucho idealismo.

Y siguió hablándole desde lo alto de su conmiseración, hasta que se separaron cerca del sitio donde la esperaba el coche.

—Amigos, Mariano. Nada más que amigos... pero de veras.

Al alejarse Concha, anduvo Renovales en la penumbra del crepúsculo, hasta salir de la Moncloa, gesticulando y cerrando los puños. Viéndose solo volvía a renacer su cólera, e insultaba mentalmente a la condesa, libre ya de la supeditación amorosa que sufría en su presencia. ¡Cómo se divertía con él! ¡Cómo reirían sus enemigos al verle sometido y sin voluntad, en manos de aquella mujer que había sido de tantos! El orgullo le hacía insistir en su deseo de conquistarla, fuese como fuese, aun a costa de humillaciones y brutalidades. Era un empeño de honor hacerla suya, aunque sólo fuese por una vez, y luego vengarse repeliéndola, arrojándola a sus plantas, diciendo con gesto de soberano: «Esto hago yo con los que se me resisten.»

Pero luego se dio cuenta de su debilidad. Siempre sería vencido por aquella hembra, que le miraba fríamente, que era incapaz de perder su calma y le consideraba como un ser inferior. El desaliento le hizo pensar en su casa, en la enferma, en los deberes que le ligaban a ella, y sintió la amarga voluptuosidad del que se sacrifica, cargando con su cruz.

Estaba decidido. Huiría de aquella mujer. No la vería más.

III

Y no la vio; no la vio en dos días. Pero al tercero llegó a sus manos una cartita azul, de sobre prolongado, saturada de un fuerte perfume que tenía la virtud de estremecerle.

La condesa se quejaba de su ausencia con cariñosos lamentos. Necesitaba verle, tenía que decirle muchas cosas. Una verdadera carta de amor, que el artista se apresuró a ocultar, temiendo que su lectura hiciera suponer lo que no era cierto aún.

Renovales se mostró indignado.

«Iré a verla —se dijo paseando por el estudio—; pero será para decirla cuatro frescas, para acabar de una vez. Si cree que va a jugar conmigo, se equivoca; no sabe que yo, cuando quiero, soy de piedra.»

¡Pobre maestro! Mientras en un extremo de su pensamiento formulaba sus fieros propósitos de hombre de piedra, en el otro una voz dulce cantaba con el arrullo de la ilusión:

«Ve pronto; aprovecha el tiempo. Tal vez se ha arrepentido. Te espera: va a ser tuya.»

Y el artista corrió ansioso a casa de la condesa. Nada. Se quejó de su ausencia con una tristeza mimosa. ¡Ella que le quería tanto! Necesitaba verle; no podía permanecer tranquila, creyendo que le guardaba enojo por lo de la otra tarde. Y pasaron cerca de dos horas en el gabinete que le servía de despacho, hasta que, al caer la tarde, comenzaron a llegar los graves amigos de la condesa, su tertulia de mudos adoradores, presentándose el último Monteverde, con la calma del que no teme peligro alguno.

El pintor salió de aquella casa sin otra novedad que dos besos en una mano de la condesa. La caricia protocolaria y nada más. Cada vez que intentaba ir más allá, remontándose a lo largo del brazo, la hermosa señora le contenía con un gesto imperioso.

—¡Que me enfado, maestro, y no le recibo más a solas!... ¡Que falta usted a lo convenido!

Renovales protestaba. Nada habían convenido; pero Concha lograba calmarle instantáneamente preguntando por Milita, haciendo elogios de su hermosura, pidiendo noticias de la pobre Josefina, tan buena, tan simpática, interesándose por su salud y anunciando una próxima visita. Y el maestro quedaba cohibido, atormentado por el remordimiento, no atreviéndose a nuevos avances, hasta que se desvanecía la penosa impresión.

Volvió Renovales a casa de la condesa, como siempre. Sentía la necesidad de verla; se había acostumbrado a los vehementes elogios que aquella boca hacía de sus méritos de artista.

Algunas veces despertaba su carácter impetuoso de otros tiempos, y sentía el deseo de desprenderse de esta cadena vergonzosa. Aquella mujer le tenía como embrujado: llamábale para nada; parecía gozarse con[137] hacerle sufrir; le necesitaba como un juguete. Con un cinismo tranquilo hablaba de Monteverde y de sus amores, lo mismo que si el doctor fuese su esposo. Necesitaba confiar a alguien los incidentes de su vida oculta, con esa franqueza imperiosa que arrastra los delincuentes a la confesión. Poco a poco iniciaba al maestro

(137) «... gozarse en hacerla...».

en sus secretos pasionales, relatando sin rubor los incidentes mas íntimos de aquellos encuentros, que muchas veces eran en la propia casa. Abusaban de la ceguera del conde, el cual parecía como atontado por su fracaso del Toisón; gozaban un deleite malsano con la zozobra de ser sorprendidos.

—A usted se lo digo todo, Mariano. No sé lo que me ocurre con usted. Le quiero como a un hermano. Un hermano, no... más bien una amiga; una amiga de confianza.

Al verse solo, Renovales abominaba de la franqueza de Concha. Era lo que la gente creía: muy simpática, muy bonita, pero sin ningún escrúpulo moral. En cuanto a él, insultábase en[138] bizarro lenguaje de sus tiempos de bohemio, comparándose con todos los animales cornudos que podía recordar.

«No vuelvo más, Es una vergüenza... ¡Bonito papel estás haciendo, maestro!»

Pero apenas se mantenía ausente dos días, presentábase Mary, la doncella francesa de la de Alberca, con la cartita perfumada, o llegaba ésta por el correo interior, destacándose, subversiva, escandalosa entre los otros sobres de la correspondencia del maestro.

«¡Esa mujer! —exclamaba Renovales apresurándose a ocultar el llamativo billete—. ¡Qué falta de prudencia!... El mejor día va a fijarse Josefina en estas cartitas.»

Cotoner, en su ciega admiración al ídolo, que consideraba irresistible, imaginábase a la de Alberca loca de amor tras el maestro, y movía la cabeza tristemente.

—Esto acabará mal, Mariano. Debes romper con esa señora. ¡La paz del hogar! Te esperan muchos disgustos.

Las cartas siempre eran iguales. Interminables lamentaciones por sus cortas ausencias. «*Cher maître*, no he podido dormir esta noche pensando en usted...», y acababa firmando «su admiradora y buena amiga, *Coquillerosse*», un nombre de guerra que había adoptado para su correspondencia con el artista.

Le escribía desordenadamente, a horas extrañas, siguiendo los impulsos de su imaginación y sus nervios en perpetua

---

(138) «... en el bizarro...».

anormalidad. Unas veces fechaba sus cartas a las tres de la madrugada: no podía dormir, saltaba del lecho, y para entretener su insomnio, llenaba cuatro pliegos de su menuda[139] letra, dirigidos al buen amigo, con una facilidad de pluma desesperante, hablándole del conde, de lo que decían sus amigas, comunicándole las últimas murmuraciones que circulaban contra los de «la casa grande», lamentándose de las frialdades de su doctor. En otras ocasiones eran cuatro líneas lacónicas, desesperadas; un llamamiento angustioso. «Venga usted en seguida, querido Mariano. Un asunto urgentísimo.»

Y el maestro, abandonando sus trabajos, corría a primera hora a casa de la condesa, recibiéndole ésta en la cama, en su dormitorio cargado de perfumes, donde no había entrado en muchos años el hombre de las condecoraciones.

Llegaba ansioso el pintor, inquieto por la posibilidad de terribles acontecimientos, y Concha, agitándose entre las bordadas sábanas, recogiéndose los dorados mechones que se escapaban de las blondas de su gorra, hablaba y hablaba con la incoherencia de un canto de pájaro, como si el silencio nocturno produjese en ella una indigestión de palabras. Se le habían ocurrido grandes ideas: había pensado durante el sueño una teoría científica completamente original, que haría las delicias de Monteverde. Y gravemente se la explicaba al maestro, el cual movía su cabeza sin entender una palabra pensando que era un dolor ver una boca tan hermosa empleada en soltar tantas necedades.

Otras veces le hablaba del discurso que estaba preparando para cierto festival de la Asociación Feminista, la obra magna de su presidencia; y sacando de entre las sábanas sus brazos ebúrneos con una tranquilidad que trastornaba a Renovales, cogía de la vecina mesa unos pliegos garrapateados con lápiz, pidiendo al buen amigo que le dijese quién era el pintor mas grande del mundo, pues había dejado un claro para llenarlo con este nombre.

Después de una hora de charla incesante, mientras el artista la devoraba en silencio con los ojos, llegaba por fin al asunto urgente, al llamamiento desesperado que había hecho

---

(139) «... de menuda...».

abandonar sus trabajos al maestro. Eran siempre motivos de vida o muerte; compromisos, en los que iba su honor. Unas veces que pintase cualquier cosita en el abanico de una señora extranjera, deseosa de llevarse de España algo del gran maestro. Se lo había pedido la interesada en una *soirée* diplomática la noche antes, por conocer su amistad con Renovales. En otras ocasiones le llamaba para pedirle una «manchita», un apunte, cualquier cosa de las que rodaban por los rincones de su estudio, para una tómbola benéfica de la Asociación, a beneficio de las pobres que habían perdido su virtud, y a las cuales la condesa y sus amigas mostraban empeño en redimir.

—No ponga usted esa cara, maestro; no sea usted tacaño. Son los inconvenientes de la amistad. Todos creen que yo tengo gran poder sobre el ilustre artista, y me piden, y me ponen en cien compromisos... No le conocen; no saben lo perverso, lo rebelde que es usted, ¡mala persona!

Y se dejaba besar la mano, sonriendo con cierta lástima. Pero al sentir el cálido contacto de su boca y el cosquilleo de su barba en la blanca carnosidad del brazo, se agitaba, defendiéndose entre risas y estremecimientos.

—Déjeme usted, Mariano. ¡Que grito! ¡Que llamo a Mary! Ya no le recibo más en mi dormitorio. Es usted indigno de confianza... ¡Quietecito, maestro, o se lo cuento todo a Josefina!

Algunas veces, al acudir Renovales alarmado por sus llamamientos, la encontraba pálida, con círculos amoratados en los ojos, como si hubiese pasado la noche llorando. Al ver al maestro, volvían a saltar sus lágrimas. Eran disgustos de amor, honda pena por la frialdad de Monteverde. Pasaba días enteros sin verla; rehuía los encuentros con ella. ¡Ay, los sabios! Hasta había llegado a decirla que las mujeres son un estorbo para los estudios serios. ¡Y ella loca por él, sumisa como una sierva, aguantando las genialidades del señor, adorándole con ese apasionamiento fogoso de la mujer que es más vieja que su amante y se da cuenta de su inferioridad!

—¡Ay, Renovales! No se enamore usted nunca; es un infierno. No sabe usted la felicidad que goza no conociendo estas cosas.

Pero el maestro, insensible a sus lágrimas, enfurecido por estas confidencias, paseaba gesticulando lo mismo que si estuviera en su estudio, y hablaba a la condesa con brutal confianza, como a una hembra que ha revelado todos sus secretos y debilidades. ¡Tapones! ¿Y qué le importaba a él todo eso? ¿Para oír tales cosas le había llamado?... Ella se lamentaba con suspiros infantiles desde el fondo de su lecho. Estaba sola en el mundo; era muy desgraciada. No tenía más amigo que el maestro; era su padre, su hermano; ¿a quién sino a él iba a relatar sus penas? Y animándose con el silencio del pintor, el cual acababa por conmoverse ante sus lágrimas, cobraba audacia y formulaba sus deseos. Debía ver a Monteverde, soltarle un buen sermón, hablarle al alma, para que fuese bueno y no la hiciese sufrir. Él le respetaba mucho: era uno de sus más grandes admiradores; tenía ella la certeza de que bastarían cuatro palabras del maestro para que volviese como un cordero. Debía hacerle ver que no estaba sola, que tenía quien la defendiese, que nadie podía burlarse de ella impunemente.

Pero antes de que terminase sus ruegos, andaba el pintor en torno del lecho, los brazos en alto, echando ternos con la vehemencia de su exaltación.

—¡Tapones! ¡Esto me faltaba! El mejor día me pedirá usted que le cepille las botas. Pero ¿está usted loca, criatura? ¿Qué se ha figurado usted? Para... sufridos, ya tiene usted bastante con el conde. Déjeme tranquilo.

Pero ella se arrebujaba en la cama, llorando con ruidoso desconsuelo. ¡Ya no quedaban amigos! El maestro era como los otros; en no plegarse a sus deseos, se acababa la amistad. Todo palabras, juramentos, y después, ni el mas pequeño sacrificio.

Se incorporaba de pronto, mostrando entre las blondas misteriosas blancuras, ceñuda, irritada, con una frialdad de reina ofendida. Ya le había conocido; se había engañado contando con él. Y como Renovales, confuso por este enfado, intentase excusarse, ella le atacaba[140] con arrogancia:

---

(140) «atajaba».

—¿Quiere usted o no quiere?... A la una... a las dos...

Sí; haría lo que ella quisiera; veíase tan bajo, que ya no le importaba rodar un poco más. Sermonearía al doctor, echándole en cara su torpeza al despreciar tanta felicidad. (Esto lo decía él con toda su alma, poniendo en su voz temblores de envidia.) ¿Qué mas deseaba su hermosa déspota? Podía pedir sin miedo. Si era necesario, retaría al conde a singular combate, con todas sus condecoraciones, y lo mataría, para que ella quedase libre y pudiera juntarse con el doctorcillo.

—¡Guasón! —exclamaba Concha, sonriente por su triunfo—. Es usted simpático como nadie pero muy malo. Acérquese usted, mala persona.

Y levantando con su[141] manecita un mechón de su cabellera de sauce, le besó en la frente, riendo del estremecimiento que su caricia despertaba en el pintor. Éste sintió que le temblaban las piernas; después, sus brazos intentaron estrechar aquel cuerpo tibio, perfumado, que parecía escurrirse dentro de sus finas envolturas.

—¡Que ha sido en la frente! —gritó Concha en son de protesta—. ¡Caricias[142] de hermanos, Mariano! ¡Quieto!... ¡Que me hace daño!... ¡Que llamo!

Y llamó, reconociendo de pronto su debilidad, viéndose próxima a caer vencida bajo el apretón loco y dominador. Sonó el estremecimiento eléctrico en las profundidades tortuosas de pasillos y gabinetes, y se abrió una[143] puerta, entrando Mary vestida de negro, con alto delantal y rizado gorro, discreta y silenciosa. Su carita pálida y sonriente estaba acostumbrada a verlo todo, a adivinarlo todo, sin que se reflejase en ella la más leve impresión.

La condesa tendió su mano a Renovales con afectuosa tranquilidad, como si la entrada de la doncella interrumpiese su despedida. Lamentaba que se marchase tan pronto: a la noche le vería en el Real.

Cuando el pintor aspiró el viento de la calle y se codeó con la gente, creyó despertar de una pesadilla. Tenía asco de

(141) «la».
(142) «Caricia».
(143) «la».

sí mismo. «¡Te luces, maestro!» Su debilidad, que le hacía plegarse a todas las exigencias de la condesa, su vil aceptación a servir de intermediario entre ella y el amante, le daban ahora náuseas. Pero aún sentía en la frente el roce del beso; aún percibía aquel ambiente del dormitorio cargado de la nocturna transpiración de carne perfumada. El optimismo se apoderó de su pensamiento. No marchaba mal el asunto; aquel camino, aunque desagradable, le llevaría a la realización de su deseo.

Muchas noches, Renovales iba al Teatro Real para[144] obedecer a Concha, que deseaba verle, y pasaba actos enteros en el fondo de su palco conversando con ella. Milita reía de este cambio en las costumbres de su padre, que se acostaba temprano en otros tiempos para trabajar de buena mañana. Era ella[145] la que, encargada de las cosas de la casa por la eterna enfermedad de mamá, ayudaba al maestro a ponerse de[146] frac, y además le peinaba, arreglándole el lazo de la corbata entre mimos y risas.

—Papaíto, te desconozco: estás hecho un calaverón. ¿Cuándo me llevas contigo?...

Él se excusaba gravemente. Eran deberes de la profesión; a los artistas les conviene hacer vida de sociedad. En cuanto a llevarla con él... otro día... Por ahora necesitaba ir solo: tenía que hablar con mucha gente en el teatro.

Otra modificación se verificó en él, provocando los regocijados comentarios de Milita. Papá se rejuvenecía.

Cada semana sus cabellos perdían en longitud, bajo irreverentes tijeretazos; su barba disminuía, hasta el punto de no quedar más que una ligera vegetación de aquel bosque enmarañado que le daba un aspecto feroz. No quería confundirse por su aspecto con los demás; debía conservar un poco de su exterior de «artista», para que la gente no pasase junto al gran Renovales sin conocerle; pero procuraba, dentro de este deseo, aproximarse y mezclarse con la juventud bien vestida y elegante que rodeaba a la condesa.

---

[144] «por».

[145] «Ella era la que...».

[146] «el».

Esta transformación tampoco pasó inadvertida para otros. Los alumnos de Bellas Artes se lo mostraban con el dedo desde el paraíso del Real, o se detenían en las aceras al verle por la noche con el brillante tubo de seda coronando la tonsurada melena y exhibiendo entre el abierto gabán el nítido peto de su uniforme de fiesta. La cándida admiración de los muchachos se imaginaba al gran maestro tronando ante un caballete, salvaje, feroz, intratable, como Miguel Ángel, en el encierro de su estudio. Por esto, al verle bajo tan distinto aspecto, le seguían sus ojos con expresión de envidia. «¡Cómo se divierte el maestro!» Y se imaginaban a las grandes damas disputándoselo, creyendo de buena fe que ninguna podía resistir a un hombre que pintaba tan bien.

Los enemigos, los artistas consagrados que marchaban tras él, rugían en sus conversaciones. «¡Farsante egoísta! No estaba satisfecho de ganar tanto dinero, y ahora hacía el gomoso entre la aristocracia para coger más retratos, para sacar a su firma todo lo que pudiese.»

Cotoner, que se quedaba algunas noches en el hotel para hacer compañía a las señoras, le veía partir con triste sonrisa, moviendo la cabeza. «Mal; su Mariano se había casado demasiado pronto. Lo que no había hecho en su juventud, por la fiebre del trabajo y la gloria, lo hacía ahora, próximo a la vejez.» En muchas partes reían ya de él, adivinando su pasión por la de Alberca, aquel amor sin resultados prácticos, que le hacía convivir con ella y Monteverde, tomando aires de mediador bondadoso, de padre tolerante y bueno. El ilustre maestro, al despojarse de su carátula feroz, era un pobre hombre del que se hablaba con lástima; le comparaban con Hércules vestido de mujer e hilando a los pies de la bella seductora.

Había contraído con Monteverde una estrecha amistad, en fuerza de tropezarlo cerca de la condesa. Ya no le parecía tonto y antipático. Encontraba en él algo de su amante, y le era grata por esto su compañía. Experimentaba esa atracción plácida y sin celos que inspira a ciertos hombres el marido de su amante. Sentábanse juntos en los teatros, paseaban en amigable conversación, y el doctor iba muchas tardes al estudio del artista. Desconcertaban con esta intimidad a las gentes, que ya no sabían con certeza quién era el amo de la de Alberca y quién el aspirante, llegando a creer que, por un mutuo[147] acuerdo y turno pacífico, vivían los tres en el mejor de los mundos.

Monteverde admiraba al maestro, y éste, por sus años y la superioridad de su renombre, tomaba sobre él una autoridad paternal. Le reñía cuando la condesa se mostraba quejosa de él.

—¡Las mujeres! —decía el doctor con gesto de cansancio—. Usted no sabe lo que son, maestro; sólo sirven de estorbo, para obstruirle a uno su carrera. Usted ha triunfado porque no se dejó dominar por ellas, porque nadie le conoció nunca una querida, porque es usted un hombre admirable, un varón fuerte.

Y el pobre varón fuerte contemplaba fijamente a Monteverde, dudando si se burlaba. Sentía tentaciones de aporrearlo, viéndole despreciar lo mismo que ansiaba él con vehemente deseo.

Concha tenía con el maestro mayores intimidades. Le confesaba lo que nunca se había atrevido a decir al doctor.

—A usted se lo digo todo, Marianito. No puedo vivir sin verle. ¿Sabe usted lo que pienso? Que el doctor es algo así como mi marido y usted es el amante de corazón... No se altere usted... no se mueva, o llamo. He dicho de corazón. Le quiero a usted demasiado para pensar en esas groserías que usted desea.

Algunas veces, Renovales la encontraba excitada, nerviosa, hablando con voz ronca, moviendo los finos dedos como si quisiera arañar al aire. Eran los días terribles que alteraban toda la casa. Mary corría con su paso silencioso de salón en salón, perseguida por el repiqueteo de los timbres; el conde se escurría hacia la calle como un colegial medroso. Concha se aburría, sentíase cansada de todo, abominaba de su existencia. Al presentarse el pintor le faltaba poco para arrojarse en sus brazos.

—Sáqueme usted de aquí, Marianito; me aburro, me muero. Esta vida es para matarse. ¡Mi marido!... ese no se cuenta.

---

[147] «... por mutuo...».

¡Mis amigas!... unas necias que me despellejan apenas las dejo. ¡El doctor!... un insubstancial, una veleta loca. ¡Todos esos señores de mi tertulia!... unos imbéciles. ¡Maestro, téngame lastima! Llévеme lejos de aquí. Usted debe conocer otro mundo; los artistas lo saben todo...

¡Ay, si ella no estuviera tan vista y al maestro no lo conociese todo Madrid! En su nerviosa excitación formulaba los más locos proyectos. Deseaba salir de noche del brazo de Renovales, ella con mantón y pañuelo a la cabeza, él con capa y sombrero gacho. Sería su chulo; ella imitaría el garbo y el taconeo de las mujeres de la calle, y marcharían juntitos, como dos palomos de la noche, a los sitios más malos, y beberían, armarían camorra, él la defendería como un valiente, e irían a pasar la noche en la prevención.

El pintor mostrábase escandalizado. ¡Qué locura! Pero ella insistía en sus deseos.

—Ríase usted, maestro; abra esa bocaza... ¡feísimo! ¿Qué tiene de particular lo que digo? Usted, con todos sus pelos y chambergos de artista, es un burgués, un alma tranquila, incapaz de nada original para distraerse.

Al acordarse de aquella pareja que habían visto una tarde en la Moncloa, mostrábase melancólica y sentimental. También le parecía bonito «hacer la griseta»; pasear del brazo del maestro, como si fuesen una modistilla[148] y un empleadillo; acabar la excursión en un merendero, y él la mecería en el verde columpio, mientras ella gritaba de placer, subiendo y bajando, con las faldas arremolinadas en torno de sus pies... Esto no era ningún disparate, maestro. ¡Placer más sencillo... más bucólico!...

¡Lastima que los dos fuesen tan conocidos! Pero lo que sí harían, cuando menos, era disfrazarse una mañana y correr los barrios bajos; ir al Rastro, como una pareja recién unida que desea poner casa: el «socio» y la «socia». En aquella parte de Madrid no los conocería nadie. ¿Conforme, maestro?

Y el maestro lo aprobaba todo. Pero al día siguiente, Concha le recibía con cierta turbación, mordiéndose los labios,

[148] «modista».

hasta que por fin prorrumpía en carcajadas recordando los disparates que le había propuesto.

—¡Cómo se reiría usted de mí!... Hay días en que estoy loca.

Renovales no ocultaba su asentimiento. Sí; estaba algo loca. Pero esta locura, que le hacía sufrir alternativas de esperanza y desesperación, atraíale más con sus alegres disparates y sus pasajeros enfados, que aquella otra que le perseguía en su casa, lenta, implacable, silenciosa, apartándose de él con invencible repugnancia, pero siguiéndole a todos lados con ojos de malsana luz siempre lagrimeantes, que tomaban la agudeza hostil del acero apenas iniciaba, por compasión o remordimiento, la más leve intimidad.

¡Oh, la pesada e insufrible comedia! Ante su hija y los amigos tenían que hablarse, y él, apartando la mirada para no tropezar con sus ojos, colmábala de atenciones, la reñía dulcemente por su rebeldía a los consejos de los médicos. Al principio hablaban éstos de neurastenia; ahora era la diabetes la que aumentaba la debilidad de la enferma. El maestro lamentábase de la pasiva resistencia que oponía a todos los métodos curativos. Los seguía durante algunos días, para despreciarlos después con impasible obstinación. Ella estaba mejor que creían. Lo que ella tenía no lo curaban los médicos.

Por la noche, al penetrar en el dormitorio, un silencio de muerte caía sobre ellos, una muralla de plomo parecía elevarse entre sus cuerpos. Ya no tenían que mentir; se miraban frente a frente con muda hostilidad. Su vida nocturna era un tormento; pero ninguno de los dos osaba modificar su existencia. Sus cuerpos no podían abandonar la cama común; encontraban en ella el molde de los años. La rutina de su voluntad les sujetaba a esta habitación y a su mobiliario con el recuerdo de los tiempos felices de juventud.

Renovales caía en el profundo sueño del hombre sano fatigado por el trabajo. Sus últimos pensamientos eran para la condesa. La veía en esa penumbra brumosa que cubre la entrada de lo inconsciente; dormíase pensando en lo que podría decirla al otro día; soñaba conforme a su deseo, viéndola de pie sobre un pedestal, con toda la majestad de su desnudez, venciendo al mármol de las estatuas más famosas con la vida de su carne. Al despertar de pronto y extender sus brazos, tropezaba con el cuerpo de la compañera, pequeño, rígido, ardiente por el fuego de la calentura o glacial con un frío de muerte. Adivinaba su insomnio. Pasaba la noche sin cerrar los ojos, pero no se movía, como si todo su vigor se concentrase en algo que contemplaba con fijeza hipnótica en la obscuridad. Parecía un cadáver. Era el obstáculo, el lastre de plomo, el fantasma que aterraba a la otra cuando, en ciertos instantes de vacilación, se inclinaba hacia él, próxima a caer... Y el terrible deseo, el pensamiento monstruoso, asomaba otra vez su horrorosa fealdad, anunciando que no había muerto, que sólo se había ocultado en la madriguera cerebral para surgir más cruel, más insolente.

«¿Por qué no?», argüía el despiadado demonio, esparciendo en su imaginación el polvillo de oro de las ilusiones.

Amor, gloria, alegría, una existencia nueva de artista; el rejuvenecimiento del doctor Fausto; todo podía esperarlo si la muerte piadosa venía a ayudarle, cortando la cadena que le emparejaba con la tristeza y la enfermedad.

Pero inmediatamente surgía la protesta del horror. Aunque vivía como un incrédulo, conservaba un alma religiosa, que en los momentos difíciles de su existencia le impulsaba a aclamarse a todos los poderes sobrehumanos y maravillosos, como si éstos tuvieran el deber ineludible de acudir en su auxilio. «Señor, quitadme este horrible pensamiento. Alejad la mala tentación. Que no muera; que viva, aunque yo perezca».

Y al día siguiente, con la agitación del remordimiento, iba en busca de ciertos médicos amigos suyos, para consultarles[149] minuciosamente. Ponía en movimiento la casa, organizando la curación con arreglo a su[150] vasto plan, distribuyendo las medicinas por horas. Después, tranquilo ya, volvía a su trabajo, a sus preocupaciones de artista, a sus anhelos de hombre, sin acordarse de sus propósitos, creyendo salvada definitivamente la vida de su mujer.

---

[149] «consultarlos».

[150] «un».

Esta se presentó en su estudio una tarde después del almuerzo, y el pintor, al verla, sintió cierta inquietud. Hacía mucho tiempo que Josefina no entraba allí a las horas en que él trabajaba.

No quiso sentarse; se detuvo junto al caballete, hablando, sin mirar a su marido, con voz lenta y humilde. A Renovales le daba miedo esta sencillez.

—Mariano, vengo a hablarte de la niña.

Quería casarla. Algún día había de ser, y cuanto antes mejor. Ella moriría pronto, y deseaba salir del mundo con la tranquilidad de ver a su hija bien colocada.

Renovales creyó del caso protestar ruidosamente, con toda la vehemencia del que no está muy seguro de lo que dice. ¡Tapones! ¡Morirse! ¿Y por qué había de morir? ¡Ahora que estaba mejor que nunca! Lo único que le faltaba era atender las indicaciones de los médicos.

—Moriré pronto —repitió fríamente—. Moriré, y tú quedaras tranquilo. Bien lo sabes.

El pintor quiso protestar con mayores aspavientos de indignación, pero sus ojos se encontraron con la mirada fría de su mujer. Entonces se limitó a levantar los hombros con ademán resignado. No quería discutir; necesitaba conservarse tranquilo. Tenía que pintar; había de salir, como todas las tardes, para asuntos importantísimos.

—Está bien; continúa. Milita se casa; ¿y con quién?...

Por el deseo de mantener su autoridad, de mostrar cierta iniciativa y por su antiguo afecto al discípulo, se apresuró a hablar de éste. ¿Era Soldevilla el candidato? Un buen muchacho y de porvenir. Adoraba a Milita; había que ver la tristeza del pobrecillo cuando ésta le trataba mal. Haría un excelente marido.

Josefina cortó esta charla del esposo con voz fría y tajante:

—No quiero pintores para mi hija; bien lo sabes. Bastante hay con lo de su madre.

Milita se casaría con López de Sosa. Era cosa aceptada por ella. El muchacho la había hablado, y seguro de su aprobación, dirigiría su demanda al padre.

—¿Pero ella le quiere? ¿Tú crees, Josefina, que estas cosas pueden arreglarse a tu gusto?

—Sí, le quiere; está conforme y desea casarse. Además, es hija tuya; lo mismo aceptaría al otro. Lo que ella desea es libertad, verse lejos de su madre, no vivir en la tristeza de mis enfermedades... Ella no lo dice, no sabe siquiera lo que piensa[151], pero yo lo adivino.

Y como si al hablar de su hija no pudiera mantener la frialdad que tenía con el marido, se llevó una mano a los ojos, recogiendo las silenciosas lágrimas.

Renovales apeló a la brusquedad para salir del paso. Todo eran locuras, invenciones de cabeza[152] enferma. Debía pensar en curarse y no en otra cosa. ¡A qué estas lágrimas! ¿Quería casar a su hija con aquel señorito de los automóviles? Pues a ello. ¿No quería? Pues que la chica se quedase en casa. Ella mandaba; nadie la ponía obstáculos[153]. ¡Que se celebrara la boda cuanto antes! Él era un cero y no había por qué consultarle. Pero tranquilidad, ¡tapones! Tenía que trabajar, tenía que marcharse[154]. Y cuando vio que Josefina abandonaba el estudio para llorar libremente en otro sitio, dio un bufido de satisfacción, contento de salir tan bien librado de esta escena difícil.

Le parecía bien López de Sosa. ¡Excelente muchacho!... Y lo mismo cualquier otro. Él no disponía de tiempo para fijarse en tales cosas. Sus preocupaciones eran distintas.

Aceptó al futuro yerno, y muchas noches se quedó en casa, para dar cierto aire patriarcal a las veladas de familia. Milita y su prometido hablaban en un extremo del salón. Cotoner, en plena beatitud digestiva, se esforzaba por arrancar con sus palabras una pálida sonrisa a la señora del maestro, que permanecía en un rincón, trémula de frío. Renovales, en traje de casa, leía los periódicos, acariciado por ese[155] ambiente dulce de hogar tranquilo. ¡Si le viese la condesa!...

Una noche sonó en el salón el nombre de la de Alberca. Repasaba Milita de memoria con avidez juvenil la lista de las

---

(151) «... que lo piensa...».
(152) «... de su cabeza...».
(153) «... nadie le oponía obstáculos...».
(154) «... tenía que salir...».
(155) «... por este ambiente...».

amigas de la casa, grandes señoras que no dejarían pasar su próximo matrimonio sin un regalo magnífico.

—Concha no viene —dijo la joven—. Hace mucho tiempo que no la vemos por aquí.

Hubo un silenció penoso, como si el nombre de la condesa enfriase la atmósfera. Cotoner canturreó entre dientes, fingiéndose distraído; López de Sosa buscó un cuaderno de música sobre el piano, hablando de él para desviar la conversación. También éste parecía enterado.

—No viene porque no debe venir —dijo Josefina desde su rincón—. Ya procura tu padre verla todos los días para que no nos olvide.

Renovales levantó la cabeza con expresión de protesta, como si le despertasen de un plácido sueño. Los ojos de Josefina estaban fijos en él, pero sin cólera, burlones y crueles. Reflejaban el mismo desprecio con que le había herido en aquella noche triste. Ya no dijo más; pero el maestro leía en aquellos ojos:

«Es inútil, buen hombre. Estás loco por ella, la sigues, pero ella es para otros. La conozco bien... Todo lo sé. ¡Ay, cómo ríen las gentes de ti! ¡Cómo me río yo!... ¡Cómo te desprecio!»

IV

A principios del verano se verificó la boda de la hija de Renovales con el elegante López de Sosa. Los periódicos publicaron columnas enteras hablando de este acontecimiento, por el cual, según la expresión de ciertos cronistas, «se unía[156] la gloria y el esplendor del arte con el prestigio de la aristocracia y la fortuna». Nadie se acordaba ya del apodo de *Bonito en escabeche.*

El maestro Renovales hizo bien las cosas. No tenía más que una hija, y deseaba casarla con regio aparato; que Ma-

---

(156) «... se unían la gloria...».

drid y España entera se enterasen de este suceso, cayendo sobre Milita un rayo de la gloria conquistada por su padre.

La lista de los regalos fue grande. Todas las amistades del maestro, elegantes damas, próceres de la política, artistas famosos y hasta personas reales, figuraron en ella con su correspondiente obsequio. Había para llenar una tienda. Los dos estudios de honor quedaron convertidos en galerías de bazar, con interminables mesas cargadas de objetos: una exposición de telas y dijes, visitada por todas las amigas de Milita, aun las más lejanas y olvidadas, que venían a felicitarla con palidez de envidia.

La condesa de Alberca envió también un regalo, enorme, estrepitoso, como si no quisiera pasar inadvertida entre los amigos de la casa. El doctor Monteverde estaba representado por un objeto modesto, aunque jamás había visto a los novios ni le ligaba a la familia otra relación que su amistad con el maestro.

La boda se celebró en el hotel, habilitando para capilla uno de sus estudios. Cotoner corrió con todo lo referente a la ceremonia, muy satisfecho de demostrar su influencia cerca de los personajes de la Iglesia.

Renovales se preocupó del aliño del altar, queriendo que se notase, hasta en los menores detalles, la mano de un artista. Sobre un fondo de antiguos tapices colocó un viejo tríptico, una cruz medioeval, todos los objetos de culto que llenaban su estudio como adornos decorativos, y limpios de polvo y telarañas iban a recobrar por unos instantes su importancia religiosa.

Las flores invadieron con su ola multicolor el hotel del ilustre maestro. Las quería Renovales en todas partes; las había pedido a Valencia y a Murcia, sin reparar en la cantidad; se extendían por los marcos de las puertas y las líneas de las cornisas; se amontonaban formando gigantescos ramos en las mesas y los rincones. Hasta se balanceaban en paganas guirnaldas de una a otra columna de la fachada, excitando la curiosidad de los transeúntes aglomerados al otro lado de la verja: mujeres de mantón, muchachos con grandes cestas a la cabeza, que permanecían embobados por la novedad, esperando que ocurriese en aquella casa algo extraordinario, siguiendo las idas y venidas de los criados, que entraban atriles de música y un par de contrabajos ocultos en fundas charoladas.

De buena mañana andaba Renovales de un lado para otro[157], con dos bandas sobre la pechera y una constelación de astros dorados y centelleantes cubriendo todo un lado de su frac. Cotoner también se había puesto las insignias de sus varias órdenes pontificias. El maestro se contemplaba con cierta satisfacción en todos los espejos, admirando igualmente a su amigo. Había que ponerse guapos; una fiesta como esta ya no la verían más. Hacía preguntas incesantemente a su compañero para convencerse de que nada faltaba en los preparativos. El maestro Pedraza, gran amigo de Renovales, dirigiría la orquesta. Se habían reunido todos los músicos mejores de Madrid, profesores del Real en su mayoría. El coro era bueno, pero como voces notables sólo había podido echar mano de los artistas que residían fijamente en la capital. La época no era la mejor: los teatros estaban cerrados...

Cotoner seguía exponiendo sus trabajos. A las diez en punto llegaría el Nuncio, monseñor Orlandi, gran amigo suyo[158]: un «barbián», todavía joven, al que había conocido en Roma de prelado doméstico. Bastaron cuatro palabras de Cotoner para que se dignase concederle el honor de casar a los chicos. Los amigos son para las ocasiones. Y el pintor de los Papas, satisfecho de salir de su insignificancia, iba de salón en salón, disponiéndolo todo, seguido del maestro, que aprobaba sus órdenes.

En un estudio, los músicos y las mesas para el *lunch*. Las otras naves para los invitados. ¿Faltaba algo?... Los dos artistas contemplaban el altar con sus tapices de apagados colores y sus candelabros, cruces y relicarios de un oro mate y viejo que parecía tragarse la luz sin devolverla. Nada faltaba. Telas antiguas y guirnaldas de flores cubrían las paredes, ocultando los estudios de color del maestro, ciertos cuadros sin acabar, obras profanas que no podían tolerarse en el ambiente discreto y entonado de aquella nave convertida en capilla. El

---

(157) «... de un lado a otro...».
(158) «... gran amigo de él:...».

suelo estaba cubierto en parte por alfombras vistosas, persas y morunas. Frente al altar, dos reclinatorios, y tras ellos, para los invitados de más importancia, todos los asientos lujosos del estudio: sillones blancos del siglo XVIII con escenas pastoriles bordadas, tijeras griegas, sitiales de roble tallado, asientos venecianos, sillas sombrías de interminable respaldo: una bizarra confusión de almacén de antigüedades.

De pronto, Cotoner dio un paso atrás, como escandalizado. ¡Qué distracción! ¡Buena la habrían hecho de no fijarse él! En el fondo del estudio, frente al altar, que cortaba una gran parte de la vidriera, y recibiendo directamente la luz de ésta, destacábase una mujer enorme, blanca, desnuda, con una mano velando su sexo y la otra cruzada ante el saliente pecho. Era la Venus de Médicis, una pieza soberbia de mármol que Renovales había traído de Italia. La pagana belleza parecía desafiar con su blancura luminosa el amarillo mortecino de los sacros objetos alineados en el extremo opuesto. Habituados a verla, los dos artistas habían pasado varias veces junto a ella sin reparar en su desnudez, que parecía más insolente y triunfadora al convertirse el estudio en oratorio.

Cotoner rompió a reír.

—¡Qué escandalo si no la vemos!... ¡Qué hubiesen dicho las señoras! Mi amigo Orlandi creería que lo habías hecho tú, con cierta intención, pues te tiene por algo verde... Anda, hijo; busquemos algo con que tapar a esta dama.

Encontraron, después de mucho buscar en el desorden de los estudios, una tela india de algodón pintarrajeada de elefantes y flores de loto; la extendieron sobre la cabeza de la diosa, cubriéndola hasta los pies, y allí quedó, como si fuese un misterio, una sorpresa para los invitados.

Iban llegando éstos. Fuera del hotel, junto a la verja, sonaba el piafar de los caballos y el estrépito de las portezuelas al cerrarse. Lejos rodaban otros carruajes, con rumor cada vez más próximo. En el vestíbulo sonaba el roce de la seda arrastrando por el suelo y los criados iban de un lado a otro recogiendo los abrigos y poniéndoles números, como en los teatros, para almacenarlos en un gabinete convertido en guardarropa. Cotoner dirigía a la servidumbre de cara rasurada o luengas patillas, vestida con fracs descoloridos. Renovales, en tanto, sonreía encorvándose con graciosas inclinaciones, saludando a las señoras que llegaban con mantillas blancas o negras, estrechando las manos de los hombres, algunos de los cuales ostentaban vistosos uniformes.

El maestro sentíase conmovido por este desfile que cruzaba con cierta ceremonia sus salones y estudios. Sonábale[159] en los oídos, con[160] una música acariciadora, el arrastre de las faldas, el rumor de los abanicos al agitarse, los saludos de las gentes, los elogios que le dirigían por su buen gusto. Llegaban todos con la misma satisfacción de ver y ser vistos que les acompañaba a los estrenos teatrales y a las funciones de gran gala. Música buena, asistencia del Nuncio, preparativos de gran *lunch*, que parecían olfatear, y además la certeza de ver su nombre impreso al día siguiente, de encontrarse tal vez retratados[161] en algún periódico de «monos». La boda de Emilia Renovales era un acontecimiento.

Entre la ola de gente elegante que se deslizaba sin cesar, invadiéndolo todo, veíanse algunos jóvenes llevando en alto, con apresuramiento, sus máquinas fotográficas. ¡Tendrían instantáneas! Los que guardaban cierto resquemor contra el artista, acordándose de lo caro que les había costado su retrato, le perdonaban ahora generosamente, excusando su rapacidad. Era un maestro que vivía como un gran señor... Y Renovales iba de un lado a otro, estrechando manos, haciendo cortesías, hablando con cierta incoherencia, no sabiendo adónde[162] acudir. Durante un momento que permaneció en el vestíbulo, vio un trozo de jardín lleno de sol cubierto de flores, y al otro lado de la verja una masa negra: la multitud admirada y risueña. Aspiró el perfume de las rosas y de las esencias femeniles, sintiendo descender por su pecho la voluptuosidad del optimismo. La vida era una gran cosa. La pobre muchedumbre agolpada fuera le hizo recordar con cierto orgullo al hijo del herrero. ¡Dios! ¡Y cómo había subido!... Sentía agradecimiento hacia aquella gente rica y ociosa que

---

(159) «Sonábanle».
(160) «... como una música...».
(161) «retratado».
(162) «... no sabiendo a dónde acudir...».

sustentaba su bienestar; esforzábase por que nada le(163) faltase y abrumaba a Cotoner con sus recomendaciones. Éste se revolvía contra el maestro con la arrogancia del que ejerce autoridad. Su puesto estaba dentro, cerca de los invitados. Debía dejarle a él, que sabía sus obligaciones. Y volviendo la espalda a Mariano, daba órdenes a los criados y enseñaba el camino a los que llegaban, bastándole una mirada para reconocer su clase. «Por aquí, señores»[73].

Era un grupo de músicos, y lo encaminaba por un pasillo de la servidumbre para que llegase a sus atriles sin mezclarse con los invitados. Después reñía a una tropa de marmitones que traían con retraso las últimas remesas del *lunch* y avanzaban entre la concurrencia levantando sobre las cabezas de las señoras los grandes cestos de mimbre.

Cotoner abandonó su puesto al ver surgir de la escalinata un sombrero de felpa, con borlas de oro, sobre una cara pálida, después una sotana de seda, con botones y fajín morados, flanqueada de otras dos, negras y modestas.

—*¡Oh, monsignore! ¡Monsignore Orlandi! ¿Va bene? ¿Va bene?*

Le besó la mano, arqueándose con una gran reverencia, y después de enterarse de su salud con ansioso interés, como si no le hubiese visto el día anterior, rompió la marcha, abriéndole paso en los salones llenos de gente:

—¡El Nuncio! ¡El Nuncio de Su Santidad!

Los hombres, con un recogimiento de personas decentes que saben respetar las potestades, cesaban de reír, de hablar con las señoras, y se inclinaban gravemente, cogiendo(164) al paso aquella mano fina y pálida, una mano de dama antigua, para besar la enorme piedra de su anillo... Ellas contemplaban un momento, con ojos húmedos, a monseñor Orlandi, un prelado distinguidísimo, un diplomático de la iglesia, un

---

(163) «... nada la faltase...».

(164) «recogiendo».

---

[73] Coherentemente con todo su sistema de ideas, Blasco Ibáñez entendía que las ceremonias eran la expresión social más depurada de cualquier sentimiento. Véase, por ejemplo y en comparación con la descripción de la boda de la hija de Renovales, la que hizo en *Cuentos valencianos* de la boda del tío Sènto en *La cencerrada* (o.c., págs. 46 y ss.).

noble de la vieja nobleza romana, alto, enjuto, con una[165] palidez de hostia, el pelo negro, los ojos imperiosos, y en ellos un brillo intenso de llama.

Tenía en sus movimientos una gentileza arrogante que recordaba la apostura de los toreros. Las bocas femeninas se posaban ávidas en su mano, mientras él contemplaba con ojos enigmáticos la fila de nucas adorables inclinadas a su paso. Cotoner seguía avanzando, abriéndole paso, orgulloso de su papel, conmovido por el respeto que infundía su ilustre amigo el «barbián», ¡Qué gran cosa la religión!...

Lo acompañó hasta la sacristía, que era el cuarto donde se desnudaban y vestían las modelos. Quedó a la parte de afuera[166] discretamente; pero a cada instante salía en su busca uno u otro de los familiares, jovenzuelos vivarachos, de movilidad femenil y lejano perfume, que consideraban con cierto respeto al artista, creyéndole un personaje. Llamaban al *signore* Cotoner, pidiéndole que les ayudase a buscar ciertas cosas que monseñor había enviado el día antes, y el bohemio, para evitarse nuevas reclamaciones, acabó por entrar en el cuarto de las modelos, colaborando en el sacro tocado de su ilustre amigo.

En los salones se arremolinó la concurrencia; cesaron las conversaciones, y una avalancha de gente, después de agolparse ante una puerta, se abrió dejando paso.

Avanzó la novia, apoyada en el brazo de un imponente señor que era el padrino, toda blanca: blanco de marfil el traje, blanco de nieve el velo, blanco de nácar las flores. No había en ella otro color vivo que el rosa saludable de sus mejillas y el rojo tostado de sus labios. Sonreía a un lado y a otro, sin cortedad, sin timidez, satisfecha de la fiesta y de ser ella su principal objeto. Después pasaba el novio, dando el brazo a su nueva madre, la esposa del pintor, más pequeña que nunca, encogida en su vestido de ceremonia, que le venía grande, aturdida por este suceso ruidoso que rasgaba la dolorosa calma de su existencia.

¿Y el padre?... Renovales faltó a la ceremoniosa entrada: estaba ocupadísimo atendiendo a los invitados; le retenía en

---

[165] «... con fina palidez...».
[166] «... a la parte de fuera...».

un extremo del salón una risa graciosa medio oculta tras un abanico. Se había sentido tocado en un hombro, y al volverse vio al solemne conde de Alberca llevando del brazo a su esposa. El conde le había felicitado por el aspecto de sus estudios: todo muy artístico. La condesa le felicitaba también, en tono zumbón, por la importancia que aquel suceso tenía en su vida. Llegaba el momento de retirarse, de decir adiós a la juventud.

—Le arrinconan a usted, querido maestro. Pronto le van a llamar abuelo.

Reía, gozándose en la turbación y el rubor que le causaban estas palabras compasivas. Pero antes de que Mariano pudiera contestar a la condesa, se sintió arrastrado por Cotoner. ¿Qué hacía allí? Los novios estaban en el altar; monseñor comenzaba sus oficios; el asiento del padre permanecía vacío. Y Renovales pasó media hora de tedio, siguiendo con mirada distraída las ceremonias del prelado. Lejos, en el último estudio, rompieron los instrumentos de cuerda en ruidoso acorde, y se desarrolló una melodía de mundano misticismo, extendiendo sus ondas sonoras de habitación en habitación, en un ambiente cargado de perfume de rosas ajadas.

Luego, una voz dulce, coreada por otras más roncas, comenzó a entonar una plegaria que tenía el voluptuoso ritmo de las serenatas italianas. Una emoción de pasajero sentimentalismo pareció conmover a los invitados. Cotoner, que vigilaba cerca del altar para que nada faltase a monseñor, sentíase enternecido por la música, por el aspecto de aquella muchedumbre distinguida, por la gravedad teatral con que el prócer romano sabía ejecutar las ceremonias de su profesión. Mirando a Milita, tan hermosa, arrodillada y con los ojos bajos, en la envoltura de su velo de nieve, el pobre bohemio parpadeaba para contener sus lagrimas. Sentía la misma emoción que si se le casase una hija, ¡él, que no había tenido ninguna!

Renovales se incorporaba, buscando los ojos de la condesa por encima de las mantillas blancas y negras. Unas veces los encontraba fijos en él, con expresión burlona; otras los veía buscando a Monteverde en la masa de señores que llenaban la puerta.

Hubo un momento en que el pintor atendió a la ceremonia. ¡Cuán larga era!... La música había cesado; monseñor, de espaldas al altar, avanzaba algunos pasos hacia los recién casados, extendiendo las manos como si fuese a hablarles. Se hizo un profundo silencio, y la voz del italiano comenzó a sonar en este recogimiento con una pastosidad cantante, vacilando ante algunas palabras, supliéndolas con otras de su idioma. Expuso sus deberes a los cónyuges y se extendió, con cierta animación oratoria, al elogiar su origen. De él dijo poco, era un representante de las clases elevadas, de donde surgen los conductores de hombres; ya conocía sus deberes. Ella era la descendiente de un gran pintor de fama universal, de un artista.

Y al nombrar al arte, el prelado romano enardecíase, como si elogiase su propia estirpe, con el profundo y firme entusiasmo de una vida transcurrida entre las espléndidas decoraciones semipaganas del Vaticano. «Después de Dios, no hay nada como el arte...» Y tras esta afirmación, con la que creaba a la novia una nobleza superior a la de muchas de aquellas gentes que la contemplaban, elogió las virtudes de sus padres. Tuvo acentos admirables para el amor puro y la fidelidad cristiana, lazos con los que llegaban unidos Renovales y su mujer a las puertas de la vejez, y que seguramente les acompañarían hasta la muerte. El pintor bajó la cabeza, temiendo encontrar las miradas burlonas de Concha. Sonaron los lamentos ahogados de Josefina con la cara oculta en la blonda de su mantilla. Cotoner creyó del caso apoyar con discretas afirmaciones de cabeza los elogios del prelado.

Después la orquesta tocó ruidosamente la *Marcha nupcial* de Méndelssohn[167]; crujieron las sillas al ser echadas atrás, abalanzáronse las señoras hacia la novia, y un zumbido de felicitaciones formuladas a gritos por encima de las cabezas y de estrujones por quién llegaría antes apagó el vibrar de las cuerdas y el sordo rugido del metal. Monseñor, perdida su importancia al terminar la ceremonia, se dirigió con sus familiares al cuarto de las modelos, pasando inadvertido entre los

(167) «Mendhelsou».

grupos. La novia sonreía resignada entre el círculo de brazos femeninos que la estrujaban y de bocas amigas que caían sobre ella con interminable besuqueo. Mostraba asombro por la sencillez del acto. ¿Ya no quedaba más? ¿Realmente estaba casada?...

Cotoner vio a Josefina abriéndose paso, mirando con cierta impaciencia entre los hombros de las gentes, con la cara animada por una oleada de sangre. Su instinto de arreglador le avisó la proximidad de un peligro.

—Cójase de mi brazo, Josefina. Vamos fuera a respirar. Esto está imposible.

Tomó su brazo, pero en vez de seguirle le arrastró entre las gentes que se agolpaban en torno de su hija, hasta que se detuvo, viendo, por fin, a la condesa de Alberca. El prudente amigo se estremeció. Lo que él creía: buscaba a la otra.

—¡Josefina... Josefina!... ¡Que estamos en la boda de Milita!...

Pero su recomendación fue inútil. Concha, al ver a su antigua amiga, corrió a ella. «¡Querida!, ¡tanto tiempo sin verte! Un beso... otro.» Y la besó ruidosamente, con grandes transportes de efusión. La mujercita sólo tuvo un intento de resistencia; pero se entregó, desalentada, sonriendo con tristeza, vencida por la costumbre y la educación: devolvió aquellos besos fríamente, con gesto de indiferencia. No odiaba a Concha. Si su marido no iba a ella, iría a otra; la enemiga terrible, la verdadera, estaba dentro de él.

Los novios, cogidos del brazo, risueños y algo fatigados por la vehemencia de las felicitaciones, atravesaron los grupos, desapareciendo seguidos de los acordes de la marcha triunfal.

Calló la música, y la gente asaltó aquellas mesas cubiertas de botellas, fiambres y dulces, tras las cuales corrían azorados los criados, no sabiendo cómo atender a tanta manga negra, a tanto brazo blanco, que agarraban los platos de filete dorado y los cuchilletes de nácar cruzados sobre los manjares. Era un motín sonriente y bien educado, pero que se empujaba, pisando las colas de los vestidos, haciendo jugar los codos, como si al terminar la ceremonia todos se sintiesen atenaceados por el hambre.

Con el plato en la mano, sofocados y jadeantes tras el asalto, se esparcían por los estudios, comiendo hasta en el mismo altar. No había criados para tanto llamamiento; los jóvenes, arrebatando las botellas de champaña[168], iban de un lado a otro sirviendo copas a las señoras. Con discreta alegría se saqueaban las mesas. Cubríanlas los domésticos apresuradamente, y con no menos rapidez venían abajo las pirámides de emparedados, de frutas, de dulces, y desaparecían las botellas. Los taponazos sonaban dobles o triples a un tiempo con incesante tiroteo.

Renovales corría como un criado, cargado de platos y copas, yendo desde las mesas rodeadas de gente a los rincones donde estaban sentadas algunas damas amigas. La de Alberca tomaba aires de dueña: le hacía ir y venir con incesantes peticiones.

En uno de estos viajes tropezó con Soldevilla, el amado discípulo. No le había visto en mucho tiempo. Parecía triste, pero se consolaba mirándose el chaleco: una novedad que había dado «golpe» entre la gente joven; de terciopelo negro, labrado a flores, y con botones de oro.

El maestro creyó que debía consolarle: ¡pobre muchacho! Por primera vez le dio a entender que «estaba en el secreto».

—Yo quería otra cosa para mi hija, pero no ha podido ser. ¡A trabajar, Soldevillita! ¡Ánimo! Nosotros no debemos tener otra querida que la pintura.

Y satisfecho de este consuelo bondadoso, volvió al lado de la condesa.

A mediodía terminó la fiesta. López de Sosa y su mujer volvieron a presentarse en traje de viaje: él con un abrigo de piel de zorro, a pesar del calor, gorra de cuero y altas polainas; ella con un largo impermeable hasta los pies y la cabeza oculta en un turbante de velos espesos, como una odalisca fugitiva.

A la puerta les esperaba la última adquisición del novio: un vehículo de ochenta caballos que había comprado para su viaje de boda. Pasarían la noche a algunos centenares de

(168) «champagne».

kilómetros, en el riñón de Castilla la Vieja, en una finca heredada de sus padres que nunca había visitado.

Boda «modernista», como decía Cotoner; la intimidad amorosa en plena carretera, sin otro testigo que las discretas espaldas del chófer[169]. Al día siguiente pensaban salir a correr Europa. Llegarían hasta Berlín; tal vez fuesen más lejos.

López de Sosa repartió vigorosos apretones de manos, con la arrogancia de un explorador, y salió para revisar su automóvil antes de partir. Milita se dejó abrazar, llevándose en su envoltura de velos las lágrimas de la madre.

—¡Adiós! ¡Adiós, hija mía!...

Y se acabó la boda.

Quedaron solos Renovales y su mujer. La ausencia de la hija pareció agrandar su soledad, ensanchando la distancia entre ellos. Se miraban con extrañeza, huraños y tristes, sin una voz que, surgiendo entre su silencio, les sirviera de puente para cambiar algunas palabras. Iba a ser su existencia como la de los presidiarios que se odian y marchan juntos, unidos por la misma cadena, en penosa promiscuidad, teniendo que confundir los más bajos menesteres de la vida.

Los dos pensaron, como remedio a este aislamiento que les infundía miedo, en llevar a vivir con ellos a los recién casados. El hotel era grande, tenía espacio para todos. Pero Milita se opuso con dulce tenacidad, y su esposo le hizo coro. Necesitaban[170] vivir cerca de sus cocheras, de su *garage*. Además, ¿adónde[171] establecería él, sin escándalo del suegro, las preciosidades que coleccionaba, su gran museo de cabezas de toros y trajes ensangrentados de matadores célebres, que era la admiración de sus amigos y objeto de gran curiosidad para muchos extranjeros?...

Al quedar solos el pintor y su mujer, les pareció que en un mes habían envejecido muchos años; encontraron su hotel más enorme, más desierto, con la sonoridad y el silencio de los monumentos abandonados. Renovales quiso que Cotoner se trasladase al hotel, pero el bohemio se excusó con cier-

(169) «*chauffer*».
(170) «Necesitaba vivir...».
(171) «... ¿dónde establecería...?».

to temor. Comería con ellos; pasaría gran parte del día en su casa; eran su única familia; pero él deseaba conservar su libertad; no podía prescindir del trato con sus numerosas amistades.

Bien entrado el verano, el maestro indujo a su mujer a realizar el mismo viaje de otros años. Irían a una playa andaluza poco conocida: un pueblecillo de pescadores en el que el artista había pintado muchos de sus cuadros[74]. Se aburría en Madrid. La condesa de Alberca estaba en Biarritz con su marido. El doctor Monteverde se había marchado también, arrastrado por ella.

Hicieron el viaje, pero éste no duró más de un mes. Apenas si el maestro pudo llenar dos lienzos. Josefina sintióse enferma. Al llegar a la playa, su vida sufrió una saludable reacción. Se mostraba más alegre; permanecía horas enteras sentada en la arena, tostándose al sol, con una impasibilidad de enferma hambrienta de calor, contemplando el mar con ojos inexpresivos, cerca de su marido, que pintaba rodeado de un semicírculo de gentes miserables. Parecía más alegre, cantaba, sonreía algunas veces al maestro, como si lo perdonase todo y quisiera olvidar; pero de pronto había caído sobre ella una sombra de tristeza; su cuerpo se sintió paralizado otra vez por la debilidad. Cobró aversión a la playa alegre, a la dulce vida al aire libre, con esa repugnancia de ciertos enfermos a la luz y al[(172)] ruido, que les hace ocultarse en las profundidades del lecho[75]. Suspiró por su triste casa de Madrid. Allí estaba mejor; sentíase más fuerte rodeada de recuer-

---

(172) «... a la luz y el ruido...».

---

74 Es ésta una de las pocas ocasiones en el relato en que se demuestra que han sucedido cosas que no han sido narradas. La intensa «voluntad de síntesis» de Blasco prácticamente excluye los pasos perdidos; en esta ocasión, las andanzas de la «historia» extraviadas en el relato tienen una función práctica: introducir un lugar a donde dirigirse.

75 Resulta interesante comparar el distinto tratamiento que dan al sol un autor como Blasco y un noventaiochista como Unamuno: lo que el valenciano reputa «enfermedad», «que produce repugnancia a la luz y al ruido», haciendo «ocultarse en las profundidades del lecho» se torna normalidad para el vasco, al que le parece un motivo de locura «verse al espejo a toda luz del sol y al aire libre» (véase introducción, pág. 17).

dos; se creía más segura del negro peligro que rondaba en torno de ella. Además, ansiaba ver a su hija. Renovales debía telegrafiar a su yerno. Ya habían corrido bastante por Europa; que volviesen: ella necesitaba ver a Milita.

Regresaron a Madrid a fines de septiembre, y poco después se unieron a ellos los recién casados, satisfechos de su excursión y más satisfechos aún de verse en tierra conocida. López de Sosa había sufrido conociendo gentes más poderosas que él, que le humillaban con el lujo de sus trenes. Su mujer deseaba vivir entre personas amigas, para que admirasen su bienestar. Dolíase de la falta de curiosidad de aquellos países, donde nadie se preocupaba de ella.

Josefina pareció animarse con la presencia de su hija. Ésta llegaba muchas tardes, ostentando su lujo, que aún parecía más estrepitoso en aquel Madrid veraniego, abandonado por la gente elegante, y se llevaba a su madre, paseándola en automóvil por las inmediaciones de la capital, corriendo los caminos llenos de polvo. Otras veces era Josefina la que, en un arranque de voluntad, vencía la torpeza de su cuerpo, yendo a casa de su hija —un piso principal de la calle de Olózaga— y admirando el *confort* moderno de que vivía rodeada.

El maestro parecía aburrido. No tenía retratos que pintar; le era imposible hacer nada en Madrid, saturado aún de la luz esplendente y los intensos colores de la playa mediterránea. Además, le faltaba la compañía de Cotoner, pues éste se había ido a una pequeña ciudad castellana de histórica ranciedad, donde recibía con cómica altivez los honores debidos al genio, viviendo en el palacio del prelado y asesinando con una restauración infame varios cuadros de la catedral.

La soledad aguzaba en Renovales el recuerdo de la de Alberca. Ésta, por su parte, con gran abundancia epistolar, hacíase presente todos los días en la memoria del pintor. Le había escrito al pueblecillo de la costa y le escribía ahora a Madrid, queriendo saber cuál era su vida, interesándose por los más insignificantes detalles, relatándole la suya con una exuberancia que llenaba pliegos y pliegos, encerrando bajo cada sobre una verdadera historia.

El pintor seguía la existencia de Concha minuto por minuto, como si la estuviese presenciando. Le hablaba de «Darwin», ocultando bajo este nombre a Monteverde; se quejaba de su frialdad, de su indiferencia, de aquel aire de conmiseración con que acogía su apasionamiento. «¡Ay, maestro; soy muy desgraciada!» Otros días la carta era triunfal, optimista: la condesa mostrábase radiante, y el pintor leía entre líneas su satisfacción, adivinaba su embriaguez tras aquellas entrevistas audaces en la propia casa, desafiando la ceguera del marido. Y ella se lo contaba todo, con una confianza impúdica y desesperante, como si fuese de su mismo sexo, como si no pudiera sentir la más leve emoción ante estas confidencias.

En las últimas cartas mostrábase Concha loca de alegría. El conde estaba en San Sebastián para despedirse de sus reyes: una alta misión diplomática. Aunque no era de «carrera»[173], le habían escogido, como representante de la más solemne nobleza española, para llevar el Toisón a un principillo de uno de los más diminutos Estados alemanes. El pobre señor, ya que no alcanzaba la áurea distinción, consolábase llevándola a otros con gran pompa. Renovales presentía en todo esto la mano de la condesa. Sus cartas irradiaban alegría. Iba a quedarse sola con «Darwin», pues el noble señor estaría ausente mucho tiempo. ¡La vida marital con el doctor, sin riesgo ni inquietudes!...

Renovales sólo leía estas cartas por curiosidad; ya no despertaban en él una emoción intensa y duradera. Se había acostumbrado a su situación de confidente; se enfriaba su deseo con la franqueza de aquella mujer que se libraba de él comunicándole todos sus secretos. Su cuerpo era lo único que le quedaba por conocer; su vida interna la poseía como ninguno de sus amantes, y comenzaba a sentirse fatigado de esta posesión. La distancia y la ausencia le infundían una fría serenidad. Al acabar la lectura de estas cartas pensaba siempre lo mismo: «Está loca; ¿qué me importarán a mí sus secretos?»...

Transcurrió una semana sin que recibiese noticias de Biarritz. Los periódicos hablaban del viaje del respetable conde de Alberca. Ya estaba en Alemania con todo su cortejo, pre-

[173] «... no era de la *carrera*...».

parándose a colocar el noble cordero sobre los principescos hombros. Renovales sonreía maliciosamente, sin emoción, sin envidia, al pensar en el silencio de la condesa. Su soledad la había traído, sin duda, grandes ocupaciones.

De pronto, una tarde tuvo noticias de ella del modo más inesperado. Salía Renovales de su hotel, a la puesta del sol, para dar un paseo por los altos del Hipódromo, a lo largo del Canalillo, contemplando Madrid desde esta eminencia, cuando en la puerta de la verja un muchachillo de rojo dolmán, mandadero de una agencia, le tendió una carta. El pintor hizo un gesto de sorpresa al reconocer la letra de Concha. Cuatro renglones apresurados, nerviosos. Acababa de llegar aquella tarde en el expreso[174] de Francia con su doncella Mary. Estaba sola en casa. «Venga usted... Corra... Noticias graves; voy a morir.» Y el maestro corrió, aunque no le impresionase gran cosa este anuncio de muerte. Ya sería algo menos. Estaba acostumbrado a las exageraciones de la condesa.

La casa señorial de los de Alberca tenía la sonoridad, la penumbra y el ambiente polvoroso de los edificios abandonados. No quedaba en ella otra servidumbre que el portero. Junto a la escalera jugueteaban sus hijos, como si aún no estuviesen enterados de la llegada de la señora. Arriba, los muebles estaban enfundados de gris; las lámparas con envoltorios de tela; los bronces y las lunas de los espejos, mates y como muertos bajo una capa de polvo. Mary le abrió la puerta, guiándole al través de los salones obscuros, de fétida atmósfera, con los balcones cerrados, faltos de cortinajes y sin otra luz que la que entraba por las rendijas.

En un gabinete tropezó con varias maletas todavía llenas, caídas y olvidadas en la precipitación de una llegada anormal.

Al término de esta peregrinación casi a tientas por la casa abandonada, vio una mancha de luz: la puerta del dormitorio de la condesa, la única habitación con vida, iluminada por el lejano resplandor del sol poniente. Concha estaba allí, junto a la ventana, hundida en un sillón, con el ceño frunci-

[174] «exprés».

do, la mirada perdida, coloreada de un tono anaranjado por la luz moribunda.

Al ver al pintor, púsose en pie[175] con un movimiento de resorte, extendió los brazos y corrió a él, como si la persiguiesen.

—¡Mariano! ¡Mariano![176] ¡Se fue!... ¡Me abandona para siempre!...

Su voz era un alarido; se abrazaba a él, hundiendo su cabeza en uno de sus hombros, mojándole la barba con las lágrimas que comenzaban a surgir de sus ojos, cayendo gota a gota.

Renovales, a impulsos de la sorpresa, la repelió dulcemente y la hizo volver al sillón.

—Pero ¿quién se ha ido? ¿Quién es ése?... ¿«Darwin»?

Sí, él. Todo había acabado. La condesa apenas podía hablar; un hipo doloroso cortaba sus palabras. La rabia de verse abandonada y su orgullo pisoteado revolvíanse, haciendo temblar su cuerpo. Había huido en plena dicha, cuando ella creía tenerle más seguro, cuando gozaba[177] de una libertad que nunca habían conocido. El señor estaba cansado; la amaba aún —según decía en una carta— pero deseaba verse libre para continuar sus estudios. Huía agradecido a sus bondades, ahito de tanto amor, para ocultarse en el extranjero y ser un grande hombre, no pensando más en mujeres. Así decía en los breves renglones que la había enviado al desaparecer. ¡Mentira, todo mentira! Ella adivinaba otras cosas. El miserable se había escapado con una cocota[178] tras la cual se le iban los ojos en la playa de Biarritz. Una fea, de gracia canallesca, que debía enloquecer a los hombres con misteriosas variedades del pecado. ¡Las personas decentes cansaban a aquel señorito! Debía también sentirse ofendido porque no le alcanzaban[179] la cátedra, porque no le habían hecho diputado. ¡Señor! ¿Qué culpa tenía ella de estos fracasos? ¿No había hecho todo lo posible?...

---

(175) «... púsose de pie...».
(176) «—¡Mariano! ¡Maestro! ¡Se fue!...».
(177) «... cuando gozaban de...».
(178) «*cocotte*».
(179) «... no le alcanzaba la cátedra...».

—¡Ay, Mariano! Yo creo que voy a morir. Esto no es amor; ya no le quiero; ¡le detesto! Es rabia, indignación, deseos de coger a ese mequetrefe... ansias de ahogarle. ¡Con tantas locuras que he hecho por él!... ¡Señor!, ¿dónde tenía yo los ojos?

Al verse abandonada, no había sentido más que un deseo: correr en busca del buen amigo, del consejero, del «hermano»; ir a Madrid para ver a Renovales y contárselo todo, ¡todo!, impulsada por su necesidad de confesarse con él, de comunicarle hasta ciertos secretos cuyo recuerdo la hacía enrojecer.

No tenía en el mundo nadie que la amase desinteresadamente, nadie, a excepción del maestro; y con la misma precipitación que si se viera abandonada en medio del desierto y de la noche, había corrido hacia él, pidiendo calor y amparo.

Este anhelo de ser protegida recrudecíase en presencia del pintor. Volvía a ir a él con los brazos abiertos, colgándose de su cuello, gimiendo con un terror de histérica, como si se creyera rodeada de peligros.

—Maestro, sólo le tengo a usted. ¡Mariano, usted es mi vida! ¿No me abandonará nunca? ¿Será siempre mi hermano?...

Renovales, aturdido por la precipitación de esta escena, por el impulso de aquella mujer que siempre le había repelido y ahora, de pronto, se pegaba a él, no pudiendo sostenerse más que cogida a su cuello, intentaba desligarse de los brazos que le oprimían.

Después de la primera sorpresa persistía en él cierta frialdad. Sentíase molestado por esta desesperación orgullosa que era obra del otro.

La deseada, la hembra del ensueño, venía a él, parecía abrirse con histérico bostezo, ansiosa de devorarle, sin darse cuenta tal vez de lo que hacía, empujada por la inconsciencia de su estado anormal; pero él se echaba atrás con repentino miedo, indeciso y cobarde ante la acción, dolido de que la realidad de sus anhelos se presentara, no voluntariamente, sino a impulsos del desengaño y el abandono.

Concha se apretaba contra él, ansiosa de sentir la protección de su cuerpo vigoroso.

—¡Maestro! ¡amigo! ¡Usted no me abandonará! ¡Usted es bueno!

Y cerrando los ojos, que ya no lloraban, besábale el musculoso cuello, elevaba la mirada húmeda, buscando su rostro en la penumbra. Apenas se veían; la habitación estaba en misterioso crepúsculo, con todos los objetos sumidos en la indecisión de un ensueño: la hora peligrosa que les había atraído por vez primera en la soledad del estudio.

De pronto, ella se separó con repentino terror, huyendo del maestro, refugiándose en las sombras más densas, perseguida por unas manos ávidas.

—¡No; eso no! ¡Nos traerá desgracias! Amigos... ¡amigos nada más, y por siempre!

Su voz, al decir esto, era sincera, pero débil, desfallecida: voz de víctima que se resiste e intenta defenderse sin fuerzas. El pintor, perdido en la sombra, sintió la bestial satisfacción del guerrero primitivo que, tras las largas hambres en el desierto, hartábase de las abundancias de la ciudad asaltada entre rugidos salvajes.

Cuando despertó era de noche. La luz de los reverberos de la calle entraba por las ventanas con resplandor rojizo y lejano. El artista se estremeció[180] con una impresión de frío, como si emergiese de una onda olorosa y susurrante que le había envuelto no recordaba cuánto tiempo. Sentíase débil, anonadado, con la inquietud del niño después de una mala acción.

Concha se lamentaba junto a él. ¡Qué locura! Todo había sido contra su voluntad: presentía grandes desgracias. Su miedo turbaba el placentero abandono que le hacía permanecer inmóvil en las últimas dulzuras del sacrificio.

Ella fue la primera en recobrar la serenidad. Su silueta se elevó sobre el fondo luminoso de una ventana. Llamaba al pintor, que permanecía avergonzado en la sombra.

—Al fin... había de ser —dijo con firmeza—. Era un juego peligroso, y no podía terminar de otro modo. Ahora comprendo que te quería, que eras tú el único a quien yo puedo querer.

---

[180] Errata en Sempere: «extremeció».

Renovales estaba junto a ella. Sus dos figuras marcaron una silueta única sobre el fondo luminoso de la ventana, con un estrujón supremo, como si quisieran confundirse, refugiarse una en otra.

Las manos de ella separaron suavemente los mechones que ocultaban la frente del artista... Le contempló con arrobamiento. Después le besó dulcemente en la boca, con caricia interminable, susurrando leves palabras:

—Marianito, maestro del alma... Te amo, te admiro. Seré tu esclava... No me dejes nunca... Te buscaría de rodillas... Tú no sabes cómo voy a quererte... No te me escaparás: tú lo has querido.... pintor de mis entrañas... feo adorable... gigantón... ídolo mío.

V

Una tarde, a fines de octubre, Renovales notó en su amigo Cotoner cierta inquietud.

El maestro bromeaba con él, haciéndole relatar sus trabajos de restaurador en el antiguo templo. Había vuelto más grueso, más alegre, con cierto lustre grasoso y sacerdotal. Se había traído, según decía Renovales, toda la salud de los canónigos. La mesa del obispo, con sus abundancias suculentas, era un dulce recuerdo para Cotoner. La ensalzaba y la describía, elogiando a aquellos buenos señores que, como él, vivían exentos de pasiones, sin otra voluptuosidad que la de una refinada nutrición. El maestro reíase imaginando la sencillez de los sacerdotes, que, por las tardes, después del coro, formaban grupo ante el andamio de Cotoner, siguiendo con admiración la labor de sus manos; el respeto de los familiares y demás gente palaciega, pendiente[181] de los labios de don José, asombrados de tanta sencillez en un artista que era amigo de los cardenales y había hecho sus estudios nada menos que en Roma.

(181) «pendientes».

Al verle el maestro aquella tarde grave y silencioso después del almuerzo, quiso saber cual era su preocupación. ¿Se habían quejado de sus restauraciones? ¿Ya no le quedaba dinero?... Cotoner movió la[182] cabeza. No era asunto suyo. Le preocupaba el estado de Josefina. ¿No se fijaba en ella?...

Renovales levantó los hombros. Era lo de siempre: la neurastenia, la diabetes, todas aquellas dolencias ya crónicas y de las que no quería curarse, desobedeciendo a los médicos. Estaba más enflaquecida, pero sus nervios parecían calmados; lloraba menos; manteníase en un mutismo triste, sin otro deseo que verse sola y permanecer en un rincón, mirando ante ella sin ver nada.

Cotoner volvió a mover la cabeza. No era extraño el optimismo de Renovales.

—Llevas una vida muy rara, Mariano. Desde que regresé de mi viaje eres otro; no te conozco. Antes no podías vivir sin pintar, y ahora pasan semanas enteras sin coger un pincel. Fumas, cantas, te paseas por el estudio, y de repente echas a correr, sales de casa, y vas... adonde vas; adonde sé yo y tal vez lo sospecha tu mujer... Parece que nos divertimos, maestro... ¡Y a los demás que os parta un rayo! Pero, hombre, baja de las nubes; fíjate en lo que te rodea; ten un poco de caridad.

Y el buen Cotoner lamentábase con vehemencia de la vida que llevaba el maestro: vida agitada por repentinas impaciencias y bruscas salidas, de las que regresaba distraído, con una débil sonrisa en los labios y una mirada vaga, como si saborease en interna contemplación la fiesta de recuerdos que traía en su memoria.

El viejo pintor mostrábase alarmado por la delgadez creciente de Josefina: una consunción feroz, que aún encontraba materias que destruir en su organismo roído por varios años de enfermedad. La pobre mujercita tosía, y esta tos, que no era seca, sino prolongada en varios tonos y bruscas sacudidas, alarmaba a Cotoner.

Debían verla los médicos otra vez.

---

[182] «... movio su cabeza...».

—¡Los médicos! —exclamaba Renovales—. ¿Y para qué? Toda una Facultad ha pasado por aquí, y como si nada. No obedece; se niega a todo, tal vez por desesperarme, por llevarme la contraria. No hay peligro; tú no la conoces. Ahí donde la ves, tan débil, tan poquita cosa, vivirá más que tú, más que yo.

En su voz había temblores de cólera, como si le enfureciese el ambiente huraño de aquella casa, en la que no encontraba otra distracción que los gratos recuerdos que traía de fuera.

La insistencia de Cotoner acabó por obligarle a llamar un[183] médico amigo suyo.

Josefina se irritó, adivinando los cuidados que inspiraba su salud. Ella se sentía fuerte. No era más que un catarro; el invierno que llegaba. Y en sus miradas al artista había reproche e insulto por esta atención que consideraba una hipocresía.

Cuando, después de examinar a la enferma, se trasladaron al estudio, quedaron[184] frente a frente el pintor y el médico; éste se mostró indeciso, como si temiese formular sus ideas. Nada podía decir con certeza: era fácil engañarse en aquel organismo pobre, que sólo se mantenía por una reserva vital extraordinaria... Después apeló al procedimiento evasivo de su profesión. Convendría sacarla de Madrid... otros aires... otra vida.

Renovales protestó. ¡Adónde ir comenzado ya el invierno, cuando en pleno verano había querido ella volver a su casa! El médico levantó los hombros y redactó una receta, notándose en su gesto el deseo de escribir algo, de no marcharse sin dejar un papel como rastro de su paso. Explicó al marido varios síntomas para que los observase en la enferma, y se fue, repitiendo su encogimiento de hombros, que revelaba indecisión y desaliento.

—¡Pchs! ¡Quién sabe!... ¡Tal vez! El organismo tiene reacciones inesperadas, reservas maravillosas para defenderse...

Estos consuelos enigmáticos alarmaron a Renovales. Espiaba con disimulo a su mujer, estudiando su voz[185], exami-

---

[183] «... llamar a un...».

[184] «quedando».

[185] «tos».

nándola atentamente cuando ella no le veía. Ya no pasaban juntos la noche. Desde el casamiento de Milita, el padre ocupaba la habitación de ésta. Habían roto la esclavitud del lecho común que atormentaba su descanso. Renovales remediaba este alejamiento entrando en el dormitorio de Josefina por las mañanas.

—¿Has pasado la noche bien? ¿Quieres algo?

Los ojos de la mujer le acogían con una mirada de extrañeza, de hostilidad.

—Nada.

Y acompañaba este laconismo revolviéndose en el lecho, para dejarle a su espalda con gesto despectivo.

El pintor acogía sus muestras de hostilidad con mansa resignación. Era su deber: ¡tal vez podía morirse! Pero esta posibilidad de la muerte no le conmovía, le dejaba frío, y se irritaba contra sí mismo, como si dentro de su pensamiento existiesen dos personalidades distintas... Se echaba en cara su crueldad, aquella glacial indiferencia ante la enferma, que sólo le producía un pasajero remordimiento.

Una tarde, en casa de la de Alberca, después de los audaces abandonos con los que parecían desafiar la santa calma del prócer, vuelto ya del viaje, el pintor habló tímidamente de su mujer.

—Vendré menos; no lo extrañes. Josefina está muy enferma.

—¿Mucho? —preguntó Concha.

Y en la chispa que pasó por su mirada creyó ver Renovales algo conocido: un resplandor azul que había danzado ante él en la obscuridad de sus noches, con brillo infernal, turbando su conciencia.

—No; tal vez no sea nada. Yo creo que no es de peligro.

Sentía la necesidad de mentir. Se consolaba quitando importancia a la enfermedad. Creía descargarse con este engaño voluntario de la inquietud que le aguijoneaba. Era la mentira del que se sincera fingiendo ignorar la importancia del daño causado.

—No es nada —decía a su hija, que, alarmada por el aspecto de mamá, venía a pasar con ella todas las noches—. Un constipado; ronquera de invierno. Eso desaparecerá así que llegue el buen tiempo.

Hacía encender todas las chimeneas de la casa; una atmósfera de horno esparcíase por las habitaciones. Afirmaba a gritos, sin emoción alguna, que su mujer sólo sufría un resfriado, y al hablar con esta certeza, una voz extraña parecía gritarle dentro del cráneo: «¡Mentira! Se muere; se muere, y tú lo sabes.»

Los síntomas de que le había hablado el médico iban presentándose uno tras otro, con fatídica regularidad, en un engranaje mortal. Al principio sólo notó en ella una fiebre viva y continua, que parecía aumentarse a la caída de la tarde, con profundos estremecimientos. Después observó sudores de una abundancia aterradora: sudores nocturnos que dejaban impresa en las sabanas la huella de su cuerpo. Y a este cuerpo mísero, cada vez mas frágil, mas esquelético, como si el fuego de la fiebre devorase hasta la última partícula de su grasa y sus músculos, no le quedaba otra envoltura y defensa que la piel, que también parecía liquidarse en eterna humedad. La tos era frecuente; rasgaba a todas horas con su escala de ronquidos fatigosos el silencio del hotel, y la débil mujercita se incorporaba buscando dónde ocultar los residuos de la erupción dolorosa que conmovía sus pulmones. Se quejaba de un continuo dolor en la base del pecho. Su hija le[186] hacía comer a costa de ruegos y caricias, llevándole[187] la cuchara a la boca como si fuese una niña; pero la tos y la náusea cortaban la nutrición, expeliendo[188] el alimento. Su lengua estaba seca. Se quejaba de una sed infernal que parecía devorarle las entrañas.

Así transcurrió un mes. Renovales, en su afán optimista, esforzábase por creer que la enfermedad no iría mas lejos.

—No se muere, Pepe —decía con tono enérgico, como dispuesto a pelearse con el que se opusiera a esta afirmación—. No se muere, doctor. ¿No lo cree usted así?

El doctor contestaba con su eterno encogimiento de hombros. «Tal vez... Es posible.» Y como la enferma se negase con

(186) «... su hija la hacía...».
(187) «llevándola».
(188) «espeliendo».

tenacidad a todo examen interior, iba enterándose de los síntomas por las revelaciones de la hija y el marido.

A pesar de su esquelética delgadez, aumentaban de volumen algunas partes de su cuerpo. El vientre era mayor; las piernas ofrecían extraña particularidad: una, delgadísima, enjuta, marcando bajo la piel las estrecheces y amplificaciones de los huesos, sin el más leve almohadillado de grasa; la otra, enorme, de una gordura que jamás había tenido, con la piel tirante y blanca, marcando en ella las venas sus serpenteados de intenso azul.

Renovales hacía preguntas al doctor con gran ingenuidad. ¿Qué opinaba de estos síntomas? Y el médico bajaba la cabeza. No sabía; había que esperar: la naturaleza tiene sus sorpresas. Pero después, como animado por repentina decisión, pretextó el deseo de escribir una receta, para hablar a solas con el marido en su estudio[189].

—La verdad, Renovales... Me pesa esta comedia misericordiosa, buena para otros; pero usted es un hombre... Es una tisis galopante; tal vez asunto de días, tal vez asunto de pocos meses; pero se muere, y yo no conozco el remedio. Si usted quiere, busque a otros.

¡Se muere!... Renovales quedó anonadado por la sorpresa, como si nunca hubiese creído en la posibilidad de este final. ¡Se muere!... Y después de la salida del médico, que se alejó con paso más firme, como el que acaba de librarse de un grave peso, el pintor repitió mentalmente estas palabras[190], sin que le produjesen otro efecto que dejarlo absorto, en estúpida insensibilidad. ¡Se muere! ¿Pero era que realmente podía morir aquella mujercita que tanto había pesado sobre su vida y cuya debilidad le inspiraba miedo?...

De pronto se vio paseando por el estudio, repitiendo en alta voz:

—¡Se muere!, ¡se muere!

Se lo decía a sí mismo para conmoverse, para prorrumpir en gemidos de dolor, pero su sensibilidad permanecía muda.

---

(189) «... en su estudio de trabajo...».

(190) «... estas dos palabras...».

Josefina iba a morir, ¡y él estaba sereno! Sintió deseos de llorar; quiso llorar, con la voluntad imperiosa del que necesita cumplir un deber. Parpadeó, hinchando su pecho, conteniendo el aliento, esforzándose por abarcar con la imaginación esta desgracia; pero sus ojos permanecieron secos; sus pulmones aspiraron el aire con delicia; su pensamiento, duro y refractario, no se estremeció con ninguna imagen dolorosa. Era un pesar exterior, superficial, que no encontraba más que palabras, gestos y desordenados paseos; el interior seguía insensible, como si la incertidumbre[191] de aquella muerte lo hubiese congelado en plácida indiferencia.

Le atormentó la vergüenza de su monstruosidad. El mismo impulso que obligaba a los ascetas a imponerse mortales castigos por los pecados de su imaginación le arrastró a él, con la fuerza del remordimiento, a la habitación de la enferma. No saldría de allí, arrostraría su desprecio silencioso, la acompañaría hasta el último momento, olvidando el sueño y el hambre. Sentía la necesidad de purificarse con algo noble y generoso de esta ceguera de su alma que le daba miedo.

Milita ya no pasó las noches al cuidado de su madre y pudo volver a su casa, con escasa satisfacción del marido, que sentía cierto placer con este retorno inesperado a su existencia de soltero.

Renovales no dormía. Después de media noche, cuando se marchaba Cotoner, paseaba en silencio por las habitaciones, profusamente iluminadas; rondaba cerca del dormitorio, entraba en él para ver a Josefina en su lecho, sudorosa, agitada de vez en cuando por crueles toses, sumida en un sopor de muerte, y tan enflaquecida, tan pequeña, que apenas si las ropas de la cama marcaban su insignificante bulto como el cuerpo de un niño. Después, el maestro pasaba el resto de la noche en un sillón, fumando, con los ojos muy abiertos, pero sumido el cerebro en la torpeza de la somnolencia.

Su pensamiento volaba lejos. Era en vano que se avergonzase de su crueldad: parecía hechizado por un poder miste-

---

[191] «certidumbre».

rioso superior a sus remordimientos. Olvidaba a la enferma; se preguntaba lo que haría Concha a aquellas horas; la veía con la imaginación, desnuda y en impúdico abandono; recordaba las palabras, los estremecimientos, los gritos de sus entrevistas. Y cuando con gran esfuerzo se arrancaba a estos ensueños, iba como por expiación hasta la puerta de la enferma y escuchaba su aliento angustioso, poniendo el rostro compungido, pero sin poder llorar, sin aquella tristeza que en vano deseaba sentir.

A los dos meses de enfermedad, Josefina no pudo permanecer en el lecho. Su hija la sacaba de él sin ningún esfuerzo, con la misma ligereza que si fuese una pluma, y permanecía en un sillón, pequeñísima, insignificante, desconocida, con un rostro descarnado que no presentaba de frente más que los grandes redondeles de los ojos y la nariz afilada como la hoja de un cuchillo.

Cotoner tenía que reprimir sus lagrimas al verla.

—¡No queda nada de ella! —decía al alejarse—. ¡Nadie la conocería!

Su tos dolorosa sembraba en torno de ella el veneno de la muerte. A su boca asomaba una espumilla blanca que parecía solidificarse en las comisuras de los labios. Sus ojos se agrandaban, adquirían una luz extraña, como si viesen mas allá de las personas y las cosas. ¡Ay, estos ojos! ¡Qué estremecimiento de pavor despertaban en Renovales!...

Una tarde se fijaron en él con la mirada intensa y tenaz que siempre le había aterrado. Eran ojos que le agujereaban la frente, que revolvían sus pensamientos.

Estaban solos; Milita se había ido a su casa; Cotoner dormitaba en un sillón del estudio. La enferma parecía más animada, con deseos de hablar, contemplando con cierta lástima al marido, sentado junto a ella, casi a sus pies.

Iba a morir: tenía la certeza de su muerte. Y una postrera rebelión de la vida que se resiste a extinguirse, el horror de la nada, hizo subir las lágrimas a sus ojos.

Renovales protestó con vehemencia, queriendo disfrazar su mentira entre gritos. ¡Morir!... ¡No había que pensar en eso!... Viviría; aún le quedaban muchos años de existencia feliz.

Ella sonrió como si le compadeciese. No admitía el engaño; sus ojos iban mas allá que los de él; adivinaba lo impalpable, lo invisible, que rondaba en torno de ella. Habló débilmente, pero con esa inexplicable solemnidad de la voz que emite sus últimos sonidos, del alma que se exterioriza por vez postrera.

—Moriré, Mariano, más pronto de lo que crees... más tarde de lo que yo deseo. Moriré, y tú quedaras tranquilo.

¡Él!, ¡él desearla la muerte!... Su sorpresa y su remordimiento le hacían ponerse de pie, bracear con fieros ademanes de protesta, agitarse con la misma violencia que si unas manos invisibles acabaran de desnudarle con rudo tirón.

—Josefina, no delires... cálmate... ¡Por Dios, no digas esos disparates!

Ella sonreía con una mueca dolorosa, horrible; pero luego su mísero rostro se hermoseaba con la serenidad del que se va sin pesadillas ni delirios, en plena normalidad cerebral. Le hablaba con la inmensa conmiseración, con la piedad sobrehumana del que contempla el mísero río de la vida saliéndose de su corriente, tocando ya con el pie las riberas de eterna sombra, de eterna paz.

—No quería irme sin decírtelo: muero sabiéndolo todo. No te muevas... no protestes. Bien conoces el poder que tengo sobre ti. Más de una vez te he visto mirarme aterrado por la facilidad con que leo tus pensamientos... Hace años me convencí de que todo había acabado entre nosotros. Hemos vivido como buenos animalitos de Dios, comiendo juntos, durmiendo juntos, ayudándonos por necesidad; pero yo me asomaba a tu interior, miraba tu corazón..., ¡nada, ni un recuerdo, ni una chispa de amor! He sido tu hembra, la buena compañera que cuida la casa y evita al hombre las preocupaciones pequeñas de la vida. Has trabajado mucho para envolverme en el bienestar, para que callase satisfecha y te dejara tranquilo. ¿Pero amor?... Nunca... Muchos viven como nosotros... muchos... casi todos. Yo no he podido; creía que la vida era otra cosa, y no siento irme... No te enfurezcas, no grites. Tú no tienes la culpa, pobre Mariano... Fue un error el casarnos.

Se excusaba dulcemente, con una bondad que no parecía de este mundo, pasando generosa sobre las crueldades y los egoísmos de una vida que iba a dejar. Hombres como él eran excepcionales; debían vivir solos, en una existencia aparte, como los árboles grandes, que absorben todo el jugo del suelo y no dejan crecer una sola planta en lo que abarcan sus raíces. Ella no tenía la fuerza del aislamiento: era débil; necesitaba para vivir la sombra de la ternura, la certeza de ser amada. Debía haberse unido a un hombre como todos; un ser simple lo mismo que ella, sin otros anhelos que los modestos apetitos de la vulgaridad. El pintor la había arrastrado, en su ruta extraordinaria, fuera de los caminos fáciles y comunes que siguen los demás, y ella caía en mitad de la marcha, vieja en plena juventud, vencida, por haberle acompañado en esta jornada superior a sus fuerzas.

Renovales agitábase en torno de ella con incesante protesta.

—¡Pero qué tonterías dices! ¡Deliras! Yo te he querido siempre, Josefina; te quiero...

Los ojos de ella tomaron una extraña dureza. El fulgor de la cólera pasó por sus pupilas.

—¡Calla, no mientas! Conozco un montón de cartas que tienes en el estudio, ocultas tras los volúmenes de tu librería. Las he leído una por una; he ido siguiendo su llegada; conocí tu escondrijo cuando sólo guardabas tres. Ya sabes que adivino todo lo tuyo, que tengo sobre ti cierto poder, que no puedes ocultarme nada. Conozco tus amores...

Renovales sintió que le zumbaban las sienes, que el suelo se escapaba bajo sus pies. ¡Qué asombrosa brujería!... Hasta las cartas, cuidadosamente ocultas, las había descubierto aquella mujer con su instinto adivinatorio.

—¡Mentira! —gritó enérgicamente, para ocultar su turbación—. ¡Nada de amor! Si las has leído, tú sabes lo que es tan bien como yo: pura amistad; cartas de una amiga que está algo loca.

La enferma sonrió con tristeza. Al principio era amistad; menos aún que esto: maligno entretenimiento de hembra caprichosa que gozaba jugueteando con un hombre célebre, infundiéndole los entusiasmos de un adolescente. Conocía a la compañera de su infancia; tenía la certeza de que no pasaría de ahí; por eso se apiadaba del pobre grande hombre en plena imbecilidad amorosa. Pero después había ocurrido seguramente algo extraordinario, algo que no se explicaba y que había trastornado sus previsiones. Ahora su marido y Concha eran amantes.

—No lo niegues, es inútil. Esta certeza es la que me mata. Lo adiviné al ver que te quedabas abstraído, con una sonrisa de felicidad, como si saboreases tus pensamientos. Lo adiviné en la alegría con que cantabas por las mañanas al despertar, en el perfume de que venías impregnado y que te seguía por todas partes. No necesitaba encontrar más cartas. Me bastaba olerte, percibir ese perfume de infidelidad, de carne de pecado, que te acompaña siempre. Tú, pobre hombre, entrabas en casa creyendo que todo se quedaba más allá de la puerta, y el olor de ella te sigue, te denuncia... Aún parece que lo percibo.

Y dilataba su nariz, aspirando el aire con gesto de dolor, cerrando los ojos como si quisiera huir de las imágenes que este perfume evocaba en ella. El marido persistió en sus protestas al convencerse de que no poseía otras pruebas de su infidelidad.. ¡Todo mentiras! ¡todo delirios!...

—No, Mariano —murmuró la enferma—. Ella está dentro de ti, te llena la cabeza: desde aquí la veo. Antes ocupaban su sitio mil fantasías disparatadas, ilusiones de tu gusto, mujeres desnudas, liviandades, que eran tu devoción. Ahora es ella la que lo llena todo; es tu deseo hecho carne... Quedaos y sed felices. Yo me voy... falta sitio en el mundo para mí.

Calló un momento, y a sus ojos subieron las lágrimas otra vez con el recuerdo de los primeros años de vida común.

—Nadie te ha querido como yo, Mariano —dijo con nostálgica dulzura—. Te miro ahora como si fueses un extraño, sin cariño y sin odio. ¡Y sin embargo, no ha habido en el mundo una mujer que amase a su marido con mayor apasionamiento!

—Yo te adoro, Josefina. Te amo lo mismo que cuando nos conocimos. ¿Te acuerdas?

Pero en su voz[192], a pesar de la emoción que pretendía darla, sonaba la[193] falsedad.

---

(192) «Pero su voz...».
(193) «... sonaba a falsedad».

—No te esfuerces, Mariano, es inútil; todo acabó. Ni tú me quieres, ni queda en mí nada de lo que fue...

En su rostro había un gesto de extrañeza, de asombro; parecía espantada de su misma serenidad, que le hacía perdonar; de esta indiferencia final para el hombre que tanto la[194] había hecho sufrir. En su imaginación, veía un jardín inmenso, flores que parecían inmortales, y se secaban y caían al llegar el invierno. Después, su pensamiento seguía más allá, por encima de los fríos de muerte. Las nieves se liquidaban, brillaba otra vez el sol; llegaba la nueva primavera con su cortejo de amores, y las ramas secas reverdecían con una segunda vegetación.

—¡Quién sabe! —murmuró la enferma con los ojos cerrados—. Tal vez después que yo muera te acordarás de mí... Tal vez me quieras algo... y me recuerdes... y sientas agradecimiento hacia la que tanto te amó. Lo que se pierde es lo que se desea...

Calló la enferma, anonadada por tanto esfuerzo; se sumió en aquel sopor fatigoso que para ella equivalía al descanso. Renovales, después de esta conversación, se vio en un estado de vil inferioridad ante su mujer. Lo sabía todo y le perdonaba. Había seguido el curso de sus amores, carta por carta, gesto por gesto, adivinando en sus sonrisas los recuerdos de la infidelidad, oliendo a todas horas el cuerpo de la otra en el perfume que impregnaba sus ropas, husmeando tal vez durante noches enteras de cruel desvelo aquella esencia de pecado inadvertida para los demás, pero que ella percibía con la agudeza de sus sentidos. ¡Y callaba! ¡Y moría sin protesta! ¡Y él no caía a sus pies pidiéndola perdón! ¡Y permanecía insensible, sin una lágrima, sin un suspiro!

Tuvo miedo de verse a solas con ella. Milita volvió a quedarse en la casa para cuidar a su madre. El maestro se refugiaba en el[195] estudio; quería olvidar, trabajando, a aquel cuerpo moribundo que se extinguía bajo el mismo techo.

Pero en vano arrojaba colores en la paleta y cogía los pinceles y preparaba lienzos. No hacía más que embadurnar; le

[194] «... tanto le había hecho...».
[195] «... en su estudio...».

era imposible seguir adelante, como si de pronto hubiese olvidado su arte. Volvía la cabeza con inquietud, creyendo que Josefina iba a entrar de pronto, continuándose aquella entrevista en la que había puesto al descubierto su grandeza de alma y la ruindad de él. Necesitaba volver a sus habitaciones, ir de puntillas hasta la puerta del dormitorio, para convencerse de que estaba allí, cada vez mas exigua, escuchando a su hija, con una sonrisa de calavera que ajustaba la piel a las obscuras oquedades de sus huesos.

Su demacración era espantosa, no encontraba límites. Cuando parecía haber llegado al último extremo, todavía sorprendía con nuevos encogimientos, como si tras la desaparición total de la carne fuese liquidándose el mísero esqueleto.

Algunas veces atormentábale[196] el delirio, y su hija, conteniendo las lágrimas, acogía con palabras de aprobación los disparatados viajes que proyectaba, sus propósitos de irse muy lejos, para vivir con Milita en un jardín, donde no encontrasen hombres, donde no existiesen pintores... ¡nada de pintores!

Aún vivió unos quince días. Renovales, con cruel egoísmo, ansiaba descansar, lamentándose de esta existencia anormal. Si había de morir, ¿por qué no acababa cuanto antes, devolviendo la tranquilidad a todos los de la casa?

Ocurrió el suceso una tarde, a la hora en que el maestro, tendido en un diván de su estudio, releía las dulces quejas de una cartita perfumada. ¡Tantos días sin verle! ¿Cómo seguía la enferma? Reconocía que su deber estaba allí; la gente murmuraría si la visitaba. Pero ¡ay! ¡era tan penosa esta separación!...

No pudo acabar de leer. Entró Milita en el estudio con expresión azorada, llevando en los ojos ese terror, ese asombro que infunde la presencia de la muerte, el roce de su paso, aunque se aguarde su llegada.

Su voz tenía bruscas sacudidas. Mamá... estaba hablando con ella, la halagaba con la esperanza de un próximo viaje... y de pronto, un ronquido... la cabeza inclinándose antes de

---

[196] «Atormentábala».

caer sobre el hombro... un momento... nada... ¡lo mismo que un pajarito!

Renovales corrió al dormitorio, tropezándose con su amigo Cotoner, que salía del comedor corriendo también. La vieron en un sillón, encogida, plegada, con esa flacidez mortal que convierte el cuerpo en blando pingajo. Todo había acabado[197].

Milita tuvo que coger a su padre, sostenerlo con su vigor de muchacha fuerte, ser ella la que guardase la serenidad y la energía en el crítico momento. Renovales se dejaba manejar por su hija; apoyaba el rostro en un hombro de ella, con dolor sublime, teatral, una hermosa desesperación de artista, conservando aún en su mano, distraídamente, la carta de la condesa.

—¡Valor, Mariano! —decía el pobre Cotoner con voz cargada de lágrimas—. Hay que ser hombres... Milita, lleva a tu padre al estudio... Que no la vea...

El maestro se dejó conducir por su hija, suspirando con fuertes resoplidos, queriendo llorar, con inútiles esfuerzos. Las lágrimas no llegaban. Su atención no podía concentrarse: la distraía una voz interior, la voz de las grandes tentaciones.

Había muerto y quedaba libre. Seguiría su camino, ligero, dueño de sí mismo, sin fatigosa impedimenta. ¡A él la vida con todos sus goces; el amor sin miedos ni escrúpulos; la gloria con sus dulces réditos!...

Iba a comenzar una segunda existencia.

---

[197] «Todo acabado».

Tercera parte

I

Hasta principios del invierno siguiente no volvió Renovales a Madrid. La muerte de su mujer le dejó estupefacto, como si dudase de su realidad, como si sintiera extrañeza al contemplarse solo y dueño de sus acciones. Cotoner, viéndole sin deseos de trabajar, tendido en los divanes del estudio con un gesto vago, cual si soñase despierto, interpretaba su estado como un inmenso dolor sordo y silencioso. Además, le molestaba que la condesa, apenas muerta Josefina, frecuentase el hotel para visitar al ilustre maestro y a su querida Milita(198).

—Debes irte—aconsejaba al viejo artista—. Eres libre; lo mismo vivirás en cualquier parte que aquí. Te conviene un viaje largo: eso te distraerá.

Y Renovales emprendió su viaje con la alegría de un estudiante libre por vez primera de la vigilancia de la familia. Solo, rico y dueño de sus actos, se creyó el ser más feliz de la tierra. Su hija tenía a su marido, formaba familia aparte; él se veía en grato aislamiento, sin preocupaciones, sin deberes, sin otros lazos que los dulcísimos de aquellas cartas interminables de Concha que le salían al encuentro en su viaje. ¡Oh libertad feliz!...

Vivió en Holanda, estudiando sus museos, que no conocía[76]; después, en un capricho de pájaro errante, descendió a

(198) «Emilita».

[76] En *La pintura española* (o. c., pág. 277), Blasco diría lo siguiente de la pintura holandesa: «... uno de los encantos mayores de la pintura holandesa

Italia, saboreando algunos meses de vida fácil, sin trabajo, visitando estudios, recibiendo los honores debidos a un maestro célebre en los mismos sitios donde había luchado pobre y desconocido. Luego se trasladó a París, acabando por atraerle la condesa, que estaba en Biarritz veraneando con su esposo.

El estilo epistolar de Concha se hacía más apremiante; mostraba nuevas exigencias al prolongarse el período de separación. Debía volver: ya había viajado bastante. Ella se aburría no viéndole; le amaba, no podía vivir sin él. Además, como supremo recurso, le hablaba de su marido, del conde, que, en su eterna ceguera, unía sus súplicas a las de su esposa, rogándola que invitase al artista a pasar una temporada en su hotel de Biarritz. El pobre maestro debía sentirse muy triste en su viudez, y el prócer bondadoso tenía empeño en consolar su soledad. En su casa le distraerían; serían para él nueva familia.

El pintor vivió gran parte del verano y todo el otoño en el ambiente grato de aquel hogar, que parecía creado para él. La servidumbre le respetaba, adivinando en Renovales al verdadero amo. La señora, delirante por la larga ausencia, mostrábase tan audaz en sus arrebatos, que el artista tenía que contenerla, recomendando prudencia. El noble conde de Alberca le rodeaba de una simpática conmiseración. ¡Pobre e ilustre amigo! ¡Verse privado de su compañera! Y el hombre de las condecoraciones demostraba con noble gesto el horror que le infundía la posibilidad de verse viudo, sin aquella esposa que tan dichoso le hacía.

Al comenzar el invierno, volvió Renovales a su hotel. Ni la más leve emoción experimentó al verse en los tres grandes estudios, al recorrer aquellas habitaciones, que parecían más heladas, más grandes, más sonoras, ahora que no se conmovían con otros pasos que los suyos. Creyó que no había

---

y de Flandes es el de haber retratado la vida íntima y tranquila de la familia, que mediante aquellos cuadros puede reconstruir el historiador. La restauración del tranquilo hogar holandés resulta fácil, merced a esas telas en que se ve a la madre junto a la rueca de hilar y al padre, bajo la luz de la cariñosa lámpara, leyendo los libros santos».

transcurrido un año. Todo estaba lo mismo, como si su ausencia sólo fuese de unos cuantos días. El amigo Cotoner había cuidado bien la casa, haciendo trabajar al matrimonio que ocupaba la portería y al antiguo doméstico encargado de la limpieza de los estudios, única servidumbre que Renovales conservaba. Ni polvo sobre los objetos, ni atmósferas densas de larga clausura en las habitaciones. Todo aparecía brillante, limpio, como si la vida no se hubiera interrumpido en aquella casa. El sol y el aire habían penetrado a raudales por las ventanas, disolviendo aquella atmósfera de enfermedad que Renovales había dejado al irse, y en la que creía percibir el roce del invisible ropaje de la Muerte.

Era una casa nueva, semejante en su forma a la que había conocido antes, pero con la frescura y la sonoridad de los edificios recién construidos.

Fuera de su estudio, nada le recordaba a la esposa muerta. Evitó entrar en su dormitorio; no preguntó siquiera quién guardaba la llave. Durmió en el cuarto que había sido de su hija, en su camita de soltera, con la satisfacción de llevar una vida modesta y sobria en aquel hotel de señorial aspecto.

Tomaba su almuerzo en el comedor, en un extremo de la mesa, sobre una servilleta, cohibido por las dimensiones y el lujo de esta pieza, que ahora le parecía enorme e inútil. Miraba distraído un sillón cercano a la chimenea, donde muchas veces se había sentado la muerta. El asiento, con los brazos abiertos, parecía esperar aquel cuerpecillo estremecido por encogimientos de pájaro. Pero el pintor no sentía emoción alguna. Ni siquiera podía recordar fielmente en su imaginación la cara de Josefina. ¡Había sufrido tantas transformaciones!... La última, aquella máscara esquelética, era la que evocaba mejor; pero la repelía, en su egoísmo de hombre feliz y fuerte que no quiere entristecerse con penosos recuerdos.

No veía su imagen en ninguna parte de la casa. Parecía haberse evaporado para siempre, sin dejar el menor roce de su cuerpo en las paredes, que tantas veces habían servido de apoyo a su andar vacilante, en los pisos, que apenas si sentían el peso de sus débiles pies. Nada: estaba bien olvidada. En el interior de Renovales no quedaban otros vestigios de los largos años de unión que un sentimiento penoso, un recuerdo molesto, que le hacía gustar con mayor placer su nueva existencia.

Sus primeros días, en la soledad de la casa, fueron de intensos y nuevos goces. Después del almuerzo se tendía en un diván del estudio, contemplando las espirales azules de su cigarro. ¡Libertad completa! ¡Solo en el mundo! La vida entera para él, sin preocupación alguna, sin miedos. Podía ir y venir sin que unos ojos espiasen sus acciones, sin que una boca amarga turbase con reproches su plácida calma. Aquella puertecilla del estudio, que antes miraba con zozobra, no se abriría más para dar paso al enemigo. Podía cerrarla, aislándose del mundo; podía abrirla, haciendo entrar por ella, en ruidoso chorro de escándalo, todo cuanto se le antojase; batallones de bellezas desnudas, para pintarlas en revuelta bacanal; extrañas bayaderas de ojos negros y vientre descubierto que danzasen con mórbido abandono sobre los tapices del estudio; todas las ilusiones desordenadas de su deseo, las monstruosas fiestas de imaginación con que había soñado en sus tiempos de servidumbre. Él no sabía ciertamente dónde encontrar todo esto, ni tenía gran empeño en buscarlo; pero le bastaba la certeza de poderlo realizar sin obstáculo alguno.

Esta conciencia de su libertad absoluta, en vez de impulsarle a la acción, le mantenía en dulce quietud, satisfecho de poder hacerlo todo sin que su voluntad osase intentar nada. En otros tiempos agitábase furioso, lamentando sus cadenas. ¡Las cosas que pintaría él, de ser libre! ¡Los escándalos que provocaría con sus audacias! ¡Ay, si no estuviese unido a una mezquina burguesa que intentaba reglamentar su arte con la misma corrección y dignidad que tenía para las visitas o para los gastos de la casa!...

Y ahora que la burguesita no existía, el artista quedaba en grata somnolencia, contemplando los lienzos empezados un año antes, mirando como un enamorado tímido a su paleta abandonada, diciéndose con una falsa energía: «De mañana no pasa; mañana empiezo.»

Y al día siguiente llegaba mediodía, y con él el almuerzo, antes de que Renovales hubiese llegado a coger el pincel.

Leía periódicos extranjeros, revistas de arte, enterándose con curiosidad profesional de lo que exponían y trabajaban los pintores famosos de Europa. Recibía la visita de ciertos compañeros humildes, y ante ellos se lamentaba de la insolencia de la juventud, de sus avances irrespetuosos, con una sequedad de artista ilustre que empieza a envejecer y cree que con él se extingue el talento y nadie vendrá detrás de sus pasos. Luego, le embargaba la modorra de la digestión, lo mismo que a Cotoner, y sentía dulces desfallecimientos, la felicidad de no hacer nada. Para vivir bien, tenía riquezas de sobra. Su hija, que era su única familia, encontraría a su muerte más de lo que esperaba. Había trabajado bastante. La pintura, lo mismo que todas las artes, era una mentira bonita, por cuyos progresos se agitaban los hombres como locos, hasta odiarse con impulsos de muerte. ¡Qué necedad! Era mejor permanecer en dulce calma, saboreando la alegría de la propia existencia, embriagándose en los sencillos goces animales, sintiéndose vivir. ¿Qué le importaban[199] unos cuantos cuadros más en aquellos enormes palacios llenos de lienzos desfigurados por los siglos, que no conservaban tal vez una sola pincelada como la dieron sus autores? ¿Qué le importaba a la humanidad, que cambia de sitio cada docena de siglos y ha visto caer las grandes soberbias de los hombres fabricadas con mármoles y granitos, que un tal Renovales produjera unos hermosos juguetes de tela y colores que podía destruir una colilla de cigarro o roer en unos cuantos años un soplo de viento, una gota de agua filtrándose por la pared?...

Pero este pesimismo desvanecíase cuando alguien le llamaba «ilustre maestro», o así que veía su nombre en un periódico y un discípulo o un admirador mostraba curiosidad por su trabajo.

Ahora descansaba. Aún no estaba repuesto de la emoción sufrida. ¡La pobre Josefina!... Pero iba a trabajar mucho, se sentía con nuevas fuerzas para obras más grandes que las ya conocidas. Y después de estas exclamaciones le acometía un deseo loco de trabajo, y enumeraba los cuadros que llevaba

[199] «¿Qué importaban unos...?».

en su pensamiento, insistiendo en su originalidad. Eran problemas audaces de color, nuevos procedimientos técnicos que se le ocurrían. Pero estos propósitos no rebasaban el límite de la palabra, no llegaban jamás al pincel. Parecían rotos o enmohecidos los resortes de su voluntad, antes vibrantes y vigorosos. No sufría, no deseaba. La muerta se había llevado su fiebre de trabajo, su inquietud de artista, dejándolo en este limbo de bienestar y tranquilidad.

Por las tardes, cuando lograba arrancarse a la dulce torpeza, a la ligera punta de embriaguez que le retenía inmóvil, iba a ver a su hija, si es que estaba en Madrid, pues con gran frecuencia acompañaba a su marido en sus excursiones de automovilista. Después acababa la tarde en casa de la de Alberca, donde permanecía muchas veces hasta media noche.

Comía allí casi todos los días. La servidumbre miraba a don Mariano con respeto, adivinando el lugar que ocupaba cerca de la señora. El conde, acostumbrado al trato del artista, mostraba tanto empeño en verle como su esposa. Hablaba con entusiasmo del retrato que había de hacerle Renovales para que formase pareja con el de Concha. Sería más adelante, cuando conquistase ciertas condecoraciones extranjeras que faltaban en su catálogo de glorias. Y el artista sentía cierto remordimiento al escuchar las simplezas del buen señor, mientras su esposa, con una audacia loca, le acariciaba con los ojos, se inclinaba hacia él como si fuese a desplomarse en sus brazos y buscaba su contacto por debajo de la mesa.

Luego, apenas se ausentaba el marido, se iba sobre Mariano con los brazos abiertos, hambrienta, desafiando la curiosidad de los criados. Le parecía más dulce el amor amenazado de peligros. Y el artista se dejaba adorar con cierto orgullo. Él, que al principio de esos[200] amores era el que suplicaba y perseguía, encerrábase ahora en una pasividad superior, aceptando los homenajes de Concha, anhelante y vencida.

Falto Renovales de entusiasmo para el trabajo, se refugiaba, para sostener su renombre, en los honores oficiales que

---

[200] «... al principio de aquellos amores...».

se conceden a los maestros respetados. Dejaba para el día siguiente la obra nueva, la magna obra que debía levantar nuevos vocerios de admiración en torno de su nombre. Pintaría su famoso cuadro de Friné en una playa cuando llegase el verano y pudiera huir a la costa solitaria, llevando con él a la belleza perfecta que le serviría de modelo. Tal vez convenciese a la condesa. ¡Quién sabe!... Sonreía con cierta satisfacción cada vez que escuchaba de sus labios el elogio de sus bellas desnudeces. Pero entretanto, exigía el maestro que la gente se acordase de su nombre por sus trabajos anteriores, que le admirara por las obras que había producido.

Irritábase contra los periódicos, que, ensalzando a la gente joven, sólo se acordaban de él para citarle de paso, como una gloria consagrada, como un señor que hubiese muerto y tuviera sus lienzos en el Museo del Prado. Le agitaba esa cólera sorda del cómico que agoniza de envidia viendo la escena ocupada por otros.

Quería trabajar, iba a trabajar inmediatamente. Pero así como transcurría el tiempo sentía una creciente pereza cerebral que le imposibilitaba para la acción, un entorpecimiento de manos, que ocultaba hasta a sus más íntimos, avergonzado al recordar su ligereza y facilidad de otros tiempos.

«Esto pasará», se decía con la confianza del que no duda en su talento.

En uno de sus caprichos imaginativos, se comparaba con los perros, inquietos, fieros y acometedores cuando los atormenta el hambre, y blandos y pacíficos si los rodea el bienestar. Él necesitaba sus tiempos de avidez e inquietud, cuando lo deseaba todo, cuando no disponía de la paz del trabajo y, tras los disgustos conyugales, acometía al lienzo como si fuese un enemigo, lanzándole el color furiosamente, en bofetadas de luz. Aun después de ser rico y célebre, había tenido algo que pedir. «¡Si yo tuviese tranquilidad! ¡Si fuese dueño de mi tiempo! ¡Si viviese solo, sin familia, sin preocupaciones, como debe vivir el verdadero artista!» Y bien: se cumplían sus anhelos; nada tenía que esperar; pero sentía una pereza semejante al agotamiento, con esta ausencia de todo deseo, como si la cólera y la inquietud fuesen para él un espolazo[201] interno de la inspiración.

Le atormentaba el hambre de celebridad; creía haber muerto obscuramente al transcurrir los días sin que le nombrasen. Se imaginaba que la juventud le volvía la espalda para mirar en distinta dirección, almacenándole entre los consagrados, admirando a otros maestros. Su orgullo de artista le hizo buscar ocasiones de notoriedad con la inocencia de un principiante. Él, que tanto se había burlado del mérito oficial y de los rediles de las academias, se acordó de pronto que hacía varios años le habían elegido miembro de la de Bellas Artes después de uno de sus triunfos.

Cotoner mostró asombro al ver la importancia que daba de pronto a esta distinción no solicitada, de la que se había reído siempre.

—Eran bromas de joven —decía[202] el maestro con gravedad—. La vida no puede tomarse siempre a risa. Hay que ser serios, Pepe; vamos para viejos, y no siempre hay que burlarse de cosas que en el fondo son respetables.

Además, se acusaba de grosería. Aquellos dignos personajes, a los que había comparado muchas veces con toda clase de animales, extrañarían que transcurriesen los años sin que él se preocupara de ocupar su sitio. Había que ir a la recepción académica. Y Cotoner, por encargo suyo, corrió con todos los preparativos: desde llevar la noticia a aquellos señores, para que fijasen la fecha de la artística solemnidad, hasta ocuparse del discurso del nuevo académico. Porque Renovales se enteró con cierto temor de que había de leer un discurso... ¡Él, que, acostumbrado al manejo del pincel y por la descuidada educación de su niñez, cogía la pluma con cierta torpeza y hasta en sus cartas a la de Alberca prefería representar con graciosas figuras sus frases de pasión a encerrarlas en letras!...

El viejo bohemio le sacó del apuro. Conocía bien a su Madrid. Los bastidores de esa vida que se exterioriza en las columnas de los periódicos no tenían misterios para él. Renovales leería un discurso tan magnífico como los de otros.

---

(201) «espolonazo».
(202) «... dijo el maestro...».

Y una tarde le llevó al estudio a un tal Isidro Maltrana[77], joven, pequeñín, feo, con enorme cabeza y un aire de aplomo y audacia que disgustó en el primer momento a Renovales. Iba bien trajeado, pero con las solapas sucias de ceniza y el cuello del gabán moteado de caspa. El pintor notó que olía a vino. Al principio le tributó pomposamente el título de maestro, pero a las pocas palabras ya le llamaba por su apellido, con una llaneza desconcertante. Se movía en el estudio como si fuese suyo, como si toda su vida la hubiese pasado en él, sin admirar sus bellezas decorativas.

No tenía inconveniente en encargarse del discurso. Era su especialidad. Las recepciones académicas y los trabajos para los señores del Congreso constituían su mejor finca. Comprendía que el maestro necesitase de él. ¡Un pintor!...

Y Renovales, a quien comenzaba a hacerse simpático el tal Maltrana a pesar de su osadía, se irguió con la majestad de su renombre. Si se tratara de hacer un cuadro para aquel acto, allí estaba él. ¡Pero un discurso!...

—Convenidos[(203)]: tendrá usted el discurso —dijo Maltrana—. Es tarea fácil; conozco la receta. Hablaremos de las sa-

---

[(203)] «Convenido».

---

[77] Isidro Maltrana es el protagonista de *La horda* (1905; *Obras completas*, t. I, págs. 1365-1516), la cuarta de las «novelas sociales» de Blasco, escrita y publicada inmediatamente antes de *La maja desnuda*. No es habitual en Blasco la introducción del personaje de una novela en otra, si bien podemos encontrar en *Arroz y tartana* la presencia de algunos personajes caracterizados similarmente y en situaciones parecidas al cuento *El femater*, aunque con ligeras modificaciones, entre ellas los nombres, que los enmascaran (o.c., cap. 3, págs. 73 y 74); igualmente hallamos en *La barraca* (1898), desarrollados como protagonistas, a Pepeta y a *Pimentó*, que ya habían sido mencionados en *Arroz y tartana* (o.c., cap. 3, págs. 73-74): «Allá, en la huerta, se estaba bien, y por esto a ella le costaba mucho decidirse a entrar en Valencia. Había venido únicamente para felicitar a la señora en sus días, y eso haciendo un esfuerzo, pues su deber era no apartarse de su hermana menor, que vivía en una barraca inmediata a la suya. / —¡Calle, siñora! ¡Cuán apurada está la pobre! Su marido nos ha salido un borrachín, un bufao, que todos los domingos vuelve de la taberna de *Copa* a cuatro patas, como un burro, y lo han de meter en la cama para que duerma la mona un par de días. ¡Y qué palisas, Virgen santa! Mi pobre Pepeta pasa la vida de Santa Catalina de Sena, y la muy bestia, erre que erre, sin aborreser a ese pillo de *Pimentó*, que no vale ni un papel de fumar.» Isidro Maltrana volverá a aparecer en *Los argonautas*, de 1914.

nas tradiciones; abominaremos de ciertas audacias y novedades de la juventud inexperta, que estaban muy en su lugar hace veinte años, cuando usted comenzaba, pero que ahora son extemporáneas(204)... ¿Le parece a usted bien un palito al modernismo?

Renovales sonrió, encantado de la llaneza con que hablaba este joven de su próxima obra, y movió una mano con significativo balanceo. ¡Hombre! Así, así... Un justo medio estaría bien.

—Comprendido, Renovales: halagar a los viejos y no reñir con los jóvenes. Es usted un maestro de veras. Quedará usted contento.

Con una serenidad de tendero, antes de que el pintor hablase de la retribución, abordó él este asunto. Eran dos mil reales; ya se lo había dicho a Cotoner. La tarifa pequeña, la que había fijado para las personas que apreciaba.

—Hay que vivir, Renovales... Tengo un hijo.

Y su voz se tornó grave al decir esto; su rostro feo y cínico se ennobleció un instante, reflejando las inquietudes del amor paternal.

—Un hijo, querido maestro, por el que hago todo lo que se presenta. Si es preciso, robaré. Es lo único que tengo en el mundo. La madre murió de miseria en el hospital... Yo soñaba con ser algo, pero un rorro no deja pensar en tonterías. Entre la esperanza de ser célebre y la certeza de comer... lo primero es comer[78].

---

(204) Errata en Sempere: «estemporáneas».

---

[78] En *La horda*, Maltrana, originario del cinturón de miseria que rodea Madrid, logra sobrevivir escribiendo para otros; de ideología revolucionaria, trabaja para los periódicos progresistas hasta que, una vez muerta su mujer y debiendo alimentar a su hijo recien nacido, vende su pluma a los diarios de derechas (o.c., págs. 1515-16): «¿Qué le importaba ya la suerte de los infelices, el destino de la horda miserable y los tremendos conflictos que pudieran desarrollarse en lo futuro? / A vivir: toda su vida la tenía en sus brazos. El calor de este cuerpecillo le infundía una resolución egoísta y brutal. Al coger a su hijo sentíase fuerte. Era como un arma que le daba confianza y valor para seguir su marcha.» Libertad Blasco-Ibáñez, en el prólogo a *La voluntad de vivir* (o.c., págs. 693-94) contaba lo siguiente sobre el personaje Maltrana: «No podemos negar que Blasco Ibáñez, al dar vida a su protagonista, "Isidro Maltra-

Pero esta ternura del hombrecillo duró poco. Volvió a recobrar su gesto audaz de mercenario que atravesaba la vida acorazado en su cinismo, desengañado por la desgracia, poniendo precio a todos sus actos. Quedaban convenidos en la cantidad: la recibiría cuando entregase el discurso.

—Y si usted lo imprime, como espero —dijo al irse—, yo me ocuparé de las pruebas, sin pedir suplemento. Eso porque se trata de usted, porque soy su admirador.

Renovales pasó varias semanas preocupado por su recepción, como si fuese el suceso más importante de su vida. La condesa se interesaba igualmente en los preparativos. Ella haría que fuese una solemnidad elegante; algo parecido a las recepciones de la Academia Francesa, descritas en periódicos y novelas. Asistirían todas sus amigas. El gran pintor leería su discurso contemplado por cien miradas interesantes, entre el aleteo de los abanicos y el rumor de las conversaciones. Un éxito inmenso, que haría rabiar a muchos artistas ansiosos de crearse relaciones en el gran mundo.

Pocos días antes de la solemnidad le entregó Cotoner un paquete de papeles. Era una copia del discurso, en magnífica letra; ya estaba pagada[205]. Y Renovales, con instinto de cómico deseoso de hacer buena figura, pasó una tarde dando zancadas de estudio en estudio, con el cuaderno en una mano y acompañando con enérgicos ademanes de la otra los

---

[205] «... ya estaba pagado...».

---

na", se inspiró en un conocido escritor de la época; su nombre: Rafael Urbano. / Era Urbano pequeño, feo y renegrido, pero tenía un gran cerebro. Eminente filósofo, gran latinista, ateneísta impenitente y lector asiduo de toda clase de libros, aunque tratasen de las materias más diversas: un gran erudito y un verdadero sabio. Muchos discursos de ilustres académicos son obra suya, lo mismo que tesis doctorales, aunque versaran sobre materias tan diversas como medicina, filosofía, historia, derecho... Alternaba estos trabajos, para ajenas glorias, con sus labores de periodista, escritor e historiador... Un gran cerebro con poca suerte, a causa de su carácter estrafalario, lo mismo que su indumentaria... Era apolítico, pues lo mismo colaboraba en un periódico carlista que en otro socialista. Se declaraba "caísta", o sea, partidario del Caos, tanto político como intelectual. En 1924, la tisis y la miseria acabaron, en plena madurez, con este cerebro privilegiado, de extraordinario talento. Rafael Urbano se enorgulleció siempre de ser el protagonista de *La horda.*»

párrafos leídos en alta voz. ¡Tenía talento aquel Maltranita descarado! Era una obra que entusiasmaba su simpleza de artista ajeno a todo lo que no fuese pintar; una serie de trompetazos gloriosos, en los que se mezclaban nombres, muchos nombres; admiraciones en retórico trémolo; síntesis históricas, tan redondas, tan completas, que no parecían sino que la humanidad había vivido desde el principio del mundo pensando en el discurso de Renovales midiendo sus actos para que éste les diese una determinada interpretación.

Sentía el artista escalofríos de sublimidad repitiendo en elocuente carretilla los nombres griegos, muchos de los cuales le «sonaban», no sabiendo ciertamente si eran de grandes escultores o de poetas trágicos. Después adquiría cierto aplomo al encontrarse con Dante y Shakespeare. A éstos los conocía mejor; sabía que no habían pintado, pero que debían figurar en todo discurso digno de respeto. Y al llegar a los párrafos sobre el arte moderno le parecía tocar tierra firme, sonriendo con cierta superioridad. Maltranita no entendía gran cosa de esta materia: apreciaciones superficiales de profano; pero escribía bien, muy bien; él no lo hubiese hecho mejor... Y estudió su discurso, hasta el punto de repetir muchos párrafos de memoria, preocupándose además de la pronunciación de los nombres enrevesados, tomando lecciones de los amigos que consideraba de mayor cultura.

—Es por el buen parecer —decía con sencillez—. Es porque, aunque yo no sea más que un pintor, no consiento que me tomen el pelo.

El día de la recepción almorzó mucho antes de mediodía. Apenas tocó los platos; le causaba cierta inquietud esta ceremonia, que no había visto nunca. A su zozobra se unía la molestia que experimentaba cada vez que había de atender al cuidado de su persona.

Los largos años de existencia matrimonial le habían habituado a no preocuparse de las necesidades menudas y ordinarias de la vida. Si tenía que presentarse con un traje que no era el ordinario, las manos de la madre o de la hija arreglaban, hábiles y ligeras, el adorno de su persona. Aun en los momentos de mayor hostilidad, cuando él y Josefina apenas se hablaban, notaba en torno el escrupuloso orden de aquella excelente directora de la casa, que le allanaba los obstáculos, evitándole vulgares inquietudes.

Cotoner estaba ausente; el criado había ido a casa de la condesa para entregarla unas invitaciones reclamadas a última hora para ciertas amigas. Renovales se decidió a vestirse solo. Su yerno y su hija vendrían por él, a las dos. López de Sosa tenía empeño en llevarle hasta la Academia en automóvil, buscando sin duda con esto un pequeño rayo de los esplendores de gloria oficial que iban a derramarse sobre su suegro.

Renovales se vistió después de bregar con las pequeñas dificultades de la falta de costumbre. Mostraba la torpeza de un niño falto de los auxilios de la madre. Cuando al fin se contempló con cierta satisfacción en un espejo, con el frac puesto y la corbata regularmente anudada, lanzó un suspiro de descanso. ¡Por fin!... Ahora las placas, la banda. ¿Dónde encontraría estos honoríficos juguetes?... Desde la boda de Milita no se los había puesto; la pobre muerta los habría guardado. ¿Dónde encontrarlos? Y con precipitación, temiendo que transcurriese el tiempo y le sorprendiesen sus hijos sin haber terminado el adorno de su persona, comenzó a buscar, de habitación en habitación, sofocado, jurando de impaciencia, con el atolondramiento de andar a ciegas sin recordar nada preciso. Entró en el cuarto que servía de vestuario a su esposa. Tal vez estuviesen[206] guardadas en él las condecoraciones. Abrió con nervioso tirón las puertas de los grandes armarios que cubrían las paredes... Ropas y más ropas.

Al olor balsámico de las maderas, que hacía pensar en la silenciosa calma de los bosques, uníase un perfume sutil y misterioso, perfume de años, de bellezas muertas, de recuerdos extinguidos; algo semejante a la sensación que dan al olfato las flores secas. Desprendíase este olor de las masas de telas colgadas: vestidos blancos, negros, rosa, azules, con los colores apagados y discretos, los encajes mustios y amarillentos, guardando en sus pliegues algo de perfume vital del cuer-

[206] «Tal vez tuviese guardadas...».

po que habían cubierto. Todo el pasado de la muerta estaba allí. Con cierta preocupación supersticiosa, había almacenado los trajes de las diversas épocas de su existencia, como si temiese, al[207] desprenderse de ellos, arrojar una parte de su vida, un fragmento de su piel.

El pintor miraba alguno de estos trajes con la misma emoción que si fuesen viejos y olvidados amigos que se presentaban de pronto, con la sorpresa de lo inesperado. Una falda rosa le recordaba los buenos tiempos de Roma; un traje completo azul le hacía ver con la imaginación la plaza de San Marcos, y creía sentir el aleteo de los palomos y oír como un zumbido lejano la ruidosa cabalgada de las walkyrias. Los trajes sombríos y pobres del cruel período de lucha colgaban en el fondo de un armario, como hábitos de mortificación y sacrificio. Un sombrero de paja, alegre como un susurro de bosque estival, cargado de flores rojas, de pámpanos, de cerezas, parecía sonreírle desde lo alto de un estante. ¡Ay, también lo conocía! Muchas veces se había clavado en la frente su filo dentado de paja, cuando a la puesta del sol, en los caminos de la campiña romana, se agachaba él, teniendo en un brazo el talle de su mujercita, buscando su boca, que se estremecía con dulce cosquilleo; mientras a lo lejos, en la bruma azulada, sonaban las esquilas de los rebaños y los lamentos musicales de los guardadores de búfalos.

También le hablaba del pasado, evocando las muertas alegrías, aquel perfume juvenil[208] envejecido en su encierro, que salía a oleadas de los armarios con la impetuosidad de un vino venerable escapando a borbotones de la botella empolvada. Sus sentidos se estremecían; una embriaguez sutil penetraba en su olfato. Creía haber caído en un lago de perfumes que le abofeteaba con sus ondas, jugueteando con él como si fuese un cuerpo inerte. Era el olor de la juventud que volvía; el incienso de los tiempos felices, más débil, más sutil, con la nostalgia de los años muertos. Era el perfume de las magnolias carnales, de la sedosa y leve vegetación puesta al descubierto por los brazos cruzados bajo la cabeza, de

[207] «... si temiese el desprenderse de ellos...».
[208] «... perfume femenil envejecido...».

aquel vientre recogido y blanco, con esplendor nacarado de luna, que una noche, en Roma, le había hecho suspirar con admiración:

—Te adoro, Josefina. Eres hermosa como la majita de Goya... ¡Eres la maja desnuda!

Conteniendo su respiración como un nadador, buceaba en la profundidad de los armarios, tendiendo sus manos ávidas con el deseo de salir de allí, de volver cuanto antes a la superficie, al aire puro. Tropezaba con cajas de cartón, paquetes de cintas y viejos encajes, sin encontrar lo que buscaba; y cada vez que sus brazos trémulos agitaban las viejas ropas, el oleaje de las faldas parecía abofetearle con una bocanada de este perfume muerto, indefinible, que aspiraba más con su imaginación que con su olfato.

Quiso salir de allí cuanto antes. Las condecoraciones no estaban en el vestuario; tal vez las encontrase en el dormitorio. Y por primera vez, luego de muerta su esposa, se atrevió a rodar la llave de la puerta. El perfume del pasado parecía ir con él; se filtraba por todos los poros de su cuerpo. Creía sentir el apretón de unos brazos lejanos e inmensos que venían del infinito. Ya no tenía miedo a penetrar en el dormitorio.

Entró a tientas, buscando una de las ventanas. Cuando crujieron las maderas y penetró de golpe la luz del sol, los ojos del pintor, después de violento parpadeo, vieron, como una sonrisa suave y discreta, el brillo de los muebles venecianos.

¡Hermoso dormitorio de artista! Después de un año de ausencia, el pintor admiraba el gran armario, con sus tres lunas azules y profundas, como sólo saben fabricarlas los espejeros de Murano, y el ébano de los muebles, con menudas incrustaciones de nácar y luminosas piedrecitas; una muestra del genio artístico de la antigua Venecia en contacto con los pueblos de Oriente. Este mueblaje había sido para Renovales una de las grandes empresas de su juventud; un capricho de enamorado ansioso de tributar honores principescos a su compañera, que le había impuesto penosas economías durante varios años.

El lujoso dormitorio les había seguido a todas partes, sin abandonarlos ni aun en la época de miseria. En los días malos, cuando él pintaba en su buhardillón y Josefina cocinaba, faltábanles sillas, comían en el mismo plato, Milita jugaba con muñecas de andrajos; pero en la mísera alcoba pintada de cal amontonábanse, intactos, con respeto sagrado, aquellos muebles de dogaresa rubia, como una esperanza en el porvenir, como una promesa de tiempos mejores. Ella, la infeliz, con su fe de mujer sencilla, los limpiaba, los adoraba, esperando la hora de las mágicas transformaciones para trasladarlos a un palacio.

El pintor paseó su mirada por el dormitorio con cierta tranquilidad. No encontró en él nada extraordinario, nada que le conmoviese. El prudente Cotoner había ocultado el sillón donde murió Josefina.

La cama señorial, con sus dos fachadas monumentales de ébano tallado y mosaicos brillantes, ofrecía un aspecto vulgar, teniendo en su seno los colchones plegados en montón. Renovales rió del temor que le había detenido tantas veces ante la puerta cerrada. La muerte no había dejado rastro alguno. Nada recordaba allí a Josefina. En el ambiente flotaba ese olor pesado, ese sabor a polvo y humedad de todas las piezas largamente cerradas.

Transcurría el tiempo, había que buscar las condecoraciones, y Renovales, familiarizado ya con la habitación, abrió el armario, esperando encontrarlas en él.

También allí la cerrada madera pareció esparcir, al abrirse, un perfume semejante al de la otra pieza. Era más tenue, más vagoroso, más lejano.

Renovales creyó que era una ilusión de sus sentidos. Pero no; de las profundidades del armario se desprendía como un humillo invisible, envolviéndole en su espiral acariciadora. Allí no había ropas. Sus ojos reconocieron inmediatamente en el fondo de una tabla los estuches que tanto buscaba; pero no tendió hacia ellos las manos; permaneció inmóvil, abstraído en la contemplación de mil objetos menudos que le recordaban a Josefina.

Ella también estaba allí; salía a su encuentro, más personal, más viva que entre la balumba de sus viejas ropas. Sus guantes parecían conservar el calor y el relieve de aquellas manos que en otros tiempos se habían hundido acariciadoras en la cabellera del artista; sus cuellos le recordaban aquella columnilla de tibio marfil, en la cual tenía él lugares preferidos, sensibles rincones donde depositaba sus besos.

Sus manos lo removieron todo con dolorosa curiosidad. Un abanico viejo guardado cuidadosamente pareció emocionarle, a pesar de su pobre aspecto. Entre las roturas de sus pliegues marcábanse viejos colores: una cabeza pintada por él cuando su mujer no era más que una amiga; un obsequio a la señorita de Torrealta[209], que deseaba tener algo del joven artista. En el fondo de un estuche brillaron con fulgor misterioso dos enormes perlas rodeadas de brillantes: un regalo de Milán; la primera joya de verdadero valor que había comprado a su mujer al pasar por la plaza del Duomo; toda una remesa de dinero de su empresario de Roma invertida en este rico juguete, que hacía ruborizar de placer a la mujercita, mientras sus ojos se fijaban en él con intenso agradecimiento.

Sus dedos ávidos, revolviendo estuches, cintas, pañuelos y guantes, tropezaban con recuerdos a los que iba unida siempre su persona. Aquella infeliz había vivido para él, sólo para él, como si su existencia no fuese nada, como si únicamente tuviese significación unida a la suya. Encontraba guardadas con religioso cuidado, entre cintas y cartones, fotografías de los lugares en que había transcurrido su juventud: los monumentos de Roma, las montañas de la antigua tierra pontificia, los canales venecianos; vestigios del pasado, que eran sin duda de gran valor para ella porque evocaban la imagen del marido. Y entre estos papeles vio flores secas, aplastadas y frágiles: rosas soberbias o modestas florecillas del campo; áridos hierbajos, recuerdos anónimos faltos de significación, pero cuya importancia presentía Renovales, sospechando que recordaban algún momento feliz, completamente olvidado por él.

Los retratos del artista en las diversas edades de su vida surgían de todos los rincones, enredados en cintas, sepultados bajo las pilas de finos pañuelos. Luego aparecieron varios paquetes de cartas, con la tinta enrojecida por el tiempo, escri-

[209] «Torralva».

tas en una letra que produjo cierta inquietud al artista. La conocía; se asociaba vagamente a sus recuerdos, como la cara de una persona cuyo nombre se resiste a la memoria. ¡Ah, imbécil!... Era su letra, la letra torpe y pesada de su juventud, que sólo tenía ligereza para el pincel. Allí estaba, en pliegos amarillentos, toda la novela de su vida, sus esfuerzos intelectuales por decir «cosas bonitas» lo mismo que los hombres que escriben. Nada faltaba: las cartas de los primeros tiempos de noviazgo, cuando, después de verse y hablarse, aún sentían la necesidad de poner sobre el papel lo que no osaban decirse los labios; otras con sello italiano, exuberantes de fanfarrones juramentos de amor: ligeros billetes que la enviaba cuando iba con otros artistas a pasar unos días en Nápoles o a visitar alguna ciudad muerta de las Marcas pontificias. Luego, las cartas de París llegadas al viejo palacio veneciano, preguntando con inquietud por la pequeña, queriendo saber el curso de la lactancia, estremeciéndose de pavor ante la posibilidad de las inevitables enfermedades de la niñez.

No faltaba ni una: todas estaban allí, guardadas como fetiches, perfumadas de amor, aprisionadas en cintas, como bálsamos y vendajes de una vida momificada. Las de ella habían tenido distinta suerte: su amor escrito se había dispersado, perdiéndose en la nada; habían quedado olvidadas en trajes viejos, se habían consumido en el fuego de chimeneas de hotel, habían caído tal vez en manos extrañas, provocando crueles risas con su tierna ingenuidad. Él no guardaba más que unas cartas: las de la otra; y al pensar en esto, sintió el remordimiento, la inmensa vergüenza de una mala acción.

Leía las primeras líneas de algunos de estos pliegos con cierta extrañeza, como si fuesen de otro, admirando ingenuamente su acento apasionado. ¡Y aquello lo había escrito él!... ¡Cómo amaba entonces a su Josefina!... Parecíale imposible que este cariño hubiese terminado tan fríamente. Se extrañaba de la indiferencia de los últimos años; no recordaba ya los disgustos que habían agitado su vida común; veía ahora a su mujer tal como fue en su juventud, con rostro sereno, grave sonrisa y la admiración en la mirada.

Siguió leyendo, pasando de una carta a otra con la vehemencia de una lectura interesante. Admiraba su propia juventud, virtuosa en medio de los arrebatos de pasión carnal; la castidad de su adhesión a la mujer, a la única, a la indiscutible. Sentía ese gozo impregnado de melancolía de la vejez decrépita que contempla su retrato primaveral. ¡Y él había sido así! Del fondo de su alma parecía surgir una voz grave, con tono de reproche: «Sí, así; cuando eras bueno, cuando eras honrado.»

Se sumió en esta lectura, sin darse cuenta del curso del tiempo. De pronto sintió pasos en el cercano corredor, ruido de faldas, la voz de su hija. Fuera del hotel bramaba una bocina: su arrogante yerno que le avisaba para que se apresurase. Trémulo de miedo por ser sorprendido, sacó de los estuches las placas y las bandas y cerró precipitadamente el armario.

La solemnidad académica fue casi un fracaso para Renovales. La condesa le encontró muy interesante, en su palidez de emoción, constelado el pecho de astros de pedrería, cortada la blanca pechera por varias líneas de colorines. Pero apenas se levantó, en medio de la general curiosidad, con el cuaderno en la mano, y comenzó a leer los primeros párrafos, se fue agrandando un murmullo, que acabó casi por sofocar su voz. Leía sordamente, con la precipitación de un escolar que desea acabar pronto, sin darse cuenta de lo que decía, en un rezo monótono y fatigante. ¡Adiós los sonoros ensayos en el estudio, la preparación minuciosa de ademanes teatrales! Su pensamiento parecía estar en otra parte, lejos, muy lejos de esta solemnidad; sus ojos sólo veían las letras. La elegante concurrencia salió satisfecha de haberse reunido, viéndose una vez más. Del discurso reían muchas bocas tras los abanicos de gasa, con la satisfacción de arañar indirectamente a su buena amiga la de Alberca.

—¡Un horror, hija mía! ¡Una lata insufrible!

II

Apenas despertó al día siguiente, el maestro Renovales sintió un deseo imperioso de aire libre, de luz, de espacios ilimitados, y salió del hotel, no parando en su paseo, Castellana arriba, hasta llegar a los desmontes vecinos al Palacio de la Exposición.

La noche anterior había comido en casa de la de Alberca: un banquete casi de ceremonia, en celebración de su ingreso académico, con asistencia de muchos de los graves señores que formaban la tertulia de la condesa. Ésta se había mostrado radiante de alegría, como si festejasen un triunfo suyo. El conde trataba con mayores respetos al ilustre maestro, cual si acabase de dar el paso más grande de su fama artística. Su respeto por todas las glorias decorativas le hacía admirar aquella medalla de académico, única distinción que él no podía unir a su carga de condecoraciones.

Renovales pasó una mala noche. El champaña[210] de la condesa fue triste para él. Había vuelto a su casa con cierto temor, como si en ella le esperase algo anormal que su inquietud no podía definir. Se despojó del traje de ceremonia, que le había atormentado varias horas, y se metió en la cama, extrañándose del vago temor que le acompañó hasta los umbrales de su casa. Nada veía de extraordinario en torno de él; su cuarto ofrecía el mismo aspecto de todas las noches. Se durmió vencido por el cansancio, por la torpeza digestiva de aquel banquete extraordinario, y no despertó en toda la noche, pero su sueño fue cruel, interminable, cortado por visiones que tal vez le habían hecho gemir.

Al despertarle, bien entrada la mañana, los pasos de su criado, que andaba por el vecino cuarto de aseo, adivinó en el revoltijo de sus ropas, en el sudor frío de su frente, en el cansancio de su cuerpo, la noche inquieta que había pasado entre nerviosos sobresaltos.

Su cerebro, entorpecido aún por el sueño, no podía desembrollar los recuerdos de la noche. Sólo tenía la certeza de que había soñado cosas tristes, penosas: tal vez había llorado. Lo único que recordaba era un rostro pálido asomando entre los negros velos de lo inconsciente, como una imagen, alrededor de la cual giraban todos sus ensueños. No era Josefina; su cara tenía una expresión de criatura de otro mundo.

---

[210] «champagne».

Pero así como se fue disipando su torpeza intelectual, mientras se lavaba el pintor y se vestía y el criado le ayudaba a meterse en el gabán, pensó, al reunir sus recuerdos con un esfuerzo, que bien pudiera ser ella... Sí; ella era. Ahora recordaba que había percibido en su sueño aquel perfume que le seguía desde el día anterior, que le acompañó a la Academia, perturbando su lectura, y que había ido con él al banquete, corriendo entre sus ojos y los de Concha una bruma, al través de la cual la miraba sin verla.

El fresco de la mañana despejó su inteligencia. La vista del dilatado espacio que se abarca desde las alturas de la Exposición pareció borrar momentáneamente sus recuerdos de la noche.

Soplaba un viento de la sierra en la meseta vecina al Hipódromo. Renovales, al marchar contra el viento, sentía en sus orejas un zumbido de mar lejano. En el fondo, sobre las lomas con casitas rojas y álamos invernales, escuetos como escobas, marcaba el Guadarrama su limpieza luminosa sobre el espacio azul, su nevada crestería, sus enormes cimas que parecían de sal. Al lado opuesto aparecía, hundido en una grieta profunda del terreno, el caparazón de Madrid; los tejados negros, las torrecillas puntiagudas, todo esfumado en una neblina que daba a los edificios de último término el vago azul de las montañas.

La meseta, cubierta de un verde ralo y miserable, con surcos duros y petrificados, brillaba a trechos bajo la luz del sol. Los trozos de azulejo, las vasijas rotas, los botes de conservas, lanzaban rayos de luz, lo mismo que si fuesen materias preciosas, entre rosarios de negros huevecillos caídos de los rebaños como rastro de su paso.

Renovales contempló largo rato el Palacio de la Exposición por su parte de atrás; los muros amarillos, con adornos de ladrillos rojos, que apenas si asomaban sobre el borde de los desmontes; las techumbres planas de cinc, con un brillo de lagos muertos; la cúpula central, enorme, hinchada, cortando el cielo con su panza negra, como un aeróstato[211] pró-

(211) «areostato».

ximo a elevarse. De una ala del gran palacio partían los sones de varios clarines, prolongando sus notas en esa bélica melopea que acompaña el trote de los caballos, entre temblores del suelo y nubes de polvo. Junto a una puerta temblaba el rayo de los sables y se reflejaba el sol sobre charolados tricornios.

El pintor sonreía. Habían levantado para ellos aquel palacio, y lo ocupaba la Guardia Civil. Una vez cada dos años entraba allí el Arte, disputando el sitio a los caballos guardadores del orden. Las estatuas se aposentaban en piezas que olían a cebada y a recios zapatos. Pero esta anomalía duraba poco; el intruso era expulsado así que realizaba el simulacro de una cultura europea, y quedaba en el Palacio de la Exposición lo verdadero, lo nacional: el tercio privilegiado, los rocines de la santa autoridad que bajaban al galope a las calles de Madrid cuando se turbaba, de tarde en tarde, su santa paz de cloaca.

Mirando después el maestro la negra cúpula, recordaba los días de Exposición; veía la juventud melenuda e inquieta, unas veces dulce y aduladora, otras irritada e iconoclasta, venida de todas las ciudades de España con el cuadro por delante y las mayores ambiciones en el pensamiento. Sonreía pensando en los grandes disgustos y sinsabores que había sufrido bajo aquellos techos cuando la revoltosa plebe del arte le rodeaba, le acosaba, admirándole, más que por sus obras, por su condición de jurado influyente. Él era quien daba los premios, en opinión de aquella juventud que le seguía con ojos de miedo y de esperanza. La tarde del fallo corrían los grupos a la noticia de la llegada de Renovales: salían a su encuentro en las galerías; le saludaban con exageradas muestras de respeto, poniendo los ojos tiernos para recomendarse mutuamente[212]. Algunos marchaban delante de él fingiendo no verle, hablando a gritos: «¡Quién! ¿Renovales? El primer pintor del mundo. Después de Velázquez, él...» Y a la caída de la tarde, cuando se colocaban en las columnas de la rotonda los dos papelotes con la lista de los premiados, el maestro se es-

[212] «... recomendarse mudamente...».

curría prudentemente, huyendo de la explosión final. El alma infantil que todo artista lleva dentro estallaba ingenuamente ante el fallo. Se acababan los fingimientos; mostrábase cada cual según su carácter. Unos se ocultaban entre dos estatuas, encogidos, avergonzados, con los puños en los ojos, y lloraban pensando en la vuelta al lejano hogar, en la larga miseria sufrida, sin otra esperanza que aquella que acababa de desvanecerse. Otros se erguían como gallos, rojas las orejas, pálidos los labios, mirando con ojos llameantes hacia la entrada del palacio, como si quisieran ver desde allí cierto hotel pretencioso, de fachada griega y rótulo de oro. «¡Granuja!... Era una vergüenza que la suerte de la juventud, que lleva algo dentro, se confiase a un tío agotado, a un farsante que no dejaría nada.» ¡Ay! De estos momentos habían nacido todas las contrariedades, todas las molestias de la vida artística del maestro. Cada vez que llegaba a su conocimiento una censura injusta, una negativa brutal de sus facultades, una carga al degüello y sin piedad a lo largo de las columnas de algún periódico obscuro, acordábase de la rotonda de la Exposición, de aquel bramar tempestuoso del populacho pictórico en torno de los dos papeles que contenían sus sentencias. Pensaba con extrañeza y conmiseración en la ceguera de aquellos jóvenes que maldecían de la vida por un fracaso, y eran capaces de dar su salud, su alegría vigorosa, a cambio de la triste gloria de un cuadro, menos duradera aún que el frágil lienzo. Cada medalla era un grado en el escalafón: medían la importancia de las recompensas, dándolas un significado semejante al de los galones militares... ¡Y él también había sido joven! ¡También había amargado los mejores años de su vida en estos combates de infusorios que se pelean dentro de una gota de agua creyendo conquistar un mundo inmenso!... ¡Qué le importarían a la eterna belleza las ambiciones de regimiento, las fiebres de escalafón de los que intentaban ser sus intérpretes!

Regresó el maestro a su casa. El paseo le había hecho olvidar sus inquietudes de la noche. Su cuerpo, debilitado por la vida muelle, parecía agradecer este ejercicio con una violenta reacción. Sentía en sus piernas un dulce hormigueo; la sangre zumbaba en sus sienes; parecía derramarse por todo su cuerpo una oleada de calor. Estaba satisfecho de su fuerza vital, y paladeaba el goce de todo organismo que se siente funcionar con armónica regularidad.

Al atravesar su jardín, cantaba Renovales entre dientes. Sonrió a la portera, que le había abierto la verja, y al perrillo feo y vigilante que avanzaba con mugido cariñoso hasta lamer sus pantalones. Abrió la cancela de cristales, pasando del ruido exterior a un silencio profundo, conventual. Sus pies se hundieron en las mullidas alfombras: no sonaban otros ruidos que los misteriosos estremecimientos de los cuadros que cubrían las paredes hasta el techo, el crujir de invisibles carcomas en los marcos, el leve aleteo de un soplo de aire en las telas. Todo cuanto había pintado el maestro, por estudio y por capricho, completo o sin terminar, estaba colocado en el piso bajo, junto con cuadros o dibujos de ciertos compañeros ilustres y de los discípulos predilectos. Milita habíase entretenido mucho tiempo, cuando soltera, en este decorado, que se extendía hasta los pasillos de escasa luz.

Al dejar en el perchero su fieltro y su bastón, los ojos del maestro fijáronse en una acuarela cercana, como si ésta le atrajese, con cierta extrañeza, entre los demás cuadros que la rodeaban. Le pareció raro fijarse en ella de repente, después de pasar tantas veces sin verla. No estaba mal, pero tenía timidez, revelaba inexperiencia. ¿De quién sería aquello? Tal vez de Soldevillita. Pero al aproximarse para verla mejor, sonrió... ¡Si era suya! ¡Ya había llovido desde entonces!... Se esforzó por recordar cuándo y dónde había pintado aquello. Para ayudar a su memoria, miraba fijamente esta cabeza de mujer, graciosa, de ojos vagos y soñadores, preguntándose quién pudo ser la modelo.

De pronto se entenebreció su gesto. El artista parecía confuso, avergonzado. ¡Qué disparate! ¡Si era su mujer, la Josefina de los primeros tiempos, cuando él la contemplaba con admiración, gozando en reproducir su rostro!

Echó sobre Milita la culpa de su torpeza y se propuso ordenar que quitasen de allí este estudio. Un retrato de su mujer no debía estar en la antesala, junto al perchero.

Después de almorzar dio orden al criado para que descolgase el cuadro, trasladándolo a uno de los salones. El servidor hizo un gesto de extrañeza.

—¡Hay tantos retratos de la señora!... ¡El señor la ha pintado tantas veces! La casa está llena...

Renovales remedó el gesto del criado. ¡Tantos!, ¡tantos! ¡Si sabría él cuántas veces la había pintado!... Con súbita curiosidad, antes de dirigirse al estudio entró en un salón donde Josefina recibía sus visitas. Allí, en el sitio de honor, conocía él un gran retrato de su esposa, pintado en Roma: una linda mujer(213) con mantilla de blonda, falda negra de triple(214) volante y en la breve mano el abanico de concha: un verdadero Goya. Contempló un instante la graciosa cara sombreada por el negro de las blondas, y cuya palidez aristocrática rasgaban unos ojos de expresión oriental. ¡Qué hermosa era Josefina en aquellos tiempos!

Abrió la ventana para ver mejor el retrato, y la luz se esparció por las paredes de un rojo obscuro, haciendo brillar los marcos de otros cuadros más pequeños.

Entonces vio el pintor que el retrato goyesco no era el(215) único. Otras Josefinas le acompañaban en esta soledad. Contempló con asombro la cara de su esposa, que parecía surgir de todos los lados del salón. Pequeños estudios de mujeres del pueblo o de señoras del siglo XVIII; acuarelas de moras; damas griegas, con la rígida severidad de las figuras arcaicas de Alma-Tadema[79]; todo lo que estaba en el salón, todo lo que

(213) «mujercita».

(214) Errata en Sempere: «tiple».

(215) «... el retrato goyesco no era único...».

[79] Lawrence Alma-Tadema (1836-1912), nacido en Holanda y nacionalizado inglés. Si se busca en cualquier enciclopedia, se encontrará necesariamente «que se especializó en el género arqueológico» y que tenía «un estilo realista y meticuloso»; a ambas cosas parece referirse Blasco. Efectivamente, Alma-Tadema se dedicó abundantemente a temas de la antigüedad grecorromana, y también medievales; quizás, a propósito del comentario que Blasco introduce en *La maja*, pueda ponerse algún ejemplo de sus cuadros más conocidos (que le procuraron amplia fama y reconocimiento, llegando a alcanzar el título de *sir*), como la *Esclava guardadora del baño de mujeres en Roma*, título que de por sí puede dar cierta idea de la pintura. Pero es imprescindible hacer notar también que su pintura recortada y estilizada colaboró intensamente en la conformación de esa amplia ola de *modernismo* que inundó la Europa del entresiglos.

había pintado, era Josefina, tenía su rostro o conservaba sus rasgos con la vaguedad de un recuerdo.

Pasó a otro salón que estaba enfrente, y también allí le salió al encuentro la cara de su mujer, pintada por él, entre otros cuadros de amigos suyos.

¿Pero cuándo había hecho él todo aquello?... No se acordaba; sentía extrañeza ante la enorme cantidad de trabajo realizada inconscientemente. Creía haber pasado la existencia entera pintando a Josefina.

Después, en los pasillos de la casa, en todos los cuartos adornados con pinturas, le salió al encuentro su mujer, bajo los aspectos más diversos, ceñuda o sonriente, hermosa o con la expresión triste de la enfermedad. Eran bocetos, simples dibujos al carbón, esbozos de su cabeza en el ángulo de un lienzo sin acabar; pero siempre aquella mirada que parecía seguirle, unas veces con melancólica dulzura, otras con intensa expresión de reproche. ¿Dónde tenía los ojos? Había vivido en medio de todo esto sin verlo; había pasado diariamente frente a Josefina sin fijarse en ella. Su mujer resucitaba; en adelante sentaríase a la mesa, entraría en su lecho, pasearía por su casa, siempre bajo la mirada de unas pupilas que en otros tiempos le escudriñaban hasta el alma.

La muerta no había muerto; rodeábale, resucitada por su mano. No podía dar un paso sin que su rostro surgiese de todos lados: le saludaba en lo alto de las puertas, parecía llamarle desde el fondo de las habitaciones.

En sus tres estudios aún fue mayor la sorpresa. Toda su pintura íntima, la que hacía por estudiar, por impulso irresistible, sin ningún deseo de venta, almacenábase allí, y toda ella era un recuerdo de la muerta. Los cuadros que deslumbraban a los visitantes estaban abajo, al nivel de la vista, en caballetes o colgados de la pared entre los muebles suntuosos; arriba, hasta llegar al techo, alineábanse los estudios, los recuerdos, los lienzos sin marco, como obras viejas y abandonadas; y en esta amalgama de producción, Renovales, a la primera ojeada, vio surgir el enigmático rostro.

Había vivido sin levantar los ojos, familiarizado con todo lo que le rodeaba, deslizándose su vista sin ver, sin fijarse en aquellas mujeres, distintas de aspecto pero iguales en expresión, que le vigilaban desde lo alto. ¡Y la condesa había estado allí varias tardes, buscando la solitaria intimidad del estudio! ¡Y la tela persa sostenida por lanzas ante el profundo diván no les había ocultado de aquellos ojos tristes y fijos que parecían multiplicarse en la parte alta de las paredes!...[80].

Para olvidar su remordimiento se entretuvo en contar las telas que reproducían la grácil figurilla de su mujer. Eran muchas: toda una vida de artista. Se esforzaba por recordar cuándo y dónde las había pintado. En los primeros tiempos de apasionamiento sentía la necesidad de pintarla, por un impulso irresistible de trasladar al lienzo todo lo que veía con delectación, todo lo que amaba. Después había sido un deseo de adularla, de mecerla en una mentira cariñosa, de infundirle la certeza de que era su única adoración de artista, copiándola con vaga semejanza, extendiendo sobre sus rasgos algo ajados por la enfermedad una suave veladura de idealismo. Él no podía vivir sin trabajar, y como muchos pintores, hacía servir de modelo a los que le rodeaban. Su hija se había llevado a su nueva casa un cargamento de pintura: todos los cuadros, apuntes, acuarelas y tablitas que la representaban desde los tiempos en que jugaba con el gato, cubriéndolo de trapos en forma de pañales, hasta que fue la arrogante joven cortejada por Soldevilla y el que ahora era su marido.

La madre se había quedado allí, surgiendo después de muerta, en torno del artista, con una profusión abrumadora. Todos los pequeños incidentes de la vida habían servido a Renovales para hacer nuevos cuadros. Recordaba sus entusiasmos de artista cada vez que la veía con un nuevo vestido. Los colores la cambiaban; era una mujer nueva: así lo afirmaba él con una vehemencia que la esposa tomaba por admiración y no era mas que ansia de modelo.

La existencia entera de Josefina había sido fijada por la mano de su esposo. En un lienzo aparecía vestida de blanco,

---

[80] La presencia de la muerta en los retratos, que cobran realidad en la mente de Renovales hasta el punto de avergonzarse de que los ojos en ellos pintados hubieran contemplado sus amores con Concha, nos sitúa otra vez sobre la pista de la indiferenciación entre «arte» y «realidad» que inunda la novela de Blasco. Véase introducción, págs. 42 y ss.

marchando por una pradera, con la vaguedad poética de una Ofelia; en otro, con gran sombrero empenachado y cubierta de joyas, mostraba el aplomo de una burguesa segura de su bienestar. Un cortinaje negro servía de fondo a su busto descotado, que mostraba sobre la base de encajes el ligero perfil de las clavículas y el arranque de unos pechos reducidos y firmes como manzanas de amor; en otro lienzo tenía los débiles brazos al descubierto, bajo las mangas recogidas; un delantal blanco la cubría de los pechos a los pies; en su entrecejo había una pequeña arruga de preocupación, de cansancio, y en toda ella el abandono de los que no disponen de tiempo para atender al adorno de su persona. Este último era el retrato de los días penosos, la imagen del ama de casa, animosa, sin servidores, trabajando con sus manos delicadas en el buhardillón de las tristezas, esforzándose por que nada faltase al artista, por que no vinieran las pequeñas contrariedades de la vida a distraerle de las esfuerzos supremos por abrirse paso.

Este retrato conmovió al artista, con la melancolía que inspiran los días aciagos recordados en pleno bienestar. La gratitud a la animosa compañera trajo consigo otra vez el remordimiento.

«¡Ay, Josefina!... ¡Josefina!»

Cuando llegó Cotoner, encontró al maestro tendido en un diván, boca abajo, con la cabeza entre las manos, como si durmiese. Quiso reanimarle hablándole de la solemnidad del día antes. Un gran éxito, los periódicos hablaban de él y de su discurso, reconociendo que era un gran escritor, afirmando que podía alcanzar en la literatura tantos triunfos como en su arte. ¿No los había leído?...

Renovales contestó con un gesto de cansancio. Los había encontrado por la mañana, al salir, sobre una mesa del recibimiento[216]. Había entrevisto su retrato rodeado de las compactas columnas del discurso, pero dejaba la lectura de los elogios para más tarde. Le inspiraban poco interés; pensaba en otras cosas... estaba triste.

---

[216] «recibidor».

Y a las preguntas ansiosas de Cotoner, que creía en una enfermedad, contestó con voz queda:

—Estoy bien. Es melancolía, aburrimiento de no hacer nada. Quiero trabajar y no tengo fuerzas.

De pronto, cortó la palabra a su viejo amigo mostrándole con un ademán todos los retratos de Josefina, como si fuesen obras nuevas que acababa de producir.

Cotoner se extrañó... Los conocía todos; hacía años que estaban allí. ¿Qué novedad era aquella?...

El maestro le comunicó su reciente sorpresa. Había vivido junto a ellos sin verlos: acababa de descubrirlos dos horas antes. Y Cotoner reía.

—Tú estás algo «tocado», Mariano. Vives sin darte cuenta de lo que te rodea. Por eso no te has enterado aún del casamiento de Soldevilla con una muchacha muy rica. El pobre chico está triste porque su maestro no ha asistido a la boda.

Renovales encogió los hombros. ¿Qué le importaban a él esas tonterías?... Hubo una larga pausa, y el maestro, pensativo y triste, levantó de pronto la cabeza con un gesto de resolución.

—¿Qué te parecen esos retratos, Pepe? —preguntó con ansiedad—. ¿Es ella? ¿No me equivocaría al hacerlos? ¿No la vería de otro modo que como fue?...

Cotoner rompió a reír. Realmente, el maestro estaba «tocado». ¡Vaya unas preguntas! Aquellos retratos eran unas maravillas, como todo lo suyo. Pero Renovales insistió, con la impaciencia de la duda. ¡El parecido!... ¡Quería saber si aquellas Josefinas eran iguales a la muerta!

—Exactísimo —dijo el bohemio—. ¡Pero hombre, si lo que más asombra en tus retratos es la fidelidad con que sorprendes la vida!

Afirmábalo con energía, pero una duda escarabajeaba en su interior. Sí; era Josefina, pero con algo extraordinario, ideal. Sus facciones parecían las mismas, pero llevaban una luz interna que las embellecía. Era el defecto que había encontrado siempre a estos retratos; pero se calló.

—¿Y ella? —insistió el maestro—. ¿Era realmente hermosa? ¿Qué te parecía como mujer? Dímelo, Pepe... sin reparos. Es extraño; yo no recuerdo bien cómo era.

Cotoner quedó desconcertado por estas preguntas y respondió con cierto embarazo. ¡Vaya una ocurrencia! Josefina era muy buena: un ángel; él la recordaría siempre con agradecimiento. La había llorado como si fuese una madre, y eso que podía ser casi hija suya. Tenía grandes delicadezas y cuidados para el pobre bohemio.

—No es eso —interrumpió el maestro—. Yo pregunto si te parecía hermosa; si lo era realmente.

—Hombre, sí —dijo Cotoner con resolución—. Era hermosa... más bien dicho, simpática. Al final parecía un poquillo estropeada. ¡La enfermedad!... En fin, un ángel.

Y el maestro, tranquilizado por estas palabras, quedó en larga contemplación ante sus propias obras.

—Sí; era muy hermosa —dijo lentamente, sin apartar la vista de los lienzos—. Ahora lo reconozco; ahora lo veo mejor(217)... Es extraño, Pepe; parece como que encuentro hoy a Josefina después de un largo viaje. La había olvidado; ya no sabía ciertamente cómo era su cara.

Hubo otra larga pausa, y de nuevo acometió el maestro a su amigo con una pregunta ansiosa:

—¿Y quererme?... ¿Crees tú que me quería de veras? ¿Que era por amor por lo que se mostraba algunas veces... tan rara?

Ahora sí que no vaciló Cotoner, como en las preguntas anteriores:

—¡Quererte!... ¡Con delirio, Mariano! ¡Como ningún hombre ha sido querido en el mundo! Todo lo que hubiera entre vosotros eran celillos, exceso de afecto. Lo sé mejor que nadie; a los buenos amigos que, como yo, entran y salen en una casa lo mismo que perros viejos, se les trata con confianza, se les dicen cosas que no sabe el marido... Créeme, Mariano; nadie más te querrá así. Los berrinches eran nubes de las que pasan. Tengo la certeza de que ya no te acuerdas de ellos. Lo que no pasaba era lo otro: el amor que te tenía. Me consta; lo sé de cierto; ya sabes que ella me lo contaba todo, que era yo la única persona a quien podía tolerar en sus últimos tiempos.

(217) «... ahora la veo mejor...».

Renovales pareció agradecer con una mirada de alegría estas palabras de su amigo.

Salieron a pasear a la caída de la tarde, marchando lentamente hacia el centro de Madrid. Renovales hablaba de su juventud, de sus tiempos de Roma. Reía recordando a Cotoner su famoso surtido de Papas; acudían a su memoria las graciosas farsas de los estudios, las fiestas ruidosas, y después, a su regreso, cuando ya era casado, las noches de amistosa intimidad en aquel comedor pequeño y bonito de la vía Margutta; la llegada del bohemio y otros compañeros de arte para tomar una taza de té con el joven matrimonio; las discusiones a gritos sobre pintura, que hacían protestar a los vecinos, mientras ella, su Josefina, todavía con el asombro de verse dueña de una casa, sin su madre y rodeada de hombres, sonreía a todos con timidez encontrando graciosos e interesantes a aquellos camaradas terroríficos, melenudos, como bandoleros, inocentes y quisquillosos como niños.

—¡Los buenos tiempos, Pepe!... La juventud, que sólo apreciamos cuando desaparece.

Andando siempre en línea recta, sin saber adónde iban, enfrascados en su conversación y sus recuerdos, se vieron en la Puerta del Sol. Había cerrado la noche; brillaban los focos eléctricos; los escaparates arrojaban sobre las aceras sus manchas de luz.

Cotoner miró la hora en el reloj del Ministerio.

¿No iba aquella noche el maestro a casa de la de Alberca?...

Renovales pareció despertar. Sí; tenía que ir, le esperaban... Pero no iba. Su amigo le miró escandalizado, como si considerase, en su conciencia de parásito, una falta gravísima el despreciar una comida.

El pintor mostrábase falto de fuerzas para pasar la noche entre Concha y su marido. Pensaba en ella con cierta aversión; sentíase capaz de rechazar brutalmente los contactos audaces con que le perseguía a todas horas, de contárselo todo al marido en un arrebato de franqueza. Era una vergüenza, una traición, aquella vida «a tres», que la gran dama aceptaba como el más dichoso de los estados.

—Es insufrible —dijo para desvanecer la extrañeza de su compañero—. No se la puede aguantar: una lapa que no me suelta un instante.

Nunca había hablado a Cotoner de sus amores con la de Alberca; pero éste no necesitaba que le contasen las cosas: tácitamente se daba por enterado.

—Pero es guapa, Mariano —dijo—. ¡Una gran mujer! Ya sabes que la admiro. Esa te podía servir para el cuadro griego.

El maestro tuvo una mirada de conmiseración para su ignorancia. Sentía el deseo de vejarla, de herirla, justificando así su indiferencia.

—Fachada nada más... cara y estatura.

E inclinándose hacia su amigo, le dijo en voz baja, gravemente, como si revelase el secreto de un inmenso crimen:

—Tiene las rodillas en punta... Una verdadera estafa.

Cotoner dilató la boca con una risa de sátiro y se agitaron sus orejas. Era la alegría del hombre casto; la satisfacción de conocer los ocultos defectos de una belleza colocada fuera de su alcance.

El maestro no quiso separarse de su amigo. Le necesitaba; mirábale con tierna simpatía, viendo en él algo de la muerta. Nadie la había conocido como aquel compañero. En los momentos de tristeza él era su confidente. Cuando sus nervios la ponían como loca, las palabras de este hombre sencillo terminaban sus crisis en un mar de lágrimas. ¿Con quién podía hablar mejor de ella?...

—Comeremos juntos, Pepe; iremos a los Italianos, un banquete romano: *raviolis*, *picatta*, todo lo que quieras, y un frasco de *chianti* o dos: cuantos puedas beber; y al final, *asti* espumoso, mejor que el champaña. ¿Te conviene, anciano?

Se agarraron del brazo, marcharon alta la frente, la sonrisa en los labios, como dos pintorcillos jóvenes ansiosos de celebrar una venta reciente con una comilona, alivio de su miseria.

Renovales sumíase en sus recuerdos para sacarlos a luz con palabra atropellada. Hacía memoria a Cotoner de cierta *trattoria* en una callejuela romana, más allá de la estatua de Pasquino, antes de llegar al *Governo Vecchio*; un figón de quietud eclesiástica, dirigido por el antiguo cocinero de un cardenal. Las perchas del establecimiento estaban siempre ocupadas por sombreros de teja. Su alegría de artista[218] escandalizaba un tanto la grave parsimonia de los parroquianos: sacerdotes de las oficinas pontificales o de paso en Roma para intrigar ascensos; rábulas de mugrienta levita, que llegaban cargados de papelotes del vecino Palacio de Justicia.

—¡Qué macarrones! ¿Te acuerdas, Pepe? ¡Y cómo le gustaban a la pobre Josefina!

Llegaban de noche a la *trattoria* en alegre banda, ella cogida a su brazo, y en torno los buenos amigos que agrupaba la admiración junto a su naciente fama de pintor. Josefina adoraba los misterios culinarios, los secretos tradicionales de la solemne mesa de los príncipes de la Iglesia, que habían descendido a la calle, refugiándose en aquella salita con arcadas de bodegón. Sobre el blanco mantel temblaba la mancha de ámbar del vino de Orvieto en ventrudas botellas de fino cuello: un líquido dorado, espeso, de dulzura clerical; una bebida de pontífices ancianos, que descendía como fuego hasta el estómago, y más de una vez se había remontado a cabezas cubiertas por la tiara.

En las noches de luna salían de allí con dirección al Coliseo[219], para contemplar la ruina colosal y monstruosa bajo un torrente de luz azulada. Josefina, trémula de inquietud, se sumía en los túneles negros, avanzaba a tientas entre las piedras caídas, hasta verse en pleno graderío, frente al silencioso redondel, que parecía encerrar el cadáver de todo un pueblo. Ella pensaba en las fieras horrendas que habían pisado aquella arena, mirando en torno con inquietud. De pronto, un espantoso rugido, y una bestia negra salía dando saltos de los profundos vomitorios. Josefina se agarraba a su esposo con chillido de espanto, y todos reían. Era Simpson, un pintor norteamericano, que doblaba su larga osamenta, marchando a cuatro patas, para atacar con fieros alaridos a los compañeros.

---

(218) «... alegría de artistas...».
(219) «Coloseo».

—¿Te acuerdas, Pepe? —decía a cada instante Renovales—. ¡Qué tiempos! ¡Qué alegría! ¡Qué excelente compañera la pobrecita antes de que la entristeciese la enfermedad!

Comieron, hablando de su juventud, mezclando en sus recuerdos la imagen de la muerta. Después pasearon por las calles hasta media noche, insistiendo Renovales en aquellos tiempos, recordando a su Josefina, como si toda su existencia la hubiese pasado adorándola. Cotoner sentíase fatigado de esta conversación, y se despidió del maestro. ¿Qué nueva manía era aquella?... Muy interesante la pobre Josefina; pero toda la noche la habían pasado sin hablar de otra cosa, como si en el mundo sólo existiese el recuerdo de la muerta.

Renovales marchó a su casa con cierta impaciencia; tomó un carruaje para llegar antes. Sentía la misma impresión de inquietud que si le[220] aguardara alguien; aquel hotel presuntuoso, antes frío y solitario, le parecía animado[221] por un espíritu que no podía definir, un alma amada que lo llenaba todo, esparciéndose como un perfume.

Al entrar, precedido por el doméstico soñoliento, su primera mirada fue para la acuarela. Sonrió; quiso dar las buenas noches a aquella cabeza que fijaba sus ojos en él.

Igual sonrisa y el mismo saludo mental tuvo para todas las Josefinas que salían a su encuentro, surgiendo de la sombra de las paredes al encenderse las bombillas eléctricas en salas y corredores. Ya no le inspiraban inquietud estos rostros contemplados por la mañana con sorpresa y miedo. Ella le veía; ella adivinaba su pensamiento; ella le perdonaba, seguramente. ¡Había sido siempre tan buena!...

Dudó un instante en su camino, queriendo ir a los estudios y encender sus grandes focos eléctricos. La vería de cuerpo entero, en toda su gentileza; hablaría con ella; la pediría perdón, en el profundo silencio de aquellas naves... Pero el maestro se contuvo. ¿Qué locuras se le ocurrían? ¿Iba a perder el juicio?... Se pasó la mano por la frente, como si quisiera borrar de su pensamiento estos propósi-

---

[220] «... si la aguardara...».

[221] «... le parecía aquel hotel presuntuoso, antes frío y solitario, animado por un espíritu...».

tos. Era sin duda el *asti* quien le inspiraba tales extravagancias. ¡A dormir!...

Al quedar a obscuras, tendido en la camita de su hija, se sintió molesto. No podría dormir; estaba mal allí. Sintió un deseo vehemente de salir del cuarto, de refugiarse en el dormitorio abandonado, como si sólo en él pudiera encontrar descanso y sueño. ¡Oh, la cama veneciana, la cama de dogaresa rubia, aquel mueble señorial que guardaba toda su historia; donde ella había gemido de amor; donde se habían dormido tantas veces comunicándose a media voz sus deseos de gloria y de riqueza; donde había nacido su hija!...

Con la vehemencia que ponía en todos sus caprichos, el maestro recobró sus ropas, y quedamente, como si temiera ser oído por su criado, que descansaba cerca, encaminóse al dormitorio.

Rodó la llave con precauciones de ratero y avanzó de puntillas, bajo la luz suave y discreta de color rosa que derramaba un farolón antiguo desde el centro del techo. Tendió los colchones cuidadosamente sobre la cama abandonada. Faltaban sábanas, almohadas, toda la ropa de dormir. La habitación, desierta tanto tiempo, estaba fría. ¡Qué noche tan agradable iba a pasar! ¡Qué bien dormiría allí! Los almohadones de un sofá, bordados de oro con raro relieve, le sirvieron de cabecera. Se envolvió en un gabán y se acostó vestido, apagando la luz, con el deseo de no ver la realidad, de soñar, poblando la sombra con las dulces mentiras de su imaginación.

Sobre aquellos colchones había dormido Josefina; sus blanduras conocían el suave peso de su cuerpo. No la veía, como en los últimos tiempos, enferma, demacrada, roída por la miseria física. Esta imagen dolorosa la rechazaba su pensamiento, abriéndose a las ilusiones bellas. La Josefina que contemplaba, la que llevaba dentro, era la otra, la de los primeros tiempos, y no como había sido en realidad, sino como él la había visto, como la había pintado.

Su memoria pasaba sobre una gran laguna de tiempo obscura y tormentosa; saltaba desde la actual nostalgia a los tiempos felices de la juventud. Tampoco se acordaba de los años de penoso cautiverio, cuando se debatían los dos, huraños y agresivos, incapaces de continuar juntos la misma senda... Eran insignificantes contratiempos de la vida. Sólo pensaba en la bondad sonriente, la generosidad y la sumisión de los tiempos de amor. ¡Con qué ternura habían vivido juntos una parte de su existencia, abrazados sobre aquel lecho, que ahora sólo conocía el aislamiento de su cuerpo!...

El artista se estremeció de frío en la insuficiencia de sus envolturas. En esta situación anormal, las sensaciones exteriores evocaban sus recuerdos, se asociaban a fragmentos del pasado, tirando de ellos hasta sacarlos a flote en la memoria. El frío le hizo pensar en las noches lluviosas de Venecia, cuando el chaparrón caía horas y horas sobre estrechas callejuelas y desiertos canales, en el profundo silencio de la noche, en la mudez solemne de una ciudad sin caballos, sin ruedas, sin otro ruido de vida que el chapoteo del agua solitaria en los escalones de mármol... Ellos estaban en aquella misma cama, bajo el caliente edredón, rodeados de los muebles que adivinaba ahora en la sombra.

Por entre las maderas del calado ventanal penetraba el resplandor del reverbero que iluminaba el vecino canalillo. Marcábase en el techo una faja de luz y en ella temblaba el reflejo de las aguas muertas con un incesante cruzamiento de hilos de sombra. Ellos, estrechamente abrazados, con los ojos en alto, contemplaban este juego de la luz y el agua. Adivinaban el frío y la humedad en la calle líquida; saboreaban el mutuo calor de sus cuerpos, el apretado contacto de su carne, el egoísmo de estar juntos, en la dulce voluptuosidad del bienestar físico, sumidos en el silencio, como si el mundo hubiese acabado, como si su dormitorio fuese un cálido oasis en medio del frío y la sombra.

Algunas veces sonaba un grito lúgubre rasgando el silencio. *«¡Aooo!»* Era un gondolero que avisaba antes de doblar la esquina. Por la mancha de luz que cabrilleaba en el techo deslizábase una gondolita negra, liliputiense, un juguete de sombra, en cuya popa se doblaba, dándole al remo, un monigote del tamaño de una mosca. Y los dos, pensando en los que pasaban bajo la lluvia, perseguidos por las ráfagas glaciales, paladeaban una nueva voluptuosidad, y sus cuerpos se apretaban con más fuerza bajo la suave caricia del edredón, y sus bocas se encontraban, conmoviendo la calma de su nido con la insolencia ruidosa de la juventud y el amor...

Renovales ya no sentía frío. Revolvíase inquieto sobre los colchones; clavábanse en su rostro los bordados metálicos del almohadón; tendía sus brazos en la obscuridad, y una queja cortaba el silencio, tenaz, desesperada: un lamento de niño que exige lo imposible, que pide la luna.

—¡Josefina! ¡Josefina!

III

Una mañana, el maestro llamó con gran urgencia a Cotoner, y éste se presentó, mostrándose alarmado por los términos del aviso.

—No es nada grave —dijo Renovales—. Necesito que me digas dónde fue enterrada Josefina. Quiero verla.

Era un deseo que se había formado lentamente en su pensamiento durante varias noches; un capricho de las interminables horas de insomnio que arrastraba en la obscuridad.

Hacía más de una semana que se había trasladado al dormitorio grande, escogiendo entre la ropa de cama, con una minuciosidad que asombró a la servidumbre, las sábanas más usadas, las que evocaban con sus bordados los antiguos recuerdos. No encontró en estos lienzos aquel perfume de los armarios que tanto le perturbaba; pero algo había en ellos: la ilusión, la certeza de que su tejido había rozado muchas veces la carne querida.

Renovales, después de exponer su deseo a Cotoner sobriamente y con gesto duro, creyó necesario excusarse. Era vergonzoso que él no supiese dónde estaba Josefina, que no hubiera ido aún a visitarla. El dolor de su muerte le había dejado sin voluntad... después, ¡el largo viaje!...

—Tú corriste con todo, Pepe; tú arreglaste el entierro. Dime dónde está; llévame a verla.

No se había preocupado hasta entonces de los restos de la muerta. Recordaba el día del entierro, su dolor teatral, que le había hecho permanecer en un rincón del estudio con la cara oculta entre las manos. Los amigos íntimos, los escogidos, que llegaban hasta su retiro vestidos de negro y con tristeza fúnebre, le cogían una mano, apretándola con efusión «¡Valor, Mariano! ¡Ánimo, maestro!» Y fuera del hotel un patear incesante de caballos; la verja negra de apretada muchedumbre; los carruajes en doble fila hasta perderse de vista; los *reporters* yendo de un grupo a otro, inscribiendo nombres.

Todo Madrid estaba allí... Y se la habían llevado al lento paso de unos caballos de penachos ondeantes, entre lacayos de la muerte con blancas pelucas y doradas cachiporras, y él no se había acordado más de ella, no había sentido la curiosidad de conocer el rincón fúnebre donde se ocultaba para siempre, bajo los ardores del sol que resquebrajan la tierra, bajo las interminables lluvias de la noche que chorrearían sobre sus pobres huesos. ¡Ah, malvado! ¡Ah, miserable, por el más afrentoso de los olvidos!

—Dime dónde está, Pepe... Llévame; quiero verla.

Suplicaba con la vehemencia del remordimiento; quería verla en seguida, cuanto antes, como un pecador que teme morir y pide a gritos la absolución.

Cotoner accedió a este viaje inmediato. Estaba en el cementerio de la Almudena, un camposanto cerrado desde mucho tiempo. Sólo iban a él los que tenían tradicionales derechos sobre un pedazo de su suelo. Cotoner había querido enterrar a la pobre Josefina cerca de su madre, en el mismo recinto donde se oxidaba el oro de la losa que ocultaba al «malogrado genio de la diplomacia». Quiso que descansase entre los suyos.

En el camino, Renovales sintió cierta angustia. Veía pasar con ojos de sonámbulo, al través de los vidrios del carruaje, las calles de la población; después bajaban una rápida cuesta: jardines mal cuidados, en los cuales, junto a los árboles, dormitaban vagabundos o se peinaban mujeres con la cabeza al sol; un puente, suburbios míseros con casuchas de lugarejo; luego el campo, caminos en cuesta, y al final un bosque de cipreses sobre una tapia y remates de edificios marmóreos, ángeles extendiendo las alas, con una trompeta en los labios, grandes cruces, flameros montados sobre trípodes, y un cielo límpido, de intenso azul, que parecía reír con indiferencia sobrehumana de la emoción de aquella hormiga que se apellidaba Renovales.

Iba a verla; a poner sus plantas en la misma tierra, última sábana de su cuerpo; a aspirar un aire en el que subsistía tal vez algo de aquel calor, que era como la respiración del alma de la muerta. ¿Qué le(222) diría?...

Al entrar en el camposanto[81] miró al guardián, un hombre feo, lúgubre, con una palidez amarillenta y grasosa de blandón. ¡Aquel hombre vivía a todas horas cerca de(223) Josefina!... Sintió un impulso de generosidad, de agradecimiento; tuvo que contenerse, pensando en su acompañante, para no entregarle todo el dinero que llevaba encima.

Sus pasos resonaron en el profundo silencio. Sintiéronse rodeados de la rumorosa calma de un jardín abandonado, en el que eran más los kioscos y las estatuas que los árboles. Anduvieron bajo ruinosas columnatas que repercutían sus pasos con extraño eco; sobre losas que devolvían la sonoridad

---

(222) «¿Qué la diría?...».
(223) «... de su Josefina!...».

---

[81] A-M. Reboul quiere encontrar una relación narrativa entre la escena del cementerio que aquí comienza y el último capítulo de *L'Oeuvre*, en el que se describe el entierro de Claude Lantier: «Sur le plan des structures narratives... les emprunts ne sont pas moins évidents. La longue scène du cimetière, dans le roman espagnol —lorsque l'artiste va se recueillir sur la tombe de sa femme—, a probablement été écrite sous l'effet des pages finales du roman français. *L'Oeuvre* se clôt sur les belles pages de l'enterrement de Claude Lantier. Deux amis accompagnent le corbillard du peintre et soulèvent des questions d'art. Il est curieux d'observer que l'épisode du roman espagnol débouche aussi sur des questions d'ordre poético-philosophique, sur le débat vérité et mensonge, à savoir, quel est le vrai statut de la réalité». En mi opinión, nada tiene que ver con el entierro de Claude Lantier este capítulo de *La maja*. Ni se trata del entierro del artista, ni hay más contacto entre las dos novelas que el lugar de la muerte. Renovales está vivo e intenta encontrarse con el espíritu de su mujer en el cementerio, que guarda los últimos restos de su materia. Ninguna conversación sobre filosofía ni sobre arte. Y, sobre todo, un sentido completamente diferente de la relación entre la vida y la muerte. Si quisiéramos encontrar alguna reminiscencia, tendríamos que pensar en ciertas escenas de cementerio de Guy de Maupassant, en las que los muertos y los vivos se encuentran entre sí como por sortilegio, como sucede en uno de sus más románticos cuentos, *La muerta (La morte*, 1887; trad. esp. de Esther Benítez en *El Horla y otros cuentos fantásticos*, Madrid, Alianza, 1979, págs. 152-157).

de sus huellas con ese estruendo sordo de los lugares huecos y obscuros. La nada estremecida en su desierto por un ligero rozamiento de vida.

Los muertos que dormían allí estaban bien muertos, sin la leve resurrección del recuerdo, en completo abandono, consumiéndose en la podredumbre universal, anónimos, separados por siempre de la vida, sin que de la inmediata colmena de gentes viniese nadie a reanimar con llantos y ofrendas la efímera personalidad que tuvieron, el nombre que les rotuló por un instante[82].

Las coronas pendían de las cruces, negras, deshilachadas, con un hervidero de insectos en sus briznas. La vegetación exuberante y monótona, libre del martirio de los pasos, se extendía por todas partes, desuniendo con sus raíces las piedras de las tumbas, haciendo saltar los peldaños de las sonoras escalinatas. Las lluvias, con su lenta filtración, producían desplomes del terreno, Algunas losas se cuarteaban, dejando entreabiertos profundos hoyos que exhalaban un hedor de tierra mojada y estiércol cocido.

Había que andar con cierta precaución, temiendo que el terreno sonoro y hueco se abriese de pronto; había que evitar repentinas depresiones, en las cuales, junto a una lápida hundida de canto, con letras de pálido oro y nobiliarios escudos, asomaba un cráneo pequeño, de débil osamenta: el armazón de una cabeza de mujer, entrando y saliendo por el negro portal de sus órbitas un rosario de hormigas.

El pintor caminaba estremecido, con la tristeza de una decepción inmensa, dudando de sus más grandes entusiasmos. ¡Y esto era la vida!... ¡Y así acababa la humana belleza! ¡Para esto serviría el receptáculo de hermosas sensaciones que llevaba sobre sus hombros, y allí iría a parar con toda su soberbia!...

—Aquí es —dijo Cotoner.

Se habían metido entre unas filas de tumbas apretadas, rozando, al pasar, los adornos envejecidos, que se desmenuzaban y caían a su contacto.

---

[82] De nuevo encontramos en este párrafo esa conciencia de la muerte meramente como ausencia de vida que caracteriza el discurso de Blasco, y que tanto lo opone a sus coetáneos noventaiochistas. Véase introducción, págs. 14 y ss.

Era una sepultura sencilla, una especie de féretro de blanco mármol, que se elevaba unos dos palmos sobre el suelo, llevando en su parte superior un alto remate semejante a la cabecera de una cama y terminado por una cruz.

Renovales permaneció frío. ¡Allí estaba Josefina!... Leyó varias veces la inscripción, como si no pudiera convencerse. Era ella; las letras reproducían su nombre, con una breve lamentación del marido inconsolable, que a él le pareció falta de sentido, artificial, vergonzosa.

Había venido pensando, con estremecimientos de inquietud, en el terrible momento de descubrir el último lecho de su Josefina. ¡Sentirse cerca de ella, pisar el suelo que guardaba la esencia de su cuerpo! No podría resistir este trance; lloraría como un niño, caería de rodillas, sollozando con angustia de muerte...

Y bien; ya estaba allí: tenía la tumba ante sus ojos, y sin embargo, permanecían secos, miraban en torno fríamente, con extrañeza.

¡Allí estaba!... Lo creía por la afirmación de su amigo, por aquel rótulo declamatorio puesto sobre la tumba; pero nada le avisaba la presencia de la muerta. Permanecía insensible, mirando con curiosidad a las inmediatas sepulturas, sintiendo en su interior un monstruoso deseo de burla, no viendo en la muerte más que su mueca sardónica de bufón de la última hora.

A un lado, un señor que descansaba bajo el interminable catálogo de sus títulos y condecoraciones; una especie de conde de Alberca, que se había dormido en la solemnidad de su grandeza, esperando el trompetazo del ángel para comparecer ante el Señor con todos sus pergaminos y cruces. Al otro, un general que se pudría bajo un mármol grabado de cañones, fusiles y banderas, como si quisiera infundir espanto a la muerte. ¡En qué burlesca promiscuidad había venido a acostarse Josefina para dormir su último sueño! Al través de la tierra mezclábanse los jugos de todos aquellos cuerpos, se unían y amalgamaban con el definitivo beso de la nada, sin haberse conocido durante la vida. Ellos eran los últimos dueños de su cuerpo, los eternos y definitivos amantes; se la arrebataban en su presencia y para siempre, indiferentes a las preocupaciones efímeras de los vivos. ¡Ay, la muerte! ¡Qué burlona atroz! ¡Qué cinismo frío el de la tierra!...

Sentía disgusto, tristeza, asco, de la insignificancia humana... pero no lloraba. Sólo tenía ojos para lo externo y lo material; para la forma, preocupación constante de su pensamiento. Al verse ante la tumba, apreció únicamente su vulgar humildad con cierta vergüenza. Era su mujer; la esposa de un gran artista.

Pensó en los escultores más célebres, todos amigos suyos: hablaría con ellos, labrarían una sepultura imponente, con estatuas lacrimosas y originales símbolos de la fidelidad, de la dulzura y del amor; un sepulcro digno de la compañera de Renovales... Y nada más; su pensamiento no iba más allá; su imaginación no podía traspasar la dureza del mármol, penetrando en el oculto misterio. La tumba estaba muda y vacía: en el ambiente no había nada que hablase al alma del pintor[83].

Permaneció insensible, sin que le turbase emoción alguna, sin dejar de ver un solo instante la realidad. El cementerio era un lugar feo, triste, repugnante, con su atmósfera de pudridero. Renovales creía percibir un lejano hedor de carne frita esparcido en el viento que inclinaba el puntiagudo plumero de los cipreses, que movía las viejas coronas y el ramaje de los rosales.

Miró con cierta hostilidad al silencioso Cotoner. Éste tenía la culpa de su frialdad. Su presencia le cohibía, impidien-

[83] Las escenas de la muerte en Blasco están a menudo ligadas a la tierra, a la podredumbre material de los huesos que nada deja tras sí. *La catedral* (1903; *Obras completas*, t. I, págs. 929-1069), termina con el siguiente párrafo: «El secreto de su muerte lo guardó la tierra, esa madre ceñuda que presencia impasible las luchas de los hombres, sabiendo que grandezas y ambiciones, miserias y locuras, han de pudrirse en sus entrañas, sin otro resultado que fecundar la renovación de la vida.» En otra obra más tardía, *Los cuatro jinetes del Apocalipsis* (1916, edición de Alianza, Madrid, 1998, parte 3.ª, cap. 5, páginas 455-56), trata de forma similar a los restos de uno de los protagonistas: «Quiso llevarse de allí a su hijo inmediatamente y se desesperó porque no podía hacerlo. Lo trasladaría tan pronto como se lo permitiesen, erigiéndole un mausoleo igual a los de los reyes... ¿Y qué iba a conseguir con esto? Cambiaría de sitio un montón de huesos; pero su carne, su envoltura, todo lo que formaba el encanto de su persona, quedaría allí confundido con la tierra. El hijo del rico Desnoyers se había agregado para siempre a un pobre campo de la Champaña.»

do toda efusión. Aunque amigo, era un extraño, un obstáculo entre él y la muerta. Se interponía entre los dos, impidiendo aquel diálogo mudo de amor y perdón con el que venía soñando. Volvería sin su acompañante. Tal vez el cementerio fuese distinto en la soledad.

Y volvió; volvió al día siguiente. El guardián le hizo un saludo amable, adivinando un parroquiano de los que proporcionan ganancias.

El cementerio le pareció más grande, más imponente, en el silencio de una mañana tranquila y luminosa. No tenía con quién hablar, no oía otro ruido humano que el de sus propios pasos. Subía escalinatas, atravesaba galerías, dejando tras él su indiferencia, pensando, con inquietud, que cada vez se separaba más de los vivos, que la puerta, con su empleado sórdido, estaba ya lejos, y que él era el único viviente, el único que pensaba y podía sentir miedo en aquella ciudad lúgubre de miles y miles de seres envueltos en un misterio que les hacía impotentes, entre los ruidos sordos y extraños de ese más allá que espanta con su negrura de abismo sin fondo.

Al llegar ante la tumba de Josefina, se quitó el sombrero.

Nadie. Los árboles y los rosales se estremecían bajo el viento, hasta perderse de vista en las encrucijadas de los panteones. Unos pájaros piaban sobre su cabeza, en una acacia, y este rumor de vida rasgando el susurro de la solitaria vegetación esparcía cierta tranquilidad en el espíritu del pintor, borraba el miedo infantil que había sentido antes de llegar allí, cruzando las columnatas de pavimento sonoro.

Permaneció mucho tiempo inmóvil, abstraído en la contemplación de aquella caja de mármol partida oblicuamente por la luz del sol: una parte de color de oro y otra con la blanca superficie azulada por la sombra. De pronto se estremeció, como si despertase oyendo una voz... la suya. Hablaba alto, con un impulso irresistible de exteriorizar a gritos su pensamiento, de animar con algo que significase vida este silencio mortal.

—Josefina, soy yo... ¿Me perdonas?...

Era un ansia infantil de oír la voz del más allá derramando sobre su alma un bálsamo de perdón y olvido; un deseo de arrastrarse, de llorar, de empequeñecerse, de que ella le escuchase, de que sonriera desde el fondo de la nada viendo la gran revolución que se había operado en su espíritu. Quería decirle[(224)] —y se lo decía mudamente, con el lenguaje de la emoción— que la amaba, que había resucitado en su pensamiento, ahora que la había perdido para[(225)] siempre, con un amor que no tuvo nunca para ella en su existencia terrenal. Sentíase avergonzado de verse ante su tumba; avergonzado de la desigualdad de su suerte.

Le[(226)] pedía perdón de vivir, de sentirse vigoroso y joven todavía, de amarla sin realidad, con loca esperanza, cuando la había dejado partir indiferente y frío, con el pensamiento en otra mujer, esperando su muerte con el más criminal de los anhelos. ¡Miserable! ¡Y él estaba en pie! ¡Y ella, la buena, la dulce, oculta para siempre, perdida y deshecha en las entrañas de la eterna insaciable!...

Lloraba: lloraba, por fin, con esas lágrimas cálidas y sinceras que atraen el perdón. Era el llanto por tanto tiempo deseado. Ahora sentía que los dos se aproximaban, que estaban casi juntos, que sólo les separaba una lámina de mármol y alguna tierra. Veía con la imaginación sus pobres restos, los huesos tal vez cubiertos por la podredumbre, epílogo de una vida, y los amaba, los adoraba con una pasión serena, por encima de las miserias terrenales. Nada de lo que había sido Josefina podía causarle repugnancia ni horror. ¡Si él pudiera abrir aquella caja blanca! ¡Si pudiera besar los últimos escombros del cuerpo adorado, llevárselos con él, para que le acompañasen en su peregrinación, como las divinidades domésticas de los antiguos!... Ya no veía el cementerio; no oía los pájaros ni el susurro de las ramas; creía vivir en una nube, sin contemplar otra cosa en la densa niebla que aquella tumba blanca, la marmórea caja, último lecho del adorado cuerpecillo.

Ella le perdonaba; su cuerpo surgía ante él tal como había sido en su juventud, como había quedado en los lienzos pin-

---

(224) «Decirla».
(225) «... por siempre...».
(226) «La pedía perdón...».

tada por su mano. Su mirada profunda se fijaba en la suya: la[227] mirada de los tiempos de amor. Le parecía oír su voz, la voz de entonaciones infantiles, la que reía admirando pequeñas insignificancias, en la época feliz. Era una resurrección; la imagen de la muerta estaba ante él, formada, sin duda, por moléculas invisibles de su ser que flotaban sobre la tumba, por algo de su esencia vital que aún aleteaba en torno de los restos materiales con cierto retardo de dolorosa despedida antes de emprender la carrera a las profundidades de lo infinito.

Su llanto incesante seguía derramándose en el silencio con una profusión de dulce desahogo; su voz entrecortada por los suspiros hacía callar a los pájaros, infundiéndoles momentáneo pavor. «¡Josefina! ¡Josefina!» Y el eco de estos lugares sonoros contestaba con rugidos sordos y burlones desde las lisas paredes de los mausoleos, desde el término invisible de las columnatas.

El artista, con impulso irresistible, pasó una pierna sobre las cadenas enmohecidas que rodeaban la tumba. ¡Sentirla más cerca! ¡Suprimir la corta distancia que los separaba! ¡Burlar a la muerte con un beso de amor resucitado, de intenso agradecimiento por el perdón!...

El cuerpo enorme del maestro cubrió la blanca caja, abarcándola en sus brazos extendidos, como si quisiera desprenderla del suelo y llevársela con él. Sus labios buscaron ansiosos la parte más alta de la losa.

Quiso adivinar el sitio que cubría el rostro de la muerta, y entre rugidos de fiera herida comenzó a besarlo, moviendo su cabeza como si quisiera estrellarla contra el mármol.

Una sensación en los labios de piedra caldeada por el sol, un sabor de polvo insípido y repulsivo se extendió por su boca. Renovales se incorporó, se puso de pie, como si despertase, como si resurgiese de pronto el cementerio, hasta entonces invisible. El lejano hedor de carne chamuscada volvió a herir su olfato.

Ahora veía la tumba como la había visto el día anterior. Ya no lloraba. La inmensa decepción secó sus lágrimas, mien-

(227) «... su mirada...».

tras en su interior sentía acrecentarse el ansia del llanto. ¡Horrible despertar!... Josefina no estaba allí; en torno de él sólo existía la nada. Era inútil buscar el pasado en el campo de la muerte. Los recuerdos no podían prender en esta tierra fría conmovida en sus entrañas por el pulular del gusano, por el hervor de la materia en putrefacción. ¡Ay, dónde venía a buscar sus ilusiones! ¡De qué estercolero hediondo quería hacer resurgir las rosas de sus recuerdos!...

Veía con la imaginación, tras aquel mármol antipático, el pequeño cráneo con su mueca burlona, los huesos frágiles envueltos en sus últimos andrajos de piel, y esta visión le dejaba frío, indiferente. ¿Qué tenía él que ver con estas miserias? No; Josefina no estaba allí. Había muerto de veras, y si alguna vez llegaba a verla, no sería cerca de su tumba.

Lloraba otra vez, pero sin lágrimas exteriores, con un llanto que se derramaba hacia adentro; lloraba la amargura de su soledad, el no poder cambiar con ella un pensamiento. ¡Tantas cosas que tenía que decirla y que le quemaban el alma!... ¡Cómo la hablaría si una fuerza misteriosa se la devolviese por un instante!... Imploraría su perdón; se arrojaría a sus pies, lamentando el error de su vida, el doloroso engaño de haber permanecido junto a ella indiferente, acariciando falsas ilusiones que encerraban el vacío, para rugir ahora en el tormento de lo irreparable, con la sed de un amor loco que adoraba a la muerta después de despreciar a la viva. La juraría mil veces la verdad de esa[228] adoración póstuma, de este deseo excitado por la muerte. Y luego la acostaría otra vez en su lecho eterno y se alejaría tranquilo, con la conciencia en paz después de la delirante confesión.

Pero era imposible. El silencio entre ellos sería para siempre. Habría de quedar por toda una eternidad con esta confesión en el pensamiento, sin poder comunicársela, sintiendo su pesadez abrumadora. Ella se había ido con el rencor y el desprecio en el alma, olvidando los primeros tiempos de amor, y eternamente ignoraría que éstos habían tenido un reverdecimiento después de su muerte.

---

(228) «... de esta adoración...».

No podía echar una mirada atrás; ella no existía, ya no existiría nunca. Todo cuanto él hiciese y cuanto pensase, las noches de insomnio llamándola con súplica cariñosa, las largas contemplaciones ante sus imágenes, todo lo ignoraría. Y cuando él muriese a su vez, el silencio y el aislamiento entre ambos aún se haría más grande. Las cosas que no había podido decirla se extinguirían con él, y los dos se desmenuzarían en la tierra, extraños el uno al otro, prolongando en la eternidad su error lamentable, sin poder aproximarse, sin poder verse, sin una palabra salvadora, condenados a la nada pavorosa y sin límites, sobre cuya dureza infinita resbalaban imperceptibles los deseos y los dolores de las criaturas.

El artista infeliz se revolvió con la rabia de su impotencia. ¿De qué crueldad vivían rodeados? ¿Qué burla sombría, feroz, implacable, era aquella que los empujaba unos hacia otros, para después separarlos por siempre, ¡por siempre!, sin que pudieran cambiar una mirada de perdón, una palabra que rectificase sus errores y les permitiera reanudar su eterno sueño con nueva paz?...

La mentira, siempre el engaño en torno del hombre, como una atmósfera protectora que le preserva en su marcha al través del vacío de la vida. Mentira aquella tumba con sus inscripciones; allí no estaba ella: sólo encerraba unos despojos iguales a todos, que nadie podría reconocer, ni él mismo que tanto la[229] había amado.

Su desesperación le hizo levantar los ojos al espacio de luminosa limpieza[230]. ¡Ah, el cielo! ¡Mentira también! Aquel azul celestial, con sus rayos dorados y sus juegos caprichosos de nubes, era una imperceptible película, una ilusión de los ojos. Más allá de la telaraña engañosa que envolvía la tierra estaba el verdadero cielo, el espacio sin fin, y era negro, de una lobreguez fatídica, con un chisporroteo de lágrimas ardientes, de infinitos mundos, lamparillas de la eternidad, en cuya llama vivían otros enjambres de visibles[231] átomos; y el alma glacial, ciega y cruel de la tenebrosa inmensidad

---

(229) «... tanto los había...».
(230) «limpidez».
(231) «invisibles».

reía de sus pasiones y sus anhelos, de las mentiras que fabricaban incesantemente para acorazar su efímera existencia, queriendo prolongarla con la ilusión de un alma inmortal.

Todo mentiras, que la muerte se encargaba de desenmascarar cortando la marcha a los hombres en su dulce camino escalonado de ilusiones, echándoles fuera de él con la misma indiferencia que sus pies habían aplastado y puesto en fuga los rosarios de hormigas que avanzaban entre la hierba sembrada de huesos.

Renovales sintió la necesidad de huir. ¿Qué hacía allí? ¿Qué le importaba el desolado vacío de aquel rincón de la tierra? Antes de alejarse con la firme resolución de no volver más, buscó en torno de la tumba una flor, unas briznas de hierba, algo que le acompañase como recuerdo. No: Josefina no estaba allí, bien lo sabía él; pero sintió el anhelo de los enamorados, ese apasionado respeto por las cosas que tocó alguna vez la mujer amada.

Despreció una mata de flores[232] silvestres que crecía abundosa en la parte inferior de la tumba. Las quería de cerca de la cabeza, y cogió unos pequeños botones blancos inmediatos a la cruz, pensando que sus raíces habrían tocado tal vez el rostro de la muerta, que conservarían en los pétalos algo de sus ojos, algo de su boca.

Volvió a casa desalentado, triste, con el vacío en el pensamiento y la muerte en el alma.

Pero en la atmósfera cálida de su vivienda, la amada muerta salió a su encuentro; la vio junto a él, sonriéndole desde el fondo de los marcos, irguiéndose en los grandes lienzos. Renovales sintió en torno de su cara un aliento cálido, como si aquellas imágenes respirasen a la vez, llenando la casa con la esencia de recuerdos que parecía flotar en el ambiente. Todo le hablaba de ella; todo lo llenaba este indefinible perfume del pasado. Allá arriba, en la fúnebre loma, había quedado la mísera envoltura, la corteza perecedera. No volvería más. ¿Para qué? La sentía a su alrededor: lo que de ella restaba en el mundo conservábase encerrado en la casa, como queda la fuerte esencia en el pomo roto y abandonado... En la casa,

---

(232) «floras».

no. La muerta estaba en él, la llevaba dentro, la percibía en su interior, como esas almas errantes de las leyendas que se refugian en un cuerpo ajeno, pugnando por compartir la morada con el alma, señora de la envoltura. No en vano habían vivido tantos años de existencia común, unidos primero por el amor, luego por la costumbre. Sus cuerpos habían dormido en íntimo contacto durante media vida, tocándose de la frente a los pies, abandonándose a la inconsciencia del sueño, mezclando sus sudores, cambiando por los abiertos poros ese calor de las horas íntimas, que es como la respiración del alma. La muerta se había llevado una parte de la vida del artista. En sus restos que se desmenuzaban en la soledad del cementerio había una parte del marido, y éste, a su vez, sentía algo extraño y misterioso que le encadenaba al recuerdo que le hacía experimentar a todas horas el deseo de aquel cuerpo, complemento del suyo, que se había desvanecido ya en la nada.

Renovales se encerró en su hotel, con aire taciturno y gesto hosco que infundieron miedo al criado. Si se presentaba el señor Cotoner, debía decirle que había salido. Si llegaban cartas de la condesa, podía dejarlas en un cacharro antiguo de la antesala, donde se amontonaban las tarjetas inútiles.

Si era ella la que se presentaba, debía cerrarle la puerta. No quería ver a nadie: deseaba pintar sin ningún género de distracción. La comida se la serviría en el mismo estudio.

Y trabajó solo, sin modelo, con una tenacidad que le hacía permanecer derecho ante el lienzo hasta que se desvanecía la luz. Algunas veces, su criado, al entrar al anochecer en el estudio, encontraba intacto el almuerzo sobre una mesa. Por la noche, en la soledad del comedor, eran los atracones mudos, el devorar silencioso y taciturno, por la imperiosa necesidad animal, sin ver lo que comía, con los ojos perdidos en una contemplación lejana.

Cotoner, algo picado por esta orden extraordinaria que le impedía el acceso al estudio, presentábase por la noche y en vano intentaba animarle con noticias del mundo exterior. Notaba en los ojos del maestro una luz anormal, un estrabismo[233] de locura.

---

[233] Errata en Sempere: «extrabismo».

—¿Cómo va esa obra?...

Renovales contestaba con un gesto vago. Ya la vería... más adelante.

Su gesto de indiferencia repetíase al oír que le hablaba de la condesa de Alberca. Cotoner describía la alarma de aquella señora, su asombro por la conducta del maestro. Le había llamado para tener noticias de Mariano, para lamentarse, con los ojos húmedos, de esta ausencia. Había estado dos veces en la puerta del hotel, sin poder entrar; se quejaba del criado y de aquella obra misteriosa. Al menos que le escribiera, que contestase a sus cartas[234], repletas de lamentos y ternuras, que ella no sospechaba cerradas aún y en profundo olvido entre una nube de amarillentas cartulinas. El artista escuchaba esto con un encogimiento de hombros, como si le hablasen de los dolores de un planeta lejano.

—Vamos a ver a Milita —decía—. Esta noche no tiene teatro.

En su aislamiento, lo único que le ligaba al mundo exterior era el ansia de ver a su hija, de hablarla, como si la amase con nuevo cariño. Era carne de su Josefina; había vivido en sus entrañas. Tenía la salud y el vigor de él; nada en su exterior recordaba a la otra; pero su sexo ligábala estrechamente a la imagen adorada de la madre.

Oía a su Milita en un éxtasis sonriente, agradeciendo el interés que mostraba por su salud.

—¿Estás enfermo, papaíto? Te encuentro desmejorado. Tienes una mirada que no me gusta... Trabajas mucho.

Pero él la tranquilizaba moviendo sus fuertes brazos, hinchando su pecho vigoroso. Nunca se había sentido mejor. Y se enteraba, con una minuciosidad de abuelo bondadoso, de los pequeños disgustos de su existencia. Su marido pasaba el día con los amigos; ella se aburría en casa, y sólo encontraba entretenimiento en las visitas o en las compras. Y a continuación surgía un lamento, siempre el mismo, que el padre adivinaba desde las primeras palabras. López de Sosa era un egoísta, un tacaño para ella. Su vida de despilfarro sólo alcanzaba a sus placeres y a su persona, pretendiendo hacer economías sobre los

(234) «... que contestase sus cartas...».

gastos de su mujer. Le[235] quería, a pesar de esto. Milita no osaba negarlo: ni amantes ni ligeras infidelidades; ¡buena era ella para tolerarlas! Pero sólo encontraba dinero para sus caballos, para sus automóviles, hasta sospechaba que iba gustándole el juego, y su pobrecita mujer que viviese desnuda, que llorase con interminable súplica cada vez que la presentaban una cuenta, alguna insignificancia de mil o dos mil pesetas.

El padre tenía para ella generosidades de amante. Sentíase capaz de derramar a sus pies todo lo que había amontonado en largos años de trabajo. ¡Que viviese feliz, ya que amaba a su marido! Las inquietudes de ella le hacían sonreír con desprecio. ¡El dinero! La hija de Josefina triste por tales necesidades, teniendo él en su casa tantos papeles sucios, mugrientos, insignificantes, por cuya adquisición había penado, y que ahora miraba con indiferencia!... De estas entrevistas salía siempre entre vehementes abrazos y bajo una lluvia de besos ruidosos de aquella grandullona, que expresaba su alegría manoseándolo irrespetuosamente como si fuese un niño.

—Papaíto, ¡qué bueno eres!... ¡Cuánto te quiero!

Una noche, Renovales, al salir de casa de su hija acompañado de Cotoner, dijo a éste con cierto misterio:

—Ven por la mañana. Te enseñaré «aquello». Aún está atrasado, pero quiero que lo veas... Sólo tú. Nadie podrá juzgar mejor.

Después añadió con una satisfacción de artista:

—Antes sólo podía pintar lo que veía... Ahora soy otro. Me ha costado mucho, ¡mucho!... pero tú juzgarás.

Y había en su voz la alegría de las dificultades vencidas, la certidumbre de una grande obra.

Cotoner acudió al día siguiente con el apresuramiento de la curiosidad, y entró en el estudio, cerrado para todos.

—¡Mira! —dijo el maestro con ademán soberbio.

El amigo miró. Frente a la luz había un lienzo en un caballete; un lienzo gris en su mayor parte, sin otro color que el del preparado, y sobre éste rayas confusas y entrelazadas delatando cierta indecisión ante los diversos contornos de un mismo cuerpo. A un lado, una mancha de colores, que era lo

[235] «La quería...».

que el maestro señalaba con su mano: una cabeza de mujer, que se destacaba vigorosa sobre el crudo fondo de la tela[84].

Cotoner quedó absorto. ¿Aquello lo había pintado realmente el gran artista? No veía la mano del maestro. Aunque él fuese un pintor insignificante, tenía buen ojo y adivinaba la indecisión, el miedo, la torpeza, la lucha con algo irreal que se escapa, negándose a entrar en el molde de la forma. Saltaba a la vista la inverosimilitud de los rasgos, la rebuscada exageración: los ojos enormes, monstruosos en su grandeza; la boca diminuta como un punto; la piel de una palidez luminosa, sobrenatural. Solamente en sus pupilas había algo notable: una mirada que venía de muy lejos, una luz extraordinaria que parecía traspasar el lienzo.

—Me ha costado mucho. Ninguna obra me hizo sufrir tanto. Esto es la cabeza nada más. ¡Lo más fácil! Después vendrá el cuerpo; una desnudez divina, como nunca se haya visto. Y tú solo la verás, ¡sólo tú!

El bohemio ya no miraba el cuadro. Contemplaba con extrañeza al pintor, asombrado de aquella obra, desconcertado por su misterio.

—Ya ves, ¡sin modelo!, ¡sin la realidad delante! —continuó el maestro—. No he tenido más guía que esos; pero es el mejor, el definitivo.

«Esos» eran todos los retratos de la muerta, descolgados de las paredes, colocados en caballetes o en sillas, formando un apretado círculo en torno del lienzo empezado.

El amigo no pudo contener su asombro, no pudo fingir más tiempo, vencido por la sorpresa:

—¡Ah! Pero es...! ¡Pero... has querido pintar a Josefina!

Renovales se echó atrás con violenta sorpresa. Josefina, sí: ¿quién había de ser? ¿Dónde tenía los ojos? Y su mirada iracunda trastornó a Cotoner.

Éste volvió a contemplar la cabeza. Sí, era ella, con una belleza que parecía de otro mundo; extremada, espiritualizada, como si perteneciese a una humanidad nueva, libre de grose-

[84] Hay en este lienzo que prepara Renovales un evidente parentesco con el de Frenhofer en *Le Chef d'Oeuvre Inconnu* y con la gran obra de Claude Lantier en *L'Oeuvre* de Zola. Véase introducción, págs. 90 y ss.

ras necesidades, en la que se hubiesen extinguido los últimos restos de la animalidad ancestral. Contemplaba los numerosos retratos de otros tiempos, y reconocía sus rasgos en la nueva obra, pero animados por una luz que venía de dentro[85] y cambiaba el valor de los colores, dando al rostro una novedad extraña.

—¡La reconoces por fin! —dijo el maestro, que seguía ansiosamente la impresión de su obra en los ojos del amigo—. ¿Es ella? Di, ¿no te parece igual?

Cotoner mintió con cierta conmiseración. Sí, era ella; por fin la veía bien... Ella, pero más hermosa que en vida... Josefina nunca había sido así.

Ahora era[(236)] Renovales el que miró con extrañeza y lástima. ¡Pobre Cotoner! ¡Infeliz fracasado, paria del arte, que no había podido salir de la muchedumbre anónima y carecía de otra sensibilidad que la del estómago!... ¡Qué sabía él de aquellas cosas! ¡Por qué consultarle!

No había reconocido a Josefina, y sin embargo, este lienzo era su mejor retrato, el más exacto.

Renovales la llevaba en su interior; la contemplaba sólo con recogerse en su pensamiento. Nadie podía conocerla mejor que él. Los demás la tenían olvidada. Así la veía... y así había sido.

IV

La condesa de Alberca logró introducirse una tarde en el estudio del maestro.

La vio llegar el criado, como otras veces, en un coche de alquiler, atravesar el jardín, subir las escaleras del vestíbulo y

---

(236) «Ahora fue Renovales...».

---

[85] Nótese la coincidencia de criterios, e incluso de términos, entre esta descripción del retrato de Josefina y lo que dijo en su conferencia *La pintura española* a propósito de los retratos de El Greco (o.c., pág. 281): «... los ojos reflejan una luz interior, parece que tuvieran alma, que quisieran animar el mundo externo». Véase introducción, págs. 68 y ss.

entrar en el recibimiento con un paso agitado de mujer resuelta que marcha ante ella rectamente y sin vacilación. Intentó cerrarle(237) el paso con respeto, yendo de un lado a otro, saliéndola al encuentro cada vez que avanzaba ladeándose para burlar este obstáculo. ¡El señor trabajaba! ¡El señor no recibía! ¡Era una orden severa y sin excepción!... Pero ella siguió adelante, con el ceño duro, una luz de fría cólera en los ojos, una resolución manifiesta de abofetear al criado si era preciso, de pasar por encima de su cuerpo.

—Vamos, buen hombre, apártese usted.

Y su entonación de gran señora altiva e irritada hizo temblar al pobre sirviente, que no sabía ya cómo oponerse a esta invasión de faldas rumorosas y fuertes perfumes. En una de sus evoluciones, la bella señora tropezó con una mesa de mosaico italiano, en cuyo centro estaba el antiguo jarrón. Su mirada descendió instintivamente hasta el fondo de la vasija. Fue un instante nada más, pero bastó a su curiosidad femenil para reconocer los sobrecillos azules de blanca orla que asomaban las puntas cerradas o mostraban los lomos intactos entre el montón de cartulinas. ¡Esto más!... Su palidez se hizo intensa, tomó un tinte verdoso, y con tal impulso siguió adelante la dama, que el criado no pudo detenerla y quedó a su espalda desalentado, confuso, temiendo la cólera del señor.

Renovales, alarmado por el fuerte taconeo en la madera del pavimento y el roce de unas faldas rumorosas, se dirigió hacia la puerta en el mismo instante que la condesa hacía su entrada con expresión teatral.

—Soy yo.

—¡Usted!... ¡Tú!...

La turbación, la sorpresa, el miedo a esta entrevista, hicieron balbucear al maestro.

—Siéntate —dijo con frialdad.

Se sentó en un diván, y el artista permaneció de pie ante ella.

Miráronse con cierta extrañeza, como si no se reconociesen después de esta ausencia de semanas, que pesaba en su memoria como si fuese de años.

---

(237) «Cerrarla».

Renovales la miraba fríamente, sin que su cuerpo se estremeciera a impulsos del deseo, como si fuese una visita vulgar de la que necesitaba librarse cuanto antes. Le extrañaban su palidez verdosa, la boca apretada por un mohín de disgusto, la mirada dura, de brillo amarillento, la nariz que parecía encorvarse buscando el labio superior. Estaba irritada; pero al fijar los ojos en él, perdieron éstos su dureza.

Su instinto de mujer se tranquilizó al contemplarle. También él parecía otro, en el abandono de su aislamiento: el pelo alborotado, la barba enmarañada, revelando el descuido de la preocupación, la idea fija y absorbente que hace olvidar el aseo de la persona.

Se desvanecieron instantáneamente sus celos, la cruel sospecha de sorprenderle apasionado de otra mujer, con una veleidad de artista. Ella conocía los signos exteriores del enamoramiento: la necesidad que siente el hombre de embellecerse, de hacerse grato, extremando los cuidados de su adorno.

Con ojos de satisfacción revisaba su abandono, fijándose en las ropas sucias, en las manos descuidadas, en las uñas largas manchadas de color, en todos los detalles que revelaban falta de aseo, olvido en[238] la persona. Indudablemente era una locura pasajera de artista, un capricho tenaz de laborioso. Su mirada brillaba con una luz de fiebre, pero no revelaba lo que ella había sospechado.

A pesar de esta certidumbre tranquilizadora, como Concha iba dispuesta a llorar y traía sus lágrimas preparadas, aguardando impacientes en el borde de los párpados, se llevó las manos a sus ojos, encogiéndose en un extremo del diván, con gesto trágico. Era muy desgraciada; sufría mucho. Había pasado unas semanas horribles. ¿Qué era aquello? ¿Por qué desaparecía sin una explicación, sin una palabra, cuando ella le amaba más que nunca, cuando sentía impulsos de abandonarlo todo, de dar un escándalo enorme, viniendo a vivir con él para ser su compañera, su esclava?... Y sus cartas, sus pobres cartas, abandonadas, sin abrir, como si

---

[238] «... olvido de la persona...».

fuesen molestas peticiones de una limosna. ¡Ella que había pasado las noches en vela, poniendo sobre los pliegos toda su alma!... Y había en su acento un estremecimiento de despecho literario; la amargura de que hubieran quedado en el misterio todas las cosas bonitas que alineaba con sonrisa de satisfacción después de largas reflexiones... ¡Los hombres! ¡Su egoísmo y su crueldad! ¡Qué torpeza adorarles!

Seguía en su llanto, y Renovales la miraba como si fuese otra mujer. Le parecía ridícula en este dolor que trastornaba su rostro, que lo afeaba, borrando su sonriente impasibilidad de hermosa muñeca.

Intentó excusarse, pero sin calor, sin deseos de convencer, para no mostrarse cruel en su silencio. Trabajaba mucho; era ya hora de volver a su antigua existencia de fecunda labor. Ella olvidaba que era un artista, un maestro de cierto nombre, que tenía sus deberes con el público. No era como aquellos señoritos que podían dedicarla el día entero y pasar la existencia a sus pies, cual un paje enamorado.

—Hay que ser serios, Concha —añadió con una frialdad pedantesca—. La vida no es un juego. Yo debo trabajar, y trabajo. Hace no sé cuántos días que no salgo de aquí.

Ella se irguió irritada, apartó las manos de sus ojos, le miró, recriminándole. Mentía, había salido de su encierro, sin ocurrírsele nunca llegar por un momento a su casa.

—Buenos días nada más... que yo te viese un instante, Mariano; el tiempo necesario para convencerme de que eres el mismo, de que sigues queriéndome. Pero has salido muchas veces; te han visto. Yo tengo mi policía que me lo cuenta todo. Eres demasiado conocido para que la gente no se fije en ti... Has estado por las mañanas en el Museo del Prado. Te han visto horas enteras contemplando como un bobo un cuadro de Goya: una mujer desnuda. ¡Tu manía que vuelve otra vez, Mariano!... Y no se te ha ocurrido venir a verme; no has contestado a mis cartas. El señor se siente orgulloso, satisfecho de que le amen, y se deja adorar como un ídolo, seguro de que más le querrán cuanto más grosero sea... ¡Ay, los hombres! ¡Los artistas!...

Gemía, pero su voz ya no conservaba el tono de irritación de los primeros momentos. La certidumbre de que no había de luchar con la influencia de otra mujer amansaba su orgullo, no dejando en ella más que una queja dulce de víctima que desea sacrificarse de nuevo.

—Pero siéntate —exclamó en medio de sus sollozos, indicándole un lugar en el diván, junto a ella—. No estés de pie; parece que deseas que me vaya...

El pintor se sentó, pero con cierta timidez, huyendo el contacto de su cuerpo, evitando el encuentro de aquellas manos que, instintivamente, iban a él y ansiaban un pretexto para asirle. Adivinaba su deseo de llorar sobre uno de sus hombros, olvidándolo todo, desvaneciendo con una sonrisa sus últimas lágrimas. Así había ocurrido en otras ocasiones; pero Renovales, conociendo el juego, se echaba atrás con cierta rudeza. Aquello no debía comenzar otra vez; no podía repetirse, aunque él quisiera. Había que decir la verdad a toda costa: acabar para siempre; echarse de los hombros el pesado fardo.

Habló con voz fosca, titubeando, la mirada en el suelo, sin atreverse a levantar los ojos por miedo a los de Concha, que adivinaba fijos en él.

Hacía muchos días que pensaba escribirla. ¡El miedo a no consignar claramente sus pensamientos! ¡Cierto pavor que le hacía dejar la carta para el día siguiente! Ahora se alegraba de que hubiese venido; celebraba la debilidad de su criado al dejar[239] franca la puerta.

Debían hablar como buenos camaradas que examinan juntos el porvenir. Era hora de dar fin a las locuras. Serían lo que Concha deseaba en otros tiempos: amigos, buenos amigos. Ella era hermosa, tenía aún la frescura de la juventud; pero el tiempo no transcurre en vano, y él se sentía viejo; contemplaba la vida desde cierta altura, como se contemplan las aguas de un río, sin mojarse en ellas.

Concha le escuchaba con asombro, resistiéndose a comprender sus palabras. ¿Qué escrúpulos eran estos?... Después de ciertas divagaciones, el pintor habló con un tono de remordimiento de su amigo el conde de Alberca, un hombre respetable por su misma simplicidad. Su conciencia se suble-

---

(239) «... al dejarle franca...».

vaba ante la sencilla admiración del grave señor. Era una infamia este engaño audaz en su misma casa, bajo el mismo techo. Él no tenía fuerzas para continuar; debían purificarse del pasado con una buena amistad; decirse adiós como amantes, sin rencor y sin antipatía, agradecidos mutuamente por la dicha pasada, llevándose, como muertos queridos, los agradables recuerdos.

La risa de Concha, nerviosa, sardónica, insolente, cortó la palabra del artista. Su cruel jocosidad excitábase al pensar que era su marido el pretexto de esta ruptura. ¡Su marido!... Y volvía a reír con carcajadas que delataban la insignificancia del conde, la falta absoluta de respeto que inspiraba a su mujer, la costumbre de ajustar su vida a sus caprichos, sin pensar nunca en lo que aquel hombre pudiera decir o pensar. Su marido no existía para ella; jamás le había temido; nunca había pensado que pudiera servirle de obstáculo, ¡y el amante le hablaba de él, presentándolo como una justificación de su alejamiento!

—¡Mi marido! —repetía entre los estremecimientos de su risa cruel—. ¡Pobrecillo! Déjale quieto; él nada tiene que hacer entre nosotros... No mientas, no seas cobarde. Habla; otras cosas llevas en el pensamiento. Yo no sé las que son, pero las presiento, las veo desde aquí. ¡Si quisieras a otra!... ¡Si quisieras a otra!...

Pero se interrumpía en esta exclamación sorda de amenaza. Le bastaba mirarle para convencerse de que era imposible. Su cuerpo no olía a amor; todo en él revelaba la paz de una carne en reposo, sin impulsos ni deseos. Era tal vez un capricho de su imaginación, una anormalidad de desequilibrado lo que le impulsaba a repelerla. Y animada por esta creencia, se abandonó, olvidando su enfado, hablándole en tono cariñoso, acariciándole con un ardor en el que había a la vez algo de madre y de amante.

Renovales la vio pronto[240] junto a él, enlazando los brazos a su cuello, hundiendo las manos con delectación en el revoltijo de su cabellera.

---

[240] «... la vio de pronto...».

No era orgullosa; los hombres la adoraban, pero su corazón, su cuerpo, toda ella, era para su pintor, para aquel ingrato que tan mal correspondía a su cariño, que la iba a envejecer con tantos disgustos.... Súbitamente enternecida, le besaba la frente con una expresión generosa y pura. ¡Pobrecito! ¡Trabajaba mucho! Todo lo que tenía era cansancio, trastorno, exceso de producción. Había que dejar quietos los pinceles, vivir, quererla mucho, ser felices, tener en reposo aquella frente, siempre contraída por móviles arrugas, como un cortinaje tras el cual pasaba y repasaba, en perpetua revolución, un mundo invisible.

—Deja que te bese otra vez esa frente bonita, para que callen y duerman los duendes que tienes dentro.

Y besaba de nuevo la frente «bonita», deleitándose en acariciar con sus labios los surcos y prominencias de esta extensión irregular atormentada como un terreno volcánico.

Por mucho tiempo, su voz mimosa, de exagerado ceceo infantil, resonó en el silencio del estudio. Sentía celos de la pintura, señora cruel, exigente y antipática, que parecía enloquecer a su pobre nene[86]. El mejor día, ilustre maestro, prendía fuego[(241)] al estudio con todos sus cuadros. Se esforzaba por atraerle a ella, por sentarlo en sus rodillas, meciéndolo como si fuese un niño.

—A ver, don Marianito: haga usted una risa a su Conchita... ¡Ríase usted, granuja! ¡Ríete, o te pego!

Él reía, pero con sonrisa forzada, intentando resistirse al cariñoso manoseo, fatigado de estas infantiles simplezas que en otros tiempos eran su placer. Permanecía insensible a aquellas manos, a aquella boca, al calor de aquel cuerpo que rozaba el suyo sin despertar la más leve emoción. ¡Y él había

(241) «... maestro, le prendía...».

86 Esta es la única manifestación de celos de Concha respecto a la pintura: ello parece situar a la amante casi como un accidente, como un elemento secundario en el relato, y sería ciertamente así si *La maja desnuda* pudiera ser encasillada exclusivamente dentro del género «novela de artista». Pero Blasco ha tomado los *ítems* típicos de ese género para construir una novela más amplia en la que el amor y la muerte cobran protagonismo por sí solos, equiparándose a la pintura en importancia para construir un relato de la vida.

amado a aquella mujer! ¡Y por ella había cometido el crimen feroz e irreparable que le haría arrastrar eternamente la cadena del remordimiento!... ¡Qué sorpresas las de la vida!...

La frialdad del pintor acabó por comunicarse a la de Alberca. Pareció despertar del ensueño en que ella misma se mecía. Se apartó del amante, examinándolo fijamente con ojos imperiosos, en los que comenzaba a brillar de nuevo una chispa de orgullo.

—¡Di que me quieres! ¡Dilo en seguida!, ¡lo necesito!

Pero en vano extremaba su ademán autoritario; en vano aproximaba sus ojos a los de él, como si quisiera asomarse a su interior. El artista sonreía débilmente, murmuraba palabras evasivas, negábase a seguirla en estas exigencias.

—Dilo a gritos, que yo lo oiga... Di que me quieres. Llámame Friné, lo mismo que cuando me adorabas de rodillas, besando mi cuerpo.

Él nada dijo. Parecía avergonzado por el recuerdo; bajaba la cabeza para no verla.

La condesa se levantó con nervioso impulso. La cólera le hizo plantarse en medio del estudio, con las manos crispadas, el labio inferior temblón, los ojos con un brillo verdoso. Sentía deseos de destrozar algo, de caer en el suelo con violentas contorsiones. Dudaba entre romper una ánfora árabe próxima o abalanzarse sobre aquella cabeza inclinada, clavando en ella sus uñas. ¡Miserable! ¡Tanto que le había amado; tanto que le quería aún, sintiéndose ligada a él por la vanidad y la costumbre!...

—¡Di si me quieres! —gritó—. ¡Dilo de una vez!... ¿sí o no?...

Tampoco obtuvo respuesta. El silencio era penoso. Creyó de nuevo en otro amor, en una mujer que había venido a ocupar su puesto. Pero ¿quién era?, ¿dónde encontrarla? Su instinto femenil le hizo volver la cabeza, extender la mirada por la próxima puerta, viendo el estudio inmediato, y tras él, el último, el verdadero taller donde trabajaba el maestro. Avisada por misteriosa intuición, echó a correr hacia aquella nave. ¡Allí!... ¡tal vez allí!... Los pasos del pintor sonaron tras ella. Había salido de su desaliento al verla huir; la perseguía con un apresuramiento de terror. Concha presintió que iba a saber la verdad; una verdad cruel, con toda la crudeza de un descubrimiento a plena luz. Quedó inmóvil, con las cejas fruncidas por un gran esfuerzo mental, ante aquel retrato que parecía reinar en el estudio, ocupando el mejor caballete, en lugar preferente, a pesar del desierto gris de su lienzo.

El maestro vio en la cara de Concha la misma expresión de duda y extrañeza de su amigo Cotoner. ¿Quién era aquella?... Pero la vacilación fue más breve: su orgullo de mujer aguzaba sus sentidos. Vio más allá de aquella cabeza desconocida el coro de antiguos retratos que parecía guardarla.

¡Ay, sus ojos de inmensa extrañeza!, ¡la mirada de frío asombro que clavó en el pintor, examinándole de cabeza a pies!...

—¿Es Josefina?

Él inclinó la frente con muda respuesta. Pero le pareció una cobardía su silencio; sintió la necesidad de gritar en presencia de aquellos lienzos lo que afuera no había osado decir. Era un deseo de halagar a la muerta, de implorar su perdón, confesando su amor sin esperanza.

—Sí; es Josefina.

Y lo dijo avanzando un paso, gallardamente mirando a Concha como si fuese un enemigo, con cierta hostilidad en los ojos que no pasó inadvertida para ella.

No se dijeron más. La condesa no podía hablar. Su sorpresa rebasaba los límites de lo verosímil, de lo conocido.

¡Enamorado de su mujer... y después de muerta! ¡Encerrado como un asceta para pintarla con una hermosura que nunca había tenido!... La vida ofrecía grandes sorpresas, pero esto, seguramente, no se había visto nunca.

Creyó que caía y caía, empujada por el asombro, y al término de esta caída se encontró otra, sin una queja, sin un estremecimiento de dolor, pareciéndole extraño todo cuanto la[242] rodeaba: la habitación, el hombre, los cuadros. Aquello iba más allá de sus sentimientos. Una hembra sorprendida allí le hubiese hecho llorar, rugir de dolor, revolcarse en el pavimento, amar aún más al maestro, con el atizamiento de los celos. ¡Pero encontrarse con la rivalidad de una

(242) «... cuanto le rodeaba...».

muerta! ¡Y además de muerta... su mujer!... El caso le pareció de una ridiculez sobrehumana: sentía deseos locos de reír. Pero no rió. Recordaba la mirada anormal que había sorprendido en el artista al entrar en el estudio; creía ver ahora en sus ojos una chispa de aquel mismo fulgor.

De pronto sintió miedo: miedo a la soledad sonora de aquella nave; miedo al hombre que la contemplaba en silencio, como si no la conociese, y hacia el cual experimentaba Concha la misma extrañeza.

Aún tuvo para él una mirada de conmiseración, de esa ternura que siente toda mujer ante la desgracia, aunque aflija a un desconocido. ¡Pobre Mariano! Todo había acabado entre ellos. Evitó el tuteo; le tendió los dedos de su diestra enguantada con un ademán de gran señora inabordable. Había pasado mucho tiempo en esta situación, en la que sólo hablaban sus ojos.

—Adiós, maestro; ¡cuidarse!...

—No se moleste acompañándome, conozco el camino. Siga su trabajo: pinte mucho...

Taconearon sus pies nerviosamente al alejarse sobre el pavimento encerado que ya no había[243] de pisar nunca. El revoloteo de su falda esparció por última vez en el estudio su estela de perfumes.

Renovales respiró con más libertad al verse solo. Terminaba para siempre el error de su vida. De esta entrevista no le quedaba otro escozor que la indecisión de la condesa ante el retrato. La había reconocido antes que Cotoner, pero también había vacilado. Nadie se acordaba de la muerta; sólo él guardaba su imagen.

Aquella misma tarde, antes de que llegase su viejo amigo, recibió el maestro otra visita. Su hija se presentó en el estudio, adivinándola Renovales, antes de que entrase, por el estrépito de alegría y de vida exuberante que parecía marchar ante sus pasos.

Venía a verle; le había prometido una visita desde muchos meses antes. Y el padre sonrió con indulgencia, recordando

---

[243] «... no habían de...».

ciertas quejas de la última entrevista. ¿Nada más venía por verle?

Milita se hizo la distraída, examinando el estudio, que no había visitado en mucho tiempo.

—¡Calla! —exclamó—. ¡Si es mamá!

Miraba el retrato con cierto asombro, pero el artista se mostró satisfecho de la prontitud con que la había reconocido. ¡Al fin, su hija! ¡El instinto de la sangre!... El pobre maestro no vio la ojeada a los otros retratos que había guiado a la joven en su inducción.

—¿Te gusta? ¿Es ella? —preguntó ansioso, como un principiante.

Milita respondía con cierta vaguedad. Sí, estaba bien; tal vez un poco más hermosa que había sido. Ella no la conoció nunca así.

—Es verdad —dijo el maestro—. Tú no la viste en sus buenos tiempos. Pero así era antes de que tú nacieses. Tu pobre madre era muy hermosa.

Pero la hija no mostró gran emoción ante esta imagen. Le parecía extraña. ¿Por qué estaba la cabeza en un extremo del lienzo? ¿Qué pensaba añadir? ¿Qué significaban aquellos trazos?... El maestro se excusó con cierto rubor, temiendo comunicar su pensamiento a la hija, súbitamente dominado por una pudibundez paternal. Ignoraba aún lo que haría; tenía que decidirse por un vestido que «encajase» bien. Y en un acceso de súbita ternura, se humedecieron sus ojos y besó a su hija.

—¿Te acuerdas mucho de ella, Milita?... ¿Verdad que era muy buena?

La hija sintióse contagiada por la tristeza del padre, pero fue un momento nada más. Su vigor, su salud, su alegría de vivir, repelían pronto las impresiones tristes. Sí, muy buena; se acordaba de ella con frecuencia... Tal vez decía verdad; pero estos recuerdos no eran profundos ni dolorosos: la muerte le parecía una cosa sin sentido, un incidente remoto y poco temible que no turbaba la serena calma de su equilibrio físico.

—¡Pobre mamá! —añadió a guisa de oración—. Para ella fue un consuelo el marcharse. ¡Siempre enferma, siempre triste! ¡Con una vida así, más vale morir!...

Había en sus palabras cierta amargura; el recuerdo de una juventud compartida con aquella eterna enferma, de humor desigual, y en un ambiente entristecido por la sequedad hostil con que se trataban los padres. Además, su gesto era glacial. Todos hemos de morir: que los débiles se vayan antes y dejen el sitio a los fuertes. Era el egoísmo inconsciente y cruel de la salud. Renovales veía de pronto el alma de su hija por este desgarrón inesperado de su franqueza. La muerta los conocía bien a los dos. Era suya, toda suya. Él también poseía este egoísmo del fuerte, que le había hecho aplastar la debilidad y la delicadeza puestas a su amparo. A la pobre Josefina sólo le quedaba él, arrepentido y en eterna adoración. Para los demás no había pasado por el mundo: ni en su hija perduraba el dolor de su muerte.

Milita volvió la espalda al retrato. Se olvidaba de su madre y de la obra de papá. ¡Chifladuras de artista! Ella había venido a otra cosa.

Se sentó junto a él, casi lo mismo que horas antes se había sentado otra mujer. Acariciábale con su voz cálida, que tomaba cierta entonación de arrullo felino. Papá, papaíto... era muy desgraciada... Venía a verle, a contarle sus pesares.

—Sí; dinero —dijo el maestro, algo molesto por la falta de emoción con que hablaba de su madre.

—Dinero, papaíto, ya lo sabes; ya te lo dije el otro día. Pero no es eso sólo. ¡Rafael... mi marido!, ¡esto es una vida imposible!

Y relataba las insignificantes contrariedades de su existencia. Para no creerse en prematura viudez tenía que acompañar a su marido en el automóvil, interesarse en sus excursiones, que antes le parecían una diversión y ahora le resultaban intolerables.

—Una vida de peón caminero, papá; siempre tragando polvo, contando kilómetros. ¡A mí, que me gusta tanto Madrid, que no puedo vivir fuera de él!

Se había sentado en las rodillas de su padre, le hablaba con los ojos puestos en los suyos, acariciándole la cabellera, tirándole de los bigotes con travesuras de niña... casi lo mismo que la otra.

—Además, es roñoso; por él iría como una cursi; todo le parece demasiado... Papaíto, sácame de este apuro; son dos mil pesetas nada más. Con esto me arreglo, y no te molestaré con nuevos empréstitos... Anda, papaíto dulce. Mira que las necesito en seguida, que por no incomodarte he aguardado hasta el último momento.

Renovales se agitaba molestado por el peso de su hija; una soberbia moza, que caía sobre él con abandonos de niña. Irritábale su confianza filial. Su perfume de mujer le hacía recordar aquel otro que turbaba sus noches esparciéndose por la soledad de las habitaciones. Parecía haber heredado la carne de la muerta.

La rechazó con cierta rudeza, y ella tomó esta repulsión por una negativa a sus súplicas. Se entristeció su cara, pusiéronse llorosos sus ojos, y el padre se arrepintió de su brusquedad. Le extrañaban sus incesantes peticiones de dinero. ¿Para qué lo quería?... Recordaba los grandes regalos de su boda, aquella abundancia principesca de ropas y alhajas que se había exhibido allí mismo, en los estudios. ¿Qué le faltaba a ella?... Pero Milita miraba a su padre con asombro. Había transcurrido más de un año desde entonces. Bien se veía que papá era un ignorante en estos asuntos. ¿Iba ella a usar los mismos vestidos, los mismos sombreros, iguales adornos, en un período larguísimo, interminable... de más de doce meses? ¡Qué horror! ¡Qué cursilería! Y aterrada por tanta monstruosidad, comenzaron a asomar sus tiernas lágrimas(244), con inquietud(245) del maestro...

Calma, Milita; no había por qué llorar. ¿Qué deseaba?, ¿dinero?... Al día siguiente la enviaría todo el que necesitase. Guardaba poco en casa; tenía que pedirlo al Banco... Operaciones que ella no comprendía(246). Pero Milita, alentada por su victoria, insistió en la petición con una tenacidad desesperante. La engañaba; no se acordaría de ella al día siguiente; conocía bien a su padre. Además, necesitaba el dinero en seguida; compromisos de honor —y lo afirmaba con grave-

(244) «lagrimitas».

(245) «... con gran inquietud...».

(246) «comprendería».

dad—, miedo a las amigas por si se enteraban de sus deudas.

—Ahora mismo, papaíto. No seas malo; no te diviertas en hacerme rabiar. Debes tener dinero, mucho dinero. Tal vez lo lleves[247] encima... A ver, papaíto malo, déjame que te registre, déjame ver la cartera... No digas que no; sí que la llevas... ¡sí que la llevas!

Hundía sus manos en el pecho de su padre, desabrochando su chaquetón de trabajo, cosquilleándole audazmente por llegar al bolsillo interior. Renovales se defendía con cierta flojedad. Tonta; perdía el tiempo; ¿dónde estaría la cartera?... Él no la llevaba nunca en ese[248] traje.

—¡Si está aquí, mentirosín —gritó con alegría la hija, persistiendo en su registro—. ¡La toco!... ¡Ya la tengo!... Mírala.

Era cierto. El pintor no se acordaba de que la había cogido por la mañana para pagar una cuenta, guardándola luego distraídamente en su chaquetón de pana.

Milita la abrió con una avidez que hizo daño a su padre. ¡Ay, aquellas manos de mujer, temblonas al buscar el dinero! Se tranquilizó pensando en la fortuna que había reunido, en los papeles de diversos colores que guardaba en un mueble. Todo ello sería para su hija, y esto tal vez la salvase del peligro a que la arrastraba su ansia de vivir entre las vanidades y oropeles de la femenina esclavitud.

En un instante sus manos se apoderaron de un buen número de billetes de diversos tamaños, formando un rollo, que oprimió fuertemente entre sus dedos.

Renovales protestaba.

—Suelta, Milita, no seas niña. Me dejas sin dinero. Mañana te lo enviaré; deja eso ahora... Es un saqueo.

Ella le evitaba; se había puesto de pie; manteníase a distancia, elevando su mano por encima del sombrero para poner a salvo su botín. Reía con grandes carcajadas de su travesura... ¡Ni uno pensaba devolverle! No sabía cuántos eran: los contaría en su casa; saldría del paso por el momento, y al día siguiente le pediría lo que faltase.

---

(247) «llevas».

(248) «... en este traje...».

El maestro acabó por reír, sintiéndose contagiado por su regocijo. Perseguía a Milita con el deseo de no alcanzarla; la amenazaba con grotesca severidad; la llamaba ladrona, lanzando voces de socorro, y así corretearon de uno a otro estudio. Antes de desaparecer se detuvo Milita en la última puerta, levantando con autoridad un dedo enguantado de blanco:

—Mañana, el resto, no hay que olvidarlo... Mira, papaíto, que esto es muy serio. Adiós; te espero mañana.

Y desapareció, dejando en su padre algo de la alegría con que se habían perseguido.

El crepúsculo fue triste. Renovales permaneció sentado ante las imágenes de su mujer, contemplando aquella cabeza disparatadamente hermosa, que a él le parecía el más fiel de los retratos. Su pensamiento fue hundiéndose en la sombra que surgía de los rincones, envolviendo los lienzos. Sólo temblaba en los vidrios una luz pálida, brumosa, cortada por las líneas negras de las ramas exteriores.

Solo... solo para siempre. Tenía el cariño de aquella muchachota que acababa de irse, alegre, insensible a todo lo que no halagase su vanidad juvenil, su hermosura saludable. Tenía la adhesión de perro viejo de su amigo Cotoner, que no podía vivir sin verle, pero que era incapaz de dedicarle su existencia por entero, y la compartía entre él y otras amistades, celoso de conservar su libertad de bohemio.

Y esto era todo... Bien poca cosa.

Próximo a la vejez, contemplaba una luz cruda y rojiza que parecía irritar sus ojos, el camino de desolación, yermo y monótono, que le aguardaba... y a su final, la muerte. ¡La muerte! Nadie la ignoraba; era la única certeza; y sin embargo, transcurría la mayor parte de la vida sin pensar nunca en ella, sin verla.

Era como una de esas epidemias, en países lejanos, que devoran las existencias a millones. Se habla de ella como de un hecho cierto, pero sin estremecimientos de horror, sin temblores de miedo. «Está demasiado lejos; tardará mucho en llegar.»

Había nombrado muchas veces a la muerte, pero con los labios, sin que su pensamiento abarcase la significación de la palabra, sintiéndose vivir al mismo tiempo, aferrado a la existencia por las ilusiones y los deseos.

La muerte estaba al final de la ruta; nadie podía evitar su encuentro, pero todos tardaban en verla. Las ambiciones, los deseos, los amores, las crueles necesidades animales, distraían al hombre en su marcha hacia ella; eran como los bosques, los valles, el cielo azul y los ríos de tortuoso espejo, que entretenían al caminante, ocultándole el término del paisaje, el límite fatal, la negra garganta sin fondo a la que conducían todos los caminos.

Él estaba en las últimas jornadas. El sendero de su existencia se hacía desolado y triste; la vegetación se empequeñecía; las grandes arboledas trocábanse en líquenes boreales, ralos y miserables. Llegaba hasta él un hálito glacial del lóbrego desfiladero; le veía en el fondo, marchaba irremisiblemente hacia su garganta. Los campos de ilusión, con sus alturas luminosas que antes cerraban el horizonte, quedábanse atrás, y era imposible retroceder. En este camino nadie volvía sobre sus pasos.

Había gastado media vida luchando por la riqueza y por la gloria, esperando cobrar alguna vez los réditos de ésta con los placeres del amor... ¡Morir! ¿Quién pensaba en esto? Era entonces una amenaza remota y sin sentido. Se creía provisto de una misión providencial; la muerte no se atrevería con él, no llegaría hasta que su trabajo estuviese terminado. Le quedaban muchas cosas que hacer... Y bien; todo estaba hecho ya, no existían para él deseos humanos. Todo lo tenía... Ya no se levantaban ante sus pasos torres quiméricas que asaltar. En el horizonte limpio de obstáculos sólo se presentaba la gran olvidada... la muerte.

No quería verla; aún le quedaba una gran jornada en este camino, que puede crecer, prolongarse, según las fuerzas del caminante, y sus piernas eran vigorosas.

Pero ¡ay! marchar, marchar años y años con la vista fija en la lóbrega garganta, contemplándola siempre al término del horizonte, sin poder arrancarse un instante a la certeza de que estaba allí, era un martirio sobrehumano, que le obligaría a acelerar el paso, a correr, para acabar cuanto antes.

¡Nubes engañosas que encapotaban[249] el horizonte, ocultando esta realidad que amarga el pan, que entenebrece el ánimo y hace maldecir la inutilidad de haber nacido!... ¡Mentirosos y gratos espejismos que hacen surgir un paraíso de los sombríos yermos de la última jornada! ¡Ilusión, a mí!

Y el triste maestro agrandaba con el pensamiento el último fantasma de su deseo; colgaba de la imagen amada de la muerte[250] todos los delirios de su imaginación, deseando infundirla nueva vida con una parte de la suya. Cogía a puñados el barro del pasado, la masa del recuerdo, para hacerla más grande, ¡muy grande! que ocupara todo el camino, que cerrase el horizonte como un cerro inmenso, que ocultase hasta el último instante el lóbrego desfiladero término de la jornada.

V

La conducta del maestro Renovales fue motivo de extrañeza y hasta de escándalo para todos sus amigos.

La condesa de Alberca mostraba especial cuidado en hacer saber a todos que no la[251] unían con el pintor otras relaciones que las de una amistad cada vez más glacial y ceremoniosa.

—Está loco —decía—. Es un hombre acabado. No queda de él más que un recuerdo de lo que fue.

Cotoner, en su amistad inquebrantable, indignábase al oír ciertos comentarios sobre el ilustre maestro.

—No bebe. Todo lo que dicen por ahí son mentiras: la eterna leyenda de los hombres célebres...

Él tenía su opinión sobre Mariano; conocía su deseo de una existencia agitada, de imitar en plena madurez las costumbres de la juventud, con un hambre de todos los misterios que creía ocultos en esta mala vida, de la que había oído hablar, sin atreverse hasta entonces a mezclarse en ella.

---

(249) «encapotasen».

(250) «... imagen amada de la muerta...».

(251) «... no le unían...».

Cotoner acogía con indulgencia las nuevas costumbres del maestro. ¡Infeliz!

—Estás poniendo en acción las aleluyas de «El hombre malo» —decía a su amigo—. Tienes la voracidad del hombre virtuoso cuando deja de serlo, cerca ya de la vejez. Te pones en ridículo, Mariano.

Pero a impulsos de su fidelidad, se dejaba arrastrar por el maestro en su nueva existencia. Por fin había accedido a vivir con él. Ocupaba, con sus pobres trastos, un gabinete del hotel, y cuidaba de Renovales, rodeándolo de una solicitud paternal. El bohemio mostraba por él cierta compasión. Era la historia de siempre: «el que no la hace a la entrada, la hace a la salida»; y Renovales, después de una existencia de seriedad y trabajo, lanzábase a la vida desordenada, con aturdimiento de adolescente, admirando los placeres vulgares, revistiéndolos de las seducciones más ilusorias.

Frecuentemente[252], Cotoner le acosaba con sus quejas. ¿Para qué le había llevado a vivir con él?... Le abandonaba días enteros; quería salir solo; le dejaba en el hotel como un mayordomo de confianza. El viejo bohemio enterábase minuciosamente de su vida. Muchas veces, los alumnos de Bellas Artes, agrupados al anochecer junto al portalón de la Academia, le veían pasar por la acera de la calle de Alcalá, embozado en su capa, con un afectado misterio que atraía la atención.

—Ahí va Renovales. Ése es: el de la capa.

Y le seguían con la curiosidad que inspira un hombre célebre en sus idas y venidas por la anchurosa calle, con revuelos de palomo silencioso, como si esperase algo. Algunas veces, cansado sin duda de estas evoluciones, se metía en un café, y la curiosa admiración le seguía, pegando los ojos a los cristales de los huecos. Le veían caído en la banqueta, con aire de desaliento, contemplando sus vagos ojos la copa que tenía delante; siempre lo mismo: *cognac.* De pronto la bebía de golpe, pagaba, y salía rápidamente, con la precipitación del que ha tragado un medicamento. Y otra vez continuaba sus paseos de exploración, con los ojos ávidos, mirando por

---

[252] «Muchas veces, Cotoner...».

encima del embozo a todas las mujeres que pasaban solas, volviéndose para seguir la marcha de unos tacones torcidos, el aleteo de unas enaguas morenas con manchas de barro. Al fin se alejaba con repentina resolución, desaparecía casi pegado a la cola de alguna hembra, siempre del mismo aspecto. Los muchachos conocían las preferencias del gran artista: mujercitas pequeñas, débiles, enfermizas, de una gracia de flor mustia, con ojos grandes, mates y dolorosos.

Una leyenda de extraña aberración se iba formando en torno de él. Sus enemigos la repetían en los estudios; la gran masa, que no puede imaginarse a los hombres célebres con la misma vida que los demás, y los quiere caprichosos, atormentados por hábitos de extraordinaria monstruosidad, comenzaba a hablar con delectación de las manías del pintor Renovales.

En todas las tiendas de carne humana, desde los pisos discretos de apariencia burguesa esparcidos en las vías más respetables, a los antros húmedos y malolientes que arrojan por la noche sus géneros a la calle de Peligros, circulaba la historia de cierto señor, provocando grandes risas. Llegaba embozado, misterioso, siguiendo con apresuramiento el almidonado estrépito de unas faldas pobres que marchaban ante él. Atravesaba el lóbrego portal con cierto miedo, subía la tortuosa escalera que parecía oler a residuos de vida, apresuraba la aparición de las desnudeces con mano ávida, como si le faltase el tiempo, como si creyera morir antes de realizar su deseo; y de pronto, las pobres hembras, que soportaban con cierta inquietud su silencio febril y el hambre de fiera que lucía en sus ojos, sentían tentaciones de reír viéndole caer desalentado en una silla, en contemplativo silencio, sin oír las palabras brutales que lanzaban ellas, asombradas de la situación, sin hacer caso de sus gestos e invitaciones, saliendo únicamente de este estupor cuando, fría y un tanto ofendida, intentaba la hembra recobrar sus ropas. «Más, un momento más.» Casi siempre terminaba esta escena por un gesto de disgusto: una amargura de decepción. Otras veces, los maniquíes carnales creían ver en sus ojos una expresión dolorosa, como si fuese a llorar. Huía después apresuradamente, oculto en su capa, con repentina vergüenza, con el firme propósito de no volver, de resistirse a aquel demonio de hambrienta curiosidad que llevaba dentro, y no podía ver en la calle un cuerpo femenil sin sentir un deseo vehemente de desnudarlo.

A oídos de Cotoner llegaban vagamente estas noticias. ¡Mariano! ¡Mariano! Él no osaba echarle en cara las vergüenzas de su vida nocturna; temía una explosión del violento carácter del maestro; había que dirigirle con prudencia. Pero lo que más provocaba las censuras del viejo amigo era la gente de que se rodeaba el artista.

El falso reverdecimiento de su vida le hacía buscar la compañía de los jóvenes, y Cotoner se daba a todos los demonios cuando, a la salida de los teatros, le encontraba en un café rodeado de sus nuevos camaradas, todos los cuales podían ser sus hijos. Eran en su mayoría pintores, gente que empezaba: unos con cierto talento; otros sin más mérito que su mala lengua; todos satisfechos de la amistad con el hombre célebre, gozándose, con un orgullo de enanos, en tratarle como si fuese un camarada, bromeando sobre sus debilidades. ¡Ira de Dios!... Algunos, más audaces, hasta le devolvían su tuteo de maestro, tratándole como a una ruina gloriosa, permitiéndose comparaciones entre su pintura y la que ellos harían cuando pudiesen. «Mariano, el arte va ahora por otros caminos.»

—Pero ¿no te da vergüenza? —exclamaba Cotoner—. Pareces un maestro de escuela rodeado de pequeños. Hay para pegarte. ¡Un hombre como tú, aguantando las insolencias de esa gentecilla!

Renovales mostraba una bondad inconmovible. Eran muy simpáticos; le divertían; encontraba en ellos la alegría de la juventud. Iban juntos a los teatros, a los *music-halls*; conocían mujeres, sabían dónde se ocultaban las buenas modelos; con ellos podía entrar en muchos sitios adonde no se atrevía a ir solo. Sus años, su fealdad grave, pasaban inadvertidos entre esta alegre juventud.

—Me sirven —decía con un guiño de inocente malicia el pobre grande hombre—. Me divierto y me hacen conocer muchas cosas... Además, esto no es Roma; no hay apenas modelos; cuesta mucho encontrarlas, y estos chicos son mis guías.

Y hablaba a continuación de sus grandes proyectos artísticos; de aquel cuadro de Friné, con su desnudo inmortal, que había vuelto a surgir en su pensamiento; de aquel retrato amado, que seguía en el mismo sitio sin que el pincel pasase de la cabeza.

No trabajaba. Su antigua actividad, que hacía de la pintura un elemento preciso de su existencia, desbordábase ahora en palabras, en deseos de verlo todo, para conocer «nuevos aspectos de la vida».

Soldevilla, el discípulo predilecto, veíase acosado por las preguntas del maestro cuando, de tarde en tarde, presentábase en su estudio.

—Tú debes conocer buenas mujeres, Soldevillita; tú has corrido mucho, con esa cara de querubín... Me has de llevar contigo: me has de presentar.

—¡Maestro! —exclamaba, asombrado, el joven—. ¡Si aún no hace medio año que me he casado! ¡Si no salgo de casa por la noche!... ¡Qué bromas tiene usted!

Renovales le respondía con una mirada de desprecio. ¡Un vividor el tal Soldevilla! ¡Ni juventud... ni alegría! Todo lo echaba en chalecos multicolores y cuellos altos. ¡Y qué hormiguita! Se había casado con una mujer rica, ya que no pudo atrapar a la hija del maestro. Además, un desagradecido. Ahora se juntaba con sus enemigos, convencido de que ya no podía sacar más de él. Le despreciaba; ¡lástima de protección que le había acarreado tantos disgustos!... No era un artista.

Y el maestro volvíase con nuevo cariño hacia sus compañeros nocturnos, aquella juventud alegre, maldiciente y falta de respeto. A todos ellos les reconocía talento.

La fama de esta vida extraordinaria llegaba hasta su hija con la sonoridad enorme que adquiere todo lo que perjudica a un hombre famoso.

Milita fruncía el ceño, haciendo esfuerzos por contener la risa que le causaba lo extraño de este cambio. ¡Su padre metido a calavera!

—¡Papá!... ¡papá! —exclamaba con una entonación cómica de reproche.

Y papá excusábase como un muchachuelo travieso e hipócrita, aumentando con su turbación las ganas de reír de su hija.

López de Sosa mostrábase indulgente con su ilustre suegro. ¡Pobre señor! ¡Toda la vida trabajando, y con una mujer enferma, muy buena, muy simpática, pero que amargaba su vida! Bien había hecho en morirse, y no hacía menos bien el artista en indemnizarse un poco del tiempo perdido.

Con esa masonería[87] instintiva de los que llevan una existencia fácil y placentera, el *sportsman*(253) defendía a su suegro, lo apoyaba, le parecía más simpático, más allegado a él por sus nuevas costumbres. No siempre había de estar encerrado en su estudio, con aire irritado de profeta, hablando de cosas que pocos entendían.

Se encontraban los dos hombres por la noche en las funciones de última hora de los teatros, en la postrera sesión de los *music-halls*(254), cuando las canciones y los temblores de las piernas en alto eran acompañados por el público con una tempestad de berridos y patadas. Se saludaban, preguntaba el padre por Milita, sonreíanse con la simpatía de buenos compadres, y cada uno se reunía a su grupo: el yerno con sus compañeros de Círculo, en un palco, vistiendo todavía el frac de las reuniones respetables de que venían; el pintor en las butacas, con unos cuantos de los jóvenes melenudos que eran su escolta.

Renovales veía con cierta satisfacción a López de Sosa saludar a las cocotas(255) más elegantes y de mayor precio, sonreir a las *divettes* con la confianza de un buen amigo.

Aquel chico estaba admirablemente relacionado, y él acogía esto como un honor indirecto para su personalidad de padre.

---

(253) «*sportman*».
(254) «*music-hall*».
(255) «*cocottes*».

---

[87] Blasco fue recibido en la masonería, en el oriente de Valencia, parte del «Serenísimo Grande Oriente Nacional de España», el 3 de diciembre de 1888, con el pseudónimo de «Danton», pronunciando un discurso en dicho acto sobre «La mujer y el niño», editado a continuación (Imprenta de Francisco Vives, Valencia, 1888). Utiliza en este párrafo de *La maja* el término «masonería», como sinónimo de «camaradería», de «solidaridad».

Cotoner se veía[256] arrastrado muchas veces por el maestro fuera de su órbita de graves y substanciosas comidas y tertulias entonadas, que seguía frecuentando para no perder unas amistades que eran su único capital.

—Esta noche vienes conmigo —le decía el maestro misteriosamente—. Comeremos donde quieras, y después te enseñaré una cosa... una cosa...

Y le llevaba a oír una pieza en un teatro, permaneciendo inquieto, impaciente, hasta que se desplegaba la fila de coristas en la escena. Entonces daba con el codo a Cotoner, sumido en su asiento, con los ojos muy abiertos, pero dormido interiormente, en la dulce somnolencia de una buena digestión.

—Mira... fíjate: la tercera de la derecha, la pequeñita... la que lleva el mantón amarillo.

—La veo, ¿y qué? —decía el amigo con voz agria por este rudo llamamiento.

—Fíjate bien... ¿A quién se parece?, ¿a quién te recuerda?

Cotoner respondía con un bufido de indiferencia. A su madre se parecería. ¿Qué le importaban a él tales semejanzas? Pero el asombro le sacaba de su quietismo al oír que Renovales la encontraba un raro parecido con su mujer, indignándose contra él porque no lo reconocía.

—Pero, Mariano... ¿dónde tienes los ojos? —exclamaba con no menos acritud—. ¿Qué tiene esa larguirucha, con cara de hambre, de la pobre difunta?... Tú en ver un espárrago triste la[257] plantas un nombre: Josefina... y no hay más que hablar.

Aunque Renovales se irritase en el primer momento ante la ceguera de su amigo, acababa al fin por convencerse. Se había engañado, ya que Cotoner no encontraba la semejanza. Debía acordarse de la muerta mejor que él; la pasión no turbaba su recuerdo.

Pero a los pocos días asediaba otra vez a Cotoner con aire misterioso. «Una cosa... tengo que enseñarte una cosa.» Y dejando la compañía de aquellos efebos alegres que irritaban a

---

(256) «Cotoner veíase arrastrado...».
(257) «... triste le plantas...».

su viejo amigo, llevaba a éste a un *music-hall* y le enseñaba otra hembra escandalosa, que levantaba la seca pierna o movía el vientre, delatando bajo la máscara de colorete la demacración de la anemia.

—¿Y ésta?... —imploraba el maestro con cierto temor, como si dudase de sus ojos—. ¿No te parece que tiene algo? ¿No te la recuerda?

El amigo estallaba en indignación.

—Tú estás loco. ¿En qué se parece aquella pobrecita, tan buena, tan dulce, tan distinguida, a ese... perro sinvergüenza?

Renovales, después de varios fracasos, que le hacían dudar de la fidelidad de sus recuerdos, no osaba ya consultar a su amigo. Apenas intentaba llevarle a un nuevo espectáculo, Cotoner se echaba atrás.

—¿Otro descubrimiento?... Vamos, Mariano, quítate esas ideas de la cabeza. Si la gente se enterase, te creería trastornado.

Pero desafiando su cólera, el maestro insistió una noche con gran tenacidad para que le acompañase a ver a la «Bella Fregolina», una muchacha española que cantaba en un teatrillo de los barrios bajos, y cuyo nombre de guerra, en letras de a metro, ostentábase en las esquinas de Madrid. Llevaba más de dos semanas de contemplarla todas las noches.

—Necesito que la veas, Pepe. Un momento nada más. Te lo suplico... Creo que ahora no dirás que me equivoco.

Cotoner cedió, vencido por el tono suplicante de su amigo. Aguardaron mucho tiempo la presentación de la «Bella Fregolina», viendo bailes, escuchando canciones con acompañamiento de mugidos del público. Aquella maravilla se reservaba para lo último. Por fin, con cierta solemnidad, entre un murmullo de expectación, preludió la orquesta una música conocida de todos los entusiastas de la *divette*; un rayo de luz sonrosada cruzó el pequeño escenario, y salió la «Bella».

Era una muchacha pequeña, esbelta, de una delgadez rayana en la demacración. Su cara de cierta belleza dulce y melancólica era lo más notable de su cuerpo. Por debajo del vestido, negro con hilos de plata, que se abría en ancha campana, mostrábanse sus piernas de frágil esbeltez, con la carne puramente necesaria para cubrir el hueso. Sobre las gasas del escote, la piel, pintada de blanco, elevábase con ligerísima protuberancia en los pechos, marcando luego las tirantes aristas de las clavículas. Lo primero que se veía de ella eran los ojos, unos ojos límpidos, grandes, virginales, pero de virgen perversa, por donde pasaban las expresiones libidinosas sin alterar su cándida superficie. Se movía como una novicia, los brazos pegados al talle, los codos salientes, encogida y ruborosa, y en esta posición iba cantando con voz de falsete enormes obscenidades, que contrastaban con su aparente timidez. En esto estribaba su mérito, y el público acogía sus palabras monstruosas con rugidos de júbilo, dándose por satisfecho con esto, sin exigirla que levantase los pies o moviese el vientre, respetando su rigidez hierática.

El pintor, al verla aparecer, dió con un codo a su amigo. No osaba hablar, esperando su opinión ansiosamente. Con el rabillo de un ojo le seguía en su examen.

El amigo se mostró clemente:

—Sí... tiene algo. Los ojos... la figura... el gesto: la recuerda; es muy parecida... ¡Pero esa mueca de mona que hace ahora!... ¡Esas palabrotas!... No; con todo eso pierde la semejanza.

Y como si le irritase que aquella chicuela sin voz y sin decoro se asemejase a la dulce muerta, subrayaba con admiración irónica todas las cínicas expresiones en que terminaban sus *couplets.*

—¡Muy bonito! ¡Muy distinguido!...

Pero Renovales, sordo a estas ironías, ensimismado en la contemplación de la «Fregolina», seguía empujándole y murmurando:

—Es ella, ¿verdad?... Igual: el mismo cuerpo... Y además, Pepe, esa chica tiene cierto talento... tiene gracia.

Cotoner movía la cabeza irónicamente. Sí, mucha. Y al oír que Mariano, una vez terminado el espectáculo, mostraba deseos de quedarse a la otra sesión[258] y no se movía de su butaca, pensó en abandonarle. Por fin se quedó, arrellanándose en el asiento con el propósito de dormitar arrullado por la música y los berridos del público.

---

(258) «sección».

Una mano impaciente del maestro le sacó de su dulce abstracción. «Pepe... Pepe». Movió la cabeza y abrió los ojos, malhumorado. «¿Qué le ocurría?» En la cara de Renovales vio una sonrisa melosa, traidora; algún disparate que le quería proponer con la mayor dulzura.

—Se me ocurre que podríamos entrar un momento en el escenario: la veríamos de cerca...

El amigo le contestó con indignación. Mariano se creía un pollo, no se daba cuenta de su aspecto. Aquella ciudadana se reiría de ellos; tomaría el aire de la casta Susana asediada por los dos viejos...

Calló Renovales, pero al poco rato volvió a sacar al amigo de su vaga somnolencia.

—Podías entrar tú solo, Pepe. Tú entiendes más que yo de estas cosas; eres más atrevido. Podías decirla que deseo pintar su retrato. ¡Ya ves, un retrato con mi firma!...

Cotoner rompió a reír, admirando la simpleza de buen príncipe con que el maestro le daba este encargo.

—Gracias, señor; muy honrado por tanta confianza, pero no voy... ¡Grandísimo tonto! ¿Pero tú crees que esa chicuela sabe quién es Renovales, ni lo ha oído nombrar en su vida?...

El maestro se asombró, con una simplicidad infantil.

—Hombre, yo creo que el apellido Renovales... que lo que han dicho los periódicos... que mis retratos... En fin, di que no quieres.

Y se calló, ofendido por la negativa de su compañero y de que dudase que su gloria había llegado hasta aquel rincón. La amistad abusa con inesperados desdenes, con grandes injusticias.

Al terminar el espectáculo, el maestro sintió la necesidad de hacer algo, de no irse sin enviar a la «Bella Fregolina» un testimonio de su presencia. Compró a una vendedora de flores un cesto muy adornado que se llevaba a casa con la tristeza del mal negocio. Debía entregarlo inmediatamente a la señorita... «Fregolina».

—Sí, a la Pepita —dijo la mujer con aire de inteligencia, como si la uniese a ella cierta intimidad.

—Y le dice usted que es del señor Renovales... de Renovales el pintor.

La mujer movió la cabeza repitiendo el nombre. Estaba bien: Renovales. Lo mismo que si le hubiese dicho otro nombre cualquiera. Y sin ninguna emoción, tomó los cinco duros que le daba el pintor.

—¡Cinco tiros!... ¡Imbécil! —murmuró el amigo, perdiendo todo el respeto al maestro.

No se dejó arrastrar más el buen Cotoner. En vano le hablaba con entusiasmo Renovales, todas las noches, de aquella muchacha, sintiéndose impresionado por sus transformaciones. Ahora se presentaba con un vestido rosa(259) pálido, casi semejante a ciertas ropas guardadas en los armarios de su hotel. Aparecía con un sombrero de flores y cerezas, mucho más grande, pero algo parecido a cierto sombrerillo de paja que podía él encontrar entre la confusión de los viejos adornos de la muerta. ¡Ay! ¡cómo se acordaba de la pobre Josefina!... Era un atizamiento de recuerdos que se renovaba todas las noches.

Falto del auxilio de Cotoner, iba a ver a la «Bella» con alguno(260) de los jóvenes de su irrespetuosa corte. Estos muchachos hablaban de la *divette* con un desprecio respetuoso, como la zorra de la fábula contemplaba las lejanas uvas, consolándose en(261) su acidez. Alababan su belleza vista de lejos; era «lilial», según ellos; tenía la santa hermosura del pecado. Estaba fuera de su alcance; ostentaba valiosas joyas, y, según sus noticias, tenía poderosos amigos, todos aquellos señoritos que ocupaban los palcos a última hora, vestidos de frac, y la aguardaban a la salida para llevarla a cenar.

Renovales consumíase de impaciencia, no encontrando el medio de acercarse a ella. Todas las noches repetía su envío de canastillos de flores, de grandes ramos. La *divette* debía estar enterada de la procedencia de tales obsequios, pues con sus ojos buscaba entre el público a aquel señor feo y un tanto viejo, dignándose dedicarle una sonrisa.

El maestro vio una noche a López de Sosa saludar a la cupletista. Su yerno podía ponerle en relaciones con ella. Y au-

(259) «... vestido de rosa pálido...».

(260) «algunos».

(261) «... consolándose con su acidez...».

dazmente, con un impudor de apasionado, le esperó a la salida para implorar su auxilio.

Quería pintarla; era una modelo magnífica para cierta obra que llevaba en el pensamiento. Lo dijo con cierto rubor, tartamudeando; pero el yerno rió de su timidez, mostrándose dispuesto a protegerle.

—¡Ah! ¡la Pepita!... Una gran mujer, y eso que ahora está en decadencia. Con esa cara de colegiala, ¡si usted la viese en una juerga!... Bebe como un mosquito... ¡Una fiera!

Pero luego, con expresión grave, expuso los inconvenientes. «Estaba» con un amigo suyo; un muchacho de provincias, ganoso de notoriedad, que perdía una parte de su fortuna en el juego del Casino, dejando tranquilamente que devorase la otra aquella chicuela, que le daba cierto renombre. Él la hablaría; eran antiguos amigos; nada malo, ¿eh, papá?... No sería difícil convencerla. La tal Pepita tenía predilección por todo lo raro; era algo... romántica. Él le explicaría quién era el gran artista, encareciendo el honor de servirle de modelo.

—Por dinero no lo dejes —murmuró el maestro con angustia—. Todo lo que ella quiera. No temas mostrarte generoso.

Una mañana Renovales llamó a Cotoner para hablarle con grandes extremos de alegría.

—¡Va a venir!... ¡Va a venir esta misma tarde!

El viejo paisajista hizo un mohín de extrañeza. «¿Quién?»

—La «Bella Fregolina»... Pepita. Me avisa mi yerno que la ha convencido; vendrá esta tarde a las tres. Él mismo la acompañará.

Luego tuvo una mirada de desolación para su taller de trabajo. Estaba abandonado desde hacía algún tiempo; había que arreglarlo. Y el doméstico por un lado y los dos artistas por otro, comenzaron apresuradamente el aseo de la gran nave.

Los retratos de Josefina y el lienzo con sólo su cabeza fueron amontonados en un rincón, cara a la pared, por las febriles manos del maestro. ¿Para qué aquellos fantasmas si iba a presentarse la realidad?... En su lugar colocó un gran lienzo blanco, contemplando su virgen superficie con ojos de esperanza. ¡Las cosas que iba a hacer aquella tarde! ¡Qué fuerza sentía para el trabajo!...

Al quedar solos los dos artistas, Renovales se mostró inquieto, incontentable, pareciéndole siempre que faltaba algo para esta visita, en la que pensaba con escalofríos de inquietud. Flores; había que traer flores; llenar todos los vasos antiguos del estudio, crear un ambiente de suave perfume.

Y Cotoner recorrió el jardín con el criado, puso a saco la *serre,* y volvió a entrar con una brazada de flores, obediente y sumiso como un amigo fiel, pero con un reproche irónico en los ojos. ¡Todo aquello por la «Bella Fregolina»! El maestro estaba trastornado; había vuelto de golpe a la infancia. ¡Con tal que esta visita le quitase su obsesión, que era casi una locura!...

Después pidió más. Había que preparar en una mesa del estudio dulces, champaña[262], todo lo mejor que encontrase Cotoner. Éste habló de enviar al criado, quejándose de los trabajos que le acarreaba la visita de aquella muchacha de la sonrisa cándida y las obscenidades enormes, con los codos pegados al talle.

—No, Pepe —suplicó el maestro—. Ve tú; no quiero que el criado se entere. Después habla... Mi hija le acosa con preguntas.

Cotoner se fue con gesto de resignación; y al volver, una hora después, vio a Renovales en el cuarto de los modelos poniendo en orden varias ropas.

El viejo amigo alineó sobre la mesa sus paquetes. Puso los dulces en platos antiguos y sacó las botellas de sus envolturas.

—El señor está servido —dijo con un respeto irónico—. ¿Quiere algo más el señor?... Toda la familia está en revolución por esa alta dama: tu yerno te la trae, yo te sirvo de criado... Sólo falta que llames a tu hija para que la ayude a desnudarse.

—¡Gracias, Pepe; muchas gracias! —exclamó el maestro con ingenua efusión, sin sentirse molestado por sus burlas.

(262) «champagne».

A la hora del almuerzo, Cotoner le vio entrar en el comedor, muy peinado, muy acicalado, el bigote rizado a tenacilla, vistiendo su mejor traje y con una rosa en la solapa. El bohemio rió con grandes carcajadas. ¡Aquello más!... Estaba loco, se iban a burlar de él.

Apenas tocó los platos. Después paseó solo por el estudio. ¡Con qué lentitud transcurría el tiempo!... Miraba, a cada una de sus vueltas por los tres salones, las manecillas de un antiguo reloj de porcelana de Sajonia puesto sobre una mesa de mármol de colores, reflejando su parte trasera en un profundo espejo veneciano.

Ya eran las tres... El maestro se preguntó con inquietud si no vendría. Las tres y cuarto... las tres y media. No, no vendría; había pasado la hora. ¡Aquellas mujeres, que vivían rodeadas de compromisos y exigencias, sin tener por suyo un instante de su vida!...

De pronto oyó pasos y entró Cotoner.

—Ya está ahí, ahí la tienes... ¡Salud, maestro!... ¡Divertirse! Me parece que has abusado bastante de mí y que no exigirás que me quede.

Se fue haciendo con las manos irónicos signos de despedida, y poco después Renovales oyó la voz de López de Sosa aproximándose lentamente, explicando a su acompañante aquellos cuadros, aquellos muebles que cautivaban su atención.

Entraron. La «Bella Fregolina» mostraba asombro en sus ojos; parecía intimidada por el silencio majestuoso del estudio. ¡Aquel hotel tan grande, tan señorial, tan distinto de todos los que ella había visto!... Aquel lujo antiguo, sólido, histórico, con sus muebles raros que la infundían pavor!... Miró a Renovales con respeto. Le parecía más distinguido, más aseñorado, que aquel otro hombre entrevisto vagamente en las butacas de su teatrillo. Le inspiraba miedo, como si fuese un gran personaje, distinto a cuantos hombres había ella tratado. A esta inquietud se unía cierta admiración. ¡El dinero que tendría aquel prójimo, viviendo con tal aparato!...

Renovales también la miraba emocionado al tenerla tan cerca.

En el primer instante sintió cierta duda. ¿Realmente se parecía a la otra?... Le desconcertaba la pintura de su rostro, la capa de colorete blanco, con líneas negras en los ojos, que se delataba al través del velo. La «otra» no se pintaba. Pero al fijarse en sus ojos surgió de nuevo la conmovedora semejanza; y partiendo de éstos, fue reconstituyendo el rostro adorado bajo la capa de grasas de color.

La *divette* examinaba los lienzos que cubrían las paredes. ¡Qué bonito! ¿Y todo aquello lo hacía este señor?... Ella deseaba verse así, arrogante y hermosa en el fondo de un cuadro. ¿De veras deseaba pintarla? Y se erguía con vanidad, satisfecha de que la creyesen hermosa, de gozar la emoción hasta entonces no deseada de ver reproducida su imagen por un gran artista.

López de Sosa excusábase con su suegro. Habían tardado por culpa de ella. Con mujeres como ésta nunca había prisa. Se acostaba al amanecer: la había encontrado en la cama...

Luego se despidió, comprendiendo lo embarazosa que resultaba su presencia. Pepita era una buena muchacha; estaba deslumbrada por sus palabras y por el aspecto de la casa. Podía hacer de ella lo que quisiese.

—Vaya, chica, ahí te quedas... El señor es mi papá, ya te lo he dicho. ¡A ver si eres buena niña!

Y se fue, seguido de la risa forzada de los dos, que celebraron con una alegría embarazosa esta recomendación paternal.

Quedaron en un silencio largo y penoso. El maestro no sabía qué decir. Sobre su voluntad pesaban la timidez y la emoción. Ella no se mostraba menos conmovida. Aquella nave tan grande, tan silenciosa, tan imponente, con su lujo macizo y soberbio, distinto de todo lo que ella había visto, la intimidaba. Sentía el vago temor que precede a una operación desconocida. La turbaban además los ojos ardientes de aquel hombre fijos en ella, con un temblor en las mejillas y un movimiento de los labios, como si éstos sintieran los tormentos de la sed...

Pronto se repuso de su timidez. Estaba habituada a estos momentos de vergonzoso mutismo que preceden al encuentro en la soledad de dos personas extrañas. Conocía estas entrevistas, que empiezan con cierta vacilación y acaban en ruidosas intimidades.

Miró en torno de ella con una sonrisa de profesional, deseando terminar cuanto antes la molesta situación.

—Cuando usted quiera. ¿Dónde me desnudo?

Renovales se estremeció al oir su voz, como si hubiese olvidado que podía hablar aquella imagen. Le extrañó también la llaneza con que ahorraba explicaciones.

Su yerno hacía bien las cosas; la había traído aleccionada, insensible a toda sorpresa.

El maestro la condujo a la habitación de los modelos, y quedó fuera prudentemente, volviendo la cabeza sin saber por qué, para no ver por la puerta entreabierta. Transcurrió un largo silencio, cortado por el suave fru-fru de las ropas caídas, por el clic metálico de botones y corchetes. De pronto, la voz de ella llegó hasta el maestro, ahogada, lejana, con cierta timidez.

—¿Las medias también?... ¿Es preciso que me las quite?

Renovales conocía esta resistencia de todas las modelos al desnudarse por vez primera. López de Sosa, extremando su buen deseo de complacer a papá, la había hablado de prestar su cuerpo por entero, y ella se desnudaba sin pedir más explicaciones, con la calma del deber aceptado, creyendo que era absurda su presencia allí para otra cosa que no fuese esto.

El pintor salió de su mutismo; gritó con inquietud. No debía quedarse desnuda. En el cuarto tenía lo necesario para vestirse. Y sin volver la cabeza, introduciendo un brazo por la puerta entreabierta, le mostraba a ciegas lo que él había dejado. Allí tenía un vestido rosa, un sombrero, zapatos, medias, una camisa...

Pepita protestó al reconocer estas prendas, mostrando aversión a cubrir sus carnes con ropas íntimas que parecían usadas y viejas.

—¿La camisa también? ¿También las medias?... No; con el vestido basta.

Pero el maestro suplicaba, impaciente. Era necesario todo; lo exigía su pintura. El largo silencio de la muchacha delató la conformidad con que iba endosándose estas prendas antiguas, dominando su repugnancia.

Cuando salió del cuarto sonreía con cierta lástima, como si se burlase de ella misma. Renovales se hizo atrás, conmo-

Ilustración para una edición francesa de *La maja desnuda.*

vido por su propia obra, deslumbrado, sintiendo que le zumbaban las sienes, creyendo que cuadros y muebles se agitaban, queriendo rodar en torno de él.

¡Pobre «Fregolina»! ¡Adorable mamarracho!... Sentía grandes ganas de reír, pensando en la tempestad de berridos que estallaría en su teatrillo[263] al verla aparecer en escena vestida de este modo; en las burlas de los amigos si se presentase en una de sus cenas adornada con estas ropas de veinte años antes. Ella no había conocido estas modas, y le parecían de una antigüedad remota. El maestro se apoyó emocionado en el respaldo de un sillón.

«¡Josefina! ¡Josefina!»

Era ella, tal como la guardaba en su memoria; la del dulce verano de las montañas romanas, con su traje de color rosa y aquel sombrero campestre que la daba el aire gracioso de una aldeana de opereta. Aquellas modas, de las que se reía ahora la juventud, eran para él las más hermosas, las más artísticas que había producido el gusto femenil, las que le recordaban la primavera de su vida.

«¡Josefina! ¡Josefina!»

Permaneció mudo, pues estas exclamaciones nacían y morían en su pensamiento. No osaba moverse ni hablar, como si temiera ver desvanecida esta aparición de ensueño. Ella, sonriente, gozábase en el efecto que su aparición causaba en el pintor, y al verse reflejada por un lejano espejo, reconocía que en este raro adorno de su persona no estaba del todo mal.

—¿Dónde me pongo? ¿Sentada? ¿Derecha?...

El maestro apenas lograba hablar; su voz era ronca, trabajosa. Podía colocarse como quisiera... Y ella se sentó en un sillón, adoptando una postura que consideraba elegantísima: la mejilla en una mano, las piernas montadas una sobre otra, lo mismo que en el reservado de su teatrillo, mostrando por debajo de la falda una media de color rosa de finos calados: la misma envoltura de seda que recordaba al pintor otra pierna adorada.

---

[263] «teatro».

¡Era ella! La tenía ante sus ojos, corpórea, con su perfume de carne amada.

Por instinto, por costumbre, había cogido su paleta y un pincel manchado en negro, intentando trazar los contornos de aquella figura. ¡Ah, mano de viejo, mano torpe y temblorosa!... ¿Adónde habían volado su facilidad de otros tiempos, su dibujo, sus cualidades que asombraban? ¿Realmente había pintado alguna vez? ¿Era ciertamente el pintor Renovales?... Todo lo había olvidado de pronto. Su cráneo parecía vacío, su mano paralítica, el lienzo blanco le inspiraba el terror de lo desconocido... Él no sabía pintar, él no podía[264] pintar. Eran inútiles sus esfuerzos. Su pensamiento se había apagado. Tal vez... otro día. Ahora le zumbaban los oídos, su rostro estaba pálido y sus orejas rojas, violáceas, como si fuesen a manar sangre. Sentía en su boca el tormento de una sed mortal.

La «Bella Fregolina» le vio arrojar la paleta y venir sobre ella con un gesto de fiebre loca.

Pero no sintió miedo: conocía estos rostros trastornados. La brusca acometida entraba sin duda en el programa; estaba prevista al ir allí, después de su conversación amistosa con el yerno. Aquel señor tan grave, tan imponente, era igual a todos los hombres que ella conocía; le agitaba la misma brutalidad.

Le vio llegar a ella con los brazos abiertos, estrecharla fuertemente, caer a sus pies con un mugido ardoroso, sordo, como si se ahogase; y ella, buena muchacha, misericordiosa, le animó inclinando la cabeza, ofreciendo los labios con cierto mohín amoroso y automático que era la herramienta de su profesión.

Este beso acabó de trastornar al maestro.

«¡Josefina! ¡Josefina!»

El perfume de los tiempos felices surgía de las ropas, envolviendo aquel cuerpo adorable. ¡Era su vestido, era su carne! Iba a morir a sus pies con la asfixia del inmenso deseo, que dilataba su cuerpo angustiosamente, deseando estallar. Era ella; sus mismos ojos.. ¡sus ojos! Y al levantar la mirada

(264) «podría».

para sumirse en sus dulces pupilas, para contemplarse en su tembloroso espejo, vio unos ojos fríos que le examinaban entornados, con una curiosidad profesional, paladeando irónicamente desde su altura serena esta borrachera de la carne, esta locura que se arrastraba gimoteando de deseo.

Renovales quedó aturdido por la sorpresa; sintió que algo helado bajaba por su espalda, paralizándole; se velaron sus ojos con una nube de decepción y desconsuelo.

¿Era realmente Josefina la que tenía entre sus brazos?... Era su cuerpo, su perfume, sus ropas, su pálida belleza de flor moribunda... Pero no; no era ella. ¡Aquellos ojos!... En vano le miraban de otro modo, alarmados por esta súbita reacción; en vano se dulcificaban, tomando una luz de ternura, con la habilidad de la costumbre. El engaño era inútil; él veía más allá, penetraba por estas ventanas luminosas hasta lo más hondo, encontrando sólo el vacío. El alma de la otra no estaba allí. Aquel perfume enloquecedor ya no le emocionaba; era una falsa esencia. Sólo tenía ante él una reproducción del vaso adorado; pero el incienso, el alma, perdidos para siempre.

Renovales, puesto de pie, caminaba hacia atrás, mirando a aquella mujer con ojos de espanto, y acabó por arrojarse en un diván con la cara entre las manos.

La muchacha, oyéndolo gemir, tuvo miedo, y corrió hacia el cuarto de los modelos para quitarse aquellos adornos, para huir. Aquel señor debía estar loco.

El maestro lloraba... ¡Adiós, juventud! ¡Adiós, deseo! ¡Adiós, ilusión, sirena encantadora de la existencia, que huyes para siempre! Inútil buscar, inútil debatirse en la soledad de su vida. La muerte le tenía bien agarrado; era suyo, y sólo con ella podría resucitar su juventud. Eran vanos estos simulacros. No encontraría otra que evocase el recuerdo de la muerta como esta mujer alquilada que habían envuelto sus brazos... y sin embargo, ¡no era ella!

En el instante supremo, al tocar la realidad, desvanecíase aquel «algo» indefinible que había encerrado el cuerpo de su Josefina, de su maja desnuda, adorada en las noches de juventud.

La decepción inmensa, irreparable, extendía por su cuerpo la calma glacial de la mujer.

¡Venid abajo, torreones de la ilusión! ¡Derrumbáos, alcázares engañosos, construidos por el ansia de embellecer la jornada, de ocultar el horizonte!... La ruta quedaba limpia, árida, desierta. En vano se sentaría al borde del camino, retardando la hora de reanudar la marcha; en vano bajaría la cabeza para no ver. Cuanto mayor fuese su descanso, más largo sería el tormento del miedo. Iba a contemplar a todas horas, sin nubes y sin obstáculos, el temido final de la última jornada; la posada de donde no se vuelve; la garganta de voraces negruras... la muerte.

FIN

Madrid. Febrero-abril, 1906

Colección Letras Hispánicas

ÚLTIMOS TÍTULOS PUBLICADOS

407 *El río que nos lleva*, JOSÉ LUIS SAMPEDRO.
Edición de José Mas.
408 *La Dorotea*, LOPE DE VEGA.
Edición de José Manuel Blecua.
409 *Cuentos fantásticos*, BENITO PÉREZ GALDÓS.
Edición de Alan E. Smith (2.ª ed.).
410 *Comentarios reales*, INCA GARCILASO DE LA VEGA.
Edición de Enrique Pupo-Walker.
411 *Floresta española*, MELCHOR DE SANTA CRUZ.
Edición de Maximiliano Cabañas.
412 *Doña María Pacheco, mujer de Padilla*, IGNACIO GARCÍA MALO.
Edición de Guillermo Carnero.
413 *Las fuerzas extrañas*, LEOPOLDO LUGONES.
Edición de Arturo García Ramos.
414 *Lazarillo español*, CIRO BAYO.
Edición de José Esteban.
415 *El príncipe constante*, PEDRO CALDERÓN DE LA BARCA.
Edición de Fernando Cantalapiedra.
416 *Antología poética*, RAMÓN DE CAMPOAMOR.
Edición de Víctor Montolí.
417 *El perro del hortelano*, LOPE DE VEGA.
Edición de Mauro Armiño (4.ª ed.).
418 *Mancuello y la perdiz*, CARLOS VILLAGRA MARSAL.
Edición de José Vicente Peiró.
419 *Los perros hambrientos*, CIRO ALEGRÍA.
Edición de Carlos Villanes.
420 *Muertes de perro*, FRANCISCO AYALA.
Edición de Nelson R. Orringer
421 *El Periquillo Sarniento*, JOSÉ JOAQUÍN FERNÁNDEZ DE LIZARDI.
Edición de Carmen Ruiz Barrionuevo
422 *Diario de "Metropolitano"*, CARLOS BARRAL.
Edición de Luis García Montero.

423 *El Señor Presidente,* MIGUEL ÁNGEL ASTURIAS.
Edición de Alejandro Lanoël-d'Aussenac.
424 *Barranca abajo,* FLORENCIO SÁNCHEZ.
Edición de Rita Gnutzmann.
425 *Los pazos de Ulloa,* EMILIA PARDO BAZÁN.
Edición de Mª de los Ángeles Ayala.
426 *Doña Bárbara,* RÓMULO GALLEGOS.
Edición de Domingo Miliani.
427 *Los trabajos de Persiles y Sigismunda,* MIGUEL DE CERVANTES.
Edición de Carlos Romero.
428 *¡Esta noche, gran velada! Castillos en el aire,* FERMÍN CABAL.
Edición de Antonio José Domínguez.
429 *El labrador de más aire,* MIGUEL HERNÁNDEZ.
Edición de Mariano de Paco y Francisco Javier Díez de Revenga.
430 *Cuentos,* RUBÉN DARÍO.
Edición de José María Martínez.
431 *Fábulas,* FÉLIX M. SAMANIEGO.
Edición de Alfonso Sotelo.
432 *Gramática parda,* JUAN GARCÍA HORTELANO.
Edición de Milagros Sánchez Arnosi.
433 *El mercurio,* JOSÉ MARÍA GUELBENZU.
Edición de Ana Rodríguez Fischer.
434 *Tragicomedia de don Cristóbal y la señá Rosita,* FEDERICO GARCÍA LORCA.
Edición de Annabella Cardinali y Christian De Paepe.
435 *Entre naranjos,* VICENTE BLASCO IBÁÑEZ.
Edición de José Mas y Mª. Teresa Mateu.
436 *Antología poética,* CONDE DE NOROÑA.
Edición de Santiago Fortuño Llorens.
437 *Sab,* GERTRUDIS GÓMEZ DE AVELLANEDA.
Edición de José Servera.
438 *La voluntad,* JOSÉ MARTÍNEZ RUIZ.
Edición de María Martínez del Portal.
439 *Diario de un poeta reciencasado (1916),* JUAN RAMÓN JIMÉNEZ.
Edición de Michael P. Predmore (2.ª ed.).
440 *La barraca,* VICENTE BLASCO IBÁÑEZ.
Edición de José Mas y Mª. Teresa Mateu.

441 *Eusebio*, PEDRO MONTENGÓN.
Edición de Fernando García Lara.
442 *El ombligo del mundo*, RAMÓN PÉREZ DE AYALA.
Edición de Ángeles Prado.
443 *Arte de ingenio, Tratado de la Agudeza*, BALTASAR GRACIÁN.
Edición de Emilio Blanco.
444 *Dibujo de la muerte. Obra poética*, GUILLERMO CARNERO.
Edición de Ignacio Javier López
445 *Cumandá*, JUAN LEÓN MERA.
Edición de Ángel Esteban.
447 *Las lenguas de diamante. Raíz salvaje*, JUANA DE IBARBOUROU.
Edición de Jorge Rodríguez Padrón.
448 *Proverbios morales*, SEM TOB DE CARRIÓN.
Edición de Paloma Díaz-Mas y Carlos Mota.
449 *La gaviota*, FERNÁN CABALLERO.
Edición de Demetrio Estébanez.
450 *Poesías completas*, FERNANDO VILLALÓN.
Edición de Jacques Issorel.
452 *El préstamo de la difunta*, VICENTE BLASCO IBÁÑEZ.
Edición de José Mas y Mª. Teresa Mateu.
456 *Generaciones y semblanzas*, FERNÁN PÉREZ DE GUZMÁN.
Edición de José Antonio Barrio Sánchez.
459 *La bodega*, VICENTE BLASCO IBÁÑEZ.
Edición de Francisco Caudet.
470 *Mare nostrum*, VICENTE BLASCO IBÁÑEZ.
Edición de Mª. José Navarro Mateo.
496 *La maja desnuda*, VICENTE BLASCO IBÁÑEZ.
Edición de Facundo Tomás.
500 *Antología Cátedra de Poesía de las Letras Hispánicas*.
Selección e introducción de José Francisco Ruiz Casanova

DE PRÓXIMA APARICIÓN

Los heraldos negros, CÉSAR VALLEJO.
Edición de René de Costa.
Obra completa, JUAN BOSCÁN.
Edición de Carlos Clavería.

